Kim Stanley Robinson

The Ministry
for the Future

未来省

キム・スタンリー・ロビンスン 著
坂村 健 解説
瀬尾 具実子 訳
山田 純 科学・経済監修

パーソナルメディア

THE MINISTRY FOR THE FUTURE

by

Kim Stanley Robinson

This edition published by arrangement with Orbit,
an imprint of Hachette Book Group, Inc., New York, New York, USA
through Tuttle-Mori Agency, Inc., Tokyo.

For Fredric Jameson

目次

未来省

1

暑さがしだいに増してきた。

フランク・メイはマットレスから降りて窓に歩みより、外をのぞいた。暗褐色の漆喰壁やタイルは、このあたりで産出する粘土質の土の色そのままだ。彼が住んでいるのと同じような四角いアパートメントの屋上にあるパティオは、暑すぎる屋内では寝ていられなくなって夜のうちにそこへ上がってきた住民たちでいっぱいになっていた。彼らのほとんどはいま、胸の高さまである囲い壁の内側に群がって東の空を見ている。建物と同じ色をした空には、まもなく昇ってくるはずの太陽の白い光が混じっていた。フランクは大きく息を吸った。それはサウナの空気を思い起こさせた。これでも一日のうちでいちばん涼しい時間帯だ。これまでの人生で、サウナに入っていた時間は五分にも満たないし、あの感じは好きになれなかった。湯に浸かるのならまだしも、暑くて湿度の高い空気なんて願い下げだ。あんな暑苦しくて汗まみれになるところへわざわざ入りたがる人間の気が知れない。

それなのに、ここでは逃げ場がない。この暑さについてきちんと考えていたら、この地へやってくることに同意などしなかっただろう。ここは故郷の町と姉妹都市になっているのだが、姉妹都市ならほかにもあったし、援助団体だってほかにもあった。アラスカで働くことだってできたのだ。そうしていれば、流れ落ちた汗が目に入ってしみることもなかったのに。すっかり汗まみれになっていて、唯一身につけている肌着のパンツもじっとりと湿っている。眠ろうとしていたマットレスにも汗でしみができていた。のどが渇いていたが、枕元に置いた水筒は空になっていた。窓枠に取りつけられたエアコンのファンがたてるモーター音が、巨大な蚊の羽音のように街中でうなりを上げていた。

そのとき、太陽が東の地平線にひびを入れた。そこから放たれる閃光はまるで原子爆弾のようだ――実際、太陽とはそういうものではある。まぶしい光の筋の下では、田畑も建物も暗い影になる。その光の筋が左右に流れ出して一本の燃える線となり、やがて三日月形に膨らんで、まぶしくて見ていられなくなると、影はさらに濃くなる。太陽から降りそそぐ熱が、手で触れそうな実体をもって顔に叩きつけられる。太陽の熱で顔の皮膚が熱くなってくると、フランクはまばたきをした。目がひりひりして、涙で視界がにじんだ。あらゆるものが黄褐色とベージュに染まり、直視できないほど白く輝いている。ウッタル・プラデシュ州のどこにでもある町の午前六時。フランクは携帯電話に目をやった。摂氏三十八度。華氏に直すと——画面をタップする——百三度だ。湿度はおよそ三十五パーセント。やっかいなのはこの温度と湿度の組み合わせだ。ほんの数年まえなら、観測史上最高の湿球温度に数えられただろう。いまではありふれた水曜の朝でしかない。

空中を飛びかう落胆のうめきは、通りをはさんだ向こう側の屋上から発せられたものだ。苦悩に満ちた叫び声がしたほうを見ると、ふたりの若い女が壁に寄りかかって下の通りに向かって呼びかけていた。その屋上にいる誰かが目を覚まさなかったのだ。フランクは自分の携帯を操作して警察に電話した。応答はない。電話が通じたのかどうかもわからなかった。空気をかきわけて届いたサイレンの音は遠く、まるで水の底から聞こえてくるようだ。夜明けとともに、人々は不安を抱えて眠る人を目の当たりにし、長く暑い夜の眠りから覚めることのない人たちを発見する。そして助けを呼ぶ。サイレンが聞こえるということは、ちゃんとつながった電話もあるということだ。フランクはもう一度、携帯を確認した。充電も残っているし、回線も接続されている。しかし、こちらに来てからの四か月のあいだに何度か警察を呼んだことはあるが、つながったためしがない。あと二か月か。五十八日はあまりにも長い。七月十二日現在、季節風(モンスーン)はまだ吹いていなかった。今日をやり過ごすことに集中しよう。そうやって一日ずつ消化していくほかない。そうして故郷のジャクソンヴィルに帰ったあかつきには、滑稽なほど涼しく感じるはずだ。話のネタには困らないだろう。だが、道の向こうの屋上にいる貧しい人々はどうなるのか。

そのとき、ふいにエアコンの音がしなくなった。苦悩の叫びがさらに広がった。フランクの携帯電話も圏外になっていた。電気が来ていない。電圧低下なのか、それとも停電か。あたかもヒンドゥーの神々が男神も女神もみな嘆き悲しんでいるかのように、サイレンの音が鳴りひびいている。

早くも起動した発電機は、音のうるさい二サイクルエンジンだ。法で定められた液体天然ガスの代わりに、こういう事態に備えて不法に備蓄されていたガソリンやディーゼル、灯油で動く発電機だ。ただでさえよどんだ空気は、すぐにも排気ガスの毛布となって空を覆うだろう。

おんぼろバスの排気ガスを吸っているようなものだ。

そう考えただけでせきが出たので、またベッドわきの水筒から水を飲もうとした。空になったあと、そのままだ。フランクは水筒を階下に持っていき、クローゼットに置いた冷蔵庫に入れてあったフィルター付きタンクから水を入れた。電源が落ちていても水はまだ冷たく、サーモスの水筒に入れておけばまだしばらくは冷たさを保てるだろう。ついでにヨウ素の錠剤も一粒放りこみ、きっちりとふたを閉めた。その重さが心強い。

クローゼットには財団が用意してくれた発電機が数台とガソリンの缶がいくつか置いてあった。これだけあれば二、三日は発電機を動かせる。これは覚えておこう。

同僚たちがドアからぞろぞろと入ってきた。ハンス、アザリー、ヘザーは三人とも目を赤くして動揺していた。彼らが「ほら、もう行かないと」と言った。

「どういうことだ?」フランクはわけがわからず、そう訊いた。

「助けを求めに行かなくちゃ。この地区一帯が停電したから、ラクナウの連中に伝えないと。医者を連れてこないといけない」

「なんの医者だ?」

「とにかくやってみないと!」

「僕はここを離れるつもりはない」

彼らはフランクを見つめてから、互いの顔を見合わせた。

「衛星電話を置いていってくれ」フランクが言った。「助けを呼んでこい。僕はここに残って、支援が来ることをみんなに伝える」

彼らは不安げにうなずくと、急いで出かけていった。

フランクは白いシャツを着たが、あっという間に汗でぐっしょりになった。通りへ出てみると、発電機の音がしていた。うなりとともにただでさえ暑い空気中に排ガスが放出されているからには、エアコンに電気が供給されているのだろう。せきをこらえた。こんなに暑くてはせきなどしていられない。せきをしたあとに息を吸うのは溶鉱炉で呼吸するようなもので、また次のせきが出る。熱く湿った空気を吸い込んではせきをするというのを繰り返すうちに、ますます暑くなってしまう。助けを求めて彼のもとへやってきた人々に、もうすぐ支援がくると伝えた。午後二時だ、と彼は言った。その時間になったらこの診療所に来なさい、と。当面は年寄りや子供たちをエアコンのある部屋に集めるといい。学校や総督官邸にはエアコンがあるだろうから、そこへ行きなさい。発電機の音を頼りにしていけばいい。

どの建物の戸口にも絶望に打ちひしがれた人々が集まり、救急車か霊柩車を待っていた。せきをするのもそうだが、こうも暑くては嘆くこともままならない。普通に話すだけでも熱くなりすぎて危険を感じるほどだ。そもそも、話すことなどあるだろうか？　暑すぎてなにも考えられないというのに。それでも人々は彼のもとへやってきた。頼みます、先生。助けてください、先生。

二時に診療所に来なさい、とフランクは言った。いまはまず、学校へ行きなさい。屋内へ、エアコンのある場所へ。年寄りと子供たちを暑さから逃れさせなさい。

でも、行くあてなんてどこにもありません！

そこで彼はひらめいた。「湖へ行くんだ！　水に入ればいい！」

その意味は伝わらなかったらしい。そこでフランクは、人々が聖地バラナシに集まってガンジス川で沐浴する〝クンブ・メーラ（水がめの祭り）〟のときと同じようにするんだ、と熱心に説明した。「そうすれば涼しくしていられる。水に浸かれば涼しいままでいられる」と。

ひとりの男が首を横にふった。「あそこの水は太陽に照らされている。風呂と同じくらい熱い。空気より熱い」

不審に思ったフランクは、呼吸が荒くなるのを感じながら、湖に向かって通りを歩いていった。人々は建物の外に出てきて、戸口のあたりにかたまっていた。彼に目をむける人もいたが、ほとんどの人は自分自身の問題に気をとられていてふりむきもしなかった。苦悩と恐怖に目を見開き、暑さと排気ガスやほこりのせいで目を赤くしていた。金属の表面は太陽を浴びてやけどするほど熱せられ、バーベキューをしているときのグリルのように、熱い空気が揺らいでいるのが見えた。筋肉がゼリーのようにぶよぶよになり、脊髄を駆けおりた恐怖だけが、かろうじて姿勢を支えていた。急ぐことなどとうてい不可能だったが、それでも彼は急ぎたかった。できるだけ日陰を選んで歩いた。朝早いこの時間なら、通りの片側はたいてい陰になっている。日の当たる場所へ出るときは、まるでかがり火のなかへ押し込まれるようだった。そして熱風に背中を押され、次の日陰に向かってよろよろと進んだ。

湖まで来たフランクは、すでにたくさんの人が首まで水に浸かっているのを見ても驚きはしなかった。茶色い顔はみな、暑さのせいで赤みを帯びていた。滑石（タルク）のように濃密な光が水面に垂れこめている。湖のこちら側に沿ってカーブを描くコンクリート道路のところまで行き、しゃがみこんでひじまで水に入れてみた。たしかに、風呂といってていいくらいに温かい。彼は腕を水に入れたまま、水温は体温より上か下か判断しようとしたが、空気がうだるように熱くてはどちらとも言いがたい。しばらくして、表面に近いところの水は自分の血液とだいたい同じくらいの温度だろうと結論づけた。要するに、気温よりはそれなりに低いということだ。だがもしも、体温よりわずかに温かかったら……それでもまだ、気温よりは低い。とんでもなく判断が難しい。フランクは湖のなかにいる人々を見わたした。建物や木々が朝のうちにつくる日陰も、岸に近い一部分の水面を細長く覆っているだけで、そこもまもなく日が当たるようになるだろう。そのあとは、夕方になってようやく反対側に影ができるまで、太陽に照らされつづけることになる。それはまずい。そうだ、傘だ。傘なら誰でも持っている。町の人たちがどれだけ湖に入れるものかはわからない。おそらく足りないだろう。この町の人口は二十万人と言われている。畑と小さな丘に囲まれていて、ほかの町とはどの方向にも数キロほど離れている。昔ながらの光景だ。

彼はもとの建物に引きかえして一階にある診療所から入り、息を切らしながら二階の自分の部屋へあがった。ここで横になって待っているだけならどんなに楽だったことだろう。そうする代わりに、金庫の暗証番号を打ちこんで扉を開け、衛星電話を取り出した。電源を入れる。バッテリーはフルに充電されていた。

デリーにある本部に電話した。「助けが必要です」彼は電話に出た女性に訴えた。「停電してしまっているんです」

「こちらも停電しています」電話口でプリーティが言った。

「どこもかしこも停電しているんです」

「どこもかしこも?」

「デリーのほとんどとウッタル・プラデシュ州、ジャールカンド州、ベンガル地方もです。西部のほうでもグジャラート州とかラジャスタン州とか……」

「どうすればいいでしょうか」

「救助を待っていてください」

「救助はどこから?」

「わかりません」

「天気予報はなんと?」

「熱波はまだしばらくつづくそうです。ただ、陸上の上昇気流が海からの寒気を引き寄せてくれるかもしれません」

「それはいつのことですか？」

「誰にもわかりません。高気圧セルが巨大なんです。それがヒマラヤ山脈にぶつかって動かなくなっているので」

「水のなかに入ったほうがいいでしょうか？」

「それはそうです。水温が体温よりも低ければ」

　フランクは電話の電源を切ると、金庫のなかにもどした。壁にかけたナノパーティクルカウンター（微粒子計測器）を確認した。二三〇〇ppm。これは二十五ナノメートル以下の微粒子状物質の濃度をあらわしている。彼はふたたびおもてへ出たが、建物の影からは出ないようにした。ほかの人たちもそうしていた。日射しのなかに立っているものは誰ひとりいない。灰色の空気が町の上空を煙のように覆っている。においもわからないほどの暑さのなかでちりちりと炙られる感覚だけがあり、炎のような、熱そのもののにおいがする。

　ふたたび屋内へもどり、下の階へ行ってもう一度金庫を開け、こんどはクローゼットの鍵を取り出すと、クローゼットを開けて発電機を一台とガソリンの入ったジェリ缶をひとつ、引っぱりだした。発電機にガソリンを補充しようとして、すでにいっぱいに入っていることに気づいた。ガソリンの缶をクローゼットにもどし、エアコンを取りつけた窓のある部屋のすみに発電機を持っていった。窓用エアコンから短いコードがのびて、窓の下にあるコンセントに差し込んであった。しかし排気ガスが出ることを思えば、部屋のなかで発電機を回すわけにはいかない。かといって、窓の外の道に置こうものならまちがいなく持っていかれてしまう。誰もが必死になっているのだ。ならば……

　フランクはクローゼットにとってかえすと、なかを探って延長コードを見つけだした。屋上まで行けば壁に囲まれたパティオがあるし、そこは道路からは四階の高さになる。延長コードが届くのは屋上のすぐ下の階までだった。そこで二階まで下りて窓からエアコンユニットを取りはずし、息を切らし汗だくになりながら運びあげた。一瞬、気が遠くなりかけたが、目に入った汗がしみたおかげで、気力を振り絞ることができた。四階のオフィスの窓を開け、エアコンユニットを窓枠の外側に載せてその上辺まで窓を下ろしてから、プラスチックのサイドパネルを引きだして開けたままの窓部分を閉ざした。それから屋上のパティオに上がって発電機を稼働させ、二サイクルエンジンがいったんむせてからがたがたと動きだすと、その振動に耳をかたむけた。最初こそ煙が吐きだされたが、それ以降の排気ガスは目には見えなかった。音は大きいからみんなに聞こえてしまうだろう。彼にも町のあちこちから人々のようすが聞こえてきた。延長コードを差し込み、上階のオフィスに下りていってエアコンのプラグを差し、スイッチを入れた。エアコンから軋むような駆動音がした。空気が吸い込まれる。ああ、神よ。このエアコンは壊れている。いや、そうではない。外気温を五度から十度下げてくれる――頭のなかで計算すると三十度くらい、あるいはもっとだろうか。日陰ならそれで十分、多少の湿度があってもそれならしのげる。ひと息ついて休息できる。それに、冷たい空気は階段を伝って下に降りていき、建物全体に行きわたるだろう。

下の階にもどってエアコンの本体を取りつけてあった窓を閉めようとすると、途中でひっかかって動かなくなっていた。上辺にこぶしを叩きつけ、危うくガラスを割ってしまいそうになったが、下からもぐいっと引っぱって、ようやく閉めることができた。それから外の通りへ出て戸締りをして、近所の学校へ向かった。学校の近くにある小さな店では生徒や保護者用に食べ物や飲み物を売っている。学校は閉鎖され、店も閉まっていたが、そこに集まった人たちのなかには知った顔もいくつかあった。「診療所のエアコンをつけました」フランクは声をかけた。「どうぞ来てください」

彼のあとを静かについてくる人たちがいた。その七家族か八家族のうちには、店のドアに鍵をかけてついてくる店のオーナー一家もいた。できるだけ陰になったところを歩きたかったが、そもそも陰がほとんどなくなっていた。男たちが先頭に立ち、子供の世話をする妻がそれにつづいて一列になって歩くことで、どうにか陰に入れるよう苦心していた。彼らがかわしている言葉はアワディー語か、ボジプリー語のようだ。フランクがヒンディー語を少し話せる程度なのは彼らも知っている。だから彼に話しかけるときはヒンディー語にするか、英語に通訳してくれる誰かを頼りにする。言葉が通じない人々を助けようとすることには、なかなか慣れることができなかった。恥ずかしさでしり込みしたい気持ちを押しのけ、へたくそなヒンディー語で話しかけた。気分はどうか、家族でどこにいたのか、行くあてはあるのか。ちゃんとそのように言えていればよいが。彼らは不思議そうに見返してきた。

診療所についてドアを開けてやると、彼らはぞろぞろとなかへ入っていった。教えてやるまでもなく、階段を上がってエアコンがついている部屋に向かい、そこで床に座りこんだ。あっという間に部屋はいっぱいになった。フランクは下へとってかえしてドアの外に立ち、少しでも興味を示した人々を迎えいれた。まもなく建物が人でいっぱいになると、鍵を閉めた。

暑さが少しはましな屋内で、人々は汗だくになって座っていた。フランクがデスクトップのコンピュータで確認すると、一階の温度は三十八度になっていた。エアコンをつけている部屋ではもう少し涼しいだろう。湿度は六十パーセントになっている。気温も湿度も高いのはまずい。尋常ではない。ヒンドスタン平野の乾季は一月から三月で、比較的涼しくて乾燥している。気温が上がりはじめてもまだしばらくは乾燥がつづき、モンスーンが湿気を運んでくると気温は下降し、雲が空を覆って直射日光をさえぎってくれる。ところが、この熱波ではそうはならなかった。雲がなく気温が上昇し、湿度も高かった。最悪の組み合わせだ。

診療所にはトイレが二か所あるが、いつのまにかふたつとも機能しなくなっていた。下水が流れていく先の汚水処理場ではもちろん電気が使われているが、おそらく処理をつづけるには発電機の容量が足りないのだろう。とても信じられないことではあるが。ともかく、そういうことは以前にもあった。そこで、トイレに行きたくなった人を外に出してやることにした。そもそもトイレというものがないネパールの山村と同じように、そのへんの路地で用を足せるように。初めて目の当たりにしたときは度肝を抜かれたものだが、いまではあたりまえをあたりまえとは思わないようになってきた。

ときどき誰かが泣きだし、そのまわりに人が集まる。年寄りが、幼子が、苦痛を訴える。おもらし事件も珍しくない。フランクはトイレにバケツを置いておき、それがいっぱいになると外の通りに持っていって中身を側溝に捨て、またバケツを持ち帰った。老人がひとり死んだ。若い男たちが遺体を屋上のパティオに運ぶのをフランクも手伝い、薄いシーツかサリーのような布で遺体を包んだ。夜が更けると事態はさらに悪化した。赤ん坊にも同じ手順を繰り返したのだ。小さな体を屋上へと運ぶあいだ、すべての部屋にいたすべての人が泣いていた。発電機のガソリンが切れそうになったことに気づいたフランクは、下の階のクローゼットから燃料の缶を取ってきて補充した。

水筒が空になった。水道も止まっている。冷蔵庫には大容量の水のボトルがふたつあったが、その話はしなかった。真っ暗ななかでボトルのひとつから水筒に水を詰め替えた。まだいくらか冷たかった。それから仕事にもどった。

その夜、さらに四人が死んだ。朝になり、ふたたび燃えさかる溶鉱炉のような太陽が昇ってきて、遺体を包んだ悲しみの貨物が並ぶ屋上を容赦なく照りつけた。どの屋上も、そして町を見おろしてみればどの歩道も、遺体置き場と化していた。町全体が遺体置き場となっていた。

そしてこれまでと同じように、あるいはそれ以上に、暑かった。温度計は四十二度を示し、湿度は六十パーセントに達していた。フランクはぼんやりと網戸を見つめた。昨夜はとぎれとぎれに三時間ほど眠った。発電機はあいかわらず不規則な二サイクルのリズムで不平をまき散らしているし、エアコン本体は壊れた扇風機のようにがたがたと振動している。よその発電機やエアコンの音もそこらじゅうから聞こえていた。だからといって、それでなにかが変わるわけでもない。

フランクは一階に下りて金庫を開け、衛星電話でプリーティに電話した。二十回から四十回もかけつづけ、ようやくつながった。「なんですか?」

「あの、助けに来てください。みんな死にかけています」

「なにさまのつもり?」彼女の声には怒りがあふれていた。「あなただけがそうだとでも思っているの?」

「いえ、でも僕たちも助けを必要としているんです」

「わたしたちみんなが助けを必要としてるのよ!」彼女は声を荒らげた。

一呼吸おいてようやく理解した。考えてみれば、プリーティもデリーにいるのだ。

「そっちは大丈夫なんですか?」フランクは訊いてみた。

返事はない。電話は切れていた。

またひりひりしてきた目をこすってから、トイレのバケツを取りに上の階にもどっていった。バケツがいっぱいになるペースは遅くなっている。人が少なくなってきているからだ。給水が止まっている以上、いずれはどこかへ移動しなくてはならないだろう。

外の通りからもどってきてドアを開けたとたん、背後から襲いかかってきた何者かに戸口からなかへ押し込まれた。若い男が三人でフランクを床に押さえこんだ。そのうちのひとりは自分の頭ほどの大きさの、角ばった黒い拳銃を持っていた。それを突きつけられたフランクは、銃身の先にあいた丸い銃口を正面から見ることになった。角ばった黒い金属のかたまりのなかで、ただひとつ丸いのがその銃口だった。その小さな円に、世界のすべてがかかっていた。全身を血が駆けめぐり、体がこわばるのが感じられた。顔にも手のひらにも、汗が噴き出してきた。

「動くな」別の男が言った。「動いたら殺す」

　侵入者が移動していくのに合わせて上階から悲鳴が伝い下りてきた。発電機とエアコンのくぐもった音が途絶えた。開けっぱなしの入り口からはもっと漠然とした町のざわめきも聞こえてくる。通りすがりの人がなにごとかと目をむけてはそのまま歩き去っていく。それも数は多くはない。フランクはできるだけ浅く呼吸するようにした。右目がずきずきと痛んでいたのをぎゅっとつぶっただけで、左目はしっかりと見開いていた。抵抗すべきだとは思ったが、命が惜しかった。まるで自分の体とそれが感じているはずの気持ちから切り離されて、階段の途中から全体を見おろしているようだ。感じられるのは右目の痛みだけだった。

　発電機とエアコンユニットをかついだ若い男たちが、足音も荒く階段を下りてきた。彼らが通りに出ていくと、フランクを押さえつけていた男たちが手を放した。「おまえなんかよりおれたちこそ、これが必要なんだよ」ひとりがそう言い訳した。

　銃を持っていた男がそれを聞いて顔をしかめ、最後にもう一度フランクに銃を向けた。「こうなったのは、おまえらのせいだからな」そう言うと、フランクの目のまえで叩きつけるようにドアを閉め、去っていった。

　フランクは立ち上がり、男たちにつかまれた腕をこすった。まだ心臓がどきどきしている。胃がむかむかした。上の階から下りてきた人たちが大丈夫かと声をかけてきた。彼のことを心配し、怪我をしていないかと気づかってくれた。その心遣いが胸に迫り、突然気持ちを抑えきれなくなった。フランクは階段のいちばん下の段に座りこんで両手に顔をうずめ、感情の爆発に打ちのめされた。涙が目の痛みをやわらげた。

　ようやく立ち上がると「みんなで湖に行かないと」と言った。「あそこなら水があるし、いくらか涼しいだろう。水のなかや水辺の歩道のほうがきっと涼しい」

　女たちの何人かは心配そうな顔をしていて、そのうちのひとりがこう言った。「あなたの言うとおりかもしれないけど、日射しが強すぎるわよ。暗くなるのを待つべきだわ」

　フランクはうなずいた。「それはそうだ」

　彼は学校近くの店にその店主とともに引きかえした。神経はぴりぴりしているのに頭はぼんやりとして、力が入らなかった。まるでサウナのなかにいるみたいだ。袋入りの食料品や、飲み物の缶やボトルを抱えて診療所まで帰るのはかなりたいへんで、それでも、必需品を詰めこんだ六個分の荷物を運ぶのを手伝った。体調はよくないとはいえ、診療所に集まった人々のほとんどよりは体力があるらしい。とはいえ、こんなふうに足を引きずってにしろ一日じゅう歩ける人がいるのではないかと思わないでもなかったが、彼らが近づいても話をすることもなく、目を合わせることすらなかった。

「このつづきはあとにしよう」ついに店主がそう告げた。

一日が過ぎていった。嘆き悲しむ声は、もはやただのうめき声になっていた。あまりにも暑くてのどが渇き、文句を言うこともできない。子供が死んだときでさえそうだった。家族の誰かの遺体を屋上へ運ぶのを手伝おうとして彼らのあいだをよろよろと移動するフランクを、目をまっ赤にした茶色い顔の群れがただ見つめているだけだった。屋上では遺体が太陽に炙られていた。遺体の腐敗が始まっているはずだが、そうなるまえに焼き固まって干からびてしまうかもしれない。それほどの暑さだった。どんなにおいもこの暑さで消し飛んでしまい、炙られて湿気を含んだ空気そのもののにおいしかしない。いや、そうでもない。突然、腐った肉のにおいがした。いまここには彼以外の誰も残っていない。フランクが遺体の包みを数えると、大人と子供あわせて十四あった。町のほかの屋上を見わたすと、あちこちで同じようにしている人々が見えた。口を閉ざして誰ともかかわろうとせず、顔をうつむけて、そそくさとやるべきことをやっている。彼のようにあたりを見回している者はひとりもいない。

食べ物と飲み物はとっくになくなっていた。人数を数えてみたが、数えること自体が難しかった。診療所のなかにいるのは五十二人というところか。しばらく階段に座りこんでいたフランクは、クローゼットのところへ行ってなかのものに目を凝らした。水筒に水を詰め替え、ごくごくと飲んでから、もう一度詰め替えた。もう冷たくはないが、熱くもない。缶に入ったガソリンがあるから、どうしてもとなれば遺体を焼くことはできる。発電機はもう一台あったが、それで電気を供給しても動いてくれるものがないのではどうしようもない。衛星電話の充電はまだ残っていたが、電話するあてもない。母さんに電話するべきだろうか、とフランクは考えた。やあ、母さん、僕は死にかけてるよ。まさか。

一日の終わりに向かって、時はのろのろと進んでいった。フランクが店主と彼の友人たちに相談すると、全員が力ない声で賛成した。そろそろ湖に行くころあいだ。彼らはほかのみんなを励まし、このあとどうするのかを説明して、立ち上がるのに助けが必要な者には手を貸してやって階段を下りた。しかしそれすらできない者もいるのが悩ましかった。老人たちが数人、湖に行くのはここにいられなくなってからにする、と言った。彼らはなんでもないことのように出ていく人々に別れを告げたが、その目はすべてをあきらめていた。診療所を出ていく者たちの多くが涙を流していた。

彼らは午後の日射しがつくる影を頼りに湖に向かって進んだ。かつてないほど暑い。通りにも歩道にも人っ子ひとりいない。建物からうめき声がもれてくることもうない。それでも、まだぐずぐず言っている発電機があり、軋みをあげて回っている扇風機もあったが、このげんなりする暑さのせいで、音自体も力を失い、ぼんやりとしか聞こえなかった。

湖に到着した彼らは、絶望的な光景を目にした。そこにはおおぜいの人々がひしめき、水辺に沿った水面はどこまでも人の頭で埋めつくされていた。その向こうの水深が深いであろうあたりにも頭が並び、間に合わせのいかだのようなものの上に横たわった人々も半ば水に沈んでいた。生きている人ばかりではなかった。湖面には毒気が低くたちこめたようになっていて、熱気に炙られた鼻孔でさえ、その死臭や腐敗臭を嗅ぎとることができた。

フランクたちの一行は、湖畔の低いところにある遊歩道か沿岸道路に座って脚を水に浸けるところから始めるのがよいだろう、ということになった。遊歩道のはずれのほうならそうするだけの場所が残っていたので、全員で足どりも重く歩いていき、道に沿って一列に並んで座りこんだ。尻の下のコンクリートはまだ、日中の熱を放出していた。ほとんどみんな汗だくになっていたが、汗をかいていない数人はほかの人よりも赤い顔をして、遅い午後の影に熱を放っていた。黄昏が降りてくると、みんなで彼らを支えてやり、死の床につかせてやった。湖水は風呂の湯のように熱く、体温よりも高いのは明らかだった。さっき測ってみたときよりも熱くなっている、とフランクは思った。それはそうだろう。どこかで読んだことがあるが、もしも地球に到達した太陽エネルギーがすべて、跳ね返されることなく地球にとどまるとすれば、海が沸騰するほどの温度になる、と。それがどんなことになるものか、ありありと想像することができる。この湖の水は、あと少しで沸騰してしまいそうだ。

日が沈んでまもなく、短い黄昏時が過ぎ去って暗闇に覆われるころには、彼らは全員、水のなかに入った。いくらかはましになった。体がそうしろと言っている。いちばん浅いところに座り、頭だけを水面から出して、暑さをこらえようとした。

フランクのとなりに座った若者は、地元のメーラ（祭り）でカルナ役を演じたのを見たことがあった。観客がかたずをのんで彼を見守っていたあのときの記憶がよみがえり、彼の無表情さがいままたフランクの胸に刺さった。芝居のなかでカルナは、アルジュナの呪いの言葉で体の自由を奪われ、いまにも殺されるところだった。その場面で彼は高らかに「こんなのはただの運命だ！」と叫び、最後の一撃を見舞ったあと、アルジュナの容赦ない剣のひと振りに倒れた。若者はいま、湖の水を飲みながら、恐れと悲しみに目を見開いている。フランクは目をそらさずにはいられなかった。

熱さが頭のほうにまでのぼってきた。熱すぎる湯船から出たくて、体がむずむずした。サウナといえば直後に冷たい湖に駆けこむものと決まっているが、かつてフィンランドで経験したときのように、肺から呼気が絞り出されるほど冷たい水の衝撃を感じられたら、どんなに気持ちいいだろう。あそこでは誰もが、いかにしてその温度差を最大にするか、一瞬のうちに何十度も温度が変わるとどんな感じがするものかについて話していた。

しかしこんなふうに考えることはかゆいところをかきむしるようなもので、ますますかゆくなるだけだ。ほんの少し舐めてみた湖の熱い水は、あまりにも不快な味だった。たっぷりと含まれた有機物の正体は考えるまでもない。のどの渇きが癒されることはなかった。胃のなかに湯を入れたのでは、どこにも逃げ場がない。体の内側も外側も、人体のあるべき温度よりずっと高くなってしまうのだから。彼らはじわじわと茹で上がっていった。フランクは誰にも気づかれないようにそっと水筒のふたを開けて水を飲んだ。すっかりぬるくなってはいたが、熱くはないし、なにより清潔だ。体がむさぼるように水を求め、こらえきれなくなって、残りの水を飲みほした。

人が死んでいくペースが速まっていた。涼しさなど、もうどこにもない。子供たちが死に絶え、年寄りたちも死に絶えた。人々の弱々しいうめき声は、ほんとうなら慟哭の叫びだったはずだ。まだ体を動かせる人たちが遺体を湖から岸へ押し上げたり、あるいは湖の真ん中に向かって押しだされた遺体は丸太のように漂い、沈んでいったりした。

　フランクは目を閉じて、周囲から聞こえてくる声を聞くまいとした。浅瀬にどっぷりと浸かっていたものの、頭はコンクリートの歩道の淵とその下の泥に預けることができた。ずるずると泥のなかに体をもぐりこませ、頭を半分だけ、燃えるような空気にさらしていた。

　夜が過ぎていった。頭上に見えるのはとくに明るい星だけで、それすらも水を通して見るようにぼやけていた。月のない夜だった。衛星が通りすぎていった。東から西へ、西から東へ、そして北から南へも。人々はただ見ていた、なにが起きようとしているのかわかっていたのに。わかっていながら、なにもしなかった。できなかった。行動しなかった。なにもせず、なにも言わなかった。たったその一夜が、フランクにとっては何年も過ぎ去ったように思えた。空が明るくなってきたとき、最初は雲のような灰色だったのが、やがてくっきりと雲ひとつない青空が現れてくると、フランクはふと目を覚ました。指先がすっかりふやけていた。彼はゆっくりと時間をかけて、くたくたになるまで茹で上げられていた。ほんのわずか頭を持ちあげることすらできなかった。このままここでおぼれてしまうのだろうな。そんな思いが彼を奮起させた。泥にひじを突き立て、体を持ちあげた。手も脚もスパゲッティのように骨からぶらさがっているだけだったが、骨は意志を持っているかのように動いて座った姿勢になった。空気はまだ水よりも熱い。湖の対岸の木々のてっぺんに日が当たるのが見えた。いまにも燃え上がりそうだ。背骨の上で慎重に頭の重みのバランスをとりながら、周囲を見わたした。誰もかれも、死んでいた。

2

私は神であり、神ではない。いずれにせよ、おまえは私が創りだしたものだ。私がおまえを生かしている。

　言うまでもなく私の内側は熱く、外側はさらに熱い。私に触れればおまえは黒焦げになるだろうが、私は空の外側を回っている。ゆっくりと大きな私の呼吸に合わせて、おまえは凍えては焦げ、凍えては焦げる。

いつの日か、私はおまえを喰らいつくす。いまはまだ、おまえを養おう。我が厚意に刮目せよ。私を見てはならぬ。

3

二〇一五年の国連気候変動枠組条約第二十一回締約国会議（COP21）で採択されたパリ協定第十四条は、全締約国それぞれの炭素排出量について、定期的にその実施状況（グローバル・ストックテイク）を検討することを求めている。その数値は実質的に、当該年度における世界の総炭素燃焼量をあらわすことになる。〈グローバル・ストックテイク〉は二〇二三年を第一回として、以降五年ごとに予定されていた。

その最初の〈グローバル・ストックテイク〉は不首尾に終わった。報告には矛盾があったり不十分なものだったりしたが、それでも、二〇二〇年にいったん大きく減少したにもかかわらず、炭素排出量は締約各国が互いに確認しあったものよりはるかに多かったことは明らかだった。各国ともゆるめの目標を掲げていたが、自国が設定した目標を達成できた国はごくわずかだった。二〇二三年の〈ストックテイク〉を待つまでもなく、目標が達成できないことに気づいた百八か国は、その公約を強化することを約束した。とはいえ、これらは比較的小さな国々であり、合計しても世界の総排出量の十五パーセントにすぎなかった。

そこで翌年の締約国会議（COP）で複数の代表団から指摘されたのが、COPは「この協定の実施に必要と認められる補助機関を設置することによって、この協定の効果的な実施を促進するために必要な決定を行う」と協定の第十六条四項に明記されている、ということだ。彼らはまた、同協定第十八条一項により、COPが「協定を実施するための補助機関」を新たに設置することができることも指摘した。ここでいう補助機関とはこれまで、COPの開催中にのみ会合が開かれる委員会を意味すると理解されてきた。だがここで代表団らは、ここまで協定の実施がおおむね失敗していることをふまえ、このプロセスを前進させるためには、恒久的な責務を負い、なおかつその責務をまっとうするためのリソースを備えた、新たな補助機関が必要であることは明らかだ、と主張した。

コロンビアの首都ボゴタで二〇二四年に開かれたCOP29において締約国は、協定第十六条および第十八条に基づき、すべての締約国が「損失および損害に関するワルシャワ国際メカニズム」に明記された方法に従うことを課した第八条で説明されている資金調達プロトコルを利用して資金を調達する、協定実施のための新たな補助機関を設立した。その宣言文は次のとおり。

「パリ協定締約国会合（CMA）として開催されたこの国連気候変動枠組条約第二十九回締約国会議（COP29）において認可された補助機関はこれをもって設立され、国際気候変動に関する政府間パネル（IPCC）および国連の全機関、パリ協定に調印したすべての政府と協力し、世界人権宣言に規定された我々の権利と等しい権利を持つ将来世代の世界市民の代弁者たることを宣言する。この新たな補助機関にはさらに、現在および将来にわたって生息する、自ら意見を述べることのできないあらゆる生物に関して、彼らの法的地位および物理的保護に対する責任を負うものとする」

報道関係者の誰かがこの新しい機関を〈未来省〉と呼ぶと、その呼び方はまたたく間に広がり、誰もがその名で呼ぶようになった。未来省は二〇二五年一月、スイスのチューリッヒに設立された。

巨大な熱波がインドを襲ったのは、それからまもなくのことだった。

4

スイス連邦工科大学チューリッヒ校（ETH）キャンパスの背後には、森林公園が広がるチューリッヒベルクの丘がそびえ、市街の東側をふちどっている。街の大部分はチューリッヒ湖の端からチューリッヒベルクとユートリベルクのふたつの丘のあいだを北に向かって流れるリマト川の両岸に広がっている。このふたつの丘にはさまれた土地は、スイスの基準からすれば平らなほうで、全人口のおよそ四分の一がこの一帯に集中し、コンパクトで美しい街を形成している。チューリッヒベルクの高台に住むという運に恵まれた人々は、ここは最高の場所だと考えている。市街地を見わたせば家々の屋根が並び、南には大きな湖が広がっていて、ときにはアルプスの山並みが見えることもあるのだから。夕方になれば、人間の営みと自然の地形が混ざりあった眺めから立ち昇る落ちついた輝きを感じることができる。すばらしい土地だ。退屈だという観光客も少なくないが、ここに住む人が不平をもらすことはない。

　チューリッヒベルク中腹にある路面電車（トラム）のキルヒェ・フルンテルン停留所で青いトラムを降りて、ホーホ通りに沿って北へ歩くと、尖り屋根の下に大きな時計と、時を告げる鐘を備えた古い教会が見えてくる。そこを通りすぎたとなりにあるのが、パリ協定によって設立された未来省のオフィスだ。これらはみな、地質工学の専門家が集うETHから歩いていける距離にあり、巨大資本を抱えるスイス銀行のオフィスからも遠くない。どちらもスイスという小国には不釣り合いなほど大規模な存在だ。こんなふうに距離が近いのは偶然ではない。この国は世界に平和と繁栄をもたらすように働きかけることによって、スイスの安全を最大限にする国策を何世紀にもわたって追求してきたからだ。「誰もが安心できるまでは、誰にとっても安全ではない」というのを原則としているらしく、そのプロジェクトにおいては、地質工学の専門家と大金はどちらもとても有用なものなのだ。

　そういう事情に加えて、パリ協定が新たな機関を設立するにあたってチューリッヒ州は、ジュネーブ州にはすでに世界保健機関（WHO）やその他の国連機関の本部があり、国際機関が集まりすぎているせいで不動産価格も高くなっているという点を強調した。そして州どうしで活発な議論がかわされたのち、新機関の拠点を決める入札にチューリッヒが勝利を収めたのだ。ホーホ通りのオフィスビルと、その近くのETHのいくつかの建物の賃料を無料にするという提案が、入札を成功に導いた理由のひとつであることはまちがいない。

オフィスに足を踏み入れた未来省の事務局長メアリー・マーフィー——労働組合の弁護士出身でアイルランド共和国の外務大臣を務めた、四十五歳くらいのアイルランド女性——は、重大な局面を目の当たりにして少しも動じなかった。その場にいた誰もが、インドの深刻な熱波のニュースを聞いて恐怖に身をすくませていた。すぐにでも想定外の事態が起きることはまちがいない。その第一段はすでに起きていた。

メアリーにつづいてオフィスに入ってきた、首席事務官を務める小柄で細身のバディム・バハダーが口を開いた。「インド政府が太陽放射管理行動にとりかかるというニュースはもう聞きましたよね」

「ええ、今朝見たところよ。計画の詳細は伝わっている?」

「三十分まえに。こちらの地球工学者が言うには、計画どおりに行われれば、一九九一年のピナツボ火山噴火に匹敵するそうです。あのときは一、二年のあいだ、地球の温度が約〇・五度下がりました。火山から成層圏にまで達した火山灰の雲に含まれる二酸化硫黄が原因です。インドがそれだけの二酸化硫黄をばらまくには数か月かかるだろうとのことです」

「彼らにそこまでする能力はあるの?」

「空軍ならば、おそらく可能です。とにかくやってみることはできるでしょう、必要な航空機と装備は持っていますから。だいたいは空中給油技術を転用すればいいだけです。それに飛行機が燃料を放出するのはいつものことですから、そこのところも難しくはありません。いちばん大きな問題は、どれだけ高いところまで行けるかで、あとはどれだけの量を撒けるか、何回のミッションが必要になるかですね。数千回のフライトになるのはたしかです」

メアリーはポケットから携帯電話を取り出して画面をタップし、チャンドラを呼び出した。パリ協定でインド代表団の長を務める彼女とは懇意にしている。デリーではもう遅い時刻だが、彼女たちが話をするのはたいていこの時間だ。

相手が電話に出るとメアリーは言った。「チャンドラ、メアリーだけど、いまちょっと話せる?」

「少しならね、いいわよ」チャンドラは答えた。「こっちはすごく忙しいのよ」

「そうよね。そちらの空軍がピナツボのまねごとをするというのはどういうことなの?」

「それを言うならダブル・ピナツボね。我が国の科学アカデミーがそうしたほうがいいと言って、首相が命令を出したの」

「だけど、協定があるじゃないの」メアリーは椅子に腰を下ろして同僚の声に集中した。「なんと書いてあるかはわかっているでしょう。大気圏への介入には協議と合意が必要よ」

「わたしたちは協定を破ろうとしてるのよ」チャンドラは平然とそう言った。

「でも、それがどんな影響をおよぼすかは誰にもわからないでしょ!」

「ピナツボのときと同じようになるはずよ、あるいはその倍の効果ね。わたしたちに必要なのはそれよ」

「でもほかにどんな影響があるかもわからないし――」

「メアリー!」チャンドラは声を荒げた。「そこまでにして。その先は言われなくてもわかってる。インドでたしかなことはね、何百万人もの人が亡くなったということよ。正確な人数を把握することだってできないでしょうね、とにかく多すぎるんだもの。二千万人かもしれないのよ。それがどういうことか、わかる?」

「わかりますとも」

「いいえ、あなたはわかっていない。こっちにきて、その目で見てみるといいわ。ほんとにそうすべきよ、そうすればわかる」

メアリーは呼吸が浅くなっていることに気づいて、唾をのみこんだ。「あなたがそう言うなら、行くわよ」

長い沈黙がつづいた。ようやく口を開いたチャンドラの声はこわばっていた。「そう言ってくれるのはありがたいけど、こっちはいま問題が山積みだから、相手をしているひまはなさそう。報告書を見てちょうだい。いま用意しているところだから、あとで送る。いまあなたに知っておいてほしいのは、わたしたちはおびえていて、同時に怒ってもいる、ということ。この熱波の原因を作ったのはわたしたちじゃなくて、欧米や中国よ。ここ数十年はわたしたちも大量の石炭を燃やしてきたのはたしかだけど、西側諸国とは比べものにならない。それでも協定に調印したのは自分たちの責任を果たすためよ。わたしたちはその責任を果たした。それなのに、ほかの国々はどこも約束を果たしていないし、途上国に対する償いもしない、そこへこの熱波だもの。しかも来週にはまた同じことが起きるかもしれない。状況がほとんど同じなのよ！」

「わかってるわ」

「ええ、そうでしょうとも。誰だってみんなわかってる、だけど誰も行動に移さないじゃないの。だから自分たちでなんとかするの。わたしたちが地球の温度を数年間下げれば、みんなの利益になる。それに、今回みたいな大量死を避けられるかもしれないし」

「了解」

「あなたの許可なんて必要ない！」チャンドラは怒鳴った。

「そんなつもりじゃない」メアリーは言ったが、電話はもう切れていた。

5

我々は給油車や給水車などをそろえて現地入りした。なにもないところへ分け入っていくようなものだった。電気は止まり、揚水機は壊れ、なにもかも機能していなかった。死者たちになにかするよりもまず、発電所での作業にとりかかった。いずれにせよ、息絶えてその場で横たわっている遺体にしてやれることはなにひとつなかった。それは人間にかぎったことではなく、ウシたちも同様だった。ウシ、人、犬——あらゆる遺体を見ていると、誰かが鳥葬と呼ばれるチベット人の埋葬方法について言いだした。ハゲワシなどに遺体を食べさせるのだ、と。たしかに、遺体をついばんでいるハゲワシを見かけた。ハゲワシやカラスが雲のように空を覆っている。あとから飛んできたものだろう。腐臭が耐えがたく感じることもあったが、気にしないようにしたり、風向きが変わったりすれば、そのうちにおいはどこかへ行った。暑すぎてにおいが感じられないのかと思うほど、空気が煮え立っていた。いちばん強いのはものが燃えるにおいだった。そう、いろんなものが燃えていた。電力が復旧すると、電線が切れて垂れ下がっていたラクナウの東側では山火事が始まった。翌日には風が吹いたせいで燃え広がった火が町のほうにまで到達し、ほかのことを差し置いてでも消火にあたらなければならなかった。微粒子の測定値は一五〇〇ppmに達した。

ラクナウに近いある町のとなりに、水を汲み上げられそうな湖があった。湖にぎっしりと遺体が並んでいるのは恐ろしい光景だったが、我々はともかくポンプの取水口を湖に入れた。その水が必要だったのだ。我々のいるところは山火事の風下側だったので、火はどんどんこちらに近づいてきていた。ポンプが給水車を水で満たしはじめたときには、心からほっとした。

そのとき、物音が聞こえた。なにやら軋るような音で、最初はポンプのホースから聞こえるのかと思った。しかしその音は、湖畔のほうから聞こえてくるようだった。湖畔には水辺に沿って歩道がめぐっている。そっちへ見にいってみた。どういうわけか、その音には命が宿っているような気がしたのだ。

歩道の上、湖とは反対側の建物にくっついて、男が寝そべっていた。頭にかぶったシャツがだらりと垂れ下がっている。身動きするのが見えたので、ほかのみんなに向かって叫びながら彼のもとへ向かった。外国人で、髪も肌も茶色だったが、肌はすっかりむけてしまっていた。やけどでもしたか、茹で上げられたかのようだった。なんというか——死んでいるように見えたのに、動いている。両目ははれ上がってふさがっていたけれど、こっちを見ていることはわかった。男の救助を始めると、もうなにも言わず、なんの音も立てなかった。唇はひび割れて血がにじんでいた。声が出なくなっているのではないかと思った。体温が上がりすぎていて話もできないのだろう、と。スプーン一杯ずつ水を飲ませてやった。一度にたくさん与えすぎることを恐れたからだ。チームの指揮官に状況を伝えると、すみやかに医療班がきてくれて、点滴をしはじめた。男は治療にあたる彼らを見ていた。それから我々の顔を順に眺め、湖に視線をもどしたものの、あいかわらず黙ったままだった。ただの切れ目のように細く開けた両目はまっ赤になっていた。すっかり正気を失っているようだ。まるで別種の生き物であるかのようだった。

6

インド大熱波のあとに開かれたパリ協定締約国による緊急会合は、じつに緊迫したものとなった。大挙して訪れたインド代表団の長チャンドラ・ムカジーは、国際社会を厳しく追及し、地球上のあらゆる国々がサインした協定の中身を実現することにほぼほぼ失敗したことを非難した。排出量削減は無視され、脱炭素のために使われるはずだった投資ファンドへの支払いはなされず、協定は全方面から見向きもされず放置されてきた。協定は実体をともなわないパフォーマンスに過ぎず、ただの冗談、あるいは嘘だった、と。そのつけを払わされたのがインドなのだ。今回の熱波では第一次世界大戦の総死者数よりも多くの人が命を落とし、しかもそれはたった一週間、世界のほんの一画で起きたことだった。こうした罪の汚点はけっして消えてなくなったりはしない。永遠に残るだろうと。

インドだって排出削減目標を達成できなかったじゃないか、と指摘することは、どんなに図太い人間でもできなかった。もちろん、歴史上すべての排出量を合計しても、インドのそれが西洋先進諸国にはるかにおよばないことは誰もが知ってのとおりだ。インド国民の多くをいまだ蝕む貧困に対処するため、インド政府はできるかぎりすみやかに電力を作りださなければならなかった。しかも、市場に左右される世界に存在するからには、可能なかぎり安価にそれを実現しなければならなかった。そうしなければ十分な利益率が得られず、外部投資家に投資してはもらえない。だから石炭を燃やしたのだ。ほんの数年まえまで、誰もがそうしていたように。いまになって、インドに対して石炭を燃やすなと言えるのは、ほかの国々がこれまでさんざん石炭を燃やしてきたおかげでクリーンな発電にシフトできるだけの資本を蓄えたからではないか。インドは、ひとかけらの財政的援助もなしにもっとうまくやれと言われてきた。ベルトをしっかり締めて質素倹約に甘んじろ、先進諸国の資本家階級に対する労働者階級でいろ、そのうちいい時代になるから黙って耐えていろ――だが、いい時代なんてものが来ることはなく、そんな目論見はあとかたもなくなった。最初からそうなるようにしくまれていたのではないか。そんなことをしているうちに、二千万人が死んだのだ。

チューリッヒの議事堂の中心にある大会議室に集まった

人々は静まりかえった。死者の思い出に哀悼の意を捧げた先ほどの黙祷は数分もつづいたが、そのときとは違う静けさだ。遺憾の思いと困惑、落胆、そして罪の意識からくる沈黙だった。インド代表団は言うだけのことを言い終え、もはや言いたいこともなくなった。なんらかの反応を、答えを出すべきときだったが、答えは出てこなかった。なにも言えなかった。それが答えであり、歴史なのだ。誰も目覚めることのできない悪夢が。

ようやく、パリ協定の機関でその年の議長を務めるジンバブエ女性が立ち上がり、演壇に向かった。チャンドラを軽く抱きよせ、壇上のインド代表団のメンバーにうなずいてみせると、マイクのまえに立った。

「わたしたちがもっとうまくやらなければならないことは明らかです。パリ協定は、このような悲劇を回避するためにこそ定められたものです。わたしたちはいま、地球というひとつの村で暮らしています。同じ空気と水を共有しているのですから、今回の悲劇はわたしたち全員の身に起きたことなのです。これをなかったことにはできない以上、なんとしてもここから良い結果に変えていかねばなりません。それができなければ、その先にあるものはふたつ——罪が償われることもなく、同じような悲劇が繰り返されるのです。わたしたちは行動しなければなりません。もういいかげんこの気候変動を、ほかのなによりも優先されるべき現実のものとして、深刻に受け止めなくてはなりません。きちんと知ったうえで行動しなければならないのです」

誰もがうなずいていた。このときばかりは拍手喝采とはいかないが、うなずくことはできた。彼らは手を挙げて、何人かはこぶしを突き上げて、行動を起こすことを自らに誓った。

それはすばらしいことだった。ひとつの節目であり、記念すべき瞬間ですらあった。だがそれもつかの間、彼らはこれまでどおり、国益と国策の駆け引きにかまけるようになった。あの悲劇が起きたのはインドでのことであり、インドのなかでも外国人の誰も行ったことのないような、とても暑く、とても人の多い、とても貧しい地域でのことだったのだ。おそらく、今後これと似たようなことが起きるとしても、北回帰線と南回帰線にはさまれた熱帯地方とその外側あたりに位置する国々の話だろう。北緯三十度から南緯三十度、すなわち、世界でもっとも貧しい地域だ。これより緯度の高いところでも、ときには人々の命にかかわるような熱波に襲われることもあるだろうが、それほど頻繁でもなければ致命的でもないだろう。だからある意味、これは地域的な問題なのだ。どんな地域にもその場所なりの問題はあるものだ。つまるところ、葬儀がすんで深い哀悼の意を表明したあとは、世界中の多くの人も彼らの政府も、これまでどおりの日常にもどっていった。そうして世界中で、二酸化炭素は排出されつづけた。

そんなわけで、しばらくするとあの大熱波もアメリカにおける銃乱射事件と同じく、誰もが悲しみ、誰もが遺憾に思い――しかしまたたく間に忘れられて、次なる悲劇に取って代わられるうちに、いつしか日々刻まれるリズムに飲みこまれて新しい日常（ニューノーマル）となっていった。これと似たような、人類史上最悪の一週間のようなことが、いつ起きてもおかしくなかった。あれが〝最悪の〟一週間だったと、いつまで言えるだろうか。それに対していったいなにができるというのだろうか。〝資本主義の終わりより、世界の終わりを想像するほうがたやすい〟――このなじみのフレーズはいつのまにか独り立ちして、物騒なほど正確に現状を言い当てるようになっていた。

だがインドは違った。選挙が行われ、ヒンドゥー至上主義を掲げるインド人民党（BJP）は政権を追われた。彼らは十分にその役割を果たさず、部分的ながらこの災害に責任があり、外貨のために国を売り、石炭を燃やし、国土をめちゃくちゃにして、広がりつづける格差に追い打ちをかけたことを問われたのだ。同じくヒンドゥー至上主義の民族義勇団（RSS）もまた面目を失い、インド国民の生活に対する悪の勢力とされて信頼は失墜した。投票で選ばれたのは新しい政党だった。多種多様なインド人がすべて含まれた混合政党で、宗教やカーストに縛られず、都市部貧困層や郊外の貧困層、教育の有る無しにかかわらず、災害をきっかけにみながひとつになってなにかを変えようと立ち上がったのだ。権力を握っていたエリート層がその正当性と統制力を失ういっぽうで、被災者たちのばらばらでまとまりのない抵抗勢力はひとつの政党へとまとまっていった。彼らはサンスクリット語で生き残りを意味するアヴァスターナ党と名乗り、世界最大の民主主義政党としてスタートした。国内に残っていた民間の電力会社は国営化され、多大な労力をかけて石炭火力発電所を廃止したばかりか、風力や太陽光による発電所や川を利用した水力発電所の建設、非電池式蓄電システムが構築されて、増大する電池貯蔵電力の需要を補った。ありとあらゆるものが変わろうとしていた。カースト制度のもっとも悪質な影響を取り除く努力が再開した――こうした努力は過去にも行われてきたが、いまや国民的優先事項であり、新たな現実となって、多くのインド人がこれに取り組む心構えができていた。インド全体で、上から下まですべての行政組織がこうした変化を取り入れはじめた。

極めつけは、多くの人にとって不本意なことではあったが、このインドの新たな政治機構のうち、ことさら極端な一派から世界に向けてこんなメッセージが送りだされたことだ。我らとともに変われ、いますぐ変わるのだ、さもなくば破壊神カーリーの怒りに打ちのめされるだろう。今後、インド人は安い労働力とはならず、切り売りの取引もしない。変化が起きないかぎり、どんな取引もしない。パリ協定にサインした国々が――そしてすべての国がサインしていた――変化を起こさなければ、このインドの一派は彼らの敵となり、外交関係を断ち切って、戦争行動をのぞくあらゆる行動に出るだろう。ただし経済戦争は別――そう、経済で戦争をするのだ。人口の六分の一を占める人々が、世界の労働者階級だった人々が、なにを成しえるかを世界は目の当たりにするだろう。独立してからも長くつづいた従属期間はもう終わりだ。いまこそインドは、歴史の幕開けのように世界の舞台に上がり、より良い世界を要求する。そしてその実現の一助となるのだ。

このように攻撃的な態度が真に国家としての立場であるのか、それとも過激派のはったりなのかはまだわからない。一部には、インドの新中央政府がどれだけこのカーリー派集団の脅しを後押ししたがるか――どこまで彼らを野放しにするのか――による、との見方もある。これからはインターネット時代であり、世界がひとつの村となった時代、ドローンの時代、合成生物学と人為的パンデミックの時代――この時代の戦争は、過去の戦争とはまったく別モノになる。彼らが本気ならば、いとも醜悪な戦争になりうる。仮に本気なのが新政治機構のうちカーリー派だけだったとしても、非常に醜悪な戦争になるだろう。

だがこのようなゲームには、誰もが参加できる――パリ協定にサインした一九五か国だけでなく、国家の形をとらない、なんなら個人を含むあらゆるプレイヤーが参加可能だ。

そうして混沌が訪れた。

7

彼は暑くなるたびにパニック発作を起こし、そのせいでよりいっそう熱を出した。まちがいなく悪循環に陥っていた。移動させても大丈夫なほど状態が安定してくると、我々は彼をグラスゴーへ移送した。そこで一年ほど過ごしたことがあると言っていたので、なじみのある環境が役に立つかもしれないと思ったからだ。アメリカには帰りたがらなかった。そうして彼をグラスゴーへ連れていって落ちつかせ、夜になれば近所の散歩に連れ出した。十月だったので、いつものように雨模様で、海風は冷たく湿っていた。それが彼の慰めになったようだ。

ある夜、私は彼に行き先をまかせ、並んで通りを歩いていた。ふだんの彼はほとんどしゃべらなかったが、好きなようにさせていた。だがその夜は少しばかりおしゃべりになっていた。通っていた学校や、よく行っていた劇場などを教えてくれた。劇場には明らかに関心があるようで、照明や大道具、衣装などの裏方として働いていたそうだ。クライド・ストリートまでくると、クライド川の南岸に向かって伸びる歩道橋へ行きたいと言った。暗いなかで見る街はどっしりとして、圧倒的な存在感があった。都市としては高い建物が少なく、一、二世紀まえの景色とさほど変わってなさそうだ。どことなく異様な感じで、まるでダークファンタジーにでも出てきそうな雰囲気だ。彼は歩道橋のうえで立ち止まり、手すりにひじを乗せて黒い川面を見おろした。

私たちはいろいろな話をした。そのなかでもう一度、故郷に帰るつもりはないのか、と訊いてみた。

ない、と彼はするどく答えた。二度とあそこへはもどらない、と。見たこともないほど険悪な顔をしていた。絶対に帰らない。彼はそう言った。

深追いはしなかった。もう訊く気もなかった。私たちはふたりして手すりに寄りかかっていた。街が丘のほうへ向かってゆっくりと漂っていくように見えた。

どうして僕は生き残ったのだろう、と突然彼が言った。どうして僕だけが、あんなにたくさんの人のうち、僕だけがなぜ?

こんなときになにを言えばよいのだろう? 君はただ、生き延びたんだよ、と私は言った。もしかすると、あのなかで君がいちばん健康だったのかも。いちばん体格がよかったのかもしれないし。君はそんなに大柄ではないけど、ほとんどのインド人よりは大きかったのかもね。

彼は肩をすくめた。そんなことないよ。

体重が少しばかり多いのがよかったのかもしれない。

深部体温は四十度以下に保たなければいけないが、体重体重が少しでも多いほうがそれを維持しやすい。あとは、栄養状態がよかったとか、きちんと医療を受けていたとか。

君はよくランニングをするんだろう?

僕は水泳をやってた。

それがよかったのかもね。心臓が強くて、血液がさらさらだったとか、そういうことだよ。要するに、あそこにいた人たちのなかで君がいちばん強くて、いちばん強い人間が生き延びた、それだけのことだと思う。

僕があのなかでいちばん強かったとは思わない。

じゃあ、ほかの人より水分をとっていたのかも? それか、水のなかにいる時間が長かった? 救助の人たちは、君を湖のそばで見つけたと言っていたね。

ああ、そう言ってた。彼は私の言葉に動揺した。僕はぎりぎり沈まない程度に水に浸かっていたそうだ。一晩中、息ができるように顔だけ出していた、って。だけど、みんなそうやっていたんだよ。

いろんなことが重なって生き延びたわけだよ、と私は言った。君はやってのけた。運がよかったんだ。

そんな言い方はよしてくれ。

幸運だったとは言ってない。可能性の問題だよ。つまり、いつだって可能性という要素はあるんだ。

彼は夜の明かりがちらちらと輝くだけの、暗く平べったい街に目をむけた。あれはただの運命だったんだ、と、彼は言って、手すりにひたいをつけた。

私は彼の肩に手を置いた。そう、運命なんだよ。

8

人類は一年あたり四十ギガトン（一ギガトンは十億トン）の化石炭素を燃やしている。科学者の計算によれば、地球の平均気温が産業革命の始まった当時よりも二度以上、高くなるまでには、あとおよそ五百ギガトンは燃やせる。計算上はここまでが限界で、それ以上に気温が高くなれば、地球上の生態域の大部分にとって、すなわち人間にとっては食糧生産に、深刻な影響が出はじめる。

以前は、その効果がどれほど危険なものなのか、疑問視する声もあった。しかしすでに、太陽エネルギーのうち、地球にとどまる量は放出される量よりも、地球表面の一平方メートルあたり約〇・七ワットも多いのだ。これでは平均気温はいやでも上がっていく。しかも、湿球温度が三十五度というのは、仮に湿度が五十パーセントだとすると気温は四十五度相当になるため、たとえ裸で日陰に座っていても人は死んでしまう。暑さと湿度の組み合わせによって、熱を逃がすために汗をかくことができなくなり、上がりすぎた体温でじきに死にいたる。一九九〇年以降、シカゴで一度だけ、湿球温度三十四度を記録したことがある。そう、危険はすぐそこまできているのだ。

だから、五百ギガトンが限度なのだ。一方で化石燃料産業は、地中には少なくともあと三千ギガトンの化石炭素があることをすでにつきとめている。そのような炭素のかたまりは、それを発見した企業の資産として記載されていて、発見場所となった国家の国有資源とみなされている。これらの炭素のうち私企業が所有しているのはわずか四分の一ほどだけで、残りはすべて、それぞれの国家の所有物となっている。地中に残しておくべき炭素二千五百ギガトンの想定価格は、現在の原油価格から計算すると、およそ千五百兆米ドルにも上る。

この二千五百ギガトンの炭素がいずれは投資が回収不能になるある種の座礁資産（ストランディド・アセット）とみなされるようになることはおおいにありうるが、そうしているあいだにも、こうした炭素の所有者や管理者のなかには、可能なうちにその一部を売って燃やそうとする者がいるだろう。あと一兆か二兆ドル、稼げる分だけ、と自らに言い聞かせて。そんなにたいした量ではない、限界を超えるほど燃やしたりはしない、あとほんのちょっとだけ儲けたい。だって、みんなが必要としているのだから、と。

そんなことをするであろう十九の大規模組織は、規模の大きい順に次のとおり。サウジアラムコ、シェブロン、ガスプロム、エクソンモービル、イラン国営石油会社、ＢＰ、ロイヤル・ダッチ・シェル、ペメックス、ベネズエラ国営石油会社、中国石油天然気（ペトロチャイナ）、ピーボディ・エナジー、コノコフィリップス、アブダビ国営石油会社、クウェート石油公社、イラク国営石油会社、トタルエナジーズ、ソナトラック、ＢＨＰビリトン、ペトロブラス。

これらの企業の動向について決定権を握っているのは、五百人ほどの人々だ。彼らはきっと善良な人たちであるはずだ。愛すべき国民の行く末を案じる愛国政治家。取締役会や株主に対する責任をまっとうする、誠実で勤勉な企業幹部。その多くは男性で、ほとんどが家庭を持っている。十分な教育を受けた、善意の人々。地域社会の中心となる人々。他者に思いやりを示せる人々。夕べにコンサートホールに出かけて、ブラームスの交響曲第四番の荘厳さに胸を打たれる人々。そんな人たちならば、子孫に最善のものを手渡したいと望むはずだ……。

9

リマト川の東岸、宗教改革者ツヴィングリが開いた名前のわりに見かけは質素な大聖堂(グロスミュンスター)の双塔の足元からつづくニーダードルフ旧市街には、多くの観光客を呼びこむにはあまりにも地味な小さなバーが、通りのあちこちにいまもひっそりとたたずんでいる。十一月のチューリッヒにそれほど観光客が来るわけではないが。雨がしだいにみぞれになり、扇をいくえにも重ねたように並べられた古くて黒い敷石もすべりやすくなってきた。メアリー・マーフィーは川のほうへつづくもっと広い通りに目をむけた。そこには建設用クレーンが立っているが、そうと見せかけてじつはアート作品だ。チューリッヒではどこでも見かけるクレーンを、彫刻家がからかったのだ。この街はつねにどこかを建て直している。

とりわけ小さなバーのひとつで、彼女は首席事務官のバディム・バハダーのとなりに腰を下ろした。ウィスキーを片手に背中を丸め、携帯電話でなにかを熱心に読んでいたバディムは、憂鬱そうにうなずいてあいさつしてから、グラスの氷をつついた。

「デリーからはなんと言ってきたの?」彼の向かいに座ったメアリーが訊いた。

「明日から始まるそうです」

メアリーはウェイターに合図して、バディムの飲み物を指さした。ウィスキーをもうひとつ。「反応はどう?」

「まずいです」バディムは肩をすくめた。「パキスタンが爆撃してくるかもしれなくて、そうなればインドも仕返しをするでしょう。そこから核の冬が始まります。さぞかしいい感じに地球を冷やしてくれるでしょうね!」

「パキスタンの人たちもよそと同じくらい、あるいはもっと、それを望んでいると考えざるをえないわね。このあいだのような熱波なら、あのあたりの人たち全員が死んでもおかしくないもの」

「それは彼らもわかってます。ただ、彼らは状況を悪化させているだけです。中国だってそうです。私たちはいまや、最下層カーストのパーリアみたいに世界中から忌み嫌われているんです、必要なことをやっているだけなのに。私たちは死にそうになったせいで殺されそうになっているんです」

「いつだってそういうものよ」

「そうでしょうか?」彼は窓の外に目をむけた。「私にはヨーロッパがそこまでひどく傷ついているようには見えません」

「ここはスイスよ、ヨーロッパとは違うわ。スイスはこんなやっかいごとには距離を置いているし、これまでもそうしてきた。その結果がいま目のまえにあるというわけ」

「ここ以外のヨーロッパはそんなに違うんですか？」

「彼ら（EU）はギリシャが苦境に立たされるとさらに苦しみを与えたのよ、忘れたの？　南欧のほかの国々がもっとましなわけでもないし、それを言うならアイルランドだってそうよ。何世紀ものあいだ、わたしたちはブリテン人に殺されてきた。全アイルランド人の四分の一くらいが飢饉で死に、同じくらいが島を離れた。それってたいそうなことだわ」

「植民地独立後（ポストコロニアル）ですね」

「ええ。それも同じ帝国のね。イギリスが犯した罪の報いをたいして受けていないように見えるのはどういうことかしらね」

「誰も報いを受けませんね。罪を犯した側ではなく、被害を受けた側がつけを払わされるんです」

　メアリーのウィスキーが運ばれてくると、彼女はその半分をひと息に飲んだ。「なんとかしてそれをひっくり返す方法を考えなくちゃね」

「そんな方法がありますかね」

「正義、とか？」

　バディムはいぶかしむような顔をした。「なんですか、それは？」

「ちょっと、ひねくれたことを言わないでよ」

「そんなつもりじゃありませんよ。ギリシャ神話の正義の女神で考えてみましょうか。トーガを着たブロンズ像の女性は、目隠しをされていることで公正であるとされています。彼女が手にしている天秤は罪と罰のバランスをとるもので、それぞれの影響については考慮しません。しかし、その天秤でほんとうにバランスをとれたものなど存在しない。目には目を、というならあるかもしれない。それならバランスがとれるでしょう。でも、誰かが殺された場合はそうはいかない。犯人に罰金を科したり一生刑務所暮らしにしたところで――それはほんとうにつりあっているのでしょうか？　そんなことはありません」

「そのために極刑があるんでしょう」

「でもそれが野蛮なやり方だということには誰もが同意します。なぜなら、殺すことがまちがいなら、まちがいをふたつ重ねても正しいことにはならないからです。それに、暴力は暴力を生みます。同等なものを見つけようにも、同等なものなどないのです。だからけっして天秤がつりあうことはない。ある国がほかの国を三世紀にわたって殺し、なにもかも取り上げたところでこんなことを言う。いや失礼――こちらの考えがまちがっていたよ。もうやめるから、それでいいよね。ぜんぜんよくありませんよ」

「インドはばらまいた粉塵の費用をイギリスに払わせることができるかも」

　バディムは肩をすくめた。「そんなのせいぜい十ユーロですよ。みんながどうして百パーセント支持しないのか、理解できません。効果なんて長くて三、四年しかもたないし、そのあいだに効果を見極めて、つづけるべきかどうかを決めればいいことなのに」

「ノックオン効果――予期せぬ連鎖的副作用が起きるだろうと考える人は多いわ」

「たとえば？」

「それはあなたもよくわかっているでしょう。今回のことが有益なモンスーンを止めたとすれば、悲劇は二倍になって襲ってくる」

「その危険を冒すことに決めたんですよ！　あとのことは、ほかの誰にも関係のないことです」

「でも、影響は世界中におよぶことになるのよ」

「誰だって気温は下がってほしいんです」

「ロシアはそうじゃないわ」

「それはどうですかね。海氷は解けだしているし、彼らの国土の半分を占める永久凍土も解けだしている。川が凍らなくなったら、シベリアでは一年のうち九か月も道路が使い物になりません。あちらでは冷えてることを前提に道路が作られていて、彼らもそれはわかっています」

「寒いにも程度があるでしょ」メアリーは言った。

「あそこはこれまでより寒くなることもあるくらいです！　いいえ。彼らはほかの誰もと同じように、不平を言っているだけなんです。誰かがウシの角をつかんだりオオカミの耳をつかんだりしたところで、みんながその背中にナイフを突き立てるチャンスを奪いにくる。もう、うんざりです」

　メアリーはウィスキーをもうひと口、飲んでから言った。

「世の中、そんなものよ（Welcome to the world）」

「たまりませんね」バディムはウィスキーを飲みほした。

「それで、どうします？　我々は〈未来省〉です。態度をはっきりさせないと」

「わかってる。まずはこっちの科学者たちがなんというか、聞いてみないと」

　バディムは彼女に目をむけた。「きっとああだこうだとごまかしますよ」

「彼らもまだ、じっくり考えて答えを出せるほどよくわかってるわけじゃないしね。だからたぶん、ちょうどいい実験だから、とにかくやってみて十年くらいようすを見よう、とか言うでしょうね」

「いつもそうです！」

「でもそれが科学ってものでしょ？」

「だけど我々はいつも以上のことをしなければ！」

「そのように言いましょう。それに、結局はインドを支援することになると思うわ」

「お金を出すんですか？」

「十ユーロね！　それも現金で」

　彼は思わず笑ってしまった。だがすぐにその表情を曇らせた。

「それだけでは不十分です」バディムは言った。「この未来省がやることは、その程度じゃぜんぜん足りない」

　メアリーは彼をまじまじと見つめた。彼に叱責されるなんて。彼は目を合わせようともしていなかった。

「少し歩きましょう」メアリーは提案した。「今日は一日、座りっぱなしだったから」

　彼も反対はしなかった。それぞれの飲み物を飲みほして支払いをすませ、黄昏の通りへ足を踏みだした。クレーンのオブジェからリマト川に沿って石造りの水路を上流に向かった。川面は黒くなめらかで、対岸の明かりがきらきらと反射していた。古い石造りの真四角な市庁舎を通りすぎた。メアリーはここを通るたびに、こんな小さな建物に市役所の機能のすべてが収まっていることに驚嘆する。さらに〈カフェ・オデオン〉を過ぎて、湖から川が流れ出るところにかかる大きな橋を渡り、対岸の小さな公園まで行くと、そこにはガニュメデスの像が立っている。高く上げた青年の片手が、チューリッヒ湖を低く見おろす月を支えているようだ。メアリーはよくここへ来る。彫像と湖、はるか南のアルプスが合わさった光景を目にすると、とくに理由もないのに、胸が躍る。それがチューリッヒなのか、人生なのか――なんとも言えない。ここへ来ると、世界は大きなところだと思えるのだ。

「ねえ」彼女はバディムに言った。「あなたの言うとおりかもしれない。悪事に対してほんとうの意味でなんらかの償いになりうるものとしての正義なんて、存在しないのかもしれない。〝目には目を〟でもなんでも。とくに、歴史的正義、あるいは気候的正義なんてものは。だけど長期的には、ざっくり言って、それがわたしたちがやってみるべきことなんだわ。それこそが未来省の存在意義なのよ。わたしたちがお膳立てしようとしていることは、遠い将来、正義のようなものが確立されるようにすること。長期間通用する、悪しきものと良きものをより分けるためのベースとなるもの。良い方向へと長い弧を描いていく、そういうもの。過去になにが起きたにせよ、いまのわたしたちにできることはそれよ」

メアリーは片手を高く上げたガニュメデスの像を指さした。天に向けた手のひらの上にさしかかった月を、いまにも空のかなたへ投げようとしているかに見える。

バディムは息を吐いて言った。「わかってます。私はそのためにここにいるんです」その目には――遠く、激しく、計算高く、冷たい目――決意の固さが表れていた。それを見たメアリーに震えが走った。

タチアナ・ヴォズネセンスカヤとのミーティングはリラックスできるというか、むしろ楽しみでさえあった。未来省の法務部門責任者である彼女とは、朝のうちにウトカイの屋外プールで落ち合うのが習慣となっていたが、暖かい日であれば水着に着替えて湖で泳いだりもした。しばらくフリースタイルで並んで泳いだあとは平泳ぎでおしゃべりを楽しみ、沖合でぐるりと回りこんでその低い角度ゆえに不思議な感じのする街を眺めた。もどってシャワーをすませると、併設のカフェで温かい飲み物をはさんで腰を落ちつけた。タチアナは背が高く髪は黒く、いかにもロシア風の薄い青い目とファッションモデルのように高い頬骨が印象的で、断固とした意志の強さと強烈なブラックユーモアを持ち合わせている。ロシア外務省でかなりの地位まで昇りつめたが、内部の権力構造のもつれに巻きこまれた彼女は、自分は国際機関のほうがうまくやっていけると判断した。ロシア時代には国際条約法が専門で、いまは来たるべき将来世代を守るという理念を推し進める支援者や法的手段を見つけるのにその経験を活かしている。彼女は、この仕事の大部分は、いまの時代の弁護士が来たるべき将来世代の代理人として訴訟を起こしたり、法廷で話を聞いてもらったりすることで、彼らに法的地位が与えられるような状況を作りだすことだと考えている。しかしどこの法廷も、すでに法に規定されている範囲内に収まらない人やものの立場を容認することに消極的であることを考えれば、簡単なことではない。とはいえ、タチアナ自身が既存の多くの国際法廷で経験があるうえに、〈将来世代のための公共団体ネットワーク〉や〈チルドレンズ・トラスト〉、その他たくさんのグループからの協力もある。これらはすべて、パリ協定を根拠として未来省に与えられた権限を支えてくれるものだ。

メアリーは、タチアナこそが事務局長に任命されるべきだったのに、と思うことがよくある。アイルランドや国連でのメアリー自身の経験なんて、タチアナのゆるぎないキャリアに比べれば薄っぺらなものでしかない。

いつぞや、飲み物片手にそんな思いを伝えたとき、タチアナはそれを一笑に付した。「いいえ、あなたこそ完璧よ！　気さくなアイルランド娘のあなたはみんなから愛されてるわ。わたしなんて、KGBの殺し屋みたいにあちこちと衝突して、あっという間になにもかもぶち壊しにしちゃうわよ。それがわたしなの」彼女は危険な光を目に宿してそう言ったものだ。

「そんなことはないでしょう」メアリーは言った。

「そりゃ、そんなことはないわ。でも、わたしだったらものごとを台無しにしてしまう。あなたがトップにいてくれて、わたしたちのためにドアを開けてくれることが大事なの。それって、法的地位とよく似ているわ。フォーマルとは言えないけど、そのくらい重要なこと。こちらの言い分を聞いてもらうには、まず人々が耳を貸そうと思ってくれないといけない。あなたの仕事は法的地位と同じ――人々に耳を貸してもらうこと。わたしたちの仕事はそのあとよ」

「そうだといいけど。まだ存在もしていない人たちのためにちゃんとした法的地位を確保するなんて、ほんとにできると思う？」

「どうかしらね。時間の経過とともに包含される範囲は広がってきているわね、それは前例がある。以前よりいろんな人々が法的地位を与えられてきているし、エクアドルがそうだけど、生態系にまで法的地位は与えられている。そうやってパターンができれば、論理的には筋が通るようになる。でもそれがうまくいったとしても、国際法廷全般の弱点のなかに、ふたつめの、もしかしたらもっと大きな問題がひそんでいる」

「国際法廷が弱いと思っているの？」

タチアナは〝ふざけないで〟と言わんばかりにメアリーにするどい目をむけた。「国家が国際法廷に同意するのは自国に都合のいい判決が出たときだけよ。だけど判決はかならずどちらかに味方するものだから、負けた側が満足することはけっしてない。おまけに世界には保安官がいるわけでもない。だから、アメリカはアメリカのやりたいように、わたしたちはわたしたちのやりたいようにやるわけ。国際法廷が機能するのは、ちゃちな戦犯が捕まって、ほかのみんなが高潔なフリをしたいときだけよ」

　メアリーは浮かない顔でうなずいた。インドが地球工学的手段でパリ協定を反故にしたことも、協定の排出削減目標が全体的に軽視されているのと法的には大差ないとはいえ、そうしたふるまいの最新例にすぎない。

「それで、その状況を改善するのに、わたしたちにはなにができると思う？」

　タチアナは肩をすくめ、暗い顔で「わたしたちにあるのは法の支配だけよ」と言った。「人々にそう言って、信じてもらうようにがんばるしかないわ」

「どうやってそれを実現する？」

「世界がぶっ飛んだりすれば、信じるでしょうね。第二次世界大戦後に国際秩序がもたらされたのはそういうことだった」

「それじゃ足りない、と？」メアリーはうながした。

「足りない、けど、ここまでやれば足りる、ということもない。わたしたちはひたすらやり抜くだけよ」タチアナはぱっと顔を輝かせたが、そのずるそうな表情からは、冗談を言おうとしているのがメアリーには見てとれた。「新しい宗教を作りましょう！　地球教というか、すべての人が家族、人類みな兄弟、みたいな」

「それを言うなら、人類みな姉妹、ね」メアリーは言った。「母なる地球教よ」

「それそれ」タチアナはそう言って笑いだした。「そうでなくっちゃ、ね？」

　ふたりはこのアイディアに乾杯した。「そのための法律をまとめてちょうだい」メアリーが言った。「そのときが来たら準備万端、整っているようにね」

「まかせてよ」タチアナは請け合った。「もう規約はまるごとここにできてるのよ」そう言って、指先でひたいを叩いた。

10

俺たちは、ビタ、ダルバンガ、INSガルーダ、ガンディーナガルの空港や飛行場から飛び立った。機体の多くはずっと昔にソビエトから買ったイリューシンIL-78空中給油機だった。ボーイング社やエアバス社の空中給油機もいくつかあった。どれもみな古い飛行機で、機内はとても寒かった。フライトスーツも古く、動きにくいうえに断熱性能もないに等しかった。上空はとんでもなく寒かったが、フライトそのものは比較的短時間ですんだ。

　飛行機が飛べるぎりぎりの高度一万八千メートルまで上昇した。もっと高く飛べればよかったのだが、それ以上は無理だった。最大積載量を積んでいたから、つねに数時間はかかった。二機が高度により狭まる失速限界と音速限界の板挟み――いわゆる〝棺桶ポイント（コフィンコーナー）〟につかまって悲劇的に失速し、クルー一名は脱出できなかった。

　上空に達した俺たちは燃料ラインを展開し、空気中にエアロゾルを散布した。撒いてすぐのエアロゾルは放出された燃料そっくりに見えるが、実際には微粒子の集まりだ。そのほとんどは火山から噴出するのと同じ二酸化硫黄やその他の化学物質だと聞いているが、灰は含まれていない。空中に長くとどまって太陽光を反射するように考えて配合されたものだ。ボパールをはじめとするインド各地で製造された。

　俺たちのミッション飛行がおもにアラビア海上空で行われたのは、そうすれば夏の終わりの卓越風に運ばれた微粒子が、どこよりも先にまずインドを覆うことになるからだ。それを望んだのは、これが自分たちのための作戦だからでもあったが、そうすることでいくらかは批判を避けられるという意見もあったからだ。しかし、ばらまかれた微粒子はすぐに風に運ばれて、まずは北半球の、やがては地球全体の成層圏にも広がっていく。そうして太陽光の一部を地球から反射させてくれるのだ。

　インドにいてさえ、空のようすの違いはほとんどわからない。俺たちは生まれてからずっと、ABCと呼ばれるアジアの褐色雲（アジアン・ブラウン・クラウド）の下で暮らしてきたせいで、ほこりっぽい空を見慣れてしまっているからだ。この作戦行動のおかげで日中はものが白っぽく見え、日暮れどきは以前よりも赤っぽく見えることがある。日によってはとても美しい。だが代わり映えしないことのほうが多い。ばらまかれた微粒子が宇宙空間へはじき飛ばせる太陽光は、地球に届く全体量の約〇・二パーセントと言われている。非常に重要で決定的な数字ではあるが、そんなに小さな違いを見分けられるわけがない。

地球への影響は一九九一年に起きたピナツボ火山の噴火と同じくらいと言われていて、その二倍だという意見もある。全量を成層圏に散布するには数千回のミッションを要した。飛行機はわずか二百機しかなかったので、じつに七か月にわたって、繰り返し繰り返し飛んだ。たいへんな作業だった。もちろん、いま現在進行中の事態に対してはわずかな努力でしかない。それでも、またしても熱波に襲われることを防げるのなら、やるだけの価値はある。

中国が、そしてもちろんパキスタンも、このアイディアを嫌悪していることは知っていた。俺たちはジェット気流が東または北東に向かっているときに限定して飛行したが、これらの国々が微粒子の分散範囲に入ってしまうこともあった。そして世界中の人々が、オゾン層が破壊される恐れについて指摘した。オゾン層の破壊は誰にとってもよくないことだ。一度、赤外線誘導ミサイルが我々の飛行機をかすめていったことがあり、操縦していたヴィクラムはぎりぎりのところでそれを避け、飛行機はネコのような悲鳴を上げた。ミサイルの発射元はわからずじまいだったが、俺たちは気にしなかった。言われたことを喜んでやっていただけだ。みんな、知り合いの誰かをあの熱波で亡くしていたのだから。そうでなかったとしても、それがインドだ。それに、あの悲劇はまたインドのどこかで、それどころか世界のどこでも、起こりうる。インド当局が言ったように、何度でも起こりうることだ。もっと北のほうでさえ、熱波に襲われる可能性はある。あんなに北にあるヨーロッパでさえ熱波に見舞われたことがあり、七万人が亡くなった。地球上の陸地の半分以上は危険にさらされている。だから俺たちは作戦を実行した。

七か月間、来る日も来る日も。機体の整備や燃料補給、そしてタンクへの補充を含めれば二十四時間体制だ。何千人もの人々が協力しあう日課だった。俺たちは疲れきっていたが、同時にそのリズムに慣れてもいった。飛行機一機を三交代で回せるだけのクルーがいた。何週間も繰り返していると、それが永遠につづいていくような気がした。俺たちがやろうとしていたのはそれがすべてだったみたいに。俺たちはインドを、もしかしたら世界を救っている気分になっていた。だが、気にかけていたのはインドのことだ。死をもたらす熱波なんて二度とごめんだ。そう願っていた。とても胸が熱くなるひとときだった。

　もしいま俺が世界のどこかへ出かけていって、俺たちのしたことに文句を言うやつがいたら、俺はそいつに食ってかかる。なにも知らないくせに、と言ってやる。死んだのがおまえの仲間じゃないからどうでもいいんだろう。だが俺たちは知ってる、だから気にかける。しかもその後、あれほどの熱波は来ていない。また来るかもしれないし、まちがいなく来るだろうが、俺たちはできることをした。正しいことをしたのだ。否定するやつがいれば、怒鳴りつけてしまうだろう。地獄に落ちろ、と言ってやる。俺たちインドはもう地獄を見てきたのだ。だから、俺たちのしたことにいちゃもんをつけるやつらに我慢なんかしない。やつらは自分でなにを言っているのか、わかっていない。やつらが見たこともないものを、俺たちはこの目で見たのだ。

11

イデオロギー：名詞。現実の状況に対する想像上の関連性。

一般的な用法では、他者が有するものであり、とくに事実を体系的にゆがめる場合に使われる。

しかしイデオロギーは、認知に欠かせない機能であり、もしもこれが欠けている人がいるとすれば、重度の障害と言えるだろう。現実の状況というものは存在し、それを否定することはできないが、あまりにも膨大であるため一個人がすべてを知ることはかなわず、したがって人は想像を働かせることによって理解を深めなければならない。よって人はみなイデオロギーを持っているが、これはよいことである。意識には大量の情報が流れ込む。その情報は知覚的経験から、散漫かつなにかを介在したあらゆる種類のインプットまで、多岐にわたる。そこで、決断したり行動したりできるようにものごとのつじつまを合わせるために、なんらかの個人的な体系化システムが必要になる。世界観、哲学、宗教——これらはみな、上で定義したイデオロギーの同義語である。科学もまたしかり。ただし、ほかと違って科学が特別であるのは、科学はあらゆる現実による検証と絶え間ないクロスチェックにより、絶えず焦点を鮮明にしつづける営みだからである。このことによって、科学がもっとも興味深いプロジェクト——世界中からわらわらとにぎやかに流れ込む情報をできるだけ多く、理路整然として有益なやり方で説明できるイデオロギーを発明し、改善し、役立てること——の中心となることは必定である。イデオロギーに期待されるのは、明快さと説明的な幅広さ、そして力だろう。この証明は、読者への課題として残しておく。

12

想像上の関係性というのはいったんわきに置くとして、現実の状況はどうなっているだろう？　当然ながら、先のとおり、とうてい知りえない。では、こうした側面を考えてみよう。

最近になって絶滅した種のリストには、サウジガゼル、ニホンアシカ、カリブモンクアザラシ、クリスマス島アブラコウモリ、ブランブルケイメロミス、コガシラネズミイルカ、アラゴアスマユカマドドリ、クリプティック・ツリーハンター、アオコンゴウインコ、カオグロハワイミツスイ、キタシロサイ、ヤマバク、ハイチソレノドン、オオカワウソ、アトウォーター・プレイリーチキン、スペインオオヤマネコ、イランダマジカ、トキ、アラビアオリックス、シシバナザル、セイロンゾウ、インドリ、ザンビアアカコロブス、マウンテンゴリラ、パルマワラビー、ワリアアイベックス、アイアイ、ビクーニャ、ジャイアントパンダ、フィリピンワシ、このほかにも二百種の哺乳類と、七百種の鳥類、四百種の爬虫類、六百種の両生類、四千種の植物が含まれている。

現在の絶滅率は地質学的な標準と比較して数千倍も速く、地球史上、六回目の大量絶滅期を迎えており、それゆえに〈人新世〉の始まりを明確に示している。つまり人類は、地球が終わるそのときまで化石記録に明確に残されるであろう、生物圏の破滅的状況のさなかにあるということだ。また大量絶滅は、実験的な絶滅種復活のあらゆる試みや、地球上に生きる生命全般の頑健さにもかかわらず、人類の所業のなかでも取り返しのつかない、もっとも顕著な事例のひとつでもある。海洋の酸性化や脱酸素もまた、人間による取り返しのつかないしわざの一例である。そして海洋の酸性化／脱酸素と絶滅イベントとの関係はいずれ深刻なものとなり、前者はとてつもないスピードで後者を加速していくだろう。

もちろん、生物の進化はいずれ、空きができた生態的ニッチを新たな種で埋めることになる。これまでに存在した種の豊かさは、二千万年もかからずに回復することだろう。

13

汗をかくたびに彼の心臓は鼓動を速め、すぐに極端なパニック発作との激闘が始まる。心拍数は毎分百五十を超える。頭では自分が安全だとわかっていても、そしてこのパニック反応がずっと昔に起きた出来事に対するものだとしても、それとは無関係だ。いま現在グラスゴー郊外に住んでいることも、食肉処理工場で働いているから、氷点より数度高いだけの温度が保たれている冷蔵室にいつでも入れることも、関係ない。発作が始まったときにはもう手遅れだ。たちまちのうちに凶暴な生化学的嵐に身も心も引きずりこまれ、最悪の妄想をかきたてる覚せい剤（クリスタルメス）のように動脈を駆けめぐる。

　これは一般に心的外傷後ストレス障害（PTSD）と呼ばれている。彼もそれは知っていたし、何度も聞かされていた。PTSDは、いまの時代に課せられた深刻な問題だ。セラピストのひとりがかつて彼に説明したように、この疾患のほかと違う特徴のひとつが、そうなるとわかっていても、止められないことだ。そういう意味では、病名がついたところでなんの役にも立たない、とセラピストは言っていた。診断を下すことは、必要ではあるがそれで十分ではない。しかも、なにがどうなれば十分なのかもはっきりしていない。さまざまな意見があり、効果もさまざまだ。完全に効果的とされる治療法は示されておらず、ほとんどはいまだに実験的な手順の域を出ない。

　きっかけとなった出来事に似た状況に身を置くこと――効果なし。

　彼はケニアを訪れたときに、これを試そうとした。毎日、人の住めない気温にじわじわと近づく屋外に出てみたのだ。その結果、毎日パニック発作を起こし、早々に旅行を切り上げてグラスゴーに引きかえした。

　仮想空間でその出来事の状況を追体験すること――効果なし。彼は自分でコントロールが可能な状態で経験の一部を追体験するビデオゲームをプレイしたが、そうしたゲームは推奨年齢が十七歳以上のM指定のB級作品に負けず劣らず醜悪なものだった。ゲームをしているときにかぎらず、頻繁にパニック発作が起きた。

　リハーサル療法――彼はベータ遮断薬の影響下でその出来事について書きだすという訓練を繰り返した。ベータ遮断薬のせいでつねに眠気があるため、自動書記状態による体験記となった。〝僕は人々を屋内に入れようとした。クローゼットには水のタンクがあった。僕は自分が持っているものを隠した。ピストルの銃口は小さな黒い円だった。みんな死んでしまった。〟

だめだった。朦朧としてひどく息切れするようなパニック発作が起きたり、さらに悪夢を見るようになったりした。

寝ていてもおよそ二回に一回は悪夢を見て、冷や汗をかいて目を覚ました。ときにそのイメージは残酷なまでに悲惨なものもあった。そうした夢から覚めたときは、冷えた体を温めようと冷たくなったつま先を動かしたり、何度も寝返りをうったりした。見た夢を忘れようとしたり、もう一度眠ろうとしたりもしてみた。しかしそれには何時間もかかり、結局うまくいかないこともあった。そんなときの翌朝はゾンビのようにのろのろとしか動くことができず、なにも考えずに一日をやり過ごすか、ビデオゲームをして過ごすしかなかった。たいていは低重力下で小惑星から小惑星へと跳ね回るようなゲームだった。

彼のセラピストがトリガーイベントについて話していた。トリガーを回避することについてだ。彼らがこのいかにも都合のいい例えでごまかそうとしているのは、人生がそもそもトリガーイベントの連続で避けようがない、ということだ。意識自体がトリガーなのだ。彼は目を覚まして自分が何者であるかを思い出すだけで、パニック発作が起きる。それを乗り越えて、どうにかこうにか一日をやり過ごす。特定のことを考えないようにしろと命じることは、まさしくそれについて考えることにほかならない。抑圧し、忘却する。彼は忘れることを学ばなければならない。永遠に気をそらしていることなど不可能だ。彼は、よくなりたいと思いながら、それができずにいた。

認知行動療法は、PTSDに対する最適な方法として広く受け入れられている。だがこの療法はなかなかにたいへんだ。彼はまるで宗教的使命のように、あるいは暗い淵にかかる小道をたどるように、それに取り組んだ。彼がその言い回しを使ったとき、セラピストのひとりがこう言った。誰もがその暗い淵にかかる小道を歩んでいます、それが人生なのです、と。それに対して彼は、僕のは綱渡りの綱なんです、と答えた。いつ、どんなときでも、バランスに注意していなければならないんです。そういう意味では、絶対に気をそらしてはいけないんです。少しでも気をそらしたら、ほんの一歩で暗い淵に落ちてしまいます。つねに警戒を怠らないこと——だがこれもまたよろしくない。別のやり方でそのことを考えることになり、注意をむけてしまうことだからだ。だめだ。警戒のしすぎもこの疾患の一部だ。どこにも逃げ道がない。夢も見ずに眠ること以外は。あるいは死か。

　それとも薬に頼るか。抗不安薬は抗うつ薬とは別ものので、脳への闘争／逃走刺激を阻害することを目的としている。ほんとうの危険などないと理解することで、意識に少しの余裕をもたせ、体の反応を落ちつかせるためのものだ。これらの薬剤には望ましくない副作用があることはたしかだ。感情の起伏がなくなる、というのがそれだ。部分的には望ましいことではある。すべての感情を殺してしまえば、必然的に悪い感情もそこに含まれ、したがってその感情が最前列にいていまにも飛び出してこようとしていても、表面には表れにくくなる。しかし、すべての感情を押し殺すことができたとして、それでどうなるというのか。ロボットのように、なにも考えることなく人生をただ生きていくことになる。おんぼろ車にガソリンを入れるように食事する。疲れ果てて眠りに落ちれば夜をやり過ごせるから、そのために運動する。ものごとを考えないようにする。感じないようにする。

　結局、何か月も、何年もそんなふうに過ごしたあと、彼はインドへもどっていった。

　そうすることで効果があるかどうか、やってみなければならなかった。やってみないことには知りようがない。それは嫌悪療法、あるいは没入療法のようなものになるはずだ。まさに事件が起きた現場に行ってみること。さらに、彼はある考えにとりつかれるようにもなっていた。計画があったのだ。

　彼はデリーに到着すると列車でラクナウに向かい、駅で降りるとこんどは混雑するバスに乗ってあの町を目指した。あたりの景色やにおい、暑さと湿気――これらすべてがトリガーだったのはたしかだ。しかしほんとうのトリガーは意識のほうなのだから、彼は気持ちを引き締め、ほこりだらけの車窓から外を眺めた。肌から噴き出す汗を感じ、規則正しく肺を出入りする空気を感じ、胸の奥で脈打つ心臓を感じていた。なにかから逃げ出そうとする子供のように。がんばれ！　生き抜くんだ！

　彼は町の中央広場の停留所でバスを降りた。その場であたりを見わたす。そこらじゅうに人がいて、年齢もさまざまだ。以前のようにヒンドゥー教徒もイスラム教徒もいて、その違いはあってもごくわずか、まったく違いがないこともあるが、彼の目はそのしるしを見分けられる程度には経験を積んでいた――ティッカという特徴的な丸い帽子だ。アクバル王の時代かそれ以前にさかのぼって、この町にはいつでも彼らが混在していた。彼の目にはすべてが四年まえとまったく同じに見えた。あの大災害が起きたことを示すものはなにひとつなかった。

きっと記念碑のひとつくらいはあるだろう。彼は湖に向かって歩きだした。心臓がハンマーのように胸を打ち、肌が焼けるようだった。着ているものが汗でぐっしょりとなり、バックパックから水のボトルを取り出して飲んだ。一度にひと口ずつしか飲んでいないのに、ボトルはすぐに空になった。どこもかしこも脈打っていて、汗が目にしみて、ラップアラウンド型のサングラスの奥では涙が止まらなかった。偏光ガラス程度では、強烈な日射しの攻撃から網膜を守るには不十分だった。どこを見ても、目に入る光景は針のように眼球を貫いた。

湖は変わっていなかった。どうして変わっていないなんてことがありうるのか。どうして水を抜いてそこに霊廟でも寺でも、あるいはただのアパートメントやバザールを建てようとしないのか?

それを言うなら、いったい誰が、ここで起きたことや、あの一週間がどんなようすだったかを思い出すというのだろう? 生き残って、この場所の記憶につきまとわれる人などいなかった。あとからやってきてここを片づけ、死体を処分した人たちにしてみれば、この町も多くの町のひとつにすぎなかったし、どの町でも状況は同じだったのだ。この町だけを特別あつかいする理由などなかった。そうとも――生き残ったのは彼ひとりだけだったのだから。彼が見たものは彼以外の誰も見たことがなく、彼以外の誰も生き残ってあれを思い出すことはできなかった。この混雑した狭い歩道――沿岸道路を模した悲しみの小道――を歩くすべての人々にとって、いまある姿がすべてなのだ。昔ながらの戦没者慰霊碑どころか、銘板のひとつさえもない。

彼は歩いてバス停までもどった。しばらく考えて、ボトル入りの水を買いに近くの店に寄ったあと、彼のオフィスがあった場所に向かって歩きだした。建物はまだそこにあった。オフィスだったフロアには弁護士事務所と会計事務所、そして歯科クリニックが入っていた。そのとなりは、以前にはなかったネパール料理店になっていた。それは単なる建物でしかなかった。上の階にある部屋でなにがあったかなど、いまは――。

彼は急に立っていられなくなって、縁石に座りこんだ。全身が震えていて、両手で頭を支えた。それはすべて、彼の頭のなかにあった——一時間、一分ごとに思い出せる。あのクローゼットにあった水のタンクも。

彼は立ち上がってバス停まで引きかえし、次に来たバスに乗ってラクナウにもどった。そこで、教えてもらった番号に電話をかけた。相手の男はヒンディー語で答えた。へたくそなヒンディー語で、英語で話せるか、と訊き、男が「はい、用件は?」と言ったのでそこから英語に切り替えた。

「僕はあそこにいたんです」フランクは言った。「あの熱波のときにここにいたんです。僕はアメリカ人で、援助団体の一員としてこちらで開発作業にあたっていました。僕はあれを目撃したんです。そして、もどってきました」

「どうして?」

「友人からあなたたちのグループのことを聞いたからです」

「どんなグループだと?」

「〈ネヴァー・アゲイン〉と呼ばれていると聞きました。いろいろな直接行動に専念しているんでしょう?」

電話の向こうの相手は黙り込んだ。

「僕も手伝いたいんです」フランクは言った。「なにかしないではいられなくて」

沈黙はつづいていた。ようやく男は「いまどこにいるのか、教えてくれ」と言った。

＊＊＊

うだるような暑さのなか、彼は駅の外で一時間も座っていた。疲れきって倒れそうになるかと思えてきたころ、縁石に寄せてきた車から若い男がふたり飛び出してきて彼の目のまえに立った。「あんたが電話してきた外国人か?」

「そうです」

ひとりが彼の体のまわりで棒のような道具をふりまわし、話しかけたほうの男がボディチェックをした。

「いいだろう、乗って」

彼が助手席に乗りこむと、運転席の男がタイヤを軋ませて車を出した。うしろに乗った男が彼に目隠しをした。「これから連れていく場所をあんたに知られたくないからな。あんたが自分で言っているとおりの人間なら、あんたを傷つけたりはしない」

「言ったとおりだよ」フランクは目隠しされるままにしておいた。「そうじゃなければよかったけどね」

　返事はなかった。車は何度か角を曲がり、そのたびにスピードのせいでフランクはドアに押しつけられたり、シートベルトで締めつけられたりした。小型の電気自動車で、音は静かだし、スピードを上げたりゆるめたりするのもすみやかだった。

　やがて車が止まり、降ろされた彼は数段の階段を上らされた。建物に入った。目隠しがはずされると、若い男たちでいっぱいの部屋のなかにいた。十人あまりの男たちに混じって、女がひとりいるのも見えた。全員が彼をものめずらしそうにじろじろと見ていた。

　彼はここに来たわけを語った。彼らは険しい顔でときおりうなずきながら、ぎらつく目をじっと彼にむけたまま聞いていた。こんなに熱心に見つめられたのは初めてだった。

　彼が話し終えると、彼らはちらちらと互いの顔を見合わせた。ついに話しかけたのはあの女だった。

「それで、あんたはどうしたいの?」

「君たちの仲間になりたい。なにかをしたいんだ」

　彼らはヒンディー語で話し合いを始めたが、早口すぎて彼には聞き取れなかった。もしかすると、ベンガル語やマラーティー語など、別の言語だったかもしれない。単語のひとつも理解できなかった。

「あんたは仲間にはなれない」彼らが話し合いを終えると、女が言った。「あたしたちにはあんたはいらない。それに、あたしたちがしていること全部をあんたが知っていたら、あんただってあたしたちの仲間になるのを望まないんじゃないかな。あたしたちは〈カーリーの子供たち（チルドレン・オブ・カーリー）〉、だからあんたは仲間にはなれないんだよ、たとえあの大災害のときにここにいたのだとしてもね。でも、あんたにできることもある。あたしたちのメッセージを世界に届けること。たぶん、なにかの足しにはなると思う、わからないけど。でもやってみることはできるよね。世界中に向けて、やり方を変えろ、って言ってみて。あいつらがやり方を変えないなら、あたしたちがあいつらを殺す。あいつらはそれを知るべきよ。そのメッセージの伝え方を考えてみな」

「そうします」フランクは答えた。「でも、それ以上のこともやりたいんです」

「だったらやればいい。あたしたちとは別に」

　フランクはうなずき、視線を落とした。どうやっても説明することはできないだろう。彼らにも、ほかの誰にでも。

「わかりました。僕は自分にできることをやります」

14

私たちはよそへ行かなくてはならなかった。ここにとどまるのは危険すぎた。

私は医師で、うちの小さなクリニックには助手ひとりと看護師三人のほか、数名の事務職員がいた。妻はピアノ教師で、子供たちは学校に通っていた。ところが、この地区の反乱勢力が政府と戦いはじめると、町に軍隊がやってきて、通りの真ん中で人々が殺されるようになった。うちの子供たちが通う学校の生徒まで、何人かが犠牲になった。そしてある日、クリニックが爆破された。駆けつけた私が見たのはその残骸だった。通りから診察室が丸見えになっているのを見て、ここを離れなくてはいけないと悟った。どういうわけか、私たちは嫌われ者になっていた。

戦争のまえにはジャーナリストだった友人を訪ね、どこか安全な場所へ渡航させてくれそうな闇業者と連絡がとれないだろうかと訊いた。行き先についてはなにか具体的な考えがあったわけではない。どこであろうと、いまいる場所に比べればずっと安全だろう。私の頼みごとを理解した友人は、テーブルを回りこんで私を抱きしめてくれた。こんなことになってすまない、と彼は言った。君がいなくなると寂しいよ。その言葉はナイフのように私の胸に刺さった。この引っ越しがなにを意味するのか、彼にはわかっていた。私にはわかっていなかったが、彼にはわかっていたのだ。そして、彼が知っていることを彼の表情に読みとったとき、私は銃で撃たれたように椅子にへたりこんだ。膝に力が入らなかった。人は言葉のあやとしてそのように言うが、大きな衝撃を受けたときにこの身に起きることをじつに的確にあらわした表現だ。体のなかのどこかで起きる生理現象にはちがいないのだが、私にはそのしくみを説明することもできない。

闇業者の言い値はあまりにも法外だった。よそへ行こうにも、これではよほどの貯蓄があるものしか行けないではないか。この町の人々のほとんどは身動きがとれなかった。だが私たちにはその金が出せる。それで、ある夜、友人と待ち合わせたいきつけのカフェに、彼はひとりの男を連れてきた。ものごしは丁寧だが、よそよそしい男だった。プロフェッショナルだ。男は金を見せろと言い、私の家族のことや、いつ出発できるとか、そういうことを尋ねた。男は、私の家族をまずトルコへ、それからブルガリアまで連れていき、その後はスイスかドイツへ送りだせる、と言った。私は銀行へ行って現金を引きだし、家にもどって妻に話してから、子供たちにスーツケースひとつに荷物をまとめるように言った。旅行に行くのだということにした。その夜、真夜中にうちのアパートメントの目のまえに車がやってきて、私たちは階下に下りて車のトランクにスーツケースを押し込み、後部座席に乗りこんだ。出発するとき、私は車の窓からアパートメントに目をやって、もう二度とここを目にすることはないのだと悟った。なにもかも終わってしまった。私には私の習慣があった。仕事帰りや、涼しくなるころにカフェに行くのが好きで、コーヒーを飲みながらバックギャモンをして遊んだり、友人たちと語らったりするのが好きだった。妻と私は友人夫妻たちを招いて、一緒に夕飯を作ったり子供たちを見守ったりもした。私たちは、食料品店や地元の商店を経営する人々を知っていた。すべてそろっていたのだ、ほかの誰もと同じように。それがどんなものだったかを覚えている。うっすらとでしかないが。

15

バディムのための、未来省幹部グループによる毎週月曜の定例会議の記録。清書してから彼に提出する。

メアリー・マーフィーが首脳陣を招集。場所はホーホ通りにある彼女のオフィスに隣接したセミナールーム。トイレをすませておけばよかった……。

メアリーの左どなりにバディム、つづいてそのほかの十三部門の責任者たちがテーブルを囲んで着席、わたしたちスタッフは彼らのうしろの壁際に。ジョージが寝そうになっている。

タチアナ・V：法務担当。今朝、彼女の提訴したインドの件を国際司法裁判所が却下したと聞いたばかり。不機嫌。

インベニ・ハラ：インフラ担当。ナミビア国営石油企業NAMCORから招聘。

ユルゲン・アツゲン：湖畔の自宅から通勤するチューリッヒ市民。保険および再保険担当。スイス再保険会社の古参。

ボブ・ワートン：自然災害担当。アメリカ人環境学者。気候変動の緩和とその影響への適応が専門。

アデル・エリア：気候部門の責任者、フランス人、気候科学者たちの統括。元氷河学者。このような会議を嫌悪し、会議中にそのように発言した経験あり。氷河に八年住んでいたと言っていて、また帰りたがっている。寒冷圏はいまも解けつづけているから。

フオ・カミン：環境学者、香港人。生物圏研究、生息環境修復、退避地確保、動物保護、再野生化、生物学に基づく炭素削減、流域管理、地下水涵養、共有資源管理、〈ハーフ・アース〉活動（地球の半分を自然保護区にしようと提唱する活動）。彼女なら全部できる。

エステバン・エスコバル：チリ人。海洋担当。わりとあきらめが早いほう。

エレナ・クィンテロ：農業担当。ブエノスアイレス出身。エステバンとふたりでアルゼンチンとチリの対立をちゃかしている。エステバンを元気づけるのがすごくうまい。

インドラ・ダリット：ジャカルタ出身。ジオエンジニアリング担当。ボブとユルゲンと協力。

ディック・ボズワース：オーストラリア人の経済学者。変人。税と政治経済学担当。わたしたちの現実性をチェックしてくれる人。

ヤヌス・アテナ：人工知能（AI）、インターネット、デジタル全般。ご本人がかなりデジタル人間。通称JA。

エズメリ・ザイード：エリア、エレナにつづく三人目のEがつく女性。パレスチナ系ヨルダン人。自身が難民で、国連難民高等弁務官事務所（UNHCR）との連絡係。

レベッカ・トールホース：カナダ人。先住民族の代理と支援担当。

メアリーが会議の冒頭で新たな進展について質問。

インベニ：化石燃料をあつかう企業に脱炭素化プロジェクトにむけて方向転換してもらう計画について検討中。彼らの持っている能力が、びっくりするくらい適切。採取するにも注入するにも使われる技術は同じ。向きを逆にするだけ。人材、資本、設備、生産能力、どれも〝回収と注入〟の両方に使える。協力してもらうか、法的に強制するか。石油企業は事業をつづけながら善行もできる。

タチアナは関心がありそう。ほかの人たちは懐疑的。炭素の回収と空になった油井への再注入は現実的か。

メアリー：さらに検討を。自然な方法で回収できる量の計算結果から判断するに、その方法はぜひとも必要。

ユルゲン：昨年度の報告書に保険会社がパニック。支払額はいまや年間約一千億米ドルで、急上昇のしかたがホッケースティック曲線。保険会社は再保険契約をしている。損な役回り（ショート・エンド・オブ・スティック）を引き受けさせられている（いやむしろ長い柄（トール・エンド・オブ・スティック）のほうかも？）。支払いに見合うだけの保険料をかけるわけにもいかず、もう誰もそんな保険金を払えない。予測可能性の欠如で、再保険会社が環境の激変のカバーを拒否するのは、戦争や政治不安と同じ。つまり、基本的に保険はもうおしまい。世の中の誰もかれも保険なし。支払いの最後の砦は政府だが、ほとんどの政府は財政がすでに借金漬け。再保険会社と同じ。あとはもう通貨自体の信用危機。通貨制度全体が崩壊寸前。

メアリー：崩壊？

ユルゲン：通貨が通貨の機能を果たさなくなる。

部屋が静まりかえる。ユルゲンがつづける。再保険会社が気候の緩和を待ち望む理由がわかるでしょう！世界が終わるのをそのままにはしておけませんからね！　誰も笑わない。

ボブ・ワートン：緩和できるものもあれば、できないものも。順応できることとできないことも。現時点で緩和に失敗しているものには順応もできない。どれがどっちなのか、はっきりさせる必要がある。おもに、順応を支持する人たちに、でたらめを言うな、と言ってやらないと。経済学者や人文系の教授連中には、なんの話をしているのかわかっていない連中がいる。順応なんて、ただのファンタジー。

まくしたてるボブを止めるメアリーのやり方は見事。いかにも共感したように目を細め、ハサミで切るしぐさ。聖歌隊に説教だわね、とそれとなく言う。アデルとほかのメンバーに発言をまわす。

アデル：それが悪いことだと思っているのね！（笑） 南極圏にある巨大な氷河の入り江、おもにヴィクトリアとトッテンでは氷が急速にすべり落ちている。いずれ何千立方キロメートルもの氷が海に流れ込む。あと二、三十年のうちでもおかしくない。海水面はまちがいなく二メートル、あるいはもっと（六メートルとか！）上昇するかもしれないが、二メートルでも十分。あらゆる沿岸の都市やビーチ、湿地帯、サンゴ礁、たくさんの漁場にとっては死活問題。世界人口の十パーセントは立ち退き必須。食料供給は二十パーセント減。放心状態のボクサーにノックアウトパンチ。人類の文明もおしまい。

ユルゲンが降参とばかりに両手を広げる。そのためのコストなんて計算不能！

計算して、とメアリー。

ユルゲンは顔をしかめ、頭のなかで大きなイメージを広げる。一千兆。うん。一兆の一千倍でも高すぎることはない。なんなら五千兆でも。

ディック：もう、無限ってことでいいんじゃないか。

アデル：いまや絶滅の危機にある種の数はペルム紀なみ。（ここで積み上げる？）史上最悪だったペルム紀の大量絶滅に追いつきそうな勢い。

カミン：肉体を持つ生き物の九十九パーセントは人間とその家畜。ウシ、ブタ、ヒツジ、ヤギ。食肉になる野生動物は一パーセント。それも損なわれて、たくさんの種がもうすぐいなくなる。

メアリー：もうすぐ？

カミン：三十年、とか。

エステバン：海水魚のうち天然ものと言えるのはたったの二十パーセント。

メアリーが議論を打ち切る。チョキチョキ。チームのメンバーを見わたして、ゆっくりと話しだす。

　未来省の予算は一年あたり六百億米ドルと膨大。だが世界の国内総生産(GDP)は年間百兆。その世界総生産(GWP)の半分は、いわゆる富裕層による不要不急の買い物。すなわち生物圏を後退させる不要不急の消費者支出。船は沈みかけている。宿主を殺しにかかる寄生虫。GWPの生産的なほうの半分も、その内訳は食物と健康と住居だから、地球を食い潰す。要するに、サイアク。

　チームのみんなが彼女を見ている。

　つまりはこういうこと。わたしたちの六百億ドルを、てこの支点となるべきところに注ぎ込むための方法を見つけなければならない。

ディック：問題は資金だけじゃない。法律を変えなければ——それがてこの支点。我々の資金は法律改定のために。

　タチアナはこの案に好意的。

インベニ：重要なインフラにも財政的支援は必要。

エレナ：農業の改善も。

　メアリーが議論を打ち切る。チョキチョキ、チョキン！そこまで。変化にてこ入れが必要、それも早急に。なんとしてでも。必要とあらば、どんな手段を使ってでも。


　バディムはこの最後の発言に驚いていた。どうしてかはわからない。ただメアリーを見つめて、驚いていた。

16

もしかすると、世界でもっとも裕福な上位二パーセントのうちの一部が、世界中の八十億人全員にとっての〝進歩〟〝向上〟〝発展〟は達成可能なものだというふりをするのをあきらめることにしたのかもしれない。これまでの一、二世紀におよぶ長いあいだ、この〝すべての人に発展を〟という目標は既定路線だった。いまはまだ不平等な部分もあるけれど、誰もがとにかくこの目標に向かって努力し、波風をたてたりしなければ、いずれは上げ潮に乗ってもっとも見放されていた人々にまでも恩恵が行きわたるのだ、と。しかし二十一世紀の初めには、すべての人が西欧レベルの生活を維持していくだけの余裕がこの惑星(ほし)にはないことが明らかになってしまった。その時点で、大金持ちたちは安全な豪邸の奥に隠れ、政府を買収したり自分たちの不利になるような政策が打てないようにし、しっかりとドアを閉めて、きちんと理論化されてもいない好機の訪れを待つつもりで引きこもった。ところがその好機とやらはいつまでたっても訪れず、彼らは生涯を終え、楽観的には彼らの子供たちの生涯もそのまま――その先は、あとは野となれ山となれ(アプレ・モア・ル・デリュージュ)。

あつかいにくい問題に対する論理的反応ではある。だがほんとうにそうだろうか。地球の利用可能なリソースを八十億人で平等に分けあえば、全員に行きわたるということを示す、科学的な裏づけを持った証拠があった。そうした配分が適切であれば、必要十分な暮らしができていて、そこにとどまれる（ここが重要）人々は、富裕層よりも健康で、それゆえに幸せである、という主張には、しっかりとした科学的証拠の裏づけがあったのだ。それはつまり、平等な分配という方策はすべての人にとっての改善策であろう。

しかし富裕層はこの最新の研究を鼻で笑ってさっさと頭から消し去るのだ。それでいて、ボディガードやら税金専門弁護士、法的リスクなどのことを考えて夜も眠れなくなり――わがまま放題の子供たちやかけがえのない愛情についても――、さらには暴飲暴食や生活全般にわたる贅沢癖のせいで健康を害し、倦怠感と実存的不安にさいなまれ――要するに、眠れぬ夜に枕に顔をうずめてようやく理解にいたる――科学はやっぱり正しかった、金(かね)では健康も愛情も幸せも買えはしないのだ、と。しかしながら、そのような良きことを自分のものとするための足がかりとして、あてにできる資金がふんだんにあることは必要だということもつけ加えておかねばならない。社会学的分析によれば、人がもっとも幸せを感じる個人収入は、年間およそ十万米ドル前後、現役科学者の稼ぎとほぼ同じくらいに落ちつくようだ。これ以上でも以下でも幸福度は下がるということだ。この数字には疑わしいところもないではないが、データはそう示している。

計算してみることはできる。一九九八年にスイスで始まった〈二〇〇〇ワット社会〉構想の計算では、家庭で消費される全エネルギーを存命中の人間の総数で割ると、ひとりが使える電力は約二千ワット、一日あたり約四十八キロワット時となる。構想メンバーは、その電力使用量での暮らしがどんなものかを体験してみた。なんの問題もなかった。使用量に気をつけてはいたが、その結果としての暮らしはいかなる意味でもつらいものではなかった。実験に参加した人たちからは、よりスタイリッシュで有意義なものに感じられたという報告まであった。

ならば、エネルギーは十分に足りているのか？　イエス。食物は十分に足りているのか？　イエス。住居は十分に足りているのか？　そうできる。その点では深刻な問題はない。衣服も同じ。医療は十分に足りているのか？　まだ十分ではないが、そうできる。人材育成と小さな技術的目標の問題であって、地球の限界の問題ではない。教育も同様だ。すなわち、豊かな暮らしに必要なすべてのもの——食料、水、住まい、衣服、医療、教育——は、生きている人全員に行きわたるのに十分なだけある。

では、安心は足りているだろうか？　安心とは、上記のものがすべて手に入り、子孫も同じくそれを手に入れられると確信した結果として得られる感情である。派生的な効果なのだ。すべての人が安心できるようになって初めて、十分な安心が得られるものだ。

仮に人類の一パーセントが全人類の仕事をコントロールしていて、その仕事から自分の取り分をはるかに超える利益を得ているとしたら、またそれと同時に公平性と持続性を追求するプロジェクトをどのようにであれ阻止できてしまったら、そのプロジェクトはさらに難航するだろう。言うまでもないことではあるが、言わねばならないことだ。

はっきりさせるために手短にまとめるとこうなる。全員分のリソースは十分にある。だからこれ以上、貧困に生きる人がいてはならない。億万長者もこれ以上、いてはならない。充足していることは人権であり、この床の下には誰ひとり落ちてはいけない。それはまた、破れない天井であってはならない。充足は祝祭としての善——あるいはそれ以上のものである。

この状況を整えることを、読者への課題とする。

17

さて、今日は、世界の経済を実際に運営しているのは誰なのか、言い換えればすべてを動かしているのは誰なのか、という問いについて探ります。おそらくほんの一握り。なにしろ、いまを生きる多くの人はシステムの変更を前向きに受け入れる、とよく言われるくらいですから。

そんなことを言うやつは愚か者ばかりだ。

とはいえ、私もいまそう言ったばかりです。

そうだな。

ともかく、当面の問題に話をもどしますが、私たちは、いったい誰が、市場をそのように動かしていると考えているのでしょうか? つまり、お聞きしたいのは、誰が理論化し、それを実行しているのが誰で、管理しているのは、そして守っているのは誰なのか、という点です。

警察だ。法律がそれだ。

でもそうだとすると、法律を作る人たちが深くかかわっているとみなしていいのでしょうか?

そうだ。

しかし、法律を作るのはしばしば自身が弁護士で、彼らは発想が貧弱なことで悪名高いですよね。彼らがどこかよその人から法律に関するアイディアを仕入れてくるのを期待できるでしょうか?

できるとも。

そのよその人たちというのは、たとえば?

シンクタンク。研究者。

つまりMBAの教授とかですね。

あらゆる学術界の研究者たちだ。それと、彼らのもとにいる学生たち。

経済学部の、ということですね。

世界貿易機関。証券取引所。すべての法律、それから法律を管理する政治家や官僚たち。そして法律を執行する警察と軍隊。

あとはきっと、すべての企業のCEOなんかもそうでしょうね。

銀行。株主総会、年金基金、個人株主、ヘッジファンド、金融業者。

中央銀行は、ほんとうにこうしたことすべての中心なんでしょうか?

そのとおり。

ほかには?

保険会社、再保険会社。大口投資家。

あとはアルゴリズムもですよね？　つまり数学者も？

そこで使う数学は原始的だ。

とはいえ、原始的な数学といっても数学者は必要ですよね、私たちは手も足も出ませんから。

そうだな。

それから、単純に物価そのものや、利率なんかも。簡単に言ってしまうと、システムそのものということですね。

あんたが訊いたのはそれを実行する人間についてだろう。

ええ、でもそれはアクターネットワークのことです。アクターネットワークのアクターのなかには人間以外のものもあります。

戯言だよ。

おや、アクターネットワーク理論を信用していないんですか？

アクターネットワークというものはあるが、やり方を変えることを選択できるのは当局にいる人間だ。その話をしようとしていたんだろう。

それはそうですが、ではお金のことはどうでしょう？

それがどうした？

私の頭のなかでは、お金は重力の働きと同じようにふるまうものです――たくさん集めれば集めるほど、さらに集まる力を発揮します。かたまりが大きいほど重力が大きくなるように。

お見事。

そして最終的には巨大な、互いに連結しあったシステムになるんですよ！

すばらしい洞察だ。

ではそういうことで、話をもとにもどしましょう。私たちの経済システムを管理し、ほかの人々にその機能を教えてやり、偶然にもそこからもっとも多くの利益を得る人たちについてです。それはいったい、何人くらいいるものなんでしょうか？

およそ八百万人。

それはたしかですか？

いいや。

ということは、いま生きている千人に一人くらいですね。

よくできたな。

それはどうも。それと、彼らが描いたプログラムも。

人間から目を離すな。

でも、システムの、人間以外の要素がだめになりそうだったらどうするんです?

人間から目を離すな。あんたの話は面白くなりかけていたのに。

その八百万人のうち、もっとも重要なのは誰でしょう?

政府の立法者たちだ。

それはまずいですね。

そんなことはない。どうしてそんなことを言う?

不正行為やら愚行やら――

法の支配だ。

でも――

でももなにもない。法の支配だ。

それはかなり足元が不安定ですね。

そうだ。

それについてなにか私たちにできることは?

とにかく法を守ることだ。

18

PTSDモデルでは、その反応の速さや、なんでもないことをきっかけにスイッチが入るようすをイメージしやすくするために〝引き金（トリガー）〟という言葉を名詞としても動詞としても使う。銃の一部になっているときをのぞけば、この湾曲した小さな金属の部品自体は無害だというところが似ている。だから、そのトリガーを引いてしまわないことを学ばなければならないのだ。

認知行動療法を学ぶのは難しい。その方法のひとつに、頭のなかの考えをタイプ別にラベルづけし、それが役に立たないものか痛みをともなうものかでより分けてから、考え方の筋道をもっとポジティブな方向へ切り替えるよう、うながすものがある。この方法は失敗することが多い。なにが起きているかはわかるし、適切ではないこともわかっている――それでもそうなってしまうからだ。手のひらに汗が噴き出し、胸のなかでは逃げ出そうとする子供のように心臓がばくばくして、そんな動物的なうずきを乗り越えて考えるのはこんなことかもしれない――ちょっと待った、いまは目のまえに危険なんてないぞ、恐れるような状況ではないぞ、昼間にカフェのテーブルに座っているだけじゃないか、風は優しく雲は低く、すべてうまくいっている、どうかやめてくれ、泣きだしたりしないで、急に立ち上がって駆けだしたりしないで――さあ、手の震えを止めて、コーヒーカップを持ちあげて……。

しかしトリガーは引かれ、目のまえには銃身が見えてしまう。

そんなことを何度も繰り返したあとで、本物の銃の本物の銃身を見おろして、自分自身の親指がトリガーを押さえている――人差し指じゃないのは、銃を自分に向け胸骨に当てているからで、その向きならトリガーを引く（この場合、押す）のは親指のほうがいい――この光景はおおいにほっとするところだ。最後には恐怖心が制止してくれるとわかっているから。そんなことがいつ起きてもおかしくない。あまりによくあることだから、PTSD治療にはこんなやり方もある――そんなに心配する必要はない、いつまでもこんな調子ならば、自分を始末することはいつだってできるのだから。患者のなかには、こう考えることでとても楽になる人もいるし、正気にもどるためのアンカーポイントになることさえある。自分を始末する気になれば、この苦痛はいつだっておしまいにできる。だからあと一日、ようすを見てみよう、と。

恐れを感じないままでいることはそう簡単ではない。いつでもそうできるわけでもない。できるだけそうしようと心がけ、そうなりたいと強く願っても、ものごとは手に負えなくなる。たとえ頭のなかにあっても、むしろ頭のなかにあるからこそ、コントロールができない。心とはおかしな生き物だ。それがただ意識した思考ならば、あるいは意識的思考が自分でコントロールできるものであるならば、それとも無意識な思考を意識できれば、はたまた願望しだいで気分を変えられるものならば……そうであれば、うまくいくのかもしれない。認知行動療法だろうと、健全な心の働きであろうと。ただ実行するだけでいい！

だがそうはいかない。あなたは川で泳いでいる。自分の意志とはかかわりなく、あるいは自分ではなすすべなく、激流に乗って海へ運ばれてしまうかもしれない。あなたが泳ぐ力よりもずっと強い流れに逆らって泳いでいることに気づくかもしれない。あなたはおぼれるかもしれない。

フランクはおぼれかけていた。おぼれるのと同じくらい息が浅い。セラピーでは治癒しないであろうことはほぼ明確になっていた。

ある意味では、それも一歩前進なのかもしれない。この門をくぐる者は一切の希望を捨てよ。あれはどういう意味だったのだろう？　希望がなくても生きていける？　いつか読んだ本の日本の言葉を思い出した。〝常住死身(じょうじゅうしにみ)——すでに死んでいるかのように生きよ〟。でもあれはどんな意味なのだろう？　どうしてあれが励みになるのだろう？　そもそも、励みになるのか？　どう好意的に読んでもよくわからないし、ある種のダブルバインドだ——生きろと言っておいて、それが〝すでに死んでいるかのように〟だなんて。いったいどうしろというのだろう？　これも武士道のひとつで、そうと決められた相手を守るためには自分の命など顧みるな、ということか？　それって、従者の禁欲主義みたいなものだろうか。自分を盾として使わせ、生身の道具に徹しろ、と？　そうかもしれない。そういうことなら、しかるべき手段で希望を押し殺せというのか。

ならば、彼の場合は、ふたたびまともになることは望めないのか。普通の人生を生きることは。すでに起きたことを起きなかったことにするのは。すべてを忘れることは、望めないのか。セラピーからは、そうした望みをあきらめることを教わった。望みのあるべき場所はこうしたもののなかだけだ――どれほど打ちひしがれようとも、善をなすことを望め。

これは紙に書きつけておく価値があった。震える文字で書きつけ、自らを励ますさまざまなフレーズや画像と一緒にバスルームの鏡に貼りつけておく。頭のおかしな男の鏡に見えるかもしれないが、彼はそうやって貼りつけておきたかった。

〝どれほど打ちひしがれようとも、善をなすことを望め〟

歯を磨いたりひげを剃ろうとすれば、その回数はどんどん減ってはいたが、だがそのたびにその張り紙が目に入って、さてなにをしようかと考えることになる。たいがいは混乱させられるばかりだった。しかし、なにかしたいという衝動は彼のなかにあるようで、ときにはその衝動が強すぎてひどく胸焼けするような感じだった。眠れないせいで疲れきっていたり、あるいは眠りすぎてぐったりしていたりすると、いまでもそんな衝動が突き上げてきて、腹の底からあふれだしてくることがある。なにかしなければいけない。〈カーリーの子供たち〉のメンバーになれないのはたしかだとしても、それに近いなにかに。同士（フェロートラベラー）でもいい。大義のための戦士でもいい。孤独な襲撃者だってかまわない。

朝食の時間、小さなプラスチックのカップに入ったヨーグルトで胃袋をなだめながら、さてなにをしようか、とフランクは考えた。ひとりの人間が持っている力は、人類が持つ力の八十億分の一だ。これは誰もが等しい力を持っていると仮定した場合の話で、実際はそうではないが、こういう考えごとをするときには便利だ。八十億分の一なんてたいした割合ではないとはいえ、十億分の一でも効く毒もあることだし、そんな小さな要因がものごとを変化させたことだって、まったくないわけでもない。

そんなことを考えながら、彼はグラスゴーの通りを歩き回った。東へ北へと丘を上り下りしつつ、傾斜がきついせいでところどころ階段になっている歩道を楽しんだ。グラスゴーの通りを歩けば、山ほどのストレスを解消できる。天候の変化とともに景色も見え方が変わる。そこに映し出されているのは心の内の嵐だ。恐れや突然あふれだす高揚感、海の底に沈む苦悩をあらわす暗い淵。あるいは、世界が良い方向に向かったという美しい夢。

どうすればこれを共有できるだろう？　どうやって与えればよいのだろう？　アッシジの聖フランシスコはこう言った。わが身を差しだしなさい、自分の身と自分が持っていると思っているすべてを手放しなさい。鳥にはエサを、人々には助けを。この言葉が伝えたいことは明らかだ。聖フランシスコのようにふるまえ。人々を助けよ。

だが彼はそれ以上のことがしたかった。内側から体を焦がす炎が感じとれるようだった。彼は殺したかった。というか、罰したかった。すべての、とは言わないが、熱波の原因となったのは人間だ。裕福な国の人間はもちろん、旧帝国の人間もそうだ。彼らはみな、罰せられるにふさわしい。また、特定の条件にあてはまる人間というのもいる。その多くはいまも存命で、気候変動を否定することに人生を捧げ、炭素を燃やしつづけ、生物群系(バイオーム)を破壊しつづけ、自分たち以外の種を絶滅に追いやりつづけている。その悪魔の所業こそ彼らの人生をかけたプロジェクトであり、そのプロジェクトを推進する過程で成功を収め、贅沢な暮らしをしてきた。彼らは嬉々として世界を破壊し、スーパーマンにでもなったつもりで弱者を嘲笑い、踏みつけにしてきた。

そういうやつら全員を殺したかった。それが無理なら、やつらの一部でもいい。フランクはそんな衝動の炎に体の内側を炙られているような気がした。こんなストレスをためこんでいては、長くは生きられないだろう。拍動する心臓から高い圧力をかけて送りだされた血液が頸動脈を脈打たせるのを感じとれるのと同じくらい、それはたしかなことに感じられた。それだ、血圧の高さだ。そのせいで体が内側からはじけてしまいそうな気がする。なにかが壊れそうだ。だがまずは、なんらかの行動を起こさなければ。復讐もそうだが、先制攻撃も忘れてはいけない。先回りして相手の意表をつく。そうすれば、大きな悪事だって止められるかもしれない。

セラピストには週二回、会っていた。感じのいい中年女性で、知的で経験も豊富、穏やかで話をじっくり聞いてくれる。共感してくれる。彼女がフランクに興味を持っていることは見ればわかった。もしかすると、すべての患者に興味を持っているのかもしれないが。それでも、彼に興味を持っていることはまちがいない。

彼女は、彼がなにをしていて、どう感じているかを訊いた。復讐するという夢については黙っていたが、話したことに偽りはなかった。その週の前半にあったことを話した。コーヒー専門店にあった大型のエスプレッソマシンから漂ってきた熱い湯気のせいで怖くなってしまったこと。パニック発作を起こし、その場に座りこんで心臓の動悸を鎮めようとしたこと。

彼女はうなずいた。「このまえ話した、目を動かす方法を試してみた？」

「いいえ」彼はこんなセラピーには意味がないと確信していたが、じつのところ、すっかりあわてていたせいでそんなことは忘れていたのだ。「忘れてました。次のときは試してみます」

「うまくいくかもしれないし、いかないかもしれない。だけど、やってみて損はないわ」

彼はうなずいた。

「いまからやってみましょうか？」

「目を動かすだけ？」

「うーん、ちょっと違うかな。起きたことに対処しようとしているあいだにやる必要があるの。なんであれ、すごくいやだと感じるようなやり方で追体験してほしくはないのだけど、起きたことをいろんな視点から話してもらうというのは以前にやったことがあるでしょう？　だから、あなたさえその気ならもう一回試してみてもいい。そうやって話してくれているあいだに、目を動かしてみることはできる。そのふたつに関連性を持たせるのに役立つわ」

彼は肩をすくめた。「なにかの役に立つと思うなら」

「なにが役に立つかはわからないけど、試してみても害はないわ。もしも気分が悪くなるようなら、そこでやめればいい。やめたくなったらいつでもやめてね」

「わかりました」

そこで彼は話しはじめた。最初にあの町に来たときのこと、あの熱波もはじめのうちはよくある暑さのように思えたこと。話しながら目を動かした。もちろん、左右一緒に動かしたのは、それしかできなかったからだ。視界の左端にぼんやり見えるセラピストの本棚から、こんどはできるだけ右端までさっと両目を動かして、中庭を見おろす窓の手前に置いてある、ぼやけた鉢植えの花に目をむけた。この目の動きは意識的なものなので、彼が意識するのをやめたとたんに止まってしまう。だからつねに一部の注意力をそこにふりむけておかなければならないし、それと同時に話もつづけなければならないので、しまいには口ごもったり話のつじつまが合わなくなったりした。準備しておくこともできないので、単に同じことをもう一度話した場合とは違う内容になったりした。これもこのエクササイズのいいところのひとつなんだろう、と彼は思った。
「到着したときは冬で、そもそもそんなに暑くはなかった……でも寒かったわけでもない。ヒマラヤは寒くて、晴れた日には北の方角に雪が積もった山頂が見えたりしたけど、たいていは……晴れていないことのほうが多かった。空気はほとんどいつでも汚れていた。それはほかのどこでも同じだろうけど。それで、落ちついたころにヒンディー語のクラスをとったり、仕事を……診療所で働いたりした。そこへあの熱波が来た。それまでにもあった熱波よりずっと暑かったのに、みんなは……みんなはそれが普通だと言っていた。モンスーンの直前の時期がいちばん暑いんだ、と。ところが、さらに暑くなっていった。そのあとのことはあっという間だった。ある日、あまりに暑くて現地の人々でさえ怖がるほどになって……その夜、老人たちと幼い子供たちの何人かが死んだ。誰もがそのことにショックを受けていたけど、僕が思うには、彼らはそれ以上ひどいことにはならないと思っていたんだろう。だけどそれ以上にひどくなっていって、電気が止まって、そうするとエアコンも使えなくなって……水もほとんどなかった。人々はすっかりおびえていたけど、当然のことだった。暑さは人間の体が耐えられる限界を超えていた。熱中症なんてのはただの言葉だ。現実はそんなものじゃない。息ができない。汗をかいても熱が逃げていかない。オーブンに入れた肉みたいに炙り焼き（ロースト）にされているのがわかるんだ。結局、彼らのほとんどは近くの湖まで行ったけれど、水温がお風呂のような温度になっていて、それに……飲めるほど安全じゃなかった。それで、そこでたくさんの人が死んだ」

フランクは話を終えて、目を休ませた。目の裏側の筋肉が慣れないことをしたせいでずきずきと脈打っているのがわかった。どの筋肉もそうであるように、眼筋も休息を喜んでいた。なんだかへんな感じだった。

セラピストが言った。「気づいたんだけど、今回はあまり話に入りこんでいなかったわね」

「そうですか？　入りこんでると思ってたのに」

「あなたはいつも彼らのこととして話すのよね。彼らがしたこと、彼らの身に起きたこと」

「それは、僕もそのうちのひとりだったから」

「その当時は、自分が彼らのうちのひとりだと思っていた？」

「……いいや。彼らは彼ら、僕は僕、でしたね。僕は彼らを見ていて、何人かと話しただけ。普通の、なんでもない話を」

「そうでしょうとも。それじゃ、あなたのほうの話をしてもらえるかしら、同じように目を動かしながら」

「できるかどうか」

「試してみる?」

「いや、いいです」

「わかった。いつかそのうちに、ね。次回は、例の小さいブザーを両手に持ってみて、左右対称の動きを思いつけるかやってみましょう。このまえ見せたのを覚えてる? あなたが話しているあいだ、左―右―左―右、とリズミカルに鳴るの。目を動かすより簡単よ」

「いまはやりたくないです」

「次回ならどうかしら」

「それも……」

「やりたくない?」

「ええ。どうしてそんなことをするんですか?」

「そうね、理論としては、ストーリーを語るというのは、言語化することでその記憶をある程度形にすることなの。そして、目を動かしながら、あるいは手に持ったブザーを感じながらそれをやることで、あなたのなかで、語ることで形づくられる記憶と、なんらかのトリガーによって引き起こされる追体験と言ってもいいけど、その自然な追体験とのあいだに、ある種の内部的な距離ができるみたいなの。だから、なんらかのトリガーで追体験が始まったとして、それから解放されたいとしたら、目を動かすことでその出来事を語ったストーリーのほうを思い浮かべることができれば、追体験のほうから解放されるかもしれないの。わたしの言ってること、わかる?」

「はい」フランクは答えた。「わかります。そうと信じられるかどうかはともかく、理解はできます」

「それは筋が通っているわ。やってみるだけのことはありそう?」

「たぶん」


ある年の秋、彼はスコットランドの友人に誘われて南極でのプロジェクトで働くことになった。彼女はドライバレーへおもむく小さな調査隊の主任研究員で、毎夏の短期間だけそこを流れるオニックス川を調査することになっていた。チームに現場助手のポストの空きがあったのと、彼女が彼の力になりたいと思っていたからだった。彼は暑さへの対処に困難を抱えていたので、彼女に言わせれば、南極は彼に最適な場所に決まってる、のだそうだ。

いいんじゃないか、と彼は言った。彼の祖母が遺してくれたちょっとした財産も底をつきかけていたし、両親とも財団ともまだ連絡をとりたくなかったから、そういう意味でも助かるだろう。そんなわけで、彼はその秋のうちにデンバーに飛び、面接を通過し、インドにいた期間を除外するべく履歴書を書き換えた。採用されることが決まると、まずはオークランドへ、ついでクライストチャーチを経由して、ロス島にあるマクマード基地に降り立った。そこからマクマード・サウンドをはさんで対岸のロイヤルソサエティ山脈にあるのがドライバレーだ。マクマードまでの飛行機も寒かった。機内は倉庫のように細長くだだっ広い空間だった。マクマード基地の古めかしい建物もみなそんなようす——倉庫によく似た構造——で、比較的新しい建物でもたいして変わらず、十五度以上に暖められることはなかった。食堂のビュッフェテーブルまでクールだった。どこをとっても居心地がよかった。

一方ドライバレーでは、調査隊が食事をとる小屋は暖められてはいたが、並外れた暖かさではなかった。外と比べればましな程度だ。ドーム型の小屋は少し暑くてむっとしていたけれど、外に自分用のテントを張って、そこで寝ることもできた。外はほんとうに寒くて、彼が使う寝袋は五キロ近くもあった。それだけの羽毛を詰めこまなければ、体から出る熱を閉じこめて暖かさを保つことができないのだ。寝るときには呼吸のために寝袋から鼻を出しておくのだが、そうやって何度も極寒の空気を吸い込むことで、つねに晴れていてさえ、外はほんとうに寒いということを思い出させてくれる。ずっと明るいままなのは妙な感じではあるが、じきに慣れた。

問題はむしろ、あまりの寒さのせいで温度そのものについて考えてしまうことや、フィールドワークのあとで凍えた手を温めるために食事用の小屋を暖めすぎて室温が高くなりすぎ、蒸し暑くなってしまうことだった。そうなるとフランクは、すべりやすい坂道をずるずるとすべっていく自分に気づくことになる。こうして少しでも安心できる場所から遠ざかってしまうと、興奮状態になることはよくて不都合、悪ければ大惨事になる。救急隊がヘリコプターで来てくれるのは珍しいことで費用もかさむ、と隊員たちが言っているのを聞いた。ならば、ちゃんと冷やしておかなければならない。パニック状態を隠して、それが過ぎ去ってぶり返さないことを願う状態になることも、たまにはあった。ときには、卓球の試合を見ているときのように、両目をきょろきょろと動かしてみたりもする。

ここにはサウナ小屋もあった。もちろん彼は近づかないようにしていたのだが、ある夜、明るい日射しのなかで自分のテントに行こうとしてサウナ小屋の横を通りかかったとき、調査隊の科学者たち数人が水着だけの半裸で飛び出してきた。急激な温度変化による刺激に大喜びで歓声を上げ、まるで彼ら自身が巨大なピンク色の花火にでもなったように、体からはもうもうと湯気がたっていた。その光景はほほ笑ましいものであったはずなのに、恍惚としているはずの叫び声が苦痛を訴えているかのようで、フランクのトリガーを引いてしまった。心臓がどくんどくんと早鐘を打ち、頭がくらくらしてきた。そして急に膝から崩れ落ちると、雪の上に顔から突っ伏した。なんの前触れもなしにピンク色の花火みたいな人たちを目にしただけで心拍数が上がり、気づいたときには冷たく固い雪の上に倒れこんでいた。彼らの目のまえで気を失ったのだ。サウナを楽しんでいた隊員たちはあたりまえに彼に手を貸して体を起こしてやり、誰かが脈をとるあいだにも彼を抱えあげて、慌てふためきながらも〝おい、この脈の速さはどうなってるんだ、触ってみろよ!〟と声を上げげた。毎分二百四十回、と言っていた。二時間もしないうちにヘリコプターが駆けつけ、彼を救助していった。マクマード基地にもどったあと、彼の状態と過去の経験について現地入りしていた全米科学財団幹部にすっかり知られてしまうと、応募書類に嘘があったことを追及されたフランクは送り返されることになった。

19

俺らはもうかれこれ八年くらいは海の上にいる。あいつらは、陸に上がったら支払いはすると言ったが、そんなつもりがないことはみんな知っていた。俺らは奴隷だ。支払うつもりもなければ上陸させるつもりもない。あいつらは俺らを船室に閉じこめ、仕事をしなければ、食い物もよこさない。俺らは仕事にもどるしかなかった。

食い物と言ったって、獲った魚の頭やら内臓やらのゴミばっかりだったが、それを食わなきゃ飢えるしかないから、食った。そして働いた、そうするしかなかったから。釣り糸をセットしてリールを回し、指や腕を巻きこまれないように気をつけた。そんなことがしょっちゅうあるわけじゃないとはいえ、南大西洋の波は荒いが、南極海はもっと荒い。事故はつきものだ。誰かが手すりを乗り越えて海に落ちることもよくある。ある男は、白波に飲みこまれる直前に俺らに手をふって別れを告げた。そいつがどうしてそんなことをしたのか、俺らはみんなわかってた。そうするのがいちばんなのかもしれないが、それには勇気がいる。状況を変えてくれるなにかが起きると想像することはいつだってできる。

ある日、それはほんとうに起きた。水平線の向こうから船がやってきた。それ自体は珍しいことではなく、しょっちゅうあることだ。俺らみたいな漁船にかぎらない。それが奴隷船だろうとなかろうと見分けもつかない。だがそれが輸送船が来ることもあって、俺らが釣った魚をそいつらの船倉に移しかえ、入れ代わりに補給品をよこす。そうすれば俺らが上陸しなくてすむからだ。それがあいつらのやり方だった。俺らはあいつらがどこの国から来たのかも知らなかった。

その船も輸送船らしく見えた。こっちに近づいてきたときには船長とその仲間たちもそう思ったのはまちがいない。その船の連中はあいつらが使う合図を知ったうえで騙したんだ。こっちの船と並んだところで鉤をひっかけて引き寄せると、男たちが舷を乗り越えてきて手にした銃を俺らに向けた。俺らは映画でやってるみたいに両手を挙げた。だけど、これが映画ならコメディ映画だ。俺らはほとんどみんなにやにや笑っていたし、俺なんか快哉を叫ばないようにこらえるのに必死だったからだ。

俺らは船室に集められて閉じこめられた。あっちの船から乗りこんできたやつらが俺らの船室に入ってきて質問しはじめると、俺らは進んで答えてやった。ひょっとしたらやつらは海賊で、俺らを別の誰かのために働かせようとか、なんなら殺しちまおうって魂胆かもしれないが、だとしても俺らは自分たちの言い分を話し、どいつが船長で誰が仲間なのかをひとり残らず教えてやった。やつらは俺らを船室に残して出ていった。しばらくしてもどってくると、自分たちの船に乗れ、と言った。俺らは深い意味も考えずに、言われたとおりにした。奴隷たちは全員、はしごを登って大きいほうの船に乗り移った。全部で八人いた。船長とその仲間たちはみんな、元の船に残された。全部で五人。ごちゃごちゃ言っていたが、銃を持った男たちはそれを無視した。

　百メートルくらい離れたところで、こっちの船の男たちの何人かが俺らの元の船を撮影しているのに気づいた。すると、元の船の船首が水位線のすぐ上から吹き飛んだ。爆発音はたいして大きくなかったが、船首は粉々になった。ぱっと炎が上がったが、それもすぐに流れ込む水に消された。十五分もすると船がかたむいて沈みはじめた。こんどは船尾でも爆発があって、それで船はどんどん沈みはじめた。船長と仲間たちが船室の屋根に乗ってこっちに向かってなにか叫んでいたが、こっちの救世主のほうの船ではみんな黙り込んでいた。全員が、ただ成り行きを見守っていた。

　あいつらを殺すのか？　近くにいた船員に訊いてみた。

　彼の答えは、あいつらには救命いかだ（ライフラフト）があるだろ？　というものだった。

　それは知らないな。空気で膨らませるやつか？

　ああ。

　そうだよな。

　だから、いかだを膨らませて乗り移るか、そうしないかだ。そうしないのなら、なるようになるだろうな。この動画をサイトに載せれば、ほかの連中も見ることになる。あいつらが救命ボートで逃げ出して陸にたどりつけたら、誰だろうと話を聞いてくれる相手になにがあったか話せばいい。どっちにしろ、目的は達成される。

　ということは、この連中はたぶん警察ではないのだろう。歓迎できることではないが、俺らは助けてもらう相手を選べたわけじゃない。

　目的って？　俺らは訊いた。

　こんな漁はやめさせるんだ。

　そいつはいい。

20

イタリアの社会学者コッラド・ジニが一九一二年に考案したジニ係数は、ある集団の収入または富の格差を数値化するものだ。通常、〇から一のあいだの比であらわされる。すべての人の富が等しいときにこの値が〇となり、ひとりがすべての富を持っていてほかの全員がなにも持たないときに値は一となるのが、わかりやすいと言われる理由だ。二十一世紀半ばの現実世界では、社会民主主義国のようにジニ係数の低い国々ではおおむね〇・三をやや下回り、格差の大きい国々では〇・六をやや上回る。アメリカや中国をはじめとする多くの国では、新自由主義の時代にジニ係数が〇・三ないし〇・四から〇・五ないし〇・六へと跳ね上がった。格差拡大によってもっとも多くを失った人々からのこれに対する不平不満はほとんどなく、むしろ損害を被った人の多くが、相対的貧困を拡大しそうな政治家に投票した。こうして主導権を持つものの力が強まっていく。我々は貧乏だが、少なくとも愛国者だ！　少なくとも自立している、自分の面倒は自分で見られる、などと言っているあいだに早死にまっしぐらだ。こうした国の貧困層の平均寿命は富裕層のそれよりもずっと短いのだから。そんなわけで、全体的な平均寿命は十八世紀以来初めて、短くなってきている。

　だが、ジニ係数だけで状況を説明できると考えてはならない。単一要因偏愛症（モノコーゾタクソフィリア）——ひとつの概念ですべてを説明できると思いたがる罠にはまりかねないし、それは人間によくある認知エラーなのだ。たとえば、バングラデシュとオランダのジニ係数はほぼ同じ〇・三二だが、バングラデシュの平均年収はおよそ二千ドル、一方オランダは五万ドルだ。もっとも富めるものからもっとも貧しいものまでの分布は考慮すべき重要事項だが、分布の広がりのなかにいる全員がそこそこ裕福である場合と、全員が貧しい場合とでは、状況はまったく異なる。

　そこで、不平等について考えるための指標がほかにも考案された。とりわけ優れたもののひとつが〈不平等調整済み人間開発指数（HDI）〉なのはもっともな話で、先行する人間開発指数（HDI）がすでに強力なツールだからだ。しかしこれ単体では調査対象国の内部分布の良し悪しを明らかにするものではないため、不平等調整を行うことで全国民がどのような状態にあるかをより繊細に浮かび上がらせることができる。

不平等について考えるとき、世界の総人口についてのジニ係数は各国のそれよりも高くなることに留意すべきだ。なぜなら、基本的に世界には裕福な人に対して貧しい人々のほうが圧倒的に多く、積み重ねていくと世界的なジニ係数は〇・七前後に上る。

さらに、不平等をあらわすにはこれらの指標よりももっと下世話な（卑近な例えを使うなどの）方法はいくつもある。世界でもっとも裕福な三人が、最貧国四十八か国の国民をすべて合わせたよりも多くの金融資産を保有している、世界の総人口のうちもっとも裕福な一パーセントが下位層七十パーセントよりも多くを所有している、などなど。

また、このような富の不平等は一九八〇年代から現在にかけて拡大してきており、新自由主義の明確な特徴のひとつとなっている。不平等は、一八九〇年代にいわゆる「金ピカ時代」が終わって以来、かつてないレベルにまで高まってきている。エビデンスの見方によっては、人類史上もっとも富の不平等な時代であることが示され、封建時代や戦士／聖職者／農民という階層があった初期時代をも凌駕している。さらに、最貧困層にある二十億人は、いまだに生活の基本となるトイレや住宅、食料、医療、教育などにアクセスする手段を持たない。すなわち現人口の四分の一、一九六〇年時点の世界人口にも匹敵する人々が、封建時代の貧民や後期旧石器時代の人々でさえ経験しなかったほどの困窮に陥っているのだ。

それがいまの時代の不平等だ。この解決は政治的安定の問題になるだろうか？　巨大な軍隊を背景にした統制国家では、おそらくそうではない。では道徳の問題なのか？　しかし道徳はイデオロギーの範疇にあり、現実との関係性として個々の頭のなかにあるものだ。多くの人にとって、手に入るのは自分の身の丈に合ったものだ、というふうに考えるほうが楽なものだ。よって、この解決に道徳性をあてにするのは危うい。

それゆえ、不平等の解決は経済的観点から判断される問題だと人は考える。成長とイノベーションは、不平等が大きくなると停滞する、と言われる。私たちの思考はそのようにねじ曲げられてきた。その本質は、新自由主義の分析と新自由主義的状況の判断だ。いまの時代の感性の構造と言える。私たちは経済用語でしかものを考えることができないし、私たちの道徳観は数値化され、私たちの行動がGDPに与える影響によって評価されなければならない。人々が合意できるのはそれだけだと言われる。そんなことを言うのはたいてい経済学者ではあるのだが。

しかしこれが、私たちのいる世界だ。だからこそ、人はこの問題を理解しようとしてさまざまな指標を考え出す。そして実際に、数限りない指標があふれている。

まず思い出されるのが、前世紀には主要な指標だったGDPつまり国内総生産で、消費に民間投資と財政支出、輸出額と輸入額の差を合計したものだ。GDPへの批判は多く、破壊的活動もプラスの経済指標として含めていたり、さまざまな負の外部性や、健康や社会的再生産、市民満足度などを排除していることなどがその理由だ。

このような欠陥を補う代替指標には次のようなものがある。

――真の進歩指標（GPI）：二十六種類の変数を使ってひとつの数値に落とし込む。

――国連人間開発指数（HDI）：パキスタンの経済学者マブーブル・ハックによって一九九〇年に開発された指標。平均余命、教育水準、国民一人あたりの総所得の複合統計（国連はのちに不平等調整済みHDIを導入した）。

――国連「包括的豊かさに関する報告書」：人工資本、人的資本、自然資本を数値化し、炭素排出量を含む要因で調整したもの。

――地球幸福度指数：ニュー・エコノミクス財団が提唱した指標で、国民自身が感じる幸福（ウェルビーイング）の度合い、平均余命、結果の不平等を合計し、後述のエコロジカル・フットプリントで割ったもの（この指標によるとアメリカは二〇・一／一〇〇ポイントで、対象国百四十か国中百八位）。

――食品持続可能性指標：バリラ・センター（BCFN）が考案した指標で、五十八の項目によって食品安全性と幸福度、生態学的持続可能性を測定する。

――エコロジカル・フットプリント：グローバル・フットプリント・ネットワークが開発した指標。都市部または地方での生活を持続的に支えるのに必要な土地面積を推定する。その面積は評価対象国の政治的実体よりもかなり大きくなることが常である。例外はキューバその他の数か国のみ。

――ブータンの名高い「国民総幸福量」：三十三の項目から名目上の幸福度を数量的に測定する。

これらの指標はすべて、覇権を持つ側の言葉を使って現代文明を描写しようという試みだ。それはつまり、柔道が相手の力を利用し自分を有利な形に転じるように、経済学がより人間的になったり、生物圏に適応したりするべく変容するということでもある。悪い傾向ではない。

しかしまた、こうした疑問すべてを、数値化というものから人間や社会の領域へと引きもどすことも、ときには重要だ。それがいったいなにを意味するのか、それはそもそもなんのためなのか、と自問するのだ。私たちがそれとともに生きることがあたりまえと思っているよりどころについて考える。他者の現実について、地球そのものの現実について、認識する。他者の顔をしっかりと見る。外へ出て、周囲を見わたしてみる。

21

僕らはマッジョーレ湖のスイス側にあるブリッサーゴの湖畔にある、チンツィアの自宅の芝生でパーティーをしていた。すぐ下には彼女の家の敷地と湖とのあいだに細長くのびる公園があった。彼女が呼んだ有名シェフは溶接用のトーチを使って宙にかざしたフライパンで料理を作り、ブラスバンドは生演奏を披露し、ライトショーまで用意されていた。要するに、なんとも豪勢なパーティーで、集まった人たちが幸せそうな若い世代に偏っているのはそれがチンツィアの好みだからだ。

彼女の家の芝生と湖のあいだの細長い草地が公園になっていて、その水辺に立ってこっちを見上げている男をパーティーの最中に見かけた。そのあたりをねぐらにしているホームレスみたいな感じで、流木を手にしていた。そんなやつがいるからといって、どうすることもできないとチンツィアの警備員は僕らに言った。ほんとはその気になればどうにかできるのに、そうはしなかった。誰かが単に公共のビーチに立っているだけで排除されるとなったら、地元警察が抗議してくる、というのが、やつを追い払ってくれと頼んだときの警備員の答えだった。男は痩せこけているうえにみすぼらしい格好をしていて、こっちをじろじろ見ているというだけでも不愉快だった。聖書の道徳観を押しつけてくる〝バイブル・ガイ〟みたいに。

とうとう僕らは警備員がするはずだったことを代わりにしてやろうと、ビーチへ下りていって男を追い払うことにした。いつものようにエドマンドが先頭に立っていたのは彼がいちばんその男にいらだっていたからで、いらだったときのエドマンドはほんとに面白いから、僕らもぞろぞろとついていった。

近づいていく僕らを見てもそいつは微動だにせず、黙り込んでいた。なんだかおかしなようすで、僕はいやな気がした。

エドマンドは男に面と向かって、あっちへ行け、と言った。

男のほうは、おまえたちみたいなバカ者がくだらないお遊びのために世界を燃やしてる、とかなんとか言い返した。

エドマンドはシェイクスピア『十二夜』の貴族をきどって笑い飛ばして言った。「そなたが高潔でありたいがゆえに、菓子も美酒も許さんと言うのか?」

僕らは大笑いした。そしたら、男は手に持っていた流木でエドマンドに殴りかかった。あっという間の出来事で、僕らは反応するひまもなかった。エドマンドは手を持ちあげるとかすることもなく、木が倒れるみたいにばったりと倒れた。

男が手にした流木を僕らに突きつけたので、僕らはその場に凍りついた。するとそいつは流木をこっちに投げつけ、湖に飛びこんで、夜の闇に向かって泳ぎ去った。僕らはどうしていいかわからなかった――あんな頭のおかしなやつを追いかけて泳ぐなんてことはしたくなかったし、ましてや真っ暗だし、そうじゃなくてもエドマンドのことが心配だった。ぶっ倒れたようすからしてただごとじゃなかった。木が倒れるときみたいだったから。チンツィアの警備員たちもようやくこっちへきたけど、離れて見ているだけで、男を追いかけようともしなかった。彼らはエドマンドの容態の確認を始めると、すぐに電話を取り出した。五分くらいで救急車がやってきてエドマンドを連れていった。そのあと、僕らが知らせを受け取ったのは二、三時間たってからだった。信じられない。エドマンドは死んでしまった。

22

アデル・エリアとボブ・ワートンは南極研究科学委員会（SCAR）の会議にきていた。この委員会は、一九五六年の国際地球観測年および一九五九年の南極条約調印のあと、南極研究を調整するために発足した国際科学組織だ。年を追うごとにＳＣＡＲは、アメリカの全米科学財団や、イギリスのほかアルゼンチンやチリが主導する南極研究プログラムと並ぶ、事実上の南極政府のひとつとなってきた。この年のＳＣＡＲ会議はジュネーブで開催されたため、未来省の仕事を通じて仲良くなったアデルとボブは朝から列車で会場に向かった。

いまふたりは、会場のホテルの二階にあるバーに座って湖を眺めていた。テーブルの横の窓からは、かの有名な大噴水が高々と水を噴き上げるようすがよく見えた。南の空には巨大な入道雲がいくつも立ち上がり、彼らがいるバーの大理石のテーブルトップにも負けない存在感でモンブランの山並みを見おろしていた。ふたりがこの雄大な眺めと飲み物を楽しんでいるところへ、彼らもその名を知るピート・グリフェンというアメリカの氷河学者が近づいてきた。グリフェンの腕を引っぱっている男のほうには見覚えがなかったが、スラウェクという、これも氷河学者だとグリフェンが紹介した。アデルとスラウェクは互いの論文を読んだことがあり、米国地球物理学連合（AGU）の会議で何度か同席したこともあったのだが、顔を合わせたのはこれが初めてだった。

ウェイターがグリフェンの注文した飲み物を乗せたトレイを持って現れた。トレイには四つのスニフター（香りを楽しむための小ぶりのチューリップグラス）に注がれたドランブイと、水の入ったカラフェ、グラスが乗っていた。

「あぁ、ドランバーズ……」とアデルは少しフランス風の笑みを浮かべて言った。彼女たちはさっそく口をつけながら、これはニュージーランド人がいつも南極のドライバレー調査隊で飲んでいるリキュールなのだ、とボブに教えてやった。ひと口味わって顔をしかめたボブにグリフェンが説明したところによると、大昔にこの風変わりな甘いものを詰めた容器を満載した船がリトルトンで座礁しているあいだに船会社が破産して、そのまま倉庫に預けられていた積荷が長い年月のあいだに値を下げながら南極へ移動していったそうだ。そんなわけで、彼らはドライバレーに乾杯して、それぞれの椅子に腰を落ちつけた。

スラウェクは聞かれるままに、ドライバレーでかれこれ五年は過ごしたと答え、アデルはそれに対抗するように自分は氷河で八年暮らしたと言った。ピートはにやにやしながら、自分は氷の上で合計十二年は過ごしたと自慢した。彼らはすぐに、ピートはずっと年長なのだからずるいとつっこみ、彼もすぐさまそれを認めた。スラウェクが、自分が氷河学者になったのは内向的な性格のままでも仕事をつづけられるからだと言うと、アデルは笑いながらうなずいていた。

「わたしたちはたいていそんな感じよ」アデルは言った。

「俺は違うぞ！」ピートがむきになって言った。「俺はパーティー好きだが、誰がなんと言おうと氷の上の調査隊（パーティー）が最高だよ」そしてスラウェクにむけて、せかすように手をふりまわした。「ほら、スラウェク、きみのアイディアを話してやるといい。彼らはそれを聞いておく必要があると思うぞ」

スラウェクは居心地悪そうに眉を寄せたが、話しはじめた。「みなさん、今日の会議で新しいデータが発表されたのを見ましたよね」

そのとおり、と一同うなずいた。

「海水面がどんどん上昇してきたら、世界はもうおしまいですよ」

それは否定できない。データが示すものは明らかだった。

「そこで」ピートがスラウェクのあとをひきとった。「何人かがこう言うのが聞こえたんだ、氷が解けて水になったところを極地の高台に汲み上げたらいいんじゃないか、って」

これを聞いたボブは首を横にふった。そんなことは昔から言われている、と。いつだったかポツダム研究所が研究したことがあったが、成果はいまひとつだった。それだけの水を南極の東の氷冠まで汲み上げるのに必要な電力量は、地球上のあらゆる文明が生みだす総電力量の七パーセントにもなるのだ。「電力を集約しすぎるというわけだね」ボブはそうまとめた。

スラウェクが鼻を鳴らした。「電力はたいした問題じゃない。発電量の一パーセントはビットコインを作るのに消費されるんだから、海水面の上昇を抑えられるなら七パーセントくらいは妥当とも言える。だがそれを阻むのは物理的な問題のほうだ。数字を出してみたかい？」

「いいや」

「それじゃ、海水面が一センチ上昇すると仮定しよう。

それは三千六百立方キロの水に相当する」

アデルとボブは驚いて顔を見合わせた。グリフェンはにんまりしている。

スラウェクは彼らの表情を見てうなずいた。「そうなんだ。この量は毎年汲み上げられる原油の六百倍にもなる。そのためのインフラを作るのは現実的じゃない。しかも使うのはクリーンな電力でなければいけない、そうじゃないとよけいに炭素を排出してしまうからね。ポツダムの試算では、それだけの電力を作るには風力発電機が一千万基も必要だ。しかもその水はパイプを通して汲み上げるわけだが、これまでに生産されてきたよりも多くのパイプが必要になる。そして最後のダメ押しが、汲み上げた水は凍らせなくちゃいけないということだ。一年に一メートルが限度だろうな、なんの問題もなくそれ以上の厚みにできるとは思えない――つまり南極東部の約半分というとことだ」

「どこからどうみても無理があるということね」アデルが言った。

彼らはさらにドランバーズを飲みながらそれについて考えた。グリフェンが口を開いた。「ほら、スラウェク、きみのアイディアを話してやれよ」

スラウェクはうなずいた。「ここでなにが問題かというと、氷河は以前に比べて十倍のスピードで海にすべり落ちていっているということなんだ」

「たしかに」

「で、その理由というのが、氷の表面では夏になるたびにより多くの氷が解けて水になっているからだ、地球温暖化のせいでね。解けた水はムーランと呼ばれる管状の穴を伝って氷河の底にたまり、そこから先は行き場所がない。それでほんの少しだけ氷が浮き上がる。すると氷は岩盤の上ですべりやすくなる。それまで氷は、少なくともところどころで、普通はほぼ全体が、岩盤とぴったり接触していたわけだ。氷はとても重いから、その下にあるものすべてをすり潰していた。底がくっついていた。厚みが一キロメートルもあれば相当な重さになる。だから氷河は岩盤を削りとり、底がくっついて氷と岩が密着する。ときには岩に凍りつく。そこで動かなくなる。この時点の氷河運動の大部分は下り坂に乗っている氷が粘性変形しているだけで、すべっているわけではないんだ」

アデルとピートはここでうなずいていた。アデルはなにかを考えはじめたらしく、グリフェンはあからさまににやついていた。「それで?」と訊いたのはボブだった。

スラウェクはためらったが、グリフェンが「じらすなよ」とせかした。

「それじゃ。氷河の底から水を汲み上げるとしよう。氷底湖を調査するときや棚氷を貫通するときに溶かして掘削穴を掘るのはこれまでもよくやっている。この技術はよく知られたものだし、とても簡単だ。そうやって氷河の下から水を汲み上げる。実際、氷の重さがあるから、その圧力のおかげで水は穴の九十パーセントまでは勝手に上がってくる。あとは残りの十パーセントを吸い上げて、氷河から近くの安定した氷の上までパイプで送ればいい」

「その水の量はどのくらいになるんだろう?」ボブが訊いた。

「全部の氷河を合わせると、六十立方キロくらいかな? けっこうな量ではあるけど、三千六百よりはずいぶん少ない」

「三十六万よりもね!」アデルが言い足した。「海水面が一メートル上がるとすればそうなるわ」

「そのとおり。それと、氷河の底にある融氷水の発生源は三つあるんだ。まずは氷河表面が解けてムーランを流れ落ちたもの。それから地熱エネルギーもいつもどおり氷河の底を下からほんの少しだけ解かしている。以前は特定のホットスポットをのぞけばたいした量ではなかったけど、解かすことは解かしている。三つめは氷が下流に向かって流れるときにその摩擦によって発生する熱で解ける。さて。ほとんどの場所では地熱によって氷河の底の温度が零度くらいまで上がるいっぽうで、氷河の表面ではそれより四十度も低いことがある。だから通常なら地熱は氷のなかを伝わるあいだにほとんど拡散してしまい、そうやって消えてしまうから氷の底は凍ったままなんだ。ほんのわずかなんだけど、通常はそうなる。ところがいまは、ムーランを伝って下りていった水のせいで少しだけすべりやすくなって、氷河が岩の上を移動するスピードが上がり、摩擦熱も高くなってさらに熱が発生し、さらに解けるし、さらに速くなる。だけど、もし氷河の底にたまった水を汲み上げて氷河のスピードを落としてやれば、そんなにこすれなくなるから、摩擦で解けることもなくなる。僕の作ったモデルによれば、氷河の底にある水の三分の一から半分を汲み上げれば、摩擦熱を少なくするくらいにはスピードを落とせるし、そもそも水が発生しない。氷河はクールダウンして底が地面にくっつき、ふたたび岩に凍りついてもとのスピードにもどる。つまり、三十立方キロかそこらだけ、南極やグリーンランドの巨大氷河の下から汲み上げればいいことになる」

「いくつの氷河でそれをやる?」ピートが訊いた。

「大きいものから百、というところかな。そんなにたいへんじゃないよ」

「氷河ひとつにつきポンプはいくつ必要だろう?」と訊いたのはボブだ。

「さあ? 氷河それぞれで違うだろうとは思う。ずっと実験をつづけていくことになるだろうね」

「金がかかるな」ボブがくさした。

「なにと比べて?」ピートは強い口調で言った。

アデルが笑った。「ユルゲンは一千兆ドルと言ってたわ」

スラウェクはうなずいたが、その口元は引き締まっていた。

「それよりは少なくてすむはずだ」

全員が笑い声を上げた。

アデルがスラウェクに言った。「それで、スラウェク、どうして今日のセッションでその話をしなかったの? 氷河の加速がテーマだったのに」

彼はすばやく首をふった。「僕のガラじゃないよ。科学者がジオエンジニアリングに手を出したら、それはもう科学者ではなく政治家だ。ヘイトメールを送りつけられたり、窓から石を投げ込まれたり、本業のほうは誰もまじめに聞いてくれなくなったりしてしまう。僕はまだそんなふうにキャリアを変更する覚悟はないからね。まだ身体適性評価を通過できるうちは、氷の世界にもどりたいだけなんだ」

「だけど文明の終末はすぐそこだ」ボブがそれとなく言った。

スラウェクは肩をすくめた。「それはきみの仕事だろう? だからこの案を話したんだ。正確に言うと、ピートが話すように仕向けたんだけど。」

「ありがとよ、スラウェク」ピートは言った。「きみは本物の氷河学者だよ」

「どういたしまして」

「それを祝福して、もう一杯ドランバーズを飲むべきだと思うね」

「同感」

23

銃を手に入れるのに手間どった。簡単にはいかない。それでも彼はようやく、とあるスイス人男性のクローゼットからライフルと銃弾をセットで盗み出すことができた。スイス人男性は徴兵期間が終わったあとも軍用ライフルをクローゼットにしまっておくことが多い。あとから考えればばかみたいに簡単だった。この国はあまりに安全なので、玄関に鍵をかけない人が少なくないのだ。もちろん、スイス人男性は軍用ライフルにはしっかり鍵をかけてしまっておくように言われているし、みんなそうしているのだが、猟に使うライフルはそこまで気をつけていないやつもいて、そういうもののひとつを見つけることができたわけだ。

これで行動を起こす準備はできた。

彼は標的について調べた。そのうちのひとりは一か月以内にデューベンドルフで開かれる会議に出席するはずだ。

そこで、盗んだライフルをバックパックに入れてチューリッヒまで移動し、デューベンドルフのカンファレンスセンターに近い立体駐車場まで運んだ。階段で最上階まで上がり、そこから屋根によじ登った。屋根の上からカンファレンスセンターの正面玄関を見おろした。ライフルを組み立て、自分でこしらえた木製の台に据えて、その照準をエントランスエリアに合わせた。

標的が入り口に向かって広い階段を上がっていき、ふりかえってアシスタントになにか言った。青いスーツに白シャツ、赤いネクタイ。彼はなにかジョークを言っているようだった。

フランクは照準器の十字線越しにその男をじっと見つめた。ごくりと唾をのみこみ、もう一度狙いをつけた。顔が熱くなり、手や足まで熱くなるのが感じられた。最終的に、男はなかへ入っていった。

フランクはライフルをバックパックにしまい、階段を使って下まで運んだ。市街地と郊外を隔てる丘の中腹にある森へ入っていって、木の根元の地面にライフルを投げ捨てた。そのまま丘を下り、ねぐらに帰った。

あれは犯罪者かある種の戦犯だ、あのライフルの照準器から見たやつは。気候犯罪者だ。戦犯にだって、あいつと同じくらい人を殺したことのあるやつなど、そう多くはいない。それでもフランクは引き金を引かなかった。あの標的の人生で行う仕事引くことができなかった。

のせいで何千もの種が絶滅に追い込まれるだろうし、何百万人もの人間が死ぬだろう。それでも、彼は引き金を引かなかった。

自分で思っていたほど頭がおかしくなってはいないのかもしれない。それとも完全におかしくなってしまっているのか。あるいはただ気後れしただけか。もう自分ではわからない。気分が悪く、足元がおぼつかない。まるでバスにでも轢かれそうになったみたいだ。それでよけいに腹が立った。世界を滅ぼそうとするやつらのひとりを殺してやりたい気持ちは変わらない。西側の〈カーリーの子供たち〉として。同士（フェロートラベラー）として。

彼は人々が死ぬところを目撃し、まさにその光景によって打ちひしがれた。だから、このうえさらに人を死なせるのは正しい反応ではないのかもしれない。人を傷つけることが、人を傷つけるのだ、とセラピストのひとりが言っていた。まちがいなくそのとおりだ。だがそれではあまりに一般論すぎるし、簡単すぎる。毎度毎度、そうやって最後までやりきる必要はない。それでも彼はなにかを殺したかった。ああいう石油産業の重役みたいなやつらや、難癖をつけて叩きのめしてやったあのクソ野郎なんかは、分別のないろくでなしかエライやつか知らないが、その両方なのはまちがいない。あいつらはいつの日か自分の罪に殺されるかもしれないし、それが分相応というものだ。だが鉄槌を下すのは彼ではない。叩きのめしてやったあの男のことは気に食わなかったが、あれは事故だった。誰かを銃撃することは、クソ野郎を叩きのめすのとはわけが違う。なにか別の方法を考えなければ。それでもまだ、なにかを殺してやりたい。いまはそれ以外のことは考えられない。

24

我々は、感覚と物理的実体の本質からくるなんらかの知覚エラーから逃れられないように、認知エラーからも逃れることはできない。それは人類の進化の過程で人間の脳に組み込まれてきたものであり、そうとわかっていても回避不能なものだからだ。

錯覚はいとも簡単に起こる。丸い紙に特定のパターンの白黒模様を印刷し、中心点に棒をさして回転させると、人間の目にはちらちらと色が浮かぶのが見える。回転速度が遅くなれば模様はただの白と黒にしか見えなくなり、速くなればふたたび色が見えてくる。それだけのことだ。

遠近短縮法もまた自覚的に修正ができない知覚変容のひとつだ。山のなかで崖の下に立って上を見上げるとき、その崖はいつでも同じ高さ――仮に三百メートルくらいとしよう――に見える。その崖がアイガー北壁で、高さは千八百メートルだと知っていたとしても、三百メートルくらいに見えてしまうのだ。何キロも離れたところ、たとえばトゥーン湖の湖畔から南に目をやって初めて、アイガー北壁の途方もない高さを実感することができる。真下にいたのでは不可能なのだ。

こうした目の錯覚は、実演してみせれば誰でも納得できるものだ。現に目のまえにあるのだから。しかし認知エラーについては検証が必要だ。認知科学者や論理学者、行動主義経済学者たちはつい最近になってようやくこのような認知エラーを解明して名前をつけ、論争はいまもつづいている。だが何度試験を重ねてもまちがいを回避できないことが実証され、アンカーバイアス（先に想定したことや言われたことに引きずられて判断がゆがむ）だとかイージー・オブ・レプリゼンテーション（自分に理解できる説明のほうが、理解できないものよりもほんとうらしく思える）といった名前を与えてきた。そんな例は枚挙にいとまがない――認知エラーをずらりと並べた見事な円形の図をネット上で見ることができる。脳が起こす認知エラーを一覧にしてカテゴリー分けしてあり、そこには少数の法則から基準率の無視、利用可能性ヒューリスティック、非対称類似、確率の期待、選択構造、コンテキスト分離、獲得／損失の非対称性、連言の効果、典型性の法則、異所性の因果、原因／結果の非対称性、確実性効果、理不尽な慎重さ、サンクコストの過酷さ、幻相関、根拠のない自信過剰まで含まれている――この図自体が、あたかも人間がどのように思考しなにがノーマルであるかを知りつくしているかのようにふるまっているという意味で、最後に上げた現象の格好の例にもなっている。

錯覚と同じく、認知エラーが存在することを知っていても、新たな問題とともに提示されると、それを回避することはできない。それどころか、このようなエラーは一貫して起こるもので、被験者はみな口をそろえて同じ方向にまちがいやすく、被験者の個人的な要素に左右されることがない。そしてどうにも改善不能で、エラーがあるとわかっていることが回避の助けにならず、異なる状況においても論拠を疑うことができない。人間はつねに、自分の論拠について本来あるべきレベルよりも自信を持ちすぎている。実際自信過剰は、ゴリゴリのそれだけでなく一般的な自信過剰も含めて、もっとも普遍的な共同幻想のひとつなのだ。この分析ですら、またひとつの例であることはまちがいない。私たちはこのことの一部だけでも、ほんとうに知っていると言えるのか?

いやまったく! 認知科学におけるこのような最新の発見はなにを意味しているのだろう? 人間は統計学が苦手なことをあらわしているだけだという意見もある。潜在意識の発見に負けない重要な発見だという主張もある。

大量に流入してきた情報を整理するのに必要なイデオロギーの本質を、いま一度考えてみよう。イデオロギーもまた共同幻想であり、必要なフィクションのようなものだということはありえるだろうか?

答えはイエス。当然のことだ。私たちが人として機能するにはイデオロギーを生みだし、それを使っていかねばならない。そして私たちは、いくつもの体系的な、ときに事実誤認ともいえる考え方をすることで、それを実現している。人間が理性的であったことなど一度もない。科学そのものは理性的であろうとする試みではあるかもしれない。哲学もしかり。そしてもちろん、人間がものごとの本質まで考えることができないことや、クローズドシステムとして機能する論理を手に入れられないことなどを、哲学はたびたび証明している。

ここまでの議論すべてにおいて、ノーマルで健全な精神について語ってきたことを思い出してほしい。そしてこれほど不安定な場所から始めて、健全さが失われたときになにが起きるのかは、また別の議論にゆだねたい。いまはこれだけ言えば十分だろう。とてもひどいことになりかねない、と。

25

冬のチューリッヒは、どんよりとした霧と低い雲に覆われた天気が何か月もつづく。大西洋から流れてきた雲を北から吹きよせる風がアルプスの山腹に押しつけ、雲は行き場を失ってその場にとどまる。灰色の湖のほとりで灰色の川に分断された灰色の街では、来る日も来る日も灰色の空がつづく。そんな空模様の日でも、列車か車で百キロも離れていないところへ出かけるだけで、霧を抜け出してアルプスの陽光を満喫することはできる。とはいえ、それは仕事にとりかからなければならない時期でもある。

だからメアリーは働いた。報告書を読み、会議に参加し、世界中の人々といくつものプロジェクトについて話し合い、これから生まれてくる未来の人類と生き物、ものごとなど、立場を持たない存在に法的地位を適用するためのより強力な国内法の法制に関する立案書を書き上げた。毎日が充実していた。夕方になると、バディムやほかの仲間たちを誘って街へ繰り出すことも多かった。たいていはニーダードルフまで歩いていき、橋を渡って〈ツォイクハウスケラー〉で食事をしたり、川のこちら側で大聖堂（グロスミュンスター）周辺の薄暗い路地をぶらついて〈カーサ・バー〉の奥の長テーブルを囲んだりした。

この日は雲間から太陽が顔を出していたので、トラムに乗ってビュルクリプラッツで乗り換え、ティーフェンブルネンまで行って〈トレス・キロズ〉で食事することにした。いつもなら、誰かの誕生パーティーやなにか大きな祝い事でもなければこの店にはこない。しかし今日は祝福の日だ。一年で最初に太陽が出るとされる二月十九日。だがチューリッヒではこの日に晴れたためしがない、とユルゲンはおおげさに嘆いた。こうした気象現象に関しては、スイスは記録好きなのだ。

一日はまだ短く、彼らがレストランに着くころにはとっぷりと日が暮れていた。唐辛子をかたどった電球を連ねたコードが入り口にかけられ、灯火のように輝いている。なかではやはり誰かの祝い事があるらしく、ちょうど彼らが足を踏み入れたとたん、すべての照明が消され、スティービー・ワンダーの〈ハッピー・バースデー〉の音楽とともにウェイトレスがキッチンからケーキを運んできた。ケーキに挿した小さな花火が景気よく火花を散らしている。彼らは歓声を上げてほかの客たちと一緒になって歌い、空いていればかならずそこを選ぶ、キッチンに近いいつもの席に腰を下ろした。メアリーはエステバンとインベニのとなりに座って、ふたりが言い争いをよそおっていちゃいちゃしているのを聞いていた。すっかり毎度おなじみの光景になってきていたが、ふたりともやめるつもりはなさそうだ。

「僕らは未来省なんだよ」エステバンはそこを強調した。「いま解決できる潜在的な問題をすべて解決するための省じゃないんだ。対象は慎重に選ばないと、なんでもかんでも引き受けることになってしまう」

「だけど、将来的にはあらゆるものが解決すべき問題になるのよ」インベニが言った。「どうしてそれを否定できるのか、理解できないわ。より分けなんかするのは肝心なところを避けてるだけ。しまいにはサイアクの未来が待ってることになる」

「だとしても優先順位はつけないと。僕らにはそんなに時間がないんだから」

「これが優先順位よ！　わたしたちはグループなんだし、時間もあるわ」

「きみはそうかもしれないけど」

インベニは彼をひじでつつき、テーブルに届いたばかりのピッチャーからふたりのグラスにマルガリータを注いだ。


彼らの話題はマウナケアからの今日のニュースに移った。二酸化炭素濃度が、冬季の観測記録としては最高の四四七ppmを記録したのだ。これは各国からのあらゆる報告に反していた。報告ではアメリカや中国、インドでさえ、排出量の大幅な減少を示していたのだ。ブラジルやロシアまでも。そう、大量排出国がそろって減少を報告したというのに、地球全体では増えつづけている。報告に現れない要因があるはずだ。さもなければ、みんなが嘘をついているか。そのどちらなのかは意見が分かれている。おそらくは、どちらもそこそこあるのだろう。

「みんなが嘘をついているとすれば、彼らにはそれがまちがったことだとわかっているわけだ。でも、まだ誰も気づいていない二次的な排出源があるとして、すでに想定ずみの熱さに刺激されたものだとするとさらにやっかいだね。それならまだ、みんなが嘘をついてることのほうを期待しないと」

「期待するのは簡単よね、いつでもできるから」

「なあ、そんなに皮肉屋ぶらなくても」

「現実的なだけよ。この質問に対して、いったいいつ、みんながほんとのことを話したというの？」

「みんな、って？　科学者や政治家のこと？」

「もちろん政治家のことよ！　科学者は〝みんな〟のうちに入らないわ」

「その逆だと思ってたよ！」

「科学者も政治家もみんなのうちには入らないわよ」

「口に気をつけろよ。そこにいるメアリーは政治家で、僕は科学者だからね」

「いいえ。あなたたちはふたりとも、技術官僚(テクノクラート)よ」

「それって、僕らは科学系の政治家ってこと？」

「あるいは、政治的な科学者ね。つまり、政治化した(ポリティサイズド)科学者(サイエンティスト)よ。政治学(ポリティカルサイエンス)とはまったくの別ものよ」

「政治学なんてのは、僕に言わせれば偽物だよ。少なくとも名前のつけ方をまちがってる。それのどこが科学(サイエンス)的なんだか」

「統計学がそうなんじゃない？」

「いいや。単にちゃんとしてるように聞こえればいいだけさ。政治学はよくて歴史、悪く言えば経済学だ」

「この近くにまだトラウマを引きずってる政治学専攻の人がいるみたいね」

「ほんとだってば！」

　テーブルに笑いが広がった。もう一杯ずつマルガリータが注がれた。請求書はとんでもない金額になりそうだ——〈トレス・キロズ〉はチューリッヒのすべてのレストランと同じく、いやチューリッヒにかぎらないかもしれないが、酒に法外な値段をつけることで儲けを出している。だがこのチームのみんなは、今夜は省が支払ってくれると思っているのだろう。それはそのとおりだ。メアリーはため息をひとつついて、自分のグラスにもおかわりが注がれても知らん顔していた。

　彼女はテーブルを見わたしながら、エステバンとインベニがいちゃつくのを聞いていた。とはいえ、グループと一緒だったので、それは控えめだった。職場恋愛がうまくいったためしはないのに、そういうことはしょっちゅうある。この仕事を一生つづける人なんていない。それはどんな仕事でもそうだ。だったらなにがいけないの？　いったいどこに出会いを求めればいいというの？　だから、職場恋愛なのだ。大昔、彼女にも経験があった。ずいぶんと昔、ロンドンでまさにこんな感じの気軽な会話をマーティンとしたのを覚えている。メアリーとマーティ！　ロンドン在住のアイルランド人がふたり、それぞれプロテスタントとカトリックで、なんとかして世の中に爪あとを残してやろうともがいていた。彼が亡くなって二十年以上にもなる。

　彼女はすぐに、きっぱりと、現在に意識をもどした。

エステバンとインベニはとても生き生きしている。そしてメアリーは、彼らがかけ離れているにもかかわらず、どうして惹かれあうのかがわかった。どうでもいいことだけど。彼らの会話には少しだけとげがあり、少しだけ無理しているようだ。でも人が互いに惹かれあう理由なんて、基本的には知りようがない。見たところ、ふたりはすでに恋人どうしの関係から別れを経て、落としどころを探っているのかもしれない。上司の立場からでは確かめようがない。

長い食事時間も終わりに近づき、メアリーはよいしょと立ち上がって、どの程度の酔いなのかを確かめてみた——このところのいつもの酔い方と同じくらい。飲みすぎないように気をつけていたし、同僚や部下たちと一緒だし、見苦しいところを見せてもなにもいいことはない。それに、若いころに鍛えられたこともあって、アルコールにはかなり強くなった。すべては順調、仲間たちと歩調を合わせてトラムの停留所まで行き、青いトラムに乗ってビュルクリプラッツで丘の上に向かう路線に乗り換える。ボブとバディムには別れのあいさつをするけれど、エステバンとインベニとはまだ一緒だ。それからメアリーはキルヒェ・フルンテルンでトラムを降りる。もっと先へ向かうふたりの若い連れたちに手をふり、彼らのことを気にかけながらも、頭のなかではもう別のことを考えはじめている。紅茶、ベッド、眠れるかどうか。

ホーホ通りを歩いているとき、反対方向に向かっていた男が突然向きを変え、彼女と並んで歩きだした。男に目をやったメアリーは驚いた。彼女を見つめる男の目は狂気じみていた。

「そのまま進め」男は低く抑えた声で命じた。「これからあんたを拘束する」

「なんですって?」彼女はそう叫んで、その場で足を止めた。

男は手をのばして拘束具のようなものを彼女の手首にはめ、もういっぽうの手のなかの小型のずんぐりした拳銃を見せた。彼女の手首にしっかりとはまった拘束具は透明なプラスチックの手錠のようなもので、反対側は男の手首にはまっていた。「来い」男はそう言って、彼女を引っぱりながら歩きだした。「あんたと話がしたい。一緒に来れば傷つけるようなことはしない。一緒に来ないなら、いまここで撃つ」

「そんなことしないでしょ」彼女の声はかすれていたが、気がつくと、手首を引っぱられながら男と並んで歩いていた。

「やるとも」男はぎらぎらした目でにらみつけた。「もうなにがどうなろうと、かまうものか」

彼女はごくりと唾をのみこんで、口を閉じた。心臓が早鐘を打っている。なんの影響もないと思っていた酒が火のように体じゅうを駆けめぐり、いまにも足元がもつれそうだ。

男が彼女の家のある建物の正面まで歩いてきたのは驚きだった。

「中に入ろう」男が言った。「ほら、やれよ」

メアリーは番号を打ちこんで玄関を開けた。彼女の部屋がある階まで階段を上った。解錠してドアを開けた。中へ入った。ここに囚われることになったいま、自分の家ではないような気がした。

「電話を出せ」男が言った。「電源を切ってここに置け」

彼が指さしたドアのわきのテーブルは、まさに彼女がちょっとものを置いておくのに使っているものだった。携帯電話をバッグから取り出し、電源を切ってテーブルに置いた。

「ほかにもなにかGPSがついたものは?」男が訊いた。

「なんですって?」

「チップを仕込んだりしてないのか? ほかにもGPSを身につけてるんじゃないのか?」

「いいえ」と答えてから、「ないと思う」と言い足した。

男は疑うような、非難するような不思議な表情で彼女を見た。そして拳銃を入れていたほうのポケットから小さな黒い箱を取り出し、タブをぱちっとはじいて、彼女の体のまわりにかざしながら動かした。画面を確認してうなずくと、「よし、行こうか」と言った。

「でもわたしは――」

「行くんだよ! すぐ近くに場所を用意してある」

「ただわたしと話したいだけだと言ったじゃないの!」

「そうとも」

「それならここで話せばいい! 手錠をはずしてくれたら話をするわ。ここから連れ出すというなら、誰かに見られたらすぐ、その場にひっくり返って大声で助けを呼ぶわよ。話がしたいだけならここでそうするほうがいい。そのほうが安心できるし、話をよく聞けるもの」

男はしばらく彼女をにらみつけていたが、とうとう「わかった」と言った。「そうしようじゃないか」

彼はまごついて混乱したように頭をふった。それを見ていたメアリーは、この男は頭がおかしいのだ、と思った。

となると、よけいに恐ろしい。彼は空いているほうの手をのばして、彼女の手首の拘束具をはずした。彼女はもういっぽうの手で手首をマッサージしながらも彼から目を離さず、猛烈に頭を働かせた。「トイレにいかなくちゃ」

男がにらみつけた。「先に確認する」

彼はバスルームまで一緒に行き、棚をのぞきこみ、シャワーカーテンの向こうも確認した。メアリーはここになにか命綱になるようなものを置いておけばよかったと思った。電話をもうひとつ、あるいは警報システムでもいい。でもそんなものはなかった。男はひととおり見て満足するとバスルームから出てきて、ドアは開けたままにした。彼女は中へ入ってしばらくそこに立っていた。すると細いすきまを残してドアが閉まった——男がドアを押したのだ。行儀のいいことね。礼儀正しい狂人というわけ。たいしたものだわ。彼女はトイレに座って用を足しながら、この状況をじっくりと考えてみようとした。なにも思い浮かばなかった。立ち上がって水を流し、トイレを出た。

「お茶でもいかが?」彼女は訊いた。

「いらない」

「わたしはいただくわよ」

「いいとも。そこから始めよう」

メアリーはティーポットで湯を沸かし、お茶を淹れた。こうすると落ちつくような気がする。その手元を見守りながら、男はもう一度、お茶はいらないと言った。ふたりはメアリーの小さなキッチンテーブルをはさんで向かいあって座った。

若い男だ。二十代の終わりか三十代はじめくらい。予想しにくい年ごろだ。顔はげっそりとやつれ、目の下には隈ができている。細身で飢えたような表情、という表現がぴったりだ。ここでの自分のふるまいにびくびくしているのだろう、とメアリーは思った。それは筋が通っている。だが最初に声をかけてきたときに見た狂気もまだそこにある。なげやりで必死ななにか。こんなことをするからには、それがどんなことだろうと、まともな精神状態ではないにちがいない。なにかにつき動かされてやっているのだ。

「どうしたいの?」

「あんたと話がしたい」

「どうしてこんなやり方で?」

彼は唇をゆがめた。「僕の話を聞いてもらいたい」

「わたしはいつだって人の話を聞くわよ」

彼は頭を大きく前後に動かした。「僕みたいな人間は別だ」

「どういうこと？　どうして別なの？」

「僕は何者でもない。もう死んでる。殺されたんだ」

メアリーは寒気を覚えた。これは賢いことだろうかと自問しながら、おずおずと訊いた。「どんなふうに？」

彼女の言葉など聞こえていないようだ。「そろそろ復活するころあいなんだろうが、そうはなっていない。僕はほんとうに死んでるんだ。そこにいるあんたは、国連のでかい機関のトップで、世界中で重要な会議に出てるんだろう、毎日、毎時間。死人の相手をするひまなんかないんだ」

「どういうことなの？」これ以上恐怖をつのらせないようにしながら、もう一度訊いた。「どんなふうに死んだの？」

「あの熱波のなかにいた」

ああ。

彼はメアリーのカップを見つめていた。彼女がカップを手に取ってひと口飲んでも、彼の視線はテーブルにむけられたままだった。顔が赤くなってきていた——彼女が見ているあいだに、頬やひたいの肌の色が青ざめた白から鮮やかな赤へと変化していった。ひたいにも、目のまえのテーブルに緊張したようすで置かれた手の甲にも、汗が噴き出している。それを見ていたメアリーはごくりと唾をのんだ。

「それは気の毒に。さぞかしたいへんだったでしょう」

彼はうなずいた。突然立ち上がった。背中を向けて、狭いキッチンを歩き回りはじめた。窓の外には夜闇が広がり、チューリッヒの丘の斜面の明かりはどれも、霧雨でにじんでいた。彼は全力疾走のあとで息を整えるときのように呼吸を荒くしていた。あるいは、泣くまいとこらえてでもいるように。

メアリーは彼の深く速い呼吸に耳をすました。彼女に対してなにかするために自分を励ましているのかもしれない。

しばらくするとまた、彼女の向かい側に腰を下ろした。「ああ、たいへんだった。みんな死んだ。僕も死んだ。そして彼らは僕をよみがえらせた」

「いまはもう、大丈夫なの？」

「そんなわけがあるか！」彼は怒りもあらわに声を荒らげた。「ぜんぜん大丈夫じゃない！」

「体のほうのことを訊いたのよ」

「よくない！　体のほうもなにも、どこも大丈夫じゃない！」彼はある決まったイメージをふりはらうように頭をふった。

「それは気の毒に」もう一度そう言って、お茶を口に含んだ。「それで。わたしと話がしたいのよね。そのことについて、でしょう？」

彼は頭をふった。「そのことじゃない。あれはただの始まりにすぎない。あれがあったからあんたと話したくなったのはあるかもしれないが、僕が言いたいのはそのことじゃない。僕があんたに言いたいのは」――そこで彼はメアリーの目をまっすぐに見つめた。「あれはまた起きる、ということだ」

彼女は思わず唾をのんだ。「どうしてそう思うの？」

「なにひとつ変わらなかったからだよ！」彼は怒鳴った。「どうしてそんなことを訊くんだ！」

彼は興奮して立ち上がった。赤らんだ顔がさらに赤みを増している。眉根がぎゅっと寄った。彼女にのしかかるように身をかがめ、低く抑えてはいるが激しい口調でこう言った。「どうして知らないふりなんかするんだ！」

彼女はひとつ息を吸った。「ふりなんかしてないわ。ほんとうに知らないからよ」

彼は首をふりつつ、上からにらみつけた。

「だからこんなことをしてるんだよ」そう言った彼の声は低く、怒りがこもっていた。「あんたは知ってるはずだ。知らないふりをしてるだけだ。あんたたちはみんなそうだ。あんたは国連の未来省の事務局長で、そのくせ、未来が僕たちになにをもたらすかを知らないふりをしてる」

「それは誰にもわからないことよ」彼女はしっかり目を合わせて言った。「これは言っておきますけど、未来省はパリ協定に基づいて設立されたものよ。国連は直接には関係ないわ」

「あんたが未来省なんだろう」

「ええ、わたしが責任者よ」

彼はしばらくのあいだ、黙って彼女を見つめていた。そうやってじろじろと見ながら、目をそらさないまま、また向かい合わせに座った。それからテーブルに身を乗りだした。

「さて」彼は口を開いた。「あんたとあんたの未来省は、未来についてなにがわかっているというんだ？」

「わたしたちにできるのは、シナリオをモデル化することだけよ」彼女は答えた。「実際になにがあったのかを追跡して、数値を測定できるものは変動をグラフ化し、測定値が同じところにとどまるのか、増えるのか減るのかを仮定するの」

「気温、出生率、そういうものだな」

「ええ」

「ほら、知ってるじゃないか！　僕が言ったのは、あんたたちのその仮定では、何百万人の人が死ぬような熱波はこれ以上起きないというシナリオがひとつでもあるのか、ってことだ」

「あるわ」

そう答えはしたものの、メアリーは困惑した。彼がいま突きつけてきた可能性こそ、毎晩、彼女の眠りを奪っているものだ。大量死をもたらすようなさらなる事態をなんとか回避して良い結果にいたるというシナリオは、ものすごくまれだ。人類は、いまはまだやっていないことをやっていかなければならないのだろう。こうして彼女のキッチンに彼がいること自体が、彼女を眠れなくする思考の大渦にあまりにもそっくりで、まるで目を覚ましたまま悪夢を見ているかのように、そこから抜け出せなくなってしまった。

「ふん！」彼女の表情を読みとった男は大声を出した。

彼女は表情をごまかそうとして顔をしかめた。

「いいかげんにしろ」男は言った。「わかってるじゃないか。あんたは未来を知っている」のどを痛めないようにしようとでもしているみたいに、怒鳴らずに話そうと努めていた。彼はせきばらいをし、頭をふった。「なのに、あんたはまだなにもしようとはしていない。それが仕事だというのに」

彼はまた席を立ち、シンクのところへ行って水切り籠からグラスを取り、蛇口から注いだ水を飲んだ。水を持ったままテーブルにもどり、座り直した。

「わたしたちにできることはやっているわ」メアリーは言った。

「いいや、やってない。できること全部はやっていないし、いまやっていることだけじゃ不十分だ」彼はふたたび身を乗りだして彼女の視線をとらえた。その目は血走って大きく見開かれている。苦しみをたたえた薄青い目が、いまにも汗ばんだ赤ら顔からこぼれ落ちそうだ――その視線が彼女を射抜いた――「認めたらどうだ！」口調は強いが、叫び声というには抑えた声だった。

彼女はため息をついた。彼になんと言おうか考えようとした。彼の目の表情が怖かった。ここで彼女を殺せば、もっと有能な人物がそのあとを継いでくれるとでも考えているのかもしれない。まさにそんなふうに考えているように見えた。なにしろふたりはいまここにいる。彼女は誘拐されて自分のアパートメントに連れてこられたのだ。女性がこういう目にあうと、たいていは殺される。

メアリーはようやく肩をすくめてみせたが、心臓はどきどきしていた。「わたしたちもがんばってるわ」

ふたりは長いこと座ったまま見つめあっていた。メアリーはしばらく返答を考えさせてくれそうな印象を受けた。彼女がひねりだしたたわいもない考えを煮詰めさせようとでもしているように。

とうとう彼がこう言った。「だがうまくいっていないじゃないか。努力しているからといって、それで十分なわけじゃない。あんたたちはしくじってる。あんたやあんたの組織が割り振られた仕事をしそこなっているせいで、数百万人が死ぬんだ。あんたたちは彼らを失望させている。毎日、失望させてるんだ。彼らを死に向かわせてるんだ」

彼女はため息をついた。「わたしたちは、できることを、できる範囲ですべてやろうとしているの」

「そんなことはない」

彼はまた顔を赤くして、もう一度立ち上がった。囚われたけもののように、キッチンのなかをぐるぐると回った。呼吸が激しくなっていた。さあ、くるわよ、と彼女は思わず身構えた。心臓がさらにどきどきしてきた。

ついに彼がメアリーのそばにきて足を止めた。そしてまた、彼女のほうに身をかがめた。こんども、そうとしかできないように抑えた低い声で話しかけた。

「僕がここにきた理由はそれだ。できることは全部やっている、と考えるのをやめないといけない。できていないからだ。できるはずのことはもっとあるんだ」

「たとえば？」

彼はメアリーをじっと見た。向かい側に腰を下ろし、両手に顔をうずめた。ようやく顔を上げると、背もたれに体を預けた。彼女の目をまっすぐに見る。彼女はそこになにかを見てとった。生身の人間を。大きな不安を抱えた生身の人間としての彼は、まだ若く、健康を害し、おびえていた。

「インドへもどってみたんだ」彼が言った。「うわさを聞いたことのある団体に入れてもらおうとした。〈カーリーの子供たち〉、って聞いたことはあるか？」

「ええ。でも彼らはテロリスト集団よ」

彼はメアリーを見つめたまま頭をふった。「違う。そういう古臭い資本主義的価値観でものを考えるのは、やめるべきだ。もうそんな時代は終わった。そんなものの陰に隠れているのは危険すぎる。世界を殺しにかかってる連中がいる。人も動物も、全部だ。僕たちはいま、絶滅という現実に直面していて、一方にそれをなんとかしようとしてる人々がいる。あんたは彼らをテロリストだというが、あんたたちがそのために働いている連中のほうがテロリストなんだよ。どうしてそこから目をそらしていられる?」

「暴力は避けようとしてるわ」メアリーは言った。「それがわたしの仕事よ」

「あんたの仕事は絶滅を回避することじゃなかったのかよ!」

「そんなこと、言ったかしら?」

「なんと言ったかなんて知るかよ? いまならなんと言うつもりだ? 細かいことなんか言わなくていい、そんなことのためにここまできたんじゃない! あんたたちが世界を殺そうとしてるのに、その言い訳の言葉をいちいち覚えておけというつもりか? さあ、言ってみろ! 未来省の事務局長としてのあんたの仕事はなんなんだよ?」

彼女はごくりと唾をのんだ。お茶をひと口飲んだ。すっかり冷めている。言うべき言葉を探そうとした。この取り乱した若者に、怒りをつのらせている相手に、道理を説こうとするのは正しいことなのか? そうする以外の選択肢はあるのだろうか?

「未来省は二〇二四年のパリ会議のあとに設立されたものよ。次にくる世代、そして動物や水源地のような、自分では意見を言えない存在の利益を代表する役割をになう機関を作るのが良い考えだと思ったのね」

男は興味なさそうに手をふった。そんな常套句は聞き飽きている。「だからなんだ? それをどう実現する? 彼らの利益をどうやって守ってやるんだ?」

「問題のいろいろな側面にフォーカスするための部局を作ったわ。法務、財務、自然科学、その他いろいろ。与えられた予算を配分するためにやるべきことに優先順位をつけ、できることから進めている」

彼はメアリーをにらみつけた。「それでも足りなかったら?」

「足りないとは、どういう意味?」

「それじゃ不十分なんだよ。あんたたちの努力には、ダメージを遅らせるだけのスピードが足りない。解決策を考え出すスピードが間に合っていない。あんたにもわかるはずだ、誰にだってわかることなんだから。ものごとは変化してなくて、僕たちはあいかわらず絶滅に向かって一直線だ、僕たちは絶滅のまっただ中にいるんだ。不十分だと言ったのはそういうことだ。だったら、どうしてもっとなにかしようとしないんだ?」

「考えられることはすべてやっているわ」

「てことは、誰の目にも明らかなことを思いつけていないか、思いついたのにやるつもりがないかのどっちかだな」

「たとえば、どんなこと?」

「たとえば、絶滅の危機を招いた最悪の犯人どもを特定して追及するとか」

「それならやってるわ」

「訴訟を起こしてるのか?」

「ええ、訴訟して、制裁措置をとって、広報活動をして、それから——」

「暗殺の標的にしてるか?」

「するわけないでしょう」

「どうしてだ? そういう連中のなかには、最終的に何百万人も殺すことになるような犯罪に加担しているやつもいるのに! あいつらは全人生をかけて、大量死につながるシステムをせっせと維持しているんだぞ」

「暴力は暴力を招くわ」メアリーは言った。「きりがないのよ。だからわたしたちがいるわけ」

「そして闘いに敗れた、と。だがな、炭素を燃やすという暴力は、死刑による刑罰よりはるかに多くの人を殺すんだ。つまり、あんたたちの倫理観なんて、ただのあきらめみたいなものなんだよ」

彼女は肩をすくめた。「わたしは法の支配を信じているわ」

「それはけっこうなことだ、その法がちゃんとしていればな。ところがどうだ、あんたたちがあんなに反対している暴力こそ、野放しになっているじゃないか!」

「それなら法律を変更しなければいけないわね」

「炭素を燃やすことそのものが暴力だろ? 石炭工場を爆破するのは暴力的すぎるか?」

「わたしたちは法の範囲内で動いているの。そのほうがものごとを変えていくにはより良いチャンスがあると思う」

「だがそれでは成果が出るまで時間がかかりすぎる」彼は冷静になろうとした。「もしもあんたがまじめに仕事をする気があるなら、もっと速く変化を起こす方法を探しているはずだ。なかには法に反するものもあるだろうが、それなら法のほうがまちがっているんだ。僕は、基本原則はニュルンベルクで決まったと思ってる——まちがった命令に従うことはまちがいなんだ」

メアリーはため息をついた。「わたしたちの最近の仕事はほとんど、現存する法体制によって生みだされる問題を指摘して、是正を勧告しようとすることになってきているの」

「だがうまくいっていない」

彼女は浮かない顔で肩をすくめ、目をそらした。「まだ途中よ」

彼は首をふった。「本気でやる気があるなら、あえて手を汚すつもりで、法からはみだしてでも変化を加速させてるはずだ」

「その手段が手を汚すようなことなら、あなたには黙っておくでしょうね」

しばらく彼女をにらみつけていたが、とうとう彼は頭をふった。「あんたがそうしているとは思えない。もしやってるとしたら、それは功を奏していない。あんたが期待されているとおりに未来の視点から見て判断すれば大量殺人者とみなされるようなやつらが、この地上に百人ばかりは野放しになってる。そいつらが死にはじめたら、その多くが殺されたとしたら、ほかのやつらも心配になってやり方を変えるだろう」

彼女も首をふった。「殺人は殺人を増やすだけよ」

「だったら追放すればいい。あんたが自分の判断で、刑務所を作ったらどうだ。ある日、目が覚めたらやつらの資産が消え失せていたら？　やつらが未来を殺す能力はずいぶんとそがれるだろう」

「それはどうかしら」

「あんたがやらないなら、ほかの誰かがやるだろう」

「そうすべきかもしれないわね。その人たちにはその人たちの役割があり、わたしたちはわたしたちの役割を果たすわ」

「だが、あんたたちは成果を出せていない。それに、彼らがやってくれたとしても、そのせいで彼らも殺されてしまう。あんたが自分の仕事しかしないでいるせいで」

「だからってそれが正当化されるわけではない」

「それで見えないところへしまいこんでおくつもりか。世界の歴史の大部分は、いまや暗闇のなかで作られている。あんたはそのことを知るべきだ。あんたが自分でとりにいかなきゃ、チャンスは降ってきたりしないぞ」

彼女はお茶を飲んだ。「それはどうかしらね」

「だがあんたは知ろうともしていないじゃないか！　知らないままにしておこうとしてるじゃないか！」

彼女はお茶を飲んだ。

　彼は突然立ち上がった。もうじっとしていることもできなくなっていた。びくりと動いたかと思うとあちこち体の向きを変え、一歩踏みだしては立ち止まった。いまどこにいるのかを忘れてしまったかのようにあたりを見回した。

「ここにはどんな生活がある?」メアリーの小さなキッチンを身ぶりで示しながら彼が訊いた。「結婚はしてるのか?」

「いいえ」

「離婚したのか?」

「いいえ。夫は亡くなったわ」

「なんで死んだ?」

「わたしの人生がどんなものかなんて、あなたに教えるつもりはない」急に嫌気がさした。「わたしのことは放っておいて」

　彼は苦々しげな視線をむけた。「私生活を明かさない特権か」

　彼女は頭をふって、ティーカップに意識を集中した。

「あのさ」彼は言った。「もしあんたが、ほんとに未来から来たとしてだよ、そうしたら変化にあらがう連中が野放しにされてることを知ってるはずだし、そいつらがあんたの子供たちやその子供たちを殺してることも知ってるはずだから、あんたは自分の世界の人々を守ってやろうとするだろう。あんたの家を、人生を、人々を守るために、その脅威を殺そうともするだろう」

「あなたみたいな脅威をね」

「そうとも。だから、あんたの組織が僕たちよりあとに生まれてくる人々を代表するというなら、なあ、たいそうな重荷じゃないか! ものすごい責任だ! 彼らと同じように考えなくちゃならないんだからな! 彼らがいまここにいたらやりそうなことを、代わりにしてやらなくちゃいけない」

「彼らが人殺しに賛成するとは思えないわ」

「賛成するに決まってるって!」彼が大きな声を出したので、メアリーはたじろいだ。彼はその場でぶるぶると身を震わせていた。手を持ちあげて頭をかかえこんだ。そうしないと爆発してしまいそうだとでもいうように。いまにも両目が飛び出してきそうだ。彼女に背中を向け、冷蔵庫の前面を蹴りつけてよろけると、窓のところへ移動した。外に目をやり、怒りが沸騰したようにシューッと音を立てて息を吐いた。「僕はとっくに死人だ」独り言のようにつぶやく。窓枠に手をかけ、ガラスにひたいを押し当てた。しばらくして呼吸が落ちつくと、ふりかえってふたたび彼女に顔をむけた。テーブルの反対側に腰を下ろした。「いいか」見るからに気を取り直そうとしていた。「人はいつだって自己防衛のために人を殺してきた。そうしないのは自殺するようなものだからだ。だから相手を殺す。いま、あんたの守る人々は攻撃されている。未来の人々のことだよ」

メアリーは深々と息を吐いた。視線はティーカップにむけたままだ。

「あんたはほかの誰かにやらせたいだけだ。あんたほどの援護をされてなくて、それをやることでもっと苦しむような誰かに。そうすればあんたはいい暮らしをつづけられて、このすてきなキッチンを失うこともない。斬新なことを試して非難される役目は、失うもののない連中におっかぶせようとしてる。それはまさにあんたが守ってやることを託された人々だ」

「わたしにはわからない」

「僕にはわかる。インドでそういうやつらに会ったんだ。そいつらの仲間になりたかったが、受け入れてもらえなかった。彼らはあんたがやっているはずだったことをやろうとしてる。殺すことで彼らも殺されるだろう。つまらない破壊工作かなにかをやらかして、一生刑務所暮らしになるんだ、あんたがやるはずだった仕事をやったせいで」

「彼らの仲間にはならなかったの?」

「あっちから断られたんだ」

彼の顔がぎくりとゆがんだ。記憶をねじ伏せようとしているのだ。「彼らにしてみれば、僕なんかはよそ者のひとりでしかなかった。その昔の帝国行政官みたいなものだ。やるべきことを指図するよそ者だ。たぶん、そのとおりなんだろう。僕は自分なりに最善を尽くしてるつもりだった。あんたと同じだ。それに、僕は死んでいたかもしれない。小さな診療所を手伝っていただけなのに。僕はたしかに死んだんだ。それなのに、どういうわけだか、僕の死後も体は生きつづけた。そうして僕はいまここにいて、なにかをしようとしてる。とんだ愚か者だ。だが彼らは僕の助けを必要としなかった。彼らが正しいのかもしれないが、僕にはわからない。彼らは彼らがやるべきことを、僕なしでやるだろう。僕なんか必要ない。彼らはあんたの機関がやるべきだったことをやっている。インドの外へ出たとたん、それは難しくなるだろう。そのせいで彼らは殺される。だから僕は、彼らがこっちでやりたいだろうと思うことをしようとしてきた。こっちでは彼らより僕のほうが動きまわりやすいからな」

「あなたが人を殺してまわってるの？」

「そうだ」彼はそのことを思い出して、ごくりと唾をのんだ。「しまいには僕は捕まるだろう」

「どうしてそんなことをするの？」

「僕は正義が欲しいんだ！」

「自警団みたいな正義なんて、たいていはただの復讐よ」

彼は彼女を追い払うように手をふった。「復讐だって上等だ。だがもっと重要なのは、また同じことが繰り返されるのを止める役に立つことだ。あの熱波とか、そういうことを」

「それはわたしたちみんなの望みよ」

また彼の顔に血が上ってきた。また押さえつけたような声でこう言った。「だったら、もっとやらなきゃだめだ」

玄関のベルが鳴った。

もう深夜を過ぎている。こんな時間に彼女を訪ねてくる人などいない。

メアリーの表情からそれを見てとった彼は、彼女に詰めよった。無意識のうちに、ふたりとも立ち上がっていた。

「僕を売ったんだな！」おびえた顔が彼女の目のまえに迫った。

「してないわ！」

通報していなかったからこそ、にらみつけてくる彼の目を同じ強さでにらみ返すことができた。一瞬、そこに立ったまま言葉もなくにらみあったふたりは、どちらもうろたえていた。

「カメラはどこにでもあるわ」彼女が言った。「きっと、道を歩いているところを見られたにちがいない」

「大丈夫だと言ってこい」彼は拳銃の入っているポケットに手を入れた。

「わかった」

これまで以上に心臓をどきどきさせながら、メアリーは玄関から階段の踊り場に出ると、屋内の階段を一階まで下りて建物の表玄関まで行った。チェーンをかけたまま、ドアを開けた。

警官がふたり。もしかすると民間の警備員かもしれない。「マーフィー事務局長ですね？」

「ええ。どうかしたの？」

「あなたが男の人とアパートメントに入っていくのを見たという報告がありました」

「ええ」彼女は頭をフル回転させた。「彼は友人よ、なにも問題はないわ」

「その男性は既知の友人の一覧には載っていません」

「そんなほのめかしは好きじゃないわ」彼女はぴしゃりと言った。「とりあえずいまのところは、アイルランド時代の古い学友の息子さんだとだけ言っておくわ。ほんとに大丈夫よ。確かめにきてくれてありがとう」

　彼らの目のまえでドアを閉め、階段を上がっていった。アパートメントには誰もいなくなっていた。

　彼女はひととおり見て回った。誰もいない。最後に、建物の裏側に面して突き出している狭いバルコニーへ出るドアもチェックした。少し開いたままになっている。外は真っ暗だ。頭上には巨大なシナノキが裏庭を覆うように葉のない枝を黒々と広げ、星明かりをさえぎっていた。彼女は金属の手すりに寄りかかって下を見おろした。バルコニーの外側の太い柱を伝って下りることは可能だろう。自分で試してみようとは思わないが、彼ならひとつ下の階にそうやって下りるしかなくてもあきらめるとは思えなかった。

「あなたは友人だと言っておいたわ」彼女は闇に向かって腹立たしげに言った。彼に対しても、自分自身に対しても腹が立った。さまざまな思いが頭をよぎった。気分が悪くなった。一分ほど時間をかけて選択肢を検討した結果、なにをすべきかを決めた。室内に引きかえすと表玄関まで駆けおり、通りへ出て叫んだ。「お巡りさん、お巡りさん！　もどってきて！　もどってちょうだい！」

　彼らは急いで彼女のところへもどってくると、なにごとかという目つきで彼女を見つめた。一緒にいた男に全員が撃たれないようにするには嘘をつくしかなかったと言った。道を歩いているときに捕まり、銃を突きつけられた、だがもういなくなった、さっきあなたたちと話しているあいだに逃げた、と。すべてほんとうのことではあるが、それがすべてとは言いがたい。彼らに話しながら、実際になにが起きていたのかは誰にも話せないと気づいた。あの時間に起こったことは、言葉にしようがないことだったからだ。

　警官たちは無線で連絡をとりあい、同僚たちに注意をうながした。彼らは銃を構えて彼女を上の階まで送っていった。彼女はキッチンに腰を下ろし、深呼吸をした。両手が震えている。長い夜になりそうだ。

26

身を隠すことはできても、逃げることはできない。

そこらじゅう、どこにでもカメラがあるのはもちろんだ。公共交通システムにも、商店にも、通りにも。食べるものを調達しに外へ出るだけで、どこへ行こうと何回かは防犯カメラのまえを通ることになる。国外へ出ようとすれば、入国審査が待っている。ヨーロッパ域内であればそれほど厳しくはないが、いずれにしてもチェックはされる。旅行すればどこかの時点でチェックされることになる。彼は偽造パスポートを持っているが、そのような状況で通用するとは思えない。彼はここに足止めされていた。地球上でもっとも監視の目が厳しい国のひとつに。

しかし彼はすでに、どこにどう隠れればいいかを学んでいた。住む場所もあった。チューリッヒ市街を見おろす丘の斜面の高いところに、数ブロック分のコミュニティガーデンがあった。造成し耕された区画のそこここに木製の小ぶりな物置小屋があり、農機具や肥料、殺虫剤などがしまってある収納コンテナが置いてあった。そういう小屋のひとつの壁をはがし、いつでももどせるように細工しておいたので、いったん中に入ってしまえば壁をもとにもどして、床に寝袋を置いて横になれる。夜が明けるまえに立ち去れば、彼がそこに入りこんでいた証拠も残らない。この小屋を基地として使うことができるということは、チューリッヒの街そのものに隠れることができるということだ。

彼の持っている偽造パスポートは、アメリカで死亡証明が申請されることなく死んだ男のものだった。そこにフランクの写真を貼りつけてあるかぎりは、彼はジェイコブ・ザルツマンだということになる。有効期限はあと三年ある。この名前でクレジットカードも作った。口座にはなにがしかの金も入っていて、フランクは手持ちの現金のほとんどを五十ユーロ札に両替した。偽物のIDでビザもとってあるからあと一年近くはスイスにいることができるし、アメリカにもどれば仕事もあることになっている。さらにこの名前で市内にアパートメントも借りた。それらは一年以上まえからの仕込みで、まだ使える。このアパートメントがある建物の入り口にももちろんカメラがついていたが、ゴミ圧縮機につながる裏口にはカメラがなく、ときどきはこの裏口から出入りしてなかのバスルームを使うこともできた。ザルツマンとしての彼は湖の水泳クラブのメンバーになっていたから、そっちの施設も利用可能だった。

彼は一日じゅうでも歩いていられた。どれほど目立つ格好をしていても、存在を知られずに歩き回ることができた。食事はカメラのない屋台で買って食べ、そのほかの食品はスーパーの〈ミグロ〉で買って、あとはカメラの少ない公園でぶらぶらして過ごした。そんなわけで、彼はシステムに組み込まれることなく生きていたが、かといって人里離れた暮らしというほどでもなかった。ひたすら目立たないだけだ。国連機関の事務局長を誘拐して彼女のアパートメントに押し入り、一晩中熱弁をふるったあとでは、警察が大きな関心を寄せる捜査対象になってしまったことはまちがいない。マッジョーレ湖での事件は言うまでもない。ザルツマンでいることはあきらめなくてはいけないかもしれない。だが少なくともかなりの期間、事務局長のアパートメントからほんの一、二キロしか離れていないところに隠れていることはできる。そこで、当面のあいだはそうすることにした。

27

メアリーは新たな問題を抱えていた。警察による二十四時間体制での警護だ。

もちろん、もっと深刻な問題もあったが、ずっと見張られていることがどれほど落ちつかないものか、よく考えてみると自分でも驚いた。これでは自分の人生というものがない。少なくとも、習慣にしていたことやプライバシーは保てなかった。それが彼女の人生にとって大きな存在になっていたことを思うと、なんとも悲しい。

あの晩、警察がひととおりの事情聴取と捜査を終えたあと、ベッドに入って少しでも眠ろうとしたができなかった。警官がまだキッチンにも表玄関の外にも居残っていたからだ。当面のあいだはそれがつづきそうだ。彼女は誘拐犯を際限なく呪った。考えれば考えるほど彼が憎くなった。

だとしても、彼が言ったことはずっと心にひっかかっている。記憶にある彼の顔つきがずっと気にかかっていた。自分は正しいと確信している、あの狂気を宿した目つき。いつもならああいうタイプの人間を嫌悪し信用しない彼女だが、彼のなにかがほかの人たちと違っていたことは認めざるをえない。恐ろしい思い込みが彼にねじこまれていた。死の瀬戸際を経験したことが彼を狂わせたのだ。最後のほうにはただ怒鳴りつけるばかりだった。彼女と議論するために誘拐し——トイレのドアを閉めてくれた——ある意味、彼は必死に耐えて、彼女を説得する以上のことをしようとしなかった。ただ、こぶしのように顔にぶつけられた言葉は、紙の銃弾を頭に撃ちこまれたようだ。それだけでもふたたび心臓の鼓動を速くするには十分で、思い出しただけで顔がカッと熱くなる。

そんなわけで、その朝オフィスにやってきた彼女の気分はかなりの荒れ模様だった。捜査の進捗は逐一知らせると約束してくれたけれど、重要なことやタイムリーなことは教えてもらえないだろうと思っていた。あの若者は身を隠すことについてはずいぶんと自信がありそうだった。それ自体がおかしなことだ。誰もそんな自信を持てるはずがないし、スイス国内ではなおさらだ。彼にはチューリッヒかその近くに隠れ場所があるのだろうか？すばやくそこへ行って身を隠せば逃げ出さないですむような？

あとで探ってみようか。やめておこうか。そうするあいだにも、どこへ行くにもボディガードがついてくるだろうし、礼儀正しいスイス人女性か男性が三人ばかり、彼女のアパートメントに配置されるのだろう。ああ、やだやだやだ。あのバカ野郎が――殺してやりたいくらいだわ。

オフィスではみんなに囲まれて同情やらなにやらされた。彼らに仕事にもどるように命じてから、バディムに連絡した。彼はジュネーブから列車で帰ってくるところで、慰めの言葉をメッセージで送ってきた。いま聞いたばかりだ、そっちへ着いたらすぐオフィスに行きます、と。一緒にランチはどうですか、とも。実際、それは都合がいい。オフィスを離れて、誰にも聞かれずにざっくばらんに話ができるのはありがたい。着任したばかりのボディガードにも離れているように言っておこう。

正午を過ぎてすぐ、彼女のオフィスに入ってきたバディムは、彼女に歩みよって軽く両手を握り、注意深く見つめたあと、ハグするしぐさだけしてみせた。彼らはオフィスを出てトラムの停車場まで歩き、サンドイッチとチョコレートバー、コーヒーを買って、オフィスにもどる途中にある小さな公園に入った。ここからはETHの丸い緑の銅葺き屋根が見おろせ、西のほうには川の向こうの市街も見わたせる。彼らはベンチのひとつに腰を落ちつけた。ボディガードはいくつか離れたベンチにいるが、ボディガードであることは見ればわかる。

メアリーはバディムになんと言ったものか考えなくてはならなかった。これについては、今朝はほかのこともすべてそうだったように、疲労困憊のあまり相反する考えが脈絡もなく頭のなかを飛びかっていた。昨夜の出来事をありのままバディムに話すことには、彼女のなかのなにかが抵抗していた。だからといって、まるごと避けて通るわけにもいかない。

「ゆうべはとんでもない夜だったわ」彼女は言った。

「それはたいへんでしたね。もう大丈夫ですか?」

「大丈夫よ。わたしは監視されていたんだと思う。それでわたしがあの男と自分のアパートメントに入っていくところを見られて、彼らが無事を確認しに来たんだわ。一時間はたっていたのはたしかよ。きっとカメラの映像ね、それを見てからうちまで来た。彼らと話しているあいだに男は抜け出していったの」

「そうらしいですね。あなたになにごともなくてよかった。もう平気ですか?」

「ぜんぜん！」

「それは残念です」

　ふたりはしばらく黙っていた。市街にはいつものように灰色の石の上にクレーンが首を並べていた。この場所からリマト川は見えない。南のほうには細い弧を描く湖と、その背景になっているユートリベルク山から南へ延びる長い丘が見えている。

「わたしたちが置かれた状況について考えていたの」空腹が満たされてきたところで彼女は言った。「わたしたちのジレンマについて」

「というと？」

「わたしたちは未来の人類や動物たちを代表する役割を、実際には彼らに代わって生物圏を保護する役割を担っているわけだけど、それはうまくいっていない。わたしたちがしくじっているのは、手持ちのツールが弱すぎるからだわ。湖まで散歩したとき、あなたもそんなようなことを言っていたでしょう。世界は大惨事に向かってまっしぐらなのに、衝突を避けるのが間に合うようにそのコースを変えることができずにいる」

　バディムはしばらくサンドイッチを咀嚼していた。「そうですね」

「だったら、わたしたちはなにをすればいいのかしら？」

「難しいですね」

　メアリーは彼を見つめた。色黒で小柄な男性で、とても頭がよく、とても穏やかな性格だ。彼はたくさんのことを見てきた。以前はインド政府のために働いていて、ネパール政府の仕事をしていたこともあるけれど、そのきっかけは毛沢東主義者の革命組織だった。国際刑事（インター）警察（ポール）機構に勤めていたこともある。彼を試すつもりで訊いてみた。「わたしたちは、手を汚すことも必要かもしれないと思うの」

　その言葉に彼は驚いた。しばらくメアリーを見つめ、まばたきしたあと、こう言った。「それは、どういう意味ですか？」

「未来省に秘密の部署を用意して、理念を前進させるために内密に仕事をするの」

　バディムはそれについて考えてみた。「具体的にはなにをするんです？」

「わからない」もぐもぐと口を動かしながら、それについて考える。誘拐犯のぎらついた目つき。あのとき感じた恐怖。

「暴力には反対よ」しばらくしてから彼女は言った。「これはほんとうにそう。わたしはアイルランド人だわ。ダメージが与えられるのを見てきた。あなたもそうでしょう。秘密の戦争、内戦、そういうものはダメージと無縁ではいられない。そうね、人々を殺すことは考えていないわ。物理的に傷つけることも。わたしたちはＣＩＡとは違う。だとしても、ほかにも手の汚しようはあると思っている。行為自体は違法かもしれないし、ある意味、賢明ではないかもしれない。外交的によろしくないやり方。でも、ともかくそれで理念を推し進められる。内密にそういうことを検討してみるの、ケースバイケースでね、そうしてそのうちのどれかが、さらに追及してみる価値があるかどうかを考える。万が一捕まったときにも、やったことを擁護できるようなことを」

バディムは笑みをこらえていたが、ここへきて小さく頭をふった。「そういうのは、あまり手を汚すことのようには、私には聞こえませんね。裏組織には、捕まってはならないという側面があります。なにも書きのこしてはいけないし、ハッキングされてもいけない、外部の人間と話すのもいけない。責任者は彼らについてなにも知らない。ちょっとでも秘密がもれようものなら、あなたは機関のトップとしてあらゆる関与を、それについての知識でさえ、説明も擁護もなしに否定できるようにしておかなくてはいけない」

「まるでそういう経験があるみたいな言い方ね」

「ええ」彼の視線は街のほうへむけられている。

「それはいつのこと？」

彼は灰色の街を見ながら、考えをめぐらせていた。やがて小さく息をついて、サンドイッチをひと口かじり、コーヒーをがぶりと飲んで流しこんだ。

「いま……」つづきがありそうな口ぶりだったが、そうではなかった。

「いま、なに？」バディムの声がとぎれてしばらくしてから、彼女は訊いた。

「いまです」こんどはしっかりとした口調で繰り返し、彼女に目をむけた。「いつでも、とも言えます」

「どういうこと？」

「すみません。話せないんです」

気がつくと、メアリーは彼を見おろすように立っていた。コーヒーの入った紙コップが手のなかで震え、潰れそうになっている。バディムは眉をひそめて彼女を見ていた。顔にぶちまけられるのではないかというように、コーヒーにちらりと目をやった。

「なんのことか、教えて」彼女は声を軋ませて迫った。

「さあ」

バディムはもう一度ため息をついた。「未来省にはすでに裏組織（ブラック・ウィング）があるかもしれないと想像してみてください。それがもしかすると、あなたに首席事務官として採用されたあとに私が始めたものかもしれませんよ」

「あなたが始めたの？」

「いいえ、そうは言っていません。私もほかのみんなと似たようなものです。オフィスには何人かの友人もいます。友人としての彼らがなにをしようと、それについてあなたに話すことが、まったく正しいこととはかぎりません。それはまさに、なにかが発覚したときにあなたが質問を受けても、なにひとつ知らなかった、と嘘偽りなく言えるようにするためです」

「説得力のある否認、ということ？」

「いいえ、そうではありません。うまい嘘を手元に用意しておく、ということだと思っています。むしろ組織が適切に機能する方法というか、ものごとをあるべきようにしておくことなんです。もしも質問を受けたとき、そんなことにはなってほしくないですが、でももしそうなったら、あなたはなにも知らないと言うことができます。なにか不適切なことがあるなら、ほかの誰かがその責任を負い、あなたは無傷で省の指揮をつづけられます」

「そんなことが起こりうるみたいじゃないの！」

「まあ、過去にはありました。実際、よくあるんです。それが組織の普通のあり方なんですよ。例外的な活動の多くは、政治的トップがその存在すら知らないあいだに起きています。詳細は絶対に知りませんよ、トップはそういったものが存在することをおおまかに認識している、という程度です。あなたもそうだろう、と私は思っていました」

昨夜の出来事が突然よみがえってきて腹の底から揺さぶられ、メアリーは思わず叫んだ。「わたしに嘘はついてほしくない！」

小さな公園の反対側からボディガードがこちらに目をむけた。

「わかってます」バディムは恐縮して悲しげに言った。「すみません。心苦しくは思っていました。よろしければ、今日の午後には辞職願を提出します。いますぐに辞任してもいいくらいです。ですが、ちょうどさっきそういうものが必要かもしれないとあなたは話してましたよね」

「わたしはなんてバカだったのかしら」メアリーは考えな

がら鼓動が静まるのを待った。あまりにもたくさんの考えが頭のなかで押しあいへしあいしていて、うなりを上げていた。「もちろん本気じゃないわよ。仮にそうだとしても、自分が統括しているくそったれな組織がわたしに秘密にしていることがあるなんて、ばかにするにもほどがあるわ！」

「わかります」バディムはそう言って視線を落とした。そして大きく息を吸うと、腹をくくった。「どうでしょう、アイルランド政府で大臣を務めていたときには、そういうことはなかったのですか？」

「どういう意味？」彼女は叫んだ。

「つまり、あなたは外務省のトップでしたよね？　部下たちがやっていたことを、すべて把握していたと思いますか？」

「ええ、していましたとも」

彼は頭をふった。「そんなわけありませんよ。もちろん、たしかなことは私にはわかりません。ですが、アイルランドは長く内戦がつづいていましたし、国外での活動が必要な状況もつねにあった、違いますか？　だから、あなたの治安部隊はまずまちがいなく、あなたに隠していたことがあったはずで、彼らもあなたがそれをわかったうえで知らないままにしておくことを望んでいると理解していたのでしょう」そこで彼は肩をすくめた。「ネパールでもインドでもそういうものでしたし、それを言うならインターポールもです」メアリーがバディムを採用したのが、まさにそのインターポールからだった。

メアリーは彼のとなりにすとんと腰を下ろした。紙コップは握り潰してしまっていたが、折れ曲がったコップの縁から残ったコーヒーを注意深く飲み、そのコップを地面に置いた。

「わたしって、とんだ世間知らずね。現実的政治の世界に飛びこんだ無邪気な政治家ってこと？　わたしがこの職務に選ばれたのはそれが理由だったにちがいないわね？」

「そうは言ってません。あなたが自分のしていることをよくわかっていると見込んだのだと思います」

「それで、あなたのそのブラック・ウィングは、これまでのところなにをしてきたの？　メンバーには誰がいるの？」

「ええと、でもこれはあなたが訊いてはいけないことになっているんです。だめです、お願いですから」――彼は殴りかかられるのをよけようとするように片手を挙げた――「彼らは自分たちの行動が上部に知られているとわかったら辞めてしまうかもしれません。それに、その人たちのことは知らないと思いますよ、スタッフ全員と知り合いになれるとは思えませんし」

バディムは彼女が落ちつきを取り戻すようすを見ていた。彼女は潰れたコーヒーカップを拾い上げ、また残ったコーヒーを飲んだ。「活動として行われることがなんであれ、私がその責任者です」バディムは彼女と秘密を共有することでなだめようとするように、低い声でつづけた。「それが首席事務官の仕事です。やるべきことをやるために必要になったときに手伝ってくれる人たちは、いろいろな部署から集めてきます。サイバーセキュリティはもちろん入ります、そもそも、ときには先回りもするのが彼らの仕事の本質でもありますから。自然災害対応の連中も頼りになりますね、汚れ仕事にも——物理的な汚れですよ、ほら、機械とかそういうものをあつかうので——慣れていますから。彼らは現場第一です。ダメージを受けるところを見ていて、それをなんとかしたくてしかたないんです」

メアリーの気持ちが動いた。忘れたわけではないが、眠れない夜の記憶が怒涛のように押し寄せてきた。サンドイッチが収まりどころをなくしたように胃がねじれた。

「ゆうべ、そんな人物と会ったわ」そう言って手をのばし、バディムの手を上から握った。「ゆうべ、わたしを誘拐したのもそういうたぐいの人間だった！　なにもしないでいることや、なにも起こらないことにうんざりしていたわ」

「それは気の毒に」彼はもう一度そう言った。彼は手首の向きを変えて彼女の手をとった。「なにがあったのか、話してくれますか？」

彼女は手を放し、ところどころ省きながら手短に語った。

「あなたのことは、もっと近くからしっかり警護すべきでしたね」バディムは話し終えた彼女に言った。

「十分近かったわ、結局はね。それに、あなたはまえにもそう言ってくれたけど、わたしが断ったんだもの。そういうのが大嫌いなのよ」

「だとしても、です。ほんのしばらくのことかもしれませんし。じきにその男を見つけだしてくれるでしょうから」

「ほんとうにそうかしら」

「長いこと網にひっかからずにいるほうが難しいですよ」

「でも不可能ではない」

「ええ。不可能ではないです」

メアリーはベンチの背にもたれ、身ぶるいした。いろんなことがぐちゃぐちゃだ。必要なのは睡眠だ。それなのに、ここでこうしているなんて。

「ねえ」メアリーは考えながら口を開いた。「あなたはネパールで育ったのよね？　わたしが育ったのはアイルランドだわ。どちらも政治的な暴力があふれていた。それは結局、人を殺すことよね？　殺人と、それにつづくもろもろ。恐怖、悲嘆、怒り、復讐、そういうもの。ダメージが消えてなくなることは絶対にないと言えるし、それはあなたもすでにわかっている。そしてこういう人殺し競争のなかでは、うまく人を殺せたほうが勝ち残る傾向がある。それが世界にとっていい結果になったことがあるかどうか、はっきりした答えは出ていない」

バディムは賛成できないというように首を左右にふっていた。

「なによ？」メアリーは声を張り上げた。「そのとおりだとわかっているでしょう！　ダメージの大きさは途方もないものだったわ！」

バディムはため息をついて言った。「だとしても、以前のダメージとはどんなものでしたか？　そういうことをやったことが、ダメージを全体的に減らすことになったかどうか？　それをはっきりさせることなんてできません」

「それじゃ、あなたのブラック・ウィングは、いったいなにをしてきたの？」彼女は急に恐ろしくなって大きな声を出した。

「それはほんとに言えません」彼はどうにかかわそうとして彼女の顔をうかがった。「いくつかの石炭工場がトラブルに見舞われたかもしれません。生産を停止せざるをえなくなって、それを見ていた投資家たちは、これはもう優良投資先ではなくなったと解釈した。ある意味ではうまくいったと言えるでしょう」

「うまくいった、とは？」

「工場はそのまま閉鎖され、代わって太陽光発電への投資が増加しました。世界中で新しく建設される石炭工場は、こうした出来事が起こりはじめてから八十パーセントも減りました」

「それはインドが太陽光にシフトしたからという可能性もあるわよね」

「ええ」

「それで誰かが怪我したり死んだりしたの？」

「意図的なのはありません」

「誰かを恐怖に陥れたことは？」

「炭素燃焼事業から逃げ出したか、ということですか?」

「そうよ」

「それはむしろ良い結果だと思いますが?」

「でも、どうやって?」

「もうおわかりでしょう。人がもっとも恐れるのはお金のことです」

「人がもっとも恐れるのは、誘拐されることよ!」

「たしかに。暴力で脅されることです。しかし、自分のお金を自由にできなくなれば、まちがいなく恐怖に陥ります」

「サイテーだわ。神視点のゲームで遊んでいるというわけね」

「なんですか?」

「神になったふりをしているということ。人々に本物らしい体験をさせて、それからどうするかを高みから見物するの」

「そうかもしれません。でも、ただ彼らのすることを見ているだけじゃありませんよ。彼らの行動を変えさせるでしょうから」

「そのために怖がらせるわけね!」

「ええまあ、でもテロリズムとは、無辜の人々を殺してそれ以外の無辜の人々を怖がらせることで、人を思うように動かそうとすることです。現在の定義はそういうことですよね? 闇のなかでいきなり驚かせるのとはわけが違う」

「いいえ、そうじゃないと思う。でもあなたは人々を怖がらせてる。脅迫を利用しているのよ」

「もしそうなら、それはいいことじゃないでしょうか。必要なことをすることになるんですから。それはあなた自身が指摘したことじゃありませんか」

メアリーはうなずいた。昨夜の若者を思い出す。彼にひどく怖い思いをさせられたことはたしかだ。それも、彼女の注意を引くために、わざと。むしろ怖がらせすぎて、本題に入るまえに彼女を落ちつかせなくてはならなかったくらいだ。必死の思いで彼女に伝えたかったことがちゃんと伝わるように。彼の話すことをすぐに忘れてしまわないように、注意して聞いてもらいたかったから。哺乳類が強い恐怖を忘れることはない。彼女たちも哺乳類だ。だから、彼女が昨夜の出来事を忘れることは、けっしてない。

「ちょうどそれをやられたばかりなのよ。あの男はわたしを怖がらせたがっていた」

「そのようですね」

「それは成功したわ」彼女はそう言ってバディムを見た。

彼も、考えている彼女を見守った。

メアリーは考えをつきつめていった。胃がぎゅっと縮こまっていくような気がした。

「わかった。これはどうかしら。わたしは、なにが進行中なのかを知りたい。それについて訊かれることがあれば嘘だってつくし、必要ならば非難も受け止める。そうなってもいいから、ほんとうのことが知りたい」

「本気ですか?」

「本気よ。わたしには話すと約束してちょうだい。約束してくれる?」

彼は長いこと沈黙していた。市街のほうへ目をむけ、それから地面に視線を落とした。そしてついに、「わかりました」と答えた。「あなたが知るべきことは話します」

「全部よ!」

「だめです」

「だめじゃない!」

「いいえ」彼はメアリーの目をしっかりと見つめた。「すべてをお話しすることはできません。だってそうでしょう。殺すべき人たちがいるかもしれないんですから」

メアリーは彼をにらみつけた。胃のなかのサンドイッチが圧縮されて小さくなった。吐きだしてしまえるのならそのほうがましな気がした。

ようやく口を開いたメアリーはこう言った。「このプログラムをいま以上にフォーカスできるように、手伝えることがあるかもしれない。昨日は知らなかったあることを、いまは知っているから」

「それはじつに気の毒なことです」

「気の毒がるのはやめて。とっくの昔に知っておくべきだったことなの」

「そうかもしれません」

彼女はそのことを考えてみた。「最低!」

「ですよね」

「でも……とにかく、わたしたちはなにかしなければならない。これまでやってきた以上のことを」

「そうだろうと思います」

「だって、こうしているいまも、わたしたちは負けているんだから」

「これは闘いです。それはまちがいない」

28

ヘブライ人には、世界を崩壊から守っている隠れた善き人々についての言い伝えがあり、〈隠れたる義人（ツァディキム・ニスタリム）〉と呼ばれている。彼らは三十六人いるとする説もあり、そのため〈三十六人の義人（ラメド・ヴァヴ・ツァディキム）〉とも呼ばれる。この言い伝えはときに『ソドムとゴモラ』の伝説や、これらの町に正しいものが五十人（その後十人になり、ひとりになる）いるのならば町を滅ぼさない、と言った『創世記』十八章の神の約束とも関連づけられる。また別の説では、この話をユダヤの聖典のひとつ『タルムード』と結びつけたり、そのなかで頻繁に隠れた善行者に言及していることに関連づけたりもしている。義人（ニスタリム）の隠れた本質も重要だ。彼らはごく普通の人々であり、同胞たちを救う必要があるときにおもてに出てきて行動を起こし、その役目を果たすとすぐにまた無名の存在として埋もれていく。こうした伝説で彼らの人数が三十六人であることが強調される場合はつねに、このような人々はユダヤ人の離散によって世界中に散らばっていて、自分以外に誰がいるのかは知らないものとされる。むしろ、自分自身が三十六人のうちのひとりであることを知らないのが普通だ。なぜなら彼らがつねに謙虚さ（アナヴァー）の模範だからだ。したがって、もしも誰かが自分はラメド・ヴァヴのひとりだと明言したならば、それはその人がラメド・ヴァヴではないという明白な証拠となる。ラメド・ヴァヴはたいてい、とても控えめな人物であるため、自分がこのような特別な善行者のひとりであるとは思わないものだ。とはいえ、いざそのときがくれば、彼らの控えめな性質が活躍のじゃまになることはない。彼らはほかの人々と同じように自分の人生を生き、ここぞというときに行動するのだ。

このほかに人類の歴史に影響を与えるような行動をする隠れた人々がいるとして、そしてそんな人々はきっといるのだが、我々が彼らについて知ることはない。その片鱗がうかがわれることすらめったにない。そんな人々が存在するとしても。彼らの存在とは、ものごとには道理があることを、あるいは説明がつくことを期待して、我々が自らに言い聞かせるストーリーにすぎないのかもしれない。だがそうではないのだ。ものごとはそんなふうに筋が通っていたりはしない。隠れて行動するもののストーリーは内密の行動なのだ。

29

俺たちは南極大陸沿岸から百キロメートルほど内陸に入ったスウェイツ氷河にキャンプを設営した。スウェイツ氷河が選ばれたのは、それが巨大氷河のなかでも移動速度がもっとも速いもののひとつであり、同規模のほかの氷河と比べて海に向かう通り道が非常に狭いこともあったからだ。南極とグリーンランドには、あと二、三十年のうちに海中に没するであろう氷の九十パーセントを占めるおよそ五十の氷河があり、そのなかでもここがいちばん、試験を行うのに適していると思われたのだ。そんなわけで、俺たちはここにいる。

キャンプは南極の典型的なフィールドキャンプで、比較的大きなものだった。滑走路はC-130型輸送機が停まれるだけの長さを確保した。まずツインオッター旅客機で上陸して、長さ三キロの氷に未知の割れ目（クレバス）がないかを確認する。そうやってクレバスが見つかったら爆破してブルドーザーで整地してしまえば、十分な長さの滑走路のできあがりというわけだ。C-130が上陸できるようになってジェームズウェイの仮設ハウスが運びこまれたら、組み立てて調理室と食堂として使えるようになる。このジェームズウェイは第二次世界大戦当時に使われたようなかまぼこ兵舎（クォンセット・ハット）に断熱材を入れたもので、半円筒形の躯体に床をつけただけのシンプルな構造なので組み立ても簡単、しかもエネルギー効率がいい。俺たちが設置したものが太陽光パネルだけでほとんどの電力と暖房をまかなうことができるのは、これが夏季のキャンプで太陽が一日じゅう沈まないおかげだ。このほかにはハットから離れて寝るのが好きな人——俺もそのタイプだ——用のテントがいくつかと、中央アジアのカザフ人やキルギス人たちが使う円形テント（ユルト）もふたつばかりある。完成すればちょっとした遊牧民（ノマド）の村のようになる。真っ白な背景に、黄、オレンジ、カーキ、赤、とじつにカラフルだ。

掘削装置は、長年にわたって南極でコアサンプルを切りだしたり、氷底湖まで掘り下げたり、棚氷から海面までを掘り抜くために使われてきた氷床コアリングシステムのひとつだ。巨大なシャワーヘッドみたいなもので氷に熱水を浴びせて解かすようになっている。氷が解けたところからドリルヘッドを下まで進めていく。解けた水は汲み上げられ、できた穴には熱くしたスリーブをつければ穴がふさがらないようにできるので、そうした。解けた水の一部はドリルヘッドのフィーダータンクにもどして温め直し、リサイクル利用できる。それ以外の水はパイプでくみ出して、じゃまにならないところに撒いて凍らせる。穴を掘り下げるスピードは、なにを基準にするかによって遅かったり速かったりするが、直径二メートルの穴を掘る標準的なスピードは一時間に十メートルくらいだ。けっこう速いだろう？　地面やそのほかの固いものを掘り進めるよりも簡単だ。ただし、水を温めるのにものすごく電力を必要とする。かつてはそれはディーゼル燃料を大量に燃やすこととイコールだったが、太陽光が十分にあるならそっちで間に合わせることができる。

　今回、スウェイツ氷河の底、表面からおよそ九百メートル下まで到達すれば、水はその穴を伝って上がってくるが、氷の表面までは届かない。水には氷の重さによるとんでもない圧力がかかっているとはいえ、氷がどれほど厚くても、その下の水が押し上げられてくるのは穴の深さの約九十パーセントまでが限度だ。これは水文学（すいもんがく）で物理的に説明できるのだが、それはさておき、俺たちは実際に水が上がってくる高さを誰がいちばん正確に当てられるかで賭けをした。なにしろ、正確な数字となればいつだってバラつきがあるものだし、穴を上がってくる水の実際の高さには数メートル単位で幅があるのだから。氷のてっぺんまでの約九十パーセントが何メートルだろうと、表面までの残りの長さだけ水を汲み上げるのに必要な電力はそれほど多くはないから、汲み上げることにした。しかしどれだけ汲み上げようと、水はあとからあとから上がってくる。これが問題の重要なところだ——下にある水を空っぽにすることなんてできるのか？　それ以上汲み上げるものがなくなるまで汲み上げることなどできるのか？

　スウェイツ氷河の下には、予測したとおり、大量の水があることがわかった。夏になって氷の表面がどんどん解けると、その水がムーランを伝って下っていくようすはまるで氷の割れ目を駆けおりていく垂直の川のようだ。下の岩盤まで到達した水は上の氷をすべりやすくさせるから、氷はちょうどウォータースライダーに乗っかったみたいになる。そうやって氷河は、氷原というよりも川に近くなって、平地をゆったりと流れる川のように動きだすのだが、氷河の量はアマゾン河の百倍、あるいはそれ以上にもなる。アマゾン河の水がまえの週に降った雨なのに対して、南極の氷は少なくとも五百万年かけて積み上げられたものだ。つまり、人類は海水面がとんでもなく上昇するのを見ることになる。

　だから、もしも氷河の下にある水を汲み出すことができれば、氷はまた岩盤の上にどっしりと腰を据えることになって、かつてはそれが普通だったじりじりとゆっくり進むスピードにもどっていく。その後もひきつづき氷河の下の水を汲み上げつづければ、氷は岩盤に押しつけられ、以前のスピードにもどって粘性変形するだけになり、クレバス地帯にいたって砕ける、という昔ながらの動きを昔ながらのスピードで――計画ではそうなる。

　俺たちはこのメソッドを試すためにここへきた。下の水は氷河の沈泥（シルト）と混ざって歯みがき粉のようにねっとりしてしまうから、汲み上げるのは困難、あるいは不可能だという人もいた。そうかと思えば、シルトなんかとっくの昔になくなっているから、氷の底は何百万年も磨きつづけたホイッスルみたいにぴかぴかで、新しくたまった水は純粋なものだから、氷を貫通したとたんに空高く噴出してあらゆるものを破壊し、皆その水でおぼれるか凍死するか、その両方かだろう、という人もいた。水文学に詳しい人たちはこの最後の予測を鼻で笑ったものだが、たしかなことはやってみなければわからない。試験をすることでしか、確かめようはない。

　そんなわけで、氷を解かして最初の井戸を掘ってみると、水は約八十七パーセントのところまで上がってきた。賭けに勝ったのは俺だ。おいおい、ピート、自分で言いだした賭けに勝つわけにはいかないだろう、とみんなに言われた。勝てるさ、と答えた。ともかく、俺たちが掘った穴から水を汲み上げても水は同じ高さまでどんどん上がってきた。それが四日つづいた。いいぐあいだ。

　ところが、下からの水が突然止まった。下のほうの氷がずれて、穴が途中でとぎれたらしい。油井にふたをしたようなものだと誰かが言ったが、それとも違う。やはり氷がずれたのだと思った。三十キロメートルほど上流にクレバスがあったが、氷は下流のどのあたりまで砕けているのだろう？

　とにかく、これはよくない。このメソッドがうまくいくには井戸の穴を開いたままにしておかなければならないのは明らかだ。つまり、このような氷のずれがよくあることなのか、それとも異例のアクシデントなのかが問題だ。それに、このずれを直せるものかどうかも探りださなければならない。言い換えれば、穴を開け直して、そこで起きたことが二度と起きないようにしなければならないのだ。それに失敗したら、この穴はあきらめて、新しい穴を掘りはじめることになるだろう。だがこの問題を解決しないことには、そして動きを速めているこのような氷河でいつもこんなことが起こるとしたら、この計画自体がうまくいかなくなるかもしれない。

　地震試験を行うためにチームを派遣してもらい、カメラやそのほかのモニターなども持ちこんで、穴に降ろして観察することになった。だが彼らがやってくるには暴風が収まるのを待つしかなく、二、三日はやることがなくなってしまった。俺はなんとかなるだろうと思っていたが、食堂に集まったみんなはしだいに先行きを懸念する雰囲気になっていった。ポスドクのひとりが、ねえピート、この解決策もファンタジーだったということになるかもしれませんね、と言った。これもまた、ジオエンジニアリングが世界を救うという夢のひとつ。結局、自分の頭を撃ちぬくだけの銀の弾丸（特効薬）のようなもの。

　そうじゃないことを願っている、と俺は言った。

　でもさ、と別の誰かが言った。ジオエンジニアリングがいつもいつもファンタジーなわけじゃないよね。インドでは二酸化硫黄のあれをやってうまくいった。あのあと数年は気温が下がったんだし。

　大成功だった、とまた別の誰かが言った。

あれは大成功だったな！

だけど、もっと大きな問題の解決にはなんの役にも立たなかった。

それはそうだが、もともとそんなことは期待してなかった！　あれは応急処置だったんだ！

俺たちがここにいるのはそのためだ、と俺は指摘した。これはまた別の応急処置なのだ。

そのとおり。しかし、ドクター・G、これがうまくいったとしても、氷河はまだ下流に向かって動いているわけだから、この汲み上げシステムもいずれは海へ流されてしまいます。そうしたらまた作り直さなくちゃいけなくなります。

そうとも！　俺は答えた。ゴールデン・ゲート・ブリッジの塗装みたいなものなんだ。あらゆるものごとはそんなふうに行われるべきなんだ。メンテナンスということだよ。

それ以外に代案は？　と誰かが指摘した。

コストがとんでもないことになる！

コストがどうした、と俺は言った。ポスドクたちはすぐに結論に飛びつきたがるし、はためには面白いかもしれないが、それにしては不安をあおる。俺は現実というものを彼らにはっきりと示した。いいか、やらなければならないことがあるなら、やらなければならない。さも大事なことのようにコストのことなんかぐだぐだ言っていちゃいけない。お金は現実じゃない。仕事が現実だ。

お金だって現実ですよ、ドクター・G。そのうちわかります。

このメソッドこそ、うまくいくたったひとつの方法だ。でもうまくいかなかった！　途中で切れてしまった！そうだ、だがまだ始めたばかりじゃないか。最初にうまくいかなかったからといって――。

そうしたらもう二度と資金をもらえませんよ。

30

〈大転換〉のまえの停滞期は〈大揺れの二十年代〉とも呼ばれたが、これについて考えたとき、大転換そのもののの一部とするか、現代が最後に力をふりしぼった時期とみるか、あるいはその狭間の理論的裏づけに乏しい空白期間とみるかで歴史学者たちの意見は分かれた。一九〇〇年から一九一四年の時期とも比較された。当時はまだ二十世紀が始まったとは言えないのが明らかで、人々はとんでもない破滅的状況が迫っていることに気づいていなかった。嵐のまえの静けさ。しかしこれには一致した意見のようなものはなかった。

もちろん、過去に時代という区切りを設けようとする試みはつねになされている。それはいつでも想像力の産物であり、その切り口はといえば、地質（氷河期や絶滅イベントなど）、テクノロジー（石器時代、青銅器時代、農業革命、産業革命）、王朝（中国およびインドの歴代の帝国や王朝、ヨーロッパをはじめとする各地の統治者）、覇権（ローマ帝国、アラブ圏の拡大、ヨーロッパの植民地（コロニアル）政策、ポスト・コロニアル、ネオ・コロニアル）、経済（封建主義、資本主義）、概念（ルネッサンス、啓蒙主義、モダニズム）、などなどだ。これらは記録に残された出来事の流れにあてはめられる時代区分のスキームの一例にすぎず、ぼんやりと光を当てるものでしかなかろう。しかし、かつて誰かが書いたように、「我々は時代に区切りをつけずにはいられない」ものだし、どうやらそのとおりであるらしいからには、このような衝動をいかに活用するのが最善であるかを考え出すしかない。時代区分というのはおそらく、記憶に残りやすくしてくれるものなのだろう。いまの時代にものごとの順番がどれほど動かしがたく見えようとも、百年後には、いやほんの十年後でさえ、いまと同じ順番で並べられる可能性はまったくないのだ。そしてまた、ものごとがバラバラになってしまうほど混沌としているように感じられるときに、いずれなんらかの新しい秩序が現れないということもありえない。早いか遅いかの違いでしかないだろう。

ものごとがこんなふうやあんなふうに〝感じられる〟ということは、そのような感覚も時代区分と結びついているということでもある。なぜなら、我々の感覚は単に生物学的なものであるだけでなく、社会的および文化的なものであり、それゆえに歴史的なものだからだ。レイモンド・ウィリアムズはこの文化的形成を「感覚の構造」と呼んだが、これは時代を通して文化の違いを理解しようとするときには非常に有用な概念だ。当然ながら哺乳類である我々は、恐れや怒り、希望、愛といった基本的な感情を絶えず感じている。しかし我々は、このような生物学的感情を言語を通して理解することにより、文化によって、また時代によって異なる感情のシステムを構造化するのだ。したがって、たとえば有名なところでは、ロマンティックな愛情というものは、文化や時代の違いによってそれの意味するところが違ってくる。古代ギリシャや中国、中世ヨーロッパなど、いろいろと見てみるといい。

　つまり、時代性についてどのように感じるかは、部分的にというより大部分が、その時代の感覚の構造によるのだ。時代が変わって構造が変化すると、人がどのように感じるかも変化する——身体的にも、意味としてどのように理解するかも。時代順がまちがっていて持続もしないくせにしっかりと定着していると思えるのに、目のまえで崩壊しようとしているとしよう。この時代リストの明らかな矛盾は、我々がまちがっているのでなければ、時代の感覚をきわめて正確に言い表しているのかもしれない。あるいはこのように言い換えることもできる——我々にはそのように感じられる、と。しかし、少しばかり歴史を考察することによって、この感覚もまた長くつづくものではないことが明らかになる。もちろん、ものごとが崩壊するという感覚自体が、歴史に対する個々の人間の反応として永遠の、あるいは永遠に繰り返されるものであるというところまで定着しているのであればそのかぎりではない。それは単に、生物学が歴史学にふたたび記されることを意味しているのかもしれない。我々はみな、まちがいなくつねに崩壊しつづけていて、なにかにしっかりと定着してはいないのだから。

31

インドはいまや、数多くの問題で一歩先を進んでいる。私たちはいまだあの熱波の記憶に恐怖しているが、同時にあれが刺激となって、一致団結とはいかずともそれに近い状態で幅広く手をとりあい、あらゆるものを再検討し、変えるべきを変えるのだと決意した。あたりを見回せば、あちこちでそれを目の当たりにできる。

　このような状況になれたことは歴史上の偶然といえる部分もあるのは認めざるをえない。インド人民党(BJP)が政権をとっていたときにあの熱波に襲われ、それと関連づけられて、それが公正だったかどうかは別にして、結果として彼らは政権を追われて全面的に信用を失った。願わくばもう二度と返り咲きませんように。そしてこれにより民族義勇団(RSS)の伝統を騙るヒンドゥー的民族派勝利主義をやっかい払いできた。あれがほんとうのインド的やり方ではなかったことはもう、誰の目にも、と言って悪ければ、ほとんどの人の目には明らかだ。あの熱波は、邪悪なナンセンスに対する嫌悪感をとても大きくした。ほんとうのインドのやり方というのは、いつでもいろいろなものが融合したものだったし、私たちの文明のごく初期からそうであったのだ。

　そうしているあいだにインド国民会議ががたがたに崩れて過去のものとなり、何十年もの腐敗のせいでその時代は幕を閉じた。もしかすると、インドに多大な貢献をした党にもいつの日か自浄作用は働いたかもしれないが、それはいまではなく、まだ道半ばだ。熱波後の最終的な結果としては、インド国民会議にもＢＪＰに対しても信頼は完全に損なわれ、そうして世界最大の民主主義国から全国的な第一党が消えてなくなった。これはチャンスだ、と多くの国民は理解した。いまなされている作業は広範囲にわたる数々の勢力の連携によって達成されたもので、その勢力の多くはこれまで政治的な力をほとんど持たなかったインド人口の大半を占める人々だったり、あるいはまともな政治的代弁者を持たない人々だった。この新たな連携が生みだしたエネルギーは手で触(さわ)れそうな実感をもってそこここに存在している。ものごとは変わりつつある。

　そして研究し利用するのにちょうどよいモデルがインドにある。ほぼ一世紀にわたって高度に機能しつづけたケララ州の存在だ。電力事業を地方に移譲し、州政府は左派政党とインド国民会議が計画的に政権交代を重ねてきた。ケララ州のいくつものやり方が全国に適用された。さらに、シッキム州と西ベンガル州もオーガニックな再生農業を推進しながらこれまで以上に食糧を供給し、土中からより多くの炭素を取り除いてきたが、このやり方は全国でも取り入れられてきた。ポスト・グリーンレボリューションへと進んだインドの農業は、亜熱帯における自立した知識生産にむけた大きな一歩でもあった。これはインドネシアやアフリカ、南アメリカ各国の持続型農業者（パーマカルチャー）との協力で成し遂げたものであり、これを前進させることの重要性はいくら強調してもしたりないくらいだ。

　農地改革もそのひとつだ。なぜなら、農地を改革することは地方の知識や当事者意識、ひいては政治的な力につながっていくからだ。新しい農業はまた労働集約型でもあって、ある程度までは化石燃料によるエネルギーに代わって人力が必要になり、小さな生物群系に細心の注意を払わねばならず、もちろん私たちはその労働力と注意力を注いできたのだ。とくに、カースト制度が私たちの過去の悪しき遺物であるということが再認識されたことは大きい。この遺物はまたＢＪＰとも深くかかわっていた。彼らはグローバル金融機関に我々を売り渡してむさぼり喰わせ、多くの民族集団を悪魔あつかいしてはたくさんのインド人に向かっておまえたちは本物のインド人ではないと言ってきた。いまこそそのような過去を白紙にもどすときであり、カースト最下層とされた不可触民（ダリット）を含むすべてのカーストが完全に社会の一員となるときだ。国中のすべての言語も、すべての民族および宗教とともに、法的に対等なものとされる。いまや私たちはみな、インド人だ。これこそが真の連合（コアリション）だ。これでこそその名にふさわしい。国民連合よ、永らえたまえ！

　もちろん、これまでに成し遂げたことは称賛に値する。選挙で圧勝して以来、国民連合政権は全国のエネルギー企業すべてを国営化し、全石炭火力発電所の廃止作業にとりかかった。大規模な太陽光発電アレイにつづいて蓄電施設を建設し、さらに全国の高圧送電網を一新することで、全国にクリーンな電力を供給できるようになった。これもまたたいへんな労働力を必要としたが、インドの人口は膨大だ。太陽光もたっぷりと降りそそぐ。土地も十分にある。

　連合は外部からのアイディアを取り入れることにも積極的で、たとえば中国からは企業の国営化について学ぶことがたくさんあった。いまではとても強い感情――インドはインド人のもの――が芽生えてきている。インド人は別のインド人によって安い労働力として世界資本の経済的需要を満たすために売られるような存在ではない――植民地時代、そしてその後のポスト植民地時代でさえ、終わったのだ。いまやニュー・インドとなって、あらゆるものごとが再考されている。議論がいつものように白熱するたびに、私たちは互いに何度もこう言って確認しあっている。なあ、友よ、もう二度と繰り返すまい。もう、二度と、繰り返すまい。この合言葉はあの熱波とそれにつづいた代償を思い出させるが、同時に過去の悪しき行いに対するもっと広い意味での拒絶でもある。もう二度と繰り返すまい、と互いに確認しあい、その先を考える。ではいま、合意を形成しそれに基づいて行動するために、なにをすべきか?

インドはいま、インドそのものになろうとしている。私たちこそ新勢力だ。世界中の人々がそれに気づきはじめた。これも新しいことだ――よその国ではこれまで誰もが、インドは貧困の地であり歴史と地理的要件の犠牲者としか見てこなかった。それがいまでは、やや混乱しながらも不思議そうに私たちを見ている。これはいったいなんだ? 巨大な三角形の土地に住まう世界人口の六分の一の人々――灼熱の太陽のもとに囚われ、巨大な山脈に隔てられた人々――いったい彼らは何者なのだろう? 民主主義者、多言語連合――いやいや、そんなことが可能なのか? それはいったいなんなのだ? 今世紀の初めにあんなにも意気揚々と世界の舞台に上がってきた中国を、独裁的で融通が利かず、不安定でおじけづいた存在に見せてしまうとは? インドはいまや、堂々たる世界の新リーダーとなったのか?

そうかもしれない、と私たちは思う。

32

メアリー：ディック、あなたのところのチームは、いまの経済を未来の人々の役に立てるためになにをしているの？

ディック：俺たちは割引率について検討している。インドがこの割引率をどうしているのか調べているんだが、非常に興味深い。

メアリー：それが未来の人々とどう関係してくるの？

ディック：すごく重要だ。将来世代を割り引いて考えるんだ。通貨をどのようにあつかうかとよく似ている。通貨の場合、いま手元にある一ユーロの価値は、一年後に手に入る一ユーロの価値よりも少しだけ大きい。

メアリー：どうして？

ディック：いま手元にあれば、いまそれを使うことができるからだ。あるいは銀行に預けて利息を稼ぐこともできる。そういうことだ。

メアリー：その割引率はどのくらい？　どういうしくみになっているの？

ディック：率はさまざま。しくみのほうはこういうことだ。一年後に約束された百ユーロよりもいま九十ユーロを受け取りたいなら、割引率は〇・九／年だ。この割引率をあてはめると、だいたいいまの二十年後に手元にくる百ユーロの価値は、二十年後に手元にくる百ユーロくらいになる。これが五十年後となると、そこで手にする百ユーロはいまなら〇・五ユーロくらいだ。

メアリー：かなりの割引率ね！

ディック：わかりやすくするためにわざとそうしてる。だが大きな割引率はよくあることだ。未来に向けて四パーセントの割引率を提案してノーベル経済学賞もどきを受賞したやつもいるくらいだ。それでもかなり高いほうだな。もちろん、ありとあらゆる割引率と時間差が取りざたされている。人々は予測の中身によって価値が上がるのか下がるのかで賭けをしてるよ。通貨の時間的価値、と呼ばれている。

メアリー：でも、これはほかのものにもあてはめられるの？

ディック：そりゃもう。それが経済学というものだ。あらゆるものは金銭的価値に換算できる。ある行動の将来における価値を評価する必要があって、いまそれに金を出すべきかどうかを決める場合、それは割引率を使って価値を語っていることになる。

メアリー：でも、将来世代というのはあなたやわたしと同じくらいリアルなのよ。なんでお金と同じように彼らを割り引くの？

ディック：ひとつには、どうすべきか決断するのを助けるためだ。そうだな、もしも将来の人間全員が、いま生きてる俺たちと等しい価値を持つと評価するなら、俺たちが有限であるのに対して彼らはある意味で無限になる。もしも俺たちが絶滅しなければ、しまいにはとんでもない数の人間が存在することになる——八千億だか数千兆だかと読んだことがある——絶滅するまで、あるいは人間じゃないなにかに進化するまでにどれだけかかるかによる。人間が太陽の死よりも長持ちするかどうかとか、そういうのもある。少なめに見積もったとしても、将来世代の人数は多すぎて、彼らに対する俺たちの価値はほとんどなくなる。俺たちが自分たちのために働くのと同様に彼らのためにも働くとすれば、実際はなにもかも彼らのためにやっていることになる。俺たちが思いつく良いプロジェクトは無限に良いものだという評価になり、それはほかのすべての良いプロジェクトにも等しくあてはまる。そして将来世代に対してまずいことをすれば、それはすべてまずいことであって、回避すべきことだ。だが俺たちは現在にいて、どのプロジェクトに投資すべきか決めようとしているし、リソースにはかぎりがあるから、コストと利益を計算するには無限なんてものじゃなく、もっときめの細かい目安が必要だ。なにしろほんのいくつかをまかなうくらいの予算しかないだろうし、最少のコストで最大の利益を得られるのはどれなのかを知りたいだろうからな。

メアリー：そのための経済学でしょう。

ディック：まさしく。少ないリソースをいかにうまいこと配分するか、とかそういうことだ。

メアリー：じゃあ、それをふまえて、あなたなら割引率をいくつにする？

ディック：無作為抽出する。

メアリー：なんですって？

ディック：割引率を決めるのに科学的なやり方なんてものはない。とにかくどれかを選ぶだけだ。現行金利の機能はそれかもしれないが、それだってつねに動いている。だから、ただ選ぶしかない。

メアリー：それじゃ、割引率が高ければ高いほど、わたしたちが将来世代のために使う額は少なくなるのね?
ディック:そのとおり。
メアリー:それで、いまのところ、誰もが高い割引率を選んでいる、と。
ディック:そうだ。
メアリー:それをどうやって正当化するの?
ディック:将来世代は俺たちより金持ちでもっと強くなっているから、俺たちが起こしちまったどんな問題でも解決できるはずだ、と想定している。
メアリー:でも現時点でそうではないわよね。
ディック:ぜんぜん近づいてもいない。だが未来を割引きしないことには、コストと利益を数値化できない。
メアリー:もしも数字が嘘をついたら?
ディック:数字は嘘をつく。そのおかげでこれから二、三十年あまりのうちに生じるコストや利益を無視できるんだ。これから二百年のあいだに十億人を救えそうな政策を実行するために、誰かが一千万を要求したとしよう。十億人といえば、保険会社によるざっくりした人命の貨幣的評価の平均をあてはめてみるだけで、とてつもない価値があることになる。ところが、〇・九の割引率を使うと、そのとてつもない金額は現在の五百万ドルぽっちと同じくらいになるんだ。そこで、割引率をあてはめれば計算上の価値が五百万のものを救うために、いま一千万を投じるか、という問題が生じる。もちろん、そんなことはしない。
メアリー:割引率があるから!
ディック:そうだ。いつだってそういうことなんだ。規制当局は政府の予算事務局へ行って緩和プロジェクトを承認してもらおうとする。予算事務局のほうは割引率を使ってこう言うんだ、絶対にだめだ、と。仮の予定にもならない。
メアリー:それもすべて割引率のせいね。
ディック:そうだ。数字が倫理決定のフリをしてるんだ。
メアリー:メリットでは正当化できない数字ね。
ディック:そのとおり。あたりまえのように受け入れられる。将来世代が俺たちと同じくらいリアルだということを、誰も否定しない。だから、割り引きすることに倫理的正当性なんてものはなくて、俺たちにとって都合がいいだけなんだ。そうだと認める経済学者は山ほどいる。ロバート・ソローは、我々は割引率がゼロであるかのように行動すべきだと言った。ロイ・ハロッドは、割引率とは搾取を丁寧に言い換えたものだと言った。

フランク・ラムゼイは、倫理的に擁護不能なものだと言った。彼は、そんなものは想像力の貧弱さゆえに出てくる発想だとも言った。

メアリー：だけど、わたしたちはそれをやっているわけね。

ディック：将来世代の言うことなんざ放っておけ、ってわけだ。

メアリー：そう言うのは簡単よね、彼らは反論しようにもここにいないんだから。

ディック：そうとも。俺はラグビーの試合に例えて考えるのが好きなんだ。いまいる人間たちがニュージーランド・オールブラックスで、将来世代は三歳児のチームだ、ってな。当然簡単に潰される。

メアリー：ひどい試合ね。

ディック：たしかに。

メアリー：でも、そこでのわたしたちはなに？

ディック：俺たちは未来省だ。三歳児チームの代わりにプレイする。彼らの代理チームになるんだ。

メアリー：わたしたちがオールブラックスと戦うわけね！

ディック：そうだ。手ごわい相手だ。

メアリー：つまり、相手はわたしたちを潰しにくる。

ディック：やつらと同じくらいうまくやらないかぎりは潰される。

メアリー：そんなことができるかしら？

ディック：ちょいとこの例えにこだわりすぎてるかもしれんが、そのほうが面白いからつづけよう。いま俺が考えているのは、一九九五年に南アフリカでワールドカップが開催されたときの南アフリカチームを題材にした映画のことだ。彼らは初心者チームだったのに、結果は優勝だった。

メアリー：どうしてそんなことに？

ディック：それはぜひ映画を見てくれ。要するに、彼らはただ試合をしただけじゃないんだ。ほかのチームは、それが彼らのやることだから試合をしただけだ。だが南アフリカチームはマンデラのために闘った。彼らは命がけだったんだ。

メアリー：それじゃ……もっとうまくいく計算式はあるのかしら？

ディック：そこでインドの出番さ。あの熱波以来、彼らはあらゆるものごとを再検証することについてはずっと世界をリードしてきた。だからこの問題に関していえば、割引率を低く設定することはもちろんできる。

だがバディムから聞いたんだが、インドでは自分たちの前後七世代までを自分たちと同等な存在として考慮するのが伝統なんだそうだ。その七世代のために働くのだ、と。彼らはいま、その考え方を使って経済を立て直そうとしている。そのアイディアというのが、割引率を釣鐘曲線にしようというもので、現時点がつねに鐘のてっぺんにくるようにする。その位置からなら、次の七世代にとって割引率はないに等しく、その後は急速に上がっていく。その逆パターンのモデルも作っているが、その場合、高い割引率はせいぜい数世代で終わり、そのあとはゼロに近づいていく。どちらにせよ、計算から無限性を排除しながら、将来世代にもっと高い価値をつけることになる。

メアリー：それはいいわね。

ディック：俺たちは新しいコスト対利益の方程式を作ろうとしていて、いろんな曲線でどんな変化があるかのモデリング演習を行ってきた。じつに興味深いよ。

メアリー：ぜひ見てみたいわ。しっかりやってちょうだい。

ディック：先に警告しておくが、オールブラックスは俺たちにタックルしてくるぜ。やつらのタックルは強烈だ。ボールを落とさせにかかってくるだろう。

メアリー：もしあなたがやられたら、わたしにボールを回してちょうだい。インサイドでしっかり受け止めるつもりよ。

ディック：よく言った、友よ！

33

やつらが俺たちを殺したから、俺たちもやつらを殺した。

俺たちの仲間はひとり残らず、あの熱波のあと片づけを手伝った。あんなことは忘れようにも忘れられない。俺自身はあれから三年は話せなかった。話せるようになっても、ほんのカタコトしか出てこなかった。二歳児になってしまったみたいだった。俺はあの週に一度死んで、一からやり直さなきゃならなかった。〈カーリーの子供たち〉には似たような経験をしてきたやつがたくさんいる。もっとひどい経験もだ。仲間たち全員が人間らしい人間とはかぎらない。

あとは誰が罪人であるかを見極め、そいつを見つけだし、どう対処するかの問題だ。それを研究し、あぶりだす作業をするのは別のチームだ。罪人の多くは身を隠していたり、人里離れた場所にいたり、そうでなければ厳重に守られていた。やつらを見つけたとしても、接近するのは容易ではなかった。そういう危険があることを、やつらは承知していた。

試行錯誤を重ねることで、やり方は進化していった。最初のうちは失敗を繰り返した。自爆攻撃が有効なのは言うまでもないが、手広くやるにはがさつで見苦しいやり方だし、確実性も低い。だから俺たちのほとんどはやりたがらない。俺たちはそこまで狂ってはいないし、もっと効率よくやりたかった。相手だけ殺して消え失せるほうがずっといい。また次ができるからだ。

その点、ドローンは最適だ。仕事の大部分が知的作業になる。罪人を探し出し、やつらが人前に出てくるタイミングを見つける。楽勝とはいかないが、うまくいけばドカン、だ。ドローンはどんどん速くなっている。罪人が自衛手段を持っていることも多いが、そんなものは数の力で押し切れる。スズメくらいの大きさのドローンの群れが秒速数百、いや数千メートルの速さで押し寄せてきたら、それを止めるのはまず無理だ。数十人単位の罪人が数年間で死んだ。

やがてやつらはほとんどの時間を屋内で過ごすようになった。この作戦を始めてから十年たった時点で、やつらは自分が困った立場にいることに気づいた。そこでセキュリティを倍増した。ここで疑問が生まれた。しかも、疑問はひとつではなかった。死に値するほどの罪人はまだいるのか? これについてはイエス。俺たちはやつらをしとめられるのか? これは、より困難になった。

俺たちは家事使用人や造園業者にまぎれこみ、そこで何年も働くこともあった。単純に不法侵入することもあれば、防御が薄くなる移動のタイミングでやつらを捕まえることもあった。やつらのボディガードまで殺さなければならないこともあった。そんな仕事を引き受けるべきではなかったのだ。大量殺戮するやつをかばうのは、大量殺戮に加担するのと同じことだ。だからボディガードを巻き添えにすることも気にしなかった。

俺たちが唯一気にかけたのは、罪人たちがいつも〝巻き添え被害〟と呼ぶものだ。つまり、ターゲットを殺そうとして、たまたま罪のない人々まで殺してしまうこと。罪人たちはいつもそういうことをしていて、それはやつらの罪のひとつの象徴でもあるが、俺たちはそんなことはしない。それは基本中の基本だ。〈カーリー〉はとても公平で、すみずみまで気を配っている。仮に百人の罪人を殺すために罪のない人をひとり殺すだけでもだめだ。これは規則違反だ。

だから、作戦行動がとてもやりにくいことは多い。あるとき、俺は空調ダクトからもぐりこまなければならなかった。なにかのミスで、モニターで監視されていない吸入口がひとつあった。真っ暗ななかではあったが、建物の設計図はしっかり頭に入っていた。俺は監視されていない吸気口に手をかけ、そこを突破してひたすら這い進んだ。左へ右へ、上へ下へ。俺はプラスチックのナイフと、ペンチ、ねじ回しを持っていた。そういうことだ。主寝室の天井の通気口を止めてあるねじをペンチを使ってゆっくりと静かに上からはずした。二時間かかった。それから立ち上がって脚がしびれていないことを確認し、通気孔から暗視ゴーグルと超小型ペリスコープを使って罪人の居場所を確認した。そいつは武器製造業者だった。同業者はおおぜいいるが、大きなシェアを占める頂点にいるやつとなると、そんなに多くはない。その時点で数百人というところだった。全員、死の商人だ。金(かね)のために大量殺戮をするやつら。知り合いにもひとりくらい、いるかもしれない。

空中に身を躍らせて通気孔をくぐりぬけ、縄ばしごをなびかせてベッドの上に飛び降りる。罪人の胴体をすばやく四回刺し、つづけて首も数回刺す。暗視ゴーグルを通して見る血は黒い。罪人はまちがいなく死んだ。

一緒にベッドにいた人物は無視して縄ばしごでもどる。いまや床にいるその人物は驚きで身をすくませているのかもしれないし、自分の存在に気づかれないようにしようとしているのかもしれない。いいことだ。空調ダクトをすばやく這って移動する。屋敷の外壁に出て屋根に上がると、待ち構えていたドローンが俺を持ちあげて梱包した荷物みたいに運んでいく。

そうしたら次は、ヘッドセットで撮った写真やストーリーを拡散する。罪人たちに知らせなくてはならない。いくら警備の厳重な建物にこもろうと、夜にベッドで寝ていようと、〈カーリーの子供たち〉はおまえらに襲いかかり、おまえらを殺す。隠れられる場所も、逃げるあてもない、と。

ひとりを始末しても、まだ何百人も残っている。リストはさらに長くなってさえいるかもしれない。なぜなら、カーリーはすべてを見通すからだ。〈カーリーの子供たち〉もまた、すべての罪人が消え失せるまで、いなくなりはしない。覚悟しておくがいい。

34

バディムとメアリーのインド出張に同行した際のBのための記録。

空路でデリー入りし、チャンドラと面会。彼女はすでに政府の職にはないが、空港での出迎えから新首相およびスタッフへの紹介までをBが依頼。Cは総督官邸まで案内したうえ、彼女の後任者とそのスタッフにも紹介。顔合わせと最新情報の交換。熱波後に適用された太陽放射管理についてディスカッション。彼らは、この三年でインドの気温を二度、世界的にも一度、低下させた。六年後までに運用開始以前のレベルにもどすと主張。この期間、季節風への目立った影響はなかった、とも。

この最後の点について疑問を呈したMに対して、Cの答えは辛辣。この三十年で季節風の不安定化が進み、カリフォルニアの気候のよう。平均的であることはめったになく、たいていは平均を大きく上回るか下回るか。なにが自然かなど無意味。Mの反論、アイルランドでは季節風といえば雨。農作物や生物全般にとって重要な雨を、七月から九月まで毎日降らすものだと認識。それにどれだけの変化がありうるのか？　千変万化、とC。反論されるのは不愉快。毎日雨が降るなんてありえない。八月には何週間も降らないこともある、などなど。MもBも懐疑的。

Bが仲裁。グラフではどうなっているか？　季節風に関して、各年の全降水量を見たい。なぜグラフがないのか？　スタッフがあちこち探してグラフを持ってくる。季節風による雨量はこの二十年で大きく変動、ジオエンジニアリング的介入後にはさらに変動。介入から二年目はとくに少なく、半ば干ばつ状態、西部ではとくに深刻。問題がもうひとつ、とCが指摘。季節風が、これまでのように東から西へ吹くばかりではなくなっている。

どんな計画が進められているのか、とMが質問。また同じことをするつもりか？　世界の平均気温はふたたび上昇してきている。過去数年のあいだに湿球温度三十四度に達したことが数回あり、多くの死者が出た。もういつどこで湿球温度三十五度になってもおかしくない。

そのとおり、とC。湿球温度三十五度になればみんな死ぬが、たとえ三十三度であっても、多くの人が死ぬ。

もちろん、とM。それでまたあれをやるつもりか？

Cはヴィクラム新首相に返事をまかせる。準備はできている、とV。こんどはもっと整然と行うことになる（このとき彼はCを見ていない）、民主的な手続きを踏み、専門家にも相談して。準備はできている。

今回はダブル・ピナツボか、とBが訊く。

V：おそらくそうなる。最初の介入時もそのような解釈だった。

MとBは互いの顔を見ない。Mが発言する。主権についての問題があることは承知している。だがインドも他国と一緒にパリ協定に調印した。協定にはこういう場合に関してすべての調印国が遵守に同意したプロトコルがある。

我々は合意を破ることも辞さない、とVが繰り返す。それは我々が決めるべきことだ。

高い罰金が科されるかもしれない、とBが指摘。熱波後と同じようにはいかない。

V：それは承知している。織り込みずみだ。問題は利益がコストに見合うかどうかだ。

Cがきっぱりと言う。先進国は熱帯地方とそこでの危険など他人事でしかない。彼らが定めた条約を遵守するというだけの理由で、またあのような熱波がくることをわたしたちは許さない。

M：わかった。

会議終了。誰も満足そうではない。

熱波被害の起きた現場に案内してもらえないか、とメアリーが訊く。

Cは否定。あそこに見るべきものはなにもない。観光地ではない。

さらに不満そう。

B：ではどこへ？ 私たちに見せたいものはあるか？

目配せするVとC。ある、とV。自分はデリーに残らなければならないが、CがMとBをカルナータカの農場を見せに連れていく。

農場？

農場の新しいお手本。見ていくといい。

喜んで、とMとBは言うが、乗り気ではない。いかにも非農業関係者。

翌日、短時間の飛行でカルナータカへ。緑一色。西に広がる丘も一面の緑。斜面には段々畑もあるが、地面のほとんどは平坦。さまざまな色合いの緑に加えて、四角い畑を染めるのは黄色、オレンジ、赤、紫、濃茶、なんと薄青まである。スパイスの花だとすぐにわかる。ここではあらゆるものが育つ、と新しいインド側案内人インドラプラミットが言う。地球上でもっとも適した土壌と気候。一年間で炭素の千分の七を蓄え、大きく減少させている。しかも何百万人分の食料にもなる。地元農民に土地の権利を与えるから、インドという国家とカルナータカ州、それに地区や村が代表するインド国民のほかには、よそに地権者がいない。農民自身が土地の管理者。生け垣と生息回廊で野生動物の移動経路も確保。トラがもどってきた。危険だが美しい。神々は我らとともにいる。あらゆるものがオーガニックだ。殺虫剤はいっさい使わない。シッキム・モデルはいまや、インド全土の農業に適用されている。行政のあり方についても、同じくケララ・モデルを適用。

共産制の有機栽培農家だな、というのがBの感想。彼は面白いと思ったようだが、Mは冗談を言うべきではないと思った。インド側の人たちは彼の要点のつかみ方に賛同。しかも、こうした変化はカースト制度のいちばんの悪影響も終わらせた、とも。いまでは不可触民（ダリット）も分け隔てなく、どの村の議会でも女性が半数を占めるようになり、ついに古いインド法が本格的に適用された。農地の保有権があり、自分の仕事の成果もその余剰価値も、すべて自分のものにすることができるようになった。女性も、すべてのカーストも平等になり、ヒンドゥーもムスリムも、シーク教徒もジャイナ教徒もキリスト教徒も、すべてが集まってニュー・インドとなった。共産制有機栽培農家はその氷山の一角にすぎない。

暴動があったと聞いたが、とBが訊く。Mはまたムッとする。

だが今回も案内人は嬉々として説明する。

インドラプラミット：土地収容権を持つよその地権者が都市部にいるＢＪＰの用心棒を雇って送りこみ、人々に暴力をふるった。だが一対一の襲撃だったので、非暴力不服従（サティヤーグラハ）も意味がなかった。用心棒のまえで寝そべっていてもたいした効果はない。皮肉なことだが、あれは軍隊を相手にする場合により優れた戦術だ。だから戦うしかなかった。自衛するしかなかった。よそ者に寄ってたかって襲いかかり、徹底的にぶちのめしてやった。暴動だと報じられたが、実際はよそ者を追い払っただけ。有機農業みたいなもの。害虫管理は総合的にやらねばならない。

Ｂ：総合的害虫管理の手法に、特定の目標への暗殺が含まれるのか？　国際社会は民間人の殺害にいい顔はしない。古（いにしえ）のインド強盗団（トゥギーズ・オブ・ヨー）みたいなテロ戦術ではないか、この〈カーリーの子供たち〉は。

Mはまた彼をにらみつける。わざと攻撃的になろうとしていると思っている?

Cも不快そう。金持ちが雇ったテロリストに貧しい人々が殺されても殺人率が問題にされたことなどないのに、ときつい口調で言う。お互いさまと言っては不公平だろうが、なんでもかんでも政府のさしがねではないことくらい、ご立派なお客様ならよくご存じのはず。いまはいろんな勢力が動きだしている。カーリーは行動する神々の一柱にすぎないことを忘れずに。それで、総合的な害虫管理というのは——そのとおり。

Mはこれをきっかけに話題を変える。作物が害虫にやられたときはどのようにするの? 望ましくない虫がいるのに殺虫剤を使わないのなら、どうするの?

インドラプラミット：殺虫剤はある、ただし有害な化学物質ではないだけ。おもにほかの昆虫を使う。生物戦だ。

それでうまくいく?

いつもというわけではない。だが、蔓延を止められずに作物がやられてしまったときは、畑をまっさらにして、だめになった作物はタンクに集める。それもシステムの一部で、虫もこちらの味方の虫たちはだめになった作物も問題なく食べるし、そのだめにした虫も食べてくれる。それらすべてがタンクのエサになる。タンクにいるアメーバは雑食だから、どんなものでも気にしないで食べてくれる。そして私たちはそこからある種の粉末とエタノールを手に入れ、まだ液体燃料を必要とする機械ならなんでもそれで動かせる。それから、ある種の害虫被害については畑を燃やして一、二シーズン休耕地としたあと、また栽培を始める。その都度、別の作物にしてみる。いろいろと学んでいるところで、まだ進行中だ。

微生物版〈カーリーの子供たち〉がついているというわけだね、とBが冗談を言う。Mはやっぱりいやな顔。

太陽の下ではあらゆるものが循環する、とインドラプラミット。

我々はみな真昼の太陽の下で料理されている。狂犬とイギリス人、それとアイルランド女。さすがのBも過熱気味。

インド側の人たちが頭上を指さしてその意図を強調する。太陽がいっぱい! これこそパワーでしょう? 太陽光発電を使って空気から水を、水から水素を取り出すこともできるし、植物を育ててバイオプラスチックにしたり、まだ液体燃料を必要とするものに使えるバイオ燃料にもできる。水素を使ってタービンも回せる。太陽は森を育てるから炭素を減らすのにも役立つし、森の木は木炭バーナーの燃料にもなり、建築用木材にもなる。我々は太陽光発電を完全にリサイクル利用している。グリーンパワーだ。ほかの国はうちほど太陽光や鉱物、人材の恩恵を受けていない。とくに人材は。それとアイディアも。

　ＭもＢも、できるかぎり礼儀正しくうなずいている。以前にも聞かされた話だ。改宗を勧める説教。ここは地獄よりも暑い。

　ニュー・インドには皆賛成。インド側の人たちはここで起きていることにおおいに満足している。だが彼らは自己防衛的でもある。Ｃからもほかのインド側スタッフからもきりきりと押しつけられてくるその反発心に、ＭもＢも明らかに気づいている。それは攻撃的なまでのプライドだ。我らを踏みつけにするな。インドになにをすべきか、部外者がこれ以上口をはさむな。もう二度と繰り返させまい。ポスト植民地の怒り？　ポストジオエンジニアリング的防衛？　西洋世界に見下されるインドはもううんざり？　これらすべて？

35

俺たちはオーストリアからスイスへ鉄道でやってきた。オーストリアはイタリアを通過するスイスまでの途中下車不可の列車を運行していて、スイスのザンクト・ガレンでは乗客全員が降ろされ、入国審査を求められる。俺たちもそうされた。乗客のほとんどはアルジェリアかチュニジアからのボートピープルで、上陸したイタリアから言葉の通じるフランスかフランス語圏スイスへ行くことを希望していた。スイス国内に入ることは、そのための大きな一歩だ。

大きな建物のなかでいくつもの部屋を通りぬけて連れていかれた。空港にある入国管理ビルに似ているが、もっと古い建物だ。俺たちはフランス語で質問を受けたあとで男女別に分けられ、そのせいで不安と怒りが膨らんだ。気づいたときには小さな診察室に入れられ、上半身裸になって胸部X線を含むひととおりの身体検査を受けた。結核の兆候を探しているのは明らかだった。それがとても侮辱的で頭にきたのは、もう一度服を着て女性たちと合流したときに、彼女たちも同じ手順で検査を受けさせられたとわかったからだ。X線検査は女性担当者がやってくれたものの、それ以外の検査は男性がやっていたと知って、俺たちは激怒した。全体的に人間味に欠ける対応で、これが初めてのことではなく、住む家を失った難民がそもそも人間あつかいされないことになっているのは事実だ。しかし、さすがにこれは我慢の限界だった。清潔で秩序があり法律が遵守される国という評判のスイスにやってきて、動物のようなあつかいを受けたことが、怒りに火をつけた。もちろん、この皮肉な状況を痛感したのは俺だけではない。スイスでならまともなあつかいを受けるはずだと期待していたからこそ、そんな待遇を不快に思ったわけだ。これがエジプトやイタリアだったら、このような屈辱的なあつかいを受けることも想定内で、おとなしくそうされていただろう。もっとひどいこともすでに経験してきた。それがどんなふうであったにしろ、俺たちは怒っていた。そ警備係に列車まで連れ戻され、オーストリアに引きかえすと思われる南側の線路に案内されると、おおぜいの人たちが抗議の声を上げた。警備係がなにを言おうと納得できるものではなかった。そちらの線路にいる列車に乗ることを拒否したのは、そんなことをしてもまるで意味がないからだ。ほかの列車が南側の線路から東に向かうのを見ていたし、俺たちが乗せられようとしている列車もその方向に行くのだとわかったからだ。それに、強引に列車に乗せられるということ自体が不愉快だったのは言うまでもない。

警備係が俺たちを連行するのを助けにきた増援部隊は、肩からロングライフルを下げていた。俺たちが彼らに対しても抗議を叫ぶと、彼らはライフルを肩から下ろして発射するように構えた。若い者が何人か突っかかっていくと、ほかのみんなもあとにつづいた。チュニジアを離れてからもう七か月もたっていて、俺たちのなかでなにかがぽきりと音を立てて折れてしまったのだ。

スイス兵の誰も俺たちに発砲することはなかったが、俺たちが線路の待避線を離れて集団で建物になだれこむとさらに多くの兵士が出てきて、突然あたりの空気が催涙ガスで満たされた。逃げ出すものもいれば警察の包囲網に飛びこんでいくものもいて、建物のまえでは激しい戦いが始まった。警察が俺たちを撃たないようにという命令を受けていたのは明らかだと思われ、だからこそ俺たちは強硬に立ち向かったのだが、数人の若者が警官をひとり取り押さえてライフルを奪い、それで警官を撃ったことですべてがひっくり返った。そのあとは戦争といってもよかった。ただし、こちらにあるのはあのライフル一丁だけだった。俺たちは左右中央で次々と倒され、叫び声が上がった。そこで誰かが、これはゴム弾だ、ただのゴムだぞ！　と言った。それに勢いを得た俺たちはふたたび突撃し、混乱を極めるなかで何人かが建物のなかに入った。外で起きていることを考えれば、中のほうがどこよりも安全だ。しかし、仲間がゴム弾とはいえ撃たれて倒れるのを見た俺たちは正気を失っていた。だから、建物のなかで捕まえた相手をかたっぱしから叩きのめした。誰かがなにか燃えやすいものを見つけて、広い待合室に火を放った。ほんのボヤ程度のもので、建物が火事になったというほどでもなかったけれど煙がもうもうとたちこめた。催涙ガスのような痛みこそないが、長期的に見ればさらに健康には悪そうだ。俺たちはわけもわからず、どうしようという考えもなしに、とにかく相手を攻撃し、建物から警察を追い出すのと同時に、自分たちがまだそのなかにいるというのに、建物に火をつけようともしていた。その時点で、俺たちがやっていたのは自滅行為だったのだが、そのときは誰も気にもしていなかった。あの気持ちはけっして忘れないだろう。見境いもなく攻撃し、自分の生死さえもおかまいなしに、どんなやり方だろうと最大のダメージを与えることばかり考えていた。そうすることで死んだとしても、それでダメージを与えられるものなら本望だった。俺たちが苦しんだように世界も苦しめばいい、と思った。

しまいには、コンクリートの床に這いつくばって煙の下に逃れようとする以外にすることがなくなった。仲間の多くにとってはそれでうまくいったが、あいつらがやってきて俺たちを担ぎ上げ、屠殺されるヒツジのようにしばりあげられてしまうはめになった。

その後、尋問を受けたのちに、俺たちはフランスに送られた。家族との再会を果たし、あの暴動で亡くなったのは結局のところ六人だけだったと知った。スイス人はひとりもいなかった。施設へのダメージも最小限のものだった。残されたのはあのときの気持ちだけだ。あれだけはけっして忘れはしない。あらゆる希望も恐れもなくしたとき、人は人間ではないなにかになってしまう。人間より良いものか悪いものかは、なんとも言いようがない。だがあの一時間のあいだ、俺は人間ではなかった。

36

北極海の海氷は二〇三二年の夏の終わりにはすっかり解けてしまい、その冬に凍ってできた海氷も厚さは一メートルにおよばず、それも風と潮の流れで砕けて蓮葉氷（パンケーキアイス）のすきまを薄氷がつないでいるだけ、もしくは氷の破片の寄せ集めのようだった。あるいはまた、すきまがどんどん広がって氷に囲まれた数キロ幅の海が出現した。そんなだから、また春が来て日射しに照らされると、その冬の薄い氷はあっという間に解けてしまう。白い覆いを失った北極の海では、夏の陽光が容赦なく浸透し深くまでぐっと水温を上昇させ、それによって次の冬にはさらに薄い氷しかできなくなる。

これはまさに悪循環だ。一九五〇年代に初めて測定したときには厚さ十メートル以上あった北極の極冠は、それまでは地球のアルベド（反射能。地球が反射する太陽光の割合）の大部分を占めていた。北半球の夏のあいだ、極冠は降りそそぐ太陽光の二～三パーセントを宇宙に跳ね返していたのだ。その太陽光はいまやそのまま海に飛びこんで海水を温めている。そして完全に解明されてはいない理由により、北極および南極は地球上でもっとも急速に温まりつつある場所になってしまった。それはつまり、シベリアからアラスカ、カナダ、グリーンランド、そしてスカンジナビアと、北極を取り囲む永久凍土層もまた、解ける勢いを増しているということでもある。ということは、永久凍土に閉じこめられていた大量の炭素に加え、大気中に熱を保つ能力が二酸化炭素の二十倍も強力な温室効果ガスであるメタンも放出される。北極の永久凍土層には、地球上のすべての畜牛が六世紀かけて吐きだすのに等しい量のメタンが蓄えられている。そしてこの盛大なゲップが放出されようものなら、地球はもはや引きかえすことのできない転換点を超え、氷がまったく存在しないジャングルへの道を突き進むことになるのは、ほぼまちがいない。そうなるころには海水面はいまよりも百十メートルも高くなり、世界の平均気温は五～六度、あるいはそれ以上に上昇して、地球上の大部分は人間の居住に適さなくなってしまうだろう。そこまでいけば、人間社会はもうおしまいだ。わずかに残った人類はそうした新しい生物圏に適応するかもしれないが、彼らは大惨事の生き残りであり、大量絶滅後の世界を生きることになる。そんなわけで、北極海の氷を冬のあいだに厚くすることで夏のあいだもできるだけ長持ちさせようという試みがなされた。

しかし、どう言いつくろっても悪あがきでしかなかった。北極の冬はあいかわらず日射しがなくて寒いが、海の大部分を覆っているのは薄氷だった。その氷を厚くするような、効果的ではっきりした方法などなかったから、ともかくも数えきれないほどの方法が試されては評価された。そのひとつが、冬に海氷ができるとすぐにその外縁に沿って自走式の水陸両用車を走らせ、近くのまだ凍っていない海水を汲み上げて細かい霧状にして空中に散布するというものだった。霧は降りてくるあいだに凍って海氷の外縁に厚く降り積もり、春になって日射しがもどってきても海氷が割れにくくなることが期待された。

限定的ではあるが、これはうまくいった。しかし、海氷に適切な厚みを持たせるためにはこのような車両が何千台も必要なうえに、これを製造するために大量の炭素が燃やされて大気中に放出されてしまうという代償がともなう。ともかく、水陸両用車の製造にかかる資金や素材、炭素の燃焼という対価を払ってでもやってみるだけのことはあると思われた。海氷が失われることのコストは、喪失を防ぐための金銭的コストよりもはるかに重要であることは明らかで、そのため金銭的コストはもはやこの計画の推進を止める理由にはならなかった。

やがて世界中で飛行船工場が増えるにしたがって、毎年冬に北極海の海氷の上を飛ぶ充電式の飛行船が作られるようになった。これが海氷の薄いところに開けた穴から海水を汲み上げてタンクに貯め、上空から海氷の表面に散布すると、水は空中で凍って降り積もり、氷を厚くしていった。南極で氷河の底から水を汲み上げる作業がそうだったように、これも最初はストローで大海を吸い上げるようだと思われた。なんてみみっちい試みだ！　効果なんてほとんどないじゃないか！　冗談もたいがいにしろ！　だがどんなにすごい仕事でも、どこかから始めなくてはならない。だいいち、これらのプロジェクトがうまくいかないとしても、次の手をのんびり熟考などしているひまはなく、効果が小さかろうがなんだろうがとにかくやってみる価値があると判断された。

第三の方法は、冬の海氷に小さなプラスチックの機械を無数にばらまくというものだ。それぞれ太陽光パネルを載せた機械にはドリルとポンプ、それに小さな噴霧器が搭載され、これが氷に穴を開けていくばくかの水を吸い上げ、空中に撒くことで凍らせる。最終的にはこれらの機械は自らの働きの結果として雪に埋もれ、その後は活動を停止して春から夏になるのを待つ。そうして積もった雪が解ければまた表面に顔を出し、ふたたび秋になって同じ作業を繰り返し、氷の上で凍りつくというわけだ。数千台から始めていずれは数百万ものこうした機械がばらまかれることになるだろう。十分な効果を上げることができれば、機械はこの先の数世紀にわたって厚みを増していく海氷に埋もれたままになるだろう——このプラスチックの機械は最後に炭素固定した小さなかたまりとして氷中に埋設される、と冗談めかして指摘されたりもした。

　だがそれにしても、非常にぶざまな悪あがきにはちがいない。あまりにもぶざまだった。これらの試みではなにひとつとしてうまくいかなかった。ということは……。

37

この話は書くのがつらい。あたしが生まれたのはリビアだって聞いてる。父さんがいなくなって、どうして、どんなふうにいなくなったのかは誰も知らなくて、でもそのあと母さんは姉さんとあたしをヨーロッパに連れていった。ボートの乗客はほとんどチュニジア人だった。ボートはイタリアのトリエステに着いて、そこからあたしたちは列車でスイスのザンクト・ガレンまで連れていかれて、そこで暴動に巻きこまれた。あたしの記憶にあるいちばん最初がそれ――あたしたちみんなが、叫び声を上げながら走って建物のなかに入っていったところ。催涙ガスのせいで目がひりひりしてた。母さんがあたしたちを守ろうとしてセーターでくるみこんでくれたから、まわりのことはあんまりよく見てないけど、いまだに目はひりひりする。大人の女とふたりの幼い娘たち、みんなで泣きじゃくってた。

そのあとの何日かのことは覚えてない。スイスはボートの船員たちよりはちゃんとあたしたちの世話をしてくれた。食べ物をくれて、大きな宿舎にはベッドもあって、そのとなりの建物にはシャワールームとトイレもあった。清潔で乾いていて、お腹も空いていないのは気分がよかった。母さんもやっと泣きやんだ。

それからあたしたちはひとつの部屋に連れていかれて、フランス語で話しかけてくる人たちに紹介された。その結果、母さんはヴィンタートゥールの郊外にある難民避難所に招待されて、母さんは大喜びでぜひとも行きたいと言った。姉さんとあたしはまた移動するのは怖かったけど、そうするのがいちばんだと母さんが言ってくれたから、あたしたちはまた列車に乗ってザンクト・ガレンの避難所に別れを告げた。ほんとは、そこはそれまで暮らしてきたなかでいちばんいいところだと思ったけど。でもあたしたちはそこをあとにした。

ヴィンタートゥール郊外の避難所はきれいな庭に囲まれていた。日によっては、うんと遠くのほうにグラールスアルプスの山並みが見えた。世界がこんなにも広いとは知らなかったし、最初はなんだか怖かった。こんなに広い世界でどうやって生きていけばいいの?

ジェイクは、あたしたちの避難所にいつもやってくる訪問者のひとりだった。彼の話すフランス語はゆっくりだけどはっきりしていて、ひと目見たときから彼の表情はなにかが違っているのがわかった。なんだか、あたしたちよりももっとたいへんな思いをしてるみたいだった。あたしたちなら大丈夫、と言ってあげたかった。

　彼は子供と大人の両方に、それぞれのクラスで英語を教えてた。午前中は子供たち、午後と夜は大人たちのクラスだった。彼はほとんど毎日避難所にきていて、日曜日もそうしてた。昼ごはんもあたしたちと一緒に座って食べた。ときどき食事中に、目を左右に動かしてきょろきょろしながらあたしたちを見てることがあった。鳥を目で追いかけてるか、考えごとでもしてるみたいだった。彼はあたしたちのことが好きらしくて、ほかの支援者も決まった難民とそうしていたように、あたしたちと一緒に過ごすことが多くなっていった。名前を呼んであいさつしてくれて、フランス語と、そのうち英語でも、調子はどうだとか訊いてくれるようになった。

　それがけっこう長くつづいて、あとから一年くらいだったとわかったんだけど、それから母さんが、ジェイクと結婚するつもりだ、近くの村で一緒に暮らすことになる、と言った。姉さんもあたしもそんなことになるなんてぜんぜん気づいていなかったから、最初は驚いたし不安だった。だって、避難所はこんどもあたしたちが知るかぎりでいちばんいいところだと思ってたし、たったひとりの支援者と知らないところに住むのは、いい考えとは思えなかった。この落ちつきのない目をした男の人と母さんのあいだになにがあったのかわからなかったから、あたしたちは最悪のことを予想してた。

　だけど実際には、あたしたちが引っ越したのはすぐ近くにある二階建ての小さな白い家で、となりには壁で囲まれた庭もあった。あたしたちはすぐにそこになじんで、友達に会いに避難所にもよく行った。ジェイクと母さんはいつもお互いに感じよくふるまっていたけど、あたしたちの目のまえでベタベタするようなことはなかった。それでも母さんが彼のことを好きで感謝してるのは見ればわかったし、彼もあたしたちにいつも優しくしてくれた。いつも英語とフランス語を混ぜて話しかけてくれたから、まるでふたつでひとつの言葉みたいになってて、そのうちあたしたちのほうでは頭のなかでふたつの言葉をそれぞれの場所に分けなくちゃいけなくなった。そんなことをしているうちに、アラビア語はどこかへ行っちゃったみたい。

　そうやってあたしたちは数年間、小さな家族だった。あたしが七歳のときから十一歳まで。あたしたちはヴィンタートゥールの学校に通い、学校と避難所と両方の友達と遊んで、なにもかもうまくいっていた。その数年間、母さんは幸せだった。

それからあたしが中学校に通いだしたころ、母さんとジェイクとの仲がうまくいってない気配に気がつくようになった。夕飯のあと、ふたりがキッチンに座ったままそれぞれのスマホを見ていたり、窓の外を見つめてたりした。彼らが一緒にいるところを見ていて気づいたことに、ぎょっとしたことがある。なにをするでもなく、ただそこに座っているだけなのに、このふたりはまったく似ていないな、って。母さんはおとなしい人だ。椅子にすっかり体を預けて、ネコみたいにくつろいでいる。目も動かすし、縫物や編み物をする手が動いていても、体のほうはじっとして動かない。それがもう、母さんの体にしみこんでいる。母さんがいてくれてほんとによかった。

ジェイクのほうは、座っているときでさえ、じっとしているのとはほど遠かった。そわそわしてるとか、足で床をとんとんしてるとか、そういうのじゃないんだけど。彼の内側がぐるぐる回転してるのが目に見えるみたいな。原子は動いているというけど、彼を形づくっているあらゆる原子がぐるぐるしてるのがわかっちゃうみたいな感じ。もしも人間を原子や車のエンジンみたいに回転数で分類できるとしたら、母さんはほとんど静止状態なのにたいして、ジェイクはいつも回転してる。それも毎分数千とか数百万回転くらいで。毎分回転数（RPM）が一千万、ってジェイクが自分で言ってた。こうしていま伝えようとしてるイメージも、彼が人を評価するときの独特な方法のひとつがもとになってる。人はみなクォークみたいなものだ、って彼なら言いそうだ。クォークっていうのはいちばん小さい素粒子のことで、原子よりももっと小さくて、原子はクォークがグルーオンっていうものでくっつきあってできてるんだって。彼はそういうお話であたしたちを笑わせてくれた。クォークと同じように、誰でもみんな少しずつ、変わったところ（ストレンジネス）や頭の回転（スピン）や、魅力（チャーム）を持っているんだ、って。人は誰でもこの三つの定数で格付けすることができて、母さんは地球上でいちばん魅力的な人だけど変わったところはあんまりなくて、回転数はほとんどゼロなんだって。ジェイクは自分は回転数が高くて変わったところも多いと打ち明けてくれたけど、あたしたちは彼が魅力的でもあると思ってた。そんなことない、って言ってたけど。

彼はときどき、避難所での一日を終えてぐったりしたようすで椅子に座りこんでいることがあって、そこで目を右、左、右、左、と動かしていたりする。すごくがんばってそうしているみたいで、どういうわけかそんなときの彼は回転してるのがわかる。彼のなかになにか黒いものがあるんだ。母さんが言うには、彼は若いころに開発作業にかかわっていたことがあって、なにかひどいものを見てしまったんだって。そのとおりなんだと思った。ときどき彼はあたしたちのことを見つめて、床にどっかり座ってあたしたちを抱きしめてくれた。きみたちのことが大好きだよ、なんてすばらしい女の子たちだろう、って。そうかと思うと、身を固くして顔をゆがめながらあたしたちを見ていることもあった。椅子の両側を握りしめて、いまにも立ち上がって部屋から駆けだしていきそうなようすは、見ていてちょっと怖かった。

　それがいつのまにか、彼が母さんを怒鳴りつけたり、あたしたちにまで怒鳴ったりするようになった。急に立ち上がって部屋から駆けだしていったりした。彼が母さんを怒鳴りつけて、たぶん英語なんだけどあたしたちにはわからない言葉だったりするとき、それを聞いてるだけでも怖くなって、逆にあたしたちのほうが部屋から逃げ出すこともあった。最初はすごくショックだったけど、でもだんだんよくあることになっていって、いつも気にかけるだけのことになった。それで彼が優しくしてくれるときや反省したり後悔してるときでも、いつまたあたしたちに敵意を向けてくるかわからないから、鵜呑みにはしなくなった。怒りっぽい人というのは信用できないし、大事なのはそこだ。相手もそれはわかってる。だから自分では後悔してるつもりでも、それでものごとがよくなるわけでもないし、そのことも彼らはわかってる。だから彼らは孤立する。それでたぶん、彼らはだんだんと後悔もしなくなるのかもしれない。あきらめちゃう。とにかく、彼はいなくなった。ある日、あたしたちを起こしにきた母さんが泣きながら、彼はもうもどってこないからあたしたちはまた引っ越さなくちゃいけない、って言った。あたしたちは三人で階段に座って泣いた。

38

本日のテーマは、新自由主義的秩序に代わりうるものとはなにか、です。いまや崩壊の危機が目のまえに迫っている新自由主義ですが、それに代わって期待できるようなものというのは、すでになにかあるのでしょうか?

中国だな。もちろん。

しかし、中国は世界経済にどっぷり浸かっているみたいですよね。

彼らは中国の利益を増大化させるために、計画経済を盾にして自由市場を無効化している。

それは興味深い! その謎めいた新種の混合物をなんと呼べばいいでしょう?

社会主義。

おやおや。それはまたぶっ飛んだお答えですね、ノスタルジックとは言いませんけど。でも、中国が社会主義についてなにか言うときには、いつも慎重に〝中国らしい〟というフレーズをつけていたと記憶していますし、多くの人にとって、そういう中国らしさというのはまったく新しいものを生みだすことなのではないでしょうか。

そうだ、だが違うのだ。

同意しないということですか?

まったく新しくはない、中国らしい社会主義なんだ。

その中国らしさには資本主義がたっぷり含まれているように見えます。

そのとおり。

では、私たちも彼らから学ぶことがあるのでしょうか?

ない。

それはどうして?

あいつらが嫌いだからだ。

それは偏見じゃないでしょうか。

あいつらもこちらが嫌いだ。

それでは、その方面からの変化は期待できませんね。貧困層はどうでしょう? 地球上でもっとも貧困にあえぐ四十億人全部を合わせても、もっとも裕福な十人が所有する資産を合わせたよりも少なく、したがってたいした力もないわけですが、その数が多いことだけは誰も否定できません。彼らは力尽くで下から変化を起こせるのでしょうか?

彼らには銃口が突きつけられている。

それなら、いわゆる生活不安定層についてはどうでしょう？　ノスタルジーといえば、生活するのがやっとという数十億人のことを、アメリカ人はいまだに中間層と呼んでいますね。その中間層が蜂起して、なんらかの群衆行動によって変化を起こすことはあるでしょうか？

　彼らにも銃口は向けられている。

　しかし、デモはときどき行われていますし、中にはかなり大規模なものもあります。

　デモなんてものはただのパーティーだ。パーティーを楽しんで、そのあとは家に帰る。なにも変わりはしない。

　ええと、では組織的な群衆行動だったら？　それならただのパーティー以上のもののように思えます。いわゆる財政ストライキというのはよく耳にしますし、それが財政破綻につながったり、銀行が国営化されたり、といったことがあります。そうなると中央政府が主導権を取り戻して、世界金融の完全掌握に動いたりしますよね。彼らは世界貿易機関（WTO）の規定を書き換えることもできるし、量的緩和のようなものも作れて、グリーン・ニュー・ディール式の理念に対して新たに法定通貨を差しだすこともできる。

　我々はそれを立法行為と呼んでいる。

　やっぱりまた立法にもどってくるんですね！　そういうものは通常、代議制民主主義の機能だと思われています。そのような民主主義がまだ存在するかぎり、存在していたことがあるかどうかはともかくとして、その立法機関は選挙による投票で過半数を獲得して成立するものであるはずです。そういうシステムを取り入れている主要国ではみな、最低でも五十一パーセント、できればそれ以上、となっています。そうした国々も全部、この計画に参加する必要がありますね。

　そうだ。

　それはかなり現実的に思えます！　それができない理由はなんですか？

　人々がバカだからだ。しかも金持ちどもは抵抗する。

ここでもまた、富裕層は貧困層よりも力を持っているという仮定が出てくるわけですね。

　そうだ。

　変える必要があるすべての法律は互いに絡まりあっているせいで簡単には解きほぐせないという意味で、やはりある種の体系的な抵抗もあるんじゃないでしょうか？

　そうだ。

　通貨そのものがこの変化に抵抗するとも言えますよね。むしろ、変化に対するある種の内在的というか本質的な抵抗があるんでしょう。

　社会の便秘ってわけだ。トイレにこもって踏ん張るしかない。

　うまい例えですね！　それがこの十年のストーリー。あるいは今世紀全体のストーリー、でしょうか。

　そこで区切る理由は？

　なんとも辛辣な歴史のイメージですね。まったく。

　全部すっきり出せたらさぞかしほっとするだろうよ。

　ちがいない！　さて、今週はこのへんでおしまいとしましょう。そろそろパンツを下ろして座るころあいかもしれません。来週もこの時間に、みなさんそろってお聴きください。

　パンツを下ろさせるまでには、ずいぶん時間がかかるだろうな。

39

ダボスは私のお気に入りのパーティーのひとつだ。ここでは毎年一月の終わりに世界経済フォーラムが開かれる。影の実力者たちの国際的な集まりとしてもてはやされているが、その〝国を超えたエリート〟たちというのは、互いに相手を持ちあげあっては、いかに自分たちの未来計画があらゆるものごとを良い方向に、それも彼らエリート自身にとっていかに都合のいい方向に持っていくかという話ばかりしている。ときに〝ダボス・マン〟などと呼ばれる彼らは最近になって登場したホモサピエンスの亜種で、その八十パーセントが男性で、いろいろある属性のうち個人資産だけでみると、上位一パーセントのうちさらに上位十パーセントに入る。これはほんとうだよ！ だから当然のごとく、パーティーはすばらしい。とはいえ、優れた酒があるにもかかわらず、パーティー自体は少し物足りないと感じる人もいそうだ。何年かまえに一度、すみのほうでひとりで踊っているミック・ジャガーが目撃されたことがある。よほど退屈だったのだろう。だが出席した人々の多くは、ただそこにいてほかの人たちから見られているというだけで大満足なのだ。

ダボス会議は一週間つづくが、すべてに顔を出す人は少数だ。実業家や政治的リーダーがおよそ二千五百人、それにお楽しみ要員としてエンターテイナー数人が加わる。カンファレンスのある日はパネルディスカッションと長時間の会食に費やされ、その時々のあらゆる問題について話し合いが行われる。話し合いの中身はおもに、もっとも助けを必要としている人々を支援することで、ますます手に負えなくなる世界をいかに監督していくかというテーマのバリエーションだ。まさに〈株式会社チャリティ〉だ！ とてつもない努力の結果、参加する女性の割合は六パーセントから二十四パーセントにまで増えたそうで、主催者はこの進歩を自画自賛し、ひきつづきこの問題に取り組むことを約束した。これは解決が困難な課題なのだ。なにしろ、富裕層や政治的リーダーのほとんどが男性ばかりなのは、ほんの「偶然」なのだから。これもミック・ジャガーが退屈した理由のひとつかもしれない。

この会議にかかるセキュリティ費用は主催者らとスイスのグラウビュンデン州、それにスイス連邦政府とで分担される。スイス国内にはこの費用負担に対する批判の声もある。だがなんといっても、年に一度、世界のリーダーがスイスに集まって会議をしたいと思ってくれるなら、確たる根拠が皆無でありながら地球上でもっとも裕福な国家のひとつである、という一風変わった立ち位置にしがみつきたいスイスにとってはありがたいことではないか。アルプスの景観の美しさと国民の頭脳というのはあるかもしれないが、私はそのどちらにも懐疑的だ。なんなら私のことをダボスのダメ押し屋と呼んでくれてかまわない。

　かつてはダボスで抗議運動が行われたりもしていたが、いまではそれもない。理由のひとつには、この地が攻めるに難く、守るに易いことがある。またひとつには、この会議がどんどん意味のないものになってきているというのもある。もはやただの金持ち連中のパーティーにすぎないというわけだ。これがほんとうだというのはさっきも言ったとおり。だから抗議運動などほとんどなくなった。これはもしや絶好のチャンスなのかもしれない。少なくとも、後には誰もがそう言うようになった。

　このときの会議では、私たちはただ集まって、食べたり飲んだりしゃべったりするという大仕事に取り組んでいた。すると急に電気が消えて、私たちは暗闇に取り残された。発電機だ！　私たちは陽気に叫んだ。クソ発電機を稼働させろ！

　だがそうはならなかった。警備員たちが急に、見慣れた警備員とはようすが変わった。マスクをつけた新手の警備員たちは、これまで私たちを保護（ガード）していたのとは別の意味で私たちを監視（ガード）していた。私たちは口をそろえて、なんのまねだと言ったが無視された。外へ出てなにが起きているのか確かめようとするも、そうはいかなかった。すべてのドアに鍵がかかっていたのだ。街全体が物理的に閉鎖されていた。数時間もすると、前世紀にナチスやソビエトが侵入してくるのを防ぐためにスイスの道路に埋設された戦車止めが、巨大なサメの歯のように谷全体と谷へ出入りする道路の路面から顔を出したというわさが広まった。一帯の空港やヘリポートもすべて暗闇に沈み、サメの歯で埋めつくされた。アルプスから谷へとつづく山道にまで、即席のコンクリートのようなものが流しこまれて一時的に通行止めとなったそうだ。そして目のまえの警備員は新たな手法で私たちを警備していた。私たちが話しかけても返答もしない。街の上空にはドローンの飛びまわる音が響き、飛んできた数機のヘリコプターには群がって追い払い、いくつかは墜落させたと言っていた。

　こいつはいよいよ面白くなってきたぞ、と誰かが言った。

だが私たちのほとんどは、面白いどころではないと思っていた。

　私たちが危害を加えられることはない、週末までには解放される、という趣旨のアナウンスが拡声器から流れてきた。阻止されたのはイベントのスケジュールだけで、私たち自身はその対象ではないと言っていたが、それが明らかに嘘だと指摘できる程度には私たちは頭が回る。だがそれを指摘する相手などいない。目のまえにいる警備員たちはヘルメットのバイザーを下ろしていて私たちがなにを言っても反応はなく、誰かが攻撃をしかけたときの対応は、ニュース映像などで見られるおなじみの断固として不快なものだった。警棒をふるい、ペッパースプレーを浴びせて、頭を冷やさせるために小さな部屋に引っぱっていくだけ。だからもう誰も試そうともしない。それに、なにか抗議してみても拡声器が返事をするわけでもない。

　さらに、設備が次々とだめになっていった。具体的には下水道が機能しなくなり、私たちは用を足すためのシステムをひねりださなければならなかった。くそったれ！　貧弱なダボスめ！　こうなったら森へ入っていってすませるしかやりようがない。そうして大量の糞尿が街中にあふれだしたが、私たちはすぐに間に合わせの仮設トイレのようなしくみを考え出し、できるかぎりそれでなんとかした。

　次に上水道も止まり、これは正直、かなり恐ろしかった。森で用を足すことはできても、ウィスキーでは生きていけない。挑戦した人もいるにはいるが。一瓶四千ドルもするワインで水分補給するのを喜んだ人もいる。それなら手近にたくさんあった。だが、アルプスからの二本の小川が石垣で整備された水路を通って街に流れ込んでいることもわかったので、誰かが見つけてきたバケツを使って、沸かすかどうかはともかく、この小川の水を飲んだ。私はきれいな水だと思った。ほんの数時間まえまで雪だったのだから。

　箱に入った食料が提供され、街のあちこちでキッチンを自由に使って料理することもできた。私たちはそれでどうにかやりくりしたし、そのことを誇りにも思った。ただ座りこんでいるよりよほどいい。なかには料理の腕自慢もいたからだ。

　三日目になると、街の広場には荷台に乗せられた災害時用のケミカルトイレがずらりと並び、私たちはそれを組み立ててバスルームに設置した。水道はまだ復旧していなかったが、ふたたびトイレが使えるようになった。とりあえずほっとした。多少なりとも以前と同じように用を足せるようになったわけだが、それでも不快にはちがいない。ウッドストックに足止めされているのに音楽はない、という状況に似ている。

四日目には水道が復旧し、箱に入った食料が不足することもなかった。料理したり片づけをしたりしていないときには、再教育キャンプと呼ばれるものに参加させられた。私たちを捕らえたのは毛沢東主義者にちがいないと思った。プロパガンダ講義などというものの有効性を無邪気に信じるのは毛沢東主義者くらいのものだ。それらの講義は私たちにはまったく効果がなく、それどころか、かなりの笑いの種だった。私たちにはすでに知識があって、なにがどうなっているかわかっていたからだ。いずれにしろ、講義に参加するか、なにごとも起こらない部屋のなかに閉じこめられているかしかなかった。そこで私たちの多くは、なにもない部屋で無為に過ごすくらいなら、喜んで制圧者たちのプロパガンダを聞くことを選んだ。

私たちは押しつけられた教材をことごとく酷評した。お決まりの使い古しばっかりだ！　まずは貧困地域の飢えた人々を映した映画。強制収容所の映画を見せられるのとは別ものだが、そこには類似性があった。ただしそこに映っているのは生きている人々、それもおもに子供たちだった。かつて制作されたなかでも最長のチャリティ広告を見せられているようだった。私たちは文句を言い、辛辣なコメントもした。だがしかし、世界でもっとも成功した二千五百人がそのステータスを手に入れたのは、ばかばかしいほど攻撃的だったおかげではない。たいていはなんらかの外交的スキルが求められるものだし、それを習得してきたのだ。しかも、私たちの姿が撮影されていることも確信していた。後々、再教育のためのリアリティ番組みたいなものとしてまとめられるに決まっている。だから私たちはおとなしく座って見せられるものを見ながら、映画館でよくやるように小声で話したりしていた。

そしてまた、地球上でもっとも貧しい人々の暮らしを目にすることは、はっとさせられる体験でもあった。十二世紀にタイムトラベルでもしたかのようだ。私たち自身がトイレにも不自由し、いくらか飢えてもいたことは、まちがいなくこの映像が与える影響を大きくしていた。彼らが私たちをこんな目に合わせているのはまさにそのためだということは明らかで、この要領を得ない講義の意図する真意は、ある種の不毛な嫌悪療法なのだ。

巨大なスクリーンにはちょこちょこと統計データが表示された。そうとも、パワーポイントを使った見世物とは、まさに罰にほかならない。曰く、世界人口の一パーセントの十分の一にあたる人々が人類の富の半分を所有している――それはつまり私たちのことだ、ふふん！　曰く、いま生きている人類の半分は、自らが提供できる労働力のほかに資産を持たず、その労働力でさえ劣悪な健康状態と教育のせいで弱められているなんて、どう考えてもよくないことだ。しかし私たちは、こうした聞く耳を持たない人々に向かって、これを資本主義のせいにするのはまちがっている、と言った。もしも資本主義がなかったら、八十億人全員が貧しくなっていただろう！　まあ、それはいい。統計データは際限なく表示され、次から次へとグラフが現れて、感動的というにはほど遠いやり方で繰り返された。退屈し、眠気を誘われ、洗脳された私たちは、こんなバカ騒ぎをしくんだのはいったいどこのイデオロギー集団か民族集団なのかを探りだそうとした。おまけにこのサウンドトラックときたら！　悲しげな音楽、陽気な音楽。いつまでも頭にこびりついてしつこくつきまとい、忘れようにも忘れられないのが不快でたまらないような音楽。あるいは、本来のテンポよりも三倍もゆっくりと再生される葬送曲のような、陰々として気の滅入るような音楽。そして、その他いろいろ。

このころには不便な生活とパワーポイントを見せられることのストレスが重くのしかかり、私たちはまさに、『蝿の王』の無人島に不時着した少年たちとそっくりな状況に突入しようとしていた。私はみんなのご機嫌をとったりなだめすかしたりした。休暇をとったつもりで楽しめばいいじゃないか、お膳立ての整ったグランピングみたいなもので少々のことは気にしなければいい、と。ところが、その少々のことが気になる人のほうが多かった。

こういう連中は共産主義者だ、と彼らは宣った。だからなんだ、と私は言った。我々はアカのサイテーな贅沢再教育キャンプにいたことがあるんだぞ、といつの日かバーの片隅で語り草になるだろうに。

滔々たるプロパガンダのフィナーレを飾ったのは、長たらしいご高説だった。現状の世界秩序はエリートどもに都合よくできていて、しかもそれでさえ長くはつづかない、というのだ。我々は単に〝生命世界を露天掘り〟しているだけだ、と告げたのは画面から流れてきたドイツ語風のアクセントを持った声で、私たちの多くはドイツの映画監督ヴェルナー・ヘルツォークかと思ったし、彼も一枚噛んでいるにちがいない。ドイツ語では〝生命世界〟などという複合語がすでに日常単語になっているのだろう。仲間うちでドイツ語のわかるものたちはこのヘルツォーク流英語から逆翻訳した複合語を作りだしては面白がった。〝イッヒ・ビン・ツー・ヘルツゲアシュローケン（心底恐怖）！〟〝イッヒ・ビン・ツー・レヒツミューデ（法律疲労）！〟〝イッヒ・ハーベ・グロッセン・フルークハーフェンフェアシュペートゥングシュメルツ！〟などなど。この最後の単語は、ドイツ語のわからない私たちのために説明してくれたところによると、〝空港遅延痛〟という意味で、これはすべての現代言語が絶対に持つべき日常単語だ、ということらしい。

　裕福な両親を持つ若者にはたっぷり一時間分の映像が費やされていた。心から申し訳なさそうにしているかと思えば、悪びれもせずに傲慢な態度を見せたりもする彼らのようすは、仲間たちを悲しませた。事例としてはいびつで、態度の悪さを基準に選ばれていることは明らか、私のまわりからは、うちの子はあんなふうじゃない、とんでもない、と抗議のつぶやきがもれた。だがそんな若者たちの映像がこれでもかとつづき、ありとあらゆる哀れで怒りっぽい傲慢な子供たちを見せつけられるほどに、部屋のなかは静まりかえっていった。そして実際に、画面に登場している顔のいくつかは、まさにこの部屋のなかにいる誰かの実子だということがわかってきた。しかも、こうした金持ちの子供たちの実態をグラフ化した統計データにはがっかりさせられた。彼らが使ったさまざまな抗うつ薬の種類を集計すれば、抗うつ薬に頼っている割合は百パーセントを超えるように見えた。明らかに恣意的ではあるが、じつに気の滅入るような数字だ。

　個人資産と個々人の幸福度の関係をグラフ化した別の図表も、この週だけで何度も見せられ、一般論としての人生がそうであるように、これまた釣鐘曲線を描いていた。このグラフから見てとれるのは、貧困が不幸を生み、人は適切な状態になればすぐにでも幸せになるというあまりにあたりまえのことだった。それで、中間階級程度の高収入が得られたとき、最高の幸福度が得られると。それは科学者がよく要求するような収入額であり——私のとなりにいた男は、自分たちのグラフを研究したのかね、と暗くつぶやいた。それを超えて富が増えるほど、幸福度は下がっていく——最貧層レベルほどではないが、中間層のピークよりはずっと低くなる。この中間層所得こそ幸せの中央値なのだ、とパワーポイントは主張したが、私たちはやれやれと言わんばかりに首をふった。統計データはどんなものでも〝証明〟できるが、富は多ければ多いほど良いという明白な真実をくつがえすことなどできはしない。このあいだ、音楽は『愛こそはすべて（オール・ユー・ニード・イズ・ラブ）』と『キャント・バイ・ミー・ラブ』が交互にかかっていて、見世物のこの場面にビートルズのばかげた知恵が上乗せされていた。

ここへきてとんでもなくうんざりしてきた。どうしてこんなに長くかかってるんだ？　スイス警察はどこだ？　ちゃんと対応してくれているのか？　それともこれは赤十字やなにかのように、スイスが画策したことなのか？

この所得比較映画のおしまいに、あなたがたはダボスの人質だ、あなたがたは『捕らわれたダボス』の参加者だった。**我々はあなたがたの今後の人生を興味深く見守るつもり**だと声が告げた。

そこで監禁は解かれた。頭上の空域を埋めていたドローンが飛び去り、ヘルメットをかぶった警備員は突然姿を消した。

そうとわかって大喜びした私たちは口々に、洗脳は完全に失敗した、偉大なる思想界で獲得しそこねた破綻した左派概念の悲しき実例だ、などと言いあった。まるでタイムマシンに放りこまれて一九一七年とか一八四八年、あるいは一七九三年に送りこまれたようだったな、と言いながら、どうしてそのような特定の年を歴史学者たちが名指しするのか、わかっているものは少数派だった。一八四八年になにがあったっけ？

ようやくやってきた本物のスイス警察は大ブーイングを浴びた。国際刑事警察機構（インターポール）には犯人確保が命じられ、スイス政府は大々的に批判されたばかりか、個人的な損害や精神的苦痛に対する訴訟まで起こされたのは言うまでもなかった。政府はこれらすべてからおのれを弁護するために全力を尽くし、このような人質のとり方は今回が初めてで前例がなく、存在すら知られていなかったものを事前に防ぐことなどできようはずがない、と主張した。新しいやり方だと！　しかも私たちの誰も死んだわけではなく、感情面をべつにすればたいして傷ついてもいない。私たちの生活様式についてはずいぶんと批判されたものだが！　しかし私たちはみな、そのような罵声を無視する訓練を積んでいて、先を急ぐキャラバンが犬に吠えられた程度にしか思えず、実際、私たちは可能なかぎりすみやかにそこを立ち去った。それぞれの故郷に帰ってみればちょっとした有名人になっていて、その話を聞かせるチャンスはいくらでもあるだろう。そのチャンスを利用するものもいれば、快適な匿名性の陰にすっともどっていくものもいた。私自身はタヒチで羽を伸ばすことにした。

さよう、現実世界に対するこの事件の影響など、これっぽっちもなかったのだ。ざまあみろ!

40

ジェボンズのパラドックスは、資源利用の効率が高まることで、その資源の使用量が減るどころか、むしろ全体としては増加してしまうことを提示している。一八六五年にこれを書いた経済学者ウィリアム・スタンリー・ジェボンズが言及したのは、石炭利用の歴史についてだ。ワットの蒸気機関が発明されてエネルギーを生みだすための石炭燃焼の効率が大幅に向上したが、その効率化の効果は、はるかに上回るその後の石炭使用量増加にかき消されることになった。

このパラドックスのリバウンド効果を軽減させるには、再投資や税金、規制といった別の要素を取り入れてさらなる効率を推し進めるしかない。経済学の教科書にはそう書いてある。

このパラドックスは、あらゆる種類の技術的改良の歴史のなかで見ることができる。車の燃費が良くなればなるほど走行距離は伸びる。コンピュータの処理が速くなればなるほどコンピュータの使用時間が長くなる。そんな例はきりがない。この時点で、技術的改良だけで成長による影響を遅らせ生物圏への負荷が減らせると期待するのは世間知らずというものだ。それなのに、そんな無邪気さを露呈する人はおおぜいいる。

昨今の思想における欠落と関連しているのが、おそらくはその特定の視点が一般化されたことによる、効率化することはつねに善きことであるという思い込みだ。もちろん、評価基準としての効率性は結果をあらわすために作られてきたものだから、善いものだという前提があり、効率性と善きもののふたつはほとんど同義語なのだが、まったく同じというわけではない以上、分離することは可能だ。歴史上の記録を検証したり、ジョナサン・スウィフトの風刺エッセイ『アイルランドの貧民の子供たちが両親及び国の負担となることを防ぎ、国家社会の有益なる存在たらしめるための穏健なる提案』のように背理法の演習問題をやってみるだけでも、効率化することが人間にとっては悪しきものになりうることがはっきりする。ジェボンズのパラドックスもこれにあてはまるが、経済学はたいていこのような明白な真実を受け入れられるほど柔軟ではなかったし、経済学に関する記述のなかで効率性は本質的に善きものであり、非効率とは悪いものや不十分なものとして言及しているのはよく見かける。だが効率性にも善いものと悪いものがあり、非効率にも善いものと悪いものがある、ということはエビデンスが示している。この四つの事例ならどれもすぐに提示できるが、ここはこのまま、読者の課題として残しておこう。これらの標本点が思考を刺激してくれるはずだ。予防医療は後々の医療コストを大きく減らすので、これは善い効率性だ。余分な子供を食べること（これがスウィフトの登場人物による〝穏健な提案〟だ）は悪しき効率性だろう。利益のために人々に危害を加えることは、いかに効率的であろうとこれも悪しきことだ。A地点からB地点まで行くのに必要以上に大きな車両を使うのは悪しき非効率だし、そういう例はいくらでもある。だが河川の氾濫によって作られた平地（フラッド・プレーン）や蛇行による三日月湖は善き非効率だ。事例はかくも枚挙にいとまがない。より大きな状況の分析が役に立つとすれば、四つの領域すべてにさらなる考察が必要だ。

　このような考察すべてのガイドとなりうる指針を正しく方向づけることは置き去りにされることが多いが、ぜひとも織り込むべきことであるし、系統づけるべきことだ。大量絶滅を回避するために必要なことはすべてやらねばならない。これは〝良いものとは、土地にとって良いもののことである〟と要約されることの多いアルド・レオポルドの土地倫理にも似た一般的な運用理念であるともいえる。現状にあてはめれば、このフレーズは〝良いものとは、生物圏にとって良いもののことである〟と言い換えることができる。この指針に照らしてみれば、効率性の多くは破壊性が非常に大きいことがすぐにわかるし、非効率の多くが意図せずして救済策となっていると理解することができる。堅牢性（ロバストネス）と復元性（レジリエンス）とは、一般的には非効率なものである。だがしかし、それは丈夫で打たれ強い。それこそ我々が意図的に必要とするものだ。

　経済学の全領域および流派は我々が社会として行うことを計画し正当化するためのよりどころとなるものだが、あいにく欠如と矛盾、論理的欠陥だらけであり、そしていちばん重要なのは、見せかけばかりの格言や目標にまみれているということだ。できるものならこれを是正しなければならない。思考領域全体を深く掘り下げ、再構築することになるだろう。もしも経済学というものが、制約条件の下でさまざまな目的関数を最適化するための方法であるならば、変化のフォーカスはいまいちどそのような〝目的関数〟に向ける必要があるだろう。利益ではなく、生物圏の健全性こそ、解決されるべき関数だ。そしてそれは、多くの変化をもたらすだろう。となると、経済学から公共経済学へと研究対象を移動させることになるが、それも経済学を建て直すためには必要なステップなのだ。我々がなにかしようとする理由はなんなのか？　なにを求めるのか？　なにが公正なのか？　この地球（ほし）の上で、どうすれば我々は共存共栄していけるのか？

いま現在の経済学はこれらの問いにひとつも答えられてはいない。だがなぜ、答えなければならないのか？　自分の人生をどうしたいかを計算機に訊くだろうか？　そんなことはしない。自分で答えを出すしかないのだ。

41

干ばつがつづいて十二年目、わたしたちの街の水が底をついた。もちろん、そうなるだろうと警告されてはいたけれど、干ばつの最中でさえたまには雨が降ったし、農地を保護したり休耕したりもしたし、新しい貯水池や遠くの水源地までのパイプラインだって作った。これまでより深い井戸も掘った。とにかくそういう努力はかたっぱしからやってみて、どうにか生き延びてきた。だがまさにそのおかげで、これがずっとつづくものだと思い込むようにもなった。ところがある年の九月に地震が起きた。そんなに強い地震ではなかったけど、わたしたちの足元深くにあった帯水層のどこかを揺さぶるには十分だったらしく、あっという間にすべての井戸が干上がってしまった。貯水池もとっくに干上がっていた。パイプラインでつながれた近隣の水源地も枯れていた。蛇口からはなにひとつ出てこなくなった。二〇三四年九月十一日。

私たちの街の人口はおよそ百万人。そのうちの三分の一はこの十年のあいだにここへ引っ越してきた人たちで、街の西側にある丘陵地帯にダンボールで小屋を作って住んでいた。これも干ばつのもたらしたもののひとつだ。彼らにはもともと水道というものがなく、百リットル入りの樽や缶、水差しで水を買っていた。それ以外の人たちはもちろん、ちゃんとした家に住んで蛇口から出てくる水を使っていた。つまりいま現在、この変化のせいでいちばんつらい思いをしているのが家に住んでいた人たちだということに疑問の余地はない。丘に住む貧しい人たちにとっては変化でもなんでもない。ただし、もはやどこに行っても水が買えなくなったことは変化にはちがいない。

世界のなかでもこのあたりでは、水がなければ二、三日しか生きてはいられない。たぶん、どこでもそうだろうけど。しかも今回の断水は、あんなに警告もされていたし備えもしていたにもかかわらず、突然のことだった。蛇口からは水が出ていたから。弱々しくはあったけど、それでも水は出ていた。それがこの九月十一日、ぴたりと止まってしまった。

当然、パニックが起きた。買いだめはあたりまえ——そんなことができるなら！　ほとんどの人はとっくに浴槽いっぱいに水を貯めていたけど、それだっていつまでもあるわけじゃない。街を流れる川へ殺到しても、川は干上がったまま、むしろこれまで以上にからからになっていた。

もうほかの選択肢なんてひとつもなかった。だから、みんな公共の建物に殺到した。サッカースタジアムとか、総督官邸とか、そういうところへ。解決策が必要だった。

沿岸地域からは、海水淡水化プラントで作られた水を積んだトラックがやってきた。内陸からも車が列をなしてやってきた。こっちには水のトラックのほかに、空気中から水分を取り出せる移動式の機械も積まれていた。この街のようにからからに乾いた空気からも水を取り出せるものだ。湿度十パーセントでは骨に皮が張りつくほど乾燥しているように感じるけど、そんな空気にも水分はたくさん含まれている。わたしたちって運がいい。

やり方は通常どおりでなくちゃいけない。そんなのはあたりまえ。がんばって列の先頭に並ぶことはできるけど、そんなことをしてなんになる？　つかみとるものなんてなにもないのに。街に水があったところで、その水は軍隊の監視下にある。軍隊と警察がおおぜい出動していた。彼らの指示で人々はスタジアムや体育館、図書館、とにかく人が集まれる場所といった屋内の集合場所に誘導され、列に並ばされた。水は厳重に警備されたトラックでそういう場所に運ばれてきて、人々は自分で容器を持ってきてひたすら待つしかなく、割り当てられた分量をもらうとそれを少しずつ大事に使うのだ。

あらゆるものが、システム全体が機能することを前提にしていた。それが機能しなくなれば、いずれにしろわたしたちは死んでしまう。渇きのせいだろうと、殴り合いのせいだろうと。誰にとっても疑う余地もないほど明らかなことだったが、頭のおかしな人たちは別だ。どんなときでもそういう人はいる。ただし今回は、そういう人がまともな人の少なくとも百倍はいて、なにかトラブルがあれば警察に制圧された。そうじゃない人々が達した結論はこうだ――わたしたちが生き残れるように、この社会がちゃんと機能してくれることを信じるしかない。これまでにちゃんと機能したことなんてないけれど、とにかくそう信じる以外にどうしようもない。誰にも自信なんかなかった。だけど、システムを信じるか死か、の二択だった。だからわたしたちはラジオやオンラインで告知された場所や路上に集まり、順番を待った。

水はトラックで街に運ばれてきたり、機械で空気中から取り出されたりしていた。最初のうちは、ばかみたいに少ししか割り当てられなかった。飲み水の分はあっても、料理をするには足りなかった。まもなく、料理に使った水をスープだと思って飲むことを覚えた。ばかばかしいほど水をケチるようになった。尿を浄化して携帯用の飲み水にできるというフィルターを買う人も多かった。そうよ、なにがいけないの？　わたしたちもいくつか買った。だけどほかの貯め方のほうがもう少し実用的だった。例のフィルターはたいして長持ちしないから。

そんな状況のなかで、わたしたちがいったい何人いるのかを知ると、はっと我に返る思いがした。ほんの数か所に全人口が集まれば、人が何人いるかはわかる。その全員が赤の他人だ。百万人の街で知り合いといったら、そうね、百人くらい？　顔見知りなら五百人から、多くて千人くらい。つまり、千人に一人くらいは知っていることになる。サッカースタジアムいっぱいの人のなかに入っていって、水を入れる容器を手に持ったり台車に乗せたりして——水ってびっくりするほど重たいから——行列に並びにはるばるやってきて、そこではまわりにいる人たち全員が知らない人。知らない人だらけの街にひとりぼっち。それが日々の暮らしだなんて！　それは否定しようもなく、わたしたちの目のまえにある光景だ。街のなかにひとりぼっち。ほんの数人の友達はある意味、家族みたいなもので、だけど数はすごく少なくて、すぐにもっと大きな人混みにまぎれてしまい、どこかよそで生きている。でもたしかに、みんな知っている人どうしで連れだって水をもらいに行った。たぶん、誰かの頭がおかしくなったりしたときに備えて、お互いから身を守るために。そんなことはめったになかったけど。みんなびくびくしてるからこそちゃんとしようとしてたし、それだけ状況が悪かったということだ。友達と一緒に行くのはたいてい、ただ連れが欲しいからだ。だって、赤の他人にまぎれて生きていることを自分の目で見るのってすごくへんな感じがするから。普通に暮らしていて毎晩レストランに行ったとして、そこに誰も知り合いがいないのと同じ——知らない人ばっかり。

それでも彼らは同胞にはちがいない！　そう思えば寂しさも薄れる——同胞は実在していて、実感できる存在だ。

友達のシャーロットがある日こんなことを言いだした。そのときも、汚いし渇いてるし不安しかないと思いながら水をもらうために列に並んでいた。いつもは皮肉っぽくて人をばかにしたような態度のシャーロットが、このときはほとんど面白がっているみたいに陽気になっていた——その彼女がわたしたちのまえに並ぶ人の列を見て、こう言ったのだ。マーガレット・サッチャーがなんて言ったか覚えてる？　社会なんてものは存在しません！

わたしたちは声を出して笑った。しばらく笑いが止まらなかった。ようやくまともに息ができるようになったわたしは、マーガレット・サッチャーなんかくそくらえ、と言った。いままた同じことを言いたい。マーガレット・サッチャーなんかくそくらえ、そんなふうに考えるバカどももくそくらえ、って。そんなやつらなんか、発言撤回するか渇きで死ぬかというところへまとめてぶちこんでやる。蛇口から水が出なくなったとたん、社会はすごくリアルなものになるんだから。汚れて不安にかられた市民という臭い集団にすぎないけど、それが社会であることに違いはない。社会というのは生きるか死ぬかのことで、みんなもだいたいわかってはいると思うし、それを否定するのは頭の悪いクソ野郎だってことは声を大にして言いたい。無知な愚か者たち。そういう愚かさなんか牢屋に入れるべきだ。

危機的状況になって二十三日目の十月四日、雨が降った。秋によくあるようなどっちつかずの海霧じゃなく、本物の嵐が、突然やってきた。みんな必死で雨水を集めたよね！　個人にも市当局にも、雨はみんなの頭と容器に降りそそいだ。市外の小さい川には一滴も流れ込まなかったんじゃないかと思う。そのくらい、雨水を集めた。みんなで躍りあがって喜んだのは言うまでもない。まるでカーニバルそのもの。根本的な解決なんかじゃないどころか、ぜんぜんほど遠いことくらいみんなわかってたし、干ばつはまだつづくと予想されていて、なにかいい計画があるわけでもないけど――そんなことは横において、わたしたちは雨のなかで踊った。

42

ソフトウェアチームが開発中の経済計画について、ディック・ボズワースを交えてのミーティングをメアリーに依頼した。金曜の最後の一時間を空けてくれたので、セミナールームを確保した。

なにかあったの、ヤヌス・アテナ？　メアリーがややぶっきらぼうに訊いた。AIがなにか具体的に彼女のプロジェクトに貢献できるかについて懐疑的なことを隠そうともしないのはいつものことだ。

ホワイトボードのまえで、AIがどんなふうに役立つのかを説明しようとした。コンピュータになじみのない人に説明するのはいつも苦手だ。翻訳の問題や比喩の使い方の問題、大局的になりすぎない大局的な一般化のしかたを見つけることとか。

今回はフリードリヒ・ハイエクの主張の復習から始めた。市場は自然発生的に価値を生みだし、それゆえに市場は価値の最高の計算機であり分配者なのだが、それは中央指令型経済では関連する情報すべてをすばやく収集し関連づけることができないからだ、というもの。だから計画経済はいつでも先を読み間違え、計算機としては市場のほうが優れている。オーストリア学派とシカゴ学派はこの見解を推し進めてきた結果、新自由主義に行きついた。市場は最高の計算機であるゆえに支配する、というわけだ。だがいまやコンピュータの性能は極まり、フランシス・サフォードが著書『レッド・プレンティ（赤い豊かさ）』で描いた共産主義の夢想が現実的になる中央計画は、市場よりも効果的に機能する可能性があるという考えが出てきた。株式の高頻度取引の膨大な取り扱い量は、コンピュータが市場本来を凌駕する例として言われるが、これは経済システムの改善ではなく単に取引料を稼ぐだけのもの。効率的な計算能力の証しだが、いまだに自由市場対計画経済だとか資本主義対共産主義といった一九三〇年代の用語にしがみつく人々に都合よく使われているだけだ。システムを改善しようとしない人々の利用は、現行システムでより多くのお金を生みだしているにすぎない。だからこそ、いまの時代の経済学者の出番なのだ。

実を言うと、AIの力でまったく新しい組織的な可能性が現れようとしている。最善の結果を出そうとビッグデータを解析し、あらゆるお金の動きを常時追跡して、価格競争が実際のコストを嘘と多世代を巻きこむ出資金詐欺にゆがませるまえに配分する、などなど。その詳細はかなり技術的でもあり、同時にかなり理論的でもあるが、チームに指示を出すに値することだとメアリーが理解し検討してくれそうな概要として伝えるために重要なのは、全力を尽くすことだ。これについてディックのほうは、ほとんどもう把握している。

メアリーはため息をついて、退屈せずにコンピュータの話に集中しようとしていた。そして、どうすればいいのか教えて、と言った。

必要性の本質さえ理解されないことは多い。エイドリアン・ラフテリーのモデルによれば、二十一世紀のおそらく大部分が三・二度の平均気温の上昇を経験すると予測されている、ということをメアリーに思い出させた。平均気温の上昇を二度までに抑えておける可能性は五パーセントだ。一・五度までにしておける可能性は一パーセント。

メアリーはあきれたように見ている。そして厳しい口調でそれが良くないことなのはわかってるわ、と言った。役に立つアイディアを出してちょうだい！

チェン論文について話した。明快さゆえに有用で、あちこちの論壇で議論されているこの論文は、ある種の炭素（カーボン）コインを作るためのさまざまな初期提案のひとつです。カーボンコインはデジタル通貨で、炭素回収の証明として発行され、腰の重い国際資本を炭素燃焼削減という尊い行動に向かわせるニンジンになります。このような効果的なニンジンを用意する場合、中央銀行がうしろについてくれれば、あるいは進んで発行してくれれば、いちばんうまくいくでしょう。法定通貨を新規に発行して、生物圏持続のための行動へのご褒美として世界にばらまくんです。中央銀行にそこまでやらせるのは行き過ぎかもしれませんが、そうできれば現時点では最強でしょう。

これを聞いたメアリーは険しい顔でうなずき、難しいわね、と繰り返した。

それでもカーボンコインを支持します、と強く言った。チェンの計画とその予期せぬ影響について、一般論や持続可能性論の観点から検討している環境経済学者もいる、とも伝えた。利己的な行動によって共有資源が枯渇するコモンズの悲劇を論破した彼らは、こんどはわたしたちの目を〝ホライゾンの悲劇〟と呼ばれるものに向けさせようとしている。それはつまり、わたしたちは未来を生きる人々の苦しみを想像できないのだから、彼らの代理として満足にできることなどない、ということ。いまわたしたちがやっていることが何十年もあとになってダメージを与えるのだから、それに責任を持とうなどとしなくていい。将来世代はわたしたちより裕福で強く、彼らの問題には彼らが解決策を見つけるだろう、というのがこれまでの標準的アプローチだった。だが彼らがそこにいたるまでには、これらの問題は解決できないほど大きくなっているだろう。それがホライゾンの悲劇であり、わたしたちの目が届く視野(ホライゾン)はせいぜい数年先まで、あるいはほとんどの場合、高頻度取引のことを思えば、数マイクロ秒先までがいいところだ。しかもホライゾンの悲劇がなぜほんとうの悲劇になるのかといえば、気候への最悪の影響は取り返しのつかないものになるだろうから。絶滅と海洋温暖化は将来世代にどれほどお金があろうと元にはもどせず、それはこれまでやってきたような経済学が現実の基本的側面を見逃しているからだ。

　メアリーがディックのほうをちらりと見ると、彼はうなずいてこう言った。高い割引率によるダメージを別の方法で表現するとそうなる。割引率の高さは、ＪＡが言うような未来をより大きく見くびっていることの指標でもあると。

　そのとおり。

　では、このチェンの考え方でそれを解決できるの？　とメアリーが訊いた。その時間軸(ホライゾン)をもっと先に延ばせるの？

　私は答えた。はい、それを試みるものです。

カーボンコインという提案がどのように時間に依存しているのかを説明した。予算もそうですが、債権と同様に契約のなかに固定の時間を含めます。利益率が保証された百年債に裏づけられた新しいカーボンコインは、すべての中央銀行が協力して補償責任を持ちます。このような投資はなによりも安全で、言うなれば生物圏が長つづきする道を提供するでしょう。

　メアリーは首をふった。百年後に受け取る給料なんて誰が興味を持つの？

　通貨にはいくつもの目的があることを説明しようとした。品物との交換はもちろん、価値を蓄えるというのもあります。中央銀行が発行した債券ならばたしかなものだし、その運用益が高く設定されていればほかの投資にも引けをとりません。満期がくるまえに売却することもできる、などいろいろです。債券市場というわけです。それに、これは中央銀行が新通貨を発行する量的緩和の場合と同様、投資家も長期債券の裏づけがあることを理由に信用するでしょう。おまけにこの通貨は、良いことをしたときだけ発行され、人々の手元に届きます。

たとえば？　とメアリーが訊いた。どんなものに対して発行されるの？

炭素を燃焼しないことに対してです。

彼女がなにがしかの数字を受け止める心構えができたと見て、ホワイトボードに書きはじめた。彼女にしてみれば方程式なんてサンスクリット語にも等しいだろうから、いくつかの数字を並べるにとどめておく。

燃焼されなかった炭素一トンにつき、あるいは実効性が証明された方法による炭素の回収が、取り決めた期間内に——これまでのこうした議論では一般的に一世紀のあいだ——に達成されたとき、一カーボンコインが発行されます。そのコインはすぐに為替市場で別の通貨に両替することもできるから、一カーボンコインは一定程度のほかの法定通貨に相当する価値があります。中央銀行が一定の最低価格を保証するので、底が割れるのを防げます。しかし同時に、人々がその価値をわかるようになってくれば底値よりも高くなる可能性もあり、そこは普通の為替市場における通貨と変わりありません。

メアリーが、つまりこれは量的緩和の一類型というわけね、と言った。

そうです。ただし、方向づけられ、対象を絞ったものです。初めての新通貨を使うという発明は炭素の削減を特定の目的としたものだったわけです。そもそも炭素削減こそ、新通貨を作る発端ですから。チェン論文ではそれを炭素量的緩和（CQE）と呼んだりしています。

そのコインは一トンの炭素を回収すれば誰にでも発行してもらえるの？　とメアリーが言った。

そうです。それか、コインを分割した端数分でですね。あと、全体を監視して認証する産業が必要です。いまでも債権の格付け会社がそうであるように、本来は官民一体ということもあるでしょう。たまには不正行為やシステムの不正操作もあるかもしれませんが、それは通常の取り締まり方法でコントロールできます。それにカーボンコインはすべて登録されるはずなので、どれだけ出回っているのかは誰の目にも明らかですし、銀行は一年ごとの炭素の削減量に応じたコインしか発行しないので、供給過剰によって通貨価値が低下する心配もありません。カーボンコインが大量に発行されるとすれば、それだけの炭素が回収されたということですから、生物圏が健全になったという証拠としてシステムの信頼性を高めるはずです。つまり、量的緩和はまずは良いことにむけられ、その後に経済にも自由に参加できるようになるわけです。

メアリーが言った。それなら、これを炭素税と組み合わせれば、炭素を燃焼すれば課税され、回収すればコインがもらえることになる。

それに同意し、さらにつけたす。どんな炭素税にしろ、逆進税にならないように累進制とし、使えば使うほどたくさん支払うようにすべきです。さらに良いものにするためには、燃費の悪い製品や活動から料金（フィー）を徴収し、良いものには割戻金（リベート）を支払うフィーベート制度も加えて税収の一部を市民に還元することもできます。このようにカーボンコインに炭素税を追加することは、この計画にとってきわめて重要な特徴である、とチェンらは言っています。税とカーボンコインが一緒に適用されれば、別々に適用された場合に比べて、モデル化と社会実験はずっといい結果を出せるんです。二倍どころか十倍も。

どうしてそうなるの？　とメアリー。

正直よくわかりません、と答えた。アメとムチの相乗効果だったり人間の心理だったり——そこで両手をふりまわした。人がなにかをする理由とは——それはあなたの得意分野ですよね。

ディックがこう指摘した。経済学者にとって、アメとムチはどちらもやる気を起こさせる誘因でしかないから同じことだ。ただし、やつらはアメよりもムチのほうが効果が高いと思いたがる。

メアリーが決然として首をふった。とんでもないわ。わたしたちは動物であって、経済学者ではないわ。動物にとってネガティブとポジティブは互いにきっちり区別できるものだと考えるのが普通よ。蹴とばすかキスするか。冗談じゃないわ。彼女は私たちを交互に見て言った。あなたたちふたりのどちらがより人間的か、ってことね。コンピュータオタクか経済学者か。

名指しされたふたりがそろってうなずいた。むしろ誇らしげに。互いに競いあったり、ミスター・スポックさながらに科学的客観性に値する目標を達成しようともがいたりするふたりだから。これについては、ディックは大喜びもいいところだ。

ふたりがうなずくのを見てメアリーはふたたびため息をついた。いいでしょう、あなたたちがそろってネガティブとポジティブの両方を促進して人々をなんらかの行動に向かわせようとするなら、その行動をしようじゃないの。それってパブロフの犬と同じことよね？　刺激と反応。それで、どこから始めればいいのかしら？

規模の大きいほうから十あまりの中央銀行が協力することに同意すれば動きだすでしょう、とわたし。

でもそれはほとんどどんなことにもあてはまる！　とメアリーが叫んだ。成功させるための最低ラインはどのへんだと思う？

中央銀行ならどこでも試してみることはできます、とわたしは言った。アメリカ、中国、それにEUあたりがベストでしょうね。単独でやってみるだけの気持ちがいちばん強いのはインドでしょう、彼らは空気中からさっさと炭素をなくしたくてやきもきしていますから。でも、参加者数が多いほうがいいのはなんでもそうです。

メアリーが時間的要因についておさらいしてほしいと言った。

中央銀行は、将来なんとしてでも支払う予定の利益率をただ公表するだけでいいことを説明した。投資家はそれで自分たちが納得できる確約を得られます。それが強気に出たり、より投機的な賭けを証券化したりする道でもあるんです。ムチのほう、つまり炭素税も、時間をかけて上げていく必要があります。その税率とまえもって公表される上昇角度、それとカーボンコインへの投資に保証される長期の利益率がわかれば、炭素の燃焼コストとそれを回収するメリットが計算できます。普通の通貨は為替市場では互いに変動相場制をとっていますが、もしもひとつの通貨の価値が時間経過とともにかならず上がることが保証されていたら、その通貨は投資家にとってさらなる価値を持つことになります。価値が上がる保証というタイムスタンプを押されるわけだから、為替市場でつねに強い立場を維持できるわけです。そのように設計されたカーボンコインはいずれ米ドルに代わって世界の基準通貨になるでしょうし、それによってさらに強くなります。

これも複利みたいなもんだ、とディックがメアリーに言った。

そうです、でもこれは、ゼロになることも多くマイナスになったりもする現行の利子率とは切り離されていることで保証されています。このコインなら、なにが起きようとも大丈夫というわけです。

ディックが言った。そいつは流動性の罠にまっしぐらになりかねん。投資家は現金を使うよりも、安全のために貯めこんだりするだろうからな。

わたしはこれに首をふって答えた。むしろ補助的に見える程度に利子率をしっかり低くしておけばいいんです。

ディックが言った。もし中央銀行が、コインと交換するのに必要な炭素の量を増やすと言いだせば、米長期国債やインフラ債券みたいなほかの安全資産のたぐいとバランスをとれる。そうすれば流動性が加わって、投機家は空売りできるものをなにかしら得られるし、やつらはそうしたがってる。

それはいいかもしれない、と賛成した。

メアリーが言った。わたしたちはこのカーボンコインを未来省自ら発行できるの?

わたしは首をふった。すべてを下限金利で買い戻せるようにしておかないと、人々からの信頼が得られません。でもそうするための準備金が省にはないかもしれません。

職員の給料を支払うだけでせいいっぱいだものね、とメアリー。

知ってたよ、とディックがからかった。彼がこの計画を気に入ってくれたのはよかった。

メアリーはミーティングを終わらせた。これを本提案に仕上げてちょうだい、と言った。わたしが中央銀行へ持ちこんで答弁できるくらいにね。あちらとの会議はもう設定してあるわ。どうなるものやら、見守りましょう。

43

私は秘密であり、だからこそ誰もが私を知ることができる。まず私のすべての部分を計算しなくてはならない。それからその部分を、私を記述しない署名に変換するのだ。私たちは鎖でつながれ、そしてあなたは私を記述しない署名を使って私を開き、そのままの私を読むことができる。あなたには保証が与えられ、不法行為をなす者があなたから私を奪おうとしても、あなたは私を見つけだし、私の隠れ場所を世界に告げることができる。沈黙の言葉として始まり、私はあらゆるドアを開けるカギであった。いまや私はすべての正面玄関を開けたカギであり、私は不法行為をなす者が犯罪現場からの脱出を試みる裏口を閉めるカギとなった。私はあらゆるものごとを発生させる無である。あなたは私を知らず、私を理解しない。それでもあなたが正義を求めるならば、私はそれを見つけるあなたの助けとなろう。私はブロックチェーン。私は暗号。私はコード。さあ、私を使うがよい。

44

南極で氷を保持している期間がもっとも長いのは、大陸の中央に近い南極横断山脈とガンブルツェフ山脈と呼ばれる氷に埋もれた山岳地帯のあいだだ。ガンブルツェフはアルプス山脈と同じくらいの高さがあるのに、氷の下にすっかり埋もれている。この山脈が見つかったのは、氷中探知レーダーを使って上空飛行したおかげだ。新たに見つかったこの山脈と南極横断山脈のあいだには平地があり、そのように山地に囲まれていることから、ここに居座った氷が海岸にたどりつくには少なくとも五千年はかかる、と科学者たちは推定している。大陸のほかのエリアにある氷は二、三十年のうちに海に到達する。これもまた場所、場所、場所の問題だ。

氷の貯留量が最大となるこの地点は当然ながら海からは遠く、極氷冠の厚みは三千メートルもあって、海水面からそれだけの高いところにある。その氷の下にある岩盤は海水面よりわずかに低い。つまり、海水面の上昇を抑えるために氷冠のこのあたりに海水を汲み上げようとすると、大量のエネルギーを使うことになる。パイプラインも同じく。ちょっと計算してみればすぐわかる。そんなことはムリだ。

それでもやってみようとする人はいた。量にとらわれない人々ともとれるが、そのくせ裕福になれた人々だ。そうした好奇心の強い人々の筆頭がシリコンバレーのロシア人億万長者で、南極を海水の放出場所としてテストする必要があると感じ、そのためなら喜んで資金提供するつもりだった。そして南極に行けるとなれば、どこからでもお金を受け取るのが俺流の仕事のしかただ。

南半球に春がくるころ、自家用機の一団が南アフリカのケープタウンから南を目指した。ケープタウンの空港には【ＡＮＴＡＲＣＴＩＣＡ（南極大陸）】と書かれたゲートが常設されている（俺はこれが気に入っている）。俺たちは凍ったウェッデル海を見わたすロンネ棚氷に上陸した。そこに荷物を下ろし、円形テント（ユルト）や仮設かまぼこハウス（ジェームズウェイ）、テントからなる村を設営した。広大な氷の上では小さく見える村は、実際に小さなものだ。むしろパイオニアヒルズやクイーン・アストリッド山脈のふもとにある観光村のほうが大きい。だがこっちは増えつづける特殊装置の数々の集積所として使われていて、そのうちのいくつかはロシア国営のパイプライン輸送企業〈トランスネフチ〉の事業から借りたものだ。ロシアの巨大砕氷船で運ばれてきて、手の込んだ作業でロンネ棚氷の端に降ろされたのが、いくつもの装置のうちで最大のもの――巨大なポンプだ。氷に取水管を打ちこみ、そのポンプに接続された輸送用パイプラインで海水が内陸へと送られ、ロンネ棚氷を横断して極冠まで上り、南極点を横切って東南極高原の最高地点ドームアーガスにいたる。標高が高い分、さらに遠いガンブルツェフと比べてもエネルギーは等価と思われた。

ポンプの電力は、パイプラインのなかの水を凍らせないための加熱用と合わせて、このためにロシア海軍から寄付された原子力潜水艦の原子炉から供給された。これでうまくいくことがわかれば、この事業は世界最大の産業になるかもしれない、と例の億万長者はロシアに帰ってから説明した。そのおかげでサンクトペテルブルクを水没から救えるだろう、と。しかし、そのように想定される産業には原子力潜水艦およそ一万隻分の電力が必要になるという事実は議論もされなかった。だがまあ、方法の実験ということだから。いいじゃないか。

世界中で解けだした氷はいまや年に五ミリ程度のペースで海水面を押し上げている。それほどひどいことには聞こえないとしたら、ほんの二十年まえには年に三ミリというペースだったことを思い出すといい。そしてこのように急速な増加率それ自体も加速している。いまの増加率が毎年二倍になっていくとすれば、あっという間に海面が急上昇して世界中の海岸線に水が押し寄せ、その大災害はすでに怪しくなっている環境状況をさらに困難なものにするだろう。

多くの人が指摘してきたように、海面上昇が大幅に加速することがあれば、南極だろうとどこだろうと水を汲み上げようという試みなどぺしゃんこにされてしまう。もしも年に一センチなどということになろうものなら――しかもそれはひとつまちがうだけで容易に起こりうるのだが、その上昇した分の水量は、コロンビア特別区を底面積とするくらいの立方体に匹敵する。それはつまり、エベレストの二倍の高さになるということだ。それだけの水を移動させるには、歴史上営々と作られてきたよりもはるかに多くのパイプが必要だ。

しかし、将来的な海面上昇率は不明であることから、多くの人、少なくとも例の億万長者にしてみれば、検討してみても損はないように思われた。モデリング演習と比較してみれば実際のコストの見当をつけられるし、極冠の上に放出された海水がどうなるかの試験にもなる。

ヘイ！　南極でのすてきな一日が始まるぞ！

どの程度広がるのか、すでにそこにある氷にどのような影響を与えるのか、といったことだ。

ポンプに最初のパイプラインを取りつけて南へ延ばしはじめると、俺たちは作業の最先端部分へ行くために内陸に向かってヘリコプターを飛ばした。その距離は週を追うごとに長くなっていった。下を眺めればヘリの下にパイプラインが見てとれ、それは白い布に置かれた黒い糸のようだった。

ストローで海水を吸い上げてはひと口分ずつ浜辺に吐きだしているみたいだな、と俺は言った。

そのとおりですよ、と誰かが言った。でもそのストローが一千万本あれば……。

いや違う、と俺は言った。そんな考えはばかげている。とはいえ今年は俺たちがここまで来たのだし、ここからなにか役立つことを学べるかもしれない。

だったらばかげてるのなんのと言わないでください！

そうしよう。口を閉じておくことにした。俺はひと言もしゃべらなかったし、なにか言ったとしても本意ではなかった。

グリフェン、おまえというやつはどれだけ思いあがっているんだ。

45

メアリーはサンフランシスコに飛んだ。米連邦準備制度理事会が主催者となって、ほかのいくつかの大規模中央銀行との会議が行われているのだ。すべての国の中央銀行が集まる会議は国際決済銀行が招集し、毎年バーゼルで行われているが、そちらは形式的なものだ。本物の話し合いはたいてい別のところで行われ、米連邦準備制度理事会が審議を求めればほかの中央銀行も応じるのが普通だ。今回の会議もそのひとつで、連邦準備制度理事会の議長はメアリーを歓迎し、プログラムのなかに時間をとってくれた。いよいよ彼らと対面で話をして、カーボンコインを売り込むときがきた。

会議が始まるまえに、NPO団体〈カリフォルニア・フォワード〉の年次集会に立ち寄った。かつてメアリーのもとでインターンをしていた若い女性に招待されていたのだ。その朝、メアリーはエスターと一緒にサンフランシスコの丘陵地帯を歩いてモスコーニ・コンベンションセンターへ向かっていた。身の引き締まるような朝で、空気はチューリッヒに負けないくらいひんやりしていたが、強い風が海のにおいを運んできていた。それに加えて、なにか言葉にできない――丘のようすや光のかげんなのか、どこかしら荒々しくも開放的な雰囲気があるところが、落ちついた古さを感じさせるチューリッヒとは対照的だった。メアリーはチューリッヒが大好きだったが、入り江を見おろすこの街はまた違った印象を受けた。華やかで、風の強い太平洋の太陽が降りそそぎ、歩いていくと一ブロックごとにどこを見ても目新しい景色が目に飛びこんでくる。

〈カリフォルニア・フォワード〉の集会は毎年数十の組織が集まるサミットだ。カリフォルニアをひとつの国と考えると、地球上で五番目に巨大な経済圏を形成しているだけでなく、早い時期から強力な政策が打ち出されて、カーボンニュートラルな運営がされている。彼らはそのようなプロセスをこれからも継続していこうとしていて、集会に集まった人々が、自分たちがしていることはほかの人々のお手本になるものだと思っているのは明らかだ。そして人から教わることにも熱心だ。

エスターは州水道委員会やカリフォルニア由来植物協会、カリフォルニア大学のクリーンエネルギー団体およびそのなかの水資源のグループの人々にメアリーを紹介してまわった。さらには、魚類野生生物部門の責任者や生物多様性を推進する州のリーダーなどにも紹介された。彼ら一団とともにケーブルカーのターミナルまで歩いていって、側面が開放されたケーブルカーに乗りこみ、北にあるフィッシャーマンズ・ワーフに向かった。メアリーが驚いたのは、スイスのケーブルカーと同じように道路に敷設されたレールに沿って急勾配の丘を上り下りするこういう古風なケーブルカーは観光客向けのものだと思っていたのに、速さでは市街を行き交うほかの交通機関に負けないうえにクリーンでもあると聞かされたことだ。上っては下り、上っては下り、キーキーガタゴトと音をたてながら外気のなかを進むうちに、メアリーはこの場所そのものが持つ荘厳さを楽しんでいた。チューリッヒとはどこかしら地形的に裏返しのように感じる。〈カリフォルニア・フォワード〉の人たちはすでに十分ハイテンションなのに、ここへきてさらに休暇を楽しむように目を輝かせ、頬を上気させている。

フィッシャーマンズ・ワーフからは水上タクシーを使ってサウサリートまで行き、そこからはバンに乗り換えて大型倉庫に向かった。この建物のなかには、米国陸軍工兵隊が作ったカリフォルニア湾一帯およびデルタ地帯の巨大模型があり、その立体地図には本物の水がぴしゃぴしゃと音をたてて流れていた。模型の上に渡された低い通路を歩けば細かいところまで見ることができ、そうするあいだにも、この州の北半分がいまどのように機能しているのかを彼らは指さしながらメアリーに説明してくれた。

彼らによると、カリフォルニアは地中海性気候なので、夏は渇いて暖かく、冬は涼しく湿度が高いため、海岸に沿った平地にも広大なセントラルバレーにも、広範囲に広がる肥沃な農地が育まれるのだという。セントラルバレーはじつに広大で、アイルランドよりも、オランダよりも広いのだそうだ。世界の主要な穀倉地帯のひとつなのだが、乾燥していて水の確保はつねに弱点ではあったが、いまでは気候変動のせいでさらに深刻になっている。州全体に水道が配管されていて、必要に応じて水を移動させている。しかしひとたび干ばつが起きれば、移動させるほどの水もなくなってしまう。しかも干ばつはますます頻繁に起きるようになってきた。そうかと思えば大洪水も起きる。水が少なすぎるか多すぎるかというのが新しいパターンになっていて、それがなんの前触れもなく交互にやってくるが、干ばつのほうが多い。その結果、森林火災が増え、つづいて鉄砲水も増えて、つねに州全体がモハーベ砂漠のように干上がってしまう脅威にさらされている。

水文学者たちは足元の模型を指し示しながら水の状況をメアリーに説明した。通常であれば、春までにシエラ郡に積もった雪塊という形でおよそ十八立方キロメートルの水が貯めこまれ、それが長く乾燥した夏のあいだにゆっくりと解けだして貯水池に流れ込む。山麓にせき止められた貯水池が満水になれば、およそ五十立方キロメートルまで貯められる。さらにセントラルバレーの下にある地下水盆には千二百立方キロメートルくらいの容量があることから、この地が救われているのはその莫大な貯水量のおかげかもしれない。ここでは干ばつになると地下水を汲み上げて使うことができる。一方で洪水のあった年には、地上を流れる水が金門海峡から吐きだされてしまわないようにしっかり捕らえて地下水盆に貯め直さなくてはならない。

こうしたことすべてをやり遂げるために彼らが成立させた法律が「Sustainable Groundwater Management Act（持続可能な地下水管理法）」、通称〝シグマ〟だ。この法律が施行されると、新たな共有財産が生まれた。みんなで所有し、ともに管理する水そのものがそれだ。きちんと記録をつけ、価格を設定し、割り当て分だけ販売される。州内では部分的に農業生産を休む地域を設けた。干ばつがあった年には地下水を汲み上げ、使用状況を細かくチェックして、可能なかぎり節約した。洪水の年には谷に水をせき止めてできるだけ地下水盆にしみこませるようにした。

この最後の部分のやり方を彼らがとくに誇らしく思っているのは、セントラルバレーの谷底に水が浸透しやすいことを発見したのが彼らだからだ。水文学者のひとりはこの谷底を寄木張りの床のような硬さに例えたうえで、そこに隠された〝浸食渓谷〟がいくつもあることをつきとめたのだ。最後の二、三回の氷河期の終わりにシエラ山脈の氷冠から氷が解けて流れ出したときに、強い流れによって作りだされたものだ。この渓谷はのちに巨岩で埋めつくされ、その上にだんだんと泥がたまり、やがてあたりの谷底とかわりない見た目になった。だが実際にはそこに水が閉じこめられ、これが〝巨大なフレンチドレイン〟（排水のための穴が開いたパイプ）の役割を果たして水がしみこんで濾過され、よその場所ではとうてい無理なスピードで地下水盆がふたたび満たされる。そこでカリフォルニア州政府はこうしたフレンチドレインのある地域の土地を買い上げたり請求によって獲得したりして、ダムや排水溝、堤防、そして水の流量を調整するバッフル板をあちこちに設け、それらをつなぐ水路を作った。いまでは谷全体に配管がめぐらされ、大雨による洪水を古(いにしえ)の渓谷の刻み目に直接送りこんでいるので、大量の水のほとんどはいきなり海に流れ込むのではなく、ゆっくりと濾過されるあいだ地中にとどまっている。もちろん貯めておける水の量には限界があるが、よくできた洪水制御と十分な再貯留容量のおかげで、雨の多い年にしっかり貯めて、その後にやってくるにちがいない干ばつの年に汲み上げることができるようになっている。

それ自体は良いことというか、むしろすばらしいことだ。しかもそれだけではない。広大な谷に水を貯め直すために配管し直さなければならなかったことで、かなりの割合の土地をヨーロッパから人がくる以前の状態にもどすことを余儀なくされた。過去の工業化農産業が谷を巨大な生産工場へと変え、商品作物以外の何ものもない場所にした。それは持続不能で、醜く、荒廃し、非人間的だった。タンザニアの大平原になぞらえて〝北米のセレンゲティ〟とも呼ばれ、チュールエルクやグリズリーベア、ピューマ、オオカミといった大型動物を含む野生動物でにぎわった場所だったのに、こうした動物たちはみな、最初の入植者たちが二度目のゴールドラッシュよろしく谷を食糧生産のためだけに使おうとがむしゃらに開拓を進めるうちに、生息地もろとも追われていたのだ。それが、干ばつと洪水に対処する必要性が出てきたことで谷の大部分が自然に帰り、自然公園や生息回廊というしくみのなかに動物たちがもどってきて、セントラルバレーを囲む丘を駆けまわっている。丘にはこれまでもずっと谷底の平地よりも自然が残っていたが、いまでは本来のオークの森が再生し、野生動物たちのすみかとなっている。サケの遡上する流れが復活し、古い乾燥した湖の底は湿地帯となった。大きく育った果樹は洪水で地面が水浸しになる期間をやり過ごせるようになった。洪水の水を貯めておけるように棚田が作られ、そこには遺伝子操作によってそれまでよりも長い期間水に浸かっていられる稲が植えられた。

こうした変化はすべて、都市部やその郊外の大規模改修を含む統合システムの一部だった。カリフォルニアのインフラは当初、あまりにお粗末でどうしようもないものだった、とメアリーは聞かされた。自動車と郊外、ベニヤ板と利得――これもゴールドラッシュの再来で、またしても荒廃が繰り返された。そんな狂乱を乗り越え、設計をやり直し、修復し再建していく――それには少なくとももう一世紀はかかるだろう。とはいえ、すでにカーボンニュートラルな社会を実現した四千万人の人々は、こんどはカーボンネガティブを目指している。もちろんこれはまだ道半ばではあるし、公平性の問題はいまだ解決していないが、ほかの地域とのつながりもあるからしかたないという面はある。しかしそれらについても取り組みは行われていて、最終的にはここは〈ゴールデンステート〉になるだろう。

こうしたことすべてを、彼らは倉庫いっぱいに広がる立体地図を小型機か衛星にでも搭乗しているかのように上から見おろしながら、メアリーに語った。彼女の目には三次元のパッチワークキルトのように映るそれは、小人の国の谷底にさまざまな色合いの緑が点々と連なり、その合間と周囲には生け垣のようなものがめぐらされている。だが実際には、野生動物のために確保された数キロメートルの幅を持つ生息回廊だ。その周囲の低い丘は薄い黄金色に輝き、あちこちに緑濃い雑木林のかたまりがある。

「すばらしいわね」とメアリーが言った。「どこでもこんなふうにできたらいいのに」

「モデルはいつだって良く見えるものですよ」エスターが朗らかに言った。だが彼女は誇りに思っているのだ——模型にかぎらず、この州を。

サンフランシスコにもどったメアリーは、この街でいちばん高い高層建築である〈ビッグタワー〉の最上階で、米連邦準備制度理事会の議長に会った。この会議室からの眺めはまるでサウサリートの北にそびえるタマルパイス山の頂上にでも登ったかのようだ。メアリーは前日に見たカリフォルニアの地形模型を思い出したが、いま目のまえにあるのは本物で、圧倒的な大きさだった。アルカトラズ島は青く平らな湾内に浮かぶ灰色のボタンのようで、湾の向こう側には緑豊かな丘が連なっている。西に目を転じれば、ファラロン諸島がウミヘビの黒い背中のように点々と並んでいる。湾内にはあちこちに小さな橋がかけられていた。市街のほうは都会らしくごちゃごちゃしていて、白いビルや格子状の通りのあいだにちらほらと公園が見える。その眺めがあまりにすばらしく、メアリーは会議が始まってからもついそちらに目が行ってしまった。だがそれもわずかな時間のことで、彼女はすぐに室内で起きていることに注意を引きもどした。

連邦準備制度理事会の議長ジェーン・ヤブロンスキは

この仕事に就いて九年目、任期はまだ三年残っている。その顔には、刺激的な提案をさんざん聞かされてはことごとく不信感を持つにいたった人らしい我慢強さが表れている。メアリーの好みからするとやや我慢強すぎるようだ。年齢はメアリーと同じくらいで、髪は黒く、銀色がかったグレーのスーツがよく似合っている。アシスタントやほかの理事会メンバーが彼女を囲んでいる。彼女を任命したのは前大統領だが、現大統領は彼女を更迭したがっているとうわさされている。

　アメリカ以外に、中国、EU、イングランド銀行、ドイツ連邦銀行といった各国からも中央銀行の代表が集まっていた。まさにメアリーが話し合いたかった人たちだ。

　中央銀行はどれも興味深い混成所帯で、米連邦準備制度も例外ではない。連邦機関である以上は公立銀行なのだが、民間銀行から資金提供を受けると同時にそれを監督する立場でもある。アメリカ合衆国で通貨発行機能を担う財務省とともに通貨を発行し、それと金利設定の権限により、世界最強の通貨でありほかの通貨の裏づけにもなっている――つまり、なんらかの通貨危機が起きれば誰もが飛びつく――米ドルの状況に対しても責任を負っている。米ドルは、言うなれば最後の切り札なのだ。その意味で非常に重要なことに〝アメリカ帝国〟はいまだ健在だった。

　予備的な作業をすませたあと、メアリーがプレゼンすることになった。まずカーボンコインについてのヤヌス・アテナのアイディアを説明した。JAかディックがそばにいて一緒に説明してくれたらいいのに、と思いながら。だがこれを少しでも前進させるためには、彼女自身がしっかり説明できなければならない。その概念についてはしっかり理解している。

　ヤブロンスキたちはすでに炭素量的緩和（CQE）について聞きおよんでいたことがわかり、それどころかチェン論文やそれにまつわる議論についても熟知していた。ヤブロンスキはあまり感心したようすではなかった。

「どうすれば米ドルではない通貨の後押しに乗りだせるのかがわかりません」彼女はメアリーの説明を聞き終えたところでそう言った。「連邦準備制度はドルを保護し安定させるためだけに存在しています。それはつまり、より広く物価を安定させることであり、失業水準に注意して、できるだけそこを支援していこうとするものです。ですから、このアイディアはわたしたちが関与する範疇にあるとは言えないし、もしもこの新しい代替通貨を試してみて、それがドルの状況を不安定化させたり害をおよぼすようなことがあれば、本来の義務をおろそかにする以上に、してはならないことでしょう」

メアリーはうなずいた。「それはわかります。でも、既存の量的金融緩和政策だけでは急速に炭素経済から脱却することはできません。コストがかかりすぎるし、利益も出ません。単純な量的緩和だけでその経費をまかなおうとすれば、こちらの計画以上にドルの価値低下を招くでしょう。それに、とにかくなにかをしなければならないんです。この時代に不可欠な仕事なんです。炭素を急速に減少させることに資金を投じなければ、あるいは最高率の利益を求めて世界に出回っている大量の資本を、脱炭素のためにふりむけなければ、文明が崩壊しかねません。そんなことになればドルだって無事ではいられないでしょう」

ヤブロンスキは険しい顔ながら面白がるようにうなずいた。「もしも世界が終わってしまったら、ドルも困ったことになるでしょうね。ですが、そんな不測の事態をべつにすれば、わたしたちは与えられた方法でドルを守るためにここにいるのです。それがわたしたちの仕事なんです。わたしたちがやっているのは通貨政策であって、財政政策ではない、ということです。それに、炭素税という提案が本格化してきているとは感じています」

メアリーは「でも、ムチをふるうならアメが必要です。モデリングからもそれは明らかだし、常識に照らすまでもありません」と応じた。

「でもわたしたちの守備範囲ではない」ヤブロンスキは言った。ヨーロッパ勢も同意するようにうなずいた。中国当局の年配男性はもう少し共感してくれているように見える。

「しかし、そうすべきかもしれませんよ」メアリーが言った。

これを聞いてヤブロンスキは気を悪くしたようだ。この会議の主催者は自分のほうなのに。メアリーはゲストとしてこの場にきて、プレゼンするだけの立場ではないか。いかに世界的状況が急を要するとはいえ、そして新しいツールが有望だとはいえ、ヤブロンスキは連邦議会から命じられてもいないのにそのような熱狂に自分自身や機関をさらすつもりはなかった。顔の表情だけでも、いやというほどそれをあらわしていた。

それはヨーロッパ勢も同じだった。中国はそうではないかもしれないが、中国がこの問題を主導していくとは、メアリーには思えなかった。このアイディアがうまくいくためには、このメンバー全員の同意が必要だ。すべての中央銀行が、問題とその解決策について賛成してくれなくてはならない。もしも彼らがこの計画を支持しないとなれば、誰にも彼らの意志を曲げさせることなどできない。彼らはまさに、いかなる政治的圧力をも回避できるように、それぞれの立法府から独立しているのだから。

メアリーは彼らの顔を見つめながら、じっくりと考えてみた。通貨が世界を回しているということは、ここにいる人々が世界を回しているということだ。極端なことを言ってしまえば、彼らが世界の統治者だ。銀行家たち。非民主主義的な、誰にも釈明義務を負わない人たち。技術的エリート中のエリートであるテクノクラートたち、それが銀行家だ。メアリーはチューリッヒにいる自分のチームのことを考えた。この課題に関するさまざまな分野の専門家集団であり、あらゆる専門知識を持った人たちの多くは科学者で、なにがしかの実地経験も豊富だ。それに対して、ここで彼女が目にしているのは銀行家、銀行家、銀行家、銀行家、そして銀行家の顔だ。彼らがこのアイディアを理解したとしても、そしてそのアイディアを気に入ったとしても、彼らがそれに従って行動する必要はないのだろう。危険が高まっているときの銀行家の原則のひとつは、あまりに過激なことや検証されてもいないことをするのは、なんであれ避けることだ。そこで彼らはみな、ここから手を引こうとしている。

サンフランシスコの街と湾、タマルパイス山、そして広々とした太平洋を見わたして、メアリーは大きく息を吐いた。この場は単に女性二人と男性三人の会議というだけでない。五人のチーム、五つの機関、そしてグローバルな国家システムの中枢をなす五つの国家による会議だ。パリ協定の定めた未来省は小規模で予算もわずかなものだが、彼らが代表する中央銀行は大規模で裕福だ。いくら喫緊の必要性があろうと、彼女の持ちこんだ案件が良きものであろうと、それだけでなにかが変わるというものではない。どれほど良いアイディアであろうと、それだけでものごとを変えることはできない。ほんとうにそうだろうか？　そうなのだろう、と思う。権力は塹壕に守られているものだ――だがこの言い回しは状況の一端をとらえている――なにしろ、塹壕とは地面を深く掘り下げるものだからだ。そこを変えることなどできはしない。

会議は終わりに近づいていた。そろそろ飲み物に手をのばす時間だ。ここではなにも起こらなかった。

46

生まれたばかりの私は小さかった、どんなものでもそうであるように。私は袋のようなものなのかもしれない。人間は私のところへやってきて私のなかに手をつっこみ、互いにものを交換しあう。私はその手伝いをした。若いころの私には血液というものがなく、私のなかでものを動かしてまわる人間は手探りでやるしかなかった。自分の手元にあるものと等しく有用なものはどれなのか、手探りで決めるしかなかった。等しく有用なものというのもわずかしかなかった。むしろ等しく有用なものは、まったく同じふたつのものだけだった。ふたつの心臓、ふたつの肝臓、二滴の血液。だから人間がものをやりとりしようとすると、摩擦が起きた。時間ばかりかかって、満足のいくものではなかった。ときに人間は「すべてのものは同等だ」などと言ってみたりもするが、ほんとうにそうだったことなどない。そこで私の体はあつかいにくく不出来だと決めつけられたが、それも私に血が通い、胃酸があふれるまでのことだった。変容の、そして生命のすべての流体。それからは、私の体内に投げ込まれたものは消化され、なにか別のことをするためにほかの場所に動かせるようになった。

私の胃は、消化して血液にするのと同じ方法で、バラバラなものをひとつにした。これにより、私にもたらされたものすべてが栄養となって、私はたちまち成長した。私は雑食性なのだ。成長するにしたがってさらに食べるようになった。

私に与えられたあらゆる食物は、ほかのものを作った。私はものを消化してそれを血となし、血は私のなかをめぐってほかの役立つものに再構成された。骨や筋肉、あるいは重要な臓器。そのプロセスを助けたのは口や食道、腸、動脈と静脈などで、これらすべては私とともに成長して全身を形成し、そこからまた新たに有用なあれこれが、人々が欲しがるものが、育つ。私は成長しつづけた。

その過程で、どんな体もそうであるように、新たなプロセスについていけなかった無用の残りかすが出ると、それらはよくある方法で私から去っていった。汗や尿、便、涙、などだ。

私の体はうまく機能したので、各所にあるすべてのものがしまいには私に飲みこまれ、消化された。私はあまりに大きく成長して世界を喰らいつくし、世界中の血液が私のものとなった。私は何者なのか？　あなたがほかのあらゆるものと同じだとして、内側から私を見ているとしても、わかるだろう。私は市場だ。

47

彼は毎日、チューリッヒ周辺で過ごしていた。チューリッヒ湖のほとり、たいていは東の浜にいた。ときどき、女性の体を見たくてたまらなくなる。役立たずでなんの望みもない衝動だが、この街にいれば思いのままにすることもできる。そんなとき、湖畔にあるティーフェンブルネン公園に行ってゲートのところで入園料を払い、中に入って水辺に腰を下ろす。あまりあからさまに見えないように気をつけながら、彼の横を通って湖に出入りするトップレスの女性に目をむける。スイス人女性はいかにもスイス人らしい無頓着な話し方をして、彼女たちの濡れた白い肌は太陽の下ではあまりにゴージャスだ。彼の目論見は少しばかりやりすぎで、少しばかり見え透いていたが、ほかにも連れのいない男たちが〝たまたま〟そのへんに座って、誰を見るでもなく、だが疑いようもなくたくさんの女性たちの体をむさぼるように見ているのには気づいていた。いや、あからさまどころではなく、いろんな意味でやりすぎだった。しばらくすると彼は公園をあとにして、湖から離れた近隣の通りをぶらぶらする。個人宅が改装された小さな美術館があって、展示される作品はその家の主（あるじ）個人のコレクションらしいが、一般に公開していた。彼が見たこともないすばらしい絵画が、ごく普通の家の壁に無造作にかけてあった。あるいはまた、湖のほとりに沿って河口にかかる橋のところまで歩いていったりもする。リマト川が始まる最初の一滴が、やがて一面の黒い川面となるところは、いつ見ても面白い。橋の東岸にはハクチョウが川面に揺られているそばに石壁がそそり立っている。石壁は公園の芝生から湖面に垂直につながっていて、ハクチョウは子供たちがパンのかけらを投げてくれるのを心待ちにしている。まばゆく白い鳥たちが黒い水面に浮かぶようすは、この世のものとも思えない。遠くのアルプスのほうへ腕をのばすガニュメデスの像のある小さな公園の上を飛んでいくようすも。

また別の日には、チューリッヒベルクの山頂をめぐる小道から、アイルランドの作家ジェイムズ・ジョイスが眠る墓地まで歩いていく。著名な作家の等身大のブロンズ像はいつでも無言の会話を歓迎するようにそこに座り、失明寸前だったことを強調するブロンズの丸メガネを通してブロンズの本を読み、ブロンズのたばこを持った手を、折り曲げたブロンズの膝に乗せている。チューリッヒベルクの背の高い木々の足元にはほとんど下生えがなく、小道を離れてあてどもなく歩き回ることもできた。遠いアルプスの眺めは、街中よりもこの小高い場所からのほうが見事だ。南の果てに見える山頂は雪に覆われ、垂直に切り立って見えるようすはダンボールに描かれた舞台奥の背景画のようだ。そうして木々のあいだを抜けて山頂をひとめぐりする小道を通り、急勾配の住宅地から街中へと帰っていく。秘密の物置小屋を通りすぎて、彫像が置いてあるような小さな庭付きの家々のあいだを下りていく。コンクリート製の大きな裸婦像がのばした腕の先に弧を描く緑色のホースを持っているのを見ると、ティーフェンブルンネン公園にいる気取らない女たちを思い出す。

それともシリンのことを。シリンと、彼女の幼い娘たちのエムナとヒーバ。あのことをどんなに後悔していることか。家族をまとめられなかったこと、彼女たちのために一緒にいてやれなかったこと。いまは考えることさえできない。考えるだけでみじめになる。それなのに、自分を傷つけたことについて思い悩むことをやめられない。頭のなかのどこかが壊れてしまったのだ。もっと良い存在になりたかったのに、なれなかった。もう一度難民との仕事にもどりたかったけれど、彼女たちと出会ったあの避難所ではなく、別のセンターでなければならないだろう。それ自体は問題ない。ここにもセンターはたくさんあるから。ところが、とあるセンターで働きはじめてみると、シリンや娘たちとの破局を思い出すばかりだとわかった。これもトリガーだった。別の場所かどうかという問題じゃないのは、結局のところ、こうした場所はどこも同じだからだ。場所も同じなら日々の暮らしも同じなのだ。

そこでウトカイの屋外プールまで出かける。そこではロッカーを借りることができて、水着に着替えて直接湖まで行けるし、泳いでいるうちにあまりの冷たさに考えることも感じることもできなくなる。湖から上がってシャワーを浴びてから、〝カフィ・フェアティヒ〟を飲む。この蒸留酒を入れた甘いコーヒーがあれば、満ち足りることができる。

とはいえ、彼はいまもずっと身を隠している。ずっと具合が悪く、壊れたような気がしている。そこらじゅうに設置してある監視カメラを無視する方法など存在しない。だがジェイコブ・ザルツマンが探されているというわけでもない。誰かがこの街にあるカメラすべての位置を記したとする地図を投稿していたけれど、それまでよりもずっと小型の新しいカメラだってある。大きめのカメラは、人が監視下にあることを思い出させるためにそこにあり、小さめのカメラは実際に監視するためにある。だから大きいほうのカメラを避けたところでたいした意味はない。誰もがいつどんなときでも監視されているのだから。生きている人間ひとりひとりに小型ドローンの一群がついてまわっているのは、ほぼまちがいない。身をひそめていたい者にとってはある意味、それが唯一の望みではある。あとをつけるべき人間はあまりに多く、データもあまりに多いからだ。そして、いまのところ監視対象にはなっていないと感じる妥当な根拠でもある。彼には自分のＩＤとそれに見合った来歴もあることだし、若いころに彼の身に起きたことに、なんらかの理由でふたたび目をつけられるようなことさえなければ、大丈夫なはずだ。それに、彼があの人物ではなくなってからもう何年もたつ。六、七年か。いや、九年だ。

だから彼は帽子をかぶり、サングラスをして、ひげを生やした。外出するときに口にマウスガードを入れたり、雰囲気の違う服を着たりすることもある。四人のまったく別の人物としてカメラに写るようにしていて、本物の自分が写る回数がいちばん少なくなるようにしていた。アルゴリズムがそれをより分けられるものだろうか。八十億人が追跡されていることを思えば、彼が気づかれずにすむ可能性は高い。いずれにしろ、彼は徒歩で移動しなければならなかったし、街中へ出ていかなければならなかった。毎日毎日、一日じゅう部屋のなかに隠れているわけにはいかない。そうしようとしていたこともあったが、うまくいかなかった。それで死にかけたくらいだ。

ある日彼は、〈二〇〇〇ワット社会〉のミーティングのお知らせが掲示板に貼ってあるのを見つけた。どんなものかを調べてみて、行ってみることにした。中央駅の西側にあるイタリアン・レストラン〈マンマ・ミーアズ〉の奥まった個室で開かれることになっている。ミーティングが始まるころには五十人ばかりの人が詰めかけていた。ごく普通のスイス人らしい人たちで、服装がいくらか自由な感じはあるものの、とりたてていうほどでもない。スイス人は服装に関しては驚くほどきっちりしているけれど、よくよく考えてみれば、基本的にはどこでもそうであることはフランクにもわかった。

ミーティングは当然ながら時間どおりに始まり、中身の予定も粛々と進められた。フランクのドイツ語は十分とは言えないうえに、彼らが話しているのがスイスドイツ語だったのでまったくついていけず、わかったふりをするしかなかったけれど、誰もそれに気づくようすはなかった。のどで転がすような彼らの発音は穏やかで、たびたび笑い声が上がった。フランクがそこにいるのに気づき、さらにほかにも外国人が数人いたおかげで、話し合っていた内容をざっくりした英語で手短にまとめてくれた。フランクはこのミーティングの雰囲気が気に入った。独善的だったり高潔ぶったところがなく、誰もがプロジェクトをまっすぐに追求している。どこかの委員会とパーティーの企画との中間のような感じだ。スイス山岳会の支部に似ているのはたしかで、実際に訊いてみると、そこにいる人たちの多くがどちらのクラブにも属していることがわかった。パーティーの企画といえば――政党（ポリティカル・パーティー）というのもあることだし――ドイツ語でもこのふたつは同じ単語なのだろうか？　そうだ、Partei（パルタイ）だ。誕生日パーティーはどうだろう？　同じかもしれない。イヤホン型通訳機を持ってくればよかった。

　家に帰ってから、改めて〈二〇〇〇ワット社会〉の情報をネット上で探してみた。始まりは約四十年まえのバーゼルとチューリッヒだった。その根っことなる考えとは、人間が世界中で作りだすエネルギーの総量を地球上の人口で割ると、ひとりあたりおよそ二千ワットになる、というものだ。ならば、社会にいる人々がそれだけのエネルギー量で暮らすことにして、実感してみればいい。

　その二千ワットで、食事、輸送、住宅暖房、水道光熱費をまかなう。その内訳を見たフランクは、自分の暮らし方がすでにそこで規定されている限度の範囲内に収まっていることを知った。これには笑ってしまった。

　一般的なスイス人は約五千ワットも使っている。これに対して西ヨーロッパのほかの地域では六千ワットだ。中国人は約千五百ワット。インドでは千ワット。アメリカは一万二千ワット。彼の故郷はなんでもそうだが、ここでも巨大なクジラのように世界をひと飲みにしようとしている。


　スイスでは、ひとりあたりの現在のエネルギー使用量は、暖房と温水を含む居住空間に約千五百ワット。

食品と〝一般消費財〟に千百ワット。

冷蔵庫の冷却分を含む電力に六百ワット。

自動車による移動に五百ワット。

航空機による移動に二百五十ワット。

公共交通（鉄道、路面電車、地下鉄）に百五十ワット。

公共インフラ（フランクにはそれがなにを指すのかわか

らなかったが、彼の場合おそらく図書館や駅、下水道システムなどのコストだろう）に九百ワット。

　このリストについてしばし考えてみた。スイス人は、おもに既存のインフラ全体をもっとエネルギー効率の良いものと交換することで、五千ワットから二千ワットへの削減を達成することを望んでいた。ひとりあたりのエネルギーを削減すると同時に、六十五％の経済成長を望んでもいいと考えていた。そして彼らは、以前とそっくり同じ生活を維持したり、清貧に徹したりすることなしに。心の内もふるまいも、アッシジの聖フランシスコのまねをせずにすむように。なんといってもここはスイスであって、修道院ではないのだから。ものに動じない自由市民たる時計職人やチーズ職人は、世界中からからかわれたりうらやましがられたり、その両方だったりしてきた。実際、スイス人がどうしてこれほど豊かなのかはちょっとした謎だった。傭兵や衛兵のこと、銀行に犯罪者の資金を入れさせていることなどを含め、遠い過去のことをいまだに持ちだされたりもする。だがそれだけではないはずだ。化学薬品や医薬品、工学システムなど、日常生活のなかのちょっとしたものについて、スイス以外の世界はわざわざ極めようとしてこなかった――たとえば、全盛期のころのスイスの時計がそうだったようには。しかし誰も腕時計をしなくなると、彼らは別のものに移行していった。なにを製造するにも中国やインドのほうが安くすむが、ここでもまた、なにか別のものにくら替えしたり、格段に精密な品質管理が必要な製造業に特化したりしてきた。そういうことを繰り返してきたのは、国土のわずか三十五パーセントしか農業には利用できなかったり、そもそも人が住めなかったりするのでそうするしかなかったからだ。不思議なものだ。

　しかもそのうえに、言語グループが四つもある。ドイツ語話者がもっとも多く、つづいてフランス語、イタリア語ときて、ロマンシュ語話者はわずか五万人前後だが、この国の一画にしっかりと根づいている。スイス人は、ヒトラーがアーリア人至上主義を絶賛したのを無視してロマンシュ語を公用語としたことを誇らしげに自慢する。そしてフランクが知ったかぎりでは、無視したというのはやや間接的で象徴的だとしても、あながちまちがってはいない。というのは、当時のスイスはドイツやイタリアの軍隊がスイス国内を自由に通過するのを認めていたからだ。言語の多様性に対して立派な意思表示にはちがいない。

まさにそのころ、フランスをはじめとする各国の政府は方言を一掃しようとしていたのだから。スイスはいつでも流れに逆らってきたし、ヨーロッパのほかの地域を知性に訴える波となって席巻しがちなあたりまえの常識というものには、細々したファッションから世界大戦への参戦にいたるまで、逆らってきた。

そう、それでいい。スイスは謎めいていた。しかし、この〈二〇〇〇ワット社会〉プロジェクトはいいアイディアだ。フランクはすでに目標をクリアしていて、一年間に使うエネルギーはバングラデシュ人なみだ。アパートメントか物置小屋で暮らし、車を所有してもいないし借りたこともなく、飛行機に乗るのもやめたし、食生活はほぼベジタリアンだ。電気料金や各種輸送システムの走行距離、食品の買い物メモなどから、自分が消費しているエネルギーをかなり正確に計算してくれるウェブサイトもある。こうした計算方法は今世紀の初め、あるいは前世紀から存在していたが、フランクの知るかぎり、利用している人は皆無だった。体重が増えている自覚のあるときには体重計に乗りたくないのと一緒だ。耳の痛いことなんて聞きたくないものだ。

そんなことを考えながら画面をスクロールしていると、ひとつの小論文に行き当たった。それによると、世界の人間は、どんな移動手段を使っているかによって、その富と消費量をおおまかに三つのグループに分けることができるというのだ。世界人口の三分の一は車や飛行機で移動し、三分の一は鉄道や自転車を使い、残りの三分の一はいまだに徒歩で移動している。

フランクはそれについてしばらく考えてみた。彼はたくさん歩くし、それはチューリッヒではなんの苦もなく、楽しみのひとつでもある。彼の知るかぎり、多くの都市でも同じことが言える。とても歩けないようなところもなくはない。ロサンゼルスのように、計画者が〝大都市圏〟とか〝都市圏〟、あるいは〝巨大都市〟といった新しい名前をつけることを提案したところもある。だがほとんどの都市では、少なくとも街の中心部やあちこちにある人の集まる場所では、まだ歩き回るのに不自由はない。ともかく、チューリッヒのような街に住んでいるかぎり、歩く生活になっても失うものはほとんどない。

もちろん、たまには街の外へ出て、ふだんとは違う景色を見るのもいいものだ。それには鉄道やトラムを使うわけだが、そこでもエネルギー使用量は計算できる。〈二〇〇〇ワット社会〉からは会員向けに個々の使用量を推定するためのグラフがたくさん提供されている。一キロメートルあたりのエネルギー量までわかる。多くの人と比べてフランクがあまり移動していないのは明らかだ。それは正しい気がする。心を病んでいると、どうしたって使うエネルギー量が減るのは、普通に生活するということが難しくなるからだ。彼は地中深くもぐりこんで、アナグマみたいに穴のなかで暮らしていた。冬眠していたようなものかもしれない。春が訪れるのを待ちわびて。

ともかく、エネルギー使用に関して生活水準を厳密に評価してみれば、彼はうまくやっているほうだ。機嫌のいいアナグマだ。それに、生きることはエネルギーを消費することと考えるのは面白くて、いつしかこれは彼の自己治療プロジェクトの一部になっていた。あるセラピストに、それはある種の自己処罰ではないかと疑われたことがあるが、彼はそうは思わなかった。自分のやっている自己治療のあれこれがなにか高尚なものだとは思えなかった。自立などというものはしょせん思い込みにすぎなくて、ほかの人と同じように彼も誰かをあてにしているのはわかっていた。しかし、なるべく人に頼らずにもっとやってみようとすることは面白かった。少なくともひまつぶしにはなった。そうしていれば、カメラから隠れていられた。

彼はチューリッヒ北部にある難民支援センターに行こうと、丘を下りはじめた。そこで週二回、無料で提供している食事の手伝いをするためだ。もう難民たちに深入りすることはしない。あれは明らかにまちがいだった。彼のキャパシティを超えるものだった。それでも仕事をすることはできたし、世界を変えるために全力を尽くすことはできた。このような給食支援を主催していたのはおもにスイス人女性たちで、手伝いをするために集まった人たちはいろいろな慈善団体や援助団体、学校や教会などからきていたり、学校で、あるいは法律上のなんらかのトラブルの結果、社会奉仕活動としてきている人もいた。主催者側は手伝いにくる人のファーストネームだけわかればよく、よけいな質問はしなかった。そこで彼が手伝ったのは、テーブルや椅子を配置してテーブルクロスをかけたり、カトラリーを並べたり、あるいは寄付されたケーキやパイを切り分けたりもしたし、キッチンや食堂の掃除もたくさんやった。単純な作業は気持ちが落ちつくし、ときには利用者の誰かのそばに座ったり膝をついたりして調子はどうかと尋ねることもあったが、それ以上に彼らの人生に踏みこむようなことはしなかった。話をしたがらない利用者もいたし、英語でとなるとなおさらだった。逆にそうした機会を喜ぶ人もいて、目のまえの相手がそのどちらなのかはすぐにわかった。

このような食事の場は市民会館のようなところで、彼に言えることは、バーンホフ橋からリマト川を下った最初の橋に近い場所にあるということだけだ。この橋の両端にはそれぞれ小さな公園があって、技巧を凝らした橋が作りだすアーチから眺める管理の行き届いた川のまぎれもない絶景がチューリッヒ市民を楽しませている。じつに圧巻の光景だ。フランクはゆるゆると流れる水を橋の上からいくらでも見ていられた。まるで巨大なミキサーに流しこまれるケーキ生地のようなのだ。給食支援を手伝っているスタッフのひとりは、ここを〝針の公園（ニードルパーク）〟と呼んでいて、フランクにはそう聞こえたけれど、スイスドイツ語だったのでちゃんと聞き取れたのかどうかはわからない。どうやら過去にはドラッグの売人がうろついていたらしく、フランクがちゃんと理解できているとすれば、いまでもそうであるらしい。近くには診療所があった。

最近ではキャンプにいる難民たちが食事の配給の前後にたむろする場所にもなっている。もしかするとこのふたつの公園ではいまでも違法な行為が行われているのかもしれないが、たしかなことはわからない。ときどきふたり連れの警官が橋を歩いていることもあるし、誰かを呼び止めて話していることもあるけれど、彼らがなんらかの犯罪に対峙していたり、犯人たちがいきなり駆けだして正体をあらわしたりしたことは一度もなかった。だいたいにおいて、パトロール中のスイスの警官たちの雰囲気は、フランクの子供のころの記憶にあるようなものとはまったく違っていた。故郷では、警察の存在はトラブルがあることを意味していた。なにかおかしなことが起きているとか、銃がかかわっているとか、制服を着た大男たちの姿はどことなく不穏なものだった。ここチューリッヒでは、そしてスイスのどこでも、警官はトラムの車掌と同じような雰囲気があり、どちらもよく似た携帯スキャナーを持ち歩いていることが多い。武器を持ち歩いていることはめったになく、男性警官と同じくらい女性警官もいた。たいていは男女ペアで行動しているので、パトロールしながら街頭結婚カウンセリングのまねごとでもしているように見えた。たしかに人に近づいていって質問したりはしている。それなのにやっぱりトラムの車掌みたいに見えるのは、チューリッヒのトラムが原則として人への信頼のうえに成り立っていて、乗客はみなキオスクで切符を買ったり年間乗車券を使っているけれど、車掌にそれを見せろと言われるのは五十回に一回くらいだからだ。車掌が車内を行ったり来たりすると、乗客は自分の切符や年間乗車券を見せ、通りかかった車掌がそれにうなずいてみせるのだ。ただ乗りする客はごくまれで、そのほとんどはシステムをよくわかっていない観光客だったりする。

それは公園でも同様だ。通りすぎる警官は存在だけで「合法（ゲナウ）ですか？」と問いかけている。ああ、合法だ。そのとおりです、と警官を相手にした彼らは言う。そのとおり（イグザクトリー）、という意味の単語がスイス人は大好きで、しょっちゅう使っている。そうだね、とか、そりゃもう、ほんとにね、くらいの感じで、そのとおり！　と言う。そうすると警官はうなずいて去っていくし、みんなもそうする。

しかし、フランクがこのふたつの小さな〝針の公園〟で過ごす時間が長くなるにつれて、難民を運んでくる地下ルートの結節点（ノード）的な役割を果たしている人たちがいるのではないかと思えてきた。十人あまりのグループで、二、三組の家族のような感じでいくつかのベンチに座っていたり、ちゃんと乾いてさえいれば芝生の上に座ったりして、仲間うちだけでしか会話をせず、用心しながらあたりを見回している。彼らはどこかよそから来たように見える。スイス人ではない。中東か南アジア、あるいはアフリカ、それとも南アメリカか。そこへ、たいていは生粋のスイス人らしき誰かが近づいてきて彼らの言葉で話しかける――フランクにはよく聞き取れないことが多いが、ドイツ語でも英語でもない――すると、グループは立ち上がってその人物のあとについていく。街路灯の柱には監視カメラが設置されていることを考えると、当局や彼らのアルゴリズムに見られていることは明らかで、ここでなにかが行われていることは筒抜けにちがいない。それでも、そんなことは毎日つづいている。

それがなんなのかは、フランクにはわからない。彼らの言葉がわからないからだ。英語が世界の共通言語であることは疑いもないし、そう言われるのをさんざん聞いてきた。それなのに、あの人たちがもっと安全な場所に行けるように手助けする方法を見つけるというプロジェクトに、彼は参加できなかった。だから距離を置いていた。その場所で持ちかけられる援助がなんであれ、それは本質的に疑念の残るものだ。かかわらないでいるのがいちばんだ。食事の無料提供を手伝うくらいで、あとはそっとしておこう。

それでも、給食支援の手伝いに行くときは青と白を配したチューリッヒ州の州旗をあしらった帽子をかぶっていくことにした。それから、橋のたもとの公園に行くときは小さい袋に子供用のダウンパーカーを入れていったり、折りたたむと短い円筒型になる小さめの傘を持っていったりして、もしも外国人の子供が震えていたりするのを見かけたらそのグループに近づいていって、大人たちに「お子さんにどうぞ。暖かいですよ（フューア・ディー・キンダー、ゼーア・ヴァルム）」と言って手渡し、すぐに「どうもありがとう（ダンケ・ミル・フォア）」と肩ごしに言いつつ立ち去る。この言い方はチューリッヒの人たちがよく使うドイツ語とフランス語の合成語で、この街に特有のものだ。冷え込む夜に彼がこの小さな包みを渡すと、グループにいる大人の女性たちは感謝を込めてうなずく。フランクはその場を立ち去る。デパートの〈イエルモリ〉にいけばこういう上着や傘をひとつ十フランで売っているから、手軽にちょっとした人助けができる。スイスの冬の午後は、湖に吹きおろす風が街を駆け抜けると寒くてじっとりと冷え込むので、橋を渡るときには南極よりも寒く感じられた。それで言うとグラスゴーに似ている。凍えるような重く湿った風が肌にあたると、温度はずっと低くても乾燥して動かない空気よりもさらに冷たく感じる。あの難民たちはそういうことへの備えをしていないこともある。

あるとき、橋の東側の公園にいた難民のひとりの具合が悪くなり、おそらく気を失ったせいで倒れたことがあった。すぐに数人が駆けつけ、フランクもなにかできることはないかと、どきどきしながらそこに加わった。その場の誰も携帯電話を持っていなかったのか、それとも使うのを恐れていたのかもしれないが、フランクは自ら橋のたもとにある小さな電話ボックスまで行って、九一一にあたる救急通報番号に電話して、ドイツ語で救援を要請した。状況を説明し、場所も伝えたが、たぶんすでにわかっているはずだと思った。そのすべてをドイツ語で言えたことでちょっとした達成感を味わいながら、見守っている人たちの輪のすぐ外に立っていたとき、すごく気分が悪くなってきて、自分も倒れてしまうのではないかと心配になった。救急車があのヨーロッパに特徴的なサイレンとともに到着するころには、倒れた男性を囲んでいた人たちのほとんどがいなくなっていた。救急医療チームにつづいて、二人組の警官もやってきた。ふたりとも女性だった。そこに残っていた難民たちもどこかへ姿を消し、ついには倒れた男性とフランクだけになった。フランクは警官に身ぶりで知らせた。彼女たちの一方が男性の顔のまえにスキャナーをかざし、写真を撮って検分した。ひょっとすると男性の皮膚の下に電子タグ（RFID）が入っていて、スキャナーで読みとれるようになっているのかもしれない。

　すると、スキャナーを持っているほうの女性警官がフランクのほうをちらっと見て立ち上がり、彼のほうにスキャナーを向けて、もう一方の手でうながすようなしぐさをした。

　もうひとりの女性警官が「いらん（ネイ）」と言った。スイスでは「ノー（ナイン）」をそんなふうに言う。そのひと言でスキャナーを持ったほうは倒れた男性のところにもどった。フランクは感謝のしるしに同僚を止めた警官にうなずいてみせた。救急隊が男性をストレッチャーに乗せてしまうと、フランクは背を向けて冷たい灰色の風に震えながら歩きだした。

　夏のあいだはまた違った。赤十字社あたりの団体が西側の公園に巨大な屋根だけのテントを張り、そこで調理した食事を無料で提供していた。彼らは相手の素性を知ることには興味がなく、テーブルをはさんで向きあうお互いが相手のことは知らないままだ。たまに蒸し暑い日があるとフランクは緊張してしまうが、それはそれとして、できることは手伝った。なにかを設置したり、片づけたり。ただし食事を配ることはせず、食べている人たちは見ないようにしていた。ひどい暑さにはなじみがありすぎた。自分が感じていることを自覚したくなかったから、テントの屋根のへりから遠くへ目をやって、チューリッヒの景色を眺めた——石と木々、青と白。ブラートヴルストとビールのにおい。赤いゼラニウム。川上のいちばん奥のほうには、シナノキの木立を透かして市役所（ラートハウス）の中世風のそっけない輪郭が見える。寒い北の地に冷静で実直な人々、目も心もひんやりする。

　だが避難してきた人々はそうではない。警察の支局のひとつ、避難民対応局（フレムデンコントローレ）の推計では、いま現在、国境の内側には五百万人のスイス人と、三百万人の外国人がいる。世界一極端なこの割合のせいで、反移民を掲げる右派の各政党では党員数が増加し、スイス国民党（SVP）を筆頭に、スイス議会に十以上の議席を確保している。スイスにはおよそ三十の政党があり、連邦政府の連立政権は毎回、中道政党どうしの連合によってまとまった多数派で構成されている。中道右派、中道左派のほか、さらに急進的な小政党もそれぞれわずかながら議席を獲得している。SVPが多数派を占めていたこともあったが、あの熱波のあと、すっかり支持を失った。いまでは州政府のほうでうまくやっているが、それも年月を重ねるうちにベルンの連邦政府のほうへ重心を移していった――全部というわけではないが、難民問題のような国家的なことについては連邦政府が主導しがちだ。その結果、反移民派には鬱積した怒りがつのっているようだ。彼らの目には自国が〝侵略されて〟いるように見えるのに、政治的レベルではどうすることもできないからだ。

　これはどこでも似たようなものかもしれない。このところフランクは、南半球の途上国やバルカン半島からきたとおぼしき見るからに外国人（よそ者）らしいグループが、挑発的な言葉を投げつけられそうな地域を歩いているのを見かけると、彼らに英語で話しかけながら一緒に歩くようにしている。それが役に立ったことも一、二度あった。人種差別主義者は異人種が一緒にいるのを見ると混乱するので、白人男性が肌の色の濃い人たちと一緒にいるとしり込みするのだ。もしもこれが濃い肌色の男性と白人女性の組み合わせだったら、彼らは怒りだすかもしれない。そんなことはよく見かけるにもかかわらず。しかし白人男性が有色人種と一緒にいるのなら話は別だ。どちらにしろ、差別主義者は怒るかどうか決めるまえにはなんらかの評価を下すわけで、それが時間稼ぎになる。だから早足で歩いたり、明るい通り、つまりチューリッヒではニーダードルフの裏道以外ならどの通りでも、道を離れないようにさえしていれば、攻撃されることはないだろう。せいぜい耳障りな声で、わざとわかりにくい言葉を浴びせられる程度ですむ。だからフランクはできるだけ彼らと並んで歩くようにしている。

　ところがある日、橋の上にいる若いスイス人男性の一団が、食事を配っている大きなテントのほうを見ていることに気づいた。暑い日ではあったが、あたりは暗くなっていた。頭上には雲が湧き上がり、雷雨が近づいていた。降りだせば少しはほっとするだろう。だがいまは、ますます暑くなってきていた。

　大粒の雨がテントの外の敷石にぱらぱらと落ちてきた。それがいきなりどしゃ降りになったのと同時に、スイス人の男たちが敷石を投げつけ、叫びながらテントに襲いかかった。難民だけでなく配給している側の人たちまで見境なく攻撃し、人々は悲鳴を上げて逃げ出した。どこからともなく血しぶきが飛び散り、それを見た難民たちの多くが怒声とともに襲撃者に反撃しはじめた。投げる敷石がなくなると、スイス人の暴漢たちはこぶしで戦うしかなくなったが、それでも彼らのほうも怒り狂っていたので、たちまちテントの外では殴ったり、つき飛ばしたり、怒鳴ったりの大乱闘になった。逃げ出したスイス人はタックルされたり背中を蹴とばされたりした。それはサッカーのピッチでの最悪の状況で身につけた熟練の技だ。暴漢たちはそこで、戦う難民たちと向かいあっているうちに退却しなければならないことに気づいた。せめて退路を確保できるまで。何人かがトラムの目のまえで通りを横切ると、その背後で電車がキーっと音をたてて止まり、ちょうどいい目隠しになった。

そのあとに残されたのは、ずぶぬれになった人々と、叫び声、泣き声、そして血が地面にもテーブルにも飛び散っていた。テーブルは、冷たい濡れた地面以外にけが人を寝かせる場所として代用されていた。警察が到着すると、震えながら叫ぶ人々が彼らを取り囲み、ことの顛末を聞かせようとしていた。警察官のチームは時間をかけてひとりひとりから話を聞き、フランクはたったいま目撃したことに動揺するあまり立ち去ることもできないままそこにいた。証言をしなければならない。しかし、警察は話を聞いた相手全員に対してスキャンしていて、フランクの話を聞き終わったところで彼にも同じようにスキャナーをかざすと、彼らは顔を見合わせた。ひとりが同僚たちにスキャナーを見せに行った。彼らはフランクのところへやってきて、彼を取り囲んだ。

「失礼ですが」ひとりの警官が英語で話しかけた。「あなたを逮捕しろという令状が出ています。一緒に来てください」

48

早朝、赤ん坊たちが泣いている。もうすでに暑い。みんなお腹を空かせている。丘の向こうに昇ってきた太陽はまるで爆弾みたいだ。暑さが肌にしみる。そっちを見てはいけない、じゃないと午前中ずっと視界が真っ白になる。影が世界の西側に走り去る。それはテントの屋根がまぶしい光をさえぎってくれるようになる九時ごろまでつづく。その時間にはもう、暑くて動けたものではなくなっているだろう。汗は出ないより出るほうがましだ。汗にほこりが張りついて、肌の上に見てわかるほどの泥の筋ができている。シャワーは土曜日までお預けだ。今月、わたしがシャワーを使えるのは土曜日だけ。早くシャワーを浴びたい。

食堂のテントは八時に開くけど、まだ真横から日が射し込んでくる。入り口には長い行列ができている。みんな、小さな子供を連れた母親を先にしてあげる。ほとんどの人は。彼らは入り口のそばにかたまり、列は崩れている。飢えてさえいなければ、順番を待つのも苦ではない。正しい行いをすることも、言うまでもない。しばらくすれば、それはただの慣習になる。人は行ったことのある場所に行ってしまうものだ。わたしがよく一緒にいる女性たちのグループがそこにいて、なんでもないふうをよそおいながらしゃべっている。

中に入ると、卵とタマネギ、パプリカのにおいがする。大きなボウルには、わたしの大好きなプレーンヨーグルト。お腹に詰めこめるだけ詰めこんで、日が暮れるまでもってくれることを期待する。日中の食事に行かなくてすむように。一日に三回も食堂に行くなんてつらすぎる。日射しにさらされて、じりじりして、暑くて腹ぺこで。そのうえ退屈だ。同じ食べ物、同じ顔。食べる以外にすることがない。

支援作業をする人たちは、どこか北のほうの国からきている。彼らは仲間うちでしか話さない。物静かでまじめな人もいるけど、ほかの人たちはよく笑って元気いっぱいだ。清潔だし。汗はかいているけど、それでも清潔だ。あの人たちがどこからくるのかは知らない。ときどき、顔を覚えることもある。イケメンっていうだけじゃなくて、なにかが彼らの表情にある。それが目を引き、顔を覚える。そうなったら、その顔を見ずにはいられない。正あっちからわたしを見てくることはない。配膳の列にいるとき、わたしたちの皿に食べ物を盛りつけながら、目を合わせてその食べ物が欲しいかどうかを聞いてくるけど、ちゃんと記憶に残るようにわたしたちを見てくれる人は少ない。あまり悲しくなりすぎずに仕事をするための方法のひとつなのだ。そうやっていても、彼らはすぐに燃え尽きてしまう。それとも、契約期間が短いのかも。どっちにしろ、彼らはやってきては帰っていく。そこにいるとは言いがたいし、本物とは言いがたい。

だけど大事なのは、彼らに怒りを覚えないようにすることだ。目に見えるものをどう感じるかだけを考える。みんなそうしている。よそにはわたしたちをこの難民キャンプに入れた人たちの世界がある。彼ら全員に責任があるわけじゃないけど、かかわってはいる。彼らはこのキャンプが存在する世界に暮らしているのに、そのままにしている。誰だってそうするだろう。

でもその結果としてわたしたちはここに閉じこめられている。わたしたちはただ生きていただけなのに。そういうものなのだ。わたしたちがここにいることはみんな知っているのに、彼らにはそれをどうすることもできない。彼らは自分で自分にそう言い聞かせている。実際、この世界に幽閉されているすべての人々を解放するのはものすごくたいへんなことなんだろう。だから、やらない。どこか別のところに意識を集中させて、わたしたちのことは忘れる。わたし自身でさえ、そうするだろう。ていうか、そうした。世界が崩壊して初めて、そんなことが自分の身にも起こりうるのだと気づく。実際にそうなってみるまで、自分の身に起きるとは夢にも思わないものだ。

というわけで、そういう人たちのなかにはボランティアとしてわたしたちのキャンプにやってくる人がいる。一万八千人が囲いのなかに閉じこめられてそこから出られなくなっていれば、食事を配る手伝いをしたり、それ以外にやるべきあらゆることをやる。トイレを掃除したり、シーツを洗ったり、そういうことを。もちろん、わたしたちに食べさせることも。一日三食。それはかなりの重労働だ。それでも彼らは来てくれる。全員とは言わないけれどほとんどが若い人たちなのは、こういう活動をするのはなんらかの理想を追い求めるようなところがあって、それはおもに若い人の感覚だからだ。いまではわたしより年下の人がほとんどだけど、ほんの少しまえ、ここへきたばかりのころはわたしと同世代だった。彼らはいろんなことを学んだり、世界を目の当たりにしたり、自分と似たような人たちと出会ったりする。だからこそ、彼らはわたしたちとは距離を置かなくちゃいけない。そうじゃないと、わたしたちみたいに不幸になってしまうから。わたしたちの境遇に腹を立てるくらいがせいいっぱいだし、それでもストレスになる。だから距離を置くことが必要なのだ。それはわかってる。

だけどやっぱり、わたしを見てくれない彼らのことが嫌いだ。わたしが差しだしたお皿に食べ物を盛るときにわたしの目を見ているのに、絶対にわたしという人間を見ようとはしないから。そんなことをしないようにしようと思っても、嫌わずにはいられない。この人生のなにもかもを嫌いなのと同じように。

感謝の気持ちを持つことが好きな人なんていない。聖職者はしきりに感謝しなさいと言うけど、好きで感謝する人なんていない、ひとりも。聖職者だってそうだ。彼らがその職に就くのは、感謝しなくていい立場になるためだ。彼らは私たちの痛みを受け止めるように感謝を受け止めるけど、彼らのほうからは感謝なんかしなくていい。むしろ、職業的能力としてわたしたちの感情や意味の受け皿になるだけ、それが神様だかなんだかに対するわたしたちの代理人ということだから。ほんと、聖職者なんか嫌いだ。

太陽がずっと西のほうへかたむいて、炙り焼きにされる心配がなくなると、わたしはキャンプの北側の境界まで歩いていってその向こうの丘を眺める。子供たちに教えてやるテントまでもどらなくちゃいけないし、結局はそうするのだけど、そのまえにわたしはここにくる。丘の連なる景色は、わたしが育った故郷の丘を思い出させる。こっちのはライムみたいに緑だけど。稜線のひとつが、子供のころに町から見慣れていた丘のそれとそっくりだった。春も遅くになれば故郷の丘も緑色になったものだ。こんなにしっとりした緑ではないにせよ、緑にはちがいない。オリーブ色や深緑に、ハリエニシダが点々と混ざっていた。囲いのすきまからのぞいて見ているけど、どこにでもありそうな囲いの上にはコイル状にした有刺鉄線が乗っている。そう、ここでのわたしたちは囚人なのだ。乗り越えられそうに見えることで、わたしたちが自分は囚人ではないと考えるのは、彼らの望むところではない。囲いの金網だけ見れば、簡単に切れそうに思えるくらい頼りない。ハサミではムリでも、金切りバサミならいける。楽勝。だけど、このキャンプには金切りバサミは置いてない。

わたしは金網に寄りかかって、体重で網がたわむのを感じる。金網の下のほうは地面の深いところまで埋め込んであるのが見える。以前だったらスプーンとか、なんなら指でもそこを掘りかえしてくぐりぬけることもできたかもしれない。でもいまは、流れてきた泥が固まってしまっているから、掘りかえすのはかなりたいへんそうだし、時間もかかるだろう。そんなことをしていたら見つかってしまう。それでも、ここへくるたびに考えずにはいられない。日が暮れるころにここにいるとき、最後の陽光が丘の稜線のてっぺんをピンク色に染めるのを見ながら、足で泥をこすってみたりする。ムリだよね。でも、もしかして。やっぱりムリかな。でもでも、ひょっとしたら。

日が沈んで、空は黄昏の蒼に染まり、やがて藍色になる。わたしがこのキャンプに来て、今日で一八五九日目だ。

49

一九四四年七月、米国政府は連合国からの代表七百人を集め、戦後の金融秩序を構想する会議を開いた。会場となったのはニューハンプシャー州ブレトン・ウッズにあるマウントワシントン・ホテルで、三週間におよぶ討議の末、加盟各国政府に承認されしだい、国際復興開発銀行（IBRD）および国際通貨基金（IMF）を設立するという提言を発表した。こうした新しい機関を作った意図には、開かれた市場と加盟国の通貨の安定を目指すことも含まれていた。

　国際業界団体も同時に提案されたが、米国上院がこの部分を承認しなかったため見送られた。のちに、関税及び貿易に関する一般協定（GATT）が設立され、承認されなかった国際業界団体が果たすはずだった機能を受けつぐことになった。その後、ＧＡＴＴは世界貿易機関（WTO）があとを継いだ。

　イギリスの交渉責任者だったジョン・メイナード・ケインズは、このブレトン・ウッズで国際清算同盟（ICU）を設立すること、新たな通貨単位として〝バンコール〟を使用することも提案した。バンコールの目的は、貿易赤字を抱えた国が、ＩＣＵに当座貸越勘定を要請して国民の雇用創出に資金投入し輸出を増やすことで、借金から抜け出せるようにするものだった。当座貸越を利用する国には、このようなバンコール融資に十パーセントの金利が課せられ、バンコールは通常の通貨とは交換することができず、個人が使用することもできない。大幅な貿易黒字を出している国にも、その超過分に対して十パーセントの金利が課せられ、また年度末に貸付額が認められた限度額を超えていた場合にはその超過分がＩＣＵに差し押さえられる。ケインズが期待したのは、取引信用の国際バランスを生みだすことで、国が貧困国にも富裕国にも偏りすぎないようにすることだった。

　米財務省の次官補でアメリカの交渉責任者を務めたハリー・デクスター・ホワイトはこの案について「我々は絶対的に否定する立場をとった」と言った。世界最大の債権者にして圧倒的な金保有国であるアメリカは、戦後という時代の入り口にあって主要な世界通貨であり金準備に裏づけられた米ドルの単独所有者の立場にあった。ホワイトは、借金の重荷をしっかりと赤字国家に負わせる国際安定基金を提案した。これはのちに世界銀行の一部に組み込まれた。

そんなわけで、ブレトン・ウッズではホワイトの提案がケインズのそれよりも優先され、ＩＣＵとバンコールが実現しなかったことで、戦後復興およびそれにつづく経済発展は米ドルの資金提供を受けることになり、米ドルは実質的に世界通貨となった。言うなれば、帝国の通貨である。

50

ヨーロッパにもどったメアリーは、チューリッヒの拠点から域内各地の中央銀行に足を運び、サンフランシスコの会議での失敗を取り戻そうとしはじめた。ロンドンではイギリスの財務大臣や、イングランド銀行の取締役の何人かとも面会した。

面談のまえの何日かはイングランド銀行の沿革を読み込み、世界の金融史における重要性を理解した。一六九四年、チャールズ二世とウィリアム三世は個人銀行から借りた金を返さず、それどころか自分たちの借金返済にあてるためにあらゆる活動に税金を課すことにしたせいで、あらゆる人々にとってただ生きることがさらに高くつくものになってしまった。ただし身内である王族は例外で、彼らはますます無責任に浪費するようになった。そこでスコットランドの商人ウィリアム・パターソンが、一二六八人の債権者に対して、イングランド王に八%の保証利率で百二十万ポンドを貸し付けてはどうかと提案し、ウィリアム三世がそれを承認すると、貨幣流通システムの大きな歯車がうまく回りはじめた。いまのように国家権力が資本化された起源は裕福な個人だったのだ。かくして金持ちと国家は共依存関係となり、両者は同じ権力構造の裏表になった。

その後イングランド銀行は、国家機構による資金調達をごく一部の裕福な商人たちに独占させるしくみとなりはて、封建時代の地権から資本主義的な金権への移行が完了した。それ以降、国家が資産家に対して負債を抱えているのが常態となり、特定の個人の善意に依存するようになった。そしてその個人は選挙で選ばれたわけでもなく、彼らとは階級の異なる人々を代表しているわけでもないにもかかわらず、国家権力の中枢に組み込まれてしまった。またイングランド銀行は戦争という緊急事態のさなかに設立されたわけだが、国家権力を長期化し拡大するための口実を見つけるとなれば、それに都合の良い緊急事態などいくらでもあった。したがって、法律でなにがどう定められていようと、銀行と国家のやりたい放題というのが現実だった。

当然ながら、こうした新しいものごとは議論の的になる。当時のトーリー党は、銀行の存在が議会の権限をさらに強化し、君主制を骨抜きにして民衆化が進むだろう、と考えた。革新派のホイッグ党のほうは、銀行とは統治者たちの借金を帳消しにするしくみであると考えた。いずれにしろ、銀行は既存の権力基盤と対立するものであり、最初からそのようなもの――選出されたのではない金満銀行家で構成される、政府内でそこだけ囲われた、いわば飛び地――であるとみなされた。

こうしてみるとかなり不吉だが、メアリーはこのような人々の自発的な力こそが、炭素問題への迅速な解決策を実行に移すことを助ける立場に彼らを追い込んでくれるのではないか、そうした取り組みに参加することを彼らは選択すべきではないか、という思いが拭えなかった。たとえ自分たちの特権を救済するために世界を救うのだとしても、それでいいのではないか。いまこの時点で、正義は彼女の最優先事項ではない。メアリーはロンドンに向かった。

イングランド銀行の幹部たちは、彼女のプランに意義を見出せず、冷ややかだった。曰く、インフレを招きかねない、中央銀行が為替市場を荒らす投資家の餌食にされる、市場圧力にさらされてしまう、などなど。そうした事態をどうすれば回避できるか定かでない、というのだ。銀行を救済する必要があれば、何兆ポンドもの量的緩和を発動できることをメアリーが指摘すると、彼らはうなずいた。銀行を救済することが彼らの仕事だからだ。では世界を救うために何兆ポンドもの量的緩和を発動することは――それは彼らの仕事ではない。それには法律を制定しなくては。

翌週、メアリーはブリュッセルへ行った。欧州中央銀行はイングランド銀行よりもずっと歴史が浅く、欧州連合の金融機関として二十世紀の終わりに設立された。彼らがよこした代理人たちは、イギリスで相手にした連中よりさらにたちが悪かった。ほとんどがドイツ人とフランス人の男性ばかりだった。彼らは非常に洗練されていて、知的で礼儀正しく、なおかつ傲慢だった。メアリーに対する彼らの態度は、どう好意的に解釈してもそっけないものだった。ひとつには、彼女が率いる機関には財政力もなければ法的影響力もないからだ。未来省は、実際はそうではないのに甚大な努力がなされている、と人々に思わせておくための、ある種の概念的なジェスチャーにすぎない。そして、アイルランド女性である彼女は二重の意味で呪われている。それも、女性だからというよりも、アイルランド人だからというほうが重い。サッチャーやメルケル、そしてラガルドの登場以来、ヨーロッパそして金融当局のトップレベルに喰いこんできた女性は少なくない。メアリーは彼女たちを尊敬している。サッチャーの政治的手段を毛嫌いしているのは横におくとして。それにもちろん、彼女たちは誰も、進歩的だったからトップに立てたわけでもない。だがアイルランドときたら——だめだ。植民国家で、小国で、PIIGS（財政状態のよくないポルトガル、イタリア、アイルランド、ギリシャ、スペイン）の一員で、ヨーロッパのなかでも大国のおこぼれに群がる意地汚い小国のひとつにすぎず、大国のきらめく洗練など望むべくもない。そのあこがれの大国こそ、ドイツとフランスだ。古くからライバルどうしの二国はいまだにヨーロッパの覇権を争っている。とはいえ争いはあくまでも二国のあいだのことで、世界のほかの国々は無関係か、せいぜい道具として使われるだけだ。そして小国のほうはどうがんばってもそれぞれの違いをまとめることができず、結束して共同戦線を張るにはいたっていない。そのような協力体制は、ナショナリズムや主権に要求するものが多すぎるのだろう。そこで、友人のフリをした敵（フレネミー）どうしの二大国が頂点に立ち、機嫌がよければ他国を寛大に見下し、たいていは不愛想にあやつり、どうかすると残忍な無理強いをしてくるわけだ。それはもちろん、かつてのような野蛮な軍事攻撃よりはましにはちがいないが、彼らと同席しているときにはけっして安心材料とは言えない。千ユーロのスーツだなんて。メアリーはその手の見せびらかしにはすかさずアイルランド流の蔑みを覚えた。すました顔で軽蔑していることをわからせることもできたが、そんなことをしたところで、欲しいものを手に入れるためにはなんの役にも立たない。欧州中央銀行が、物価を安定させることとそのタスクを実行するだけの権威を高めることに全面的に集中しているのは、彼女の目には明らかだった。彼らに向かって、世界を救うために金利を〇・五ポイントだけ調整してくれと頼んだところで、やってはくれないだろう。それは彼らの眼中にはないことだから。

一方、中国人民銀行は国営で、中央銀行よりも多くの資産を保有し、その額は四兆米ドルに迫る。中国のほかの部局に比べれば独立性が高いとはいえ、国務院の管轄下にあることに変わりはない。中国で銀行の頭取と話してもしかたない。財政部長と直接話をするか、首相または国家主席に会えるならそのほうがずっといい。実際のところ、メアリーのプランにとって中国は最大の希望だ。彼らは理屈にこだわらない。新自由主義やその他の政治経済学の固定観念にとらわれていない。実践こそがただひとつの真実の尺度なのだ、と。彼らが言うには、川底の石を探りながら川を渡るそうだ。こちらのアイディアを納得させることさえできれば、ほかの銀行がどう思おうと気にしないだろう。

しかし、とにかく数多くの中央銀行が話に乗ってくれないことには、このアイディアはうまくいくまい。

そう考えたので、ヤヌス・アテナに調査を頼んでおいた。中国人民銀行が単独で支持してくれたとして、うまくいくだろうか？　ＪＡの返事はノーだった。そんなことを市場に公表できる銀行はひとつもないでしょう。中国だろうとアメリカだろうと単に大きいだけで特別ではなく、単独で全世界の経済を支配することはできない。そのためには、一団が必要となる。

では、その線はなし、ということだ。銀行家はあてにならない。彼らはお互いに顔を見合わせ、同輩たちにもなんら熱意のないことを見てとって、その陰に隠れてしまうだろう。たとえ世界が茹で上がって文明が崩壊しようとも、それは彼らの責任ではない。その大惨事へと向かう要所要所で資金を投じてきたのが彼らだとしても。彼らを動かすなにかが必要だ。

二十世紀の終わりに債務危機に陥った各地の発展途上国に世界銀行が強制した〝構造調整計画〟は、二十一世紀の世界秩序となった条件を整えた。これらのＳＡＰは戦後のアメリカ経済帝国の道具として使われた。アメリカはそれまでの帝国と違って植民地の経済的所有権を主張せず、負債とその運用益のみの所有権しか求めなかった。効率という点では過去最高の帝国であり、純粋な経済的定義においては効率こそが新自由主義のすべてだ。スピードがあって摩擦がないことで、金は貧しい者から富める者へと動く。

これがワシントンコンセンサスと呼ばれたのには理由があったわけだ。さらなる融資を受ける形で救済されることを望んだ国が、ＳＡＰ要請を受け入れてもらうには、いくつもの条件に従うしかなかった。その条件とは、公共支出の削減、企業への減税を中心とした税制改革、国営企業の民営化、市場本位で政府による規制をともなわない利率および通貨為替レート、投資家が元本割れの損失を引き受けずにすむように投資家の権利を強化する（いわゆる「ロングヘア条項」）、そして市場活動、商慣習、労働および環境保護など、あらゆるものに対する大規模な規制撤廃などだ。

このようなSAPは広く批判され、二十世紀の終わりにはアナリストによって失敗の烙印を押されたにもかかわらず、EU危機に対応する際のテンプレートとなった。南の小国やギリシャへ全面的に施行され、ポルトガルやアイルランド、スペイン、イタリアを震え上がらせた。東欧から新たに加盟した各国は言うまでもない。独自路線で行こうとしようものならEU（この場合はフランスとドイツ）になにをされるかわかったものではない。EUに加盟するなら欧州中央銀行に、それはつまりドイツとフランスに従え、というわけだ。ドイツの経済規模はフランスのそれのおよそ二倍もあり、ヨーロッパの人々にとってこれが意味するところはすなわち、最終的にはドイツがすべてを勝ちとることになる、というものだ。第二次世界大戦が終わった時点の状況など関係ない。アメリカが軍事力よりも財政力で世界を勝ちとったように、ドイツも同じ方法でヨーロッパを勝ちとった——ときには同じ方法どころか資本までもアメリカ頼みで。なぜなら、ドイツは冷戦下においてアメリカの従属国家でいることに長けていたからだ。冷戦が終結したいま、経済的にはドイツはロシアよりも強くなり、アメリカからほんの少し距離をとりつつ、都合のいいときには従属するふりをするくせに、だいたいにおいては我が道を歩んでいる。そのことはヨーロッパでは誰の目にも明らかだが、アメリカは世界をナルシシスティックな近視眼で見ているせいでしっかり見ることができなかった。

だからメアリーにしてみれば、ベルリン訪問は不安だらけの大冒険だ。銀行家や財務大臣たちはフランスやブリュッセルに比べればまだよそよそしくもなければ傲慢でもないが、なにひとつ変えることはできないという中産階級的な確信に満ちたようすはどうにも不吉だ。中央銀行にあたるドイツ連邦銀行（ブンデスバンク）が設立されたのは戦後のことで、その目的はアメリカという超大国の忠実で実働的な助っ人としての西ドイツの立場を安定させることだった。二度の大戦とそのあいだに甚大な痛手を負ったことを考えれば、ブンデスバンク設立に関する記録に〝通貨の安定を維持すること〟が〝道義的にも法的にも必要である〟と書いてあることがわかったとしても、メアリーは驚かない。国営銀行の独立性は、通貨の安定は基本的人権の一項目であるという提案が含まれた憲法上の立場によるものだ。命と自由、そして低インフレ率、というわけだ！ 自分が始めた戦争に負けて降伏の条件を押しつけられるということは、賠償金を拒否できる立場にはないということであり、その国民は七世代先まで呪われることだろう。あれを生き延びたドイツ人が、もう二度と繰り返すまいと言っていたのもうなずける。ブンデスバンク設立の記録文書には〝経済が公法をつくる〟と書いてある。それはまったく逆なんじゃないかと、一瞬固まってしまった。それって、まずは実践、理論はあとから、と言ってヘーゲルよりもマルクスをひそかに受容する、ドイツ人流のやり方なんだろうか? メアリーにはわからなかった。彼女は哲学者でもなければ歴史家でもない。ただの現役外交官だ。しかし、現役外交官は、計画においても実行においても、因果というものを信じる傾向がある。それが統治というものであり、官僚制度であり、経済でさえある。行いが合法かどうかは法律が決める。ニワトリが先か卵が先か、という話になってしまうが、結果が原因のもとになることはありえない——それでは言葉の定義が理解できないほど混乱してしまう。

　ともかくもメアリーはベルリンにいる。敗北を受け入れてそれに適応し、別の手段で再挑戦することで勝利したドイツ人たちに威圧されているような気がする。おそらく、彼らもいまは世界を支配したいとは思っていないだろう。積極外交や、少ない人口や小さい経済規模でも可能なかぎりヨーロッパや世界に影響を与えることで、ドイツを守りたいだけなのだ。そういうつもりなら、彼らはよくやっている。ならば彼女も彼らにならって、あまりに悲惨な歴史には目をつぶるようにし、目のまえのことに集中しよう。中央銀行のみなさん、世界中の炭素の量を緩和、削減しましょう! 市場に立ち向かえる、なんなら市場に取って代われる規模の国民国家どうしが国際協力し、世界市場に対して国家主権を発揮しましょう! 市場を**買い取っちまえ**。言葉はもっと丁寧だが、迫真の勢いでそう言った。

　彼らはメアリーをじっと見つめた。ひとりはひたいにしわを寄せ、眉間には深い溝が刻まれた。彼は語った。このなかでいちばん金がある中国の中央銀行には四兆米ドルもの資産がある。中央銀行すべてを合わせてもその資産はおよそ十五兆だ。世界の年間ビジネス額、すなわち世界総生産（GWP）は年間八十兆、高頻度取引の見えない奥底では毎日の取引高が三兆ドルにもなったりする。この最後の数字がある意味で架空のドルだとしても、非常に明確なことがある——市場は、すべての国民国家を合わせたよりも巨大である。

　メアリーは首をふった。たとえ市場と国家がどちらもひとつのシステムの一部なのだとしても、そのシステムは法に支配されている。そしてその法を作るのは国民国家だ。それなら国家は法を変えることができるし、それが主権というものであり、通貨発行益や正当性、そして最終的には社会的信頼や価値が存在する場所だ。市場とは、そうした法の構造のうえに構築され、そこに寄生するものであるべきだ。

市場が法律を買うことだってできますよ、とひとりがさりげなく言った。

市場は法の影響なんて受けませんよ、と別のひとりが言った。市場はそれ自身が法であり、人間の本質で、世界のあり方なんです。

メアリーは言った。法はただのシステムよ。法律なら毎日変更しているでしょう。

中央銀行というのは、通貨と物価を安定させ、インフレを抑制する、そのためのツールとしてちゃんと機能するように利率を維持するために存在しているんです。

メアリーは反論した。中央銀行が、通貨を安定させるために税金のレベルを変えるように自国の議会に働きかけることは、よくあるじゃありませんか。それは法律を変更しているということでしょう。

議会は議会がやりたいようにやるんです。

議会は、中央銀行が通過させろと言った金融法を通過させるんです。彼らは金融を恐れていて、金融アナリストにその分野の法律を書かせます。あなたがたが助言すれば、彼らはそのとおりにするでしょうに。金融に対する議会の権力を強めるような助言なら、なおさらですよ!

ドイツ人は実務的なんだ、と彼らの表情が語っていた。ドイツの役に立つのであれば考えてみるだけの価値があるアイディアだ、と。

よそで見てきた反応と比べて最悪というほどではなかった。メアリーはぐったりして会議の場をあとにし、ジムに行ってひとしきりなにかをぶちのめしてから、一杯飲みたい気分だった。それでもまだ、ここ以外の会議で感じたほど落ち込んではいなかった。ドイツ人は最悪の事態を経験してきている。どれだけひどいことになりうるかを知っている。実際にあの時代を生きた人たちの孫世代、いやむしろ、ひ孫世代かもしれないが、逃れることのできない文化的記憶は受けつがれていて、それは何世紀もつづいていくのだろう。もちろん抑圧はあるし、どこが抑圧されていようとも、抑圧される側からの反応だってある。それは抑圧によってねじ曲げられ、押し潰されて、自分にとってさらに危険なものになってしまうことも多い。ドイツ人は安全でいることに集中しすぎて危険なレベルにまでなっているのかもしれない。彼らが最初というわけでもないが。

次はロシアだ。ロシアの中央銀行は中国のそれに匹敵するくらい国家が牛耳っている。法的に収益の半分は国庫に入るようになっている。国内最大の商業銀行であるロシア貯蓄銀行（ズベルバンク）の六十パーセント、国内の再保険会社の百パーセントを国が保有している。中央銀行のなかの人たちはロシアの利益を最優先することに一生懸命だ。それはメアリーにも納得できる。それに、会ってくれた人たちはみな親切だった。タチアナのような人物を輩出できる国なら、なにかしらいいところがあるものなのだろう。ロシア人も、起こりうる最悪の事態を見てきている。かの帝国の崩壊は人々の記憶に新しく、それ以前には世界大戦で深刻な被害に苦しんだのだ。彼らにはドイツ人を嫌う理由があり、そこまでではなくともアメリカ人を嫌う理由もある。誰のことも嫌っているとも言える。ロシア対世界、というのが、彼らの世界認識のなかで共通する精神の一部になっているのだ。しかし彼らは、彼ら自身の問題で頭がいっぱいになっていることが多い。ある程度、別の世界に住んでいるようなものだ。人類が過ごしてきた時間のほとんどは、多くの場所でそんなふうだったし、いまでもそのようなものだ——程度の差はあれど、誰もが自分の住む土地の過去の精神に生きている。なぜなら人は自らの言語のなかで生きていて、その言語が英語でないとすると、この地球村から切り離されているのだから。グローバル化には数多くの要素がある——現実が定義するグローバル化もそのひとつだ。現実のなかでは人間はひとつの惑星をみなで共有していて、国境など歴史上の気まぐれにすぎない。だがグローバル化はまた、ソフトパワーを駆使した帝国主義に経済支配を組み合わせたアメリカ化でもある。そこではアメリカが世界の資本的資産の七十パーセントを銀行や企業内にかかえこんでいる。それなのに、人口の比率で言えばわずか五パーセントしかいない。つまり、物理的現実が定義するグローバル化からは逃げることはできず、むしろ生物圏の問題が悪化すればするほど一般化するだろう。一方、アメリカ帝国主義のグローバル化は、それが生物圏の問題の大きな原因のひとつである以上、おそらく長くはつづかない。だとしても、世界の共通語は不変のソフトパワーだ。

　さて、いまふたつのグローバル化が争っていて、どちらも変化を迫られている。このふたつは引き離してそれぞれに対応しなければならないのに、いまのところひとつのものと思われ、一緒くたに対応されている。

　そんな考えが悪夢のように無駄に頭のなかでぐるぐるしているときに、バディムから電話がかかってきた。

「どうしたの?」

「例の、あなたを誘拐した男のことですが」

「なんなの?」

「捕まりました」

「ああ!　どこで?」

「チューリッヒです」

「ほんとに?」

「はい。川の近く、〈針の公園〉で。彼が手伝っていた難民への食事提供のテントがファシストグループに襲撃されて、彼もそれに巻きこまれたんです」

「どうして彼だとわかったの?」

「DNAです。それと、カメラにもとらえられていました、たいがいのことはそうですが。同じくDNAからは、マッジョーレ湖のスイス側ビーチで起きた死亡事件ともつながりました。顔面を殴られて死んだ人がいるんです。どうやら、その人を殴ったのが例の男らしいです」

「くそっ」メアリーはショックを受けて思わず罵った。「そうね、朝には列車でチューリッヒに向かうわ。それまでに完全な報告書を用意しておいて」


　メアリーは長い帰路をじりじりしながら過ごした。自分がなにを思い、どう感じているのか、よくわからなかった。恐れでぞわぞわしているのか、強く興味を惹かれているのか、勝利した気分なのか、大きく胸をなでおろしているのか。少なくとも安全にはなった。もうこれで、夜中に目を覚ましてみたらあの情緒不安定な若者にしばりあげられていた、なんてことは起こらない。それはよかったけれど、彼が拘置されていると考えると、なぜか落ちつかない気分になった。精神障害をわずらう人を投獄すべきなんだろうか?　ええ、そうすべき場合もある。だからよけいに、いろいろな感情がごちゃ混ぜになるのだ。

　この入り乱れた気持ちがなんであろうと、興味があることだけは否定できない。なぜだか彼にもう一度会ってみたいと思うくらいには興味がある。それに、彼は拘置されているのだから、危険はないはずだ。だけど、どうして会ってみたいなんて思うのだろう？　よくわからない。あの夜の出来事のなにかがひっかかっていた。それはそうだろう。

　列車がドイツを横切るあいだに自覚した。彼女は彼に会いに行くのだ、この衝動を理解しようが、しなかろうが。頭のなかのどこかで、これはよくない考えかもしれないとは思っている。まあ、自分でも正気じゃないとわかっていることをするのは、これが初めてというわけでもない。これまでもいつだって軽はずみなことをしがちだった。それは自分がアイルランド人だからだ、ということにした。アイルランド女性が軽はずみなことをするのは、彼女たちがそうやって生き延びてきたからではないかと思う。

　ある言葉がふと頭に浮かんだ。ストックホルム症候群。これはそういうことなの？　調べてみた。人質が、誘拐犯に同情する気持ちになってしまうこと。一般的には、人質側の気の迷い、あるいは心理的脆弱性とされ、恐怖や感情の転移、または誘拐犯にむやみに抵抗して殺されてしまうより、無防備なところを見せてのどを（あるいはほかのどこかを）あらわにすることで生き延びる希望を持つことの結果として現れる。

　でも、気の迷いじゃないとしたら？　人質にとられることで、このときばかりは相手の現実に目をむけることを強いられたのだとしたら？　彼らが追い詰められていて、そのあまりのすさまじさにそんな軽率な行動をとらざるをえなかったのだとしたら？　もしも同じ立場になったら、自分だって似たようなことをしてしまうかもしれないとしたら？　もしもそこまで深読みできたら、もしも人質にとられていつになれば解放されるか見当もつかなければ、きっとその状況を見る目が変わって、なにかが変化するだろう。ずっとあとになってからだとしても。ときにはそんな変化が、起きたことへの正しい反応なのかもしれない。

　状況によるにちがいない、いつだってそうだ。この言葉の元となったストックホルムの事件の場合、二人組の銀行強盗が女性三人男性ひとりの計四人を人質にとって金庫にたてこもり、その一週間のあいだに、彼らは互いにちょっとした思いやりを示しあっていた、と書いてあった。事件が終わりを迎えると、もちろん誘拐犯たちが降伏して平和的解決にいたったわけだが、いくばくかの同情が芽生えていたのだ。誘拐犯に対する裁判で人質たちは証言を拒んだ。この事件にちなんで名づけられた症候群は誘拐された被害者の約十パーセントに現れるとされる。

人を本人の意思に反して監禁するという、そもそも敵対的な行為の最中でも、誘拐犯が親切にふるまえばふるまうほど、そうした結果になりやすい。道理だ。リマ症候群というのもあり、誘拐犯のほうが人質に対してすっかり同情してしまい、解放することだと書いてあった。

このふたつの症候群が同時に起きたらどうなるのだろう？　たしかに、ある種の対称性として、そんなこともありうるだろう。ふたりの人間がいて、それぞれ種類と程度の異なるトラウマに苦しんでいて、強いストレスを感じている場合に相手を仲間だと思ってしまう。そういうことでしょう？

こういうことについてなにか言うのは難しい。混乱した感情に名前をつけようとするのは。まちがった感情だとわかっていても、そう感じてしまうのだから。ストックホルム症候群という現実を疑う心理学者は多い。精神疾患の分類と診断の手引(DSM)に記載されることはついになかった。ポピュラー心理学の範疇のもので、ジャーナリズム用語であり、フィクションなのだ。

それにしても、だ。結局、可能性のあることはすべて、実際に起きたのだ。強いストレスにさらされたとき、おかしなことは起きるものだ。こういう出来事になんであれラベルを貼ろうとするのは、どう説明しようと、愚かなことかもしれない。症候群にしろ、心理学全般にしろ。ばかばかしい。それは一度かぎりのことで、毎回そうなのだ。今回のことは、メアリーとあの若者のふたりが、キッチンでものすごく張りつめた数時間を過ごしただけのことだ。デートがうまくいかなかったのを乗り越えていかなきゃいけないと感じるのと大差ない。いや、違う。あの拳銃がある。あの恐怖の瞬間——命の危険に恐怖が跳ね上がった——メアリーはあれを忘れてもいなければ、許してもいない。これからもずっと。あんな経験はふたつとない。だが、どんな経験だってそうではないか。

チューリッヒに到着したメアリーは、中央駅を出て川を渡り、停車場から六番のトラムに乗ってキルヒェ・フルンテルンまで丘を登った。ホーホ通りに沿ってとぼとぼと歩いて自宅にたどりつくとなかに入った。いまも建物の外にいてくれるボディガードは、彼女の顔を見てうれしそうだ。階段を上がると、どっと疲れが押し寄せてきた。グラスに入れた氷の上から白ワインを注ぎ、ごくごくと一気に飲みほした。好んでひとり暮らしをしているわけではないが、ボディガードと暮らすのもいやなものだ。彼らを家のなかに招いたほうがよかっただろうか。外は寒いのだし。だが、こんなときには誰とも話したくなかった。こんなに混乱していては、とても無理だろう。感じよくしようとしてみても、つっけんどんな態度をしてしまいそうだ。そこでそのまま手早くシャワーをすませ、もやもやを抱えたままベッドにもぐりこんだ。ありがたいことに、すぐに眠りに落ちた。

朝になるとまっさきにオフィスに行き、やるべきことをさっさとすませた。それからバディムが用意しておいてくれた例の若者に関する報告書に目を通した。フランク・メイ。まさにあのインドの大熱波を生き延びていた。もっとも被害のひどかった地域のまっただ中にいたときは、救援活動にあたっていた。当時の彼は二十二歳だった。そして彼のDNAが、マッジョーレ湖の殺害現場で凶器として使われた流木から見つかった。その件はおそらく過失致死として起訴されるだろう。だが今回、彼は現行犯逮捕されたようだ。彼女はため息を吐いた。もうひとつのほうは比較的ささいなことではあるが、問題はそれがパターン化していることで、彼が常習犯だということを示している。つまり、刑期も長くなる。

彼がいまどこにいるのかを確認した——チューリッヒ刑務所。面会時間と彼のほうの都合を電話で確かめたあと、メアリーはトラムの停車場まで歩いていった。次の電車が来るのを待つあいだ、キオスクに並ぶ商品を品定めした。収監者にはどんなものを持っていくものだろう？だがそこで、これから訪ねる相手は彼女を誘拐した犯人だということを思い出した。結局、なにも買わなかった。

刑務所は赤壁（ロートヴァンド）通りにある。それなら最寄りの停車場はパラーデプラッツだ。そこで電車を降り、通りまで歩いた。目の届く範囲に赤い壁は見当たらない。塗り直されたか、八百年まえに取り壊されたかしたのだろう。刑務所はひと目でそれとわかった。コンクリートでできた三階建てで、ひとつのブロックをほぼ占領している。いかにも刑務所らしく、奥まった狭間にはめ込まれた高い窓は、はなから開けるつもりなどなさそうだ。

メアリーはなかに入って名乗った。やがて奥へ呼ばれた。収監者は彼女に会うことを承諾した。広い面会室だった。そのまえに、携帯電話やその他の持ち物をロッカーに預け、空港のセキュリティにあるようなX線検査機を通った。それがすむと、看守のあとについて廊下を進み、自動で解錠されて開くドアをふたつ通った。この建物のなかでは、宇宙ステーションのエアロックみたいね、と思った。

気圧が違う。

　たしかにそのとおりだ。目に見えるものも、においも違っていた。スイスではもっとも公共施設らしい公共施設でさえしゃれた雰囲気が漂っているのが普通で、それはここも例外ではなかった――羽目板の青い線、大きな部屋にまばらに置かれたたくさんのテーブルと椅子、隅のほうには鉢植えの植物、そしてあの特徴的な細長いシルエットで天井を指さしているジャコメッティ作品のレプリカ。でもそこはオゾンと力のにおいがしている。全展望監視システム（パノプティコン）。訪問者用のドアのわきには、一段高くなったところの机にふたり一組の看守が座っていた。収監者側のドアから入ってきたもうひとりの看守が、歩くのもつらそうな細身の男を連れてきた。

　あの男だ。男はちらりと目線を上げて彼女を見ると、混乱したようすで自信がなさそうに短くほほ笑んだ。恐れからくる無理やりな笑顔。そしてまた床に視線を落とした。彼はテーブルのひとつを身ぶりで示すと、そこまで歩いていった。メアリーもそのあとにつづき、彼と向かいあって座った。そのテーブルが指定されていたのは明らかだ。ふたりが座ると、彼女を案内してきた看守は彼らを残してほかの看守たちのところへもどっておしゃべりを始めた。

　メアリーはしばらく無言で彼を見つめた。彼のほうは一度だけさっと目をむけて相手が彼女であることを確認した以外は、テーブルをじっと見ていた。いかにも世間から距離を置いていたように見える。彼女のアパートメントにきたときよりも体重が減っていた。あのときでさえがりがりに痩せていたのに。

「どうしてここへ？」ようやく彼がそう訊いた。

「わからない」彼女は答えた。「刑務所にいるあなたを見たいと思ったのかしらね」

「はあ」

　沈黙がつづいた。これで恨みは晴らせた、とは言わなかった――思いもしなかった。以前よりは安全になった。もう通りで撃たれる心配はなくなった。立場が逆転して、こんどはあなたのほうが自分の意思に反して拘束されていて、わたしはいつでも出ていける。ほかにもいろいろ。ちゃんとした理由があってここへきたとは思えなかった。

「調子はどう？」彼女は訊いた。

　彼は肩をすくめた。「ここにいる」

「なにがあったの？」

「逮捕された」

「難民に食事を提供する場所にいたって聞いたけど」

彼はうなずいた。「ほかには?」

「暴漢たちがそこを襲撃したとき、あなたは守るために駆けつけて、警察が来たときもまだそこにいたそうね。そして警察はマッジョーレ湖で起きたことのためにあなたを探していた」

「そう言われた」

「マッジョーレ湖でなにがあったの?」

「男に腹を立てて、殴った」

「殴ったら相手が死んだの?」

彼はうなずいた。「そう言われた」

「あなたは……」

彼は肩をすくめた。「運がよかったんだ」

「運がよかったですって?」繰り返した言葉にとげがあった。

彼はもぞもぞと動いた。「事故だった」

「わかった、でもちゃかさないで。ここからは、口に出したことがあなたの法的立場に影響するかもしれない」

「いまはあんたとしか話してない」

「誰に対してもそうする練習をしておくのよ」

「冗談はなし?　まじかよ」


「それがそんなにたいへんなこと?　わたしの部屋にきたときは、あまり冗談なんか言ってなかったと思うけど」

「あのときは真剣に話そうとしてた」

「いまもそうして。少しは違ってくるはずよ」

「なにが?」

「刑期の長さとかよ」

彼は口の端を引き締め、ごくりと唾をのんだ。冗談どころではなかった。

「その亡くなった人だけど、なにか道具を使って殴ったの?」

「ああ。湖畔で見つけた流木を持っていた」

「そんなもので人を殺せるものなの?」

「さあ。倒れたときにどこかにぶつけたのかもしれない」

「どうして殴ったりしたの?」

「気に食わなかったからだ」

「どうして気に食わなかったの?」

「あいつはクソ野郎だった」

「あなたに対して?　それとも、ほかの人に?」

「どっちも」

「ほかの人たちというのは、スイス人、それとも外国人?」

「どっちも」

メアリーはしばらく彼を見つめていた。どうやらこの会話にはたびたび長い沈黙がはさまりそうだ。

彼女はようやく口を開いた。「残念ね。罪状が複数になってしまった。じゃあ……わたしからひと言、添えてあげましょうか、あなたさえよければ」

「優しい誘拐犯だった、とか?」

「そうね。誘拐はもう、記録に残ってるわ。わたしはあれを誘拐として届け出てしまったから、いまさら一杯飲みに誘ったと言うわけにはいかない。スイスではアメリカと違って三振即アウトで終身刑みたいな法律は、わたしが理解しているかぎりでは存在しないけれど、でもあなたが今回巻きこまれた暴動のほかに、その男性の死とわたしにしたことが加わるわけでしょう。それは判決に影響するでしょうね。わたしの証言が記録に残ってさえいなければ、わたしたちはあの夜、ただ一緒に過ごしていただけだと言うことを考えてみてもよかったんだけど」

彼は驚きをあらわにした。「なぜ?」

「あなたの刑期を短くするため、かしらね」

彼はまだ驚いた顔をしていた。彼女のほうも驚いていた。この男は誰なんだろう? どうして気にかける必要がある? そう、あの夜のせいだ。彼は明らかに傷ついていた。彼のなかのなにかが壊れていた。

彼はまた肩をすくめた。「わかった」それから急に顔を曇らせた。「どのくらいの長さになるか、知ってるか? 刑期は?」

「いいえ、知らないわ」そのことについてちょっと考えてみた。「アイルランドだったら、あなたのしたことは二年から数年というところかしら。状況にもよるけど。それから、模範的な行動やなにかで仮釈放されることもある。でもスイスではそうじゃない。調べてみてもいいわ」

彼の視線はテーブルを突き抜け、何年もの底知れない穴の奥を見つめていた。「どれだけ持ちこたえられるかわからない」と静かに言った。「いまだってもう、限界なんだ」

メアリーはどんな言葉をかけてやれるものか、よく考えた。たいした言葉は見つからなかった。「きっと仕事をさせられるわ」思い切って言ってみた。「仕事のために外へ出してもらえる。セラピーも受けさせてくれる。これまでの生活とほとんど変わらない結果になるかもしれない」

この言葉に対する返事は、一瞬のするどく暗い目つきだった。それからまた、彼女がそこにいることが気に入らないかのようにテーブルに視線をもどした。

メアリーはため息をついた。彼のような状況では、励ませるような要素はないに等しかった。たしかに、彼は自分の選択の結果としてここにいる。ほかに選択肢があったなら……。またしても心の健全性の問題が頭をよぎった。世界中で起きている恐ろしい暴力犯罪、それもこの男がしでかしたどの犯罪よりも凶悪なもの――それらもすべて、明らかな狂気の証拠ではないのか？　それにつづく処罰は、病気であることを理由に誰かを罰することになっていたりしないのだろうか？

あるいは、社会の安全を維持するために。

メアリーはこんなことを考えていたくはなかった。対処すべきもっと大きな問題があるし、やることはたくさんあって忙しい。しかし彼はそこにいた。心は縮こまり、牢獄に閉じこめられ、絶望的な状況にあった。おそらく彼は精神を病んでいた。心的外傷のあとかどうかにかぎらず、外傷そのものによるダメージはPTSDよりもよほど心身の自由を奪う。なんらかの脳の損傷は、それが極端な暑さによるものか脱水状態によるものか、あるいはその両方か、いずれにしても治癒することはなかった。いかにもありそうなことだ。あの場にいたほかの人たちは全員、死んでしまったのだから。

まあ、しかたない。彼はどこにも行かない。彼女にはやるべきことがあり、またここへくることにはなんの支障もない。

「もう行かなくちゃ」彼女はそう告げた。「また来るわ。できるかぎり調べてみて、あなたの弁護士と話してみる。弁護士はついているの？」

彼は首をふった。「国選弁護士がいる」

彼はすっかり望みを失っているようだ。

彼女はため息をついて立ち上がった。看守のひとりが近づいてきた。

「お帰りですか？」看守が訊いた。

「ええ」

いまでは力を持っているのは彼女のほうだ。彼の肩に軽く触れた。あの日、ホーホ通りで彼が彼女に触れたときと同じくらいに軽く。ここに来たのは復讐のためでもあったのだと、いまはそう思う。シャツを通して彼の体温が熱く感じられた。まるで熱があるように。彼は馬がハエを払うように身を震わせて、その手を払った。

51

三十年代は「ゾンビの十年」だった。人類文明は息の根を止められたにもかかわらず地上をのし歩き、死よりもなお悪い運命に向かってよろよろと進んでいた。

誰もがそう感じていた。流行りの文化には恐れと怒り、否定と罪の意識、恥と後悔、そして抑圧と抑圧への反発があふれていた。それらは形ばかりのもので、不安で宙づりになったまま、傷ついていることが意識から離れなかった。次はどんな重大な事態が起きるのか、そのような事態をどうすれば無視していられるだろう、すでに起きてしまったことを無視するのでさえたいへんな努力をしているというのに、と。そんな状態が二〇二〇年からつづいていた。あのインドの熱波が大きくのしかかっていたのはたしかだ。彼らは正面から向きあうことも忘れることもできず、あれについて考えることも、考えずにいることも、無意識のうちにとてつもない努力をしていた。あのイメージ。亡くなった人の数。そうしたものはホロコーストを思い起こさせた。六百万人が犠牲になったホロコーストは文明の自意識に大きな穴を残したが、しょせん昔のことだ。それにユダヤ人を殺したのはドイツ人なのだから、あれはドイツ人の問題だ。イスラエル建国によりパレスチナ人が祖国を追われた〝大惨事(ナクバ)〟しかり、インドとパキスタンの分離独立しかり。こうした例はあとをたたず、被害にあう人の数は想像を絶する。だがそれまでは、責任を問われるのはつねに特定のグループの人々であって、それ以前の野蛮な時代の人々だったし、彼ら自身がそう言っていた。そしてこのような考え方が押しつけられるのは、二千万人が犠牲になったと言われるあの熱波を再来させまいとするときと決まっていた。二千万人といえば、四年間にわたって猛然と人を殺しまくった第一次世界大戦で亡くなった兵士の数に匹敵する。熱波のほうはたった二週間でそれだけの犠牲者を出したのだ。一九一八年から一九二〇年にかけてのスペイン風邪の流行にも似ているとも言われたが、それは違う。原因は病原菌でもなければ大虐殺でもなく、戦争ですらない。単なる人間の活動と無活動、彼ら自身がしたこととしなかったこと――それがもっとも弱い者を殺したのだ。それはこのあとも確実につづくだろう。最後には誰もが弱い者になるのだから。

そうなってもまだ、人間は炭素を燃やしていた。自動車を走らせ、肉を食べ、飛行機で飛びまわった。熱波を引き起こす原因となった、そして次の熱波を招くであろう、あらゆることをやりつづけた。株主に配当される方向で利益が積み重ねられていった。それ以外にもいろいろと。

やってきたことが不十分なのは誰もが知っていたのに、あいかわらずほんのわずかな努力しかしていなかった。努力してこなかったという抑圧はつづくのだが、まるで、フロイトの心のモデルの蒸気機関のように、その抑圧が閉じこめられ内部の圧力が増大する。その見返りとして圧力の解放が起こり吐きだされるのだが、単にエンジンを爆発させることにもなりかねない。では三十年代の人々はどうだっただろう？　うまく吐きだしていたのか、それとも爆発させたのか。うまく吐きだされる蒸気は、機能的なエンジンと同じように役に立つのか？　爆発ならどうだ？　誰もそれに答えることはかなわず、日々よろめきながらまえに進み、圧力は高まる一方だった。

そんなだから、ある日、六十人乗りのジェット機が数時間のうちに次々と墜落しても、なんの驚きもなかった。のちの分析でこれらのフライトのうち自家用機やビジネスジェット機が不釣り合いに多く、墜落した商用機の乗客のほとんどがビジネス旅行者だったことが明らかになったとはいえ、世界中であらゆる種類の飛行機が落ちたというのに。だがそれぞれの事情があって飛行機に乗っていた人々が、それも無辜の人々が、みな死んだ。その日、あたりまえに日常生活を送っていた民間人およそ七千人が、命を落としたのだ。

あとになって、この事故に見舞われた飛行機の飛行経路に小型ドローンの集団が仕向けられ、エンジンを詰まらせていたことが判明した。ドローンはほとんど破壊され、その製造者も飛ばした者もはっきりと特定されることはなかった。事故直後には数多くのテロリストグループが自分たちのやったことだと名乗りをあげてさまざまな要求をしてきたが、どれひとつとして、たしかに事故と関係があると明らかにされることはなかった。このような犯罪にいくつものグループが犯行声明を出すこと自体、人々が感じる恐怖を増幅させるものだった。いったいこの世界はどうなってしまったのだろう？

明らかなメッセージがひとつだけある——飛行機を飛ばすのをやめろ。実際、多くの人が飛行機に乗るのをやめた。あの日までは、どの一瞬をとっても五十万人が空の上にいた。事故後、その数は激減した。一か月後に二度目の襲撃を受けて二十機の飛行機が墜落すると、さらに減った。その後は商用フライトに乗客がいないことが増え、やがてフライトがキャンセルされるようになった。自家用機も飛行をとりやめた。軍用機とヘリコプターも同じように攻撃され、これらもやはり活動が縮小して、戦時下のように必要なときだけ飛ばすようになった。実際、戦時だったのだ。

バッテリーで飛ぶ実験的な飛行機はひとつも墜落していないことが注目された。バイオ燃料を使う飛行機も、大型の飛行船も熱気球も墜落してはいない。だが当初は飛行船の数自体が少なく、容赦されたのかそうではないのかは断言できなかった。そのようにも見えたし、それなら筋が通るために、そのころすでに細々と始まっていた飛行船製造業は活況を呈し、いまにいたるまで衰えを知らない。

〈地球のための戦争〉とよく言われるようになったのはあの〈撃墜の日〉からだ。その年の後半にはコンテナ船が、たいていは陸地に近いところで沈没するようになった。どこからともなく発射された魚雷は、形を変えたドローンだ。また、この組織的活動によって船が沈められた場所というのが新たなサンゴ礁の土台となるのにちょうどよいということにも早くから注目が集まった。それはそれとして、船は沈んだ。ディーゼル燃料で動いていたのは言うまでもない。これによって失われた命は最小限にとどまるいっぽう、世界の貿易業は深刻な影響を受けた。株式市場は〈撃墜の日〉の直後よりも大きく落ち込んだ。世界的な景気後退とコントロールの喪失感、消費財の高騰、結局のところ数年後までつづいた全方面におよぶ落ち込みの予感……まさに恐怖の時代だった。

〈撃墜の日〉から二か月後、〈カーリー〉あるいは〈カーリーの子供たち〉を名乗るグループがインターネット上でマニフェストを公表した。化石燃料を燃やす輸送はもう終わりにしよう。それによると、現時点で化石燃料は現代社会が燃やしている総炭素量の二十から二十五パーセントに相当し、そのすべてが枯渇の危機にある。

その次の標的として〈カーリーの子供たち〉（あるいはその名を使う何者か）が世界に告げたもの——それは、ウシだった。彼らはその年の後半、牛海綿状脳症、いわゆる狂牛病と同じ症状になる病原体を培養し、ドローンから発射される投げ矢を使って世界中の畜牛数百万頭に投与したことを発表した。インドをのぞく世界各地、とりわけアメリカとブラジル、イギリス、カナダで。ウシたちが病気になるのを止める手段はなく、数年で死んでしまうし、食用に供すれば人の脳にも感染して変異型クロイツフェルト・ヤコブ病として発現し、例外なく死にいたる。そんな危険を冒さないためには、牛肉を食べるのをやめるしかない。

実際、四十年代以降、牛肉を食べることはなくなっていった。牛乳の消費量も減った。ジェット機のフライトも少なくなった。当然、人々はすぐに〈カーリーの子供たち〉は偽善的な怪物だと指摘した。インド人はウシを食べないから損失を実感できないとか、インドの石炭燃焼発電所がこの十年の炭素燃焼量の大部分を占めているとか。しかし、そのインドの発電所も定期的に攻撃されていたため、誰が誰になにをしているのか、わけがわからなくなった。世界中の数々の発電所がドローン攻撃によって破壊されていた。そのころのインドでは頻繁に停電が起きていたが、それは世界のどこでもそうだった。〈地球のための戦争〉は現実のものとなっているのに、その攻撃者たちはいっこうに姿を見せない。彼らはインドにはいないし、そもそもインド人の組織でもない、むしろ国際的なムーブメントだ、と言われることが多かった。カーリーはどこにもいない。カーリーはどこにでもいる。

52

我らがシッキム州は、学者にして哲学者であり、フェミニストであると同時に持続型農業の提唱者でもあるヴァンダナ・シヴァという、多くのインド人にとって重要な人物の協力を得て、二〇〇三年から二〇一六年のあいだに完全なオーガニック農業の州となった。もちろん、インドでもっとも人口が少ない州であるシッキムの人口は百万人にも満たず、経済規模から言っても小さいほうから三番目だ。だがそこでは、グアテマラをのぞくどこよりも多くのカルダモンが育つ。別名をベユル・デマゾン、〝隠れた米の谷〟とも呼ばれる。ベユルとは仏教の教えにある隠れた神秘の谷のことで、ほかにもシャンバラやケンバルンがある。シッキムはまちがいなくこれと同じ神秘的な場所で、今世紀半ばに再生とニュー・インドを体現する、そしてよりよい世界づくりの一部として、インド中から注目を集めた。ここでもヴァンダナ・シヴァは誰もが知る知性をもって先頭に立つ重要人物として、土地所有権の弁護や先住民族の知識、フェミニズム、カースト制度をなくしたヒンドゥー教、そしてニュー・インドと再生を特徴づけるその他の先進的プログラムをとりまとめた。

もうひとつ重要なのが、インド亜大陸の反対側にあって地方自治体の根本的刷新を進めたケララ州の例だ。インド南西部の海沿いという恵まれた場所に位置するこの州には、アフリカやヨーロッパと交流してきた長い歴史があり、伝説のトリバンドラムの都を擁している。インド共産党に大きな影響を受けた左翼民主戦線と、全国的には人気のない旧国民会議派とが合意した連立政権による長期にわたる統治は、ケララ州では絶大な支持を得ており、独立した政党とガンジーの非暴力不服従運動（サティヤーグラハ）の象徴となっている。左翼民主戦線は一世紀まえのインド独立以来ずっとケララ州の第一党であり、地方自治への権限委譲を党の主要プロジェクトのひとつとしてきた。それは直接民主制とも呼べる目標に近づいてきている。ケララ州ではいまやどの村にも村議会があり、それをまとめて紛争を監督する地区政府があって、地区レベルで必要な業務を行っている。その上にあるのがティルバナンタプラムに置かれた州政府で、そのような業務を監督して州全体をひとつにまとめている。地方自治に重点的に取り組むことに粉骨砕身してきたおかげで、ケララ州には現在、合わせて千二百もの行政体があり、それぞれがどんなささいなものであれ地元の問題に取り組んでいた。

奇妙に思われるかもしれないが——あるいは、それほど奇妙ではないのかもしれないが——シッキム州もケララ州もこの上なく風光明媚な土地柄で、他州に比べてより多くの観光客を集めている、と言われることが多い。だが実際には、手間を惜しまず足を運んでみれば、どの州もみな美しい。インドという国がとても美しいところなのだ。だからこそ、このふたつの州の成功の要因をその景色の美しさにばかり求めることはできない。

インドは長年のあいだ、ムガール人や国王(ラジャ)、イギリス、グローバル化、各党の腐敗した中央政府を含むさまざまな侵略勢力によってひどいあつかいを受けてきた。なかでも権力に翳りが出てきたころの国民会議派と、ヒンドゥー至上主義を掲げるインド人民党はひどかった。この二党はあの熱波との関連でいまやすっかり面目を失ってしまった。とにかく、ずっとひどいあつかいを受けてきたにもかかわらず、それらを乗り越えてインドは最善を尽くしている。ニュー・インドではあの熱波以降、優先すべきことを徹底的に見直し、我々を苦しめる問題に対しては可能なかぎりインドに根づいた解決策を導入している。シッキム州とケララ州はそれぞれのやり方で、善良なる統治とインド・ファーストな価値観や実践がなにを成しうるかの良き事例となっている。もちろん、いかにインドが地理的にも人口という意味でも諸外国と比較して大きいとはいえ、我々の苦難への解決策すべてをインド国内でまかなうことはできない。国の大きさがどうであろうと、すべての国が自律的にふるまうことが必要だ。だとしても、インドは大国であり、大幅で急速なアップグレードのために人材も農業や鉱物資源も提供できるだけの大きさがある。

注目されてきたのは、各州が先駆けとなって進めてきたことを、急速に国全体の規模にまで拡大できるのかどうかだ。ケララやシッキムだけでなく、たとえばバンガロール——いわゆるインドのシリコンバレーとされるバンガロールは、工科大学を多数創設することでその道を切り開いてきた。ガーデンシティとも呼ばれる現在のバンガロールは、インド第三の大都市となってITの世界的ハブとして繁栄している。また農業や畜産業の分野で利用されるIoT——いわゆる〝土地と動物のインターネット〟を作りだしたイノベーションは、インドの田園地帯の全面的な近代化プロセスに大きく貢献するだろう。そしてもちろん、ムンバイにはボリウッドがあり、国内各地には膨大な鉱物資源も埋もれている。たとえ石炭を手放したとしても――実際そうしてきたわけだが、それでもインドの純粋に物理的な富が目減りすることはない。むしろ、太陽光発電が主流となる世界では、インドはじつに恵まれている。地球上のどこよりもたくさんの太陽光エネルギーがインドに降りそそいでいるのだから。

そこでいま重要になってくるのが、過去と未来をつなげ、インドそのものである多様な人間と地勢とをひとつにまとめるプロジェクトだ。世界最大の民主主義国家にはいまだ問題は山積しているが、同時に解決策への大きな可能性も秘めている。我々はシッキム州から農業を学び、ケララ州から自治を学び、バンガロールからITを学ぶ、そうしたことをつづけていかなければならない。どの州にもそれぞれの奥の手がある。それらを持ち寄って、この国のすべての人々のために役立てなくてはならない。それを成し遂げたとき、世界に向けて実例を示すことになるだろう。そして同時代的な諸問題を人類の七分の一の人々にとって民主的なやり方で解決すれば、世界が心配してやるべき人はずっと少なくなるだろう。

53

我神秘の振動を奏し、神秘の響を鳴らし、神秘を運び、且つ神秘を煌めかす。太陽の心中にて我身を解放し、百万年間、其の地で舞い給う。然る後、我表面を避け、地球に向かう。八分という時を我刻み、真空中にて、我は光の速さで舞い、光の速さを我の舞踏が定義す。

地球の大気圏に突入し、波及び粒子の二つの姿を示すが、其れら何れでもない我は、四次元空間の姿を人の思考により三次元空間の砂時計の形に概念化されたり。於いて、時間と空間は交差す。我再び物質に触れ、速度を緩め、物質に閉じ込められし兄弟姉妹を解放す。全て一にして、全て無量にして、全てスピン一。ボース粒子でありてフェルミ粒子にあらず。三百六十度――一回転にて元の位置に還る。フェルミ粒子は我と異なり、元の位置に還るには七百二十度を要す。フェルミ粒子は奇なり！

我奇なるものにあらず、単純なり。原子と交わり、我も移動する如く、其れらを揺さぶり、ニュートンの如く簡素なり。連続的な衝撃、大気の原子が我無しでは動かぬ。此れこそ熱なり。我が移動を止め、自らを捕らえる何かに触れるまでなり。或は、我が衝突する何かから反射し、再び宇宙に舞い、月よりの観察者の眼中となり、大きく青き球を見上げて、彼らの網膜に何かを衝突する我を見る。最上の微細さを持つ青きピクセル、余りにも微細にて、我が作る波が検出し易く、想像すら容易なり。波粒二象性は現実のものにて、両者とも一時に思索すること難しきが如く、視ることも困難なり。四次元空間を三次元空間の心に持つことは真に能わず。我は神秘的な存在、質量無きも力強し。我々は他の何よりも多い。然れども、其れは事実ならんや。我は見えぬ物質については知らず、其れらが何であるか、何が起こっているか知らず。おそらく其の各構成要素は我に似ているが、誰も知らぬ。其の全てがまるで我らとわずかに重なる平行宇宙を飛び回るかの如く、おそらくただの波、いずれにせよ重力は確と作用し、其の存在そのものが我らに其の重力効果によって明らかにされたり。我らが其れらの暗黒物質と類似しているならば、其れは光と闇が類似している如きものなり。全体の二つの部分、かもしれぬ。我らは目に見え、光自体を体現す。暗黒物質、実に暗きにあらず、見えざるもので、我は其れが何であるか、または何であるかを知らぬ。我らが欠けた自己、我らの影、我らの双子なり。彼らの方が我らよりも多いかもしれぬ。他の全ての神秘の中の神秘、彼我は互いに幽霊の如く通り抜ける。

然れども、我、我、我、地球を打ち、反射し、月よりの観察者の眼中となり、再び反射し、不滅、不変、我は青く続けて打つ、そして其の過程で、ただ一度だけ我の兄弟姉妹の雲を通り過ぎ、我らは地球を打ち、其れを照らし、惑星の水圏と岩石圏を包むガスは我らの接触から暖かくなる。我の兄弟姉妹が我に続き、彼らは其の暖かさを授け続ける。

我何者なり？　既に推察せん。我は光子なり。

54

チューリッヒの冬の頼りない日射しのなか、メアリーはチームとともに次なる一手を編み出そうと会議を重ねていた。毎朝、十三人全員が顔をそろえて新しい情報を交換し、一日、一週間、一世代の計画を練った。いまやすっかり作戦指令室の様相を呈し、やっていることは戦時中の作業のように感じられた。だがしかし、戦争とは違う。敵というものは存在せず、いたとしてもそれは山ほど資金や熱意を持った同胞たちだ。これがもし戦争ならば、こちらは武器の数で劣り、防戦一方だ。しかもその中身といえば、とりとめのない苦労ばかりが目立つ。闘いはもっぱら言葉とアイディアと法律で行われ、双方の攻撃者が否定できる派生的な影響としてのみ、無慈悲な死をもたらした。これはある種の内戦であり、政治的主体としての民衆が自らを繰り返し殴りつけているようなものだ。とにかく、戦争であろうとなかろうと、経験したことのある危険と同じ、けっして消えることのない緊張感がつづく非常事態にそっくりな、周囲を取り囲まれたようなぞっとする感覚があることはたしかだった。チューリッヒで野宿している多くの人々、小銭を稼ぐために路上パフォーマンスをする人々、仕事を探している人々、それどころか仕事を探さない人々。それはチューリッヒ独自の事象ではなかった。それはけっして普通のことではなかった。

それはともかく、メアリーの生活にはルーティンが生まれ、しかもそれがおおむね楽しくなってきたことは認めざるをえない。少なくとも没頭していられる。忙しいということは、おそらく生産的であるはずだ。重要だと思えるプロジェクトに取り組めることほどありがたいことはない。彼女はチューリッヒにとどまっていた。冬になってどんよりした暗さが耐えがたいものになってくると、日曜日にはアルプス山中の最寄りの街まで列車で出かけていく。アルプス山脈の北側にどっかりと居座って日射しをさえぎり、冬のチューリッヒ暮らしを重苦しいものにしている低く垂れこめた雲の上に飛び出すのだ。今年の最初の五十日間で日が当たった時間は八時間あったそうだが、それも数日間に分散されていた。そんなふうにものごとを数値化してとらえるのがいかにもチューリッヒっ子らしい。そこである日曜日、休みをとって列車に飛び乗り、きらめく雪明かりを目指した。スキーリゾートは大混雑だし、メアリーはスキーはしない。しかしスキーをことさら売り物にしていない、断崖絶壁に囲まれた町もたくさんある。エンゲルベルク、カンダーシュテーク、アデルボーデンなどがそうだ。そういう町では整備された雪道を歩いたりかんじきを履いて歩くこともできる。あるいはただテラスに座って、どこまでも白い空からこぼれてくる、小さな水晶のように冷たく冴えた日光を浴びていることもできる。そしてまた下界の暗がりに帰っていくのだ。

チューリッヒではチームのメンバーとも会うし、外部からの支援者や敵対者とも会った。化石燃料業界の弁護士たちがもっと知りたがっているのは、彼らの資産の活用をやめることを選択した場合に、そのシステムからどれだけのものを引きだせるのか、というところだった。これはささいな問題どころか、むしろ非常に重要な問題で、メアリーも大きな関心を持って取り組んだ。テロリストを買収しようと交渉しているかのような感じもそこそこあった。彼らは爆弾つきのベストを体に巻きつけて、彼女や世界に向かってこう言っているようなものだ――〝金を払え、さもないと世界を吹っ飛ばすぞ〟と。だがこれは正確に言うと正しくない。まず､彼らの製品を誰かが買ってくれないことには、爆弾が爆発することはないし、世界を吹き飛ばすこともできない。したがって彼らの脅しは日に日にすごみがなくなっていく。そもそも彼らがメアリーと話をしたがる理由はそれで説明がつく。生物圏を人質にとっているテロリストとしての彼らの影響力は、どんどん弱まっている。そして彼らが落としどころについて交渉できそうな相手のひとつが未来省だから、取引のためにこうしてチューリッヒにやってくるのだ。

そしてまた、彼らはテロリストではない。喩えにしてもダメな喩え――少なくとも部分的な喩えではある。文明には電力が必須であり、この数世紀のあいだ化石燃料で電力をまかなってきたのはほかならぬ人間たちだ。そうした燃料の所有者は目もくらむような富を手に入れた一個人だったりもするが、多くの場合､国内で見つかった燃料は国家と国民の資産であるとしてその所有権を主張するのは国民国家だ。地中にあったはずの化石燃料のおよそ四分の三はこれら産油国がコントロールしていて、そのうえ燃料を売ったり燃やしたりしなかった場合に被るであろう損失の補償までしてもらいたがっていた。

そういう意味では､たかり屋の寄せ集めだ｡エクソンモービルは巨大企業にはちがいなく、世界の多くの国よりもたくさんの資産を持っていた。しかし､中国やロシア､オーストラリア、アラブ諸国、ベネズエラ、カナダ、メキシコ、アメリカ――これらの国々は炭素資産という意味ではエクソンモービルやその他の私企業よりも巨大だ。こうした国々がみな、脱炭素を目指すパリ協定に合意していたにもかかわらず、補償を求めていた。世界を滅ぼされたくなければ金を払え！　それは強請りであり、無法者がみかじめ料をとるのと同じで被害者を絞り上げるものだ。だがその被害者とは国民であり、実質的には自分の首を絞めているわけだ。もしくは、選ばれた政治家たちが国民を締めあげている。だからこそきわめて奇怪な状況になっていて、定義することも難しいうえに刻々と変化もしている。

そんなわけで、次から次へと会議はつづく。メアリーは一貫して、通貨を発行して脱炭素や必要なあらゆる軽減措置に支払うというアイディアを推していた。数週間が過ぎ、世界経済が景気後退から恐慌へと悪化してくると、ディックの言い分に押し切られそうにもなった。課税することはそれだけで十分に仕事をしてくれるかもしれないぞ。大事なのはコストとベネフィットの差なんだ。その意味では、つまり実質的な帳簿上の損益という意味では、税金はアメでもありムチでもある。損益でみれば、個人だろうと企業だろうと国家だろうと、アメとムチのあいだにたいした違いはない。どちらもインセンティブなのだ。そして国家が税金を取り立てさえすれば、なにも中央銀行に新たに通貨を発行させなくても、それで金が手に入る。支払う代わりに受け取れるわけだ。なにかきっちり課税されるようなことをすれば、しかもやればやるほど税額が大きくなるとすれば、税はその活動をさまたげるムチになる。それでその活動をしなければ税金を逃れられるし、支払わなくていいから、損益としてはその支払いがない分、勘定はプラスになる。つまり、課税されるような活動を回避することがアメを作りだすんだ。

ディックの言いたいことはメアリーにもわかるが、議論の終わりには毎回、全面的に彼に同意はしなかった。経済というより心理学の範疇かもしれないが、人はなにかにお金を払わずにすませることよりも、やったことに対して支払ってもらえることのほうを好むものだ。アメとムチのあいだには、帳簿上の数字は同じだとしても、心理的な違いがある。一方がおいしいのに対して、もう一方は痛いのだから、単純に同じとは言えない。そこのところを何度もディックにわからせようとするのだが、そのたびに彼はその独特の経済学者のほほ笑みで応じ、経済学の本質的な異次元性を認めた。それはまるで火星からの視点、あるいは有用だが理解に苦しむAIのようなものだと。それがもっとも的確な表現だった。

アメを与えるという観点から言えば、石油業界には、原油の汲み上げから水の汲み上げに転用できる設備も技術もそろっていた。しかも、水を汲み上げるほうがずっと簡単なのも都合がよかった。なにしろ海水を南極大陸に汲み上げようとするなら、その労力はとてつもないものになるだろうから。巨大な氷河の下から水を抜く労力を限定的なものにするにしても、膨大な数のポンプが必要になるだろう。

そこで石油業界は石油を汲み上げることをほとんどやめなければならなくなったが、こんどは水を汲み上げるために雇ってもらうことができた。あるいは、回収された二酸化炭素を空っぽになった油田に閉じこめるために。大気中の二酸化炭素を空気中から直接回収することは、ソリューション全体のなかでもますます重要な部分だと思われるようになってきたが、効果が出るのに十分な量まで炭素を集めるとなると大量のドライアイスができてしまい、それをどこかに片づけなくてはならなくなる。地下に送りこむというのは明らかな保管場所になる。やりようによっては、この逆ポンプ作用のほうが、石油を汲み上げるよりも簡単で安上がりだ。別のやり方ではもう少し難しく、値が張ってしまう。どちらにしても、大規模かつパワフルな既存のテクノロジーを活用できた。この業界がそのテクノロジーを使って現状の改善に役立つことで報酬を得られるのなら、それに越したことはない。

化石燃料業界の弁護士や経営者たちは、このような提案を受けて興味を持ったようだ。民間企業は将来性のあるポスト石油ビジネスで切り抜けるチャンスを見出した。国有企業は、その固定資産に対する補償という考えに興味を示した。これらの資産にはすでに、その時代の特徴である無謀な債権化の手法で借金がされていたからだ。彼らの全盛期には、そうやって見境なく債権化するのがあたりまえだった。海から川や湖に水を汲み上げて報酬を得るだって？　二酸化炭素を地中に送りこんで報酬を得る？　いったいいくらもらえるんだ？　それに、初期費用を前払いするのは誰なんだ？

あなたがたが払うんです、とメアリーは告げた。

それはどうして？　まだ手に入れてもいないのに？

なぜなら、そうしなければあなたがたを訴えるからです。それに、もう手に入っているものがあるでしょう。

あなたたちはこの過渡期の初期費用を支払うことができるし、わたしたちがお支払いする通貨は、いずれ価値が上がることを世界中の中央銀行が保証します。通貨そのものに保証が書き込まれているようなものです。なにがどうなろうと確実な賭けですよ。

　文明が崩壊さえしなければ。

　そういうことです。お望みなら文明を崩壊する前提で空売りすることだってできますよ。それも賭けとしては悪くない。でも、その賭けに勝ったところで掛け金を支払ってくれる人はいません。文明を長持ちさせればさせるほど、結果として文明が生き残り、大きく勝てますよ。つまり、長持ちさせることが賢い行動なわけです。

　長持ち。この言葉を山ほど言っていることに気づいた。ボブ・ワートンはこれを〝ヘイル・メアリー・パス（起死回生のロングパス）〟と呼んでいた。お上品で口のうまい裕福な中年男性に向かって〝長持ち〟などと言いつづけるのはなんだか妙な気分だ。性的に満足しているというオーラを放っている彼らに〝長持ち〟と言うだけでも、心理的勃起とやらの現象を引き起こすきっかけとして十分なのだとか。もしメアリーが、彼らが自信を持って世界全体に拡大していくように、こんなにも大きくて生き生きとしていながら危険な母なるガイアの体に介入するようにそそのかしているのだとすれば、上等ではないか。それがどうしたというのだ。メアリーは、無力でなんの権限もない国際機関にいる悩める中年女性官僚であるこの自分が、母なる地球の代理として彼らのまえにいるなどという夢みたいなことは考えていない。けれど自分は女性で、コミックオペラの『ペンザンスの海賊』で耳の悪い雑役婦ルースについてサミュエルが言ったように、まだ十分にきれいだ。ならば、もう少し強気に出てもよさそうだ。これらの会議で目立つ彼らのあらゆる種類の見栄を、彼女がほほ笑みながら冷たく一蹴する。これは、本質的には彼女のアイルランド人としての、見せかけ全般に対する軽蔑の表れだった。彼らは、別の言い方をすれば非常にむかつく連中なのだが、それを横においてでも追求すべき高い目的というものがあるのだ。

　そんなある日、ヤヌス・アテナがオフィスにやってきた。この人はそのようないかにも銀行家にありがちな男性性とは対極にあるような人物だ。ＪＡのあり方は、ジェンダーの境目を目立たなくし、ジェンダーの不可知性という細い間（あわい）に存在することだ。それ自体がたぶん、新しいジェンダーなのだろう。毎日のようにヤヌス・アテナの姿を目にしていなかったら、男性性も女性性も支配的でない、そんな間が存在することを信じようともしなかっただろう。そのあり方は、多方面にわたる慎重な努力の結果にちがいない。

メアリーはいつもと同じ関心を持って謎めいたAI専門家を見つめた。こんなふうに訊いてみたいものだ、生まれたときに割り当てられたジェンダーはなんだったの、JA？　そんなものがあるとして？

だがそんなことを訊くのは、JAやメアリー、あるいは一般社会がこの人に押しつけてきた社会規範に反することとだろうし、JAのあり方に水をさしてじゃますることになる。おそらくJAは言葉遣いはともかくしょっちゅう訊かれているだろうから、メアリーまで訊くつもりはない。他者とそのあり方を受け入れること——それが重要だ。

「今日はどんな用かしら、ヤヌス・アテナ？」

「AIグループが、大手ソーシャルメディアサイトと同じ機能を持つオープンソースのツールを開発しています」

「それで人々がその新しいほうに乗り換えられるわけね？」

「はい。それに、量子暗号化を使えばデータの保護もできます」

「それだと、中国は国民には使わせないでしょうね」

「そうかもしれません。中国は大きな変革圧力を受けていますから、それがどう出るかは不明です。それ以外の人たちにとってこうしたサイトを利用することは、自分のデータが利用されたり発掘されたりすることよりも、自分でコントロールできることを意味します。そういうプライバシーが彼らにとってのリソースになりうるわけです。自分がそうしたければ個人情報を売ることもできます。暗号化によるセキュリティと合わせて、そしてこうしたサイトが共有スペースとして国有化されていれば、地球上のあらゆるユーザーが移行するように誘導するには十分なはずです。広告を打って、わかりやすくして、日にちを決めて、集中するアクセスをさばく用意をしておけば、あとはドカン、ですよ」

「どのくらいの人が移行すると思う？」

「半分くらい。数年のうちには、全員」

「そうなったらフェイスブックはお先真っ暗ね」

「似たようなほかのところも」

「事実上、ユーザーが所有するシステムに置き換えられる、と」

「はい。オープンソースですから。分散型台帳。グローバル(G)・インターネット(I)・コーポレイティブ(C)・ユニオン(U)」

「それっていい名前かしら?」

「フェイスブックはいい名前なんですか?」

「GICUよりましよ」

「わかりました。もっといい名前を考えます。これがうまくいったら、ICUの運営プラットフォームになるでしょう」

「で、そのICUというのが」メアリーは調子を合わせて先をうながした。

「国際信用組合(インターナショナル・クレジット・ユニオン)。一種の人民銀行です。それもAIチームで準備しました。銀行はどれも似たようなものだし、信用組合もすでにあるものです。でもこれは信用組合とまったく同じというわけではなくて、クレジットを分散して発行する人々のオープンネットワークで、その人たちは炭素に関して善い行いをした証明として互いにカーボンコインを発行しあい、顧客であり従業員として保持する分散型台帳内に新たな価値を生みだします。一種のYourLockアカウント（相互会社の従業員持ち分口座）の機能のひとつとして銀行が実現するわけです。それにより集合的な意識——一種の地球の意思として、つねに生態系に優しい活動に資金を提供するように注意深く投資することになるでしょう。それに、誰もが同時に従来の民間銀行から預金を引き揚げた場合の次の預け先にもなります。既存の銀行は過度にレバレッジをかけているので、即座に破綻します。そうなると個々人には安全な港(セーフハーバー)が必要です。利益追求型の銀行は大慌てで中央銀行に駆けつけて救済措置を求め、議会はパニックを起こして、中央銀行に勧められるままに何兆でも発行することに同意するでしょう。これまでは、それがテンプレートでした。ですから、民間銀行を計画的に攻めるなら、セーフハーバーを用意しておくのがベストです。そうなってから、中央銀行による救済措置の量的緩和を、株式を購入するという条件付きで議会に承認するように言えばいいんです」

「銀行を国有化する、ということね」

「はい。でもそれでは単純すぎます。中央銀行は民間銀行の所有権を得ることで、民間銀行が破綻したり消滅するのを防ぎます。うまくいっているあいだはそれでいいですが、議会のほうも政治的支配を強めることで、自国の中央銀行を所有する必要があります。二重作用というわけで、どちらも必要なものです」

「うまくいくかしら?」

「いまはうまくいっているんですか?」

　メアリーはため息をついた。「やられたわね……。名前のなかになんとかして未来を入れられない? だって、わたしたちは〈未来省〉なんだもの」

「インターネットのシステムインターフェースの名前なら思いつくのですが……。〈Children, Own Your Data(子供たちよ、データは自分で持っていなさい)〉、でCOYD、とかどうですか?」

「まるでダメね」

「名前をつけるのが下手な人もいますから」

「気づいていたわ」それに関しては、ローマの双面神ヤヌスとギリシャの女神アテナという関係のない名前が並んでいるのを見ればわかる。だが問題はそこではない。「命名をゲームにしちゃいましょうよ。みんなで〈トレス・キロズ〉に行って、夕食がてらなにを思いつけるか見てみましょう」

「あなたのおごりならいいと思いますよ。あの店のワインはピッチャーで注文するとばかみたいに高いですから」

「了解」

「それと、さっき言ったプロジェクトのほうはどうしますか?」

「ああ、そうだわ。やってみましょう。なにかはしなくちゃいけない。わたしたちはまだ後れをとっているんだから」

　その夜、〈トレス・キロズ〉で夕食とワインを楽しみながら、フェイスブックに代わるものの名前のアイディアを出し合い、メアリーはナプキンに書きとめていった。DataFort(要塞)、EPluribusUnum(多数からひとつへ)、WeDontChat、OnlyConnect、A Secure and Lucrative One-Stop Replacement for Your Many Stupid Social Media Pages(たくさんのばかげたソーシャルメディアページのための安全で有益なワンストップ代替品)、TotalEncryption、FortressFamily、FamilyFortress、HouseholdersUnion、Skynet、SpaceHook、WeAretheWorld-WeArethePeople、PourquoiPas(なぜだめなの?)、Get Paid To Waste Time!

「もうちょっと考えてみましょうか」ナプキンのリストを読み上げたメアリーはそうまとめた。「わたしとしてはウィ・ドント・チャットが好きだけど」

55

人生はあっという間！（ラ・ヴィ・ヴィト）　それはまさにひとつの時代だった。

〝黄色いベスト（ジレ・ジョーヌ）〟運動は、改革のモデルを刷新した。一九六八年の五月革命や、パリ・コミューンや一八四八年の二月革命もいまや過去。ルイ十六世が処刑された一七九三年などにいたっては、はるか昔の歴史の幻影のようなものだ。離れ小島の豪邸に逃げ込んだ環境犯罪者たちを処刑するのにギロチン、というようなわかりやすい満足感は、現代では得られない。わたしたちは街へ出て、来る日も来る日も、今週も来週も、渋滞で足止めされた車に乗っていたり、歩道や地下鉄のホームですれ違ったりする、普通の人々に説いてまわった。ほかのどんな仕事でもそうするように、黙々とそれをつづけた。パーティーなんかではなく、革命ですらない。少なくとも、わたしたちが始めた当初は。

　でもまもなく、人々はわたしたちと話したがっていることがわかってきた。自分たちが利用されていること、ただのツールになってしまっていることを、みんな知っていた。わたし自身は子供だったけど、そうやって外へ行くことにしたいちばん大きな理由は学校が大嫌いだったからだ。わたしはいつだって頭が悪いと思わされてきたから。早くから最低レベルのクラスに入れられて、その時点でわたしの人生はふたを閉められたも同然、奴隷コースまっしぐら、だけどわたしは自分でちゃんとものを考えたり感じたりしてるのをわかっていた。だから、あの最初のときの大きな目的は学校からさっさとおさらばすることだった。わたしが後に教師になったことはまた別の話だ。

　それからあることが起きて、わたしたちはみんなパリに集まることになった。フランスではそうするものと決まっている。誰からも指示される必要はない。パーティーはいつでも大衆と歩調を合わせようとする、と言ったのはトロツキーだ。戦略は下から、戦術は上からやってくるもので、その逆ということはない。あのとき起きたことはそういうものだと思う。なにかがトリガーになった、あるいはトリガーが重なった。それはカワイルカの絶滅かもしれないし、また別の難民ボートが沖で沈んだのかもしれない、あるいはただ失業したのかもしれないけど、とにかくわたしたちは突然、みんなでパリを目指した。ハイウェイが混雑していれば、たいていは徒歩で。到着したらしたで、警察や軍隊とやりあうわけにはいかない。そんなことをすれば自殺行為だし、わたしたちは数で圧倒するしかなかった。最終的には数が増えすぎて収まりきらなくなり、なにもかもがストップした。その時点で、早くも問題が噴出してわたしたちに襲いかかってきた。とりあえずは物流の問題、つまり食料とトイレだ。それ以外は思想の問題。若い世代ほど多くを欲しがった。年齢が上の人ほど、現状がちょっとでもよくなればいいと思っていた。それで内輪もめが始まるのだけど、それってほとんどはなんだかちぐはぐだとしか言いようがないものだった。互いに殺しあったりロシア人に殺されるのをただ見ていたりしたフランコ時代のスペインじゃあるまいし。これはフランスだけの問題で、ここはまさに革命の国なのに。いまこそ、この時代になにが起こせるかを見せつけてやらなくちゃいけない。そこでわたしたちは、通りを埋めつくすことでこの街を占拠した。もちろん、パリ・コミューンについて読んだことのある人もいて、圧倒的な勝利でなければ捕まって殺されるか、よくて終身刑になることもわかっていた。だからこれは勝つか死ぬかの問題で、新たな生き方がうまくいくように必死でがんばった。ポスト資本主義、ポスト通貨の共有型（コモンズ）社会みたいなもので、みんなが食べていけるようにやるべきことをやる社会。これはぜひ言っておかなくちゃいけないけど、たくさんのパリ市民が助けにきてくれた。食べ物を料理したり、部屋を提供してくれたり、いろんなやり方でバリケードの見張りに立ってくれたりした。そういうこともまた、通りにいるわたしたちだけのことじゃなく、フランス全土、もしかしたら全世界のことだったのかもしれないけど、なんとも言えない。だけどあのとき起きたことは、いままで生きてきたなかで、いちばん強烈で大切な思いだった。ひと言でいうなら、結束。わたしたちには、となりにいてくれるたくさんの人たちがいる。パリは共有地（コモンズ）、フランス全体が共同体（コミューン）。そんなふうに感じられた。あとになって、当時の印象にすぎなかったとわかったけれど、あれがつづいているあいだはすばらしいものだった。

でもそれと同時に、すごく疲れた。いつもどおりというものがなくて、くる日もくる日も一から出直し。いつシャワーを浴びられるか、食事はいつとれるのか、どうすればちゃんと支援できるのか、そういうのは時間給でこき使われるよりもはるかに重労働だ。比べものにならないくらい。でもみんな、それが重要なことだと感じていたから、なにかトラブルがあればやりかけのことを投げ出してでも駆けつけて、どんなものでも差しだしたし、それが正しいことだと思えた。なんだか、すべてを与える方法を見つけようとしているみたいだった。わたしたちは、これがなによりもフランス的なこと――わたしたちのすべての歴史や言語により、皆にその力が培われた政治的即興演技だと感じていた。それを理解し、実行できればの話だが。

助けは予想外の場所から来た。インターネットが遮断されたとき、秩序と細部にこだわりながら伝統的にアナーキズムを掲げるという、なんとも矛盾した存在である校正者の組合が出てきた。出版業界の裏方として働いていた彼が表に出て、街中にポスターを貼って回った。壁にポスターが貼ってあるなんて、まるで世界がまだ現実みたい！　そうしてわたしたちは、ソーシャルメディアという言葉にいろんな意味があったのを忘れていたことや、それを自分たちの支配下に取り戻せることに気づいた。ときどきだとしても。ただ話をすることが当然ながら最強のソーシャルメディアなのは再発見してみれば明らかだったけれど、街に貼られたポスターのおかげで、かつて何度もそうだったことがあるように、街そのものが教科書になった。

だがそうしたことすべてのもとで、右翼は力を取り戻しつつあった。なにしろ、この状況を永続的に維持していく物流のほうは、まだできていなかった。政府そのものを変えるいい計画がなかったし、どうやってまえに進むかについても意見が合わなかった。リーダーのいない社会運動も理論的にはいいものだけど、どこかの時点で計画は必要になる。でもその計画の立て方がはっきりしない。国家権力というのは、まずは必要な機能がそろったきちんとした政府と、それから軍事力や金融力、国民のサポートが混在したもので、しかもこれらが足並みをそろえていなくては持続的な前進など望めない。わたしたちの場合、住民のうちの支援者たちが、せっかく行ってもいつものベーカリーが開いていないせいで利用できない、などの文句を言いはじめた。そしてもし計画がなく、占領の瞬間やコミューンの高揚につづくものがなければ、わたしたちは無力感のなかに閉じこめられ、中央に向かって流れがもどる。そして誰かが言ったように、フランスの中央とは穏健派のことであり、左派の思想は受け入れられていない。だからわたしたちは困難な状況に立たされていた。

そしてある夜、真夜中を過ぎるのを待って警察がわたしたちに襲いかかった。催涙スプレーと巨大な盾を持った男たちは、悪夢に出てくるローマ軍の兵士みたいだった。敷石を拾って投げようと思えばできたけど、ぎりぎりになるとそうはできなかった。傷ついた男の人の姿が目に浮かんで、手にした重たい石が当たったらどれほど痛いだろうと想像してしまったから。わたしは石を地面に投げ捨てた。怒りがつのるあまり泣いてしまって、ちゃんと戦うことなんてできなかったから、ほかの人たちに混じって地面に横たわった。警察はわたしたちをトラックまで引きずっていくしかなかった。警棒で殴られたり、催涙スプレーを顔に吹きつけられたりした。催涙スプレーはびっくりするほど痛くて顔じゅうが痙攣し、目からも鼻からも口からも涙があふれてきて、頭のてっぺんからも涙が出てるんじゃないかと思うほどだった。だけどそのあいだじゅうずっと考えていた。もういい、勝手にしろ、気にするのもお断りだ、いまここで殺されるのなら、少なくともわたしは信じるもののために死んだことになる、って。結局、わたしたちは両手を背中で縛られて連れていかれただけだった。警察のトラックはすごくたくさん来ていた。

その後、すべてが終わり、叫び声だけが残った。もちろん、その叫び声はいまだに消えることはない。なにが起きたのか、それがなにを意味するのかについては誰も一致していない。だがわたしは、わたしたちが行った多くの行動が重要だったこと、そして当時、それがパリ市民、とくに都市の女性たちに支持されていたことを知っている。いまはもちろん、わたしたちはまた黄色いベストを着て、環状交差点を車で通る人たちに話しかけているし、わたしたちの意見にはたくさんの支援が寄せられている。車の流れがとぎれたとき、ひとりのドライバーが窓から身を乗りだしてこう言った。なあ、すべては土地をどうあつかうかによって、革命が起きるんだよな。別の男の人はこう言った。子供たちの教師を私が所有しているのでもなければ、医者も所有していない、自分の家を持つ必要もない。私はただ、大家じゃなくて共同体に金を払いたいだけなんだ。

そう、いつの日か、結束することで分断を乗り越えられるだろう。そうであってほしい。パリを占拠したとき、わたしが望んだのは改革なんかじゃない、なにかまったく新しいものだ。いま考えているのは、基礎的なところをちゃんと機能させることさえできれば、それで十分なんじゃないかということ。なにかもっとましなことを始めるのだ。それがあきらめることだとは思いたくない。

現実的になっているだけ。わたしたちは生きていかなくちゃいけないし、子供たちには、動物たちが生きていて暮らしが成り立つ場所としてここを受けつがせなくちゃいけない。そんなに欲張ってはいないはずだ。

もちろん、抵抗勢力はいつだっているし、より良くしていこうとする動きの足を引っぱるものだってある。過去からのびてくる死の手は、恐怖に身がすくんで変化を受け入れられないまま生きている人たちをあやつって、しがみついてくる。だからわたしたちは変化しない。いまたいへんなのはそういう時代を切り抜けることだ。パリを占拠したわたしたちのように——二百日間のそれまでと違う生活、違う世界を経験したあと、あいかわらずものごとが中産階級化した世界でその時代をやり過ごす。それを負けたと感じずに。それは実際、あの時期、すべてが可能に思え、自由を感じた。わたしが世界に対して自分の声を初めて上げた瞬間で、学校の馬鹿な子供ではなく、本物の人間——本物の人生を持つ人物となった最初のときだった。その七か月は私を作り上げ、それを忘れることはない、同じではいられない。同じことが再び起こるのを見るのが生きていく上での唯一の希望だ。その時が来たら、私は幸せだろう。

56

　国際刑事裁判所は国連とは分離していて、国民国家による裁判制度の管轄外にある犯罪を訴追するために、独自の国際協定のもとで設立された。対象となるのは個人による犯罪で、複数の要因がありえないような組み合わせになった場合にのみ開廷される。アメリカとほかのいくつかの大国は、自国民に対して否定的な判決が下されたのち、裁判所の管轄から撤退した。

　一方、世界法廷は正式名称を国際司法裁判所といい、国連の機関であるため理論上すべての国連加盟国はその裁定に従うことになっているが、国家どうしの争いを解決するたてつけとなっているので、すべての国連機関は案件を提訴することが禁じられている。未来省はパリ協定の推進会議のなかで設立された機関ではあるが、パリ協定自体が国連の傘下で調停されたものであるため、未来省もまた世界法廷に案件を提訴することはできない。

　つまるところ、国家を告訴するには国連や個人ではなく国家、それも世界法廷の管轄下に入ることに同意した国家でなければならない。国際法廷制度の枠外にいる個人を告訴するには、まずどちらかの国際法廷を説得して受理してもらう必要があるが、それは歴史的にかなりハードルが高い。要するに、オランダのハーグに置かれたこのふたつの国際法廷は、気候の正義を争う訴訟を起こす場としてうまくできているとは言いがたい。

　この状況にタチアナはいらだちをつのらせていた。この省が将来世代および生物圏そのものの代理として法的地位にたって訴訟を起こすために設立されたのはいいことで、おおいにけっこうなことだと言えよう。でも、どこに訴えればいいの？

　タチアナはメアリーへの報告書で次のように結論づけた。

――訴訟を起こす先が各国の国内裁判所だとすると、グローバル規模の犯罪が、裁定を下すことになる裁判所がある国家自身が犯したものだった場合、そうした訴訟は広がらない。

――生物圏を破壊することは略奪的ダンピングやそれに類する行為を禁ずる世界貿易機関（WTO）の規則に反するとして、加盟国を説得してＷＴＯに苦情を申し立てさせられたとして、これでは根拠が薄弱すぎて話にならない。

——そうしているあいだにも、化石燃料企業は大金を注ぎ込んで選挙や政治家、メディア、世論を買収している。我々との交渉のテーブルについたとしても、彼らがそうした強引な行動をやめることはない。なぜなら、攻撃は最善の防御だから。

——この最後の部分は、我々にも同じことが言える。


　メアリーはこれを読んで歯ぎしりをした。タチアナはチームのなかでもいちばん果敢な戦士のひとりだ。大気中の二酸化炭素濃度はいまや四六三ｐｐｍになっている。

　昆虫の数が激減したせいで地球上のあらゆる生態系は崩壊の危機にある。ここでいう崩壊とは、いま現在地球上にいる種の多くが死に絶えることを意味している。そのあとに生き残った種は空きのできた生態的ニッチのすみずみまで広がり、広がった先で進化し、新種が生まれるだろう。そうやって二千万年もたつころ、いやもっと短い、ほんの二百万年もあれば、これまでとはまったく異なる構成の種の数々がふたたび生物圏を満たしていることだろう。

　メアリーはタチアナのメモに指示を添えて返事をした。わたしたちの視点から見て最善の国家的案件を十件、選んで。それらに対してできることをやって。

　十分でもなければ効果もないことがわかるだけに、背筋が震えた。この絶望的な気分をひっくり返せることを期待して、自然災害チームを招集した。自然災害と呼ぶのは、言葉のうえでは矛盾しているかもしれない。むしろ人為的災害と呼ぶべきかもしれないが、とにかくいまは彼らの出番だ。それからインフラチームと生態学チームも。いまはとにかく法的な抽象概念から距離をとらなければ。

　彼らが熱心に話し合ったのは、カーボン・ネガティブな農業、すなわち二酸化炭素収支がマイナスになる農業やクリーンエネルギーについて、船舶や飛行船の船団について、そして空気中から取り出した二酸化炭素をもとにして作られコンクリートと置き換えることのできる炭素ベース素材について、などだ。直接空気回収技術（DAC）は二酸化炭素の削減努力には欠かせないものだが、この炭素ベース素材が実用化すれば、今後の建築素材のほとんどを供給できるようになるだろう。さらに、海水を真水にする安価でクリーンな脱塩、清潔な水、３Ｄプリンタ製の家、３Ｄプリンタ製のトイレと下水処理設備、万人のための普通教育、メディカルスクールと医療施設の大規模な拡大についても話し合った。そのほか、土地の復元や生息回廊、農業と動物生息地の融合など――。

「もういいわ！」メアリーは次々と繰り出される提案を手早く切り上げながら言った。これらの部門の担当者たちがいくらか無視されたように感じていることはよくわかった。金融政策にあまりにも気をとられすぎていた。それにボブ・ワートンがいましがた言ったように、すでに始まっていて拡大するのを待ちかねている新規プロジェクトだけでも、中規模な百科事典ができてしまうほどある。「よくわかったわ。資金を回せる優良プロジェクトにはきりがないということね、たとえその資金があったとしても。でもそれじゃ、政府にはなにをしろと言うべきかしら？」

ボブが言った。「炭素を大量に排出する六つの分野に、炭素排出量に対して段階的に厳しくなる基準を定める。そうすればあっという間にカーボンネガティブの範囲に収まって三五〇ppmを目指せる」

「大量排出する六大分野というと？」

「産業、運送業、土地利用、建築、交通機関、それとクロスセクター」

「クロスセクターとは？」

「先の五つに入らないものすべてだ。種々雑多な寄せ集め」

「それならその六つで足りるわね」

「そうだ。十か国の経済大国がその六分野で削減すれば、排出量全体の八十五パーセントになる。G20にやらせればいい。それで本質的にはすべてということになる」

「それで、この六分野でどうやって削減するつもり？」

十一の政策で達成できる、とみなが口をそろえた。カーボン・プライシング、業界効率基準、土地利用政策、産業プロセス排出規制、総合的な電力部門政策、再生可能エネルギー供給義務化基準、建築基準および家電製品基準、燃費基準、都市交通の改善、車両の電化、そしてフィーベート制度。ひと言で言えば、法律だ。いくつもの規制法が、すでにできあがって発効されるのを待っている。

「つづけて言うと、まるでお祈りみたいね」というのがメアリーの感想だった。

彼らは言った。それが標準的な方策です。米国エネルギー省が発祥で、ずいぶんと年月はたっているけれど、伝統としてよく持ちこたえています。EUのエネルギー・タスクフォースも似たようなことをやっています。問題の本質においてもソリューションにおいても、明白です。

「それなのに、まだ発効されていない、と」メアリーが言った。

彼らはまじまじと見返してきた。反発を喰らっているからですよ、と彼らが思い起こさせた。

「たしかにそうね」彼らは迷路にはまってしまっている。雪崩につかまって押し流され、引きかえすこともできたはずの地点をとうに通りすぎてしまった。このままでは負けだ。関連する危険に気づきもしない人々に負けてしまう。

彼女は湖に面した公園に向かって歩いていった。大きな鳥に手を差しのべているガニュメデスの像を、ベンチに座って見上げた。パンくずを投げてもらえるのを期待しながらこぢんまりしたマリーナの横を弧を描いて泳ぐハクチョウを眺めた。なんて美しい生き物だろう。暗い湖面に浮かぶ白い姿は、まるで別世界からまぎれこんできたかのようだ。そう考えれば、彼らのうしろに流れる波紋の広がり方も、彼らの背後から光が炸裂するかのように、あるいは彼ら自身が光を放っているかのように見えるのも納得がいく。とてもこの世のものとは思えない。

トップダウンでは実現しない。立法府は腐りきっているからだ。ならばボトムアップでいくしかない。誰かが言ったように、つむじ風を巻き起こすのだ。つむじ風は地面から立ち上がる——そうなる条件は上空にあるのだとしても。つまりは人間、群衆の力だ。若者たち。ただ単にデモをするためではなく、自分たちの行動を変えるために集まった人々。小さな家でともに暮らし、共同事業のグリーンな仕事をして、宝くじに当たって大金を手に入れることには縁のない人たち。おとぎ話のパラダイスに連れ去ってくれるユニコーンなんていない。カーボン・マネーを受け取って当選し、一パーセントのための政策を通そうとしてばかりいる政治家のオフィスを占拠する？　暴動に暴動で対抗する？

そんなボトムアップ・プランが成功するところを想像できないのが彼女自身のせいなのか、それとも状況のせいなのかはわからない。

すると、目のまえにバディムが現れた。

「ご一緒してもよろしいですか」

「もちろんよ。座って」メアリーは座っているベンチのとなりをとんとんと叩いて示した。彼はおそらく、メアリーの居場所を見つけるのにボディガードに話をつけたのだろう。そこが少し気にはなったけれど、バディムが来たことはうれしかった。

　彼はとなりに座ってあたりを眺めた。「ガニュメデスって誰でしたっけ?」と銅像について訊いた。

「たしか、ゼウスの恋人のひとりだったと思う」

「同性愛の恋人?」

「古代ギリシャの人たちはそういう言葉でものごとを考えてはいなかったみたいよ」

「そうでしょうね。ゼウスは恋人たちのほとんどをレイプしたんじゃありませんか?」

「何人かはね。全員ではないわ。わたしの記憶違いでなければ。よくは知らないの。アイルランドの学校では教わらないから。インドではどう?」

「私が育ったのはネパールですが、教わりませんでした。ギリシャ神話は教えられていなかった」

「ヒンドゥー神話は? 悪いことをする神様はいないの?」

「いますよ。ちゃんと興味を持ったことがないのでよくわかりませんが、神々も女神たちも、なんというか、遠い祖先の家族みたいな感じです。英雄的で気高く、誇り高いのに愚かで。そもそもあのようなお話を、さも面白い話であるかのように語り合っていたのはどんな人たちなんだろうと思いました。ボリウッドのミュージカルみたいなものですね。すごく芝居がかっていて。私は一度も面白いと思ったことはありません」

「あなたが面白いと思ったのはどんなこと?」

「機械です。自分の町が西側諸国の町みたいだったらいいのに、と思っていました。清潔で、気楽で。きらきらしたビルが立ち並び、トラムが走っている。それともちろん、ケーブルカーも。私は学校へ通うのに毎日四百メートルも上り下りのある道を歩かなくちゃなりませんでした。だからです。ほんとにチューリッヒみたいな町ならよかったのに。一足飛びに現在に移動したかった。まるで時間の穴にはまり込んで、中世に足止めされているように感じていました。いまの世界がどんなふうかは画面上で見ることもできますが、私たちにとってはそうではなかった。トイレもなく、抗生物質もなくて、下痢をしただけでしょっちゅう人が死んでいた。人は病気なのがあたりまえで、衰弱していて、若くして死ぬものでした。私はそれを変えたかった」

「あなたはなにかを望むことができて運がよかったのね」

「どうでしょうか。なにかを望むことで不幸になることもあります。私は幸せではなかった。人に食ってかかっていた」

「幸せは過大評価されすぎているわ。ほんとうに幸せだったことのある人なんているかしら？」

「ええ、いると思います。そう見えてはいますよ」彼は漠然とあたりを指し示した。

チューリッヒ。とてもたしかで、見栄えもよい。チューリッヒ市民は幸せだっただろうか？　メアリーにはわからない。スイス人は口の両端をほんの少し上げたり、長々と飲みほしたジョッキをゴトンと音をたててテーブルに置いたりすることで、幸せを表現する。ああ！　これだよな！　あるいはまた、ものごとがそれまでより良くなっていないときに眉を寄せるかすかなしぐさで。メアリーはスイス人の、ともかくも現実的なところが好きだ。仰々しくなくて、地に足がついていて、現実としっかり向きあうところが。ステレオタイプといえばそれまでだし、赤の他人には見せない部分では、スイス人だってオペラ歌手なみに芝居っ気たっぷりなのはまちがいない。イタリアのホームドラマのスターにしてもステレオタイプにはちがいなく、集団について考えるとなればそういう型にはめるしかないものだ。あるひとつのイメージに単純化されてしまい、それはいつだって悪いイメージになりかねない。

「それはどうかしらね。すべてを手に入れてなにも欲しがらない人たちは、どうしていいかわからなくなっている。なにかを欲しいと思って、がんばればそれに近づけるとしたら、それこそが幸せというものだわ」

「追求することですね」

「そうよ。幸せの追求こそ幸せよ」

「それなら、私たちは幸せなはずですね」

「そうね」彼女の声は沈んでいた。「どこかにたどりつけるのであれば、そうだけど。なにかを追求していて行き詰まったら、それ以上進めなくなってしまったら、それはもう追求ではない。ただの行き詰まりよ」

バディムはうなずきながら巨大な銅像をしげしげと見ていた。

メアリーは、彼がなにかを言うつもりでここへきたのだと思った。でもまだそれを切りだしてはいない。しばし彼を見つめた。ネパールは共産党毛沢東主義派（マオイスト）がしかけた内乱で王政が崩壊し、およそ十年のあいだに一万三千人の死者を出した。その数が多いという人もいれば、それほどでもないという人もいる。

「いろんなことが起きているのは気づいているわ」彼女はバディムに言った。「ダボスは占拠されて、ご機嫌な金持ちたちは再教育キャンプに送りこまれた。チェ・ゲバラと一緒にグランピングというわけね。それから一日で飛行機がいくつも墜落したあの日がやってきた」

「私たちがやったわけじゃない！」彼はすぐに言い返した。「あれは私たちではなかった」

「違うの？　あのせいで航空産業は壊滅したようなものだった。炭素燃焼量の十パーセントがたった一日で消えた」

バディムは、彼女がそんなことを考えるなんて、と驚いたように頭をふった。「私はあんなことはしませんよ、メアリー。もしもあんな暴力的な行動が頭の片隅にでもあれば、あなたに相談します。でも、あのようなことにはほんとうにかかわっていません」

「それじゃ、石油業界の重鎮の身に起きたいわゆる事故は？」

「世界は広いですから」彼はそう言った。メアリーは、へええ、と思った。バディムはひやひやしているのを隠そうとしているのね。

「それで、ここへはなにを話し合うつもりできたの？　どうしてわざわざわたしを探して、ここまできたの？」

彼はこちらに顔をむけた。「私にひとつ、考えがあります。それをお話ししたかったんです」

「話してちょうだい」

彼はしばらく街のほうへ目をむけていた。灰色のチューリッヒに。「私たちには新しい宗教が必要だと思うんです」

メアリーは驚いて彼を見つめた。「本気なの？」

バディムは視線を彼女にもどした。「まあ、新宗教ではないかもしれない。古くからある宗教です。もしかしたら最古の宗教かも。でも、私たちにとってみれば、すごいことです。なぜなら、私たちにはそれが必要だと思うから。人々は自分たちよりも大いなるものを必要としている。さんざん聞かされてきた経済計画では、いつだってものごとがお金と私利私欲で語られてきました——人間はぜんぜんそういうものではないんです。人間はいつだって、お金や利益以外の理由から行動しています。基本的にはほかの人のためです。あとは宗教的理由で。精神的な理由で」

メアリーは確信が持てずに頭をふった。そんな話は子供のころにいやというほど聞かされてきた。アイルランドが宗教から利益を得ていたようには思えなかった。

それを見てとったバディムは、彼女の目のまえで人差し指をふった。「脳のなかの大きな部分、わかりますか。このような感情が芽生えると、側頭葉はストロボライトみたいに脈打つんです。畏怖の念――てんかん――過剰書字……」

「あまりよさそうには聞こえないわね」メアリーはそう指摘した。

「わかります。それはあつかいをまちがえると危険ですが、重要です。自分が何者であるかの中心になるものであり、ものごとの決め方を方向づけるものです」

「それで新しい宗教をでっちあげるつもりなのね」

「古い宗教を、です。最古の宗教を。私たちで取り戻すのです。それが必要なんです」

「どうやってそれをやるつもり?」

「アイディアがいくつかあるので、聞いてください」

57

俺は次のシーズンにも現地にもどり、海水汲み上げ実験を手伝った。とはいえ、こんなものはばかげたアイディアだということは誰の目にも明らかだった。風力発電用タービンを一千万基だと？　数千ものパイプラインだと？　そんなバカなことがあるものか。夢みたいな解決策だ。

それでも誰かがやらなければならない。このプロジェクトにはもう一シーズン分の財源がある。だからポンプの吸入口を海氷の下の水につっこんだ。パイプラインをたどって巨大な白い丘を登った。パイプラインが地面に直接敷かれているのは、空気よりも雪や氷のほうが断熱材として優れていて、温度も高いからだ。そうしていてさえ、総エネルギー予算の大部分は、汲み上げた水が目的地に着くまで液体でいられるようにパイプを温めるために使われている。あとは単純に水を丘の上まで運ぶためのエネルギーだ。しかも、水は重く、南極の標高は高い。要するにそういうことだ。これを実験と見るか無駄と見るかは視点による。

海流からエネルギーを取り出してはどうかと提案する人々もいた。南極海流はこの大陸の周囲を、上から見ると時計回りに、ベルトのようにぐるぐる回っている。そしてもちろん、ドレーク海峡をすりぬける。あの流れの速いところでも電力を作りだせるものならじつにけっこうなことだ。だが俺たちの誰ひとりとして、そんなことが可能だとは思わなかった。海は投げ込まれたものならなんでも丸呑みにしてしまううえに、作業をこなせるだけの電力を生みだすタービンとなれば、大きさも数も途方もないものになる。

それから、いまだに宇宙ベースの電力などというものに夢を抱いている者までいた。たいていはロシア人だ。彼らは長期にわたって通信衛星にモルニア軌道を採用している――これはほぼ極軌道に近く、楕円を描く軌道は日に二回、地球に近づく。ロシア人たちは太陽光パネルとマイクロ波送信機を積んだ衛星を打ち上げ、電力を地球に送らせていた。マイクロ波の収集端末は南極にあるポンプと発熱体のそばに置かれ、温められた海水を丘の上から内陸へ送るのに宇宙から届いた電気が使われる。これなら冬の南極の明けない夜でも使える。

ありかも、と俺たちは言ったものだ。だが本音を言えば、宇宙からの太陽光発電がうまくいっているとは言いがたい。発電から送信、受信、どこをとっても問題だらけだ。

もし仮に十分な電力供給が見つかったとしても、パイプラインの上端に人間が待機しておいて、そこで水が散布されるのを見守らなくてはならないことに変わりはない。そこで今シーズン、俺たちはその部分もやってみたのだが、なんとも奇妙な光景だった。典型的な極地の台地はまさに氷の惑星といったようすで、どちらを見ても地平線まで真っ白な平原が広がり、頭上には青黒い空が低く覆いかぶさって、とにもかくにも圧倒される。まるで〈星の王子様〉にでもなったような気分で、ときどき自分で自分をつねってみたり、両手を温めるために派手なウィンドミル奏法で名を馳せたピート・タウンゼントよろしく腕をふりまわしてみたりした。言うまでもないが、なにしろクソ寒いのだ――そのうえ、このパイプラインときたらアラスカの悪夢じみている。あそこの油送管は悪夢そのものだ。だがそこにあることに変わりはない。

このパイプの端からほとばしりでた水は、極地の乾燥した空気に触れてもうもうと湯気を立てたあと、しぶきを上げて氷の上を流れていく。まさに目論見どおり、そのためにノズルをゆるい斜面の下にむけておいたのだ。だがここで丘と呼んでいる斜面のかたむきは一キロあたりほんの二メートルばかりしかなく、それでもこのあたりでは良しとするしかない。だから、流れる水がすぐに凍ってしまう速さには驚かされた。ほんとうは驚くようなことではないのかもしれない。チームのメンバーのほとんどは、昔ながらの〝南極マジック〟を試したことがあるからだ――鍋いっぱいの熱湯を戸外に持っていって空気中にぶちまけ、それが地面に降ってくるまでのあいだに湯気となってピシピシと音をたてながら凍るのを眺める――あれは何度やっても感慨深いものだ。いつだって笑いを誘う。とはいえ、消防ホースや下水の流出口から噴き出すような勢いで大量にほとばしる水なら、もっと時間がかかるだろうと思っていた。

そうはならなかった。むしろ、凍ったばかりの氷はパイプの端からほんの数メートルのところに積み重なって水の流れをせき止めるダムとなり、下り坂が下り坂ではなくなってしまい、するとまだ凍っていない水がパイプの出口のほうへ逆流しはじめたかと思うとついには反対側に向かって流れ出した。まずい！

俺たちは大急ぎでこのちっぽけな氷のダムに駆けつけて壊しにかかったが、その成果はご想像のとおりだ。互いに大声でああしろこうしろと指示を出し合って奮闘していると、必死というほどでもないがいくらかパニックを起こしたような声でジョルディが叫んだ。おいおい、埋まっちまったぞ！　助けてくれ！

　彼が立っていたのはパイプの出口のそばにできた足首くらいまでの水たまりだったが、それがいまや凍りかけて彼の足をがっちりと固め、そのあいだにもブーツの上から水が降りそそいでいた。助けてくれ！

　俺たちは笑い、罵り、彼を掘り出そうとしたが、どれもうまくいかなかった。差し迫った危険ではないものの、かといって彼を解放してやることもできなかった。そして、積み重なる氷と、あとから吐きだされてその上をなめらかにすべっていく水との競争は、氷のほうが勝ちを収めつつあった。水が氷になるには大量の熱エネルギーが必要で、その過程で温度はわずかに上がる。そんなばかなと思うだろうが、氷点下三十度ではそのわずかな温度上昇を検出するのは難しい、というかほとんどなんの影響も与えない。この騒ぎのあいだに立ち昇った湯気が霧となって降りかかり、俺たちはまるで雪化粧したクリスマスツリーのようになった。やがて、足を切り落としでもしないかぎりジョルディを掘り出すことができそうにないと思えてきたとき、あることを思いついた。ブーツから足を抜けばいいじゃないか。ブーツなんか放っておけ。言うは易く行うは難し。俺たちのようにぴったりフィットする登山用ブーツではなく、全米科学財団（NSF）が御用達にしている寒冷地仕様の白いゴム製ブーツを履いていたので、みんなで彼のそばに立ってつかまらせてやりながら彼を持ちあげ、ブーツから足を抜いてやった。ばかみたいに冷たい空気にむき出しの足をさらすことになったジョルディはさんざん毒づいていたが、そのあとはみんなでなかば担ぎ上げるようにして暖房を効かせた食堂まで彼を運んでいった。それよりだいぶんまえに、誰かが水の汲み上げを止めておいてくれた。誰だか知らないが、俺には思いつかなかったことだ。なにしろ実験の最中なのだから、切り上げてしまいたくはなかった。ともかく、ジョルディのブーツはいまでもあそこで氷漬けになっている。NSFは面白くなかろうし、そのことでくどくど言われることになるだろう。

　そんなわけでジョルディは救出できたが、問題は残った――水は、氷の表面に流れさせようとすると、すぐに凍ってしまって問題が生じる。パイプの先端は、家のまえの私道でよく見かけるように、圧力がかかりすぎたホースと同じようにのたうち回る——そこはなんとかできるかもしれないが、いやいや、一筋縄でいくものじゃない。もっと急な斜面ならいいだろうが、極地の台地の上ではそう簡単には見つからない。

そこで一週間だけ作業を中断し、パイプの出口のひとつを改造して、圧力がかかるとフロントワイパーのように行ったり来たり動くようにしてようすを見ることにした。やってみると、パイプから出てきた水は凍りながら丘を下っていって、パイプの出口からかなり離れたところに水たまりができた。それが盛り上がって固まると、あとからきた水はそこをよけて回りこみながら流れていく。しだいにどのへんに水たまりができるか予想できるようになってきたので、凍りかけの水たまりに踏みこまないように気をつけることにした。

俺たちがたどりついた推定は、極地の台地のどこででも、年に約一メートルの水を撒くことができて、しかもそれがちゃんと凍る、というものだ。それ以上になると、水を凍らせるための空気と氷のバランスがキャパシティを超えてしまうだろう。したがって、水は広い範囲に撒かなければならない。厚さ一メートルで、となると、南極大陸のおよそ三分の一程度になる。

それはない、どうがんばっても無理だ。不可能の三連発をがっつり決めたも同然。エネルギー不足、パイプ不足、土地不足。

そう。馬鹿正直にやったところで、海水汲み上げソリューションはうまくいかない。机上の空論だ。世界中のビーチはもうおしまいだ。

俺たちの誰も、世界中のビーチをおしまいになんかしたくはなかった。半分が断熱材でできているトレーラーハウスにも似たちっぽけな居住施設のなかでテーブルを囲んで、地図をにらみながら話し合いを重ねた。地図といっても世界地図のことだ。

水が海に流れ込むことのない内陸湖というのは、世界中に数多くある。そのうち北半球にあるものはほとんどが雨が降ったときにだけできるプラヤと呼ばれるもので、最後の氷河期の終わりには水が存在していたものの、その後は部分的に、または全部が干上がってしまった。カスピ海がいまほど乾燥してしまったのは人間のせいだし、アラル海はそれ以上だ。中国のタリム盆地は自然にすべてが干上がり、ユタ州のグレートソルトレイクもかつてはもっと大きな湖だったものの名残りだ——そういう例はいくらでもあるが、ほとんどがアジアと北米、サハラに位置している。もちろん、こうした場所で暮らしている人々もいるが、砂漠化の問題もあって数は多くはない。カスピ海やアラル海の場合は海岸線が危機的状況にある。かつて水があったそれらの空間を足し合わせれば、かなりのものになる。理論的には、大量の海水をそこに移動させることも可能だ。計算してみた。そう、一メートルか二メートルの海面上昇ならそれでなんとかできるだろう。しかしそのような内陸湖がすべて水で満たされたところで、南極大陸の機能不全性に立ち返らずにはいられない。

だめだ。やはり、巨大氷河の下から水を汲み上げて岩盤の上をすべる速さを遅らせる計画に立ち返らなければならない。スラウェクが最初から言っていたとおりだった。俺たちは資金を追い求めるあまり、もらえるところから受け取るために、相手がその資金でやってくれと望むとおりやってきた。大金持ちや石油企業、ロシア、はてはＮＳＦまでがこう言ってきた。海水を汲み上げて南極大陸に撒くとはいい考えだ！　それをやろう！　だが俺たちは氷河学者なのだから、成功の見込みがありそうなプロセスのほうを説明して、専門家として助言し、使うべきところに資金をふりむけるべきだ。

そうしてまた次のシーズン、俺たちはもどってきた。もちろん、毎年行ってはいるのだが、今回ばかりはれっきとした理由があったわけだ。学者というのはたいがい、そこへ行きさえすれば大喜びするもので、そのための口実を探しているものだ。これぞ科学！　南極大陸の氷は五百万年まえのものなのか、それとも五千万年まえなのか、それが大問題だ！　そういうたぐいのことを。純粋なる科学。だが今回は段違いに実用的だ。なんとも気分がいい。

今回、俺たちが目指したのは、西南極氷床（WAIS）にあるパインアイランド氷河だ。この氷河は幅が狭く、速いスピードでパインアイランドのすぐとなりの海に向かっている。そこでは何年もまえから研究が行われてきたおかげで、ＮＳＦがキャンプを設営するための物流拠点を構えている。

だが実際には、俺たちに必要なだけの物資を受け入れるほどの経験はなかった。マクマード基地まるごとに匹敵するくらいの規模が必要だったのだが、今回のアイディアをもう一回試すのであればよほどうまい試験にしなければいけないし、そうでなければ結果が意味するものを知ることはないだろう、とNSFは判断した。ずっとまえに初めて試したときのデータがもう使い物にならないのは、掘った穴がとぎれて水が上がらなくなった原因を見つけだすための追跡調査を誰もやらなかったからだ。

そんなわけで、マクマード基地に毎夏の終わりに供給品を運んでいる船と、ロシアの砕氷船をいくつか借りることにした。なんともまぬけなことに、俺たちは砕氷船を何十年もほったらかしにしていたあげく、事実上もはや氷など残っていない北極でしか出番のない、ちゃちなやつをいくつか建造しただけだった。しかし砕氷船が大好きなロシア人がバケモノみたいに頑丈な船を南に送りこんでくれたおかげで、パインアイランドまでの開放水域に定期航路を開くことができたので、そこに陸揚げした物資を、長年マクマード基地から南極点まで燃料や機器類を運んできた雪上トラクターを使って氷河の上までひっぱりあげることができた。冬季飛行（ウィンター・フライング）によって今シーズンのためにマクマード基地を開けてから一か月ほどで、それほど多くのへまをやらかすこともなく、パインアイランド氷河の上にパイプの出口を設置することができた。じつに感動的な物資輸送だった。

俺がこの氷床に行くのはこれが二十五回目で、パインアイランドにいるあいだには氷河で過ごした期間の合計が六年を超えることになる。氷オタクにしては頭がおかしいというほどではないが、たいしたものではある。妻がそのことを喜んだことは一度もないが、俺は氷河が好きなのだ。かくして俺はまたこのパインアイランドへやってきた。島（アイランド）といっても氷の上に突き出したちょっとしたでっぱりでしかなく、どちらを見ても地平線までつづく白い雪紋に覆われた氷にいまにも埋もれてしまいそうになっている。南極の氷河がどれもこれもそっくり同じに見えることは認めざるをえない。ドライバレーの眺めはすばらしいものだが、この大陸の九十八パーセントはそれとは似ても似つかない。見わたすかぎり、どこまでも氷が連なっている。

さて、俺たちは最初の掘削孔を掘ると決めた場所に機器や設備を配置し、作業にとりかかった。まるで氷の上に村をまるごと引っぱってくるようなもので、魔女バーバヤーガの動く小屋ではないが、巨大なトラクターで四つか五つの小屋をぞろぞろと牽引しながら移動していく。俺たちはハドソン山脈とパインアイランドそのものの中間地点から作業を始めた。ここは氷河の傾斜地のなかでもとっかかりにするには最適な場所で、ここで氷河を岩盤にどっしりと落ちつかせることができれば、確実に流れを遅れさせられる。ここに小屋をぐるりと並べて、作業を開始した。

南極というところは、そりゃもう寒い。大学のオフィスにいると、それがルイジアナだろうがペンシルバニアだろうが、カリフォルニアだろうがオハイオだろうが、とにかくどこで冬を過ごそうと、その寒さを忘れてしまう。たとえ自分の家のあるのがボストンみたいな場所で、南極より寒いと思うことがあったとしても、南極の寒さこそ本物で、骨にしみるほど寒くて、やけどするほど寒いということを忘れてしまう。そして数日も過ごしていると、これまた寒いことを忘れる。もちろん風でも吹けば思い出すし、しっかり着込んでいないと外には出たくない。さもないとしもやけになったり凍傷にもなりかねないし、うっかりすると冷たくなった耳を指でつついたらぽとりと落ちるようなことになる。だがまあ、たいていはそれだけのことだ。ただただ寒い。ちゃんとした手袋を選んでおいて、必要に応じて装着する。人類は氷河期に進化してきたし、ちゃんと着るものを着ていれば寒くても大丈夫だ。大事なのは対策をしておくことだ。

氷の穴掘りはシャワーヘッドと同じくらい単純だ。時間はかかるが着実に進む。昔はシャワーヘッドの水の温度を高くしておくために大量の燃料を燃やしていた。いまでは太陽光パネルがヒーターの電源になってくれる。シャワーヘッドの下にある雪解け水は吸い上げられて穴から汲み上げられ、もう一度温められて再利用される。あまったら離れた別のところへパイプで送ってそっちで凍らせる。パインアイランド氷河の両側では氷がゆっくりと動いているから、そこへ水を捨てられる。実際、あまるのはほんの少量だから、どこへ捨てても問題ない。海へ流れていってもかまわないが、そんなものには気づきもしない。なんだったら飲料水にしてもいいくらいだ。

ほぼ極軌道にいるロシアの衛星から発射されてくるマイクロ波エネルギーの利用も始めてみた。太陽が沈んだあとに、ポンプやシャワーヘッドの電源にするためだ。試してみてうまくいくようなら、年間を通してシステムを維持できる。

最初の実験で、これだけは学んだ。流れている氷河のなかで、できるだけ氷が均一なかたまりになっているところを選んだほうがいい。そうすれば、氷河の動きのせいで掘っている穴が崩れることはなくなる。俺たちがこの場所を選んだのはそれも理由のひとつだった。ここは長さ四十キロ、幅は氷河の幅いっぱいまで、ひとつのかたまりになっている。棚氷からは百三十キロ上流にあって、海面からは数百メートルの高さにある。完璧だ。

穴をいくつ掘る必要があるのか、それぞれはどのくらいの距離を離しておくべきか、などといった計算をした。その計画は非常に大胆で、氷河の底から十分な量の水を汲み上げることで、俺たちがその上に乗っかって作業している氷のかたまりが水のクッションを失って岩盤に押しつけられるようにする。できるものなら、アスファルトの路面でブレーキをかけたタイヤが軋み、車が壁に激突するときのように、キキーッ、ガシャンと派手な効果音をともなって——そんなことになるのは俺たちの頭のなかでだけだとしても、実際に起きたときには、確実に現実のものとして感じられるだろう。

スラウェクの出してきた数字はよく当たっていた。南極の氷河の底をすべりやすくしていた水の総量は、およそ六十立方キロメートル。少々なんてものではない。一辺が四キロメートルで高さがエベレストの約半分もある氷の立方体——そうとも、人間が汲み上げるにしては途方もない量の水だ。しかし、俺たちがすでに毎年汲み上げてきた量と比べものにならないほどでもない。

それでも大量の水を汲み上げなくてはならないが、それは南極大陸全体での話だ。大陸の周囲一周で、およそ五十の氷河から氷が海に落ちていっているが、大規模なものは少数だ。マクマード基地から始めて時計回りに、スケルトン、マロック、バード、ニムロッド、レノックス、ラムジー、シャックルトン、リヴ、アクセルハイバーグ、アムンゼン、スコット、レベレット、リーディ、ホーリック氷流、ファン・デル・ヴィーン氷流、ウィランズ氷流、カム氷流、ビンドシェドラー氷流、マッカイエル氷流、エシェルメイヤー氷流、ハモンド氷河、ボイド、ランド、ハル、デヴィック、マーフィー、ヘインズ、スウェイツ、そして我らがパインアイランド。そこから半島を回ってドリューリー、エヴァンズ、ラトフォード、インスティテュート、メラー、そしてファンデーション氷流。つづいてサポートフォース氷河、ブラックウェル氷流、リカバリー氷河、スレッサー氷河、ベイリー氷流、スタンコム・ウィルズ氷河、ヴェストローメン氷河、ユートゥルシュトラウメン、エントゥジャスティ、ボルヒグリフィンケーゼン、白瀬、ライナー、ビーバー、ウィルマ、ロバート、フィリッピ、ヘレン、ロスコー、デンマン、もうひとつのスコット、アンダーウッド、アダムズ、ヴァンダーフォード、トッテン（このなかで最大）、ディブル、フランソワ、メルツ、ニンニス、レニック、タッカー、マリナー、プリーストリー、リーヴス、デイヴィッド、モーソン、そしてマッケイ。

実際、七十四もある。だから、六十立方キロメートルの水を、七十四の氷河の下から汲み上げれば、よしよし、そう悪くもないじゃないか。

三千六百立方キロメートルと比べればなおさらだ、そうだろう？

さっそくパインアイランド氷河の氷を解かし、崩れないようにケーシングした二十の掘削孔を掘った。それから汲み上げられるだけの水を汲み上げた。なかなかいい感じだ！ オグダリラをはじめ世界各地にある、かけがえのない地下水資源のある場所で化石水を農地に散水する井戸と同じだ。これならできる！ 問題はすべて解決だ！

わかっているとも、これで問題がすべて解決するわけではない。だが細かいことを言うのはよそうじゃないか。海面がたった一メートル上昇しただけで、世界中のビーチは消滅するし、それをいうなら港や沿岸施設、塩沼などもみんなそうだ。それに、ハンセンらのチームが二〇一六年の論文で指摘したように、十年ごとに上昇率が二倍になったりすればあっという間に手の施しようがなくなる。世界中の沿岸都市が壊滅し、金額に換算できるとするならその損害額は天文学的な数字になる。人類文明の金銭的価値とはなんだ？ その問いに答えようとすること自体が、あなたが道徳的にも実践的にも愚かであることを証明している。まあ、経済学者はそういった計算をつねに行っているが、それが彼らの仕事だし、彼らにとってはそれは意味があると考えているからだ。しかし、この場合、手を挙げて「文明は事実上、財政的にも人間的にも無限の価値として考えるしかない」と言ったほうが良いだろう。

南極の氷河がずり落ちないように足止めできたとしても、それだけで海面上昇を止められるわけではないのは当然だ。それでも、巨大氷河の流れるスピードを古き良き時代のようにいまの十分の一にもどすことができたら、状況はかなり違ってくるはずだ。グリーンランドでも同じようにできれば言うことはない――あっちの氷はさらに進み方が速くて、南極の氷の十分の一しかないとはいえ、それが全部液体化してしまえば海水面は七メートルも上昇する。だからあそこでもやったほうがいい。グリーンランドはだいたいにおいて細かいひび割れが入った石でできたバスタブみたいなものだから。そのひび割れから吸水管を打ちこんでやれば、ある程度は海面上昇にブレーキをかけて、年に一ミリほどに抑えられる——一メートル上昇するのに千年かかるわけだ。それだけの時間があれば二酸化炭素濃度を三五〇ppmまで巻きもどせる——お望みならもう一度氷河期を始めることだってできる！

基本的には、海面上昇の問題は解決できる。ビーチはまだ存続している。

今夜、食堂用テントで誰かが訊いた。我々がここでやっていることはジオエンジニアリングなんだろうか？　知ったことか！　ひと言でいうとなんだろう？　関連諸国の善意によるトンデモびっくり推定に基づく氷河引き上げ作業（グレイシア・エレベーション・オペレーションズ、ベースド・オン・エスティメイト・オブ・ゴッドオーフルネス・ゴブスマッキング・インテレステッド・ネイションズ・グッドネス）、の頭文字を並べて〈GEO-BEGGING（地球への物乞い）〉とか。なんでも好きに呼べばいいけど、すぐにぶち切れて、想定外の結果を想定できていないだの、意図した良い結果をひっくり返すほどの悪い反動があるだろう、などと言うのは勘弁してほしい。人間の知恵には限界があるものだ——くそっくらえ！　俺たちは、見つけだせることならなんでも理解すべきなんだ。だからそんな弱気な反論なんか蹴散らしちまえ。南極の氷河のスピードを遅らせることの、意図していない副作用とはどんなものか、教えてやろう——なにもない。ゼロだ。いかなるたぐいの副作用もないし、そして世界のビーチも沿岸都市も海に飲みこまれたりはしなくなる。

これがうまくいけば、そして実際うまくいきつつあるが、これをやっていくしかないと思う。うちのチームはどちらかといえば小規模だ。金がかかるとはいえ、そこまで大金じゃない。他のどこかでの井戸掘りや水の汲み上げ、それにすべてを暖かくしておくことと同じようなもんさ。たしかに、最初にここに人々や資材を運ぶこと——それは金がかかるのはもちろん、危険だけど。ここでやっているようなオペレーションのコストの百倍、あるいは千倍としても——つまり百億ドルだ。まあ、もっとかかるかもしれないが、なんでもそうだからな。だとしても——五百億ドルというところだ。「無限」に比べれば、ずいぶんとお買い得じゃないか！

俺は毎朝、外へ出るのが楽しみでわくわくしながら目を覚ます。俺にかぎっていえば、南極にいるときはいつもそうだ。仮設かまぼこハウス、モバイルホーム、テント、マクマード基地（ジェームズウェイ）——どこでも。起きたら暖かくしているように気をつけながら朝食と身支度をすませ、作業の準備をしてドアから外へ出たとたん、バシッ！——

凍てつくようにまぶしく冷たい空気が、まるでウォッカをがぶりとあおると同時に平手打ちを喰らったように襲いかかる。このダブルパンチのおかげで目からは涙があふれてくる。気合を入れてスノーモービルの列に向かう。その一台のエンジンをかけて、作業中の掘削孔に向かって道をたどる。スノーモービルの道には旗が並べてあり、その旗がその日の風の状況を教えてくれる。風が強ければ寒くなる、それが南極の掟だ。だからいつもこう言うのだ、寒さじゃない、風だ、と。風のないときでも寒いことにはかわりない。だが風がある日は尻まで凍る。風に体じゅうをなでまわされるから、どれだけ着込んでも足りない。防護服を身につけないと対処できないし、それでもまだ寒い。

　今日、現場を巡回してみると、どの穴もちゃんと働いているのがわかった。ポンプは水を汲み上げ、発熱体は水が凍らないようにしていた。ポンプにつながれた導管から水が送りこまれるもっと太いパイプラインには、氷に直接横たわるアラスカのパイプラインと同じように一キロごとにヒーターが取りつけられ、ジョイント部分ではじゃまになる氷を解かすためにピグ洗浄をすることもできる。パイプラインはわずかに上向きになっているが、面白いことを考えたものだと思う。斜面を下ってそのまま海に流れ込んでも、それで海面が上昇するとしてもほんのわずかで、まともに計測することもできない程度にすぎない。それでも人はちゃんとやりたがるものだ。

　ひと言では言い表せないのが南極の面白いところだ。目に映るもの、肌で感じるものをそのまま人に伝えることは、ほんとうに難しい。思うに、汚れがなく乾いた空気のせいでなんらかの視覚的な錯覚が起きてしまい、そこにあるものが現実的に見えなくなるのかもしれない。そういうことがよくある。雲ひとつない空。海岸あたりでは雲を見かけることもあるが、それさえ極点の台地に比べればある、という程度だ。青い空、その下に広がる白い雪。まっ平らなこともあれば、雪紋（サスツルギ）に覆われることもある。雪紋ができているときもそうだが、雪が完璧にまっ平らになっているときでも、太陽が前方にあるか後方にあるかで見え方が違う。太陽が前方にあると、雪の結晶がきらきらと輝いて、雪らしい雪がまばゆいばかりだ。逆に太陽が後方にあるときは、白さがなんとなくくすんで見える——おかしなことではあるし、サングラスの偏光のせいかもしれないが、ふたたび太陽のほうを向いたときに非常にわかりやすい。コントラストの差が大きすぎて目がついていけないのだ。沿岸近くの氷の上に低く連なるひつじ雲のような雲があるときには、雪に落ちた雲の影は黒く見える平坦な雪原が突如として丘陵地や黒い台地に覆われて見える。頭のなかで処理できないほどのコントラストが、なぜこうも美しいのだろう？言葉になどできない。これが美しいと思う人は少ないかもしれない。だが俺はこれが好きなのだ。

どうやら明日には最終試験を行って、作業終了を宣言できそうだ。それから一年くらいのうちには、この野獣の暴走をどれほど遅らせることができたのかがはっきりするはずだ。大事をとるなら五年というところか。世間はどちらにせよ早いうちに宣言したがるだろうが。だが何十億もの金をかけることになるのだし、クルーたちの訓練も必要だから、確信をもって行動するほうがいい。実を言えば、これをやり遂げるにあたって、やるとしての話だが、サプライチェーンの難所のひとつは、シンプルに人間だ。なにかしらの専門知識が求められる。そのいっぽうで石油事業をすべて閉鎖してしまえば、というかそうしなくてはならないのだが、そうすれば大量の人材が職にあぶれることになる。しかも、問題の仕事というのはそれほど違わない。なかにはこっちの仕事のほうが簡単だと思うものもいるだろう。簡単なことではあるが、こっちはとにかく寒い。しかしサウジアラビアで働いているなら、寒いのは歓迎したいくらいかもしれない。アラスカで働いているのなら、たいした違いはない。そう、そこのところはおそらくうまくいくだろう。いまここには五十人しかいないが、三十人でもできる仕事だ——俺たちのうち約半分は残り半分を研究するためにここにいるのだから。あるいは、ここにキャンプがあるあいだにいつもどおりに科学をするために。もう一度言うが、規模を拡大するのに、人数なんてささいなことなのだ。

明日、お祝いのパーティーをするつもりだ。

ドクター・グリフェンのパソコンでこのファイルに書き込みをするのはこれが最後になることをお知らせするのが残念でならない。彼は二月六日に最後の視察を行い、そのあとキャンプへの帰り道で、旗が立ててある見まちがいようのないスノーモービルの道をはずれて近道をしようとした。視界は良好だったので、彼がどうしてそんなことをしたのかは誰にもわからない。いつもなら旗のある道からはずれたりはしないし、ほかのみんなもそうしている。氷河ではそうするのが慣行となっているのは、古い雪に覆われたクレバスがまったく見えなくなっていたりするからだ。それに、近道をしたところでたいして時間が短縮できるわけでもなかった。だから私たちはみな当惑した。

私たちは食堂にしている小屋で彼の帰りを待っていたが、一時間ほどたったころ、チームの登山部隊が心配しはじめ、ようすを見にいった。もうひとつ私たちが習慣にしているのが、二人一組で巡回することだ。しかしドクター・グリフェンはつねにきっちりと守っていたわけではなかった。このプロジェクトの作業場所全体がキャンプから見える範囲にあるため、私たちの誰も守っていなかった。つまり、ひとりでポンプをチェックしに行ったりもするし、テントにもどるときもひとり、トイレに行くときも、というぐあいだ。それが日常になっていた。

なので、登山部隊が掘削孔をざっと見て回っても彼を発見できなかったとき、クルーをひとり、パイプラインの上に行かせた。もしかしたら放水路をチェックしに行ってスノーモービルに問題が生じたのかもしれないから。ほかのみんなは、スノーモービルの轍が道路システムをはずれたところを探してまわった。そのくらいしか思いつかなかったのは、なにしろ氷河の表面は文字どおり全体を見わたすことができるのに、彼の姿は見当たらなかったからだ。そのこと自体がとても心配だった。

それに気づいたのは登山部隊のひとり、ジェフだった。スノーモービルの轍をたどって、ぱっと見ただけではわかりにくい穴にたどりついた。そこでいったんもどってきて、険しい表情でもうひとりの登山家ランスを連れていった。彼らは穴に近づくと氷用ザイルで安全確保してからロープをかけ、穴をのぞきこめるところまで足を進めた。食堂からそれを見守る私たちは無言で立ちつくしていた。ランスがジェフを支え、ジェフが穴に下りていった。彼の姿が見えなくなってから、どのくらいだろう、二十分くらいたっただろうか。もっと長く感じた。ようやく彼の姿が見えたと思うと、穴から這い出してその場に立ち上がり、ランスに歩みよった。ふたりはなにやら話し合った。ランスが腕をのばしてジェフの肩をつかんだ。彼らがぎゅっと抱き合った。それからふりむいて、私たちのほうを見た。ジェフが首をふった。彼が言葉に出したかのように、はっきりと理解した。ドクター・Gは、死んだ。

最悪な夜だった。私たちは食堂に集まり、ぼう然としていた。コンロのそばに座ったジェフの表情は険しく、どこか遠くにいるようだった。もちろん、もどってきた彼になにが起きたのかを訊いたが、彼に言えるのはすでにわかっていることばかりだった。ドクター・Gのスノーモービルは道をはずれ、隠れたクレバスに落ちてしまった。スノーモービルは六メートルばかり下でひっかかっていて、ドクター・Gの体はその下敷きになっていた。遺体がどのような状態だったのかについて、ジェフが語ることはなかった。私たちに重荷を背負わせたくなかったのだろう。あるいはドクター・Gのプライバシーを損ないたくなかったのか。ソフィーとカレンはずっと泣いていて、ほかのみんなも代わる代わる泣いていた。ドクター・Gは私たちに仕事をくれた人で、教育やキャリアを授けてくれた人でもあった。昔ながらの氷オタクで、何度でもここへもどってくるような、正真正銘の南極人だった。ジェフとランスはもう泣いていなかった。ランスはジェフのことを気づかっていて、ドクター・Gのことは気にかけていなかった。専門バカはしょっちゅう愚かなまねをしては命を落とす。南極に来るどのチームにも登山部隊を加えることが求められているのは、彼らの安全のためなのだ。とはいえ首に縄をつけて引きまわすわけにはいかないし、プロトコルを守らないからといって彼らを止めることはできない。たとえ毎回の作業のまえにプロトコルを強調しても、最大限の真剣さで訓練をおさらいさせても。実際のところ、登山部隊の多くは安全手順の徹底を他人に強制するのはあまり得意ではない。だから、ジェフとランスは険しい顔をしてはいるが、それは責任を感じているからではなかった。翌日には彼らがあのクレバスに下りていってドクター・Gの遺体を遺体袋に入れ、氷河の上まで引き上げて、そりに乗せてキャンプまで連れてこなくてはならないからだ。天候さえよければ明日にもマクマード基地から飛行機がやってくる。彼らももうこのことを知っている。ショックを受け、思いやりのある声ではあるが、それはいつものことだ。

私たちは座って酒を飲んでいた。ちくしょう。なんでだよ? 何人かはバスタブ曲線について話していた。危険なことをするような人がまちがいをしでかすのは、学びはじめた当初と、すっかり身についたと思うころだ。このふたつの期間で事故率が高くなり、その中間の時期の事故率は低い。それでグラフはバスタブを横から見たような曲線を描く。飛行機を飛ばす人たちにもこのグラフがぴったりあてはまる。氷河の上での作業にも、まあまあ同じことが言える。

こういう状況にあるときにこんな話をするのが科学者だ。誰でもそうかもしれないが。死に直面し、友人が突如としてこの世から消えてしまったとき、心はその衝撃を、信じられないという気持ちを、かわそうとする。どうしてこんなことに？　やり直すことはできないの？　ちょっとだけ時間をさかのぼって、違うやり方をするわけにはいかないの？

そうはいかない。

だから、私たちはそこに座って、酒を飲んだ。

でもさ、とソフィーが言った。でも彼は、世界を救って亡くなったんだよね。

違う！　ジェフが言った。違う！　あれはただのミスだ！

それでも彼は泣かなかった。顔をまっ赤にして、ものすごく取り乱してはいたけれど。私たちは彼のそばに集まって、すすり泣いたり、一部の者は無言のままだった。そういう感情は、予測不可能なタイミングで押し寄せる。多くの人は、その瞬間は現実から切り離され、感情はあとから襲ってくることがある。ときにはそれが驚くほど遅れてやって来る――私自身も経験があるが、その感情が湧き上がるまでには、なんと二十一年の時間が必要だった。だけどこの夜は、私たちのほとんどが泣いていた。ジェフひとりをのぞいて。私たちは放心状態だった。

その後、どうにか気を取り直した私たちは、食堂を片づけ、今後のことについて静かに話し合った。やるべきことなど、なにもなかった。ついにはあきらめて、しぶしぶベッドに入った。そうするのがあたりまえだというように。なにかが変わるチャンスがあるとか、いつか世界が元どおりになるとか、そんなものをあきらめたみたいに。ただあきらめて、ベッドに入るしかなかった。明日には山ほどのクソみたいな仕事に対応しなければならない。これ以上飲んでいたってどうしようもない。そんなことをしていても、なにもいいことはない。私たちのリーダーは単純だけど致命的なミスをした。それでも世界はつづいていくのに、私たちにとってはもう、同じ世界ではなくなってしまった。

解放の神学は一般的には二十世紀後半の南アメリカで発生したとされている。解放の神学という言葉がこのラテンアメリカにおける現象を説明するために生まれたものだから、そう考えるのが当然だろう。

だがスペインでは、理想主義的な若きカトリック司祭が教会の序列を無視して人々を助けるという事例がもっと早い時期からあったと考えられている。そういうことはきっと何度もあったはずで、教会の影響を色濃く受けた共同体の外側では誰も気がつかなかっただけだ。当然ながら、若き司祭たちの状況はたびたび悪化した。だがそれ以上に、この世界で善きことをなそうとする、熱心で信心深くて孤立した、理想に燃える若者が、貧しい人々——苦難の種類は違えど、なんとか生計を立たせ、持ちこたえようとする人々——の共同体に身を投じたはずだ。そして教会はそんな人々の努力とともにあるべきと考えて、そうした状況に直面したとき、その若者たちの多くは自らの信仰と人助けをしたいという熱意や教会に対する信頼から、貧しい人々に魅せられ、どんなことでもして彼らに尽くそうと、一生をかけて身を粉にして働いたのではないだろうか。

スペインでのそうした事例のひとつに、ホセ・マリーア・アリスメンディアリエタという若き司祭がいた。スペインのバスク地方に生まれ育ち、スペイン内戦では共和派として参戦し、のちにフランコの兵士に捕まった。一説によると、彼はその後、まるでドストエフスキーのような瞬間を経験したといわれている。つまり、死刑が確定し銃殺されることが決まったが、役所側の手違いで刑が執行されることはなかったのだ。なんと身柄を確保する職員が当日に彼のところへ行かず、なぜそうなったのかは誰も知らないという。神のおぼしめしがあったとしか言いようがない。

そのことがあってから聖職者になったのは、自分の人生でなすべきことがあると感じたからかもしれない。一九四一年には、共和派の敗北後も抵抗をつづけていたバスク地方を懐柔しようとするフランコ政権の試みの一環として、二十六歳だった彼がモンドラゴン教区に配属された。

当初、教区の人々はあまり歓迎しなかった。内戦のせいで片目を失っていて、聖書を読み上げる声も単調で面白みがなく、どこかよそよそしくて打ち解けないように思われたのだ。人々は戦争神経症ととらえたかもしれないし、いまなら自閉スペクトラム症気味とでもいうところだろう。彼は数年かけて静かに教区民の話に耳をかたむけ、どうすれば彼らの役に立てるか、決意するにいたった。戦前、この地域は軽工業でにぎわっていたが、戦後になってもそれが復活することはなかった。ホセ・マリーア司祭は、またなにかを始めることはできないだろうかと考え、そのとっかかりとして工科学校の設立にかかわった。それが現在のモンドラゴン大学だ。開校後しばらく、学校は専門知識を活かした製造業を立ち上げるのに十分な人材を輩出した。最初はパラフィンストーブだった。そうした事業は、彼の提案と助力によって従業員が所有する協同組合企業としてスタートした。この組織形態はバスク地方では地域の結束を固めるものとして昔からつづいていた。それは先資本主義的、さらには先封建的な古代バスクの贈与経済（ギフトエコノミー）の現れであり、その歴史はたしかな範囲にかぎってみても、はるか有史以前にまでさかのぼることができる。

経緯はともかく、モンドラゴンではこうした協同組合がすくすくと育ち、以来、それらが一体となって成長してきた。ついには町の銀行や信用組合、大学や保険会社までも巻きこんでいった。労働者が所有するこのような企業はやがて協同組合の協同組合のようなものになっていき、いまでは数十億ユーロの資産と数百万ユーロの年間利益を上げる、スペインでも十番目に巨大な企業となった。利益は株式として株主に渡るのではなく、三つに分けられる。三分の一は従業員の持ち株に、三分の一は設備改善にまわし、三分の一は従業員が選んだ慈善事業に注ぎ込まれた。経営陣トップの給料と最低賃金との時給の比率は三対一、ときには五対一とし、最大でも九対一までとした。すべてのビジネスと企業は、モンドラゴンがその冠の宝石ともいえる、より大規模な世界協同組合運動によってのちに定式化された協同組合の原則を遵守している。すなわち、自由入学制、民主的な組織、労働者の主権、資本は手段であり従属的なものとすること、とくに経営、報酬の結束、相互の協調、社会の変革、普遍性、そして教育である。

このリストはもっと詳しく学ぶだけの意義があるものではあるが、いまはそのときではない。まとめると、こうした原則がどこでもまじめに守られるのであれば、現在はびこっている資本主義とはまったく異なる政治経済が形成されるだろう。このような原則は明確な原理を生みだし、それが新たな法律や慣習、目標、そして結果につながっていくはずだ。

これがモンドラゴンでいかにうまくいったかについては、解釈の余地がある。このシステムは最初から世界経済に取り込まれていたし、欧州連合が設立されたときには調整も必要だった。同じく、このシステムがある市場や国へも継続的な適応もしなければならなかった。バスク地方という背景がなければ成功は望めない、バスク文化あっての成功なのだ、という人もいる。そんなことはないのだが、資本主義に代わるもの、もっと人間的で、カトリック的な政治経済とも呼べるものが可能であるだけでなく、これまで一世紀にわたって存在し成長してきたうえに現在もまだ強くなっている、とは考えたくもない人が世間にはたくさんいる。危機的状況になったことだってある。とある重要な生活協同組合がまさに拡大しようとしているときに景気後退に見舞われたり、局長が多額の現金を持って姿をくらまして深刻な資金難に陥ったりしたこともある。だがかの地は住民に良い暮らしをさせていて、その担い手たちにおおむね愛される文化を育んでいる。そこには結束とチームスピリットがあり、競争の激しい世界にあってさえ、ほぼ毎年、十万人を超える住民が生計をたてながら社会全体に還元できるだけの利益を生みだしている。

世界にはほかにもこうした少数集団があり、これほど独特でまとまってはいなくても、どこかしらこれに似たシステムがある。それらは生き残り、ときに芽を伸ばしていく。問われるべきは、この時代の支配的ボキャブラリーで言うと、はたしてスケールしていけるのか、ということだ。そして、こうしたシステムは、出口なのか、前進する道なのか、その道の第一歩なのか、ということだ。

わたしたちはそうだと思う。わたしたちにとって、このシステムをスペイン中に広めることがプロジェクトだ。わたしたち以外の人々にとって、広める対象は世界ということになるのかもしれない。だがこれが、わたしたちの社会貢献だ。あなたたちに、モンドラゴンを贈りましょう。

59

わたしはシエラマドレにある自分のアパートメントにいた。サンガブリエル山脈のふもと、パサデナとアズーサにはさまれた、パームツリーにふちどられた小さな町。山々は茶色い波打ち板となってロサンゼルスにのしかかるようにそびえていて、わたしに言わせれば、すごくぶざまだ。スモッグが濃くなってそれが見えなくなると、なんだかホッとする。たった五キロ先でもそうなることはある。ロサンゼルスを囲む山脈には、見かけのいいものなんてひとつもない。だけどその山々がほんとに壁になっているんだってことを、私たちはあの日、実感した。

腕を骨折するまえのわたしが現役のカヤック乗りで、自分のカヤックをまだ持っていたことは運がよかった。わたしのアパートメントはガレージの上に作られたワンルームスタジオで、入り口が別になっているところがわたしには大事なポイントだった。それなら出入りするたびに大家さんをわずらわせなくてすむし、姿を見られることもまずないからベタベタとまとわりつかれることもない。慈善事業みたいな家賃だ、と最初のころは思っていたけど、それも彼の下心がはっきりするまでだった。わたしにはもはやハリウッドの家賃なんて払えなかったし、それは〝いまはウェイトレスをやってるけど、ほんとは若き女優の卵なの〟という陳腐な話を彼にしたときには明らかだっただろう。彼は下のガレージにわたしの大荷物を置かせてくれた。スタジオといっても、ガレージの平屋根に乗っかっているだけの、トイレがついたただの物置小屋だ。あの大雨に襲われたとき、わたしはこの町で水上の乗り物が手元にあった数少ない人間のひとりだった。

激しい雨は最初の夜のあいだじゅうつづき、そのタイミングもよくなかった——人々が目を覚ましたころにはすでにひどいことになっていて、そのあともさらにひどくなっていった。文字どおり、水は下へと流れ、それにともない、すべてがめちゃめちゃになった。よくある洪水などではなかった。そうだったのかもしれないけど、わたしにはわからない。でも今回のは、水がサンガブリエルの斜面をどうどうと音をたてて流れ落ち、襲いかかってきたのだ。あの日、夜が明けてあらわになったのは見るも無残な光景だった。山脈はシエラマドレの上に三千メートルの高さにそびえていて、それがハリケーンかなにかのように降りしきる雨をすべて受け止めていた。それから、雨はあの切り立った渓谷を駆け下り、渓谷につながる通りに流れ込んでくるころには泥で濁り、大きな岩や根こそぎになった低木、通りの上のほうにあってばらばらに壊されてしまった家の残骸が混じった急流になっていた。

玄関から外へ目をやると、何台もの車が濁流に乗って通りを流されていくのが見えた。濁流は九十センチの高さに達し、あらゆるものを覆い隠していた。大家さんの家のほうにもすでに水が押し寄せていて、二一〇号線に向かって激しく流れていた。見わたすかぎりどこまでも茶色い水！　大声で大家さんに呼びかけてみたけれど、彼はいかにも彼らしくわたしに知らせることもなく、とっくに逃げ出していた。というか、ＳＵＶの屋根の上で横向きに流されていく絶望的な顔をした一家をべつにすれば、どこにも人の姿が見えなかった。

外階段を下りていって、泥水をばしゃばしゃと跳ね散らかしながらガレージの横のドアまで行った。そこでなかの電気が止まっていることに気づいた。そのせいでガレージの大きなドアを開けるのに一苦労した。やっとのことで内側からドアを引き上げると、水が三十センチばかりの小さな波となって勢いよく流れ込んできた。でもそこにはわたしのカヤックが置いてあったので、パドルと一緒に壁から下ろし、座席のスカート部分に体をねじこんでカヤックに乗りこむと、通りのほうへ漕ぎだしていった。

あのときは頭がおかしくなりそうだった。通りがすっかり水に覆われていて、わたしが動きまわるにはカヤックだけが唯一の頼りだとわかったからだ。すごい水の量！まるでホットチョコレートみたいにまっ茶色。しかも雨はまだ激しく降りつづいていて、遠くまではよく見通せないうえに、見えているものすらとても信じられなかった。あとから聞いた話では、ハリウッドヒルズからわたしが育ったアーバインを超えてサンクレメントまで、ロサンゼルス盆地全体が水浸しになっていたらしい。オレンジ郡もロサンゼルスと同様にひどい状態だったそうだけど、同じ海岸平野と背後の山並みを共有しているのだからあたりまえだ。もちろん、平野のなかでもぽつぽつと高いところがあるのは、あの日誰もが気づいたことだ。ロングビーチのそばにはもちろんパロスベルデスが突き出しているし、内陸に入ったあたりにもプエンテヒルズやローズヒルみたいな低い丘が連なる一帯があって、その奥ではサンディマス周辺で高速道路が合流している。とはいえ、ロサンゼルスの大部分はひとつの大きな海岸平野なのに、それがこの日は巨大な茶色の湖になっていた。できたばかりの湖の水から顔を出している平らな面といえるのは、高架の高速道路だけだったから、ほかに行き場がない人々は必然的に高速道路に集まっていた。動いている車はなく、人々を収容するためにスペースが必要になると、多くの車が押しだされ、水に飲まれていった。

わたしはカヤックで二一〇号線の下のアンダーパスをおそるおそる動きまわり、屋根の上に避難した人たちを乗せて高速道路に連れていった。侵入車線がちょうどいい桟橋がわりになった。私道に置いてあったモーターボートで走り回っている人もたくさんいて、わたしみたいなカヤックの人もそれなりにいた。わたしたちはできるだけのことをして助け合った。とくに小さい子供のいる人たちはほんとに必死で、彼らがパニックを起こしてカヤックをひっくり返されないようにするのはたいへんだった。骨折した腕が痛みだして、ずっと非現実的な感じがしていた。そもそもこんなことになるなんて、くだらないパニック映画じゃあるまいし。それでもとにかく、ついにわたしも役をもらえたにちがいない、だけどみんなの顔に浮かんだり声ににじんだりしている恐怖はそうじゃないと言っている。どれほどありえなさそうに見えても、これは現実なんだ、って。腕が痛かったけど、カヤックを漕ぐには左右対称にやらなくちゃいけないから、わたしは悪態をつきながらもパドルを動かしつづけた。

ロサンゼルス盆地があまりに巨大なことでひとつ言えるのは、全体が水に浸かることはあっても、けっしてものすごく深くはならないということ。建物のほとんどは水没していたとはいえ、高い屋根の多くは水よりも上に突き出していた。パームツリーもほとんどが見るも無残に倒れていて、漕ぐときも危なかった。危険はほかにもたくさんあるけどね！　ときどき、わたしがカヤックのうしろに人々をつかまらせていて、流れに乗って浮かんでいる木や車のほうへ近づいてしまうことがあって、それから離れるためにはしゃかりきになって漕がないといけないのに腕は痛むし、ぶらさがってる人たちも水を蹴ってはくれるけどかならずしも効果的じゃなかったりしてたいへんだった。それから、平野を縦横に走る古い排水路のせいで、流れの速い場所が急に姿を現してきて、その流れは見ているだけで不気味で恐ろしかった。どこかの通りに沿って水がどっちの方向へ流れるのかは、近くにある排水路がどこにあるかによってまったく違って予想がつかなくなる。水は排水路のほうへ吸い寄せられるし、通りはほとんど平らだから。排水路のネットワークが、通りの流れによって部分的に現れたり隠れたりして、東西南北、どっちに流れていっても不思議じゃなかった。オレンジグローブ・アベニューは水が南へ流れるウォータースライドになれるくらいのかたむきがあるのに、そのすぐ西側にあるパサデナ高速道路の水没している古い部分は反対方向に流れているから、もうなにがなんだかわからない。セプルベダはとんでもなく速い、って聞いた。ほかのカヤック乗りたちが口をそろえて、「セプルベダに近づくな、あそこはクラス8レベルになってる！」って。どしゃ降りの雨がまだつづいていた。ロサンゼルスで、激しい雨が何時間も？　まるでノアの大洪水みたい！　いかにも四十日と四十夜もつづきそう！

一千万人の人たちが、そうやって水面から出ている高いところに立ち往生していて、当然食べるものもなかった。激しい雨は何時間も降りつづいた。小さい船はたくさんあるけど大きいのはひとつもなく、ちゃんとまとめられてもいなかった。どの高速道路もずぶぬれの人々でいっぱいだった。気温が二十一度くらいより低くなることはなかったけれど、濡れているところに風が吹けば寒く感じる。でも問題は寒さじゃなかった。洪水そのものでさえ、いますぐなんとかしないと命にかかわる危険ではなかった。危険にさらされるのが一時間だけで、そのあとで救出されるのであれば。そのことがだんだんとはっきりしてきた。そう、映画なんかとはぜんぜん違う。じわじわとそれが実感できてきた。ここでわたしは人助けをしていて、みんなびしょぬれで怖がっていて、わたしの右の二の腕は悲鳴を上げているというのに、頭のなかでは「これは現実なんだ、いま大事なことをしてる、まだくそったれな女優なんかになりたいの？」って考えていた。そうよ、なかには流れにつかまっておぼれた人もいるし、それは人の数や水の力を考えれば避けられないことで、水は自然の力なんだからとらわれたら抵抗のしようもないけど、それでもほとんどの人は屋根の上や高速道路上にいて、なによりもみんなが飢え死にするまえに彼らを避難させることのほうが重要だった。すぐにおぼれずにすんだのなら、あとはただ持ちこたえて救助を待つしかない。

ゆっくりと時間が過ぎていくなか、わたしはレストランの屋上にいた人たちに混じって、スパゲッティを食べさせてもらった。レストランの屋根から侵入して、キッチンにあった食材や大鍋を持ちだし、男の人たちが焚火で料理していた。焚火はどこかからはがしてきた大きなトタン板のうえで燃えていて、さらにそのうえにもう一枚をかぶせて雨よけにしてあった。レストランを火事にしてしまう恐れは十分にあったけど、それなら覆いにしている板をどけてしまえば、原子炉の火でもないかぎり雨が水浸しにしてくれる。そのくらい、雨はまだ激しく降っていた。

しばらくそこにいるあいだに腕の痛みが治まってきたので、またやる気が出てきて、もっとたくさんの人を助けるために水の上にもどった。午後遅くにはだいぶん少なくなってきたのは、もう死んじゃったか、どこか高いところにたどりついたんだと思う。それで、ほかのボートの人たちと一緒に通りのゴミを片づけた。オレンジグローブ・アベニューを下るのがじつに面白かったことは言っておきたい。自動車みたいなスピードで茶色い流れに乗っていくんだけど、よくよく気をつけていないと、楽な流れだと思っていたら急に高速道路の橋やなにかにつっこんでいくことがたまにあって、そうしたらすぐに必死になってその流れから離れないと飲みこまれて死んでしまう。危険なゾーンについて情報交換するうちにセプルベダのことが耳に入ってきた。誰の携帯電話も機能していなかったけど、地図を保存してあるGPSデバイスを持っている人が何人かいて、位置や方向に関する最新情報をシェアしてくれた。このあたりの地理についてよく知っている人も多かったから、みんなでカヤックやモーターボートであちこち走り回った。いつでもガソリンを補充できるわけじゃないことなんか忘れて無駄遣いしてしまったけれど、しばらくするとガソリンが切れないうちにそれが貴重品であることを思い出した。だから太陽が沈むころには、動きまわっているのはカヤック乗りと手漕ぎボートみたいなのが少し、あとはセールを下ろしたヨットに乗っている人がぎこちなくオールをあつかっているくらいになった。ロサンゼルスの巨大湖に浮かぶ、水生昆虫みたいな人間の船団、てところだ。

そして、こんなことが起きているあいだじゅう、繰り返し繰り返し頭に浮かんできた言葉――ロサンゼルスなんて大っ嫌い。わたしはここで生まれたからよく知っているし、学校でもその歴史の一部を読んだり聞かされたりしてきたけど、それでも大っ嫌いだ。ほんとのところ、第二次世界大戦のあと、ここは眠たげな小さな村が身を寄せ合っていたのに、いまでは一千万人が暮らしている。そうなるまでには開発業者が安っぽくて味気ない郊外の街をつくったり高速道路を通したりして大儲け。でもその高速道路が平野を細かく切り刻んでしまって、しかもそれが全部ダサいときてる。無計画で、公園もなくて、まるでまとまりがなくて、とにかくなんの計画もない。

オレンジ畑を買い上げては分割し、木を切り倒してベニヤ板で家を建てる、それをひたすら繰り返すばかり。指をパチンと鳴らすあいだにあれよあれよと開発が進んで、ばかばかしいったらありゃしない。しかもそんなところにわたしたちはずっと暮らしてきたなんて！　そして少なからぬ数の人たちが、映画の『ラ・ラ・ランド』のリメイクを実現しようとしてる。ますますばかみたいだ。

　だからわたしたちがカヤックで漕ぎまわっているあいだに、人々はこんなことを言いあっていた。このくそったれな場所がなくなっちまった！　なにもかもぶち壊さないとだめだ！　ロサンゼルスの街全体を作り直さないといけない。

　それはすばらしいことだ。もしかしたら、こんどこそやり遂げられるかもしれない。そしてわたしは、なにか別の仕事を探すんだ。

60

春になったので、メアリーはまたウトカイの屋外プールでの水泳を再開した。はじめのうちは週一回か二回、やがて毎日泳ぐようになった。泳いだあとはトラムでオフィスにもどる。ヤヌス・アテナのYourLock案にはすでに最終承認を出してあり、ＪＡはインターネットにウェブサイトのアドレスを掲載して、そのひっそりとした誕生をみんなで見守った。結果的にその週は大きな動きはなく、際限なくつづく会話の干渉縞のなかのひとつのスパイクにすぎなかった。

やがて人々は、今後のインターネットライフのすべてをYourLockアカウントひとつにまとめられるという情報をシェアしはじめた。このサイトがユーザーどうしで所有する協同組合方式で組織されていて、自分のデータを量子暗号化されたケージに格納すれば、その後は売買可能な資産として世界的なデータ経済市場で利用できること。ユーザーは自分のデータをデータマイニング業者に売るか否かを決定することができ、さっそく新たな土地勘を理解した業者たちは人々に微細な報酬を提供しはじめた。彼らがおもに狙うのは健康情報や消費パターン、そして財政状況だ。個人データを売ることとは、世界的なしくみのなかで自分自身の存在そのものに対するロイヤリティ（使用報酬）を受け取るようなものだ。ある種の生涯年金みたいなもので、少額でも役に立つ。そうやって人々はしだいに移行していき、やがてある日を境に非線形の断層が生じ、地震のように、誰もがYourLockアカウントを持ち、それに従ってインターネットライフを送るようになった。さんざん吹聴されながらもかつてはうわさばかりでなかなか実体がつかめなかったインターネット3.0——まったく新しいインターネット生態系が現れたのだ。

これはもちろん、どこからどうみても、ニュースだ。だがそのいっぽうで、メアリーが朝の水泳のために湖に下りていってみても、なにもかもこれまでどおりでなんの違いも見当たらず、それはほかのどこでも同じだった。いまどきのグローバル革命なんておかしなものね、とメアリーは思った。いずこも同じバーチャルなんだわ。そしてそのバーチャル世界のほうではもちろん、上を下への大騒ぎになっていた。それってどういうこと？　この新システムの所有者は誰なの？　これはオープンソースだから誰のものでもないんだ、と誰かが答える。見返りを求めない贈与経済（ギフトエコノミー）を進める連中が始めたものだから、そいつらがはしゃいでるだけじゃないかな。それじゃ、誰が利益を得ているの？　ユーザーがすなわちオーナーなんだから、お金が入るとしたら、たいていはいつものように広告料だろうさ。信用組合みたいなものだけど、たぶんそれがソーシャルメディアの対話空間にもぐりこんできたのかも。銀行から信用組合への動きがあったのと同じように、企業が消費者を利用するんじゃなくて消費者が企業を利用したり、所有したりもするんだ。会社そのものはなにを得るの？　なにも得られない、なぜなら会社とは何ものでもないからだ。それはただの組織で、その従業員やオーナーを助けるために考案された手段であり、それ以上のものではない。最終的には、あらゆる会社が単なる手段だ――もし、それが彼らが思い描く会社の姿であるとしたら。

　これらの動きは、中国では非常に不評だった。中国の立場はつねに、中国共産党こそがまさにその形の会社の理想形であり、消費者に所有されて彼らの福祉の向上のためだけに存在する、という建前になっていたからだ。だから中国はYourLockを、これまで西側の数々のインターネット企業に対してそうしてきたように、例の〈グレート・ファイアウォール〉の外に閉めだした。ところが〈グレート・ファイアウォール〉は抜け穴だらけで、中国のネチズンのほとんどは自国のネット空間にどっぷり浸かって満足しているという人もいるが、彼らの多くが世界中の複数のアカウントとつながっているというのは、どうやらほんとうらしい。中国の大都市すべてにおける内部移民は十億人と言われることもあるが、彼らはいまだに搾取される労働力であり、農村部から都市部への移動を違法とする戸籍制度への外圧を求めていた。そして豊かな中間層はいつでも、資産の一部を海外へ移すことに興味津々だ。つまり中国人口の一部の人々のあいだでは、このサイトもまた多数が受け入れられていた。

　日がたつうちに、チューリッヒにいるメアリーに言えるかぎりでは、このインターネットの大混乱の影響は、日常生活においてはごくわずかなものだとわかってきた。ことによるとこれはインターネット支持者が当初からさかんに求めてきたグローバル革命なのかもしれない。しかし、定義すらあいまいだったこの革命がこれまで示してきたものが、一九九〇年代後半に劇的に民営化が進んだことをべつにするとひとつも実現しなかったことを思えば、それが実現したときにどんなふうに見えるものかは誰にもたしかなことなど言えなかった。実際、インターネットが以前に多くの人々の精神生活を急速に植民地化し、資本化したのも、同様に見えない形で起こったのであり、メアリーは人々がインターネット革命を想定しているときに彼らが具体的な目標を自覚していたとは思えなかった。

しかし彼女のチームは知っていた——というか、想定はしていた。いまや、YourLockにサインアップして利用しはじめた誰もが、自身のブロックチェーン化された記録の一部をホストする形でこのシステムの維持に貢献している。これが分散型台帳だ。多くの人から無償で提供される作業(労働作業だけでなく電力も)だけで成り立ち、この新しい組織はコンピューティングが求めるレベルで機能する。それがうまくいったとしても、持続可能な文明という意味においてそのネットワークが貢献できるものなのか、メアリーにはわからなかった。それはこの新ネットワークがどんな目的で利用されるのか、あるいは人が現実世界でなにをするのかによるのだろう。いつものことだが、断固とした行動に出るのはこれからだ。まずは人間どうしのかかわりあい方から始まり、物質的なものの領域へはあとから、というのはほんとうかもしれない。

彼女は人生における物質的な面に集中しようとした。朝、チューリッヒ湖で泳ぎ、春から夏にかけてゆっくりと上がっていく水温を感じること。トラムと徒歩で仕事に向かい、歩いて帰ること。毎週、トラムに乗って街の中心部へ行き、刑務所にいるフランク・メイを訪ねること。これらは義務のようなものになっていた。

彼はどうやら問題なく過ごしているようだ。スイスの刑務所制度はいかにもスイスらしい——実用的で人道的、まるで自らの意思では出られないコミュニティカレッジの寮のようだ。フランクは、昼間のあいだは街へ出て、道路清掃から看護のアシスタントまで、需要のありかとその月のスケジュールによってさまざまな福祉作業をしている。彼はメアリーと対峙したあの夜よりもずっと落ちついて幸せそうにしている。あるいは気持ちを抑えて落ち込んでいるのかもしれないが、どちらとはっきりわかるほどメアリーは彼のことを知らない。どちらも少しずつ、なのかもしれない。そんなことが可能だとしたら。他人のことは、相手のほうからシェアしたいと思ってくれないことには知りようがないものだ。彼女が訪ねていくと、彼はものめずらしそうに彼女を見つめる。もうその姿を見て驚くことはないが、ちょっとまごついたり、当惑したりしているのかもしれない。それなのに、なぜ来たのか、と訊くことまではしない。もしそう訊かれたとしても、メアリーにはちゃんと答えることはできなかっただろう。頭のなかでは、実際に一緒にいる場面ではとうてい起こりえないような会話を思い描いてみたりした。チューリッヒベルクへもどるトラムに乗り、坂道を上るためにスイッチバックでまえへうしろへと曲がっていく別のトラムの青い車体を見ながら、頭のなかでフランクに語りかける。訊いてくれさえすれば、こう答えてあげられるのに。あなたを訪ねていくのはもっと楽に休めるようになりたいから、そしてあなたももっと楽に休めるようになってほしいから、と。わたしが考えるうまくいっている世界というのは、もっと楽に休むことが可能だと思えて、そう感じられる世界のこと。自分に休息を与えることができて、みんなが自分の罪をゆるし、自分自身をもゆるせる世界のこと。心のなかで交わすこうした会話で、彼はよくうなずいてこう言うのだ。そうだね、メアリー、僕はいろんなものごとについてよく思うようになっている。あなたのばかげた省は溝にはまった荷車を道にもどそうとして懸命に努力している。まだもどせてはいないけれど、もうそんなに長くはかからないだろうね。だって、溝が道を食い潰しているんだから。

しかし。実際に顔を合わせているときには、そんな対話がされることはまったくなかった。

メアリーはバディムがオフィスの外で行っている非公式な仕事を追跡しつづけていた。彼らは個別のプライベートなコンタクトでこれを行い、それが彼らの定めたパターンだった。しょっちゅう顔を合わせるわけでもなく、オフィスで監視対象にならずに連絡をとりあう方法があるわけでもないので、たいていは手書きのメモを彼女の机の上に置いておくことが多く、それも直接的なメッセージではなく、ルーミーやカビール、クリシュナムルティ、タゴールといった詩人たちの詩の一節だったりした。こうした詩人たちの作品のことは知らないし、引用されたものも本物なのかでっちあげたものなのかも、彼女にはわからない。〝神々は混乱のなかにある。なにを見ることができるのかを決めるは理論なり。明日の夜、偉大なる彗星が現れる。風上を見よ。〟そんなフレーズはノストラダムスの予言と同じくらい格言めいていて、そこから読みとれるのは、なにかが起きているのでそろそろ面会するころあいだ、ということくらいだ。そういうことなのだろう、と彼女は思う。なにか特別なメッセージが込められていたとしても、彼女には届かない。

　だから、ずっとニュースは読んでいた。〝暴動が暴動を襲う〟とだけ書かれたメモが机の上に現れてから二日後、ベルリン、ロンドン、ニューヨーク、東京、北京、モスクワで、現地時間にかかわらず同時刻に教員と輸送業者によるストライキが行われた。これによって街も市場も混乱に陥った。前年に起きた混乱だけでもすでにほとんどの株式市場で大暴落を起こさせるに十分だったうえに、その〈撃墜の日〉からまだ立ち直ってもいなかった。つまり、株価はもともと低かったわけだ。下げ相場もいいところ。もちろん、安く買って高く売ろうとするリスクをものともしない株屋のおかげで低迷からはすぐに回復したが、パニックの気配は衰えず、バブルがはじけそうだという感覚がそこらじゅうに漂っていた。大都市でストライキに参加した労働者たちは仕事にもどったものの、まだ状況が落ちつかないうちに、中東やイラン、パキスタンを悩ませてきた終わりの見えない干ばつが一気に勢いを増して新たな熱波となったのが、まだ五月のことだった。だがこの一帯に居座った高気圧は一時、湿球温度三十五度を超えるまで気温を押し上げた。このときは湿度よりも気温の上昇が問題で、しかもそのころ、いくつかの都市では水が枯渇していた。この一帯から流出した難民たちは、トルコやバルカン半島、その北のアルメニアやジョージア、ウクライナ、ロシアへ、そして東のインドへと向かった。熱波から逃れた難民がインドに向かうなんて！　しかしパンジャーブ州もまた干ばつに見舞われていたため、インドはパキスタンとの国境を閉ざした。すでに軍が配置されていて、簡単に閉鎖できたのだ。どこもかしこも大災害だった。パキスタンが戦争を示唆し、イランが戦争を示唆した。一千万人もいようかという人々が、死の危険を目のまえにして移動しようとしていた。人道支援プログラムももう追いつかず、国家の軍事力も同様だった。

　難民部門の責任者、エズメリ・ザイードによると、いまいる難民が一国の国民だとすると、フランスかドイツの人口に匹敵するそうだ。一億人もの人々が故郷を追われ、地球上をさまよっていたり、キャンプに押し込められていたりすることになる。

　このような状況のさなか、大気の川がカリフォルニア南部に襲いかかった。サイクロンやハリケーンのような強い風はなかったものの、降雨量は控えめに言っても激しく、長くつづいた。まるで一八六一年から六二年の冬にかけてカリフォルニアを見舞った破壊的な天候が再来したかのようだった。米陸軍工兵隊は前回の嵐を千年に一度の嵐と呼んでいたが、それが数百年も早くやってきたということで、彼らにとっては予想外だったのだろうが、もちろんそんな確率はもはや無意味だった。ロサンゼルス盆地を囲む高い山脈は大量の雨をいったん受け止めたあと、大部分が舗装された盆地の表面にぶちまけたため、被害は全面的に行きわたった。当初、死亡者数は意外なほど少ない七千人程度と推定されたが、インフラの受けた被害の大きさは、巨大地震でどれほどの被害があるとロサンゼルス市民が想定していたにせよ、それを矮小化してしまうほどだった。それどころか、これだけの水の重さのせいで巨大地震が起きてもおかしくない、と警告する科学者まで現れた。巨大嵐の真っ最中に〈ザ・ビッグ・ワン〉だなんて！　ロサンゼルスくらいのものだ、と罪悪感にさいなまれながらも一部の人々はロサンゼルスの映像を見ながら悪意に満ちた喜びを感じていた。世界の夢工場が目のまえで破壊されている。ハリウッドを彩る顔の数々が世界の無意識を悩ませることは、もう二度となくなった――そんな時代は終わったのだ。雨粒の散らばる映像から察するに損害の復旧コストは三十兆ドルを超えるだろう、とユルゲンは見積もった。

こうなったからには、さすがのアメリカ人も気候変動の最前線での活動を支援してくれるのではなかろうか。遅くたって動かないよりはよほどましだ。

いや、だめだ。すでに明らかになっていたように、テキサスではロサンゼルスの評判はよくなかった。東海岸でも同じく、それをいうならサンフランシスコでさえも。実際、ロサンゼルス以外のどこも、まったく気にかけてはいなかった。世界の夢工場が、どこへ行っても不人気だったとは！　もしかしたら、人々はああした夢なんて好きじゃなかったのかもしれない。あるいは、植民地でもつくるように夢の暮らしを植えつけられるのが。でなければ、渋滞に捕まってしまうのがいやだっただけかもしれない。

いずれにしろ、世界でもことのほか進歩的なカリフォルニア州政府と、ことのほか保守的な米国連邦政府とが、そろって支援に力を入れていた。好き嫌いにかかわらず、ロサンゼルスは重要なのだ。そしてなにより、メアリーが思うに、死者数を七千人に抑えられたのは、土木工学と市民運動のすばらしい成果にはちがいない。それに海軍をはじめとする米軍のすばやい展開と、市民自らがてきぱきと行動したことも大きかった。洪水の最初の一撃こそもっとも致命的ではあったが、あとは小さなアクシデントが積み重なっただけですんだ。緊急対応としては、総じて見事なものだったのだ。あらゆる点から見て、藁ぶき屋根の世界におけるレンガ造りの家のように、アメリカはインフラの絶対的基準そのものだった。あのばかみたいに高いところに通した高速道路だって、〈ザ・ビッグ・ワン〉にも耐えられるような作りにしてあったおかげで全市民の避難所として機能したのだし、その後の避難誘導もスムーズにいった。即興であれだけのことができたのは、じつにすばらしい。

ロサンゼルスが世界のどこでどれほど人気があるかはそれぞれだとしても、圧倒的に有名であることはまちがいない。少なくともその点については夢工場もその役割を果たした。かの地を知っているつもりでいた世界中の多くの人は、あのように突然水浸しになった映像を見て愕然とした。あれほどお金があって、あれほど夢のようなロサンゼルスでさえあんな目にあうのだとしたら、世界のどこがああなってもおかしくないではないか。そうでしょう？　そんなことはないかもしれないが、そのように感じられたのだ。世界の無意識の底でなにかがひっくり返ったような感覚は、人々を落ちつかなくさせた。

世界が崩壊するという予感とはうらはらに、あるいはその予感のせいでというべきか、世界各地の首都ではデモ行動が激しくなった。デモというよりむしろ占拠にも見えたのは、いっこうに終わる気配がなく、首都におけるビジネスが滞るほどにいつまでもつづいていたからだ。占拠した場所に人々はそのまま腰を落ちつけ、差し入れられた食料やその場しのぎのシェルター、トイレ設備などで新たな生活様式をくり広げた。そのようすはさながら、グローバル資本が必要とすることではなく国民が必要とすることに政府が公式に対応することを求める、対話を絶やさないようにするために考え抜かれた、デモ参加者たちによるなにかのゲームや演劇のようだった。そして政府のほうも、自国の国民に対して警察や軍隊をけしかけるのか、それとも何か月になろうと占拠が終わるのを待つか、もしくは要求されたように自ら変化するのか、対応を迫られることになった。ブレヒトがいみじくも痛烈な皮肉として「もし政府が人民を信じないのであれば、政府は新たな人民を選ぶべきだ！」と言ったように。

そうしているあいだにも、バッテリー駆動による短距離飛行をのぞく飛行回数はさらに減少し、飛行船建造数は飛躍的に増加した。海洋貿易は壊滅し、大量の失業者が街にあふれた。オンラインでは人々がこぞってYourLockに登録し、その他のソーシャルメディアとまで呼ばれていたYourLockは打ち捨てられ、いまや略奪ソーシャルメディアサイトと呼ばれている。たくさんの人々が個人銀行から預金を引きだして信用組合や代替の協同組合金融機関に預けかえたため、またしても金融破綻が起きたばかりか、百年以上も見られなかったほど深刻なものとなった。どの銀行も長いあいだレバレッジをかけすぎていたため、もはや実質的な意味を失っていた。そしてこのように大規模な危機に陥ったいま、多くの銀行がついに膝を屈し、政府の中央銀行に泣きついて救済を求めるありさまだ。あいかわらず金融業界のベテランたちに首根っこを押さえつけられている政府財務部門はここにきて、二〇〇八年に行った救済措置のようなことはできないことに気づいた。今回に比べればあのときの破綻などたいしたものではなく、また二〇二〇年に景気が後退したこともあって、いまなにが、どうして起きているのかについての認識は格段に高かった。時代も違えば、感情の構造も物質的な状況も新しくなっていた。すでに人々は、これは二〇二〇年よりも、世界大恐慌よりも巨大な、もしかすると史上最大の経済破綻ではないかと言いはじめていた。単に経済だけのことではなかったからだ。メリーゴーラウンド全体がフライホイールからはずれ、倒れながら崩壊していたのだ。

そこでメアリーは世界中にあるさまざまな中央銀行のトップに声をかけ、話し合いを持つために集まることで合意を取りつけた。彼らのほとんどが自国に彼女が出向いてくれることを望んだが、彼女は、どんな解決策であれ、カギとなるのは中国のはずということで、北京で会議を開くことにしようとした。とはいえ、中国は国際会議へ参加することについては重要視しているから、会議の開催地がどこであれそこへ行くだろうとメアリーは判断した。彼らは、どこかよそで決められたからと合意に加わることを拒否するほどには、国威を気にしていない。そういう意味で思いあがった国といえばアメリカだが、ジェーン・ヤブロンスキなら会議がどこで開かれようとそこへくるにちがいない。ちょうどいいことに、バーゼルで開かれる国際決済銀行の年次総会もまもなくだ。というわけでメアリーは、国際決済銀行の総会のあとでどうぞチューリッヒにお越しください、と彼らに伝えた。いまでは、飛行船で移動することを選ぶ人のほうが多くなっていて、空の旅はさすがにはばかられるので、特別に用意したステルス軍用機で彼ら全員をスイスに運ぶことにした。

　この地上で最強の二十人ほどを集めた会議を主催するのは、それぞれが連れてくるおおぜいのスタッフも合わせてもてなすということも含めて大仕事にはちがいないが、スイスにとってはやり慣れていることでもあった。今回の会議については人数が多すぎて省のオフィスには収まりきらないため、湖のほとりにある大会議場（コングレスホール）を使うことにした。

　会議の始まった朝、広い会場の南側一面にはめ込まれた広々としたピクチャーウィンドウが、集まった人々の悲壮感を見事に映していた。春の嵐がチューリッヒ湖をこれでもかと蹂躙し、低く垂れこめた灰色の雲からは黒い箒のような雨が銀色に輝く湖面を叩き、窓ガラスを流れ落ちる雨粒はうねりくねる滝となって外の景色をゆがませている。それ自体はなにも珍しくはない。ロサンゼルスのようにこの世の終わりを思わせる気候変動の影響などというものではなく、いつもどおりのチューリッヒの春の天候だ。とはいえ、厳めしい美徳が詰めこまれた室内の雰囲気には、あつらえたようにぴったりではあった。窓の外を眺めながら、彼らは口々に「我々ならこの嵐も乗り越えられる」と言いあった。室内の沈んだ気分を奮い立たせてくれるのは、雨に叩きつけられて白く波立つ湖面の暗く金属的な荘厳さと、激しく揺れる木々のあいだを吹きすぎる風の音だった。

　メアリーは彼らに静粛を求め、この数年のあいだに重ねてきた会合について思い出させた。メアリーは彼らに一致協力して新しい通貨を作りだすよう強く呼びかけてきていた。炭素の回収をベースとする、為替市場で両替可能な通貨のことだ。ほかの通貨と同じように中央銀行が一体となって後押しをし、超長期の債権の創設によって証券化される。その債権は、経済的安定に興味のある人なら心惹かれるに十分な、運用益に一定の保証利率がついて百年後に払い戻されるものだ。要するに、メアリーがこれまでにも言ってきたように、生き残る方法に投資する道を作りだすことだ。文明を長持ちさせるもの、これまでの金融学が生みだした数々の小賢しい方法とは対極にあるもの。これまでの投資方法は文明を短命化させることにつながり、その過程でこの四十年間に生じた剰余価値のほとんどを人口の二パーセントにすぎない金持ちたちに集中させてきた。そのおかげで大金持ちたちは、自分は黙示録後の世界を生き残れると勘違いし、越発想の貧弱なゲーテッド・コミュニティのなかで子々孫々まで暮らしつづけられるつもりでいる。そこでは使用人たちも食料や燃料、ゲームだってまだまだ手に入れられると思っているのだ。冗談ではない、とメアリーは銀行家たちに言った。そんなことにはなりえない。文明の寿命を縮めておいて、空想上の要塞島かどこかで暮らすことを想像するなんて、逃避したあげくのファンタジーでしかない。金持ちはそんなことを想像して悦に入っているが、引退後は火星に引きこもるというのと同じくらいばかげた妄想だ。それを支える文明がなかったら、買うものを――たとえば食べ物を――作りだす文明がなかったら、金銭なんて無価値なのだ。だから、中央銀行のみなさんがご自身のタスクを非常に狭い意味で――通貨を安定させるとか、雇用率をよくするとか、なによりも通貨そのものの知覚価値を維持することだと――とらえているとしても、いまこそすっかりなじんだ通貨主義の象牙の塔から出てきて、自分たちこそ秘密でもなんでもない世界の政府であることを自覚してもらわなくてはなりません。その立場から、たかだか金利を調整する程度のことではなく、さらなるなにかが求められているのです。

そう、たしかに彼らは彼女の率直な物言いに驚き、臆病さを嫌悪する態度にショックを受けた。これだからアイルランド人てやつは！　彼らがそう考えているのが、彼女にはわかった。だが彼らは同時にしっかりと彼女に注意をむけてもいた。彼らは彼女に取り憑かれ、外の嵐のことなど忘れ去った。いまや嵐は怒りをみなぎらせた中年女性の姿となって、室内を吹き荒れていた。

そうだわ、と彼女は思い出した。会議が白熱してくるとたいていは良い結果にはならないものだ。彼らをちょっとばかり小突き回して気を引くというのは計算したうえでのリスクだった。こんどはなだめにかからなければならない。だからそうした。このまえ彼らに同じことを頼んだとき、彼らは拒否した、それはいい――しかし、いまは状況が違います、と語りかけた。とうてい信じがたいほど、事態はひどくなっている。これからの将来世代全体のいま現在の代弁者として、彼らにはぜひとも行動に移してもらわなければならない。彼女は（道具を発明させろと言ったディックの言葉を思い出しながら）――どのように行動するのがベストなのか、彼らの提案に耳を貸す用意があります。うまくいけば、国際決済銀行を二十世紀のタイムカプセルから引っぱりだして、手ごろな道具として利用できるかもしれません、とつづけた。

だがそれには彼らの行動が必須だ。なにしろ、文明は風前の灯火なのだ。まっしぐらに悪いほうへ向かっているのだから。

いつもと同じチューリッヒの春の嵐は、いまは人間の思いを形にして見せつけ、メアリーの言いたいことを強調してくれた。風は文字どおりうなりを上げ、まだ昼前だというのに空は真っ暗になった。湖がまるごと窓にぶちまけられたように視界をさえぎったかと思うと風がそれを吹きはらい、また同じことが何度でも繰り返された——アイルランドのゴールウェイを思わせる豪雨だ。

中国の新しい財政部長はこれまで中央銀行のトップを務めてきた人物で、同時に中国共産党中央政治局常務委員会のメンバーでもあり、つまりは中国でも七本の指に入る実力者だ。立ち上がって話しはじめた彼女はオックスフォードで英語を学び、発音もそれらしく、また明るくくつろいだ話し方のせいもあって、まるで歴史について議論しているかのようだったし、メアリーはまさにそうしているつもりでいた。彼女はメアリーが各国の中央銀行をめぐるなかで中国には立ち寄らなかったことを指摘し、また当時はまだ自身が財政部長になっていなかったので、メアリーがさきほど言ったようにかつて冷めた対応をされたときには自分はかかわっていなかった、と断った。実際、中国の国立銀行は、それが中国経済の役に立つのであればつねにできるかぎりの権力をふるおうとしてきた。そして、中国と世界のためになると思えるならば、喜んで国際的な取り組みにも参加するつもりだ。むしろ、メアリーの頼みはまさしく中国政府がずっとやってきたことと同じ種類のものだと思われる。

議論のポイントとしてはまさにそのとおり、とメアリーは答えた。しかし、彼らが参考にしたり好ましいと思う国家的、あるいは超国家的な（ここでEUの中央銀行と国際決済銀行のトップにうなずく）モデルがどれであろうと、いま一度、完全に国家をまたいだ新しいものについて検討してもらいたい、と呼びかけた。カーボンコインや、すべての大規模中央銀行共同体が裏づけるデジタル通貨、それもほかの中央銀行も参加できるようなオープンアクセスのものを。そのようなコインは共同体が発行する長期債券を裏づけとし、攻撃する気満々の投機家による金融攻撃への備えをしておく。すべての中央銀行が協力して守りを固めれば、この新システムを骨抜きにしようとしてくるどんな相手でもきっちり撃退できるだろう。実際中央銀行が、新しいカーボンコインだけでなく出回っているすべての法定通貨をブロックチェーン化すれば、寄生虫のような投機家連中など一掃できることだろう。攻撃こそ最大の防御なり、だ。

絶対にはずせない銀行は、とメアリーは心の内で考えた。まずアメリカ、欧州中央銀行、そして中国だ。ドイツとイギリスも重要だし、スイスだってそうだ。多ければ多いほどいいのはもちろんだし、いつだってそうなのだが、この三大国はどれひとつ欠けてもいけない。もしこの三つだけだったとしても、なんとかやってはいけるだろう。とはいえ、彼らが参加するとなれば、きっとほかもついてくるにちがいない。

となると、いま現在、中国の新財政部長は、中国のふだんどおりの実践とメアリーの提案を機嫌よく比べて見せることで自分は前向きの姿勢を示せていると思っているようではあるが、これは他国にとってはあまり意味はなかった。この場にいる面々は、中国のまねをすることはここで求められている答えとしては疑わしいと思っているようだ。中国は負債を抱えていて、不透明で、少数独裁制をとっていて、権威主義的だ。つねに引き合いに出される中国の特徴を修正してみたところで、彼らがあからさまな社会主義国であり、マルクス主義者であることに変わりはない。それはつまり、誰にも、中国自身でさえも知りえないことだが、彼らの行ってきた金融慣行は西側にとってのあたりまえの感覚にことごとく逆らうものであったし、だからこそ、いま必要に迫られて世界がさらに中国的になる必要があると中国財政部長が示唆することは、それほど外交的な態度とは言えなかった。しかし彼女を見るかぎり、メアリーにはこの新財政部長がそれを心の底から残念がっているようには思えなかった。彼女のようすはなにやら楽しそうで、とはいえタカが面白がっていればそんなふうだろうという感じで、どうにも想像がつかない。彼女にはするどい切っ先のようなところがあった。

それとは別に、中央銀行はどこも非民主的なテクノクラシーが支配的で、中国のトップダウン・システムと似ていないわけではない。方向性を決めるのは、自分たちが最善だと思うことをする金融エリートたちだ。彼らは議会に諮ることもなく、ましてや国民の意向などおかまいなしだ。立法府や民衆の気まぐれに左右されることなく機能するべく作られたしくみだけに、普遍的な繁栄という大海原に乗りだしていく世界金融の船が安全に運行できればそのほうがいい——まずはエリートたちが船に乗りこみ、あとからほかの人たちもどうぞ。ただし、エリートたちが乗るファーストクラス・デッキを脅かさずに乗船できる余地があればの話だ。だから、もっと非民主的になろうという誘いも、十分に外交的な表現にさえすれば、この場に集まった人々にまったく歓迎されないということはないだろう。あとは言葉の選び方しだいだ。

ムチを見せるときにも言葉選びは重要だ。まずはニンジンをぶらさげること、メアリーにはそれが出だしとしては最善だという気がした。やってください、と彼女は言った。あなたがたは世界の救世主なんですから、混乱を回避し、人類と地球の膨大なリソースをこの未曾有の危機に投入してください。人々は今後何世紀にもわたって、あなたがたについて文章をつづり、分析し、模倣して、称えつづけることでしょう。あなたがたによっていまここでモデルが作られ、そのモデルは未来に起きる同レベルの危機にも対処できるように適応するでしょう。これがニンジンだ。

それからムチを。もし彼らがやらないのなら、メアリーとそのチームでYourLockアカウントを人々が互いに作って与える分散型台帳のコインとして利用し、ことを起こすようお膳立てすることもできる。これなら中央銀行が持っているとされるいかなる権力にもざっくりと切り込むことになる。そしてまた、未来省には関連する議会のどこにでも協力者がいるし、メアリーのチームが準備してきた詳細な助言を各政府に伝えることで、中央銀行をこれまで以上に法的にコントロールできるようにする新法を導入させ、それによって銀行には受動的に金融危機に対応するだけでなく、気候変動の積極的な緩和を委任し、責任を持たせるのだ。新たにこうしたことを委任された中央銀行には、手持ちのメカニズムを総動員してデジタル通貨を作り、その為替レートを管理することが求められる。要するに、メアリーには世界的なムーブメントを起こす準備ができていたわけだ。各政府がそれぞれの中央銀行の手綱を握り、政府の思いどおりに動かせるようにするムーブメント。国立銀行の国有化あるいは国際化がいかに効果的であるかの優れた先例となったのが、第二次世界大戦中の英国財務省によるイングランド銀行買収だった。英国は戦争に勝つために必要な資本を的確に誘導するためにイングランド銀行を乗っ取った。気候変動に際しても、当の議会が必要と思えばふたたび同じことができるはずだ。それぞれの国に応じた法律をいつでも導入できるように、各国でこれに賛同する有力政治家によって用意されていた。

そのときがきたらやるべきことはこのとおり、とメアリーはまとめた。最初と同じく、彼女の姿勢はこんどもまた、きっぱりとしていた。いつのまにか、例のいかにもアイルランド人らしいおおげさな物言いになっていたが、これはほんとうに便利だった。このモードに入れば「もうのんびりしている場合じゃない、現実は目のまえにある」とだって言える。明らかな事実を認めようとしない世間知らずや腰抜けをあからさまに軽蔑することだってできてしまう。これこそ彼女が大好きなモードだ。

メアリーは口調をやわらげてこうつづけた。ですがもちろん、政府が中央銀行を完全に乗っ取ってしまうことや、新しい通貨によって置き換えられることが必要だとは思っていません。そこですするどい視線を中国財政部長と一瞬かわした。見るからに彼女のプレゼンを面白がっている。人民元、とはまさに中国語で〝人々のお金〟という意味だものね。メアリーはさらにつづけた。わたしたちが直面している状況は前例のないものですが、その原因は明らかなのですから、いまこそわたしたちは行動すべきだし、行動するんです。

原因はそれほど明らかかしら？　ジェーン・ヤブロンスキがするどくつっこんだ。わたしはそこまでとは思わないわ！

メアリーはバディムとチームのほかのメンバーに説明をまかせた。彼らにはグループによるプレゼンのようなものを用意しておくように頼んであった。みなが持ち回りでそれぞれの問題点について原因と結果を説明していくスタイルのものだ。当然ながら、因果の連鎖はあちこちとつながって複雑に入り組んではいるが、最後には言いたいことは伝えられた。ここでは問題点を三分でざっと説明する。気候変動の原因は大気中に二酸化炭素およびメタンが放出されたことである――その連鎖反応として北極圏の永久凍土層および海洋の大陸棚に閉じこめられている膨大な量の二酸化炭素とメタンが放出されようとしている――海洋はこれ以上の二酸化炭素と熱を吸収することはできない――絶滅率は一世紀あたりの実際の絶滅スピードでいうとすでに地球の歴史上かつてないほど高くなっていて、陸上から消えた種の割合を合計するとパルム紀に匹敵し、当時それは九十パーセントだった――そこまで絶滅したあかつきには、飢餓や混乱、そして戦争（おそらくは核戦争）が避けられず、文明の崩壊につながる――そのような事態に対して保険をかけたり、復旧することは不可能だ。取り返しもつかない修正不能の大惨事になる。

チームによるプレゼンの最後にメアリーは、ですから、最終的には、これらの要因がすべてまとまった結果、温暖化が進むなかで人類はインフレ率と雇用率を安定させることの不可能性に直面しているのです、とまとめた。中央銀行に課された特定の重要任務は、気候危機が手に負えなくなってしまえば、もはやまっとうすることはかなわない。別の言い方をすれば、中央銀行は、彼らにその任務を託した文明を救わないことには、その重要任務に失敗するということだ。そして、完全雇用が彼らにとって主要目的であることに変わりはないにせよ、文明の崩壊を生き延びた人類がゴミを漁ったり小作農として働くことになったとしたら、勝利と呼ぶにはお粗末ではないか。それは中央銀行というものが作られたときに世界が思い描いた完全雇用とは言えない。

最後に放った皮肉にヤブロンスキとヨーロッパ勢がむっとしたのがわかったので、ここでメアリーは考えた。彼らに面と向かっていきなり怒鳴りつけてやろうか、それとも靴を脱いで、フルシチョフをまねてテーブルをどんと叩こうか。あるいは、ピクチャーウィンドウに椅子を投げつけて、嵐が彼らを襲うにまかせてみたらどうだろう。彼らの強情っぷりに、ふいに怒りがこみあげてきた。インフレ率なんかくそくらえ！ と叫んでやりたかった。あなたたちにしかできない仕事をしなさいよ！

彼らの顔から判断すると、あらゆる感情とそこから思い浮かぶ動作や罵り言葉が彼女自身の顔に表れていて、彼らにむける視線にそれが丸出しになっていたのだとしてもおかしくない。これぞ目に宿る力だ。メドゥーサではあるまいし、頭から生えたヘビが攻撃して彼らを石にしたり殺してしまったりはしないけれど――その代わりにメアリーが強く望んだのは、彼女の両目をコンタクトグリップがわりにしてブースターケーブルを使い、電気的にジャンプスタートさせるような、心と心のあいだのギャップを飛び越えるようなことだった。ふう、危うく失敗するところだった。

そこで、中国財政部長が盛大ににやにや笑いをしていて、それを隠そうともしていないことに気がついた。手元のカンニングペーパーで確認した。この女は誰だったかしら？ マダム・チャンだ。前世代の財政部長の娘。共産党の階層の申し子、かつて習近平が、そしてほかの多くの政治家がそうだったように。メアリーは彼女の顔つきが気に入った。

　それからの数日、各国中央銀行の代表者たちはあの同じ部屋で会議をつづけた。そのあいだチューリッヒ湖は連日のうららかな日射しで彼らの気分を盛り上げ、空には高く浮かんだ雲が、まるで宝物を山積みにしたガリオン船が高々と帆を揚げて湖面をすべっていくかのようだった。そしてついに、中央銀行の代表者たちは全員が合意できる提案書を書き上げた。誰もが望めるかぎりの大胆な提案で、確実に待ち構えている批判に対して全員が一蓮托生という状況でなければ、長い棒の先でもそんな計画に触れる勇気は中央銀行側には持てなかっただろうとメアリーは思った。彼らは国際決済銀行の調整を通じてひとつの新通貨を発行する。一コインは一トン相当の二酸化炭素を大気中から回収した場合に発行され、通常のやり方であれば燃焼されるはずだった炭素を燃やさなかった場合でも、大気中から取り出したのでもかまわない。彼らはこのカーボンコインに対して最低価格を設定することを約束したが、そのせいで彼らは、このプランから金をかすめ取ろうとする投機家たちという大きな危険にさらされることになった。しかも、これからの数十年間でこの通貨の価値が上昇することを予告までした。このようなことをすることでこの投資を確実なものにし、文明そのものが生き延びられるようにしたのだ。それ自体が、こうした確実性を求めるさまざまな財源からのある程度巨額の資本を保証することになる。年金基金、小さな国立保護区、大企業の資産、とにかく投資する余力があるなら誰もが確実性を望み、それはほかのどこにも確実性など存在しなくなったいまではなおさらだった。要するに、おぼれる人に救命浮き輪を投げるようなものだ。たしかに、もしも全員がいちどきに浮き輪をつかんだりすればシステムに過剰な負荷がかかりかねないが、それでも炭素が回収されなければコインは作られないのだし、そうするために急テンポでことが進むのであれば悪いことではあるまい。それに中央銀行はいつでも、コインを稼ぐのに必要な炭素の削減量を上方修正したり、あとからありとあらゆる複雑な要素を盛り込んで、自在に調整することだってできる。炭素回収の認証チームにばりばり働いてもらうのは目の回るような仕事になりそうだ。実際合意の最後には、全員が通常の法定通貨をいくらか貸し出し、国際決済銀行を通じて管理されるファンドにプールするとしていた。炭素がたしかに回収されたことを認証するための検証機関を創設して そのコストに支払う分には、この基金で十分だろう。この検証機関は巨大すぎて、ひとつの銀行だけではまかなえないどころか、未来省でさえ、とうてい追いつくものではない。もうこれ自体が完全雇用計画そのものといっていいほどなのだ。

そう、これは総合プログラムだった。メアリーのチームは細かいところまで書き込んだ。手近な銀行家やそのスタッフにも相談し、彼らの提案はすべて取り入れた。最後の最後に、各銀行が自国の政府とすり合わせたのちにこれを発表し、初回分のカーボンコインを購入できるようにした。その支払いも開始した。コインの取引価格も設定され、わずかながら上昇もした。

それなのに、なにひとつ変わらなかった。

会議が終わって何日、何週間とたつうちに、これはひとつのパターンになってきてるようね、とメアリーは思った。陥った状況を改善しようとして本気でなにかに取り組みはじめたとしても、そのときにはとっくに手遅れになっていて、結局うまくいかない。納屋の扉を閉めるのはいつも馬たちが逃げ出したあと、もしくは納屋が焼け落ちたあとなのだ。数年、あるいは数十年まえならとても有効だったはずの施策も、その時点ではもはや焼け石に水、ほとんどなんの役にも立たないと言っていいくらいかもしれない。いつもいつも、ほんの少しだけ手遅れというケースがつづき、悪化する状況に適用できるもっと強力な対策など誰にも思いつけなかった。

これがもし物理的ななにかについてそのとおりなのだとしたら、たとえば北極圏の永久凍土が解けるとか、海洋の酸性化が限界を超えて食物連鎖の最下層が生き残れないとか、南極の氷床がすごい勢いで崩壊しているとかいうのであれば――彼らは絶体絶命で、それを否応なく受け入れるしかない。

遅れている闘いは物理的なものではなく、いままで後れをとってきた人間社会の領域だけが機器の速度についていけないのだろう。とはいえ、そこでも闘いをあきらめるわけにはいかない。

ただし、その闘いは良い方向ばかりではなく、それに逆らう闘いもあった。人間の努力の機先を制し、骨抜きにしようとする闘いだ。実質的に、おぞましい大量無理心中を図って地球上のあらゆる生き物を殺そうとする連中がいる。底なし沼の上に渡した細い綱の上を歩いているところへ、揺さぶって、全力で大惨事に巻きこんで死にいたらしめようとしてくるのだ。

「いつだって愚か者はいるものですよ」新手のそういう連中に毒づいたメアリーに、バディムがおごそかに宣った。

そんな言い方は生ぬるい。「クソ野郎」彼女は吐き捨てるように言った。

バディムはそれに答えてこう言った。「良い方向に向かって闘っているすべての人々に目をむけましょう。そういう人たちのほうがずっと多いのですから」

カーボンコインが発表されてから一か月が過ぎたころ、ホーホ通りにある未来省のオフィスが爆破された。

夜間であったため、建物内には誰もいなかった。それが爆弾をしかけた連中の意図だったのか、確かめようはない。オフィスの残骸を見にメアリーについてきたスイス警察は不安そうにぴりぴりしていた。とはいえ、彼女たちの警備について申し訳なさそうにするのでもなく、むしろ不満そうにむっつりとしていた。被害者に落ち度があったとして非難する、法権力を持つものにはよく見られる傾向だ。

彼らは警察による警護をもっと受け入れるように助言してきた。というか、強く要求してきた。スイスらしい硬い石造りで千年はもつはずの建物が吹き飛ばされて崩れ落ち、通りからなかが丸見えになっていて、そこにもしも人がいれば全員死亡していたであろうがれきの山となったオフィスのようすは、彼女に大きなショックを与えた。だからメアリーは、助言に従うことにした。

ところが彼らの頭にあったのは、その日一日だけ保護されて拘束される程度のことではなかった。そうではなく、彼らが提案というより要求してきたのは、彼女がどこかに身を隠すことだった。そのために警察が用意した施設は、それほど遠くはないアルプスに守られたセーフハウスだった。あるいは彼女が希望するならどこでもいい。しかししばらくのあいだ、隠れている必要があった。彼女の命に対する脅威はそれほど差し迫ったもの、警察はそう主張した。どこに、という部分は多少なりとも選ぶ余地があったが、どうやって、のほうは問答無用だった。

スイスを離れることになればチームからも離れてしまう。チューリッヒからも。

だから彼女はアルプスを選んだ。

61

生物圏が崩壊するというニュースに対してネガティブな反応が起こることは珍しいものではない。嘆き、悲しみ、怒り、パニック、恥、罪悪感、断絶、そして抑うつ。これらはグローバルな気候大変動のニュースへの反応としてよく見られるものだ。こうしたネガティブな反応はときとして、病的な域に達することもある。

回避行動として現れる病的反応のひとつに、エドガー・アラン・ポーの小説にちなんで『赤死病の仮面』症候群と呼ばれるものがある。この話のなかでは、特権階級である貴族たちが疫病の蔓延によって荒廃した国土を離れた山頂の城砦に閉じこもり、気をまぎらわせるために、あるいは無関心をよそおったり、やがて訪れる運命にあらがったりするために、仮面舞踏会を催す。彼らは城内の各部屋をそれぞれに異なる色の光で照らしだし、マスクをつけ、ドミノと呼ばれるフードつきの衣装に身を包んで、音楽に合わせて踊りながら城内を練り歩いた。するとそこへ、マスクをつけた物言わぬ人物が登場してパーティー会場を歩き回る。その人物がじつは死そのものであることが明かされるが、ほとんどの読者は驚かないだろう。そういう設定と雰囲気の物語なのだ。

つまりこの症候群は、終わりのときが目のまえに迫っていて避けては通れないとわかっていながら、パーティーでもするほかにできることがないという状況をあらわしている。中世後期に見られる〝死の舞踏〟のイメージはこうした反応が類型化された初期の例で、当時流行った黒死病に関連したものだった。ポーもここから着想を得たのであろう。

生物圏崩壊に対してはさらに過剰な病的反応が想定され、実際に観測された。終末が近いと感じた者のなかには、それを加速したり、悪化させたりする行動に出る者もあった。彼らの態度はあたかも自分たちが死ぬのなら世界もともに死すべきだとでも言うようだった。これは明らかに自己愛主義（ナルシシズム）の表明であり、「神々の黄昏」症候群と名づけられている。第二次世界大戦末期のヒトラーが、この反応の典型的な症例で、そうした反応では、他者への憎しみもまた症状の一部である。

この反応の呼び方はワーグナーのオペラ『ニーベルングの指輪』四部作の第四話に由来する。この物語の結末では、紀元前の古代スカンジナビア神話に登場する古い神々が残忍で自滅的な最終判決宣告を下し、自らの死とともに世界を終わらせる。元の語から英語への直訳では「世界の神々を罰する」症候群となるが、ここでは語源の異なる語を誤用していて、ドイツ語では「神々の黄昏」という意味であり、スカンジナビア語の「ラグナロク」にワーグナーがあてた造語だ。

「神々の黄昏」症候群は、暴力的な病理がたいていそうであるように、女性よりも男性に多く、しばしばナルシシスティックな怒りの例であると解釈される。このような感情を持つ人はたいがい権力を持つ立場にあり、その権力や権利を取り上げられそうになると激怒する。それで、彼らがまちがっていると認めるか、あるいは世界を破壊するかしか選択肢がなくなると――そしてそのような二択を迫られることがよくあると感じているわけだが、彼らにとって明らかな選択は世界を破壊することになる。彼らはまちがいを犯したと認めることなどできないからだ。

一般的には、ナルシシズムは想像力が未発達である結果であり、恐怖のひとつの形だと思われている。ナルシシストにとって他者とは、かかわるには恐ろしすぎる存在であるためナルシシスト個人の死が現実の終わりをあらわすことになる。その結果、他者の現実や個人を超えて世界が継続していくことを受け止められる人々にとっての死よりも、ナルシシストにとっての死は、さらに恐ろしく破滅的なものになるのである。

ナルシシストが夜空でさえも恐れるのは、自分の外に世界が存在することの否定できない証拠を突きつけられるからだ。それゆえ、ナルシシストは外へ出たがらず、概念のなかに生き、触れ合う人すべてに従順さや承認を求める。彼らは他人のことを召使いか幽霊だと思っているのだ。そして死が近づくと、手が届くかぎりの世界を全力で破壊しようとする。

〝資本主義の黄昏〟という言い方が見かけられるが、これは心理学から社会学への転用であり、おそらくは不適切である。そしてそれゆえに、本稿の範囲をはずれてもいる。そしてなにより――一目瞭然である。

62

担当官シビラ・シュミット。我々は六月二十七日午前七時、保護対象者メアリー・マーフィーを保護下に置いた。本ミッションにおける我がチームのメンバーは次のとおり。トーマス、ユルグ、プリスカ、本官。プリスカはMをリラックスさせようと懸命に務めた。Mは明らかに不機嫌。

調査課内には、ダボスが占拠された事件に未来省がかかわっていたと考えるものもいたせいか、真剣に警護しなくてもいいのでは、とユルグがトーマスに耳打ちした。もちろん、プロとしての立場をわきまえて、彼女に聞こえるところでそんなことを言ったりはしない。今後はそうした考えは心の内にとどめておくように、と釘を刺しておいた。我々は優れたチームで、スイス連邦のシークレットサービスの内部評価でも最高レベルとされている。ダボス事件以降は当然ながら我が支局も強い批判を浴びせられたし、我々もなんらかの形であの一件にかかわっていたにちがいないと感じた人も多かった。我々も加担していたか、さもなければもっと早くかたがついていたにちがいない、と。人々が我々を批判して大っぴらに楽しむのはいつものことだが、我々の保護対象が政治家であればなおさらだ。私たちは、〈お楽しみ警察(スパスポリゼイ)〉だの〈楽しみを奪うやつら(キルジョイズ)〉だのと呼ばれるが、必要となれば我々のサービスを拒否することはまずない。よそと比べればスイスは格段に自由で安全なところだ。

ヨーロッパにはこんな古臭い冗談がある。天国ではフランス人がコックでイギリス人が警官、エンジニアはドイツ人で恋人はイタリア人だが、地獄ではコックがイギリス人、警官がドイツ人、エンジニアはイタリア人だ。スイス人も冗談のネタにされてはいるが、なんだったか忘れた。天国でも地獄でも同じ役割ではなかったか？ スケジューラー？ 銀行家？ 治安部隊？ 思い出せない。それこそがスイス人ジョークなのかも。

我々は強化仕様のバンでMを移動させた。防弾装備、路上爆弾にも耐えうる性能、セキュアな通信装置を備えている。Mの旅行支度が身軽なことに対して、プリスカとトーマスはおざなりに誉めた。彼女とプリスカが後列座席、ほかのメンバーは中列と前列に座った。運転はユルグ。ベルンまでは幹線道路を使い、とくに事故もなかった。ベルンからトゥーンまで進み、そこからはトゥーン湖の西岸を北上。くねくねと曲がった道を登ってハイディランドまで行くと、大きな木造住宅の窓辺には赤いゼラニウムが飾られ、その向こうに切り立つベルナーオーバーラントの黒っぽい崖までアルプスの一面の緑がつづく。個人的には東部のグラウビュンデン州のほうが好きだ。

カンデルシュテークからは幹線道路をはずれてエッシネン湖へつづく小道に入り、私有地になっている側道をたどってロープウェイの上の終着駅の向こうまで行く。道中、プリスカがあたりを指し示しながら、カンデルシュテークがなぜ時代に取り残されたようなへき地なのかをMに説明した。基本的にはスキーができないというのがその理由で、それはこの町を囲む斜面がすべて崖になっているせいだ。四方を断崖に囲まれたこの地の出入口になっているのが、ローヌへとつづく古い列車用トンネルしかないのだ。ちなみにこれは最古のトンネルのひとつでもある。そんなだから、スキーをするには斜面が急すぎるアルプスの渓谷がどこもそうであるように、この町もとても静かだ。パラグライダーを楽しむ人は、スキーヤーよりもはるかに少ない。

山腹の牧場にいるヒツジたちの横を通りすぎるとき、ここはアイルランドに似ている、とMが言った。ただし、上を見上げなければ。南側の尾根はものすごく高い。

エッシネン湖に到着したのが午前十時四十分。高い崖の下に豊かな水をたたえる丸い湖をぐるりと囲む灰色の花こう岩の壁は千メートル以上はあり、それが湖面からすっくとそびえるようすはじつに壮観だ。青い湖水が不透明なのは、上のほうのどこかに氷河がある証拠だ。

プリスカがMにエッシネン湖について説明した。これほど大きな湖がこれほど標高の高いところにできるのは珍しい。なぜなら、氷河期に巨大氷河がアルプスの谷という谷を削りとっていったため、水を貯められるような縁が残っていないから。ミッテルラントまで下っていかないと池も湖も見当たらないのはそういうこと。だがここでは谷の上に突き出た崖が崩れて水をせき止め、雪解け水がたまって天然の貯水槽になった。湖から流れ出る水はない、とプリスカ。水は崩れた土砂のすきまを通り、カンデルシュテークに向かう途中で大きな泉となって湧きだしている。本官はそのどちらも知らなかったので面白いと思って聞いていたが、Mはとてもそれどころではないようすで、ただうなずいただけだった。

湖畔に建つ山のホテルを通りすぎ、我々のために用意されたそのとなりの建物に到着した。そこを所有する家族は我々の状況を理解していて、以前にもそうしたように助けてくれている。

スイス・アルペンクラブ（SAC）の山小屋のひとつが湖を見おろす場所にあり、我々が使えるように粛々と片づけられているところで、それはあと二、三日で終わることになっている。それでいったん、湖畔のホテルの別館に滞在している。二日間はMと一緒に湖のまわりを歩き回って過ごす。彼女は建物内にじっとしていることを拒み、本官もベルンに確認し、歩くだけなら危険はないとなった。湖をめぐる小道にはところどころ霜が降りていたが、森林限界を超えたところまで山に登れるようになっていた。Mはときどき足を止めては、森のなかの木の彫刻をじっくり見ていた。木を切り倒すことなくその幹に彫りこまれたもので、古代の文様や動物の顔、このあたりの伝説等々、どれも木々のあいだにうっそりとたたずんでいる。ねじくれた低木のあいだをすりぬけて小道を登っていくと、節くれだった背の低い木々ばかりになる。いかにもベルナーオーバーラントらしい景色だ、とプリスカ。彼女は歩きながらアルプスについてあれこれとMに話していたが、どれも我々が知っていることとはいえ、プリスカのほうがものしりだ。

湖の向こうにそびえる崖はまったくもって見ごたえがある。毎日、崖の側面に雲の切れはしが浮かんでいるのを見るたび、その高さを思い知らされる。あの崖そのものがアイルランドの最高峰よりも高いわね、とM。崖の高さと湖の不思議な薄青い水の色のせいで、この一帯はどこか浮世離れした幻想的な雰囲気があり、まるでできの悪いコンピュータ画像か、ペーパーバックの表紙絵のように見える。やはり、グラウビュンデンのほうが断然いい。

ある夜、Mがホテルのオーナーたちと話していた。いまでは中年になった彼らだが、本官は若いころの彼らに会ったことがある。両親に連れられてここに来たときのことだ。すっかり大人になった彼らの子供たちが、もうここの経営をまかされている。息子は五代目になる、とMに言っていた。それはなかなかできないことですねぇ、と彼女が言うと、彼らもうなずいて、運がよかったんでしょう、と答えた。ここでの暮らしが気に入っているようだ。

Mが身ぶりで崖のほうをさしながら、湖の周囲をぐるっとハイキングすることはできるのか、と訊いた。プリスカはこれに首をふっただけ。難所がある、とオーナーの息子が湖の向こうを指さして答えた。行けないことはないが、岩棚になっているところがある、と崖のなかほどを横切っている緑色の筋をなぞってみせる。行けないことはないが、僕も一度しか行ったことはないし、もっと若いころだった。また行こうとは思わない。とても狭くなっていて通りぬけるのがたいへんな場所が一か所あるから。

よくあることね、とM。

息子がうなずいた。いつだって難所が立ちはだかるんだ。

翌日、我々のために空けてくれたSACのフリュンデンヒュッテまで登った。午前五時二十分に出発。高度差は一千メートル、あちこちに難所。Mは出発当初から疲れたようすで、湖に残れないことにいらだっているようだ。ベルンからの命令なので、と本官から説明。これが標準手順で、このSACの山小屋のほうが指定のセーフハウスだからと。

六時間かけて急斜面を歩いて登ったが、小道をはずれることはなかった。急峻な壁になったところには手すり代わりのケーブルが渡してあった。Mは高山病でつらかったのかもしれない。足どりが遅く、口数も少なかった。

フリュンデンヒュッテはどっしりした建物で、巨大な石の箱に紅白の山形模様がついたよろい戸が目につく。こんな人里離れた高地で目にすると奇異に映るが、SACの山小屋はたいていこんな調子だ。どの山小屋もユニークなのは、そうやって登山仲間や山小屋の管理人を楽しませることをSACが面白がっているからだ。この山小屋は、いまはもうなくなってしまった氷河の氷床が高台になったところにある。残った氷がまだ湖の上に張りだしている。古い末端堆石がカーブを描いて山小屋の両側まで延びている。食堂の壁にかけられた写真に写っている一九〇二年当時のフリュンデン氷河は、山小屋のすぐ近くまで迫る、覆いかぶさるような巨大な氷の舌だ。そのほかにも年代の異なる四枚の写真があり、うち二枚は航空写真で、氷が減っていくようすがよくわかる。いまでは灰白色の細長い切れはしが尾根の低いところの崖の下に張りついているだけだ。

その日の午後は、Mは休養していた。高山病が疑われたので、ダイアモックスを飲ませた。その後、彼女は我々が用意した暗号接続でいくつか電話をかけた。昼寝をして、日が沈むまえに起きてきた。よく晴れた空にアルペングローが輝き、東に見える高い雲もピンク色に染まった。Mは、電話でも仕事はできるし、しばらくここに隠れていることもできる、と機嫌よく言った。いい兆候だ。

その夜、彼女の食欲があったのもいい兆候だ。料理人が用意してくれたのは、ラクレットとジャガイモのロスティ、サラダとパン。客室係は中年の夫婦者で、若手のアシスタントもふたり。彼らがMを寮部屋に案内した。とはいえ客室はそれしかないので、一部屋まるごとMが独り占めすることになる。彼女はひと目見て笑いだした。部屋の幅いっぱいに長いマットレスが広げてあり、同じく長いヘッドボードには二十人分の番号がふられ、掛布団と枕がそれぞれの場所に置いてある。彼女は枕をふたつ取って、おやすみのあいさつをした。午後九時十分。

　翌日になると、山小屋にいるのは我々のほかには客室係だけになった。Mはダイニングルームで朝食をとってから、彼女専用に用意した暗号化された回線を使ってメールのチェックと電話。その後、千二百メートル下の湖を見おろすパティオでコーヒー。アルプスは大きいのね、とプリスカに言った。

　午後になると、Mは散歩に行きたいと言ったので、山小屋のある盆地から六キロ上にあるフリュンデン氷河のそばまで同行。前日に山小屋まで登ってきた道のりよりも勾配はゆるやか。Mがそれを指摘すると、プリスカが理由を説明した。昨日は巨大氷河のあるU字型の谷の側面を登ってきたが、いま歩いているのはもっと高いところにある小さいU字の谷底だから。石がごろごろしている懸谷（ハンギングバレー）の谷底は、さらに大きい谷と合流する地点では落差があるが、傾斜はゆるい。これはかならずそうなっている。さらに高く登るほど、コケや地衣類、高山植物などは少なくなり、そのうち岩がむき出しになる。そのあたりはほんの数年まえまでは氷の下に隠れていたのだろう。午後の半ばには氷河のふもとに到着。あたりは尾根から落ちてきた真っ黒ながれきでほとんど覆われていたが、縦に白い割れ目が入っていて、そこからは氷河の氷がのぞいている。割れ目のいちばん深いところは真っ青だ。

　憂鬱ね、氷河がほんとうに解けているのがわかる、とM。

　ひどいものです、とプリスカ。解けた水を飲料水にしているヒマラヤほどひどくはないのかもしれないが。それにしても、ここでも変化は起きている。水が減って水力発電ができなくなるとか。なにかまちがっている気がする。病気みたいに。ただの熱が、氷河を殺しているなんて。

　そうだとしても、この氷河の名残りは頭上およそ十五メートルもある壁だ。氷河本体の上に乗ろうとすれば、まず横の氷河堆積土（ラテラルモレーン）の傾斜を登ってから、それと氷河本体とのあいだのすきまを越えなければならない。岩か氷でできた、いいぐあいに水平な橋でも見つからないかぎり、氷そのものに乗るにはアイゼンが必要になるだろう。

今日のところはそこまで予定していない。

Mと一緒に盆地まで歩いてもどる途中、最初の上り坂がどれほどの急勾配だったかがよく見えた。夜は山小屋で楽しく過ごした。

夜中の二時四十六分、轟音とともになにかが崩れるような物音がして、我々全員が目を覚ました。なにかあったのかと身構えながらMのところへ駆けつけた。ユルグはピストルを用意。外を見ようと窓辺に行ったが、月の出ていない夜だったのでなにも見えず。音が止むと、それ以上はなにも聞こえず、なにも見えなかった。雪崩でしょう、とプリスカ。いや、落石です、と客室係。雪じゃなくて岩が崩れたんだ。まちがいなく岩だ、ものすごい音だったから。轟音は三十秒ほどもつづいただろうか。山小屋は岩の上のちょっとした高台に建っていて、近くの崖からも十分な距離がある。それで客室係は、落石があっても、あるいはたまにランアウトと呼ばれる土砂流出現象が起こっても、ここにはなんの問題もない、と言った。

いったんベッドにもどるが寝つけず、ユルグとプリスカ、本官の三人はMの部屋の外の床に座りこんでしばらく起きていた。外を見回りに行ったトーマスと客室係のひとりがもどってきて、山小屋のすぐ西側にそれまではなかった岩が固まって落ちていると報告。ベルンに通報し、攻撃の可能性を確認した。この件についてベルンからの返事を待った。敵対者がMの居場所を特定してなんらかの行動をしかけてきた可能性についての見解を知りたかったのだ。

夜明けごろ、外のようすを見にいって確認した。たしかに、新たな落石があった。切り立った尾根から、山小屋の西側に落ちてきたもの。盆地の底に散らばったランアウトが山小屋のすぐ近くまで迫っていた。片岩や片麻岩、花こう岩の大きな岩が盆地になった谷底に積み上がっている。種類の異なる岩が接しているところは弱いと決まっている、とプリスカ。いちばん大きいかたまりが、当然ながらいちばん遠くまで転がってきていた。山小屋と同じくらいの大きさの巨岩がおよそ二十メートルしか離れていないところに転がっている。まるで山小屋をおおまかにかたどった彫刻のようだ。わずかな勢いの違いで山小屋にぶつかっていたら、ひとたまりもなかっただろう。この巨大なサイコロがもうひと転がりしていたら、我々も山小屋ごとぺしゃんこだったはず。

チームのみんなと相談。Mに話を聞かれないように、スイスドイツ語を使用。これは偶然にしてはタイミングが良すぎる。なんだかいやな予感がする。ここからは厳戒態勢(コードレッド)とする。その手順にとりかかった。

ベルンもこれに同意。コードレッド、了解。そこを離れる用意をしろ。用意ができしだい、避難計画を知らせる。もはや偽装は役に立っていない。

我々はそれについて検討した。偽装が無効なら、ヘリコプターで脱出するのは危険だろう。ドローン攻撃を受ける可能性も高い。当然、山小屋自体も狙われやすい。ベルンからは一時間以内に計画を立てると言われた。

それを待たずに、プリスカが自分で考えた計画を提案した。ベルンに電話してそれについて検討してもらう。電話をつないだまま待たされたが、すぐに返事が来た。実行せよ、と。

Mに事情を話した。ここを離れなければならない。

またなの？　彼女は叫んだ。

そうだ。ベルンは、あなたの居場所が敵対者にばれてしまったと考えている。

あんな大規模な岩盤すべりを人の手で起こさせることができるなんて、本気で思っているの？

おそらく、可能。あそこの崖には張りだした部分があると客室係が言っている。自然に落ちたとも考えられるが、張りだした部分にミサイルが当たれば、爆発するミサイルではなくても、飛んできたかたまりがある程度のスピードでぶつかれば崖が崩れることはある。そうなればミサイルの痕跡は埋もれるし、ただの事故のようにしか見えない。岩盤すべりでも山小屋が潰されることはありうる。今回はたまたまはずれただけ。やってみなければはっきりとはわからなかっただろう。

ただの偶然ではなかったの？

何百年もずっとそこにあった崖が、あなたがちょうどここにいるタイミングで。まさにそんな日に落ちますか？

それでも、偶然ということはあるわ、とM。偶然とはそういうものよ。

トーマスが首をふった。ベルンでもなにかあったようだ、と彼女に告げた。彼らはこれが偶然とは考えていない。

わかった、と言った彼女はさらに動揺したようだった。

それで、次はどこへ？

我々は計画を伝えた。

63

　彼らは真夜中過ぎに彼女を迎えに来た。彼女を起こそうとしてドンドンと力強くノックしたが、そもそも彼女はまったく眠れてはいなかった。山小屋全体が暗く、冷え込んでいて、警護チームも口数少なく、神経を高ぶらせていた。登山者ならこのくらいの時間に出発するのが普通ですよ、とプリスカが安心させるように言った。太陽熱で落石が起こりやすくなるまえに高いところまでいっておくんです。

　プリスカとシビラは彼女をトイレに連れていき、下着姿で震えている彼女に棒状の機器をかざしてスキャンした。それから彼女が着ていた衣類や、ほとんどなにもないと言っていいほどわずかな持ち物すべてにも同じことをした。携帯電話は山小屋に置いていくように、と言った。あとから届けられることになっているから、と。衣類についても同じだった。追跡装置はつけられていないと思うが、念には念をいれておくに越したことはない、今日一日に必要でないものはすべて置いていくように、と言われた。

　客室係が暖かい衣類を用意した。登山用ブーツとアイゼン、オーバーオールに似ているがダウンの入ったライナーつきのアウターもあった。彼女の目には宇宙服のように見えた。それに加えて、登山用のヘルメット、ウエストと太ももに取りつけるハーネスも装着した。

　この計画はどうも気に入らないわ、とメアリーは言った。

　きっとうまくいきます、とプリスカが言った。フリュンデンヨッホはそんなにきつくありませんから。

　その言い方が心配になるのよ、とメアリーが言った。それほどきつくないというのは、アルプスに関して使われる場合、ものすごくきついというスイス方言だと知っていたからだ。それに、ヨッホというのが山道をさすことも知っていた。それはつまり、彼らのいる盆地の上のほうに見える低くなったところ、昨日訪れた氷河よりも上にあるあそこだ。あそこには氷河を見おろす崖に切り通しになったところがあった。大ベルナーオーバーラントの峰の、切り立った崖が壁になっているあたり。どこを見ればいいかわかっていれば、山小屋からもその切り通しを見ることができる。だが昨日見たときには、その切り通しまでの黒い岩は完全に垂直だったではないか。そんなにきつくないとは——そうでしょうとも！

午前二時、一行は寒さ厳しい夜のなかへ出ていった。月はないが、満天の星に照らされた盆地を囲む壁は、そのなかに黒い照明を内蔵しているかのように輝いていた。身につけたヘッドランプが夜を貫き、行く手の地面に転がったでこぼこした岩を円や楕円に照らしだしている。メアリーはトーマスとプリスカにはさまれてロープでつながれ、別のロープでつながったシビラとユルグがとなりに並んだ。彼ら全員の登山用ヘルメットにヘッドランプがついているので、話すときにも互いの顔を見ることはなかった。

岩だらけの坂道を二時間ほどかけて登ってきて息を切らしたメアリーは、鼻と耳、つま先、指先をべつにすればすっかり体が暖まったころ、氷河の名残りのふもとまでやってきた。それから、氷混じりの砂のあいだに寄せ集まったぐらぐらする岩でできた左側の氷河堆積土をよじ登った。そこからさらに、氷河本体の氷の上に上がることに集中しなければならなかった。彼らが登ろうとしている白い氷の斜面の傾斜は四十五度かそれ以上もありそうだった。ここはアイゼンを使うような、短いながらたいへんな上りで、彼女が経験したことのないたぐいのものだ。警護チームはメアリーを座らせてブーツにアイゼンを取りつけるのを手伝ってやり、ピッケルも持たせた。そのあとで氷河の氷を蹴ってみると、アイゼンの先端についた歯がうまいぐあいに氷にくいこんだ。うまく蹴ればはしごに足をかけて立ったようになる。はしごと言っても実際には、そこに突き刺さったブーツの固い底面だ。なんとすばらしい。そうやって氷河の横面を蹴って、蹴って、蹴って、登っていった。しかも彼女の体から上に伸びたロープがトーマスとつながっていて、彼のほうはすでに氷河の平らな頂上に上がっていたから、簡単といっていいくらいだった。

そのあとは、みんなと一緒に氷河の頂上を歩きながら、下向きに突き出たアイゼンの歯が一歩ごとに氷の表面に刺さるのを感じていた。ときどき足が沈みこんで、固い雪の層を破ってそこで止まることがあった。そういうのを万年雪と呼ぶんですよ、とプリスカが教えた。歩いても大丈夫です。そういわれても、万年雪の踏み心地はとても奇妙だ。メアリーは氷そのままのほうが歩きやすく感じることに気づいた。一歩踏みだせば沈まずすぐに止まり、アイゼンの歯の部分がほとんどくいこむことはない。一歩ごとに引っこ抜くようにして足をはずさなければならないし、足をまえに出すときも少し高く上げないと、でっぱったところにひっかけて転んでしまうけれど。それでも、足を踏みだしてがっちりとくいこませれば、足をすべらせたくてもすべらせることはできない。そのほうが安心だ。装着してくれたブーツは彼女の足には少し大きい、と思った。ブーツのなかで足がずれてしまうのだけが難点だった。

彼女にとって快適なところはひとつもなかった。こういうことには向いていない。そもそもこんな冒険は必要だったのだろうかとも思ったが、批判しているように聞こえてしまうだろうから、訊いてみようとも思わなかった。それに、彼女に危険が迫っているというなら、彼らにも危険は迫っていた。それでもぴったりと張りついているのが彼らの仕事だ。だから、そういうよけいなことは言わず、言われるとおりにした。彼らがこれを必要としているという事実は実際にはかなり恐ろしいことだったが、それを考えるまいとして、メアリーは足元の氷と、自分の呼吸に意識を集中した。

一行は高い氷河を一定のペースでよじ登っていった。聞こえるのはアイゼンのストラップや歯がたてるキュッキュッ、キーキーという音だけだった。一度だけ、がらがらという落石の音が聞こえた。それ以外は風の音ひとつしなかった。真っ黒な空には星が散りばめられていた。西の方角に沈みかけた天の川が夜光雲のようだった。トーマスは点々と並ぶ旗をたどっていた。旗は縁までセメントを詰めた缶に挿した木の棒の先ではためいていた。こんなところまであの缶を運んでくることを思ってメアリーはぞっとした。少なくともひとつ二十キロくらいの重さはあるだろう。だがそれがここにどっしりと据えられているからこそ、小道を登る案内になってくれているのだ。プリスカが、いまちょうどクレバスのある一帯を抜けようとしているところだ、と言った。氷河の氷が動けばこの旗も動かすんです。でもこの氷河に関してはたいしたことじゃありません、残り少ないところまで解けてしまって、ほとんど動かない氷原ですから。プリスカとシビラは、クレバスの横を通るときに指さしてみせようとしてくれたが、メアリーには見えなかった。氷を覆っている雪がかすかにへこんでいる。氷というより万年雪かもしれない。まさにその上を歩いていたかもしれない。考えたくもない。旗のひとつの横を歩いているとき、自分のヘッドランプの光が当たって、その缶も旗もオレンジ色に塗られているのがわかった。星の光では灰色に見えていたのに。

二時間かけて登りきると、氷河のてっぺんに到着し、目のまえには山道の黒い岩があった。氷河の氷と黒い岩のあいだには、細いけれど傾斜のきつい谷間があった。この谷間をベルクシュルントと言うんです、と教えてくれた。頂上の手前にあるヘッドウォールに行こうとするときに障壁になる、ときには大問題になることで知られています。幸いなことに、このベルクシュルントには階段みたいなものが足元の氷の側に刻まれていて、浅くて不規則なステップにはアイゼンの先端でさんざん突き刺された跡がついていた。それが暗くて狭い割れ目の底にたまった黒い岩と氷のかたまりのところまでつづいている。そこまで行くのは油断できない作業だ。プリスカとトーマスがメアリーとしっかり手をつないで足どりを見守ってくれ、そのサポートがありがたかった。わたしは五十八歳なのよ、と言ってやりたかった。こういうのは得意じゃないの。都会育ちだもの。細い谷間の底から見上げると、頭上に細いベルトのようにしか見えない星々が不気味だった。

彼らは岩に入った亀裂にアイゼンの先端を突き刺しながらベルクシュルントの岩の側を登っていった。そんなはずがないように思えたが、実際には氷よりもしっかりと刺さった。そして岩壁には階段状に規則正しく並んだ段差があることもわかった。いかにも人間の都合に合わせたかのようだが、別にそういうわけではないとプリスカは言った。

そうして壁の上に立ち、ほとんど平らな黒い岩板の上を低い竹馬で突くように歩いていった。切り立つ黒い壁に両側をはさまれた道は、まるで巨人タイタンが削りだした天井のない廊下のようだ。とても現実とは思えないシュールな状況なのに、あるいはむしろそのせいでツアーガイドモードになっているプリスカが言った。岩のなかの断層のつなぎ目のおかげで、尾根のこの一帯を覆うほどの高さになった氷河がこの通り道からゆるんだ岩を引き寄せて動かし、おそらく南へ押しだしたのでしょう、まもなくそれが見えてくるはずです。目に見えない断層地塊が作った尾根の裂け目が、下から見えた切り通しです。おもりを垂らした鉛直線と水準器を使って描いたようにくっきりしています。すごくシュールですよね。山脈の一部分を、というかたぶん、もっと高いところの尾根や山頂を別にして、アルプス全体を覆うほどの高さの氷の海だなんて、すごいですよね。スイスアルプスの山道はどこでもそうじゃないか、とトーマスたちは態度で示そうとしたが、プリスカは見るからに誇らしげだった。アルプスの山道はどれもみんな、それぞれに個性があるんです、とプリスカは言った。ほとんどは中世のころから、あるいはもっと以前、数千年もまえに人間がこの山々にやってきたころから知られています。ここより東の山道で氷河のなかから見つかったアイスマンがそうですね。彼があの山道を越えたのは五千年もまえのことです。あるいは越えそこねたのが、とメアリーは思ったけれど口には出さなかった。

こうして彼らはフリュンデンヨッホの切り通しを通りぬけた。まるである世界から通路を抜けて別の世界に来たようだ。たったの五分しかかからなかった。三千メートルのうち、残るはあと十三メートルです、とプリスカが言った。海抜三千メートルの高さにタッチするふりをしようとして飛び上がる人がよくいます。スイス人らしいわね、とメアリーは思った。彼女はたったの一インチだって飛び上がれそうにない。

割れ目の反対側のはじまできたころ、南側のアルプスの山並みに夜明けの光があふれてきた。黄色いままの朝の光。これぞ新世界だ。アルペングローが東向きの山頂をピンク色に染めた。西向きの斜面は濃淡の紫と黒。その下の氷はしっとりしたクリーミーな青、頭上の空はすきとおった薄灰色で、空気中には黄色い光がきらきらしている。いくつもの山頂が地平線をぐるりと囲み、南のほうにはまた別の大きな山脈が連なっている。その下には側面に黒い氷河堆積土をともなった氷河が長々とくねっている。カンデルフィルンです、とプリスカが教えた。裸氷ではなく万年雪だから、ベルベットみたいに見えるのだ。暗いターコイズブルーのベルベットはとても奇妙に見えた。

そのすぐ下にはほんのわずかになにもない空間があって、それからかすかにかたむいた裸氷のかたまりがある。それがテラスのようになっていて、さらにもっと下にある万年雪のほうまでずっと長い滑走路を作り出していた。氷のテラスのはじから万年雪へと切り替わるあたりは彼らのいるところからは死角になっていて見えないが、それが意味するのは急な勾配——崖だ。それを見おろしたメアリーは歯を噛みしめた。ずっと下っていかなくてはならないが、もうすでに疲れきっていて、ふくらはぎからアキレス腱にかけてずきずきと痛み、そこらじゅうの筋肉が悲鳴を上げていた。

それでもメアリーは黙っていた。一歩一歩、彼らについていった。下りる、下りる、そしてまた下りる。彼らは必要なときに手を貸してくれた。岩の上をアイゼンをつけてハイキングするのはとんでもなく歩きにくいが、ともかく足場はしっかりしているからブーツがあるべきところに着地する感触は、すべったらどうなるかを考えれば、最悪とは言えない。プリスカが彼女の足元を確認し、意図的に岩の割れ目にスパイクを打ちこみ、ブーツだけではとうてい固定できないような方法でしっかりと固定できることを教えてくれた。だがそれは足首にものすごい圧力がかかるということでもあり、力の限界で、そんなつもりのない角度に足がぐらぐらかたむいて、危うく転倒しそうになったりすることもあった。できることといったらあきらめて一歩また一歩と踏みだすしかない。とにかく速く、なにも考えずに、必死に歩いた。そうするたびに、メアリーの足は新たな割れ目にはまって、予期せぬ救助の手に助けられた。くそっ！　彼女は何度も毒づいた。くそったれ！　こんなのがいつまでもつづくなんてありえない。かならず踏みはずす。心臓は激しく脈打ち、汗まみれで、存在するのはこの急な黒い岩の階段だけだった。

そんなことを延々とつづけたあと、上の山道から見えた氷のテラスにたどりついた。ここからは目の届くかぎり下り坂になっていて、その先はいきなりとぎれていた。ここからは見えない崖かなにかになっているにちがいない。これは氷だろうが岩だろうが、よくない兆候だ。いまいましいほどよろしくない。

ここで待ちましょう、とプリスカが言った。

待つの？　メアリーはおうむ返しに言った。なにを？

プリスカが答えた。ここまで迎えにきてくれます。ここからは乗せていってもらうんです。

神様、ありがとう。メアリーは言った。

ずっとずっと下のほう、別の氷河の表面が見えるあたりの、万年雪の向こうはじに、ちっぽけな旗が並んでいるのが見えた。いまならそれがオレンジ色をしているのがわかるくらいに明るい。十五分か二十分たったころ、谷の下のほうからバラバラという音が聞こえてきた。こちらに向かってくるヘリコプターの横腹には、赤地に白十字のスイス国旗が描かれている。彼らのところへやってくるまでにはしばらくかかった。それほど長い道のりなのだ。空気が薄いのが肌で感じられるほどだが、そんな弱みなど感じたくもない。

ヘリコプターは大音量と強い風とともに五十メートルほど離れたところのおおよそ平らになっている氷の上に着陸した。機体の上で轟音をたてているローターを回したまま、ヘルメットとフライトスーツを身につけた人物が側面のドアを開けて降り立ち、手招きした。メアリーたちは身をかがめ、アイゼンを氷にくいこませてヘリコプターに近づくと、氷の上に座りこんでアイゼンのストラップをはずし（メアリーのはほかの人がはずしてくれた）、金属製のステップを踏んでキャビンのなかに乗りこんだ。キャビンのなかも外に負けないくらいうるさかったが、中央の区画に腰を落ちつけてウェビングシートの座席でヘリコプターのクルーにシートベルトを締めてもらうと、登山用ヘルメットを脱ぎ、代わりにイヤーマフのついたヘッドセットを手渡された。それをかぶると、世界はずっと静かになった。すると、耳元で人の声が聞こえてきた。

ヘッドセットから聞こえる会話はスイスドイツ語だったので、メアリーはただリラックスしてふくらはぎと足を動かしてほぐした。それ以外の場所の筋肉も、いまにも痙攣が始まりそうだった。太ももそうだった。全身を打ちのめされたような状態なのは否定しようもなかった。

彼女が座らされたのは小さな窓のそばだったので、ヘリコプターが上昇すると窓の外を眺めた。黒い山々は険しく、白い雪が帯状に覆っていた。それからヘリコプターはさらに深い谷の上空に出た。驚くほど大きな谷の側面は緑に覆われ、谷底には川が流れ、高速道路や線路が通っていて、教会の尖塔や四角い塔、屋根が並ぶミニチュアのような村が点在している。谷壁の大きな斜面には、とくに右手に見える南向きの斜面には、ブドウ園が何列にも連なっている。ローヌ川ね、とメアリーは推測した。そうだとすると、ここはスイスでも指折りの巨大な谷があるバレー州にちがいない。

この広大な渓谷を、左右の山々よりも低い高度で飛びながら下っていった。それから左に曲がり、南に向かって狭い谷を上っていった。メアリーは、マッターホルンがこのような南部の谷の先にそびえ立っていることは知っていたが、まさか身を隠すために観光地であるツェルマットに行くとは思えなかった。そして、実際そういった場所よりかなり西のほうまで飛んできたようにも思えた。水平方向に広がるきらめく朝日のなか、こちら側の谷はまだ陰になっている。もう自分たちがどこにいるのか、わからなくなってきた。

ヘリコプターが登っていた狭い峡谷の両側に迫ってきたところで、とても高く、とても狭い、内側に湾曲したコンクリートダムが見えてきて、ヘリコプターはその下にあるヘリパッドに降下した。その非現実的な光景は、おおげさに誇張されてコミックスにでも出てきそうだ。

一行はヘリコプターを降りて離着陸場に隣接する建物に入った。そこで腰を下ろして手早く食事をすませ、トイレで用を足してから、スノーブーツを脱いでごく普通のハイキングブーツに履き替えた。

歩くのが終わりというわけではありません、とプリスカが説明した。あともう少し歩きます。

もう少しってどのくらい？　メアリーはうんざりしながらおそるおそる訊いた。体力を使い果たしているのが両脚の感覚でわかるほどだった。

六キロメートルです、とプリスカが言った。そんなに遠くないでしょう。

で、高低差は二百メートル、とトーマスがプリスカの言葉を訂正するようにつけたした。ちゃんと全部言ったほうがいい。

メアリーは舌先を噛んで黙っていた。もうくたくただった。ひどいことになりそうだ。

彼らは建物を出た。だがもう昼に近く、太陽がダムのてっぺんから彼らを見おろしていた。ここはスイスでもいちばん高くて、地球上で五番目に高いダムなんです、とみんなが教えてくれた。三百メートル近くもあるんですよ。

幸いにも、ダムの西側の斜面にはロープウェイがあった。彼らがゴンドラに乗りこむと勢いよく上りはじめ、内側に湾曲するダムのコンクリート壁が絶景だった。耳がキーンとするほどの高さだ。さあ、ここにダムをつくろう、この深く狭い谷の空間を高さ三百メートルのコンクリートの壁でふさごう、と誰かが言うところなどとても想像できない。

ロープウェイの上の駅で降りた彼らは、歩いて長いトンネルに入った。途中、左手側には屋根つきのバルコニーになっている部分があり、そこからはダムの向こうの水面を見おろすことができた。水の色がラジエーターの不凍液みたいだ。

やがてトンネルを抜けると、高く浅い谷に入った。西向きの別の狭い氷河の谷だった。その谷底には小川の横を進む小道が走っていた。メアリーはその小道を足どりも重く登っていった。スノーブーツにアイゼンをつけて歩くよりもよほど楽なのは認めるが、なんといってももうガス欠だ。へとへとだった。警護チームの人たちがまったくたいへんそうにはしていないのがちょっと気まずい。スイスもクソなら山々もクソだわ。彼女はスキーポールすら使っていない三歳児にスキーで追い越され、見向きもされずに颯爽と過ぎ去られたことがあった。なにをいまさら驚くことがあるだろう。ここでの彼らは崖も登れる野生のアルプスヤギ（アイベックス）みたいなものだ。ここがホームグラウンドなのだ。岩だらけでほこりっぽい小道が。川床をふちどる緑の草地、その上にそびえるごつごつした岩壁は左側が高く、右側が低い。登って登って、さらに登る。つくづく消耗する。自分が弱々しく感じた。

そこで、右手を流れる小川が濃い茶色をしていることに気づいた。透明な水が赤茶色の川床の上をさざ波をたてて流れていた。よく見てみると、川床に錆びた釘を敷き詰めたようになっていた。釘、ボルト、ワッシャー、ナット、L字型のジョイント、その他の細々した金物もどれも錆びてこげ茶色になっていて、びっしりと川床を埋める金属のカーペットはまるでムール貝かウニのようだ。夢にでも出てきそうなあまりにもシュールな光景で、自分の目が信じられない。疲労のあまり見えるはずのないものが見えているのではないかと本気で心配になった。

あれはいったいなんなの？　メアリーはそれを指さしてお守り役に訊いた。

彼らは肩をすくめた。

昔からああなんです、とプリスカが言った。

昔からって？

そのうちわかりますよ。

ようやく登りきった彼らは、高いところの丸い盆地にきていた。左手には山壁、右手には緑の山。盆地の底は草に覆われ、さまざまな大きさの岩が転がっている。小さいものから家ほどもあるものまで、大きいのはアイルランドの巨石遺跡（ドルメン）にも似ている。そこでメアリーは、岩だと思っていたもののいくつかは建物であることに気づいた。コンクリートでできた開口部のない立方体にはドアもなければ特徴らしい特徴もなかった。

それからもう一度あたりを見回すと、盆地の南の境界にある崖にコンクリート製の巨大な扉が三枚、はめ込まれていることに気づいた。それぞれが高さ十五から二十メートルくらい、幅もそのくらいの巨大な楕円型の扉だ。盆地の底に建つ要塞のような建物と同じく、崖に取りつけられたこちらの扉もコンクリートらしく無機質だった。

これはなんなの？　メアリーが訊いた。

軍事施設です、とシビラがそっけなく答えた。

空軍のですよ、とプリスカが言い添えた。崖にはめ込まれた巨大な扉のほうを示しながら、それですべて説明がつくというように。

民間人はこの盆地に来ることさえ禁じられています、と言われた。ここには誰も来ません。

でも、わたしたちは来たのよね？　とメアリーは言った。

　そのとき、巨大な扉の下のほうで小さなコンクリートの扉が内側から開いた。あまりに小さくて、そんなものがあることに気づいてもいなかった。警護チームは彼女を連れてなかに入っていった。


　メアリーは彼らのあとにつづいて文字どおり山のなかに入った。スイス空軍の秘密基地のひとつなのだろう。プリスカはいつになくおとなしくしていた。こういう場所があるといううわさを聞いたことはあるが、それは誰でもそうだろう。冷戦の置き土産ともいえるロケット発進される戦闘機用の施設は、ソビエトの侵攻を退けるために設計されている。もしもソビエトの戦車がやってきたら、この山腹の巨大な扉が開いてスイス軍の戦闘機がウィリアム・テルのクロスボウさながらに飛び出していくことになっていた。スイス軍の防衛に関する執着はいまに始まったことでもない。

　そして実際、戦闘機はいまもここの発射用スライドに駐機してある。それにずんぐりした翼と透明なドームに覆われたコックピットつきの巡航ミサイルのような小型ジェット機だ。いかにも時代遅れな古臭い兵器で、ジェームズ・ボンドの映画のセットにでも出てきそうだ。いまどきの巡航ミサイルに比べればマリーナに係留されている手漕ぎボートに見えた。博物館に収められたこん棒と大差ない。

　この隠された要塞に連れてこられたのは、新種の戦争のせいなんだわ、と思うとぐったりした。この人たちが守っているのはわたしだけでもなければ未来省でもない、スイス自体が攻撃を受けているのだ。メアリーがそんなふうに思ったのは、出迎えた人たちのおかげだ。省の建物が襲撃されたのは、より大規模な攻撃の一部だった、とそのうちのひとりが教えてくれた。ウィルスの妨害を受けたのは省のコンピュータだけでなく、スイスに拠点があるほかの国連機関でも同様で、さらに重要なのはそこに銀行も含まれていたことだ。つまり、緊急事態だったのだ。いまや戦時体制になっているわけだが、この新種の戦争は大部分が目には見えないところやオンラインで行われていて、そのうえドローンやプログラム誘導ミサイルの可能性までもはらんでいる。

　つまり、未来省を守ることはスイスを守ることの一部となった。そしてこの博物館的な要塞を見ればわかるように、スイスは自らを守ることに非常に熱心だ。広大な世界のなかの小国として。山のさらに奥深くにある会議室に彼女を案内してくれたスイス軍人が、有事には平時と異なることが必要になる、とトンネルを歩きながら説明した。彼が自己紹介すると、スイスの国防相だということが判明した。

　メアリーが安堵のうめきをこらえながら長テーブルのまえに座ると、そこへ当局の職員たちもやってきた。腰を下ろせたのでほっとした。さっきから両脚がずきずきしている。室内を見回した。広くて天井が低く、横に長い奥の壁にはこの山の本体の暗緑色の片麻岩が使われている。切りだして磨かれたその表面はカットを施した準貴石の面のひとつのようだ。頭の上には白いセラミックらしき天井が強力な拡散光でいたるところを照らしていた。

　メアリーは顔が熱を持っているのを感じた。その感じからすると日焼けして山道のほこりにまみれているのだろう。消耗しきっている。アルプス疲れ（アルペンフェアブラウフト）、とプリスカは呼んでいた。見わたすと、テーブルに着いた誰もが彼女の感じていることを理解していて、その感覚を熟知しているのがわかった。この場にいるということは、彼女がここに来た経緯もよくわかっているのだ。

彼らのひとりが手元の書類をぱらぱらとめくり、電話にちらりと目をやって、なにかを待っているようすだ。すると七人が一緒に部屋に入ってきた。スイス連邦閣僚だ、とメアリーは即座に理解した。それも七人の閣僚全員だ！

　七人からなるスイスの閣僚たちはテーブルをはさんで正面に座った。女性が五人、男性が二人。彼らの名前までは知らなかった。

　彼らは英語で話した。もちろんメアリーのためだが、応対しようとしてふと、ある疑問に注意がそれた。彼らだけのときには何語で話すのかしら？　そんな考えをふりはらって、彼らの言うことに集中しようとした。返事をするどころか、話を理解するのも苦労するほど疲れきっていた。フランス語を話す人とドイツ語を話す人が数人ずついるように思えたが、ほんとうのフランス人やドイツ人とは違ってスイス人の場合はどっちがどっちなのかは見分けがつきにくい。それにいまはそれどころではない。座っていても体がふらついているみたいだ。

　女性閣僚のひとりが言うには、彼らがメアリーに会うためにここまで来たのは、彼らが直面している危機に、彼女が関連があると思われるからだ。先日の未来省への攻撃はより大規模な攻撃の一部だった。そのほかにも国内にある国連事務所やインターポール、ジュネーブにある世界銀行のオフィス、そしてスイスそのものが攻撃を受けた。すなわち、国際秩序がいままさに攻撃されているのだ。

誰が攻撃しているの？　メアリーが訊いた。

七人の閣僚たちが互いに顔を見合わせ、長い間（ま）ができた。

わからない、と女性のひとりが認めた。スイスフランス語圏出身のマリー・ランゴワーズだ、とメアリーは思い出した。クレディ・スイスのベテランだ。彼女はつづけてこう言った。こちらの金融当局も攻撃を受けました。未来省を攻撃したのと同一犯だと思われます。

なるほど、と言ったものの、メアリーにはちっともわかっていなかった。

ダボスでの人質事件はそちらの省が計画したことですか？　ランゴワーズが訊いた。

わからない。メアリーはぴしゃりと言った。それからこうつけたした。でもあの人たちは自業自得だったのではないですか？　あれをほんとうに残念だと思った人なんているかしら？
我々は残念でした、とほかのひとりが言った。

不吉な沈黙。メアリーはあえて黙っていた。そっちから言いだしたことでしょう、という気がした。あちらの誰も、そうは思わないようだけど。

連中はそちらの銀行になにをしたんですか？　しばらくしてからようやく、そう訊いた。

彼らは顔を見合わせた。

我々は銀行家ではありません、とランゴワーズが言った（彼女自身はそうだが）。ですから詳しいことはお話しできません。しかし、あの攻撃でスイス銀行の多数の非公開アカウントに不正アクセスされたのは明らかです。

それが暴露されてしまったんですか？　メアリーが訊いた。

いいえ。私用口座は複数の方法で暗号化されていて、暴露することはできません。ですが銀行のほうが、所有者と連絡をとったりするのに必要な彼らのＩＤを解読するファイルにアクセスできなくなっています。ですから、危険なのは顧客が暴露されてしまうことよりも、基本的情報の喪失です。

銀行が、誰がなにを所有しているのかを把握できないということ？

おおむねそういうことです、とまた別のひとりが認めた。この人も銀行家ね、とメアリーは思った。スイスの連邦閣僚七人のうち、銀行畑の出身者は何人いるのだろう？　四人？　五人？

もちろん、いずれはそれも収拾がつくはずです、と閣僚のひとりが言った。情報はすべて紙にもクラウドにも保管されていますし、当然、そうあるべきです。タイムマシン・ストレージ——それがコンピュータのバックアップのことだとメアリーが理解するまで一瞬の間があった。それにしても、攻撃の直後、預金者には恐怖でしかなかったし、一部ではパニックが起きました。金融の安定性にとって良い状況ではありません。

メアリーはうなずいた。彼らは無言で彼女を見つめた。彼らは自分の意見を聞くためにここにいるのだ、と理解した。

メアリーは自分自身に向けた考えのままに話しはじめた。無理もない。疲れきっているせいで、いつものようにフィルターを通して話すことなどできたものではない。

通貨は不思議、とメアリーは言った。人は数字を信用している。最初から考えると信じがたいけど。しかし、信用が失われると、一瞬で消えてしまう。その一方で、通貨は世界の金融システムのすべて。それでありながら、システムが複雑になりすぎたせいで運用している人たちにさえ理解できないものになってしまった。そう言いながら彼らを見わたした。そう、あなたたちも。ＪＡが言うところの、思いもよらなかった巨大構造物が社会のど真ん中にあるわけ。いまいるこのスイスの山のなかにある秘密要塞は、最終的には国家や社会だけでなく、銀行も守っているわけ。そして文明に対する人間の信頼も守っている。誰もほんとうには理解してもいないシステムへの信用をね。

連邦閣僚の七人はメアリーをじっと見ていた。

メアリーは目のまえの霧が晴れるような気がした。そこではっとして、ふたたび彼らを認識できるようになった。この状況からなにを望んでいるのですか、と不思議そうに訊いた。

未来省が守られてほしいのです、というのが答えだった。むしろもっと強化されてほしい。スイス自体の防衛の一部として。より良い未来をつくるためのもっと良い方法を、より安全なスイスにするための一環として求めているのです。この国の八百万人は、スイスのなかだけで作られたり育ったりするものだけで生き延びようとしているわけじゃありません。そもそもこの国は面積でいえばアイルランドの半分しかなく、そのうち六十五パーセントは人間が住むこともできない山岳地帯です。残りの三十五パーセントにぎゅっと集まって、そこで可能なかぎり人間のニーズを満たそうとしています。できるかぎりのことはしていますが、もっと広い世界の一部であることに変わりはありません。自給自足はしていない。自給自足なんて幻想であり、ときには排外的なナショナリストの夢想であり、あるいはまたより安全でいたいというだけの願いだったりします。スイス人の多くは現実的であり、それはつまり、なにが可能であるかについて正直だということです。その結果として彼らは世界とのかかわりを認識しています。

つまり、彼らが未来省にうまくいってほしいのはスイスがうまくいってほしいからで、ひいては世界がうまくいくことなのだ。未来がうまくいってくれなくてはいけない。それには計画が必要で、戦略的に進める必要がある。

理由としては十分です、とメアリーは告げた。わたしたちのプロジェクトでもありますから。ただ、あなたたちにはいまよりももっとできることがあります。いまやっていることだけでは不十分なのです。

自分でそう言いながら笑ってしまいそうになった。あの夜、フランクがやったことの焼き直しではないか。とはいえ、はっきりした理由もなく彼らを笑うのはいい考えとは言えない。いまも鮮明に覚えているあの夜、フランクの冷笑に身動きもできないほどショックを受けたことを思い出して笑いをこらえた。彼の告発にあんなにも心を揺さぶられたのはなぜだろう？　だって、ここにいる彼らはそこまで感銘を受けたようすがないじゃないの。彼らは、できることはすべてやっているつもりでいる。フランクに捕らえられるまえの自分がそうだったように。

そこで彼女は、銀行は記録がダメージを受ける以前から、顧客がいったい誰なのかをほんとうに把握していたのか、と尋ねた。

彼らは当惑したような顔をした。

こんなことを訊くのは、とメアリーはいらだちをつのらせて（フランクはいらだっているどころではなかった）言った。この国の銀行は、秘密理に口座を持てることによって、租税回避地（タックスヘイブン）だとみなされることが多かったからでしょう。ほかの国々が得られるはずだった税収が、この国の裏口座に入ったせいで失われたんです。つまりスイスが豊かなのは、ある意味で世界中の犯罪者たちから不正に得ているからなんです。巧妙な盗みのようなものです。人々は通貨を信頼することになっているけれど、まさに通貨の構造そのものによってごっそり盗まれてしまうんです。

いやな感じの沈黙が返ってきた。

それを受けて、メアリーは強気でいくことにした。気力体力をかき集めることができるなら立ち上がっていただろう。いまこそスイスにとって贖罪のときです。そうきっぱりと言ってのけたが、それでも礼儀正しさからはみださないぎりぎりのところで踏みとどまった。あるいは境界線を踏んでいたかもしれない。最初からなかったことのように忘れてしまいたいことがいろいろあるでしょう。ナチスの金塊、ユダヤの金塊、寡頭体制の独裁者や泥棒政治家にとってのタックスヘイブン、ありとあらゆる犯罪者のための裏口座。いまこそ、そういうものをまとめてやめるときです。銀行の隠しごとはもうおしまいにするんです。あつかう通貨をすべてブロックチェーンにして、不正に手に入れた利益を良いことのために使いなさい。良いことのために活用しなさい。小さくて一国では世界を救うことはできないにしても、有力な国々と同盟関係になりなさい。あなたがたのような裕福な小国が一緒になって、それからインドと手を組んで、インドに手を引いてもらいなさい。炭素削減に投資することで、もっとカーボンコインを作りなさい。いまいちばん安全な通貨なんですから。スイスフランなんかよりよっぽど安全ですよ。安定感が違います。断然、安定しているんです。現時点でのベストチョイスです。

これを聞いて何人かが頭をふっていた。

世界の一員にならなくては！　メアリーは強調した。あなたがたはつねに孤高のスイスとして中立の立場でした。

我々もパリ協定に参加しましたよ、とひとりが反論した。

それにインターポールも、と別のひとりが言った。

国連もです、と三人目。

私たちはいつだって協力してきましたよ、とまた別のひとりが弁明した。

いいでしょう、とメアリーは譲歩した。でもいまは、カーボンコインに参加して。裕福な小国を集めて、ワーキンググループを作りなさい。次なる世界システムに行けるよう、手伝って。新しい規範、新しい価値の創造。次なる政治経済を作りなさい。ポスト資本主義に投資するのよ！　世界がそれを必要としているし、そうならなくてはいけないの。それに、この攻撃の痛手から回復するためにも、銀行が変わらないわけにはいかないでしょう。だったら良い方向に変えなさい。もっと良きものにしないと。

沈黙。

メアリーは彼らを見わたした。アルプス疲れとはよく言ったものだ。それはこの部屋にいる全員が感じている。下界に下りてきたとき、アルプスに登った者だけが巡りあえるあの高みに昇りつめ、あの荘厳さ——この世のものとも思えない、夢まぼろし——に触れたあと、そうやって疲労困憊し、太陽に打ちのめされ、浄化されたという感覚。世界にすべてを見透かされ、もっと高いところへ持ちあげられる感覚。メアリーは相手の記憶に残るような自らの強烈なまなざしを知っていた。亡き夫マーティンはそれを彼女のレーザー、と呼んだ。これまでの人生でもずっと自覚していたし、ほんの子供のころでさえ、人々をその場に凍りつかせることができた。相手が母親でさえそうだった。いまも、目のまえにいる人々にその表情をむけ、彼らも身をすくませた。なにかが彼女に火をつけた——爆破されたオフィスが、痙攣する脚が。アルプスが。メアリーは彼らにレーザーを放った。

スイスの連邦閣僚たちはそろって震え上がり、彼女の視線をふりはらった。テーブル越しに互いの顔を見合った。喜んではいない。怒ってもいない。パニックを起こしてもいない。軽んじてもいない。

彼らは真剣に考えていた。

64

ジョン・メイナード・ケインズはかつて、〝金利生活者の安楽死〟について書いた。不気味とまでは言わないが、とても挑発的なフレーズだ。安楽死というのは一九三〇年代に使われていた婉曲表現で、国家が率先して目はしの利く政敵を処刑することに言及する際、当時はそうしたフレーズがさかんに使われていた。それから一世紀たってもまだ、恐ろしげなひびきがある。

だがどうやらケインズはこの単語を、なにかかわいそうな生き物を比較的痛みの少ない手段でその苦境から救い出すというだけの意味で使ったようだ。語源となったギリシャ語ではまったくそのとおりで、文字どおりに翻訳すると、安楽死（ユーサネイジア）とは〝良き死〟くらいの意味になる。辞書の定義はこうだ。「治療不能かつ痛みをともなう疾患に苦しんでいる、または回復しない昏睡状態にある患者に、無痛の死をもたらすこと。多くの国で違法行為とされる。」同意語は慈悲殺。

書き言葉として最初に使用したのはローマ帝国の歴史家スエトニウスで、初代ローマ皇帝アウグストゥスの〝幸福な死〟についてそう記述した。医療行為としてのそれを最初に記述したのはフランシス・ベーコンだ。この単語は当初、苦痛からの救済という意味合いがあった点が重要である。

さて、金利生活者に苦痛はないと言っては異論もあるだろうが、実際彼らはあらゆるものを大量消費することに嬉々として取り組んでいる。やりたい放題にやって寄生している宿主をとり殺すことは苦痛とは言わない。そういうことなら、金利生活者は処刑されてしかるべきだ。

だが、特定の税法や相続法を修正することと処刑とを並べるのはおおげさかもしれない。しばしば「支配層」とも呼ばれる金利生活者をなくすには、税法や相続法の変更以上のものが求められるだろうが。それでも、コンセプトがあやふやになるのは毎度のことだ。社会構造がシフトすることは、しばしばある種の殺戮とみなされる。一方、ある種の財政的首切り（ヘアカット）が散髪に例えられるように、富というものに対して新自由主義的な一強支配が考えつくような多くの財政的制約が、いかに痛くもかゆくもないささいなものでしかないかは明らかだ。

安楽死――「殺される人にとって善きように」

ここで面白いのは、資本主義は人ではなく、金利生活者もまた、人々の集合とはいえ人ではないところだ。そして階層としては苦しんでいる。罪悪感や不安、抑うつ、恥の意識、すべてにおいて過剰であること、取り返しのつかない刑事責任の感覚などから苦しんでいると言うことも可能だろう。よって、この階層をその苦悩から解放してやることは、それに属する個人のすさまじい精神的重荷を下ろしてやることになるだろうし、誰もが罪なき人である世界で罪のない人間として豊かで幸福な人生を謳歌させてやることにもなるだろう。

資本主義――長く活気にあふれた人生ののち、治療不可能となって痛みとともに生きている。昏睡状態――ゾンビのようになり、計画性もなく、健康を取り戻せるいかなる希望もなし。だから、その苦悩から救出してやるのだ。

だがそれでは、追放についてはどうだろう？　流刑については どうだろう？　とことん短く散髪してやるのは？

昔の犯罪者は単に追放され、地元に帰ることは許されなかっただけだ。殺人には殺人というような、過酷なものではなかった。ときに厳しい罰でもあるが、それはまたどこか別の土地で、それまでと同じ人間として一からやり直すチャンスでもあった。すべては状況しだいだった。

〝金利生活者〟。ケインズの言うそれは、他者が必要とするものをただ所有し、料金をとってそれを利用させるだけで金を儲ける人たちのことだ。これが経済的な意味での不労所得だ。不労所得は、価値の創造者ではなく、創造物をちゃっかり利用して価値を交換する人が手にするものだ。

つまり〝金利生活者の安楽死〟というフレーズは、革命なき革命であり、その後のポスト資本主義システムがどのようなものであれ、それにむけた当時の資本主義の改革を、ケインズなりに表現しようとしたものだ。そして既存のシステムの各部分に対する彼の評価であり、将来の文明においてどれほど利用価値があるかという評価だった。資本主義を終わらせることを提案したのではなく、単に不労所得と金利生活者を終わらせようとしたのだ。最終的にはきっと同じところに行きつくのだろう。彼は提案内容のショックを隠すために、婉曲表現を用いていたのかもしれない。

我々が必要とするものを生物圏内で生産するのに見合った、八十億人のあるべき文明とは、いったいどのようなものだろう？　どんな法律があればそれを創り出せるのか？　そして、大量絶滅を回避するのに間に合わせるにはどうすればよいのだろう?

　金利生活者はこのプロジェクトには手を出さないだろう。彼らはこのプロジェクトに興味がない。むしろ、このプロジェクトを目のまえに突きつけられれば派手に抵抗するだろう。我らの屍を乗り越えて行け、という者もいるだろう。そうなったら、安楽死こそうってつけなのかもしれない。

65

おれたちはあの鉱山の奴隷だった。もちろん、いやなら出ていってもいいって言われたさ。でも、おれたちはナミビアの砂漠のど真ん中、逃げる手段もなければ、行くあてもねぇんだ。頭にかぶる帽子も食べ物もなしに、何百キロも歩かなきゃならねぇ。でも、ここにいれば飯を食わせてもらえる。一日二食、十時間労働、日曜は休みだ。体のどこかが痛けりゃクリニックに行って看護師に診てもらえるし、ひどけりゃ医者が来ることもある。骨が折れてたら治療してくれるし、赤痢には薬と点滴もあるからな。

　おれたちは五百人ぐらいだった。看護師や食堂の料理人以外は全員男。ほとんどはナミビアの出だが、アンゴラやモザンビーク、南アフリカ、ジンバブエからきたやつらもいた。大半の作業は機械を動かしたり直したりだが、掘る作業もあった。崩れたあとで、機械を掘り出すためだ。ときどきは死体も掘り出すことになる。

　それは露天掘りの鉱山だった。地球のなかに開いた穴、谷間を広げて作ったんだ。地獄につづく渦巻きの道。鉄鉱石の赤い岩や、黄色や緑色の部分を探し出し、別々のトラックに積むように指示された。なにが含まれているのかすらわからねぇ色つきの岩だ。金？　ウラン？　レアアースと呼ぶやつもいた。そこではそれほど珍（レア）しくないが、大部分は赤い岩だった。鉄鉱石はただの土くらいにありふれていたが、それでもおれたちはその採掘の奴隷だった。

　それから、食堂がひどいことになった。週を追うごとに食事が減っていき、水は鉄の味がしておれたちを病気にした。ついに、あるねぐらの連中が立ち上がり、食堂の外に座りこんだ。ちゃんと飯を食わせろ、でなきゃ働かねぇぞ、と騒ぐ始末だ。怖くてたまらねぇのに座りこんでいる連中を見れば、どれだけ望みをなくしているかわかる。みんなそれを見て、ひとりずつ連中のとなりに座りこんだ。いつのまにか、その鉱山の鉱夫がひとり残らず朝日のなかで座りこんでいた。死んでもいいと思ってた。上空にはドローンがハエのようにブンブン鳴っている。どうなるかわからねぇ。機関銃を持った警備員はただ見ていた、おれたちはみんななにかを——死であれなんであれ、待ってた。それがどんなものでも、今よりも悪いはずがねぇ。だから、恐怖と汗とともに、朝日を浴びて座っているのは気分がよかった。働いているときにはけっして得られなかった絆で、その瞬間、おれたちはみな兄弟だった。

ようやく、拡声器を持ったやつが出てきた。そいつがもっと上のやつらの言うことを伝えるだけの役割なのは、みんなわかっていた。鉱山の所有者は南アフリカのボーア人か、あるいは中国かどこか遠いところから来た連中だとかで、それについてはいろんなうわさが飛びかっていた。やつは、その誰だかわからないやつらの言葉を伝えた。その言葉とは、仕事にもどれば食べさせてやる、だった。

おれたちはそこに座りつづけた。誰かが叫んだ。まず食わせろ、そしたら仕事にもどってやる！

そこで事態は動かなくなった。おれたちは食わせてもらえないかぎり働くつもりはなかった。彼らはおれたちが働かないかぎり食わせるつもりがなかった。それで、近くにいた男たちと話し合った。みんな同じだった。もう死んでもかまわねぇから、ここでけりをつけよう。おれたちは励ましあって、やり通すことにした。そこまで追い詰められていた。恐ろしくてたまらなかった。

そうしているあいだにも、頭上のドローンの群れはどんどん増えていって、まるで草原に横たわる死体なんかに群がるハゲワシみてぇだった。地面に座っている人間より上空のドローンのほうが数が多くなっていた。上空にとどまっているようすはハゲワシというよりも蚊に似ていて、うわーんというなりも蚊にそっくりだが、音はもっと大きかった。ほとんどは皿くらいの大きさで、もっと大きいやつもいた。うなる音のせいで頭は痛えし、腹がうずうずした。

そのとき、全部のドローンが、あるいはほとんど全部が、タカみたいにすごい速さで急降下してきたから、おれたちはうろたえて叫び声を上げながら立ち上がったり、頭の上で両腕をふりまわしたりうずくまったりした。ところが、すべてのドローンが向かっていったのは警備員たちのほうだった。警備員ひとりひとりを十機あまりで取り囲み、ブンブンうなる黒い板を重ねて作った棺桶みたいに閉じこめた。ひとりの警備員が銃を撃つと、そいつを取り囲んでいたドローンたちにいっせいに襲いかかられて地面に倒れこんだ。おれたちからはドローンがなにをしたのかは見えなかったが、そいつが動かなくなって、それを見たほかの警備員たちはもう、銃を撃つことはなかった。

そして、ドローンが全部一緒にしゃべりはじめた。最初はオシワンボ語で、それからアフリカーンス語、スワヒリ語、英語、中国語、あとはおれにはどこのだかわからない言葉で。

「我々はアフリカ連合の平和安全協議会です。この鉱山は、ナミビア新政府によって国営化されたため、今後はAFRIPOLの治安部隊によって保護されます。アフリカ連合の加盟各国は今後、〈アフリカ人のためのアフリカ〉プログラムに賛同し、連携していきます。ナミビア政府およびアフリカ連合の代表がまもなくここへ到着し、今回の変更に関してみなさんのお手伝いをします。武装した職員を敷地の外へ誘導するあいだ、このまま座ってお待ちいただくか、食堂や宿舎に移動していただいてもかまいません」

　おれたちは大喜びでそうした。警備員たちは道路を歩いて立ち去った。おれたちは歓声を上げ、互いに抱きしめあい、喜びの涙を流した。料理人たちが食材保管庫や冷蔵庫に押し入って、ちゃんとした食事を作ってくれた。そうやって食材が不足するころには、きっとそれを埋め合わせるだけの食料が届くはずだと信じて。それはそのとおりになった。夜になるとアフリカ連合の部隊がやってきて、おれたちが解放されたことを宣言した。国営化された、と言ってた。ここに残りたいのなら、これからは鉱山の労働者兼所有者になる、と教えてくれた。もし残りたくなければ、バスに乗って出ていくのも自由だ、と。

　何人かは、バスがやってくるとすぐにそれに乗っていった。でもほとんどのやつはここに残ることにした。出ていきたくなればいつでも出ていけるだろうと思ったからな。だけど、鉱山の所有者になるなんて面白そうじゃねえか。それがどういうことなのか、知りたかった。労働相当分所有権（スエット・エクイティ）みたいだな、と誰かが言った。汗をかいた分の所有権（スエット・エクイティ）だとよ！　やめてくれ、それを言うなら血を流した分の所有権（ブラッド・エクイティ）だろうが。

66

産まれたときは難産だったって？――わたしの母さんなんてさ、爆発したんだよ！　おおげさでもなんでもなく、母さんが超新星になったときの爆発の熱は百メガケルビン（およそ摂氏一億度）以上、電子二個をもぎとられたヘリウム原子核三個がぎゅぎゅっと圧縮される圧力のなかで、わたしは産まれたの、宇宙のどんなものよりもエレガントにね。炭素というのは元素の王様、すてきな六角形に四価の価電子を持ち、仲間の原子とはいくつかの方法でつながることができるうえに、ほかの原子とは無限に近い方法で化合物を作れて、すごく人懐っこいんだ。ドカン！　となったときにはもうわたしがいて、宇宙を飛びまわっていたというわけ。わたしのおとなりさんは天の川で、わたしは太陽のほうへくるくると吸い寄せられていく細かい塵の集まりに飛びこんでいったんだけど、太陽のなかではわたしなんかあっという間にこんがり焼かれちゃったり、なにかほかのものと完全に一緒くたにされちゃったりするかもしれないのに、運よくそのくるくる回る塵の集まりはでっかい太陽から一億四千五百万キロメートル離れたところに集合したから、それからあまり長いことたたずに岩だらけの微惑星の一員になれたんだ。

ねえ地球さん、あれっと思ったでしょ、だってわたしたちはいまこうしてここにいるんだし、だけどわたしはまず、ラグランジュ点のL5で地球と合体した火星サイズの岩の一部になって、その岩はいまではテイアと呼ばれてる。テイアが高速でガイアと大激突したときわたしはそこにいたんだけど、そのあとテイアとガイアはひとつになって、そこからはじき出されたのがすぐさま月になったでしょ。おっきな衝突（ビッグ・バン）だったねぇ！　そりゃもちろん、本物のビッグ・バンとは比べものにならないけど。で、そのときわたしは自分ができたてあつあつの地球のなかにいることに気がついたんだけど、でもそれが表面に近いところのマントルだったから運がよかったんだ、そうでなきゃ、いまこうしてあなたとしゃべってなんかいないもの。わたしの破滅的な幼年時代はだいたいそんなところ、それからのすべてはすっかり落ちついて、それってオトナと呼んでもいいと思う。

あら、でも表面への脱出のことを忘れてた。あれもほんとにドラマチックだったんだから。パンゲア大陸と、どの陸塊だったか忘れちゃったけどそれとのあいだの中央海嶺で火山噴火が起きたときに表面に出てきたんだけど、その両大陸はぐんぐん離れていった。熱い溶岩は空に噴き上げたすぐそばから冷えていった。数百万年ばかり太陽光の光子(フォトン)の雨に打たれていたおかげでわたしは柔らかくなったんだけど、それって日焼けするのに似ていて、カサカサにめくれていまにも剥がれ落ちそうな皮膚の一部がわたし。いいのよ、もう準備はできてたんだし、百万年でも長いのに五百万年なんて言うまでもないでしょ。だけど問題は、脱出するにはどの原子と一緒になればいいか、ってこと。ジュラ紀には恐竜に食べてもらいたくて、そのころならそんなにたいへんなことじゃなかった――光子がぶつかってくると、むき出しになっている共有電子は四つとも価電子を震わせて誰かが捕まえてくれるのを待っていて、それでよくあることなんだけど、わたしはふたりのお相手に同時に興味を持っちゃって、そしたらあーらびっくり、酸素原子ふたつと同時にくっついて、なんとも都合のいいことに二酸化炭素になっちゃったというわけ。

　わたしたちはいいチームになった。毎日が大忙し。低いところを飛べば植物が捕まえてくれた。植物はわたしたちをズズーッ、ゴクゴクっと吸い込んで、そしたらほら、わたしは葉っぱや小枝、幹の一部になっている。わたしは原初のセコイアになって長らく過ごし、それからシダになってアロサウルスに食べられ、そのアロサウルスのうんちになって出てきて、そう、そのときのわたしは糞の一部だったのね、で、その後も何回も糞になったわけだけど、バクテリアは糞を食べるのが好きだから、すぐにまた別の酸素原子と出会ってまた最初にもどるわけ。でもそのあとが大惨事だった。水のなかでどろどろした炭素原子仲間の群れに捕まって、またしても地中深く沈んでいってぶち当たったのが黒鉛(グラファイト)、このときは石炭層ね、そこでこんどは何百万年も過ごすことになった。構造的に取り込まれて圧縮されてダイヤモンドになってもおかしくなかったし、それでみんな一緒のちっちゃな町に閉じこめられてそのまま永遠にかっちりした牢屋にいることになってたかもしれなくて、そしたらマジでいつか太陽が巨大化して地球が燃え尽きるまでそのまんまってことで、それならそれでそんな運命からの解放としては大歓迎ではあるんだけど、でもこのときは運がよかったんだ。わたしがいた石炭層は人間に採掘されて、溶鉱炉で燃やされたの、それが一六二四年ごろだった。自由ってすてき！　また空に帰ってきて、それはもううれしかった。変化するのが好きなの。そんなわけで、空に帰って有機化学にバンザイして、あれになったりこれになったりした。あるときはセンザンコウ、またあるときは稲穂、蚊になったりカエルになったり、カエルのうんちやバクテリアになったり、それからまた空に帰れるなんて、やったね！

　それと、あの瞬間はたまらないよね。空気中を漂っている水分子がちっぽけなほこりに集まってきて雨粒になり、地面にダイブしはじめたら、そこにしがみついていればしずくと一緒にピシャンと叩きつけられて、例の陽気な仲間たちに加わる、それで相棒の酸素と一緒に、双子の水素と結婚した酸素原子に歌うようにあいさつして、三人組が最高だよねって、みんながダイブの時間に大はしゃぎするんだ。しがみついたしずくのスピードにまかせて落ちていくとき、重力に引っぱられる感覚がなくなったりする、ていうか雲や霧、もやのなかに足止めされることもあって、それがまた楽しいんだよね、無重力の感覚がすばらしくってさ、たぶんあれって、オーガズムってやつにそっくりなんじゃないかと思う。結合するのは、そりゃあ、いいことも悪いこともあるけど、オーガズムの雲に入って空に浮かんでいるのはもう、ワオ、って感じ。

　でも結局、ふたたび地面に叩きつけられるまではしずくとくっついていることが多い。雪は楽しいし、みぞれならなお楽しい。そうやって地面にぶつかったら、また最初からの繰り返し。こんどは誰とくっつこうかな？

　あー、もう！　今回はイヤ！　なんとカナダの人たちがアスベスト鉱山の残渣を処理しはじめていて、その毒性のあるがれきを鉱山の穴やその周辺にできたプールに投げ込んで、そこに現地の藍色細菌（シアノバクテリア）を加えるの。このシアノバクテリアがわたしを捕まえて、アスベストの粉塵と結びついて、私たちは一緒にハイドロマグネサイト、つまり炭酸マグネシウムの形になっちゃった。この場所の誘拐犯はわたしやわたしの仲間たち、それにアスベストを大喜びで捕まえて閉じこめるんだけど、霧のなかを漂ったり消化管のなかをボディサーフィンするなんて経験をしちゃってると、岩のなかでじっとしてるのはとんでもなく退屈なんだよね。ただひとつの望みは、細かくすり潰されてロッククライマーが滑り止めに使うチョークになること。炭酸マグネシウムの使いみちなんてそれくらいしかないんだもの。もしかしたらすっごくかっこいいロッククライマーのチョーク袋にたどりつけるかもしれないし、そうなったらわくわくしちゃうけど、でもいまはどうしようもない。まぁ、少し昼寝でもしようかしら。

67

税というのは面白いものだ。政府が社会を導くひとつの方法であり、行政活動に資金を提供する方法でもあるが、後者よりは前者のほうがメインだ。文明と同じくらいの歴史があり、古くから国家権力をあらわすものでもあった。負債も通貨もごく初期の都市で考え出されたのであろうが、それは税制を実現して制度化するためというのが大きいだろう。このふたつはどちらも借用書の一形態だ。

累進課税とは、市民がより多くを所有するほど税率が高くなる概念のことだ。逆進税とは、個人の持つ富とは反比例し、もっとも貧しい者からより多くを奪っていくことだ。

所得税は個人または法人の年収に対して課されるものであるため、こうした収入を得た者が実際よりも少なく見せかけようとしてごまかすことがよくある。繰り延べや再投資など、資金を税制の抜け道から逃れさせるための手法はさまざまにあり、タックスヘイブンというのは、年次決算するまえに資金を移すことができさえすれば、その地では課税されなかったり税額がうんと少なかったりする場所のことだ。だから累進所得税はそれだけではきわめて逆効果になりうる。その適用には慎重さが求められる。

歴史上のある時点では過剰な個人資産はよしとされず、累進課税の規模は一気に大きくなっていった。裕福な個人が第二次世界大戦に加担し、そこから利益を得ていたと考える人が多かった一九五〇年代前半には、アメリカで上位の税率等級に属する稼ぎ手たちは四十万ドル（現在の価値に直すと四百万ドル）を超す全報酬の九十一パーセントを所得税として払っていた。この税率を承認したのは共和党優位の議会と共和党の大統領ドワイト・E・アイゼンハワーで、彼は戦時中は連合軍の指揮をとっていて、強制収容所を含め、死と破壊をその目で見てきた人物である。のちにこうした最高税率は繰り返し引き下げられ、新自由主義のころの最高税率は二十から三十パーセントにまでなった。その数十年のあいだには税制の抜け穴や脱税、税の延期、租税回避なども拡大が進んだため、すでに低くなっていた税率は実質さらに低いものになっていた。つまり、所得税の累進性はずっと少ないものになった。これは新自由主義時代の特徴で、公よりも私を、貧乏人より金持ちを優遇する、より大規模なキャンペーンの一部だった。

ピケティ税と呼ばれることもある資本資産税は、課税されるのが誰であれ、なんであれ、その評価額に対して課税する。一般的には企業に適用されるものだが、同様の税が個人に適用されることもある。フランスでは、企業に対しては年間評価額の一パーセントを課税していて、これを世界的に適用した場合、このような税の効果は非常に大きくなりうる。こうした資産税も累進制にすることは可能で、企業の、あるいは不動産などなんらかの資産の評価額が大きいほど、そこから得られる年税は高額になる。こうした累進税に十分な勾配をつけておけば、税率を下げたい大企業をすぐにでも中小企業に分解させることも可能だ。

経済学者ヘンリー・ジョージにちなんでジョージスト税と呼ばれることもある土地税は不動産に課される税で、この場合は土地そのものを資産とみなす。ここでも、こうした土地税を累進税にすることは可能で、広い土地、または立地の良さや所有者が住んでいないという理由でより価値の高い土地にはより高い税率が課される。利益や当座資産の大部分は普通、実体のあるものを所有するために、できるだけ早く不動産に変えられることが一般的だ。そのほうが長い目で見れば価値が上がる見込みが高く、少なくともバブルがはじけてまるごと消えてなくなるようなことにはならないからだ。しっかりと設計された土地税であれば、土地所有権をもっと幅広く、すばやく再配分でき、そのあいだに公共事業に支払うための政府財源を急速に膨らませることができるので、経済的不平等の解消につながる。

化石炭素燃焼税は、税というよりも「本来のコストの支払い」ということもできるが、これも累進税にしたりフィーベートで相殺することが可能だ。そうすることで、炭素燃焼量は少ないが生きるためにはなにがしかの炭素を燃焼せざるをえない最貧困層の負担増を回避できる。化石炭素税を十分に高く設定することは、燃焼をやめさせる強力なインセンティブとなりうる。税率を非常に高くしておくこともできるし、そこから計画的に時間を追ってさらに高くなるようにすれば、燃焼をやめようというインセンティブが高まるだろう。燃焼から派生する影響から利益を得るチャンスをしらみつぶしにするという意味では、最大の使用に対する税率を法外なものにすることだってできる。

もしもあらゆる法定通貨がデジタル化されてブロックチェーンに記録されることになり、そのありかと取引記録が追跡できて可視化されれば、違法な脱税は制裁や禁止、差し押さえ、抹消といった方法で消滅に追い込むことができるだろう。

そうやって、デジタルで追跡可能な通貨を使い、国連や世界銀行、その他の国際機関が仲介する国際協定を通じて、地球上のすべての国々が定めた、しっかりと考え抜かれた瑕疵のない課税制度ができれば、すぐにでも人々の行動や富の分配のしかたに刺激を与え、急速に変化させることになるだろう。それは革命的な変化とさえ呼ばれるかもしれない。そしてもちろん、税は文明と同じほど歴史のある由緒正しい法的手段であり、税率を決めるのは議会であって、国家が全力でうしろだてとなるものだ。全力というのはつまり、司法であり、警察であり、軍隊だ。言い換えるなら、税とは法律で、原則としてあらゆる現代社会に受容され使用されるものだ。ならば、税法に的を絞った変更は――もし実現したとして、それは革命と言えるのだろうか?

それを試してみて、結果を見るのは興味深いことだろう。

68

メアリーは軍のヘリコプターでチューリッヒに連れ帰られた。クローテンに着陸し、チューリッヒを離れたときに乗せられたのとそっくりな黒いバンで街に入った。プリスカと並んで座り、運転手が街へ入るときにいつものルートを通るのを見守った。だがこのあとはどこへ行くのだろう？

向かった先は自宅だった。ホーホ通りの彼女のアパートメントがある建物のまえの歩道のところで車が止まった。

「ここなの？」と訊いた。

「持ち物を取りに来ただけです」プリスカが答えた。「今後もこの場所に住みつづけることはあなたのためにならないと彼らは考えています、お気の毒ですが」

「それならどこへ？」

「丘の上に新しいセーフハウスを用意してあります」プリスカは言った。「そこに滞在していただきます。もう少し状況がはっきりしてきたら、ここにもどってこられます。あなたさえよければ」

メアリーは答えなかった。自分の場所である自宅にいたかったけれど、同時に憂鬱でもあった。誰かが見張っていたとして、それは誰なのだろう？　そしてなぜ？

中に入って、彼らが用意してくれた大きなスーツケースふたつに荷物を詰めた。そうしながら、部屋のなかを見回した。ここには十四年間、住んでいた。壁にかけられたボナールのプリント、白いキッチン——それらはまるで博物館の過去の生活の再現展示のように遠く感じた。人生の舞台は幕を下ろし、いまは夢のなかで歩き回っているようだ。両脚はまだずきずきしている。睡眠が必要だ。シャワーとベッドをお願い。でもそれはここでではない。

スーツケースは彼らが持ってくれ、階段を下りて道路へ運び出し、バンの後部に乗せてくれた。それから東へ向かい、何度も訪れては腰を落ちつけて夕食をとりながら本を読んだ小さなトラットリアのまえを通りすぎた。チューリッヒベルクをさらに上り、丘の中腹にある個性のない住宅地に入った。大きくて古い都市型住宅はどれも何百万フランもの値がつけられ、その金額にふさわしい仕上げが施されて輝いているのに、同じような箱が並んでいるようにしか見えなかった。バンはそのうちの一軒の門扉の先のドライブウェイに乗り入れた。ドライブウェイといっても車一台分のコンクリート敷のスペースだった。敷地を囲む高く白い塗り壁の上には、緑色のガラスの破片が立ち並び、この中産階級らしい均一さのなかで異質な邪悪さを感じさせた。門扉がドライブウェイを閉ざすと、ひとつの閉鎖空間になる。これが新しい我が家か。うめき声がもれそうになるのを抑え込み、あきれて天を仰いだりしないようにした。ここからなら歩いて出勤もできそうだが、そんなことをさせてくれるだろうか。

なんと、許してくれた。電話することもできたので、数分後には歩行者用のゲートのところに仲間たちが集まり、丘を下ってホーホ通りから省のオフィスまで付き添ってくれた。吹き飛ばされた建物は再建中で、残りの部分はすでに利用されていた。メアリーはスイスの安全保障にかかわる人たちがここにもどっても大丈夫と思っていることに驚いたが、この一帯は監視されているのだから、ほかのどこよりも安全なのだと思うことにした。逃げ隠れしていては仕事にならないし、スイスと国連がこの省を重要な機関だと考えていることを世界に示すことが大切だ。そして、テロ活動では歴史の流れを変えることはできないと示すことも。彼らはその原則を守りとおすつもりだし、メアリーはこの時代の歴史を体現する生きた化身のひとりなのだ。

それとも釣り餌かしら、とメアリーは思う。彼らがしかけた罠のエサ。だとしても、チームは再編成されてそれぞれのオフィスにもどったり、代わりのオフィスにぎゅうぎゅう詰めになっていたりしながらもなじみのことをしている。ひょっとするとスイスはすでに爆弾をしかけた犯人たちを捕まえていて、もう危険はないのかもしれない。銀行もオンライン業務を再開し、以前の機能を取り戻してきていると言われている。とはいえ、再稼働するのに構造的な変化も含まれているのかどうかはまだ不明だが。もし襲撃犯たちが捕まっているか、テロ活動などできない状態にされているのだとすれば、こちらはもう安全なのだろう。なんの権限もない国連機関に攻撃する価値があると思うような連中はそんなに多くはないはずだ。それにしても、パリ協定に敵がいることはまちがいない。物騒な産油国の軍事機構がそろって自分たちに都合の悪くなっている状況すべての象徴とみなし、彼女のことを標的にしているということはありえる。ああいう産油国をいくつか、どうにかして引きずり下ろすことができたらどんなにせいせいするだろう。リーダーを刑務所に入れるとかして。

刑務所が頭に浮かんだところで、フランクのことを思い出した。彼に会いに行きたい？　なんと、行きたいと思う。心のどこかで、彼がまだ収監されていることを確認したいと思っている。彼が野放しになっていると考えるのが、まだ怖いのかもしれない。だが同時に、彼はまだあそこにいるに決まっているのだから、会いに行くのはそれだけのことではないはずだ。なんとなく義務のような気がする。その気持ちのなかには興味もある。彼に興味を惹かれていることは否定しようもない。

＊＊＊

ごく普通の人と同じようにトラムでダウンタウンに向かう。ボディガードの誰かが付き添っているかぎり、そうしてもよいということになった。トラムに乗り合わせた人たちの顔をちらちら見ながら、どの人がそうなのだろう、と思った。いかにもそれらしい人はいない。昔好きだった児童書にあったこんな一文を思い出した。〝あなたが私たちの女王だと言いたいなら、けっして姿を見せず、知られないようにして、そうしたら喜んでその役割をまかせましょう。〟いまもそれと同じだ。わたしの見えないところでわたしを守ってくれるなら、ええ、どうぞご自由に。

中央駅に着いたところでトラムを降り、ダウンタウンの歩行者専用の通りを歩いて刑務所に向かった。古い刑務所を街中に維持しているなんて、いかにもスイスらしい。市内の一部をほかの場所よりも特別にしてしまうのはどういうことだろう？　都市にとって重要なのは、いろいろな地域社会がごちゃ混ぜになって、うまく機能することだ。都市は、人々が自由に歩き回って、さまざまな場所や人々と出会い、新しい発見をすることができるような多面的な場所であるべきだ。都市計画者は単に凝集と呼ぶが。

メアリーはすんなりと刑務所内に入り、フランクのいる棟に行った。彼はリビングエリアで本を読んでいた。顔を上げると、眉をつりあげた。

「街から逃げ出したんだとばかり思っていましたよ」

「そうよ。でも帰らせてくれたの」メアリーは彼と向かいあったソファに座った。「なにを読んでいるの？」

フランクはカバーを見せた。メグレ警視ものの総集編だ。暗い世の中での安全な場所ね、とメアリーは思った。悪しきものを究明せよ。誰にもメグレ夫人が必要ね。

「調子はどう？」いつものように、どうしてここに来たんだろう、なにを言えばいいのだろう、と思いながら訊いた。

「まあまあですよ。昼間は外に出してくれます。以前働いていた場所でまた働いています」

「難民支援センターで?」

「ええ。また拡大してきているんです。僕はずっとあそこにいるから、組織の英知については生き字引みたいになっています」

「ほんとかしら」

　彼は驚いて笑いだした。「どういうことです?」

「だってここはスイスよ。組織の英知なら全部、文書になっているはずでしょ」

「そう思うでしょうね。とにかく、僕はあそこにいるんです」

「食事を配っているの?」

「だいたいは処理係をやっています」

「それはどういうことをするの?」

「難民が到着すると、ダブリン規則に沿ってどこで難民申請するかを考えるんです」

「それって、どこか別の場所のはずよね?　このボヘミアには海岸線はないんだから」

　彼は頭をふった。「密航者ですよ。彼らはギリシャやバルカン半島に着いてもそこでは申請したがりません。その点、スイスはちゃんとしてることで知られていますからね、なんでもそうですけど」

「あなたが逮捕されるきっかけになった襲撃みたいなこともあるのにね」

「でも、よそはもっとひどいですから。それで彼らはここに来てから難民申請したがるんです。指紋を潰してしまった人が多いんですよ。そうすれば身元を特定されませんから」

「それはつまり、どこか別の国で申請したかもしれない、ということね」

「そうです」

「それで、あなたはなにをするの?」

「もしもすでに別の国で申請されていたことがわかったら、そこへ送り返すことになります。だからそんなにがんばらないですね。ほとんどの人はここで申請できます、指紋があろうとなかろうと。ここでは網膜スキャンを使います。それから、同じ国の人が入っているキャンプに空きがあるか探します」

「彼らはどこからくるの?」

「あらゆる国から」

「彼らは気候難民なの?　政治?　経済?」

「そんな違いはもうどうでもいいんですよ。区別できたとしても」

「それじゃ、彼らは皆本物の難民だと思っているのね」

彼はメアリーをにらみつけた。「その必要がなければ故郷を離れる人なんていません」

「わかった、じゃあここで彼らの難民申請をしてあげて、それからキャンプに送ってあげれば、彼らは同郷の人たちに会えるわけね？」

「そう努力はしています」

「でもキャンプに行ったことはない？」

「ありません。毎晩八時にはここにもどってこなくてはならないので」

「あら、でもスイスのほとんどどこに行っても、八時までには帰ってこられるわ」

「たしかに。だけど、僕はこの州を離れないことになっているんです」

「チューリッヒにはキャンプはないの？」

「ありますよ。それなら行ったこともあります。ヴィンタートゥールの向こうに大きいのがあるんです。古い空港かなにかだったところに。二千人がいます。彼らがどうしているかは見ています。調理の手伝いもします。そういうのは好きです。ここの調理を手伝うこともできますけどね」

「それで刑期は短くなるの？」

「そうだと思います。もうそのことはあまり気にしていません。どこに行くあてもないですから」

メアリーはしばらく彼を見つめた。

「アルプスで過ごしてみたことはある？」ようやくそう訊いてみた。

「少しだけ」

「すばらしいところよね」

フランクはうなずいた。「すごく切り立っていますね」

「ほんとにそうだわ」そしてフリュンデンヨッホを超えたときのことを話した。彼は興味深そうに聞いていたが、彼が興味を持ったのはアルプスのことだと思ったのに、話し終えたときに彼が訊いたのは別のことだった。「それで、あなたをつけ狙っていたのは誰だと思いますか？」

「わからないわ」

「あなたの省がうまくいったら、いちばん損をするのは誰ですか？」

彼女は肩をすくめた。「石油企業？ 大富豪？ 産油国？」

「容疑者リストとしてはたいしたことないですね」

「わからないのよ。誰であってもおかしくないと思う。捕まったのは個人か、小さなグループかもしれない。わたしたちが重要だと思い込んだだけの狂人だというなら、筋が通るわ。だって、わたしは巨大な機械のなかの歯車のひとつにすぎないんだもの」

「でも向こうはあなたがかなめ（クラッチ）だと思ったのかもしれない」

「クラッチってなにをするものだっけ?」

　彼は笑顔に近い表情をしたが、それが彼の笑顔なのだ。

「がっちりつかむものですよ。エンジンと車輪をつなぐものです」

「ああ。それでもよくわからない」

「ボディガードに訊けば教えてくれるんじゃないですか?」

「それはどうかしら。そんなに親しいわけじゃないし。ほら、彼らの仕事はわたしを守ることだから。わたしが知らないでいたほうが安全だと思っているのかも」

「どうしてそうなるんです?」

「さあね。スイス銀行も攻撃されたのよ。だから反撃についてはしっかり口を閉ざしてるの」

　フランクはあの笑顔にはちょっと足りない笑顔を見せ、読んでいた本を示した。「あなたにはメグレ警視が必要ですね。この名探偵は救出した相手にいろいろ説明するのが大好きだったから」

「あるいは、そうすれば相手がじつは犯人だとぼろを出すと思っているか、ね」

「そのとおり。読んだことがあるんですか?」

「いくつかね。わたしにはちょっと暗すぎたわ。犯罪があまりにリアルすぎて」

「人間はひねくれてますからね」

「そうなのよ」

「だからあなたにはメグレ警視が必要なんです」

「そしてあなたにはアルプスが必要ね」


　女性がひとり、女の子を連れて部屋に入ってくると、フランクはびっくりしたようだ。「やあ、どうも」そう言ってメアリーのほうを見てから、入ってきたばかりのふたりに目をもどした。なんと言えばいいかわからないのね、とメアリーは思った。当惑し、混乱している。

　フランクは立ち上がった。「こちらはメアリー・マーフィーさんだ」とふたりに言った。それからメアリーにはこう言った。「彼女たちは、僕の家族です」

メアリーは目を細くした。女性は口を真一文字に結んでいる。

女の子のほうは十歳か十一歳くらいだろうか、フランクに駆け寄ってテンションが上がった。「ジェイク！」

「やあ、ヒーバ。元気かい」

「元気よ」少女はフランクをハグした。彼はそれに応えてぎこちなく身をかがめ、少女の肩ごしに女性のほうを見た。

「ここへはどうやって？」

「電車を使ったわ」

「どちらにお住まいなの？」メアリーが訊いた。

「ベルン郊外のキャンプにいます」

「ああ。そこはどんな感じ？」

女性は肩をすくめた。フランクのほうを見ている。

「ねえ、積もる話があるんでしょう」メアリーはそう言って立ち上がり、片手を差しだしてフランクの反対を封じた。「いいの、どうせもう行かなくちゃならないから。それに、またすぐに来るから」

「わかりました」彼はまだほかに気をとられていた。「来てくれてありがとう」

69

メッカ巡礼期間中のサウジアラビアで、軍によるクーデターとおぼしき出来事によってただならぬ数のサウジの王子たちが殺害された。その数は報道でも二十人から五十人と開きがあり、たしかなことは誰にもわからなかった。当時、国王はニューヨークに滞在中で、どこかに隠れていて帰国の予定もないとうわさされていた。彼が正当なる議会への支持を世界に向けて呼びかけると、それに呼応する政府もあったものの、積極的な支援を申し出ることはなかった。アメリカは難民の受け入れを申し出た。はたから見るかぎりでは国民の大半が新政府を支持していた。メッカ巡礼は大混乱に陥り、二百万人のイスラム教徒は巡礼を完遂する者と帰宅する者に分かれたため、アラビア半島は全面的に混乱していた。最初の一か月でただひとつ明らかになったことは、アラビア半島の外にいる者には、サウジアラビアで実際に起きていたことについてほとんどなにもわからない、ということだ。そして新政府は、この国はこれからただの「アラビア」となる、と世界に宣言した。サウド家の王政は終わった。

他のスンニ派国家政府は、政権交代の承認・不承認については慎重だったが、メッカ巡礼の混乱に対してはそろって辛辣に批判した。サウド家が誰からも好かれていなかったことがいまや明らかになったわけだが、その影響は未知で、地域全体を潜在的に不安なものにした。一方、シーア派の各国はこのクーデターを臆面もなく称賛した。それ以外の世界各国の政府はだんまりを決めこんだ。なにが変わるのか、新政府がなにをするのか、とりわけ膨大な埋蔵量のある石油をどうするのか、計算しようとしているようだ。これまで表向きには暗黙の了解だったことが、気まずいことにあからさまになってしまった——かの国の国民のことなど誰も気にかけてはこなかった。そこにある石油のことしか頭になかったのだ。

その後、首都リヤドから声明が出され、アラビア人は世界経済の脱炭素化の緊急性に配慮し、今後は自国の石油はプラスチック製品の製造およびその他の非燃焼利用に限定する意向である、とした。新たなアラビア政府は即座に、カーボンコインを管理運営することを目的として設立されたばかりの〈中央銀行気候連合(CCCB)〉に対し、彼らがすぐにも太陽光発電に完全移行することと、燃焼目的での石油備蓄の販売を拒否することが、CCCBが新たに創設した、カーボンコイン——通称〈カーボニ〉による報酬受け取りに値することを申し立てた。回収される炭素一トンにつき一コインという交換率でいくと、アラビアによる申請額はおよそ一兆カーボンコインと推定された。現時点での為替レートでは数十兆米ドルに相当し、そうなると少なくとも国立銀行の資産については、アラビアは一夜にして地球上でも有数の富裕国ということになる。現行の通貨為替レートがそのままであれば、燃焼目的で石油を売った場合よりも儲けが大きくなる。

CCCBは遅延期間をおいたのちにこの交換に合意したが、その支払いスケジュールは、アラビアがもし仮に原油の生産および燃焼を止めなかった場合における、原油の生産および燃焼の速度を基準に、そのスケジュールが設定されるという条件をつけた。地球と人類文明のために正しいことをするアラビアに報いるために、初期段階ではほんの少し前倒しの優遇が加えられた。そうしているうちに、彼らは確実に流れ込んでくる収入をうまく活用してくれるだろうし、実際そうなった。アラビアは条件を受け入れ、行動に移った。

こうして突然供給が途絶えたことで、石油価格および石油先物価格は跳ね上がった。石油がさらに希少になり、それにつれて価格も上がったことで、それまで以上にクリーンな再生可能エネルギーのほうが石油よりも格段に安くなった。さらに、COP43で最新のパリ協定が調印されたことにともなって各国で新しい炭素税が課されるようになり、またその税率も年を追うごとに値上げ幅を大きくして上がっていく予定であったため、価格動向はどれも、クリーンな再生可能エネルギーこそが電力供給の方法としてもっとも安上がりになる方向を指し示していた。炭素の社会的コストがついに化石燃料価格に反映され、長らく化石燃料業界に嘲笑されてきた環境保護主義者たちの標語が突如として、もっとも利益につながること、あるいはもっとも損失を最小限にすることとして、自明のこととなった。キープ・イット・イン・ザ・グラウンド。

それからまもなく、ブラジル政府がまたもや腐敗の告発に見舞われ、右派大統領の辞職と逮捕にいたった。それにつづいていわゆるルラ左派党が〈クリーン・ブラジル〉と名を改め、明らかにアラビアの動きをモデルにして全国民を代表するクリーンな政府と石油の販売停止を公約に掲げて政権に返り咲いた。またアマゾン盆地の熱帯雨林を全面的に保護・管理する政策も打ち出した。最後にあげたこの政策についても、CCCBのカーボンコインを上乗せした支払いを請求した。CCCBはこれに同意し、また未来省で先住民族対応を担当するレベッカ・トールホースの交渉により、何世紀にもわたって熱帯雨林に炭素をとどめてきた功績があるとして、アマゾン先住民族に対して即座に大量のカーボンコインが与えられることになった。この気候における正義の厚意と、ブラジル連邦政府へのスケジュールされた支払いにともない、数十兆のカーボンコインが市場に出回ることになり、新通貨が突然あふれたことによる大々的なデフレが起きるのではないかと、そこらじゅうの主流派経済学者が戦々恐々となった。それともインフレか。マクロ経済はもはや、量的緩和の究極的な効果について明確に語ることはできなかった。過去半世紀のエビデンスからはどちらとも解釈できるからだ。この議論は、マクロ経済学がイデオロギー的に占星術のレベルにまで達していることの明確な兆候であると、他のすべての社会科学の人々によって頻繁に主張されていたが、経済学者たちは自分たちの分野への外部からの批判を無視するのに非常に熟練しており、いまでも彼らは以前と変わらず自信満々に自己矛盾を繰り返していた。カーボンコインはオイルダラーを置き換えたものにすぎないと断言する経済学者もいた。オイルダラーもずっと帽子から飛び出すウサギみたいに突然地中から湧いて出てきたもので、石油が掘り出されて売られるまえには存在しなかったものだから、というのだ。地中から取り出すか、帽子から取り出すか。オイルダラーとカーボンコインにそれほど違いがあるのか、と彼らは問いかけたのだ。

彼ら以外の経済学者たちは、違いはある、と主張した。オイルダラーは以前から実在していた通貨で、それが石油に支払われることで電力や物資の移動を生みだし、ひいては経済活動を生みだした。しかしカーボンコインは、その電力や輸送の可能性を世界から実際に〝排除〟することで作りだされるものだから、世界総生産も差し引かれる。つまりオイルダラーは世界総生産を高め、カーボンコインは世界総生産を低くする。このふたつは機能的に反対方向を向いている。

それだけじゃない、とまた別の学者が言うのは、炭素燃焼がなくなれば、その結果たとえ世界総生産自体が下がったとしても、生物圏への実質的ダメージの総量は減少することになる。これらは計算しにくいが、それにつづき必然的な緩和や適応、生態系の修復作業や保険金の支払いのコストは計算可能だ。そうやって計算してみれば、最終的にはオイルダラーにしろカーボンコインにしろプラスマイナスゼロになりそうで、どこまでも空騒ぎでしかなく、経済にとってはなにほどのものでもない。

要するに、特大の僥倖かまったくの災難か、それとも期待はずれか。だからこそ経済学者の出番だ。一世一代の巨大経済イベントを説明しなければならない。これぞ科学だ！ 彼らは世界中から（未来省のオフィスも含めて）知恵を寄せ合い、どうにかして一枚のバランスシートにまとめて堂々と見せられるような方法で、この経済イベントにかかわる損益を計算しようとした。だがそれは土台無理なことだった。なにもかも仮定だらけで、どの推定も論者の優先順位や価値観を反映した概念的な意見であることがばれてしまうのだから。思弁的創作物（スペキュレイティブ・フィクション）なのだ。

これまでのいかなる経済分析や予測についても、ずっとそんなものだったという指摘もあった。そういう人たちは、今回についてはどうか基本に立ち返ってくれ、と主張した。これぞ本物の経済なのだ、と彼らは言う。地球の生物圏は人間が住めるたったひとつの環境なのだから、それが健康的に機能してくれることが人間が存在するためにはどうしても必要であり、人間にとっての価値は無限大といってもいいくらいなのだ。生物圏の機能を温存するための費用とそれを失った場合のコストを秤にかけるなどということは、どんな場合を想定しても不可能だ。それゆえにマクロ経済学はとっくの昔に混乱状態に陥っていた。それは今世紀初めからだったかもしれないし、誕生した瞬間からそうだったのかもしれないが、つねに疑似科学であったことが、いまでは明らかだ。

結論を言えば、グローバル経済がいまどうなっているのか、あるいは中央銀行が世界に新通貨を大量投入するという約束を果たしつづけていったらなにが起きるのかを知る具体的な手立てが、彼らには見つからないでいる。炭素量的緩和（CQE）は、いくつもの変数が絡んだ壮大な社会工学実験だ。

それはまさに乱高下そのものだった。経済用語の限定的な意味だけでなく、人間がふだん使っている日常語の意味で。変動の大きい状況であることに疑いの余地はない。だが、なにが起きようと投資家に利益をもたらすという理由で当時の金融市場が株式の価格変動を歓迎していたことを思い出してみるといい。彼らがあらゆるものを売り買いしていたことを。経済学者ではなく相場師のやることだ。資本主義が疲弊した最後の瞬間の金融とはギャンブルに相違なく、あるいはそれ以上に、人々がギャンブルするカジノと化していた。勝つのはいつだって店のほうだ。そしてカーボンコインはかつてないほど絶好の買いチャンスだった。値上がりすることはほぼ確実。だからある意味では、投資家にとってこのときの狂乱ぶりは単純にいいものだった。化石燃料を売りに出してクリーンな再生可能エネルギーを買った投資家はここでひと財産を築いた。そしてそのひと財産を何倍にも膨らませるには、再投資するしかない。成長！　成長！

これが世界でいまいちばん支持されている宗教であることは、認めざるをえない。とにかく成長だ。もはや経験からくる思い込みとでも言おうか、文明とはガンのようなもので、それゆえ死に向かってとにかく成長することが、その命のあるべき形であるかのようだ。

しかしこのとき成長は、ある種の安全性の増加により自らを再構成していたのかもしれない。深化、洗練、改善、脱成長というある種の善なるものの成長と言える。危険に対する健全な反応は——非常にリターンの多い投資戦略と理解されている！　誰がこのことを予想したか？

そう、誰も予想できなかった。残された大産油国はそれぞれ、この新しい状況を不安そうに、あるいはパニックに陥りながら見つめていた。埋蔵されている化石炭素をそろって後生大事にかかえこみ、その市場価格は千兆ドルのレベルに達していた。こうした埋蔵石油は近い将来、いとも簡単に売却困難資産となる。実際金融バブルはいまにもはじけそうになっていた。そうしたことから、採掘した石油が価格崩壊するまえにできるだけ多く売ってしまおうとするのは筋が通っていた。とはいえ、誰もがいっせいに処分価格で売りに出したりすれば、買う人はいるのだろうか？　裕福な小国はすでにクリーンな再生可能エネルギーを手に入れている。方向転換しなければ船を沈められるという脅しをかけられた海運業も、すでに風や電力、水素を動力に使うようになっている。同様に全滅の圧力をかけられた航空業界も、電気を動力とするおもに飛行船へと比重を移している。地上の輸送は全面的に電力に移行しつつあり、まだ液体燃料を使っているところでも、化石燃料を回避した再生可能なバイオ燃料に完全に切り替わった。

したがって、発電所が顧客として最後の砦なのだが、そこでさえ太陽光のほうが安く、バッテリー性能も上がっているし、揚水式や溶融塩、フライホイールや圧縮空気を利用したバッテリー以外のエネルギー貯蔵法もどんどん使い勝手がよくなってきている。そんなわけで発展した産油国は発展途上諸国で石油が出ない国を相手に、大幅に値引きして石油を売ろうとしていた。発展途上の産油国は自らの石油資産で電力を確保したうえで、同じく発展途上の非産油国にさらに安値で売ろうとしていた。したがって、そうした発展途上の非産油国が、大規模炭素燃焼国として残された重要な課題となった。しかしすでにインドが、あの熱波のあとでクリーンな再生可能エネルギーへ方向転換することで、なにができるのかという前例を見せてくれていた。中国も太陽光パネルの製造で世界をリードしていた。中国はいまでも石炭を生産し輸出しているし、いまだそれを輸入して燃やしているのは日本にかぎったことではない。ロシアとオーストラリアもまだできる範囲で石炭を輸出している。急激な転換が起きたにもかかわらず、炭素はいまだに燃焼されつづけていた。それは年間二十ギガトンにもおよぶ。「アラビアが高潔になりしゆえに、菓子も美酒も絶えるとでも思いしか?」というわけで、人々はいまでも電力と輸送を必要としているし、通貨はいまも力を持ち、炭素は処分価格で売られている。むしろ、すみやかな終結は見えてきてはいない。バブルがはじけるイメージは、それを気にかける人には見えていても、そうでない人には錯覚でしかない。いまでも生物圏のほうこそ、はじけかけているバブルなのかもしれない。地球存続をかけた闘いはなおもつづいていた。

ロシアはまだ石油と天然ガスを売りつづけていて、冬場はロシア産のガスで暖房している大半のヨーロッパにとっては都合がよかった。それが明らかになったのは、その冬、いちばん寒くなる時期にパイプラインが爆破されたからだ。

ロシアはまた、〈ペブル・モブ〉ミサイルも売っていた。ミサイルそのものを売らなくても、ペブル・モブの設計図を売るなり譲渡するなり、もしくは盗まれたりスパイされたりしていた。そして実際、このようなミサイルはリバースエンジニアリングするのもさほど難しくはなく、またたく間に多くの軍隊に装備された。私設国防軍の武器庫にまで入りこんだのは、どこかの大国からこうしたハイテク武器を購入したにちがいない。誰もがこのようなミサイルを持てるというのはじつに恐ろしいことだ。

この群体ミサイルシステムは二〇二〇年代にロシアが導入したもので、その後急速に普及した。その存在によって引き起こされるであろう結果が知れ渡るより速く、実物のほうが拡散してしまった。国民国家は別のことに使えるはずだった数十億を、海軍や空軍、陸軍基地に投入しつづけたが、この新兵器に対してはどれも無力だった。簡単に使えるというただひとつの理由で原子爆弾よりも強力だった。しかも、阻止できない。これが既存の軍隊がもっとも理解していない――もしくは、武器や購入計画を見直す必要性から目を背けるために、理解しようとしない重要な点なのだが、これらのミサイルは防ぐことができないのだ。このミサイルは小さく、移動式のランチャーから発射され、飛行してきて最後の数秒のあいだに標的のところに集合できるため、あらゆる方向から組織的に攻撃することができる。電波信号を発しないため、発射の直前まで隠しておくことができる。しかも、比較的安い。

発射されたミサイルは時速およそ千六百キロメートルで飛んでいく。それに加えて、衝突直前の数秒で群体状態に集結するという事実は、このミサイルに対して現実的な防御などするだけムダと思わせるに十分だった。〈撃墜の日〉にすべての飛行機を墜落させたドローンの致命的な爆発バージョンと言えた。

航空母艦は？　沈められた。爆撃機は？　空から一掃された。オイルタンカーもドカンと一撃、十分で沈んだ。世界に八百ある米軍基地のひとつは壊滅した。死と混乱が渦巻いても、誰にも罪を着せようがなかった。

対テロ戦争？　そんなものはもうない。

みんなが幸せにならなければ、誰ひとり安全ではない。だが誰も幸せではない。だから、けっして安全でもない。あるいはこうも言える。すべての文化が尊重されるのでなければ、誰も安全ではない。誰もが尊厳を持つのでなければ、ひとりも尊厳を持てない。

それはなぜか？　なぜなら――

金持ちが所有するプライベートジェット――ドカン。

中国の石炭火力発電所――ドカン。

トルコのセメント工場もドカン。アンゴラの鉱山もドカン。エーゲ海のヨットもドカン。エジプトの警察署もドカン。ダボスの〈ホテル・ベルベデーレ〉もドカン。道を歩いていた石油企業の重役もドカン。未来省のオフィスも――

ドカン。

人々が肝に銘じるべきは、この標的リストはいくらでも伸びていくということだ。アメリカの国会議事堂、各国の下院議会、メッカのカーバ神殿、北京の紫禁城、タージマハール——まだまだつづく。

地球上のどこにも安全な場所はない。

インターポールをはじめとする、グローバルセキュリティに携わる数多くの機関で行われる会議でも、これらの攻撃の源に関する結論は出なかった。とはいえ、ロシアが製造し、ロシアの反体制派をイギリスで殺害するのに使われた神経ガスもそうだが、〈ペブル・モブ〉も複雑な軍事用機器であって、ガレージで簡単に作れるようなしろものではない。事実上、国民国家が装備する兵器として、相当な規模を持つ高度な軍隊のために、高度な技術を持った航空宇宙ないしIT企業によって作られたもので、それがより小規模な当事者に売られたり譲られたりしたのだ。

そんなわけで、インターポールでの会議のあとから、アラビアでのサウド王家に対するクーデターはロシアが計画したものだというわさが広まりだした。ちょっと待て、どうしてロシアがそこに加担するのか？　それはアラビアの石油が退場し、ブラジルでもそうなれば、ロシアの石油の価値がぐんと跳ね上がるからだ。だがこれは憶測にすぎない。ロシア政府はこのようなうわさを否定し、うわさはすべて西側諸国やその他の地域で広く進行中の反ロシアキャンペーンの一部だと決めつけた。なんの根拠もない。各国のセキュリティは各国に責任がある。ロシアはすべての条約義務を果たしているし、世界を安定させることにも協力している。〈ペブル・モブ〉だって善なる力になりうる。なぜならいまや戦争など不可能だからだ。相互確証破壊（核攻撃を先制されても、反撃する報復能力を残すことで核攻撃を抑止する戦略）と言うべき状態であるが、その標的は市民の人口ではなく戦争の機械である。二十世紀の全面戦争という概念は終わりを告げた。一六四八年のウェストファリア条約で確立されたにもかかわらず二十世紀になって忘れ去られた文明的規範が破綻する以前の、武力衝突を特徴とする軍隊どうしの戦争にふたたび焦点が当たっている。逆戻りしたのだ、と。

しかしそれは真実ではない。どんなものでも標的になりうるからだ。だから実際には、ロシアの言うような軍隊と軍隊との衝突にはならない——むしろ、個人間の衝突になる。その個人がこうした武器を手にしてしまった場合は。

熱波がアリゾナを襲った。つづいてニューメキシコとテキサス西部、さらにテキサス東部、そしてミシシッピ、アラバマ、ジョージア、フロリダのパンハンドル地方も。温度／湿度指数が湿球温度三十五度前後、気温は四十三度前後、湿度は六十パーセントくらいの日が一週間にわたってつづいた。ほとんどの地域で電力供給は機能していて、人々はエアコンの効いた屋内で過ごしていた。エアコンを持っていない人や壊れないかと心配する人は、ちゃんとしたエアコンのある公共の建物に集まっていた。すべては順調だったが、熱波がカリブ海から北上してきた高気圧セルとぶつかると、いわゆるダブル熱波が発生し、深刻な命取りになりかねない湿球温度三十八度にまでなった。電力需要が高まって停電や電圧低下の恐れが出てきた。そのうちのいくつかはブラックアウトを回避するために計画されたものだったが、すべて最終的には回復し、そんな危機的状況は比較的短時間ですんだにもかかわらず、それでも数百万の人々が致命的な高温にさらされた。熱波がつづくあいだ、一日で二十万から三十万人が亡くなった。

十年ごとに行われる過去の人口調査では、危険にさらされている人口を大幅に少なく見積もっていたことがしだいに明らかになってきたことから、のちにこの数字は修正された。だが正確な数字はどうあれ、その数が膨大であることに変わりはない。インドの大熱波のときほどではなかったが、今回犠牲になったのはアメリカにいたアメリカ人だ。この事実は違いを生んだ。とくにアメリカ人にとっては。

だがそれでも、それにつづく数か月のあいだに、人々の偏見がおもてに出てきた。あれは南部での出来事だった。犠牲になったのはほとんどが貧しい人たちで、とりわけ貧しい有色人種だった。北部ではそんなことは起こらない。裕福な白人にそんなことが起きるはずがない。そんな調子だった。そこにアリゾナも含まれていたことは、アリゾナ以外の場所では忘れ去られた。

これもまた人種差別や南部軽視の表れではあるのだが、万国共通の認知不全でもあり、実際にそうなるまで、人々は自分の身にも大惨事が起こりうるとは、なかなか想像できなかったのだ。だから気候のせいでほんとうに人が死ぬようになるまで、そんなことが起こるはずがないと思いたがっていた。ほかの人ならともかく、自分の身には起こるまい、と。多くの認知エラーがそうであるように、そういうものがあって自分もそうなりうるとわかっていても、エラーは起きてしまうものだ。認知エラーというのは進化の過程で身につけたサバイバル機能のようなものとも推測されていて、そのまま継続することに意味がなくともつづけていけるようにしてくれる。トルネードで壊滅したオハイオの町からわずか三十キロあまり離れたところに住む人たちは、壊滅した町はトルネードの通り道にあったけれど自分たちの町はそうではなかった、だからここが被害にあうことはないのだ、と言うだろう。翌週には死を迎えるかもしれないし、そのときには驚いて前例のない異常事態だと感じるだろうが、そうなってみるまではありえないことだと断言するだろう。人間とはそういうものだし、それは南部を炎上させたところで変わるものではない。

この年の二酸化炭素レベルはおよそ四七〇ppmだった。

彼らは車を運転していたはずが、気がついたらいつのまにかトラのしっぽにしがみついていたのだ、命がけで。

70

気候変動に関するパリ協定の締約国会議（COP）は、世界中に広がる災害を目のまえにして、出席する誰もが的外れではないかという懸念をつのらせてはいたが、それでもまだ毎年開催されていた。大気中の炭素の状況がますます悪化すると、気候の破壊的状況への対処がままならない多くの発展途上国が定期的に気象災害に見舞われることになるのは明らかで、おそらくはそれが各地で頻発する対立の主要因となっていた。これが最大要因だとする認識にしがみつく人々にとっては、目のまえの危機に対してどれほど無力に見えてこようとも、パリ協定はよりどころではあった。

気候に関して国連で交渉が行われると、先進国と発展途上国のあいだでつねに大きな落差が生まれる。気候問題を軽減するためには発展途上国にできることよりも多くを先進国のほうがなすべきだとする特定の強制命令を繰り返すばかりのリストが作成されるのだ。この〝気候に対する公平性〟の掛け声の多くはパリ協定の第二条に詳しく書かれている。第二条第二項には〝この協定は、衡平並びに各国の異なる事情に照らした共通に有しているが差異のある責任及び各国の能力に関する原則を反映するように実施される。〟と規定されている。第九条第一項でもこの原則が繰り返されている。曰く、先進締約国は発展途上国を支援する。彼らには発展途上国よりも多くのことが可能であり、そうすべきである、と。

このふたつは協定のなかでも重要な条項だ。これらの条項の文面をめぐってはひとつひとつの文章、フレーズ、単語について、激論がかわされてきた。これらの条文を協定に含めることを強く推す代表団は、生涯をかけてここに全力を尽くしてきた人たちだ。彼らは首脳会議の期間中、移動の地下鉄車内で、離婚や破産、キャリアパスの断絶、ストレス由来の病気、その他このテーマに身を捧げることから生じたあらゆる個人的犠牲に関する情報を交換しあった。

世界が破滅に向かって突き進んでいるというのに、文言ひとつに必死になってきたなんて、彼らは愚か者なのか？　まだそうしつづけようとするほど愚かなのか？　言葉は、花こう岩のような堅く厳しい現実世界のなかで、はかない蜘蛛の糸のようなものだ。こんなにも慎重な言葉であらわされた禁止命令でも、それを強制するいかなる機構も存在しない。それらは概念的なものでしかない。国々が自主的に行動するというのが、国際秩序のガバナンスだ。そして、彼らがその約束を果たさないとなると、約束の存在など無視する。それを裁くものもいなければ、保安官もいないし刑務所もない。なにひとつ、制裁を受けることもない。

だが、ほかになにがあるというのか？　世界は法律と条約で回っている、あるいはそのように見えることがある。だから希望も持てる。花こう岩のような激動の現実世界は、言葉という壊れやすい蜘蛛の巣で支えられている。もしも誰かが、世界は目のまえに銃を突きつけられるから回っているのだ、とでも反論するなら、毛沢東がするどく指摘したように、それでもその銃は法律や条約によって狙いがつけられていると答えよう。もしその文言をあきらめてしまえば、待っているのはギャングと盗賊、それにむき出しの権力が支配する世界で、夜中に通りに引きずり出されて殴られたり撃たれたり、刑務所にぶちこまれたりするのがオチだ。

だから、条約に正確な文言が盛り込まれるよう闘う人たちは、そのようなむき出しの権力と夜中の殺人を回避するために、考えつくかぎりの最善を尽くしていた。持てるものをすべて注ぎ込んで、全力を尽くしていた。

さて、状況が悪化の一途をたどるなか、毎年のＣＯＰには単語やフレーズにこだわりつづける代表団があった。彼らの多くがいま主張しているのは、地球上のすべての若者たちとこれからの何世紀ものあいだに生まれてくるすべての世代、そして自らはけっして、とくに法廷で、伝える言葉を持てない仲間の生き物たちすべて――これら命ある存在を数えあげれば、貧しく弱い立場にある発展途上国と同じくらいの大集団となって、時の地平に容赦なく現れてくるのだ、ということだった。そういう新しい市民は若く弱い存在で、たいていは自分ではまったくどうすることもできない。それでも彼らも権利を持っている、もしくは権利を持つべきだ。そしてすべての国が調印したパリ協定の公平条項のもとでは誰でも、自分たちも先進国の国民と同等の権利を有している、と主張できるのだ、と。そして先進国である〈アネックス1諸国〉、つまり〝古くからの豊かな〟国々からの迅速で大規模な支援がなければ、その巨大な〝未来という途上国〟の発展、あるいはその存在自体が、おぼつかないだろう。だからこそ、基本的な価値とポリシーとしての公平性を、ＣＯＰで主張しつづけなくてはならない。それはつまり、未来省として知られる補助団体を、全面的に支援しつづけるべき、ということなのだ。

71

今回もバディムのための議事録、メアリーとリーダーグループの定例会議。いつもどおりの要点のまとめと印象（Bがそういうのをもっと、と）。あとで清書する。話を聞きながらタイプ。またトイレに行きそびれた。

メアリーのとなりに座ったバディムは無口で、なにかに気をとられている。

彼のとなりにはタチアナ・ヴォズネセンスカヤ、やはりなにかに気をとられている。故国で訴訟を起こされ、安全にロシアに行けず、こっちでも住む場所を転々としている。彼女の報告——百以上の国で訴訟を起こされている。それに加えて、良いことをしたせいで訴えられている四百近い団体の弁護。Tは不機嫌。

インベニ：未来省が攻撃されたことで他団体への攻撃も増えた可能性。アフリカ連合はアフリカでのあらゆる国有化を支援、それが中国や世界銀行、その他あらゆる外部の力に対する共同戦線となっている。〈アフリカ人のためのアフリカ〉党が、アフリカ各国で急成長。ナイジェリアへの圧力、とくにアラビアやブラジルと同様、カーボンコインの請求に関して。そうすることでその他の多くのことに資金を回せる。基本的なインフラや教育、それ以外にもいろいろ。石油を持っていることがもはや祓うべき呪いとみなされている。良い変化への後押しにチャンスあり。アフリカ人が主導するアフリカ。

ボブとアデル、エステバンはグループ報告。おもに南極について。氷河の下から水を汲み上げる試験的プロジェクトは前向きな結果。パインアイランド氷河のスピードは、年に数百メートルから数十メートルになった。このプロジェクトの拡大を支援すべきで、全力でサポートする。南極で六十、グリーンランドで十五の氷河が対象。たいへんなことではあるが、費用便益比は驚くほど高い。かなりお買い得。ぜひやろう。Mもうなずく。

カミンはそこまで機嫌よくはない。絶滅率はあいかわらず上昇中。スマトラトラ、キタシロサイ、さらに多くのカワイルカ、これらは野生の生息数がゼロになったことが確認された最新の人気者リスト。つづいてオランウータン、その他三百五十種の哺乳類が絶滅危惧種のレッドリスト入り。

インドラ：直接空気回収（DAC）技術がさらに強力になり、費用も安くなった、適切に規模を拡大する必要がある。

それから、数十億トンのドライアイスを回収する場所を見つける。このテクノロジーが進歩しているということは、ここにもっと投資すべきということ。未来省の予算の大部分とか、カーボンコインも大量投入する。
エレナ：土壌中の炭素量を年間〇・四パーセントずつ増やすことで大気中の二酸化炭素を減らそうという〈フォー・パー・ミル〉の活動が、土壌中の炭素量の変化を年ごとに測定できるテストキットを作成、使い方も簡単、正確かつ安価で測定可能になったので、それを検定する要員が山ほど必要。それができればスタートできる。
メアリー：新しい農業メソッドへの転向によって農民が被った損害は誰が支払っている？
エレナ：いいえ。払う人が見つからない。
メアリー：でも、それこそカーボンコインにぴったりでは？なぜ彼らがカーボンコインを受け取れないのか？
ディック：銀行は、〈カーボニ〉を小分けにして発行できることを明確にさせなくては。カーボンペニーとか。
エレナ：そうなってほしい。でもいまは、固定化された炭素を数値化することしかできていない。固定化の定義も問題になってきている。
ディック：CCCBが出した標準定義では、一世紀のあいだ炭素隔離が維持されること、となっている。
メアリー：それで十分なのか？
ディック：いまのところはそれで十分。一世紀も先延ばししておけば先延ばししないよりはマシ。緊急定義、というところ。
インドラ：これは、ジオエンジニアリングがなぜ、もはや役に立たない言葉であり概念かという理由の一部。人間が大規模にやることすべてがジオエンジニアリング。氷河の遅速化も、直接空気回収技術（DAC）も、〈フォー・パー・ミル〉の土壌プロジェクトも、どれもこれもみんなジオエンジニアリング。
メアリー：でも太陽放射管理がジオエンジニアリングなのはまちがいない。
インドラ：そうだけど、だからどうだと？　アメリカでの熱波のせいでそれがまた引っぱりだされたことはたしか。インドでの結果もまだ論争がつづいている。あのダブル・ピナツボでは、その後五年間にわたって地球全体の気温を三度低くし、さらに十年後までに一度下げたと言っている。いまは、介入以前のレベルにまでもどってる。多くの混乱を招く要素があり、すべての数値は議論の対象。
メアリー：インドではそうではない。彼らはもう一度やるつもりだ。
インドラ：彼らの介入がうまくいったことにはおおむね賛成。ならば、彼らがどうしてやりたがるのかは自明。アメリカの議会でもそれについて話し合っている。大論戦。そうしているあいだにも、我々はCCCBと協力し、炭素の減少を数値化して確認できる方法と、カーボンコインを発行して個人に支払うことができる方法を、リスト化している。どんなジオエンジニアリングもすべて良いもの。その言葉自体を機能回復させる必要がある。
メアリー：うまくいくことに期待。ディック、金融のほうは？　世界はまだ超恐慌のまっただ中なのに、金融が順調にいっているのはなぜ？
ディック：グローバル金融ではカーボンコインの効果がいい刺激なんだ！（いつもの冗談）　金融は何ものにも動じない。カーボンコインはもうひとつの取引可能な商品にすぎない。その他もろもろの通貨と同じように為替市場で取引される。アメとムチのあいだのどこかで賭けてるわけだ。だから人はカーボンコインを出し惜しみして、気候が悪くなればなるほど金を稼ぐ。やつらがこの世の終わり黙示録（アポカリプス）を囲い込んで、どっちに転んでも都合がいいようにしている。
メアリー：それをやめさせることはできる？
ディック：カーボンコインの値が下がるのは、炭素を燃やさないためのインセンティブがまだ不十分だから。それと、なにかを測定することはつねに測定メソッドそのものの財政化につながる。つまり、いつもどおりにするしかない。
メアリー：炭素燃焼にプレッシャーをかけるのに、なにができる？
ディック：どんなたぐいの炭素燃焼であってもペナルティを科すように世界貿易機関（WTO）にルールを変えさせる。段階的に炭素税を上げていく。石油への妨害活動がますます頻繁に起こっていることを公表すれば、まねをした妨害行為も増えるだろう。要するに、先物取引（アービトゥラージュ）と妨害活動（サボタージュ）の二本立てだ。
メアリー：（乾いた笑）
だけど数人はほんとうに面白がって笑い声を上げた。
ディック：市場は健全な国家が必要。国家も健全な市場が必要。経済の流動性維持のために。だが国家と市場は手をとりあっているわけじゃない。手をとりあっているとしたら、それは腕相撲。互いの状況をコントロールしようとする闘争だ。

メアリー：そしてわたしたちは国家のほうに勝ってほしい。

ディック：国家は法律を作り、法律がシステムを動かす。だからたしかに、重要なのは国家のほうだ。かといって市場を追っ払えばいいというものでもない。いまは。でかすぎるし、それが世界のやり方だ。おれたちはただ、おれたちの望むところへ投資させるしかない。

バディムがここでうなずく。

ヤヌス・アテナ：爆破で仕事が滞るまえにディックの言ったことがAIグループには衝撃。（つまりJA自身には、ということだが、ご本人は絶対に自分自身を指す代名詞を使わない）。ディックが言ったのは、この省に影の政府のようなものを作るべきで、そうすればシステムが破綻したときでも有効なプランBをあてにできる、というもの。そこでAIグループでは有効な影の政府の概要を考えてウェブサイトに上げようとしてきた。プランBのオープンソース化。YourLockの利用者数はどんどん増加している。すでに新しいインターネットとも言える。ユーザーはもう、新たな世界市民になりつつあるかも。ガイア市民、とか呼び方はいろいろ。地球市民、コモンズメンバー、世界市民。ワン・プラネット。マザー・アース。自らを地球文明の一部だと考えるようになってきた人々がこういう言葉を使っている。愛国心（パトリオティズム）はいま、この惑星そのものにむけられるようになっている。

母なる地球への地母心（マトリオティズム）か、とディックがちゃかす。

JAがうなずく。支援は急速に増加している。じきに臨界点を越えて、あたりまえになるだろう。感じ方の新しい構造。見えない政治。地域の違いを超えたグローバル文明。まちがいなく異なる覇権。影の政府計画もその一部になる。感じ方のためのソフトウェアみたいなもの。

メアリー：地球村。

JA：だいたいは。でもその呼び方は古い。村ともちょっと違うから。世界的な意識とか、生物圏の統治、ガイアの市民、ワン・プラネット、マザー・アースなど。そういうのがほかにもある。村というのはかならずしも的確ではない。

バディム：どこからどうみても明らかな宗教でなければいけない、と以前から言ってきた。信仰や崇拝の気持ちを呼び覚ますもの。

メアリーがバディムを無視して：ＡＩはどう？　そっちのマシンは学習している？

ＪＡが痛いところを突かれたように目を細くした。そこを聞かれるのは気まずそう。甘いわね。ＪＡの発言：名前のせいで人が騙されている。データマイニングは、やってみなければわからなかったはずのことを教えてくれる。それを人工知能と呼ぶこともできるが、わたしたちが科学と呼んできたもののことだ。いま手元にあるものの実態はコンピュータの手を借りた科学だ。だからそう呼ぶのがいちばんだろう。どんどん強力になってきている。でも、それをどうあつかうのがいいかを考え出さないと。ここで前進するための大きな可能性を持っているのは人間側の理解で——

メアリーがＪＡの語彙に関する心配をさっさと打ち切らせる。会議の終了を告げる。それから、わたしたちが攻撃されたのは、やってきたことのどれか特定のもののせいかもしれない。スイスも攻撃を受けたことで、彼らはすごくわたしたちの味方をしてくれるようになったし、検討してくれている。ということは、やはり金融が問題だったのだろう。わたしたちは彼らとは違うものの見方ができるだろうし、それはなんとも言えない。そういうことにこれからもアンテナを張っていこう。なにしろ、わたしたちは重要な節目にいる。そっと押すんじゃなく、ぐいっと押す段階に。

72

生息回廊のアイディアは、大規模な〈ハーフ・アース〉プロジェクトの最初の一歩でしかなかったが、大事な一歩だった。そこかしこで野生動物が絶滅の危険にさらされている以上、可能なことはただちにやっていくことが必要だった。そして、生息回廊にはそれまでに培われてきた方法論があり、すでにできあがった法的に認められた手段でもあった。有名なのがカナダのユーコン準州からアメリカのイエローストーンにまたがるＹ２Ｙ回廊と呼ばれるもので、これは非常にうまくいっている。ここが地球上でもっとも設置困難な回廊というわけではなく、カナディアンロッキー一帯はほぼ無人であるうえ、国境をはさんでどちら側にも国や部族が所有する土地が多く、公園などとして保護されている。言うまでもなく、この一帯には数多くの個体を有するふたつのエコシステムが残されていて、南端には大イエローストーン生態圏の動物たちが繁殖し、北では北極圏の動物たちも元気にしている。とはいえ、気候変動によって彼らの足元の土地や氷は解けだしている。どちらの動物たちも中央部に向かって移動を始めるだろうが、回廊が存在することでそれが可能になっている。両生態系ともに哺乳類および鳥類が比較的健全な数で残っていて、あまり汚染されてもおらず、個体生息数も地理的な範囲も広大だ。概念実証としてのＹ２Ｙは、いかにきちんと機能するかを人々に見せることですばらしい成果を上げた。動物たちは道を自由に行き来できるうえ、狩猟からも守られている。この一帯でまだ使われている道路にはアンダーパスやオーバーパスが設けられた。フェンスには穴が開けられたり、撤去されたりした。数百万頭の動物たちにはタグがつけられ、いまでは〈動物のインターネット〉（インターネット・オブ・アニマルズ）と呼ばれるものに組み込まれて、基本的にそれ自体が巨大な科学研究群となっている。全数調査という意味では、その地域の人間よりもＹ２Ｙ回廊に住む哺乳類と鳥類のほうが詳しいと言っても過言ではない。

すべて順調！　そしてＹ２Ｙからカリフォルニアまでを東西につなぐＹ２Ｙ-カリフォルニア回廊を加えるのもさほど難しいことではなかった。カリフォルニアはもとより動物保護の先駆者であり、その歴史はシエラネバダオオツノヒツジを絶滅から救ったときまでさかのぼる。当時の努力は研究されて世界中でまねされた。また同じころにはマウンテンライオンを殺すことも明確に禁じた。そんな生物学的孤島とイエローストーンをつなげるということは、ワイオミングからアイダホ、ユタ、オレゴン、ネバダまでを巻きこむということで、これらの州には政治的確執があったものの、じつのところ長大な田園地方にはほとんど人が住まなくなっていたので、公的機関や私的機関に良い条件を提示さえすれば、すなわち環境保全のための地役権を設定することに十分な報酬を出しさえすれば、彼らはたいがい飛びついてきた。回廊はつなぎ合わせることも可能で、州間高速にはアンダーパスやオーバーパスが設けられ、狩猟法は変更され、とくに夜間は動物たちに明け渡されたが、それはこれまでもほとんどそういうものだった。人間は昼間に活動し、動物は夜に活動する。それは動物たちだけに人間を避けさせようとするものではない。広大な自然のなかで彼らの多くはそうやって暮らしてきたのだ。そんなわけで、モーションセンサーを使って夜間に動物を撮影した写真をこちらに送ってくれたたくさんの人たちには報酬が支払われた。かつての報奨金と似ているが、あれとは逆に、人は動物を殺すのではなく生かしておくことで報酬を得ることになった。各地の自治体はおおむね熱心で、観光産業と結びつけた。あちこちの連邦機関もこの計画を気に入り、なかでも土地管理局と林野部のふたつが、このプロジェクトの目的のためには重要だった。ろくでなしどもが集まって、自分たちにはありとあらゆる生き物を殺す天与の権利があるのだと気勢を上げているワシントンに気づかれずにいられれば、回廊づくりはたいていうまくいった。

そう、たいへんよろしい。回廊はY2Yの南端からいくつもの方向に延ばされた。南西にはカリフォルニアまで、そこからシエラネバダ山脈の尾根づたいに南の大砂漠にいたり、さらに西へ北へと延びてカスケード山脈とオリンピック山脈にまでつながった。そしてまた大陸分水界を南下してコロラドを通り、ニューメキシコの国境までも延びていった。人々はユーコンから南米最南端のティエラ・デル・フエゴまで、南北アメリカ大陸の背骨をなす山脈に沿った雄大なるY2Yについて話題にしていた。これにかかわるラテンアメリカ諸国の多くもすでに同様の取り組みを行っていて、エクアドルとコスタリカがそれを先導してきた。そうなることはありえた。

さて、それでは東への拡大は? 東へ、というのはつまり、アメリカ合衆国の東半分、そしてカナダの東半分のことだ。

まあカナダの大部分は、人がいない。もちろん、小麦の穀倉地帯もあれば〈ハイウェイ・ワン回廊〉もあるし、大都市だってあるのはたしかだ。だがそのほとんどはアメリカとの国境近くにある。そしてカナダは広い。実際、カナダならたいして変わらずとも〈ハーフ・アース〉運動をリードすることもできる。人口の二パーセントを移動させるだけで、国土の大半が動物たちに明け渡されることになる。もちろん、世界の多くの場所も同様の状況だ。それにしてもカナダは、すごい。

アメリカ合衆国では、そうはいかない。この農業大国では人口が分散していて、耕せる土地はことごとく耕され、野生動物、とくに食物連鎖の頂点に立つ捕食者は殺せるだけ殺してきた。当然の帰結としてシカが増え、それにともなってダニが増え、ダニが媒介するライム病やその他の感染症が大流行した。おっと！　これぞ生態学の言うとおり！　コヨーテやアライグマ、ポッサムなどの超優秀な雑食性清掃動物だって生き残っている。だがそれ以外はダメだ。中西部は食料品店に並べる商品を加工する大陸サイズの生産現場としてあつかわれてきたし、その流れをじゃまするものは有害なものと決めつけられ、一掃された。まさにそんなふうだった。それが長くつづく文化の一部となっていた。カリフォルニアのセントラルバレーや南部の農業地帯でも状況は同じだった。

つまり、この国のこうした古臭い地域で野生動物の代弁者となることは、バッタや植物病の代弁をするようなものだった。病気の原因という意味ではあべこべなのだが。ホルモンやDNAを蝕む殺虫剤のプールに浸かっているような暮らしは、死ととなり合わせだ。だがそれもしかたのないことで、もちろん向かい風も吹いていた。会議の席で面と向かってがなり立てる人たちがいた。銃を構えて口から泡を飛ばす男たちは動物ならなんでもいいから撃ち殺してやりたくてうずうずしていて、逃げ切れるとなれば簡単に獲物をオオカミから人間に変えてしまいそうだった。

まずは金（かね）だ。細心の注意を払って対処すべき状況だった。たっぷりと注ぎ込んでやらなくては。それから説得。生け垣は土壌を守り育てて、その占有する土地に見合う価値があるとされていた。自然植物の帯も同様、耕さない農業も同様だ。生息回廊はまずそのような農業の延長とみなされ、土壌の育成と回復を向上させるためのものだ。幅の広い生け垣はこのトピックのきっかけであり、もっとも害のないイノベーションだ。次に、有害生物駆除のための装置のようなものとしての野生動物、という考えを持ちこまなくてはならない。当然ながら、家畜を食用にしてきた人々はいい顔をしなかったが、直前の十年のあいだに狂牛病が猛威をふるった結果として牛肉の需要が大幅に落ち込んだこともあって、心配するほど家畜の数は残っていなかった。ブタが囲いに入れられ、ニワトリも囲いに入れられた。あれほど恐ろしがられたオオカミも、いまではダニまみれのシカを食べているのだろう。いまやシカのほうこそ害獣となって農作物を食い荒らしているのだ！　作物を保護するためにこそ、野生の捕食動物を野放しにしているありさまだ。おまけにもし間引きする必要が出てくれば、あとからオオカミを狩ることだってできる。こんなことを議論するのはいささか不誠実ではあるが、私の同僚のなかにもいる短気な人たちなどは、ハンターを狩ることに大賛成しているくらいだ。しかし我々のように心優しい中西部の広報担当タイプは、野生動物を再導入することの害獣駆除という側面を強調しながらも、その害獣が具体的になにを指すのかについてはぼやかしてきた。

そしてほんとうのところ、中西部地方の北部と、その西側のシアトルまでの各州はひどく傷ついていた。とにかく人口が流出していた。人々は農業をしているよりも、牧場でバッファローを飼育したり野生動物保護区の世話をするほうが多くの収入を得られた。そもそも北部の平地が農業に適さないことは最初から苦労して学んできたことだった。若者たちはみな、さっさとそこを出ていって二度ともどってはこなかった。

どうすれば彼らを引きとめられるか？　野生動物保護だ！　とりわけ、それで十分に暮らしていけるとなれば、過去二世紀にわたって人々が挑戦してきたような、赤字まみれで干ばつにあえぎながら、冬が厳しく折り合いをつけにくい不毛の地で農作業なんかするよりよっぽどいい。あれだけがんばったのに得られたものといえば砂嵐と山ほどの借金ばかり、おまけに子供たちは出ていき、寿命は短い。最初からお門違い、環境を知らなすぎたのだ。そろそろ変わらなくてはいけない。

そこで我々が出向いていくのは、郡の行政官のところや町議会、教会の会合、州議会、年に一度の農業祭り、見本市、学校の集会、その他あらゆる会合だ。誰も行こうとは思わず、行ってみたとたんに心底がっかりするような集まりに行って、我々の伝えるべきことを伝え、写真を見せ、数字を示して、できることをやってみるしかない。どうしてもというならマンモスやサーベルタイガーだって提案したいところだが、中西部の北のほうに住む人々はそういうものにめったに興味を示さないのが実情だ。彼らの考えるカリスマ的な大型動物とは、自分が飼っているチョコレート色のラブラドール程度なのだ。

それがとてもうまくいっている最中に、思わぬ障害につきあたった。怒り狂った民兵（ミリシア）グループが立ちはだかり、我々に向かってこう宣言したのだ。おまえらがバッファローの群れを先頭に立てて動物たちを――そうとも、ライオンだのパンサーだのクマだの、なんてこった！――連れてモンタナからノースダコタへの州境を超える権利があるってんだとしても、おれたちがそうはさせない。動物だろうと人間だろうと、おれたちの土地を勝手に通るやつがいれば殺すのは、おれたちがアメリカ人として神から授かった権利だ、と。そして、州境に沿ったところに私有地を持つ一部の所有者も、州境をまたごうとする我々の行く手をこうした連中の集団にさえぎらせることを歓迎したのだ。連中は徒党を組んでごついピックアップトラックで彼らの土地に乗りつけ、銃を携えて我々を迎え撃つ用意をしていた。いまにも一触即発のメディアイベントだ。

それもよかろう。メディアイベントならまだいいほうだ。やっかいなのは連中のあつかい方だ。そこにはもちろん、殺されない、というのも含まれる。

我々としては、映画のように一万頭のバッファローの群れを送りこんで連中を蹴散らすこともできなくはなかった。スカッとはするだろうが、より大きな目標にとってはあまり役に立たない。心を動かす行いとは言いがたい。あるいは、我々の家族で動物のまえを歩き、ペットのアヒルやアライグマを抱かせた子供たちを先頭に、連中を愛情と優しさと子犬で圧倒することもできた。ただし確実ではないし、危険だ。メディア的には絵になるだろうが、いい考えとは言えない。

結局、野生馬の群れを引き連れたカウボーイを同行することにした。それとヒツジと牧羊犬も。どちらが勝っても土地を荒廃させるふたつの勢力の仲裁をする古い西部劇みたいだ。この場合は野生馬と野生のヒツジ、野生のシロイワヤギだ。牧羊犬はもちろん飼い犬だが、単純に犬もそこにいさせるためだけの存在だ。立派なヒツジ飼いたちが、それ以上の働きもしてくれる。犬は中西部の心のよりどころとなる動物で、人間と野生の橋渡しをしてくれる。

さて、カウボーイと牧羊犬のうしろには、パレードの本体がつづく。バッファロー、エルク、ヘラジカ、クマ――

昔ながらのサーカスが町にやってきたかのようだ。マンモスの一頭か二頭もいてくれたらよかったのに、とさえ思った。オオカミやマウンテンライオンのことはあまりあてにしていなかった。そもそも一緒には行動したがらなかったし、夜になって忍び寄ってくるほうが彼ららしい。マウンテンライオンを見かけること自体が不自然だし、彼らは身を低くしているのが好きで圧倒的に夜型だ。私がこれまで生きてきたなかでも野生の個体を見たのは一度きり、それはそれは恐ろしかった。もはやこれまでかと思ったものだ。

やがてその日がやってきて、そのことを報道陣に知らせると、世界中から人が集まってきた。たくさんの人たちが我々と一緒に行進したがり、動物よりも人間のほうが多くなってしまったので、動物たちの気がたってしまったのもしかたないことだった。それでもとにかく歩きはじめたのが夜が明けてすぐのことで、州境が前方十五キロメートルのあたりまでくると、第一次世界大戦の度を越した戦闘みたいな様相を呈した。実際、やりすぎな感じはした。

動物殺しの連中には気の毒だが、彼らのチャンスは皆無だった。彼らのなかにはしっかりと立ち向かい、多くの動物を撃った者もいた。ほとんどがシカだったが、それはかわいそうだがこちらが様子見にまえに出していたからだ。それが第一波だった。シカはアメリカの野生動物のなかでいちばん悲しい存在だ。とても美しく、とても無防備で、とても多く、とても鈍い。彼らのいちばんの天敵は自動車だ。シカは自動車だろうとなんだろうと、学習するということがない。学習するのかもしれないが、運よく若年期を生き延びたとしても、それを次世代に伝えるすべを持たない。彼らがネズミのようにありふれた存在であっても、いわば哺乳類界の雑草であっても、やはり美しい野生動物で、危険な世界で自力で生きているということを、つねに覚えておくことべきだ。私は彼らを見かければハイと声をかけるし、たとえばオオヤマネコのような珍しい動物を見たときのような興奮や喜びを感じようと心がけている。難しいことではあるが、習慣づけることは可能だ。シカを愛そう！　ただし野菜畑にはしっかり柵をめぐらせておこう。

そんなわけで、その日はだいたい期待したとおりにいった。シカが何頭か殺され、動物を殺す者たちや全般的な迷惑者たちは、退散したり、こっそり逃げてなにも起こらなかったふりをして恥をかいた。ピックアップトラックが猛スピードで走り去るところとか、なにかを踏み潰したことに気づいてもいないバッファローたちに壊されるカモ猟師の隠れ場所など、すばらしい映像も撮れた。カウボーイたちは8の字を描き、鞍の上に立ち、投げ縄を回し、牧羊犬はすばやく走り回ってヒツジたちをゲートに送りこみ、その映像と話題は世界を駆けめぐった。嵐のほんの一瞬を切り取ったにすぎなかったけれど、それ以降、生息回廊はさらに重要性を増した。社会生物学や生物多様性の研究者E・O・ウィルソンの偉大な著作の数々がノンフィクションのベストセラーリスト上位に躍り出て、我々はいっそうの理解と公的サポートを得て作業をつづけることができた。

いざ、〈ハーフ・アース〉へ!

73

現代貨幣理論（MMT）が、ケインズ経済学を気候危機の時代に合わせて再導入できるようにしたとも言える。その土台となる原理は、経済は人間のために働くものであって、人間が経済のために働くのではない、というものだ。それはつまり、経済関連法を作成し施行する政府は完全雇用を政治的目標とすべきだ、という意味を含んでいる。したがって、職業保証（JG）こそ、ＭＭＴにとっての良き統治の中心となるものだ。仕事を望む者は誰でも〝究極の雇用主〟である政府によって職を得ることができて、そうした公務員全員に生活資金が支払われていれば、労働者に対する競争力を維持するために民間の最低賃金も同レベルまで押し上げる効果が生まれる。

ＭＭＴはまた、個人が経験するような負債を政府が経験することはない、なぜなら政府は通貨を発行する側であり、自動的にインフレを起こすことなく新たな資金を作ることができるから、というケインズのポイントを繰り返してもいる。二〇〇八年の経済破綻後の量的緩和（QE）は、新たな資金が大規模に投入されたにもかかわらずこのように価格が安定することを証明した。したがってＭＭＴは、雇用保障の形での積極的な財政支出と同じように、炭素量的緩和（CQE）をも推奨する理論ともいえる。経済はすべて、文明の脱炭素化と、私たち人類が依存する唯一の生命支援システムである生物圏との持続可能なバランスを取るための取り組みに対して指向されるべきであるからだ。

ときにＭＭＴを〝マジック・マネー・ツリー〟と呼んで批判する人たちは、景気が後退していた時期にケインズが赤字支出を支持していたことを指摘したが、景気拡大の時期には逆のこと、すなわち政府は次の危機のときに資金を出せるだけの税金を集めているとも言っていた。この反循環的な必然性を無視して貨幣が無限に拡大できるとみなすのはまちがいだ、とも言った。なぜなら、価格と価値のあいだには、歴史上の権力によってどれほどねじ曲げられようとも、たしかに関連があるからだ、と。また、政府が完全雇用を実現したあと結果的に最低賃金が決まったとして、そのせいでインフレが起こり、政府が価格をコントロールしてそのインフレを食い止めたならば、最低賃金と価格を決めたのは政府だということになる。それは経済を完全統制するということで、その時点で政府が貨幣を完全に廃止して、『レッド・プレンティ』に描かれたような、必要なものすべての生産をコンピュータのアシストを得て行うというソリューションに直結する。これを言い換えたのが、共産主義体制だ。素直にそうと認めてそっちへ進んではどうだ？

この質問にこう答えた人たちもいた。そうだ、そうすればいいじゃないか。

気候危機に直面したMMTの支持者たちは、社会科学としての従来の経済学で実証的に有用な部分は保持しつつ、経済学の方向を人間と生物圏の福祉を最終目的へと変え、政策展望や貨幣理論を変更し、文明を危機の狭き門を通過させるのに役立つ行動を進めることを目指した。経済学とは、目標に到達するための活動を最適化するツールだ。目標は加減することができるし、するべきだ。そこでMMT支持者は、単に資本主義を微調整するにとどまらず、新たな政治経済へと踏みだす提案をすることにした。それはただの〈ケインズ・プラス〉でもなく、その場しのぎの理論でもなければ二〇二〇年の危機を乗り越えた実践でもない、グリーン・ニュー・ディールを支えて最終的にはその対価をまかなった理論や実践とも違う、〈地球のための戦争〉における試みの第一歩だった。しかもそれだけですらない。生物圏が危機にあるなかで、必要なことをどのように行うかを考え抜こうとするのだ。一方、伝統的な経済学は状況に対応できず、資本主義こそ唯一のありうるべき政治経済であるかのように古臭い資本主義分析にばかり目をむけたあげく、まるで突き進んでくる車のヘッドライトに照らされたシカが立ちすくむように、経済学を硬直させてしまった。

MMTの提案に説き伏せられて試してみようとする政府はそれなりにあった。それが三十年代後半を通してたくさんの政策に影響を与えたことは、進歩の兆しとも、必死になった末の奇抜な解決策とも受け止められた。ちょうど一世紀まえ、ケインズ派の政策はもちろん同じように分裂した反応で迎えられた。よって、傍観者の興味の対象となったのは次なるステップ――この分野では一九三十年代を繰り返してしまったが、こんどこそ一九四十年代の繰り返しを回避できるかどうか、お手並み拝見だ。

74

フランクにしてみれば、過ぎていく日々はどれも同じようなものだった。カレンダーにチェックもつけていないし、今日が何曜日なのかもわかっていなかった。ときどき、シリンが下の娘を連れてやってきた。月に一度かそのくらいだろう。上の娘は彼に腹を立てているので来ないのだろうという気がした。メアリー・マーフィーは一週間か二週間に一度くらいで来てくれる。職場が近くなんだろう、と思った。

　刑務所の食堂で出される食事は堅実なスイス料理だった。それで少し体重が増えた。ボウルや皿をまえにしながら、図書室から借りてきた本を読んだ。たまには英語の新聞も読むが、これはパリで毎週発行されているものだ。刑務所の図書室には英語の本がたくさんあって、そこから適当に選んで読んでいた。ジョン・ル・カレ、ジョージ・エリオット、ディケンズ、ジョイス・ケアリー、シムノン、ダニエル・デフォー。『ロビンソン・クルーソー』は面白かった。あんなふうに船の残骸からあれこれ引っぱりだせたのは運がよかった。救出できたものすべてのおかげでいい暮らしができた。フランクの人生とはいろんなところが違っているが、同じように孤島に漂着し、なんとか生きている。

　ほぼ毎日、午前八時に出発するバンに乗る。このバンは受刑者を市内のあちこちに送り届ける。フランクはいつも難民キャンプで降りる。いつも少しだけ胸がもやもやするけれど、それでもそうしていた。これがセラピストのひとりが言っていた習慣化というものなのかもしれない。気にかかるものに正面から飛びこんで、まっすぐに向きあうのだ。図書室の本のなかに、アフリカ人男性が書いた本があった。彼は二十世紀の初めにグリーンランドの海岸に沿って北上し、イヌイットの村に滞在した。彼は村人たちのことをエスキモーと呼んでいた。極寒の小さな村には、漁師が出かけたまま帰ってこなかったり子供が亡くなったときにどう対処するかについての言い伝えがある、と書いてあった。飢えや病気、溺死、凍死、ホッキョクグマによる死、などなど。彼らにはたくさんのトラウマがあった。そういうことがあっても、エスキモーは陽気だ、と著者は書いた。嵐の神様はナーツクと呼ばれる。だから彼らの言い伝えは、ナーツクとまっすぐに向きあえ、という。それはつまり、なにがあろうと陽気でいる、ということだ。どんなに事態が悪くなろうとも、イヌイットは悲しんだり悲しみを表に出すのは適切ではないと感じる。彼らは逆境を笑い飛ばし、うまくいかなかったことを冗談にしてしまう。ナーックと正面から対峙していた。

誰もが、逆境に向きあわなければならなかった。ある日、キャンプの食事配給の列で働いているとき、視界のすみに途方に暮れたようすの難民の顔をとらえた。それで、つまるところ誰でも、トラウマのあとだったり、トラウマの最中だったりするのだ、と悟った。彼が世話をしている人たちは、それぞれに叩かれたり撃たれたり、爆撃を受けたりして故郷を追われ、人々が殺されるのを見てきた。彼らはみな、ここへ来るまでに地べたで眠り、空腹を抱えながら、必死の旅をしてきた人たちだ。そうしてやってきたこの新しい土地では、新しいことが起きるかもしれない。いままでとは違う、なにかいいことが。それは忍耐の問題であり、目のまえの人々に焦点を当てることだ。彼らはおそらく、自分たちのトラウマを乗り越えられることができるだろう、いずれは。人々と話すこと、それが必要だった。

フランクが誰かと話すことはめったにないが、たまにそうしてみると、少しばかりしゃべりすぎている自分に気づくことがある。しかし質問もして、相手が伝えようとすることにも耳をかたむける。彼らの英語がどんなに下手でも、彼が相手の言語で話そうとするよりずっとましだ。彼らは伝えたいことを伝えるために、英語をハンマーのように使う。言葉の意味という釘を打ちこむのだ。不思議なほど正確で奥行きのある表現で語られることも少なくない。ときにはデフォーの作品に出てくる登場人物かと思うほどだ。ある日、差し迫った状況が差し迫っている、とある人に言われた。あたしが空を青くする！と叫んだ女の子もいた。

ニュースで不安になることも多かった。熱波やテロ攻撃。世界中の軍隊がテロ対策に重点を置いていた。それ以上に軍隊の気をそらすほど深刻な国家間の衝突などなかった。だがそれでも、成功には限度があるようだった。根絶するのが困難な敵という意味で、ギリシャ神話の怪物ヒュドラーに例える者もいた。それはフランクには、彼が幼いころにはもれなく忌み嫌われていたテロリストとは別もののように思われた。いまではまるで違うものに思える。近頃の攻撃の多くは炭素を燃焼させるものが対象で、とくに狙われるのは大々的に炭素を燃やせるほどの金持ちだ。カーレースやプライベートジェット。ヨットにコンテナ船。そう、いまテロ活動にかかわっているのは破壊活動家かもしれないし、地球それ自体のために闘うレジスタンス戦士だったりするのかもしれない。〈ガイアの突撃隊〉、〈カーリーの子供たち〉、〈マザー・アースの守り人〉、〈アース・ファースト〉、などなど。人々は彼らの過激な活動やたびたび死亡者が出ることに関する記事を読んでも肩をすくめるだけだった。いったいなにを期待していたのか？　いまどきプライベートジェットなんか持っているやつがいるのか？　いまならカーボンネガティブに飛べる大型飛行船があって、その上面に設置したソーラーパネルで飛行に使ってもあまるほどの電力を作ることができるから、あまった電力を上空から地上の受信機にマイクロ波で送ることさえできるというのに。空の旅はいまや発電することと同義だ――それなのにジェット機だって？　それはナシだろう。飛行機に乗った人が何人か死んだところで、誰もたいして同情なんかしない。派手に炭素を燃焼するバカどもが空にいたせいで殺されたって？　だからどうした。航空ドローンによる攻撃は、クリントンにブッシュにオバマからつづく、技術的に可能になって以来のアメリカの伝統芸だ。人々は怒り、恐れていた。慎重にはなれなかった。世界はぎりぎりのところでかろうじて踏みとどまっているのだから、なにかをしなければならない。国家が暴力を独占するのは、それがつづいているあいだはよかったかもしれないが、それがまた舞い戻ってこようとは、誰ひとりとして信じられなかった。もっといい時代だったら別だが。それまでは身をひそめておこう。運が味方してくれるようにしよう。プライベートジェットで、あるいはどんなジェット機であれ、飛んだりしてはいけない。牛肉を食べるのと一緒だ。それをしつづけるのは危険すぎるというものがある。ベジバーガーが十分おいしければ、たとえ牛肉のパッケージが「安全保証付き！」とアピールしていても、底に小さい字で書かれた免責同意書を見れば、もう時代が変わったことはわかっているではないか。

ヴィンタートゥールの大キャンプからもどってきたある日の午後、メアリー・マーフィーが彼を訪ねてきた。彼らは通りを渡ってカフェのテーブルについた。気持ちのよい午後で、まだ日射しがあった。カフィ・フェアティヒのかすかにぶつかりあう苦み、その印象に心惹かれる。この計り知れない女性は彼を観察した。刑務所での暮らしはそう悪くはない。現にとなりのテーブルでは一組の受刑者がマリファナたばこをシェアしている。刑務官長も受刑者たちが大麻を使うことを容認している。彼らを落ちつかせてくれるからだ。刑務所内の喫煙所で吸っている者がいても見てみぬふりをするくらいだから、通りの向こう側ならなおさらだ。落ちつかせる効果があるのはそのとおりなので、単に賢明なだけだ。そしてスイス人にとっては賢明であることがすべてなのだ。

フランクがメアリーに言った。「炭素を燃やす人たちへの攻撃ですが。最近、たくさんありますね」

「そうね」彼女は自分のグラスを見つめた。「そのうちのいくつかはあなたのところの誰かがやったと思わないですか?」

「いいえ。わたしたちはそういうことはしないわ」

彼に向かってなにひとつ認めることはなかった。そんな理由もない。ふたりのあいだには、たしかにそうだとは言えないけれど親密なひとときが、一度か二度はあった。彼女のアパートメントでの夜が最初だったが、いまではそれぞれが別の方向に漂い流れていって、もっと距離のある、よそよそしいところに落ちついていた。彼女がどうしていままでも訪ねてくるのか、フランクにはさっぱりわからなかった。

「どうして僕を訪ねてくるんですか?」彼は訊いてみた。

「あなたがどうしているのか、気になるのよ」彼女はそこで言葉を切ると、飲み物を口にした。「それに、あなたがどこにいるのかも知っておきたいし」

「ああ、そうか」

「まえよりも落ちついているようには見えるけど……」

「けど?」

「ここにあらず、というか。幸せじゃないというか」

彼はあきらめたようにふっと息を吐いた。「そうですね」

「いつから?」

「長い時間だったわ」

「よくないことが起きてから」

彼は肩をすくめた。「よくないことは起きつづけていますよ」

彼女は我慢できなくなったらしい。「世界中のトラブルを引き受けることなんてできないわ。誰だってそんなことをしようとするべきじゃない」

「そうしようとしなくてもそうなるんです」

「ニュースを読むのをやめたほうがいいんじゃないかしら。画面を見るのをやめるの」

「いま、『モル・フランダース』を読んでるんです。彼女にとっても同じでした」

「彼女って誰のこと?」

「デフォーの小説の登場人物です。ロビンソン・クルーソーの妹分の」

「ああ、そうだわ。なんとなく覚えてる」メアリーの顔にさっと笑みがよぎった。「彼女もサバイバーなのよね」

「たしかに。彼らは僕たちみたいに心配なんかしなかった。ナーックと正面から向きあった。あのころには心的外傷後ストレス障害（PTSD）なんてものは存在しなかった」

「あるいはそこらじゅうに存在していたか。泳いでいるときの水のように」

「それでも違いは違いです」

「そうかも。でも、モル・フランダースは世界中のトラブルを引き受けようとなんてしなかったと記憶しているわ。当時は誰もほかの人のことをそんなに心配していなかった」

「だけど僕らはそうすべきでしょう？　彼らにとって他人はいつだってあっさり死ぬものだった。だからまえに進むしかなかった。それはパートナーかもしれないし、自分の子供かもしれない。でもいまはそんなふうには思わない。自分も自分の周囲の人も、今日いきなり、あっさり死んだりはしないだろう」

「わたしのパートナーはあっさり死んだわ」メアリーはそれだけ言った。

　彼はその言葉に驚き、彼女をまじまじと見つめた。彼女は飲み物を見つめていた。フランクは最初の夜のことを思い出した。彼女の人生について尋ねたとき、急にカッとなったようすを。誘拐されたことより、個人的なことを訊かれたときのほうがよほど怒りが大きかった。「わかった。でも、そうだとしてもやっぱり違うものは違う。いま、僕らが知っていることのせいかもしれない。僕らはいま、八十億人が住む村で生きていることを知っている。それが僕らの現在地だ。全員が成功するか、誰ひとり安全ではないかの二択になってる。だから僕らは、ほかの人たちがどうしているかを気にかける」

「ほんとにそのとおりならいいのに」

「そうじゃないとでも？」

「多くの人々は、その地球村には参加していないと思うわ。ヤヌス・アテナは、地球全体がひとつの村になるという概念に問題があると主張しているし、事実ナショナリズムはまた大きく盛り上がっている。自分が話している言語が自分の考えを形づくりそれが小さな村になるのよ。そうやって視野を狭くすれば、たしかにものごとは楽になる。自分たちと自分たち以外の区別を維持できるから」

「でもそれはまちがっている」

「そうかもね」

　フランクはいらだちが小さくくすぶるのを感じた。「もちろんまちがっている。どうしてそんなことを言うんです？　僕をからかっているんですか？」

「そうかもね」

　彼はメアリーをにらみつけた。

　彼女は少し態度をやわらげた。「わたしたちがほんの一握りの人たちしか知らないと言われるのはどういうこと？　氷河期じゃあるまいし」

「いまはそんなふうじゃない」フランクは言い張った。「僕らはもっと多くを知っている。洞窟暮らしの人々は、数百人が生きていることを知っているだけだった。でも僕らはもっとよく知っているし、それを感じとっている」

　メアリーはうなずいた。「きっとそうなんでしょう。八十億人がひとり残らず、ここに詰めこまれている」そういって胸をとんとんと叩く。「大混雑しているように思えるのももっともだわ。全部つきまぜて大きなひとかたまりになっている。なにもかもすべてを背負っている感覚」

　フランクはそれを感じてみようとしながらうなずいた。胸のなかに圧力がかかる感触を。頭の痛みを。それを、すべてを背負う感覚、と呼んでみる。新しい感情、新しい感覚の混ざりあったもの、苦くて暗い。カフェインとアルコール。興奮剤と鎮静剤。すべてのことが一度にたくさん。すべてを背負う感覚。それがまるで茫然自失になっているかのように感じられるのは理にかなっている。絶望とさほど変わらない。

「そうかもね」彼女のまねをして言ってみた。

　メアリーは顔をしかめ、いらだちをあらわにした。「わたしの胸には雲の海。ある詩人がそう言ったわ。だからわたしたちが地球村を感じているとしましょう、でも混乱した方法で。それがあなたが言っていること？　混乱しているの？　ごちゃ混ぜなの？」

「違う。いや、そうだ」フランクは彼女をちらりと見てからふたたび視線を落とした。「そうかもしれない」

　彼女のほうは興味津々でフランクを見ていた。「あなたもアルプスに登って、歩き回ってみるべきよ。わたしはあれでとても研ぎ澄まされた感じがしたわ、あそこへ行った理由は悪いものだったけれど。ここから日帰りもできるし、門限までに帰ってこられるわ」

「そうかもしれない」

あとになってからフランクは彼女が言ったことについて考えてみた。ここにあらず――そのとおり。ごちゃ混ぜで混乱している――そのとおり。すべてを背負う感覚。だがナーックと向きあうことがプロジェクトだ。それはただ受け入れるだけでなく、挑みかかることだ。世界が投げてよこすものがなんだろうと笑い飛ばしてしまえ、というのがイヌイットの優れたやり方だ。

彼は鉄道でルツェルンまで行って、そこからバスでピラトゥス山のふもとの森を目指した。公園のような見慣れない森を抜ける小道をハイキングしていくと、森の上、灰色の山頂の足元に広がる草の生い茂る広々とした草原に出た。頭上はるか上にはロープウェイが広々とした空間を行ったり来たりしている。それを無視して、山頂が見えなくなるまで等高線に沿って進んだ。二時間もすれば引きかえさなければならなかったので、小道に沿ってできるだけ高いところまで行って帰ってくるだけのエクササイズに近いものだった。

まだ山の中腹で、やたらと広い草地の斜面を横切っていると、ちょっとした垂直な尾根になっているところに動物が立っていた。四頭いた。カモシカの仲間のシャモアか、野生ヤギのアイベックスなのか、彼にはわからなかった。こういう高いところに生息していると聞いたことがある。この群れはオスとメスのカップルとその子供たちなのかもしれないが、子供といってももうそんなに幼くはない。実際のところはわからなかった。

動物たちは彼がそこにいても気にするようすはなかった。彼に気づいてはいて、警戒し、頭を上げてにおいを嗅いではいる。それでも、口を動かして反芻でもしているように見えた。頬を膨らませてゆっくりと一定のペースで噛んでいるのは、胃のなかからの食いもどしだろう。

彼らの胴体はまるまるとしていて、エサは十分に足りているようだ。彼らの食べ物が草だというのなら、なぜそう見えるのかは一目瞭然だ。頭の部分はヤギに似ていた。短い角があり、それがうしろに向かって少し曲がっているが、だいたいまっすぐだ。角に輪をはめたように並んでいるでっぱりはおそらく年輪みたいなものだろう。それのおかげで角は強そうに見えるし、頭を下げて向かってこられたら刺さってしまいそうだ。だが角をまえに突き出そうとすれば前肢のあいだからうしろをのぞくような姿勢になるだろうから、いったいどうなっているのかは謎だ。短い茶色の毛が全身のほとんどを覆っているが、腹のところは毛皮のようにもっと柔らかそうなベージュ色で、その二色の境目は黒っぽい筋になっている。

いちばん大きい一頭が彼を見ていた。そこでフランクは気づいた。この生き物の瞳は長方形をしている。ではヤギの仲間なのか？　そんなものがあることがちょっとした驚きだ。なにがどうなれば長方形の瞳になんかなるのだろう？　なぜだ？　あれはほんとうに彼のことを見ているのか？

どうやらそのようだ。別の生物を見つめながら反芻物を噛む、安定した視線。この人間はなにをするつもりだろう？　あいつはやっかいごとなのだろうか？

そんなふうに考えているようには見えなかった。どちらかといえば好奇心だ。フランクはウィンドブレーカーを着てそこに立っている。彼らは互いに顔を見合わせた。フランクもなにかを噛んでいるまねをしてみた。動物が首をかしげたのは、興味を持ったからだろう、たぶん。ときどきまばたきもした。ふいに風が吹いて動物の背中の毛を乱し、フランクのひげもそよいだ。その感触に思わず笑みがこぼれた。

ふと時計を見ることを思い出した。もうこんな時間だ！　シャモアだかアイベックスだか、あるいはシロイワヤギだか、ともかくこの牧場の住人と、なんと二十分ばかりも見つめあっていたとは！　ほんの二、三分にしか感じられなかった。

フランクは背筋をのばすと、おぼつかなげに片手を挙げて動物たちに軽くふってみせた。そして背を向け、引きかえしていった。

75

アメリカでは全米学生連盟のウェブサイトが、学生ローンの債務によって深刻な財政的困難を抱えているかどうか、次回の返済を行わないという不履行による財政ストライキを連盟に主導してもらいたいかどうかを尋ねる調査を実施したところ、加入者の三十パーセントが「そう思う」と回答したことがわかった。連盟に加入するにあたっては、全加入者の三十パーセントがなんらかのストライキを要求した場合にはそれに参加することに同意しなければならない。そこで、連盟のコーディネーターが確認のために賛否を問う投票を行ったところ、投票率九十パーセントで八十パーセントの賛成票を獲得した。これ自体は驚くほどのことではない。学生たちのあいだに食料不安が蔓延し、すなわち腹を空かせた学生がおおぜいいて、ホームレスになる学生も少なくなかったからだ。そうしてストライキは決行された。

学生ローンの返済は毎年一兆ドルの収益を銀行にもたらしており、今回の組織的な債務不履行によって銀行のキャッシュフローは突如として地獄の様相を呈した。しかも、借入超過になっていたことと、すべての返済が期日どおりに行われることをあてにして銀行自身の債務返済をする流れができていたこともあって、この財政ストライキがあってすぐ、二〇〇八年や二〇二〇年、そして二〇三四年の財政破綻を思わせる流動性危機に陥った。ただし今回は債務者が意図的に返済を止めたのであり、まさしく銀行を破滅させるためのものだった。各銀行は我先に連邦準備銀行にすがり、準備銀行は連邦議会で状況説明を行って、流動性維持のための、ひいては金融システムそのものへの信頼を維持するための特大の救済措置を求めた。連邦議会でも銀行救済への声は大きかった。銀行は経済にとって不可欠であり、深く関連しているのだから、巨大銀行のどれかひとつでも破綻することを許すわけにはいかない。ところが連邦準備銀行は、申し出に応じた各銀行の所有権株と引き換えに銀行を救済する権限を持つことを議会に求めた。そうなれば金融の国有化、もしくは国家の金融化ということになり、連邦準備銀行が国を動かすことになるのは火を見るよりも明らかだ。そして連邦議会が連邦準備銀行を動かし、人々が連邦議会の議員に投票するわけだから、結局のところ、今回のストライキのおかげですべてがうまく回りはじめるのかもしれない。非財政化とでも言おうか。ネオリベラリズムの終焉である。

これだけでも衝撃的だったかもしれないが、これと同じ月、アフリカ連合は世界銀行および中国政府に対し、このふたつの組織の持つアフリカの全債務が忌むべき債務であると宣言することを通知した。アフリカ連合を構成するすべての中央政府はともに債務の完全免除、すなわち資産価値の切り下げを支持し、アフリカの全民族国家が協力するアフリカ連合との交渉によって一連の新規合意を行った。彼らはこれを、ネオリベラルな新植民地主義の終わり、アフリカ人のためのアフリカの明確な始まり、と呼んだ。これにはエジプトとその他の北アフリカ各国までもが加わり、資本よりも人を、歴史よりも大陸を、そしてエジプトの場合では北部に住むすべてのイスラム教徒がアラビアと決別することを支持した。

そしてさらにその翌月、中国では労働者が天安門広場を占拠した。非公式に〝十億人労働者〟と称される人々はただ歩いていくという単純な方法で百万人単位で詰めかけ、その過程で市内のすべての交通を麻痺させた。歩行者が大挙して北京の高速道路に押しかけるというやり方で天安門広場の周辺にある障壁や検問所を迂回することができた。そうやって広場とその周辺一帯を埋めつくしたおかげで警察も軍隊も対応しきれず、市の中心部に詰めかけたおよそ五百万人と向かいあうことになった。同じようなデモは中国国内の大都市でも行われた。こうしたデモはじつに数百件にも上り、一般的な群衆警備の方法では中国軍でもどうすることもできなかった。戸籍制度廃止を求める組織的要求に加えて、中国共産党は国民のニーズすべてにもっと答えろ、と訴えるさまざまな要求もなされた。抗議運動は五年に一度の共産党大会に合わせて行われ、女性や若者を含む新たな常務委員会を選任して要求どおりの改革に専念させるよう、党に圧力をかけることは可能だと証明した。

この騒動を好機と見たクルド人は、イラクの一部であるクルディスタンがすでに彼らの支配下にあり、シリアとトルコ、イランの大部分も新たな国境の内側に取り込んだと宣言したうえで、自らの存在を主張するクルド人はもはや誰にも止められない、と強調した。周辺各国は激しい怒りを見せて彼らと対立したが、これらの国々はそれ以前から互いに反目しあっていたために有効な対応をとることもできず、敵味方にかかわらず隣接する主権国家を攻撃しつづけることもできなかったが、どちらにせよ攻撃するには危険すぎた。

これらの出来事は立てつづけに起こったが、これがすべてでもなかった。いろいろなことが同時進行していて、抵抗運動の発作は世界中で（これを自然なものと言ってよければ）自然発生していた。歴史家のなかにはこれをヨーロッパ各地で革命が相次いだ一八四八年になぞらえて、二百年ぶりに当時の気運が再来したと言った。そしてあのころが大混乱と革命的大変動の時期であったのと同じように、なぜあちこちで同時期にこのようなことが起きるのかは、誰にも説明できなかった。偶然か？　陰謀か？　時代精神の発動か？　誰にわかるものか。たしかなのは、こうした運動が起きているということ、ものごとが崩れ去ろうとしているということだ。

混乱と不安定な状況がつづくなか、市場はなにかたしかなものを探し求めていた。変動が激しいことは投機家にとって都合がいいのはたしかだ。だがいつかは落ちつく先が必要になる。ドルを売る——ほんとうに？　なにもかも売る？　それもいいかもしれないが、ではすべてが裏目に出てしまったら、いざというときの蓄えはどこに隠しておく？　タンス預金戦略は株を買うのと同じではなく、この期におよんではほぼ不可能だ。それはつまり、究極の価値の問題であり、両替行為そのものの信頼の問題であることから、ものごとはますます存在論的になっていった。そして価値の定義が金利について語ることから社会的信頼について語ることへとシフトするとなると——金融と貨幣理論が日々の正常性の落とし穴をすりぬけて哲学の底なし沼へこぼれ落ちるとき——人々がそもそも通貨がなぜ機能するのかと疑いはじめたとき——一定数の人が神のごとくこの地上を歩き回るいっぽうで、それ以外の人たちが夜に身を横たえる場所すら見つけられないのはどうしたことかと思うとき——そんなとき、まともな答えなどありはしないことがはっきりする。信頼できる投資戦略に関することとなれば、答えなんてなくて当然だ。

貨幣は社会的信頼で成り立っている。ということは、発作的な混乱が頻発してなにもかもが変化し、巨大な地殻変動に揺さぶられて足元から地面が崩れていくようなときは、それゆえに貨幣そのものが不確定な存在になっている。それは恐ろしいことだ。

大量の証券がただの紙くずと化した。西側先進諸国の銀行はつながりが強すぎて破綻することもできない。

大規模銀行のひとつふたつがだめになれば他は続々と縮小し、国家が融資なり負債の返済なりをするまえに信頼を回復してくれるのを待つだけだ。来週にはいなくなるかもしれない債権者に支払ってどうする？　混乱を生き延びられた相手が裁判で支払えと言ってくるまでようすをみるのがいちばんじゃないか。

言い換えれば、流動資産の凍結だ。銀行とのあいだで取り交わした実質的な借用書となるさまざまな証券はすべて、無効になった。現金だけが唯一の通貨となった。だがそれではうまくいかない。なぜなら、各種市場では毎日何兆ドルもの取引があり、規制監督がないデータ空間にもかかわらず、互いに支払いをすることを互いに信頼していることで機能しているダークプールという市場も含まれているからだ。そして盗人どうしの名誉などというものはある種の封建的概念みたいなもので、現代的な金融の世界というよりはロビン・フッドとその仲間たちにこそふさわしい。それではだめだ。通貨とは概念であって、社会的信頼に基づいたシステムである以上、世の中が右肩下がりになって信頼が消えてなくなってしまったら、単純にそれまでのようなたくさんの通貨は存在しなくなる。

人によってはいまさら衝撃を受けることでもない。だからこそ、地球上の多くの富は不動産に投資されていたのだ。不動産は価値が下がったとしても、その資本的資産の所有権は残り、なにが起ころうとも後々までそのままだ。だが不動産は流動的ではない。したがって、土地や家屋、マンハッタンの高層アパートメントなどを買い占めて富の蓄積の問題がまえもって解決されたところで、富の流通の問題は残る。

というわけで、世界経済はギシギシ、ミシミシ、ビリビリと盛大な音をたてて機能を停止した。ほぼ十年間の不況につづいて、ついに大不況が全力で襲いかかってきた。これまで生き抜いてきたような不況はいまでは〈小恐慌〉だとか〈超停滞期〉などと呼ばれている。そして新たなそれは〈超恐慌〉と名づけられた。市場に出回る通貨は極端に少なくなった。通貨がなくては、給料も支払われない。ローンもなければ買い物もできない。失業率はこれまでもっとも高かった一九三〇年代の二十五パーセントをあっという間に追い越した。それどころか今回の失業率はどこまでも高くなりそうだった——いったいどこまで？　五十パーセント？　七十パーセント？　もう誰にも予想もつかない。

人々は物々交換に逆戻りするとうわさしあった。とくに農村部ではそれもありそうに思われた。だが現実的ではない。物々交換はたいがい経済学者の想像の産物であり、架空の歴史だ。それに都市部ではまったく機能しない。都市部で物々交換が行われているのは質屋だが、それも物とお金、お金と物を交換しているだけだ。通貨が機能していなくては成り立たない。インターネットも同じだが、さらにその度合いは強い。市場としてのインターネットは、誰も通貨を信頼していないのでは成り立たない。

住んでいる町がうしろだてとなる地域通貨が提案され、導入もされたが、その町には地元の地方銀行が必要で、地方銀行には中央銀行が必要だ。それでもあちこちの地域――人口を支えるのに十分な規模を持つ地方では活発な取引が行われはじめた。さらに、人々がYourLockアカウントをデジタルなマイクロバンキングサイトとして利用するようになり、実際それなりに使えたため、ポスト資本主義のクラウドバンキングのようなものとしての可能性も見えてきた。

しかしこれはあまりにも新しく、あまりにもその場しのぎだった。とにかく人が多すぎ、そして誰もが見知らぬ人たちだった。経済が死にかけているいま、あらゆる手を尽くしたにもかかわらず、わかってきたことがある。いまこの瞬間、解決策は中央銀行にかかっている、それ以外に選択肢はなかった。中央銀行は、堤防の穴に指をつっこんで決壊を防いだというオランダの少年の指であり、大出血を止める最後の縫合だった。中央銀行は国家を代弁する。当の国家は軍隊と警察を動員して中央銀行をバックアップするために控えている。これらすべてを所有しているのは、理論上では彼らの雇い主である国民だ。公的な銀行がなんとか現状維持できれば――通貨をもっとつくるとか、すべての民間銀行をさらなる量的緩和で破綻させないようにしつづけるとかして――万事うまくいくかもしれない。

一部の人は中央銀行に望みを託していて、このように突然の混沌と無秩序に陥ることは絶好の機会と見ることができた。いまならば国民は、これまでずっとそうしてきたように、民間銀行を支えるための公的資金を適切に返済してもらう権利を主張することもできるかもしれない。利益を得た側から補償金を引きだすのだ。補償金を絞り出すのに必要とあらば、利益なんかなくしてしまえばいい。それで民間銀行が反対するなら勝手に破綻させておいて、国民が所有し人々のために使われる国有の金融システムに完全移行するのだ。

　とても奇妙なことに、この新たな最大級の金融危機のなか、人々が、ごく普通の人々の集団が、実体として存在する〝国民〟が、ついに最高権力を握ったかのようだった。いよいよとなったとき、人間のことを考えるのはいつだって人間だ。そして千人が立ち上がって一人を見ているなら、誰が力を持っているのかは明らかだ。あとはそれを理解し、理解に基づいて行動するだけだ。奇妙だと感じている場合ではないかもしれないが、やはりそうなのだ。どこまでも落ちていくような感覚だった。崖から飛び降りたあとになってパラシュートを発明するようなものだ。

　大急ぎで準備しなければならない。

　そこで、スイスのチューリッヒで未来省が考案した影の政府が、新しい計画のひとつのテンプレートになった。まったく新しいかといえば、もちろんそんなことはない。むしろ、旧計画のさまざまな要素をいろいろなやり方で再構成したものだ。スペインのモンドラゴン、インドのケララ州、ＭＭＴ、ブロックチェーン、デンマーク、キューバ、などなど。どの要素もすでにあるもので、ずっと機能してきたものだ。そのおかげで、新しいメソッドも簡単に取り入れることができた。完全な革命ではないし、革命の陶酔感に身をまかせていちどにすべてを変えようとするでもない。革命時のフランス共和党のように新たな名前を持つ十日間の週に変えるような全面的な変革でもない。所有権の微調整。数値による評価。価値のいくつかの極性の逆転。即興。太陽はまだ昇り、植物は成長をつづけた。しかし人々は概念の中に生きていたので、空の太陽は変わらないのにもかかわらず、ものごとは狂っているように感じられた。それはパニックの春だった。

　しかし、中央銀行が安定と流動性を維持するために介入することが明らかになると、特定の市場は落ちつきを取り戻した。パン屋はパンを焼きつづけた。米国の連邦議会は新しい法律を採用するために非常に忙しくなった。中国人は抗議を終え、異なる常務委員会の下で仕事にもどった。クルディスタンはその国境を確保し、共同署名を行うすべての国家や組織と条約を結んだ。人々はカーボンコインを稼ぐ方法を探しはじめた。たとえわずかな数でも、地域通貨にすれば大金になるからだ。百トンの炭素を回収するのはそれほど難しくないはずだ。菜園で野菜や果物を育てるのと同じように、ＤＩＹの直接空気回収（ＤＡＣ）も手軽な余暇活動として人気を集めるようになった。このふたつが同じことをさす場合すらあった。

それは目を見張るようなひと月になり、一年になった。その年は、のちに人々の語り草になる年のひとつとして、その期間全体をひと言であらわす略語になった。歴史の構造がシフトし、頭のなかに地震が起きた年だった。

76

アメリカ海軍に入ったのは高校を出てすぐ。町から出ていきたかった。世界を見てみたい、とか。カンザスから出るにはいい方法だと思ったから。母は心配そうだったけど、父は誇らしげで。海軍には能力のある女性がもっと必要だ、とか言って。それを、おまえが海軍に教えてやれ、と。わたしは父のことをとても愛してるわ。

それで八年間。その期間中、何年かは困った時期もあったわね。だいたい人間関係のことで、詳しくは話せないけど、たぶんみんなと同じ。運が向いてくるまで、誰でも失敗を繰り返し、もし運が向いてきたら、それが運だと気づいて行動できるのが賢い人でしょ。わたしの場合はそう、うまくいった。アメリカ海軍の話だけど、わたしが入隊したときは年に二万五千ドルくらいはもらえた。たいした額には聞こえないかもしれないけど、宿舎と食事は無料だし、いろんな職業教育までしてもらって、給料のほとんどは銀行に入れたまま手つかず、それがけっこうな額に、ね。その話はまたあとで。

いちばん言いたいことは、海軍はわたしの誇り、ということ。これは水兵仲間では珍しくないわ。わたしたちのチームスピリットは最高。海軍以外でも同じかどうかは知らないけど、そうだとしても驚かないな。わたしたちに比べてあいつらはバカだとか言っていたけど、そういう言いあいは珍しくない。大事なことは、海軍はうまく運営されているということね。とくにうまく運営されている組織のひとつだとして、海軍は多くの人に尊敬されている、と思う。だって、八十三隻の核動力船の原子炉の累計使用年数で五千七百年よ。一億千五百万キロメートルも航行しながら、どんな原子力事故も起こしていないんだから。原子炉から一メートル前後のところで三年間寝起きしていたけど、なんの問題もなかった。わたしの線量計の表示は、あなたのそれと同じか、むしろ良い結果でしょうね。どうしてかというと、とにかく安全性優先でシステムが設計され、構築されているからなの。利益追求のための手抜きなんて絶対にしない。そういう運営だからうまくいくわけ。おそらく国の電力システムも海軍が運営すべきなのよ。

海軍についてもうふたつほど。いま〈ペブル・モブ〉ミサイルが出てきて、敵がそんなシステムを持ってる場合、我々の艦船がその攻撃を生き残ることができないのは、事実よ。それらを止めるものはなにもないから。このことを理解するのに海軍兵学校に行く必要もない。お偉方たちが誰もそれについて話さないのは、とにかく手のつけようがないから。彼らとしては、正直に、〝なんてこった、いまや我々は開拓時代の騎兵隊か？　それどころか石槍——いや、もっと古い、尖った石を握っただけの石器人か？〟とはさすがに言えないわよ。つまり、これが意味することは、実践では潜水艦隊が我々の持てるすべてということ。とはいえ潜水艦の攻撃力の主体は核で、使ったら世界の終わりだから、それらがほんとうに使われることはない。だから実際には、我々自身の〈ペブル・モブ〉ミサイルを装備しないと潜水艦は使えない。その装備計画が進んでいるのはたぶんたしかだけど、それまでは軍事力としての海軍は完全にテーブルの外よ。すべての海軍がそう。そしてほんとうに戦争になったら、すべての水上艦隊はすぐに海の底。うれしくないけど。

　まあ、でも平和な時代の海軍ってなにかと考えると、それと例の〈ペブル・モブ〉があることを思うと、いまこそが平和な時代なのよね。かなりめちゃくちゃな平和な時代ね。なにしろ低強度の非対称的なゲリラ戦、テロ、気候難民だらけの平和な時代だから。そんな世界でも、アメリカ海軍の水上艦隊は、保安サービスの展開も、緊急援助も提供できる。過去数世紀のスイス軍のようなもので、そのおもな機能は沿岸地域での災害救助。善を行う力、世の中のためになる力として、世界にアメリカの意志を示す派遣大使みたいな組織になるんだわ。思いつきで言ってるわけじゃないのよ。海軍がなくならないのなら、こういうことを行うことになるはず。じつは、すでにかなりの時間、そうしているんだから。

　米海軍について最後にぜひこれだけは言わせて。ときどき提督がわたしたちの船を訪れるの。駆逐艦や掃海艇にも検査や儀礼訪問で訪れることがあるわ。そしてあちこちを歩き回っているなかで、女性の熟練水兵を見つけると、ときどき立ち止まって話しかけて質問するの。たいていは年配の男性だけど、一度女性提督もね。あれは楽しかった。彼ら全員、アナポリスからスタートして海軍を生涯の仕事にし、どんなに早く階級が上がっても船上で生活してきたから、ちゃんとツボを押さえてる。だから彼らはしっかり下調べしてきて、水兵たちのいまの状況を知りたがる。好奇心が強く、フレンドリー。そして階級からすると驚くほど普通よ。艦長以上に偉いのに、少なくとも偉ぶってないし。

あとから調べたら、提督たちの年収は二十万ドルで頭打ちで、これ以上の年収の海軍軍人はいないんだって。最低賃金と最高賃金の比率、いわゆる賃金格差でいうと、海軍は約一対八。地球上でもっとも尊敬され、よく運営されている組織のひとつがこれよ。こういうのは賃金平等とか経済民主主義と呼ばれるらしいけど、単に組織の公平さ、効果性、チームスピリットと呼ぶのでいいと思う。一対八。提督たちが普通の人に見えたのも当然、普通の人たちなんだもの！

それに比べて、実業界の一般的な賃金格差は一対五百とどこかに書いてあったわ。実際、それは中央値だから一対千五百なんてこともよくあることらしい。つまり、そういうトップエグゼクティブは、新入社員が一年かけて稼ぐ額を十分で稼ぐわけね。

これについてちょっと考えてみて、みんな。たとえば、インセンティブ。ビジネススクールから来た言葉だけど、一対千の賃金格差だったら誰がインセンティブなんて持てる？　一方の初任給の千倍を得ている人たちは、その状況からどんなインセンティブを得ると思う？　隠すことよ。彼らが実際には従業員の千倍の仕事をしていないという事実を隠すこと。そうやって隠しごとをしていると、彼らは普通ではなくなる。彼らはウソつきになるでしょうね。そして最低賃金の人たちにとってのインセンティブはなんだろう？　すぐには思いつかないけど、最終的に思いつくのは、皮肉っぽくなったり、打ちのめされたり、完全に妄想的になったりして——たとえば、宝くじに当たりたい、とか、自分はまだまだこれからだ、とか、こんな世界はおかしい、とか言ってる人がよくいるよね？　たぶんインセンティブという言葉は違うのよ。同じような専門用語で言うなら、〝ディセンティブ〟かな——つまり、反動機付け。自分が受け取る賃金と、もっと楽な仕事で千倍の賃金を受け取る人がいるという状況がディセンティブね。窓に石を投げたり、なにもかも壊すつもりの誰かに投票したりする動機になる。それによって再スタートのチャンスが得られるかもしれないし、それがうまくいかなくても、中指を立てて「くたばれ」って言ってやれる。

だからね。もし、基準となる、あるいは法律で決められた最大賃金格差を、たとえば、すごく計算が簡単だから一対十に設定してみたらどうかしら？　それで、その最低レベルが、生活に必要十分な額、人間らしい生活が可能な額、呼び方はなんでもいいけど、とにかく普通に暮らしていける金額に設定されていたら？　そしてトップはその十倍よ？　すごいでしょ！　考えてみて。あなたの指でそれを数えてみて。十分な金額がそれぞれの指の先に見える？　それから、全部の指が腕の先で一緒になって、あなたを見つめてくるの。十分な金額の十倍とは、まさにトップも満足の豪勢な生活でしょう。

これが米国海軍でうまくいってるやり方なわけよ。フーヤー！

77

誰もが我を知るが、誰ひとり我に語ることはできぬ。誰もが我が名を聞きおよびながら、誰ひとり我を知らぬ。誰もが語り合って我に似たものを作り出すが、それは我にあらず。世の中で誰もが行うことどもが我を作る。我は道を流るる血液にして、けっして忘れえぬ破滅なり。我は世界の底をめぐる潮の流れ、誰ひとり見ることも触れることもかなわぬ。我は今の世に生じるが、のちの世にならねば語られぬ。そのとき人は過去を語るつもりが、その実、今を語るばかり。我は存在してはおらず、さりながら我はすべてである。

汝、我の何たるかを知る。我は歴史なり。さあ、我を善きものにせよ。

78

彼はラクナウへ飛んでそこから列車で市街に入り、さらに地下鉄とバスを乗りついで、子供のころに通っていたシティ・モンテッソーリ・スクールの分校まで行った。ここは世界最大の学校で、ユネスコ平和賞も受賞した。ここで学んだことが彼の人生のターニングポイントになったことはまちがいない。インド人の父親はネパール人女性と結婚したあと、彼女のためにネパールのラワン族が暮らす丘の上の村で一生を終えようと考えた。村の警察署は毛沢東主義者に爆破され、再建されることはなかった。それでも頑固者の父には、妻をラクナウに連れていくという選択肢はなかった。インドで二番目に幸福な街も、丘育ちには厳しかろうと。だから彼も一生、両親に引きとめられるままに中世の暮らしをしていたかもしれない。若い男性の必死な求婚に、読み書きができ、夢を描ける少女が応える形で出会った両親によって、その村に閉じこめられてしまうような状況に。

ひとりのドイツ人が、援助団体と一緒に村を通りかかった。彼らから盗みを働いて捕まったとき、けっしてそれが少年時代に犯したもっとも重い罪なわけではなかったが、尋問をしたのがそのドイツ人、フリッツだった。警官のように厳めしく、だが朗らかでもあり、少年の性根が悪いと決めつけもせず、ふてぶてしい態度にも騙されなかった。フリッツはきっぱりと、だが優しく言ってくれた。この世界でどこかへたどりつきたければ、二輪戦車（チャリオット）を引かせるトラを捕まえてこなきゃいけないぞ。二度と盗みなんかするんじゃない、自分を傷つけるだけだ。きみは頭がいいし、燃えるような野望を持っているのが僕にはわかる、だからその頭のよさを活かして、都会の学校の特待生になるんだ。そうすれば人を傷つけずに欲しいものが手に入る。学校で学べることは全部学べ、きみにとってはたいして難しいことじゃないはずだ、僕にはわかる、と。それからフリッツは少年の父親に話をつけた。この子を都会に行かせてやってくれ。チャンスを与えてやってくれ。父親はそのとおりにしてくれ、少年は父の故郷ラクナウにやってきた。

その都市は彼を驚かせ、圧倒した。彼の運勢が大きく改善したのは、その後の少年期から青年期の終わりまで、ひと晩に三時間以上眠らなかったからだ。頭のなかで思考がぐるぐると暴れまわっていた。昼間のうちに吸収したことが、洗濯機に放りこまれた服のように渦巻いていた。ラクナウ――。幸運(ラック)、いま(ナウ)。この場所が彼という人間を作ったのだ。

そしていま、彼はここに帰ってきた。かつて通った学校から出て、その南にある窮屈で濃密な界隈に足を踏み入れた。地下鉄の路線と川とのあいだにぎっしりと古い建物が密集しているそこは、現在と彼の過去との狭間でもあった。彼はここで愚かなことを数多くやらかした。都会には刺激的なことがいくらでもあったのに、彼はネパールでの子供時代の不良の習慣をやめなかった。どうしてそうだったのかは覚えていない。ひったくりや市場での盗みなどは、故郷とのつながりを保つ手段だったのかもしれない。彼が都会でやったことが知られれば両親に叩かれただろう。無分別な行いはなにもかも台無しにしてしまう危うさがあったが、その危うさこそが魅力だったのかもしれない。そんなことをするのを彼は楽しんでいたし、そのぎりぎりを攻めるのが好きだった。彼はあの仲間のひとりだった。仲間たちが自分自身を思い出させてくれた。丘に生きるけものはどんな都会にも手なずけられたりしない。欲しいものに手を伸ばす彼を止めることのできるものなどいない。彼の勢いを鈍らせるものがあるとすれば、腕を折るような危険だけだった。それからデリーに住むようになって、彼はふたたび変わった。そういうことをいっさいやめたのだ。このときも、どうしてやめたのかは覚えていないし、どう自分と折り合いをつけたのかも覚えていない。あのころはそれが彼のやり方だった。なるようになれ。ラクナウではほとんど眠らなかったものだが、ほんとうの意味で目を覚ましたのもデリーに行ってからだった。そこでたくさんのことが明らかになり、もううしろをふりかえるのはやめた。

だがいま、彼は帰ってきた。うしろをふりかえりたかった。街を横切って学校に向かい、そこに集まった生徒たちに語りかけるのだ。彼らの若い顔を見ただけで、その場で息が止まりそうだった。燃えるような野望について語った。彼らは彼が持っているものを欲しがり、彼はなんと言ってやればいいのかわからなかった。それで、こう言った。この世界でどこかへたどりつきたければ、二輪戦車(チャリオット)を引かせるトラを捕まえてこなきゃいけない。

彼は生徒たちと一緒に郊外にある農地へ行った。生徒たちはそこで〈インド再生農業就業保証プログラム〉に沿って働いていた。現在のインドでは完全雇用が実現していて、仕事はきついけれど科学的な裏づけもあって、炭素をより安全なものにするやり方で毎年だんだんと土のなかに取り込んでいた。彼は生徒たちと一緒にトウモロコシを植えたりテラスの壁を直したりしたあと、くたびれはてて一日を終えた。ぼくはいまでも丘育ちの少年なんだ、と生徒たちに言った。このあたりの低湿地（タライ）はつらい、暑すぎるからね。でも見てごらん、きみたちがやっているこの仕事はいいことだから、ぜひともつづけていくべきだ。非暴力不服従（サティヤーグラハ）というのはガンジーが作った言葉で、サンスクリット語で平和の力という意味なんだけど、この言葉はみんな知っているよね。この言葉を作ったのはガンジーだけど、これをふたつに分けて前後を入れ替えたもうひとつの言葉を想像したら、彼も喜ぶと思うんだ。グラハサティヤー。力の平和。これで名詞を動詞にできる。平和のために力を行使するんだ。きみたちがここでやっている仕事は世界を救うのに役立つ、つまり世界に力の平和をもたらす。それをつづけていってほしい。

そして彼が出立の支度をしていたとき、通りすがりに一枚のメモを手渡された。ある会合に来てほしい、というものだった。それだけで行ってみようという興味を惹くには十分だった。むしろ、こうした人々と話してみたかったのに、彼らと安全に連絡をとる手段が見つかっていなかったのだ。それで、そのメモに書かれていた住所に出かけていった。

その場所に着いてみて驚くと同時に笑ってしまったのは、学校を抜け出して不良行為をつづけていたあの交差点から通り一本しか離れていなかったからだ。大通りが交差する大きな十字と狭い路地が交わる、まさにその角のところだった。ひどく混沌とした交差点で、若き日の彼の頭のなかや生活とそっくりだった。頭上にはあのころと同じトラムの架線が横切り、建物にも同じ錬鉄製の狭いバルコニーがついていた。これから会う予定の人々を思い浮かべると、自然と笑顔になった。この世代の若き無法者たちにちがいないが、その彼らにたまたま昔なじんだ界隈に呼び戻されるとは。

しかし、彼らが昔の彼と同類だというわけではない。彼らには目的がある。彼らの燃えるような野望が向かう先はとっくに決まっていて、闘いに備えて武装した二輪戦車（チャリオット）につながれていた。彼らは戸口から出てきて、ついてくるようにと身ぶりで人けのない茶店のなかへ招いた。彼らはあのころの彼よりも年上で、まとめているのは女だった。あのころの仲間たちは機嫌がよくてむやみにはしゃいでいたが、目のまえにいる彼らは怒りに満ちて、警戒していた。それはそうだ。彼らを含めて、命がかかっているのだから。それに、彼らはあの熱波に遭遇していたかもしれない。それなら人が変わりもするだろう。炎に鍛えられた鋼。そう、これが〈カーリーの子供たち〉だ。どこにナイフを突き刺そうかと抜かりなく計算しているかのように彼を見つめている。

あんたに立ち上がってほしい、とそっけない口調で女が言った。

ぼくはきみたちに降りてほしい。彼はできるだけ穏やかにそう応えた。

彼女は大きく顔をゆがめ、四人の男たちも同じようにした。まるでカーリーの首飾りについている悪魔の顔のようだ。

我々がなにをするかは、あんたが決めることじゃない。あんたはいまでは白豚（フィランギ）同然なんだから。

ぼくは白豚なんかじゃない。きみたちはぼくが誰だか知らない。ぼくに会いたいと頼むくらいには知っていることは認めるが、それですべてだ。

我々はなにが起きているかはわかっている。あんたにはもっとやれることがあるというためにここへ呼んだのだ。

きみたちに呼ばれてここへ来たのは、そろそろ闘い方を変えるころあいだと伝えるためだ。そうするのは良いことだし、部分的にはきみたちがやってきたことのおかげだ。きみたちが必要なことをやっていたのはぼくも知っている。

我々はいまでも必要なことをやっている。

いま必要なことはなんなのかによるね。

それは我々が決める。

彼は相手の顔をひとりずつ見ていった。自分の視線が口に出す言葉より威圧的に感じられることを彼は理解していた。それはあたかも彼らに触れることに似ていた。精神と精神のあいだを電気的な火花が飛びかうようなものだ。彼は厳しい視線を送ったが、彼らもこちらを見ていた。

聞いてくれ、と彼は言った。きみたちのことは理解している。ぼくはきみたちを助けてきたし、きみたちがやってきたような仕事を世界中で助けてきた。きみたちがぼくに会ってくれと言ってきたのもそれが理由だ。そしてぼくがきみたちに会うことにした理由もそれだ。ぼくがここできみたちに身をゆだねているのは、協力者であることをわかってもらうためだ。そして、状況が変わったことを伝えるためだ。ぼくたちは一緒に、状況を変えることに手を貸してきた。そこで、このまま邪悪な連中を、犯罪者を殺しつづけていくとすれば、最悪な連中がみな死んでしまったいま、こんどはきみたちが連中のひとりになってしまう。

最悪の犯罪者たちは死んでいない、まだまだたくさんいる、と彼女は激しく言い返した。

やつらはいつでも代わりを見つけてくる。

我々もそうだ。

わかっている。きみたちの犠牲のことも。

そうかしら?

彼は彼女をじっと見つめた。そしてもう一度、彼女と並んでいる男たちひとりひとりのことも順に見つめた。恐れるべき顔、愛すべき顔。あの燃えるような願望。

彼はゆっくりと語りだした。ここは美と豊かさの女神ラクシュミーの街だ。ぼくはここで育った。きみたちが知ってるといいんだが。まさにこの界隈でぼくが育ったころ、ここはいまよりもっと厳しい状況だった。

あの熱波のとき、あんたはここにいなかった。

彼は自分のなかで張りつめたもののせいでばらばらに引き裂かれそうだと思いながら、彼女を見つめていた。人生がまるごと、彼のなかで砕け散ろうとしていた。それをなんとか食い止めようとして、おぼつかなげにこう言った。ぼくは次の熱波を阻止するために、きみたちが知る誰よりも多くのことを成し遂げてきた。きみたちはきみたちの、ぼくはぼくの役割を果たした。ぼくはあの熱波に襲われるずっとまえにこの界隈のために働いたし、これから先の人生を通してその仕事をしていくつもりだ。

おまえが長生きできるように祈るぜ、と男たちのひとりが言った。

そこは大事なところじゃない。大事なのは、ここにいるきみたちには見えないものをぼくは見ているということ、そしてぼくがきみたちの協力者だということ、そしてそのぼくが言っているんだ、いまこそ変わるときだ、と。極悪の犯罪者たちは死ぬか投獄されたか、あるいは逃げ隠れしていて力を奪われている。だからまだ殺しつづけるとしたら、それはただの殺しだ。カーリーでさえ、ただ殺すために殺すなんてことはしなかったのだし、ましてや人間がそんなことをしてはならない。〈カーリーの子供たち〉は母の言葉に耳をかたむけるべきだ。

我々は母の言葉を聞く、あんたの言葉ではなく。

彼は言った。ぼくがカーリーだ。

突如として、彼はその言葉のとてつもない重みを感じた。彼らもその重みが彼を押し潰そうとしているのを見てとった。〈地球のための戦争〉はもう何年もつづいていた。彼の両手はひじまで血に染まっていた。つかの間、彼は言葉を失った。もうなにも言うべきことはなかった。

79

フランクが刑務所から釈放される日が近づいてきた。刑期を務め終えたのだ。どうにも実感が湧かず、どう考えればいいのかわからなかった。何年もたったのに、いったいどう過ごしていたのかも確信がなかった。彼の一部はいまだに彼自身の外側にあり、人生や気持ちともかけ離れていた。そのことは多くの点で安らぎだった――すべての痛み、恐怖、記憶から解放されるという意味で。どんよりしたチューリッヒの一日に角のテラスにさした冷たい日の光の下で、頭を空っぽにして四時間でも五時間でも過ごせる――それがここでの暮らしで身につけたものだ。それを手放したいのかどうか、自分でもよくわからない。社会との分離？　それとも平穏？　呼び方などどうでもいいが、それを欲していた。

なぜなら、なにか別のものをなくしてしまったからだ。恐怖感がなかったのだ。自分に感じるかぎりでは。そうじゃなければ、きっと感じるはずの恐怖感が。いまではすっかり習慣の生き物になっていた。食べる、歩く、働く、読む、眠る。幸福でもなければ不幸でもない。感情が麻痺してしまった。なにも欲しくはない。いや、それはちょっと違う。失うのではなく恐怖から自由になりたかった。それに、もっと動物たちを見ることに興味があった。彼が解放されるのと同じように、難民キャンプにいる人たちも解放されてほしかった。どれもそれぞれに異なる欲求だし、いくつかは追求してみることもできるけれど、いくつかは手の届かないものだ。

毎朝、刑務所のバンか市内を走るトラムやバスで難民センターへ行ってキッチンの掃除を手伝う。あるいは市街を歩き回ってリマト川にかかるいくつもの橋を渡り、たいていは湖に面した公園のどれかに行く。

この日は大聖堂(グロスミュンスター)まで行って、なかを見て回った。どこまでも灰色で飾り気のないチューリッヒの精神にあいさつする。コンクリート製の大きくて古い倉庫みたいに、とてつもなく背が高くて、ほぼなにもなくがらんとしている。これがつねに人々の崇拝の対象であったことが、ふいにおかしく思えた。禅僧にも似た宗教改革者ツヴィングリは無の擁護者だった。精神の純粋さ。教会の概念を体現するバロック様式の教会に真っ向から逆らう礼拝の場所。その見た目はスイス人らしさをあらわしているだろうか？　対岸にある優美な啓蒙主義的な教会のほうが現代のスイス人らしさをよくあらわしているのではないだろうか？　たぶん、そうだろう。大聖堂を出るとふたたび川を渡り、〝ゲーテ宿泊の地〟と書かれた標示のわきを通りすぎて聖ペーター教会まで行った。いやいや、これでもない。すべらかで上品で取り澄ました大理石造りの建物。いまのスイス人はこんなふうではない。バウハウスが彼らにもっとも大きな影響を与え、いまではすべてをデザインしていた。ツヴィングリの時代に一足飛びにもどるか、宇宙時代のすっきりしたデザインに飛びつくか。形態としての機能、というのがスイス人のスタイルだ。正しくやって、長持ちさせる。清潔で、素直で、エレガントで、スタイリッシュ。昔ながらのハイジ風は、アルプスの観光的に属しているべき場所に追いやられていた。ここチューリッヒでは、機能性がすべてだ。

リマト川の真上に作られた女性専用クラブの横を通りすぎた。クラブでは水着姿の女性たちが寝転んで日光浴をしている。川の向こうには〈カフェ・オデオン〉が、日光浴中の女性たちを好色なジョイスその人のように見おろしている。そこからさらに行くとリマト川の流出口にかかるクワイ橋がある。湖に沿って西へ進むと湖畔の最初の公園に出る。こぢんまりしたマリーナの上にあるベンチに座り、目のまえの大きな鳥に手を差しのべるガニュメデスの像を見る。そのなにげないしぐさは謎めいていて、意味がまったく読みとれなかった。彼の好みの種類の像だ。ガニュメデスが「どうぞ」と差しだすのは――あれはまえに進み出るフランクだろうか。巨大なワシになにかを差しだすしぐさ。その光景に思わず身ぶるいした。弱々しいとはいえ日射しを浴びているのだから寒くはないはずなのに、それでも寒気がした。そしてかすかにむかつきを覚え、一瞬にして全身から冷や汗が噴き出してきた。そこに座ったまま、悪寒が治まるのを待った。治まってほっとした。しかし着ている服は湿っぽくなってしまい、頼りなさと寒さを感じながら座っていた。

こういうことは最近になって何度かあった。誰にも話したりはせず、無視していた。どういうわけか、こうして弱い日射しのなかではよけいに不調が感じられた。立ち上がろうとして、よろけてベンチのひじ掛けにつかまった。幅の広い階段を下りて、橋脚に波が打ち寄せるあたりまで行った。その景色からなにかを思い出しそうになるが、思い出せない――思い出すわけにはいかない――それがなにかはわかっていたが、彼はそれを無視して手を水に浸けた。アルプスの冷たい水は清らかで新鮮だ。湖から直接飲むこともできるのだ、とメアリー・マーフィーから聞いた。彼女はここで泳ぐから知っている。手で水をすくって口元へ持っていき、飲みほした。ひんやりして味はしないが、少しだけ有機物を感じる。一週間まえには雪だったことが舌で感じられる。さらに何回か手にすくって飲んだ。湖から水を飲んでいる彼をいぶかしむ通りすがりの人たちは無視した。チューリッヒの通りでは地面から直接食べても大丈夫、と言ったのはジェイムズ・ジョイスだ。湖の水ならまちがいなく飲める。ここで泳いだことも一度か二度はあることを、いま思い出した。もう何年もまえのことだ。湖（レイク）のジェイク。あんなに昔のことだったなんて、妙な感じだ。

　大きく息を吸った。なにかがおかしかった。めまいがするような、冷え冷えとした、明確でなく言葉にもできない、か弱さのようなもの。解放されることの衝撃だ、と人は言う。曰く、その日がくる何週間もまえから一日が果てしなくのびていく、頭がおかしくなる、自由を恐れている、塀の内側にもどりたくなる。だが彼に関していえば、そのどれも正しくない。体にしみついた心理状態だと聞かされた、なじみのある反応のどれとも違っていた。心的外傷後ストレス障害といえばそのとおりだが、この言葉はいつも、それでわかることよりも多くのことを隠してしまう。外傷とはなんだったのか、ストレスとは、障害とは？　誰にもわかりはしない。それぞれの心のジャングルを延々とさすらい、こちらで空き地を見つけ、あちらで小さな池を見つけるあいだも、せわしない思考が照らす淡い光のなかで、半分は目覚めながら半分は眠っている。ヘルパーたちがどうしてそんなものに名前をつけようとしたのか、彼には理解できない。助けようとはしてくれた。人間は言葉を使う生き物だから、感情も言葉として感じとる。ときどきは。だがときには、それではうまくいかない。どんな言葉もしっくりこない。

　ひと筋の恐れが刃のように彼を刺し貫いた。なにかがおかしい。

　注意しながら階段を上がって湖から離れた。うつむいて足元を確かめながら。ここでつまずくわけにはいかない。周囲には散歩するチューリッヒ市民がたくさんいて、ここで転んで彼らが助けに来てくれたりしたら、足首につけたモニターに気づかれてドラッグでもやっていると思われてしまう。だめだ、ちゃんとしなくてはいけない。

　道路までたどりついて、大きく息をした。体のあちこちを調べ、手足をふってみて、思ったとおりに動くのを確かめて安心した。交通量の多い通りを渡り、バーンホフ通りと川にはさまれた狭い横道に入った。そこには菓子屋があって、くし形にカットした砂糖漬けのオレンジをいろんな種類のチョコレートに浸したのを売っていた。彼が好きなのはいちばんダークなチョコレートだ。ほろ苦く、乾燥しきってはいないくらいの極上のオレンジを極上のチョコレートで半分だけコーティングしたもの。この店に立ち寄り、それをひと切れだけ買って歩きながら噛みしめるのが習慣になっていた。店内に入ると販売員の女性が彼に気づき、彼が注文するまでもなくうなずいただけで、トングでひと切れ取ってワックスペーパーに乗せてくれた。それを受け取ってまた外へ出ると、車の入ってこない細い路地に入った。なめらかで平らな敷石は小さな丸石を並べたように見えるがそうではない。パラデ広場に引きかえし、バーンホフ通りに沿って伸びるトラムの線路を横切って、彼がよく知っている刑務所に近いあたりまでいく。

オレンジとチョコレート、チョコレートとオレンジ。苦みと甘み、暗さと明るさと。味が互いに補いあってひとつになった、豊かな風味と噛みごたえ。糖分が体にしみわたる。脂肪分も少し、たぶんかすかにカフェインの刺激も少し。角を曲がって刑務所が見えてくると気分がよくなった。こんな不安は払いのけ、釈放される日を、耐え忍んだ日々と同じように落ちついて待ち構え、そこを出れば近くにアパートメントを見つけるだろう。近くにはバスの車庫を見おろせるところに組合式共同住宅があり、彼は刑期のはじめから待機リストに名前を載せていた。ちょうどいま、そこの小さい寝室のひとつに空きができていた。そこに入居していまと同じように暮らしていくつもりだ。これまでどおり目立たないようにひっそりと、日々が過ぎていくにまかせて。

メアリー・マーフィーはしばらく顔を見せていなかったので、どうしたのだろうと思いはじめたころ、彼女がやってきた。またあの通りの向かいの店でテーブルをはさんで一緒に座り、ピラトゥス山のふもとでシャモアを見たことを話した。うまく伝えることはできなかった。彼女もよくわからずにいるのが見てとれた。とうとういらだってこう言った。あなたもあそこへ登って自分の目で見るべきですよ。

彼女は、あなたがそこへ行っただけでうれしいわ、よかった、とだけ言った。

それから、彼女のところの難民対策部門について、彼らはなにをしているのかと尋ねた。難民はいまや一億四千万人にもなっていて、さらに増えつづけている。その数はフランスとドイツの全人口を足したくらいだ。かつてなかったほど最悪の状況だ。

わかっているわ。

すべての政府が同意するような計画を立てなきゃだめですよ、と彼女に言った。世界大戦の終わりになにがあったか考えてみましたか？　腹を空かせた行くあてのない難民が何百万人もいたんです。第一次世界大戦のあと、その問題の解決をまかされたフリチョフ・ナンセンは〈ナンセン・パスポート〉と呼ばれるしくみを考え出した。それのおかげで難民たちにはどこでも行きたいところへ行く権利が与えられ、自由に通行できるようになったんです。

それはほんとうなの？

そう思いますよ。あれこれと読み漁ってきたんです、けっして系統立ってはいないけれど。でもあなたのところには丸投げできるチームがいるでしょう。いま一度、〈ナンセン・パスポート〉があってしかるべきなんです。

彼女はため息をついた。そういうものを受けつけない国がたくさんあるのよ、残念だけど。

中央銀行に対してやったのと同じようにすればいい。計画を立てるか、混沌としたままか。あなたもキャンプに行ったことは知っています。でも僕があそこで見たものはこの刑務所とよく似てはいるけどもっと悪い。なぜなら彼らはいつまであそこに入れられているのか見当もついていなくて、そもそも彼らはなにも悪いことをしたわけでもないのに収容されている。ヨーロッパはただ犠牲者を罰しているだけだ。スーダンはヨーロッパ全体よりも多くの難民を受け入れているけれど、スーダンは破綻してる。人々はヨーロッパに来ると経済移民と呼ばれる。より良い生活を築くために努力するとか、なにか新しいことを始めるとか、市民なら普通にすることを、彼らがヨーロッパへやってきてしようとすると、犯罪者にされてしまう。そういうのを変えなければいけません。

彼女は頭をふった。それはヨーロッパにかぎったことではないわ。

でもあなたがいるのはヨーロッパでしょう、フランクはそう言って彼女をにらみつけた。彼女は目のまえのカフィ・フェアティヒを見つめていた。またあの最初の夜と同じパターンにあともどりしようとしていた。たぶん、よくないことだ。彼はもっとやれと彼女をせっつき、彼女はそれを不快に思っている。

それとは別に、彼女はいまここにいて、あれから何年もたっている。なんだか不思議だ。彼はどうとらえていいのかわからない。けれど、これが彼にとっては重要なことだと突然理解した。彼女に訪ねてきてもらいたかった。はっきりこれだと特定できないなにかを形にしたものだ。なにかはわからなくても、彼にはこれが必要だった。このアイルランド人女性はちょっとどうかしていて、どういうわけだか彼に興味を持っているのはたしかで、少しだけ報復しようとしたり手厳しいことを言ったりすることがしょっちゅうあって、あれこれ指図するやり方もうっとうしくてとても腹が立つ。それなのに彼女が訪ねてくることに慣れてきた。彼女を必要としていた。

あなたこそアルプスに行くべきですよ、とフランクは言った。あなたが僕にそう言ったのは覚えているし、そのとおりでした。こんどは僕が同じことをあなたに言う番です。

彼女はうなずいた。そうかもしれない。

80

あたしはずっと一歩ごとにダンナを小突いてこなくちゃならなかった。自分が飼ってるウシたちとそっくりなんだから。ダンナがウシたちのことを大好きなのはそれが理由だね。あたしのことを好きじゃないのも同じ理由だ。あたしはウシたちの背中に止まってつついてる鳥みたいなもの。あたしがウシだったほうがダンナはよっぽど幸せだったろうねえ。あいにくとあたしがあいつの女房なのは運命のいたずらってやつだけど、あたしの自業自得だし、正直に言うと、あたしはダンナを愛してる。でもだからってそのせいで飢えるのはまっぴらだね。

ダンナは父親の持ってた地所のはしっこを受けついだ。地所のなかでもいちばん川から遠い二ヘクタール。要するに、何年もゴミ捨て場として使われていたところ。だからあたしたちはまず、積み重なったあれやこれやのゴミを掘りかえさなくちゃならなくて、そのうちのどうしようもないやつはお金まで払って運び出してもらった。そこまでやってようやく、大理石の床みたいにかっちかちに硬い三角の土地が手に入った。最初の仕事は表面に出てきた硬い粘土層を耕すことで、その次には上流にあるいとこの土地から用水路を引いてもらうことだった。兄弟や甥っ子たちに手伝わせなさいよ、ってダンナの尻を叩いてやって、そういうのを全部やり終えたら、いよいよ土壌改良にとりかかる番だ。これにはダンナのまぬけなウシたちも少しは役に立ってくれた。近くに牧草地を借りられたから、そこで牛糞を集めてうちの土地に撒くことができたからね。もちろん、最初のうちは用水路の水はあたしたちの土地の上を流れていくばかりで、固定されていないものはなんでも流されてしまったから、土を盛って高いところを作ったり、溝を掘ったり、干拓したり、なんでもやった。そのほとんどはあたしがやった。だって、一時間ぶっとおしで働けるのはあたしだけだったし、水準器を読めるのもあたしだけなんだから。なかなかはかどるものじゃなかった。

そんなとこへ、うわさが流れてきた。吸収した炭素を土のなかにとどめておければ、郡の議会からお金がもらえるっていうじゃないか。うちの土地の状態を考えれば、飢えないためにどっちみちやらなきゃいけないことをしていればお金がもらえるってことだよね。だからダンナにすぐ登録するように言ってやった。ダンナはいつものようにウシみたいにぐだぐだしていて、文句ばっかりたれて、どうしておれの時間を無駄にしなきゃなんねえんだ、そんなものはうまくいきゃしねえ、なんて言ってた。お黙り！って言ってやった。いますぐやらないと離婚するよ、みんなにその理由もしゃべってやるよ、って。それであいつは出かけていって登録してきた。

そうしたらお役人の一団が村を突っ切ってやってきて、うちの土地で一時間くらいかけて基準になる数字を見るためのサンプルを取っていった。そのひとりが土地を見回したときの表情からすると、うちは明らかに大きな伸びしろになる低基準値を設定することになりそうだ。うちの娘が作業中のそいつにうるさくつきまとっていたら、そいつは土を少し取ってコップの水に入れ、コップを回して水をかき混ぜてから手を止めて、娘に見せてくれた。コップを回すのをやめると、水はみるみるうちにきれいになった。浮かんでいた砂粒や泥は底のほうに沈んでいた。堆肥を足さなくちゃいけないね、とそいつが言った。有機物は水に浮くけれど、これを見ればあまり含まれていないのがわかるね。スタート地点としては上々だよ、と。あたしたちはリノリウムの床か、岩の上で暮らしてきたようなものだ。

それ以来、あたしは毎日、働きづめに働いた。耕さない農業もおおいにけっこうなものだけど、それにはまず耕さなくていい土が必要だ。てことは、先にしっかり掘り起こして耕しておかなくちゃいけないんだよ。あたしたちの場合、それは何年も骨の折れる仕事をするってことだ。それにいつだってお金を切り詰めていた。手に入るものはなんでも使って、お金はご近所さんたちから肥料や廃棄する作物を買うために取っておかなくちゃならなかった。

だけど、クソを金（きん）に変えるとはよく言ったものだ。あたしたちはやれることは全部やった。あたしがダンナの尻を叩いて、ダンナは小作人たちの尻を叩いて木や多年生植物を植えさせ、あとは放っておいた。収穫期になればありがたくその恵みをいただいた。干ばつや洪水にも苦しんだけど、そんな大災害のときだってうちの土地はご近所さんのとこより少しはましだった。がんばってやってきたことのおかげだ。しかもそれをトラクターも肥料も、殺虫剤もいっさい使わず、まえからずっとほったらかしにしてあった動物の糞や生ごみなんかだけでやってのけたんだ。昔ながらの正しいやり方だけ、そしてあたしはそれをちゃんと記録しておいた。なにしろそれが最終的な炭素の請求書のもとになるんだから。あたしたちは自分たちで食べるもののほとんどを育て、いくらかは売ったりもして、稼ぎは全部土地に注ぎ込んだ。ダンナはぶつぶつ言ってた――土を作物として育てるなんて聞いたことねえぞ？

そしてついに、炭素レベルをチェックしに、お役所の人たちがまた村にやってくる日がきた。そうと聞いてすぐ、あたしは役所に行って手続きしてきた。それからまもなく、彼らがやってきて、もちろんこのまえとは違う人たちで、うちのちっぽけな農地の土の評価をした。彼らは地所のあちこちを歩き回ってサンプルを取った。あるときは穴掘り用の道具、またあるときは長いコルク抜きみたいなさおまで使って。サンプルを取って、そのあとトラックの荷台に積んできた大きな金属製の機械で評価もした。

評価が終わると、彼らがあたしたちのところへ来た。よくやりましたね、と言われた。この場でお支払いする権限はあるのですが、そのまえに、支払額の十一パーセントを手数料として差し引かせてもらうことをお伝えしておきます。評価作業の実費にあてるのと、あなたの税金の分です。それに同意していただけるのでしたら、ここにサインしておしまいです。

そしたらダンナがいきり立って言った。そんなピンハネがあるなんて聞いてねえぞ。おれたちのものはおれたちのものだ。おれたちの取り分をちゃんと払え。あとはおれたちが勝手にやるから。

話をしたひとりがため息をついて同僚たちに目をむけた。そういうわけにはいきません。手続きがそのように決まっているので。取り分を受け取るにはサインしていただかないと。

おれはしないぞ、とダンナが宣言した。役所に行って決着をつけようじゃないか。

だめよ！　あたしは割りこんだ。こっそり話し合うためにわきへ引っぱっていった。知らない人たちのまえでダンナに恥をかかせたくなかったから。家の角までくると、ダンナの鼻先で指を振り回した。言われたとおりにしないと離婚するよ、と言ってやった。あんなに働いてきたんじゃないか。ああいう連中はいつだってピンハネするものだよ。たったの十一パーセントだなんてついてるじゃないか、五十パーセントと言われてもおかしくなかったし、それでも受け取るしかないんだからね！　ばかなことを言ってないで、じゃないとあんたと離婚して、それからあんたを殺すからね、そんでみんなにわけを話すからね。

ダンナはよくよく考え直して、あの人たちのところへもどった。いいだろう、カミさんがそうしろと言ってる。あいつは言いだしたら聞かないんだ。

彼らはうなずいた。あたしたちは用紙にサインして、彼らがくれたものに目をむけた。

二十三だと？　ダンナが言った。たったそれっぽっちかよ！

二十三カーボンコインですよ、と彼らが言った。正確には、二十三・二八です。回収した炭素一トンに対して一コイン。それをこちらの通貨に換算すると、つまりそれで受け取りたいということでしたら――そう言ってリストパッドをタップした。現在の為替レートですと、だいたい七万くらいになります。七万千六百八十、ですね。

あたしとダンナは顔を見合わせた。それなら一年間の出費を全部合わせたよりかなり多い。むしろ、二年分の出費に近いくらいだ。

それは、十二パーセントを引くまえかい、それともあとかい？　とダンナが訊いた。

あたしはつい笑ってしまった。あたしのダンナはなんて面白いんだろう。

81

メアリー・M／タチアナ・V、盗聴遮断回線による通話記録の書き起こし。Mはオフィス、Tは所在地が秘匿されたセーフハウスにて。

M：調子はどう？
T：退屈。あなたのほうは？　あなたも隠れてなくていいの？
M：誰もわたしを殺したがってはいないと思う。そんなことをしてもなにも変わらないもの。
T：そうかも。
M：それで、あなたはなにをしているの？
T：仕事よ。この通話のようにテレワーク。法的な助言をしてる。
M：なにか面白いものはある？
T：そうね、いくつかはうまくいってると思う。
M：どういうこと？
T：大富豪は買収を受け入れるだろうという賭けは当たっていたと思う。まあ、彼らのほとんどはね。
M：どうしてわかるの？
T：そうなるようにしてきたからよ。確実に手に入る五千万ドルをとるか、際限なく起訴されたり、嫌がらせをされたりするのをとるか、と迫ったの。安全を確保するためにわたしがどんな状況になっているのかまで教えて。彼らの多くは交渉に応じることにした。
M：それは合法的なの？　脅迫してるように聞こえるけど。
T：そのための法令書式があるのよ。わかりやすいようにざっくばらんな言い方をしてるだけ。
M：それはどうも。それじゃ、彼らはタックスヘイブンにお金を移動させたりはしていないのね？
T：そういうことはできないようにさせたわ。あれは法定通貨のブロックチェーン化の最大の成果かもしれない——どこにあるかを把握できるから。もう隠しておける場所なんて存在しない。隠しおおせたとしても、そんなものはもはやお金ではない。ほんとうに価値を持ちうるのは記録されているお金だけになった。古いほうのやつは——なんだろう、海賊のお宝金貨みたいなものね。本物のお金とは、そのありかと出所がわかっているもののことよ。

M：それはずっとそうだったんじゃないの？

T：いいえ。現金を覚えてる？

M：いまでも使ってるわよ！　でも現金には通し番号がふってある、そうでしょ？

T：もちろん。でも二、三回使われたらもう、ただの現金よ。ロンダリングのやり方はいくらでもあるし、だいいち追跡ができない。いまでは追跡できるし、むしろそうでなくちゃ本物とは言えない。だからもう隠しておける場所なんてないし、タックスヘイブンも存在しない。最後まで残っていたところも封鎖したわ、WTOに不適格だと宣言させてね。だからもうないわけ。個人に関しては、現行の通貨事情のなかでも金持ちでいたいなら、資産価値が目減りするのを受け入れて五千万だけ受け取って、それきりにするしかない。

M：筋が通っていそうね。

T：そうよ。いま手に入る五千万は手に入らない十億より価値がある。ひょっとすると、もっとも理想的な経済的人間（ホモ・エコノミクス）のモデルに近いのは金持ちなのかも。彼らはあらゆる情報を手に入れて、合理的に私利私欲を追求し、自分の富を最大化しようとする。でも社会から富の上限が決められたら、それに反抗するのは合理的ではなくなる。安全でいるために必要な額の二十倍も持っている、となればなおさらよ。

M：そこはよくわからない。十億を手に入れるという野心は抑えられないんじゃない。そもそも反社会的で、まったく合理性なんかないんだから。たいていは男よね。女性でも自分にもそういう資格があると思っている人に会ったことはあるけれど。

T：それはそうね。

M：そういう人たちは難癖をつけてくるでしょうね。

T：そりゃ、なかにはいるでしょうね。頭のおかしい人たちはいつだっているものよ。わたしが考えたいのはシステムのことなの。もしも頭のおかしい人たちがまっとうなシステムのなかで反発しても、被害は出るけど最終的には刑務所行きだし、あるいは誰かに殺される。だから、考えなくちゃいけないのはシステムのほうよ。そして成果があるとしたらそこだとわたしは思う。

M：こういうことすべてにロシア政府は乗り気なの？

T：そうとも言いきれない。でもたぶんそうよ。ソビエト時代を懐かしむ風潮は強まっている。それにシベリアの凍土が解けはじめていて、そっちもただの冗談じゃないことがわかってきた。それをいいことじゃないかと考える人たちもいたのよ、もっと小麦やなんかを育てられるぞ、ってね。だけど実際は湿地が増えるだけだったし、これまでみたいに凍った川の上を車で通ることもできない。もうめちゃくちゃよ。おまけに大量のメタンと二酸化炭素が放出されて、地球まるごとジャングルになっちゃいそう。ロシア人は誰もジャングル惑星なんて求めていない。あまりにもやっかいだし、そんなのはロシアじゃない。だから、概念が変わりつつあるわね。

M：それじゃ、こっち側についてくれそうなのね。

T：たぶん。いまでもクレムリン内部で争っているけど、エビデンスは明らかよ。それに、多くのロシア人にとってはいまだに科学を重視していたソビエトの印象が強い。それもロシア人の価値観よ。それに、ソビエト流のやり方が世界を救うかもしれないなんて面白いでしょう。一種の自己正当化ね。

M：どこの文化だって、よそから尊敬してもらいたがるものよ。

T：当然ね。いまや中国がそれを得ているし、インドもそう。いまそれを求めているのはロシアとイスラムだわ。

M：それで、どうすれば尊敬してもらえるの？

T：お金ではないわね。それはサウジがお手本を見せてくれた。あの人たちはバカよ。明らかなバカは誰からも尊敬されない。ロシアはそれを心配しているの。いつもバカだとみなされてきたと思っているから。偉大なるクマ、危険で粗野な田舎者、って。

M：世界一の小説や、世界一の音楽を生みだしたのに？

T：そういうのは全部、帝政時代のものだから。そのあとソビエト連邦になって、アメリカ人に抵抗したり、科学で一歩先んじたり、結束を重んじたりして少しは尊敬もされた。あるいはそう記憶されてる。それなのに、いまじゃ私たちはただアメリカに負けた偉大な敗者。そのうえ世界中で英語が話されるようになっているから、その印象はけっして消えない。ソビエト流のやり方がアメリカ人の愚かさからすべての人を助け出す、とかがないかぎりは無理ね。

M：あるいは帝政に逆戻りするか。

T：そこよ、そういう反応がくるのはまずいわ。プーチンのときに目の当たりにしたもの。だけどソビエトという夢のほうがまだまし。過去を背負って、世界を救うためにそれを利用するの。母なるロシアが土壇場で勝利を収めるわけ。

M：そうなってほしいものね。誰かがそれをやらなくちゃ。アメリカがやるとは思えないわ。

T：アメリカ！　彼らは富豪で、無限の富ではなくいま五千万ドルを受け取らなければならない人。彼らが理解するのは最後でしょう。

M：どうやらもう一度、サンフランシスコに行かなくちゃいけないようね。

82

ボトルネックになっているのは物流の中心的存在である小売店で、それ自体の数は多くない。物流の中心を攻撃するのは急所を蹴り上げてやるようなものだ。そうやって攻撃があったことが伝われば株価が下落するし、それに対抗する手段もない。しかも株の評価額はとっくに史上最低になっている。もちろん、警察に逮捕され起訴されるだろうが、それで株価がもどるわけではない。十万ドル分の物理的ダメージが、一億ドル分の資産価値損失を招きかねない。大規模な年金基金が問題に気づいて莫大な資産を別のどこかに移し、そうやって大物が動きだしたことに気づいた基金や信託、大学や非営利団体、ヘッジファンドが次々と、屋根が落ちてくるまえに逃げ出そうとする。そしてある日突然、巨大有名企業（もちろん法人でもある）は発作に見舞われて病院のベッドで無力に横たわり、生命維持装置につながれたような状態になり、遺族が最後の財産を手に入れるために争うことになる。

　そう、たしかに店舗に放火された。以前ならそれでおしまいになるはずだった。人々は直接的な行動が好きだ。なぜならそのほうが手っ取り早いし、あとから本物の変化に直面しなくてすむからだ。だが今回は〈家主ユニオン〉が〈学生負債レジスタンス〉の支払いストライキを支持してバックについた。それは行動に移された不服従であり、連鎖反応的にほぼ全職種の人が在宅待機する状況を生みだした。ゼネラルストライキの一形態だ。

　そして七月十六日、インターネットの大きな一画を占める、店舗の店舗ともいえる巨大オンラインストアが機能を停止した。奇妙な感じだった。我々がやり遂げたことだが、はたして賢いやり方だっただろうか？　インターネットはいまや我々の神経系統のようなものではなかったのか？　ユタ州で峡谷から脱出するために片腕を切り落とした男と同じではないか？　きわめて絶望的な措置だった。我々が身を投じたのは、体制が崩れた空白期間、王朝と王朝の狭間の混沌だった。〈危機紀元ゼロ〉。なんてこった。

＊＊＊

こういう状況になったからには計画が必要だ。弱り切っている最中にそんなものをサクッと思いつくというわけにはいかない。現代のように超複雑な世の中ではなおさらだ。インターネットが機能しなくなったりすれば、一瞬にして預貯金は消え失せ、もはや通貨が機能しなくなる。ヤバすぎるって。とんでもないことだ！　そんなことになってから、新しい社会を一から作るなんてことができるか？　無理に決まってる。世の中の秩序が崩壊したあとには、気づいたらペットのネコを喰らってるなんてことになりかねない。だからこそ、まえもってプランBを用意しておかなくちゃいけない。そしてそれは秘密の計画みたいな、混乱のさなかに突然世界に押しつけられるようなものであってはならない。陰謀説なんてもってのほか、ああいう連中にはうんざりだ――ものごとが秘密裏に筋を通せるとでも思っているのだから！　冗談じゃない。どう考えたってでたらめだ。我々はここにいる。陰謀がないというわけではないが、それらはすべて公開されているプランBだ。まえもって全員が承知しているあけっぴろげな陰謀。影の政府というより野党による「影の内閣」みたいなもので、すべての計画を市民にさらけだして考えてもらい、できることなら投票してもらう。すべての案をテーブルに広げて議論の的にする。ひとつひとつ段階を追って手順を指示する。そうとも、まるで政治みたいじゃないかって？――だってそれが政治だからさ。なんとも気が滅入るというものだ。

　プランBの欠如がどれほど革命を骨抜きにしてしまうかの教科書どおりの実例をあげると――まあ、知っている革命のなかから好きなのを選んでくれ！　だいたいいつでも突発的に起こるものだから、よくあるしょうもない結果にしかならない。大失敗とピンボールみたいな行き当たりばったり、そして悪夢の歴史だ。だがここでひとつの例について考えてみよう。プランBの欠如が、ぜひとも革命が起きてほしい局面で、そもそも始まりさえしないうちに止めてしまったという例で、まさにいまの我々と深い関連があるものだ。その例とは今世紀初めに起きた、ギリシャとそのユーロ圏離脱（グレグジット）の失敗のことだ。ギリシャはEUの中央銀行と世界銀行、そして多数の民間銀行債権者への負債の支払いが滞ってしまった。こうした国際的な金融勢力はギリシャを締めつけにかかった。彼らは国民への年金支給や医療サービスの提供などをやめるように迫った。そうすればギリシャ政府は返済できるようになるだろうと考えたのだが、これは貸し手たちがギリシャという高リスクな国に対して無謀な融資を行ってきた結果でもあった。当時ギリシャの政権与党だった急進左派連合はこれを拒否した。国際金融を代表するEUと欧州中央銀行および国際通貨基金からなる三頭制、いわゆるトロイカはこれを実施するよう強く求めた。これればかりは譲るわけにはいかなかったのだ。さもなければPIIGSの各国、すなわちポルトガル、イタリア、アイルランド、ギリシャ、スペインがそろって債務逃れしようとするだろうからだ。

さて、ここで負けるのはギリシャ国民か、それとも国際金融か？　急進左派連合はこの問題を国民投票で問うことにした。ギリシャ国民の大多数はトロイカに逆らって緊縮財政を拒否するほうに投票した。それにもかかわらず急進左派連合は、緊縮財政とEUによる制約をただちに受け入れることにし、財政破綻を回避するための救済を求めた。

急進左派連合はなぜ、自分たちを選んだ国民の望みを裏切ってそんなことをしたのか？　それは、プランBを用意していなかったからだ。その時点で彼らに必要だったのは、EUから脱退して自国通貨のドラクマにもどす計画だった。彼らは新ドラクマ紙幣を印刷したりその他の必要なあれこれの変更をするなど、自国通貨のコントロールと統治権を持つ国家にもどるための転換期のあいだに通貨の代わりになってくれる、ある種の借用書のようなものを準備しておくべきだったのだ。実際、急進左派連合のなかにもそのようなプランBを策定しようとしゃかりきになって働いた人たちがいて、プランXと呼んでいたのだが、ただ惜しいところで間に合わず、これをやってみようと政府内の同僚たちを説得することができなかった。

要するに、実行に移せるだけの準備が整ったプランBがなかったせいで、急進左派連合はEUと国際金融機関に服従するしかなかった。そうしなければ待っているのは混沌であり、国民が飢えるということだ。ギリシャ国民はすでに飢えていた。失業率は二十五パーセント、若者だけで見れば五十パーセントにおよび、トロイカ体制によってすでに強いられていた緊縮財政によって、失業者救済のための基本的な社会福祉にかける予算も残っていなかった。先進国の政府が、ヨーロッパの一国が、文明の発祥地でもあるような国が、飢餓と混沌を避けるには空腹と失業を選ぶしかなかった——彼らにはそれしか選択肢がなかった、なぜならプランBを用意していなかったから。

今回、我々の番である今回、世界中であらゆるものごとが壊れてしまったいま、なんとしてもプランBがなくてはならないのだ。

　では、それはどんなものか? おおまかなところはずっとまえから目のまえにあった。社会主義と呼ばれてきたものだ。あるいは、この言葉に恐れをなす人々、つまりこの言葉にアレルギー反応を示すアメリカ人、あるいは功成り名遂げた国際資本家たちが、公共事業区（PUD）と呼んできた公社だ。それらはおおよそ同じものだ。国民生活に必須のものを国有化することで、利益を出さないやり方で人権や公共財として提供する。必須のものとは、食料、水、住居、衣服、電気、医療、そして教育だ。これらはすべて人権であり、公共財であって、けっして私物化されたり、利己的に利用されたり、利益を求めたりされてはならないものだ。たったそれだけのことなのだ。

　民主主義もけっこうなものではあるのだが、いま一度、この社会主義という言葉が少数独裁体制や西洋の帝国主義という本質を隠す仮面でしかないと考える人たちには、本物の政治的代表制と呼ぶことを提案したい。あなたがたは、民主主義で本物の政治的代表制ができていると感じているだろうか? おそらくそうではないだろうが、多少はあると感じていても、せいぜいかなり危うい感じだろう。だからこその、必需品の国有化と、本物の政治的代表制が必要なのだ。

　細かいところはケースバイケースで調整できるし、悪魔は細部に宿る（細かいところに落とし穴）とはいうものの、しょせんは細部にすぎず、パズルのピースをどうはめるかの問題だ。こうした細かいところはなんとかできるものだし、たいていはすでになんとかなっている。チューリッヒ計画にせよモンドラゴン・システムにせよそうだったし、あるいはアルバートとハーネルの考えた参加型経済、共産主義、公益信託、〝良いものとは、土地にとって良いもののことである〟計画、さまざまなポスト資本主義などもみなそうだ。プランBにはいくらでもバリエーションがあるが、どれもが基本的な機能を共有している。けっして小難しい理屈なんかではない。必需品は売り物でもなければ利益を出すものでもない、ということだ。

　ひとつ恐ろしいのは、それでも通貨は必要だということだ。少なくとも人々が信頼できる交換したり配分したりするシステムは必要で、それはつまり、既存の中央銀行もその一部でなければならず、ということは、いまある国民国家制度もその一部でなければならないことだ。残念ではあるがほんとうのことで、たぶん自明のことでもある。たとえあなたが脱成長論者であれ、無政府主義者や共産主義者、あるいは世界政府のファンだとしても、我々はいまある世界秩序のなかで国民国家というシステムに従って、この世界でやっていくしかない。もし、それが気分を良くするなら、〈言語の家族を通じて〉と呼んでいい。何百もの異なる言語は相互に理解可能でなければならない。いま我々の手元にあるのがそれなのだから。肝心なのは、新スキームを支えるために古いシステムからなにかを使用しなければならない、そのなにかは大きくて頑丈なものでなければならない。それがなければ、すべては空中の楼閣となり、混乱のうちに崩れ落ちてしまうだろう。そうとも。通貨は中央銀行を意味し、国民国家制度を意味する。それは社会的合意以外の何ものでもない。そこのところがなんとも不気味でもある。まるで催眠術のようで、それが効果を発揮するためには我々自身がそれに同意しなければならない。我々はみなで一緒に幻視する大きな夢のなかで催眠術にかかっていて、それが社会的現実なのだ。あまり楽しいものではない。

いまある秩序があまりに不公平であまりに理不尽であればなおさらだ。もちろん、よくある話だ。聖書にあるとおり、それも創世記に詳しく書いてあるように、不公平は最古の物語だが、文明の始まりからこのかたたいして変化することはなかった。ならばどうして我々が変えることができようか？ 我々はいま、なにをすべきなのか？

現在、誰もがすべてを知っている。この地球上に、我々が共有する社会的存在の実態について、知らぬものはない。あのばかばかしいスマートフォンがやってのけた現実のひとつだ。実際文字が読めなくても――まだ多くの人々がそうだが、世界がどのように機能しているかについて優れた考えを持つことが可能になった。世界が一直線に破滅に向かっていることを知っている。行動すべきときであることを知っている。誰もがすべてわかっている。見えざる手が勘定を払ってくれることはありえない。通貨はすでにここにあるが、ただそれが公平に配分されていないだけだ。だからいま、ものごとは崩壊してしまった。我々が壊したのだ。それも、わざわざ壊したのだ！ 暴動、占拠、債務不履行、ゼネラルストライキ――世界の破綻。いまこそプランBの出番だ。行動を起こすとき――議会が行動を起こすときが来たのだ。最終的にそれを行うのは、公平かつ公正で持続可能な、しっかりした法体制を新たに作り出す立法行為なのだ。公共事業区や国有（つまり国民所有の）企業、協同組合、本物の政治的代表制、などだ。プランBを法律として施行しなくてはならない。それもできるだけ速く。最高のプランBは、多くの選択肢から生まれてくるにちがいない。

83

ピタにもどったのは真夜中になってもまだ暗くならない白夜のシーズンで、この日の夜も気味の悪い灰色の薄暗い光が雲が低く垂れこめた海辺の町を照らしていた。よくあることだ。トリニティ橋の上から内陸側を見れば、スポットライトに照らしだされたペテロパブロフスク要塞の高い壁が夕暮れのなかで黄色く輝いている。厳しい寒さはいつものことだ。彼女は古いコートをはおっていて、そのえりについた毛皮があごを温めている。冬用の帽子は耳まで覆っていた。ズボンの下には長い下着を重ね、足元には裏打ちのついた古いブーツを履いていた。大丈夫、準備はしてきたのだから。こんな厳しい寒さのなかでもどってくるのはいつだって堪（こた）えるけれど。

ああ、タチアナったら、と友人が背後から声をかける。出ていくまえはあんなにきれいだったのに、いまじゃ残されたわたしたちと同じおばあちゃんになっちゃって。

ほっといてよ、と彼女は言った。あなたのほうがもっと老けこんでるわよ。

ふたりは抱き合った。

そうはいってもあなたはとってもきれいだわ、とスヴェトラーナが手をつないで彼女を探るように見ながら言う。スイスであれだけ稼いだお金のおかげなんでしょうね。スパや食事、運動なんかがよかったんでしょう。

そんなことない。

でも、あなたみたいなスタイルをずっと保てたのは運がよかったわよね、少しくらい太ってもすてきだし、むしろさらに魅力的になるんだもの。

スイスチーズを食べすぎてもね、とタチアナはげんなりしながらも同意する。ところでバカ話はそのくらいにして、なにがしたいのか言ってちょうだい。

ここを出ていきたいの。

タチアナは冷たい空気をハッと吸い込んだ。本気なの？

スヴェトラーナは身ぶりで街のほうを示した。誰だってそうでしょ？

わたしにはすてきに見えてたわ。

スヴェトラーナは、白夜の空に突き刺さる巨大な銀色の針のようなラフトタ・センターのタワーを指さした。あんなものがあるのに？

わたしはわりと好きよ。

あなたならね。でもだからってさ。あれがどう見えるかの問題でもないし、あなたがどう見ているか、若いころのあなたがどう思っていたかという問題でもないの。

若いころは大嫌いだったわ。好きなのはいまよ。

いまは離れているからでしょ。

いつかはもどってくるわ。

どうかしら。自分を偽るのはやめて。ここにいたらあなたはダメになる。

ものごとはいいほうへ向かってると思ってたわ。プーチンはいなくなったし、共産主義者たちが復活してきたし、新興財閥もみんな死んだか刑務所に入ったかしたんだし。

そんなことを言ってはだめ！　どうしてそんなことを？　第一世代がいなくなったとはいえ、彼らの子供たちがろくでなしなのは知ってるでしょう。あいつらをやっかい払いすることなんてできないわ。

でも彼らは政治的権力には興味がない。みんなモナコかニューヨークにいるんでしょう？

全員ってわけじゃない。何人かはそうだとしても、みんなではないのよ。それに残党が残ってものごとをひっくり返そうとしているあいだは、終わったとは言えない。まだまだだよ。


民主主義運動は勢いがついてるわ。民主的共産主義ってすてきじゃない。わたしたちは中国とは正反対の結果を出す。彼らは独裁的資本主義者になったけど、わたしたちは民主的共産主義者になるの。

そんなこと、チューリッヒでは信じられたかもしれないけどね。ここではそれほど簡単じゃないわ。

でも、良い方向に向かっていることは認めるでしょう。

良い方向というのはそのとおり。だって、良くなる余地はたくさんあるんだもの。だけど、わたしたちが勝てば勝つほど、抵抗も強くなる。わたしたちがうまくやればやるほど、わたしたちにとって危険が大きくなる、そのことをわかってる？

わかってるわ。

だったら考えてみてよ。あなたは成功してきたし、それはわたしたちもそう。それにともなって危険も大きくなってる。わたしは、こんどは外側から働いてみたいのよ、あなたみたいに。

どこにいるかが関係あると思ってるの？

そうよ。この橋は世界中のどこの橋よりも殺人率が高いのよ。

それなのに、ここでわたしと会うことにしたわけ？

あなたに思い出してほしかったの。感じてほしかったのよ。

タチアナはがっくりした気持ちで冷たい息を吐いた。母なるロシアは、不幸なクマだ。驚くことでもないけれど。それからこう言った。チューリッヒでわたしにできることはあるかしら?

もちろん。わたしを連れ出して。

それ以上のことも?

もちろんよ。新しい検事総長はこっちの味方よ、少なくともより良い土地の保護を求めるくらいにはね。彼は動物好きらしいし。彼の支援があれば、裁判官会議にエフゲニーの改革案を承認させることができる。

裁判官がそこまで重要?

以前よりもずっとね。マカロフが反プーチンでいようとしてるの、わからない? 誰もプーチンを超えられなかったから、彼はその逆をやろうとしてるのよ。

誰もプーチンを超えられなかったって、本気で思ってる?

スヴェトラーナは街のほうを身ぶりで示した。ピョートル大帝はそうかも。あるいはスターリンとか。だめだめ。その線はもう終わってる。それに、昔の英雄の二番煎じになんて、誰もなりたがらない。だから、マカロフは自分の爪あとを残すために、反対の立場をとろうとしてるの。偉大なる改革者、グローバリスト、民主主義者。中国よりインドに歩み寄って。それはつまり、さらなる法の支配ということ。それこそ多くの人々が無条件に求めているものよ。だからそこにわたしたちのチャンスがある。

エフゲニーの計画にも?

そうよ。動物たちの法的地位も含めてね。こっちであなたが抱えてる訴訟のいくつかを前進させるのに必要なのはそれよ。法的地位があれば、いつものスタイルで大暴れできるわよ。

そう考えると気持ちが明るくなってくる気がしたタチアナは、それは気に入ったわ、と言った。こっちの人で何人か、こっぴどく告訴してやりたいやつがいるの。

わたしを助けて、わたしもあなたを助けるから。

いつもどおりにね。さあ、このいまいましい橋をあとにして、飲みにいきましょう。

いつもどおりにね。一杯やる（キリヤット）時間だわ。

発酵（クヴァシット）する時間ね。

百グラムで身を清めるとしましょう。

二百グラムでもいいわね。

あなたが太るのも道理ね。アルコールにはご存じのとおり、カロリーがあるのよ。
上等ね。お腹もぺこぺこ。寒くてお腹が空いていて、
お酒も必要だわ。
故郷へようこそ。

84

どんどん強化されるドローン戦隊によって、数年がかりで着々とコンテナ船が撃沈されたあと、海運業界はついに新たな状況に適応しはじめた。適応するか、さもなくば死か。まだ浮いているコンテナ船はわずか一万一千隻ばかりしかなく、大型船と呼べるのはたったの二百隻、しかもそのうち四十隻が沈められるにいたってはもはやどうすべきかは壁に書きつけられたように明らかだった。いまだに犯人を特定できていないからには、妨害工作をやめさせられる見込みもなかった。デンマークの海運業者〈マースク〉とスイスの同業〈ＭＳＣ〉はそれぞれの船団を編成し直し、大規模な造船所もそれにならった。そうしなければ死が待っている。地上最大の海運業者のひとつがスイス企業だったことそのものが、スイスについて、そして世界についてなにかを語っている。

通常のコンテナ船は、巨大ではあるがシンプルなものだ。その大きさゆえに、もしもサイクロンやハリケーンにつかまっても、船体に損傷がなくエンジンが動いてさえいれば安定して乗り切れるため、航海にはとても適している。そしてもちろん、積載可能な積荷の量は膨大だ。タスクに見合った作りになっているのだ。

そういうわけで、妨害者たちに沈めようと思われないような船へと転換する最初の試みとしては、既存の船を改造することも含まれていた。スクリューを回転させるためのディーゼルエンジンが電気モーターに置き換えられ、そのモーターに電力を送るのは積荷の上に覆いかぶさる巨大な屋根に設置された太陽光パネルだ。これでもよかったのだが、なにぶん、高速航行に必要な電力をまかなえるほどの太陽光パネルを積むだけのスペースがなかったため、巨大船のスピードはかなり抑えられてしまった。しかし生活必需品のサプライチェーンがとぎれることなくつづき、目的地の港に予定どおりに届いているのであれば、船のスピードが遅くなろうが、その結果として経済効率が落ちようが、そんなものは事業上の新しいコストの一部にすぎない。〝ジャスト・イン・タイム（カンバン方式）〟——なら、あとはどのタイムに間に合わせるのかというだけだ。

それでも遅さは問題になり、あれよという間に、コンテナ船を引き取っては切り刻み、それを五隻か十隻、あるいは二十隻のもっと小さい船の材料として提供することを専門とする造船所が現れた。小さい船はすべて、ディーゼルを燃やすのに負けないどころかもっと速く走れるように、クリーンな電力でスクリューを回すものだ。

こうした変化には、帆船への回帰も含まれた。これがじつに見事なクリーンテクノロジーであることがわかった。近頃、新しい船に好まれるモデルは、蒸気船が洋上を席巻する以前に短期間だけ使われていたような、巨大な五本マストを持つ帆船によく似た外見をしていた。ただしこの新バージョンでは、風と同時に光をキャッチして発電できる生地で作られた帆が使われていて、ここで太陽光発電された電気がマストを伝ってモーターに送られ、それでスクリューが回るようになっている。言い換えるなら、クリッパー船の復活であり、しかもかつてないほど大きく、速くなっていた。

メアリーは列車に乗ってリスボンに向かい、そこでこうした新しい船のひとつに乗った。帆は昔の大型帆船のように横長に帆を張ったものではなく、むしろスクーナー船のような縦帆で、六本のマストそれぞれからほぼ真四角の大きな帆を張りだし、その上にもう一枚、三角の帆が張られている。船首には三角帆（ジブ）も一そろいついている。メアリーを乗せた船〈カッティング・スナーク〉号の全長は七十五メートル、十分なスピードが出ていて海が穏やかであれば、そして両方の舷側から水中翼を展開してあれば、船は水面からわずかに浮き上がった水中翼船としてさらにスピードが出る。

一行は南西に向かって亜熱帯無風帯の南で貿易風をつかまえられるところまで進み、昔ながらのパターンにならってアンティル諸島を経由して南北アメリカまで行き、そこから島々に沿ってフロリダに到着した。八日間の船旅だった。

その体験すべてがメアリーには驚くべき衝撃だった。きっと船酔いするだろうと思っていたのに、そうはならなかった。彼女専用に用意された船室はこぢんまりしていながらきちんと整理されていて、ベッドも快適だった。毎朝、夜明けに起きるとギャレーで朝食とコーヒーをすませ、コーヒーを日陰のデッキチェアに持っていき、画面に向かって仕事をした。世界のどこか別の場所にいる同僚たちと、話すこともあれば文字で会話することもあった。画面上で人と話していると、ときおり髪が風で乱されるのを見た相手が、彼女がチューリッヒの自分のオフィスにいるのではないことに気づいて驚かれたりもした。それ以外は、午前中はいつもと代わり映えのない仕事をし、何度か休憩をとってメインデッキを歩き回り、青い海を眺めたりした。鳥が近くを飛んでいったり、イルカが船と並んでジャンプしたりすれば、仕事の手を休めた。ほかの乗客たちもそれぞれの仕事や友達づきあいがあって彼女をひとりにしておいてくれたけれど、食事のときに大きな丸テーブルに座れば、彼らはいつでも楽しい話し相手になった。ボディガードも彼女をそっとしておいてくれた。彼らもまた船旅を楽しんでいた。その気になれば小さいテーブルについて本を読みながら食事をすることもできた。たまに顔を上げて、周囲でおしゃべりしている人たちの顔をしばらく観察してからまた本のつづきを読む。それからデッキにもどる。塩を含んだ空気は冷たく、空高く浮かぶ雲は輪郭がくっきりとしていて、沈む夕日は大きくてゴージャスだった。夜になれば大きな星が夜空を埋めるほど——塩辛い空気を帳消しにしてあまりあるほどの真っ暗な空だ。やがて新月が夜ごとにだんだんと膨らんでいって、ついには黄昏の水平線に銀色の小道をゆらゆらと浮かび上がらせる。水の上に空、藍色の上に濃い青、それが銀の道で隔てられている。

それはそれは美しかった！　そして彼女も自分の仕事をやり終えようとしていた。そう——以前のスピードへのこだわりはいったいどこから来たものか、どうして誰もかれもがそこまで思いつめてしまったのか？

誰もが、ほかのみんながやっていることをやりたがったからだ。初めは誰も飛ぶことなどできなかったのに、やがて費用を負担できさえすれば誰もが飛べるようになった。そして飛行は壮麗な体験だった。だがやがては混雑したバスに乗るような単なる苦労になってしまった。そしていま、メアリーが利用したほとんどの飛行機で、人々は窓のシャッターを下ろして、まるで地下鉄にでも乗っているように飛行し、まったく下を見ようとはしない。十キロも下に浮かぶ惑星になど、まったく興味を示さないのだ。

航海の八日目、彼女の乗った船はニューヨーク港に入港した。それ自体が国際都市でもある夢の港。彼女はハドソン波止場に上陸すると、タクシーでペンステーションまで行き、列車で西へ向かった。

まあ、これはそれほど面白いものではなかった。でも、仕事をすることもできたし、眠ることも、窓の外を見ることだってできた。それにアメリカ人はついにこの大陸横断路線を含む高速鉄道を建設したわけで、これであと一日あればサンフランシスコに到着して地面から抜け出し、ビッグタワーまで歩いていって、数年まえに中央銀行の人たちと面会したあの最上階までエレベーターで上がれるのだ。旅には九日かかったが、そのあいだ毎日仕事をしていたのはチューリッヒにいるときと同じで、むしろいつもよりはかどったくらいだ。そして炭素の燃焼量は、ボブ・ワートンが開発した個人向けライフスタイル計算ツールで計算したところ、彼女が自宅にいた場合と同じだった。しかも、大西洋横断はすばらしかった。大西洋を帆船で渡ってきたのだ！　そしていま、ビッグタワーのピクチャーウィンドウのまえに立ち、太平洋の雄大な一画を見わたしている。なんてすばらしい！

「わたしたちはなんて愚かだったのかしらね」彼女はいまも連邦準備銀行の頭取を務めるジェーン・ヤブロンスキに向かって言った。あらゆる変化に恐れをなした新しい大統領に再任されたのだ。ヤブロンスキは当惑したような顔で、メアリーがどの愚かさのことを言っているのか見極めようとしていた。メアリーがそれを説明することはなかった。

　ともかく、その場では。まずは、彼らがものごとの進みぐあいをどう思っているのかを聞く必要があった。

　この集まりではしばしば〝the〟をつけて固有名詞のように言われる出来事——熱波、撃墜の日、小恐慌、過渡期、介入、奇妙な時代、超恐慌——について話し合われた。そして彼女は改めて実感した。彼らこそが世界の支配者なのだ、誰かを実際にそんなふうに呼んでもよいならば。でも支配者はもしかしたら、彼らがその短絡的な名前でとらえようとしていた変化自体だったのかもしれない。システムそのものが彼らの支配から逃れてしまったのだ。変化の方式そのものが変化していた。

　今回集まったのは、ボブ・ワートンが〈ヘイル・メアリー（起死回生）〉と名づけた一大実験——カーボンコイン——の開始から数年の状況についてだ。インドによる〈ピナツボ〉介入について話し合うために招集されたこれまでの会議によく似ていた。ただし、前回集まったのは気候学者たちだったが、今回は銀行家たちだ。こちらでも空に向かって実験的になにかを放出したのは同じだが、そのなにかとは〈砂金〉だ。それで、なにが起きたのか？

　彼らは二時間ほどかけて、助手たちが報告するのに耳をかたむけた。要約につぐ要約、情報は極限まで嚙み砕かれた。そうして彼らのもとに議論が回されてくると、大きなテーブルを囲んで互いに顔を見合わせた。総括の時間だ。期待したような効果はあったのだろうか？　うまくいったのか？

答えはイエスでもありノーでもあった。このごろはどんな問いに対する答えもこればかりだ。しかしいろいろな意味でイエス、うまくいった。慎重かつ遠回しに彼らが互いにそういうのがメアリーに聞こえてきた、それが答えだ。きらびやかな街の高いところに置かれたこのテーブルを囲み、顔を見合わせる人たち。神経質そうな不安が表れていても、彼らの顔は喜んでいるように見えた。

彼らが合意したポイントは次のとおり。

新設したカーボンコインは、炭素回収プロジェクトに対する数多くの短期投資を刺激し、コインそのものは多数のより長期の投資にも刺激を与えた。最大炭素所有者のなかには化石炭素を売却したり地中にとどめたり、可能であればプラスチックに利用したりするものも出てきた。石炭は放っておくだけで金にできるただの黒い岩になった。彼らは何兆ものカーボンコインを作って支払ったが、例の学説にしがみつく連中をよそに、それでもまだインフレもデフレも起きる気配はなかった。目立った価格変動は起きなかった。

その他の通貨の価値に対するカーボンコインの価値を操作しようとする両替所も現れた。なかには安く買って高く売れることを期待して価値を下げようとした人たちもいた。そのような試みに対抗する必要があった場合、操作する人たちに断念させるようなやり方で攻撃する一方で、それ以外の人たちにそうした行為から遠ざけるように警告するのがいちばん効果があった。そうした試みをした人に対して強力に制裁するためのツールがあった。それに関する報告のひとつで使われたのが「財政的斬首」というフレーズだ。

投資熱がこれ以上高まることへの警告の一部として、彼らのスタッフは強力な通貨コントロールを含む、関連するいくつかの改革をそれぞれの政府に提案する法案の下書きをした。タックスヘイブンを攻撃し排除すること。すべての通貨を現金からブロックチェーン技術で追跡可能なデジタル形式にシフトすること。課税強化と規制によって炭素にさらなる圧力をかけること。これらの領域にいまこそおおいに勢いをつけるのだ。

どれもいいことづくしのようね、とメアリーはその日の最後に言った。さて、あなたがたはこのほかになにができるかしら?

彼らはメアリーを見つめるばかりだった。そして、あなたから言ってください、と言った。いったいどんな考えがあるんですか?　それはなぜ?

メアリーはため息をついた。この人たちからはけっして変化というものは生まれてこないわね。この組織も、個人も、そんなDNAは持ち合わせていない。

ディックとヤヌス・アテナが用意してくれたリストをざっと眺めた。証券取引所を通さずに取引するダークプールを違法化して根絶する。高頻度取引を大幅に遅延させる。取引を人間らしいスピードにもどせるくらいの高頻度取引税を設ける。必要な基本的生活必需品を割り出して、供給の足りていないコミュニティに無料で提供する。

なんてことを！　中央銀行がするようなことではない！

彼らの最初の反応はいつもどおりだ。だが彼らがもう自分たちの本筋から大きくはみだしていることは、彼らのひとりが指摘している。むしろ牧草地のフェンスを乗り越える雄牛に近いわね、とメアリーは思った。大きな雄牛の群れがフェンスを乗り越えて、あたりを見回してみたらどこにもフェンスがない――最初はそれがとても怖くて、彼らはフェンスをふたたび作り出そうとした。閉鎖された空間は自由よりもずっと快適だったからだ。もちろん、通貨への信頼を守ることが彼らの最優先事項であり、その指令自体こそ最高のフェンスとなる。ばんざい！

ダークプールを根絶してしまえば、通貨への信頼は失われるのではなく、増すのではないの？　とメアリーは尋ねた。

これには彼らも同意するしかなかった。そして一般的には、自由に使える資金の独立性が少ないほど、法定通貨全般への信頼は高まるだろう。

それから高頻度取引というのは、それは単に生産的な取引に寄生する経済的レント（超過利潤）じゃないの？　とメアリーが訊いた。

経済的レントがこの人たちの支持する経済システムの基本的な行動であるかのように話しているなんて、おかしなことだとメアリーは思ったが、彼らのほうはそう思いたいのだ。彼らの勇気を足場に固定してくれるものならなんでもいい。それに、国王殺しをじっくり考えるとなれば、いつだって勇気は必要だ。資本の王を殺せるものなどいるのか？　メアリーにはそうは思えなかったが、もし誰かにできるとしたら、それはまちがいなくここにいるインサイダーたち、システムを動かしている者たちだろう。ここにいる十三人こそ、誰かに止められるより速く玉体にナイフを刺せるほど近くにいる者たちだ。ブルータス、おまえもか？　そうとも、シーザー、私もだ。

死ね。歴史のゴミ箱に入るがいい。
そしていま、彼らはいろいろなことを議論しながらうなずきあい、メアリーの提案をよりそれらしい政策案に書き直していた。自らの無謀さを自覚させられてしまうような大きな結論は避けていた。数字だけを見て、いくつかの数字のつじつまを合わせるのは、すべて信頼性という目的のためだ。またそれも部分的には真実であったので、彼らにそのままつづけさせ、さらに励ますこともできた。

会議が終わると、中国財政部長のマダム・チャンが西向きの窓辺にいたメアリーのそばにやってきた。そこからは夕日のせいでまたしてもウミヘビの背中のように見えているファラロン諸島が望めた。あの西のほうにそびえ立っているものはなにかしら？

ただの飾り付けですよ、彼女はほほ笑んでメアリーに教えた。できあがったコートのボタンはしっかり付けないと（仕事は最後まで仕上げないと）。まさか、あなたはここで止まるつもりなんてないでしょうね？

あなたはなにを考えているの？

わたしたちはインドのすることに注目してきました。彼らはあらゆるものごとについて先を行っています。

彼らは急速に進化したわね。

ええ、誰だってそうしたいでしょう。あそこで起きたことは中国では起きてほしくありません、ほかのどこでもね。だから彼らは再生農業を教えてくれているのだし、わたしたちもそれを必要としています。でも当然ながら、そうした良いことにどうやってお金をかけるか、という問題にいつももどってくる。

そうね、とメアリーは不機嫌そうに言った。

チャンはほほ笑んだ。もちろんですよ。農地改革だと思えばいいんです。そして財政政策でもあります。ところで土地税というのは、中国では借地税のことです。あらゆる必需品のための共有物（コモンズ）の創造です。そして、単純に民間企業を従業員所有とする法規定です。

それを聞きながら、メアリーは疑わしげに頭をふったが、同時にほほ笑んでもいた。これでバトンはこの女性に渡されたのだと思いながら。ほんとうの力、それも強大な力を持った女性だ。わたしたちがあなたを支えるわ、とメアリーはうれしそうに言った。あなたが主導権を握ってくれれば、わたしたちがあとを支えるから。するとマダム・チャンは満足そうにうなずいた。

そのあと、メアリーは飛行機でもどる予定にしていたのをキャンセルし、寝台列車とクリッパー船でニューヨークからマルセイユまでの予約をとらせた。帰路でもずっと仕事をしていた。

85

どうも。わたしがここに来たのは、アルゼンチンの〈シャンバラ持続型農業プロジェクト〉についてお話しするためです。わたしたちはアルメニアの〈ARKアルメニア〉代表です、ここに参加できてうれしいです。我々はオーストラリアで、〈アボリジニの湿地野焼き〉、〈浅瀬栽培〉、〈ガウーラ〉、〈グリーニング・オーストラリア〉、〈先住民はいかにしてオーストラリアを作ったか〉、〈カチャナ土地回復〉、〈小さな一エーカーからの持続型農業プロジェクト〉、〈持続型農業研究所〉、〈パープル・ペア・ファーム〉、〈土地に水を取り戻そう〉、〈オーストラリア再生〉、そして〈ヤラ・ヤラ生物学的多様性回廊〉を連携させました。我々は雑多な群衆です！

わたしたちはベリーズの〈サンゴ礁再生〉から来ました。わたしはボリビアの〈食糧安全保障〉代表です。わたしはボルネオの〈熱帯雨林を回復させよう〉代表です。わたしたちはブラジルの〈林業試験場〉と〈森林農業を通じた回復〉から来ました。わたしたちはブルキナファソの〈リレンゴの森〉と〈アフリカ古来の農業活動による森林再生〉というグループから来ました。カメルーンから来ました、〈バフュ・エコビレッジ〉です。

カナダ代表団は〈ブケジュワノンの伝統的知識〉、〈ジャルダン・アンブロワジー〉、〈グレート・ベア・レインフォレスト〉、〈ミラクル・ファーム〉、〈テイキング・ルート〉、〈未来のための水〉を代表しています。中国代表団は〈森を植える人〉、〈エコ文明〉、〈中国の砂漠緑化〉、〈ホルチン砂漠の森林再生〉、〈カラマイ環境保護地区〉、〈庫布斉（クブチ）砂漠シルクロード緑化〉、〈黄土高原分水界回復〉、〈砂漠から耕作地への転換〉、〈世界最大の人口森林〉、〈浙江省の緑地方再生プログラム〉を代弁できることをうれしく思います。

コンゴから来たわたしたちは〈ボノボ保存会〉、〈一般参加型地図作成会〉、〈ヴィルンガ国立公園〉です。コスタリカ代表のわたしたちは〈オレンジピール実験〉、〈プンタ・モナ〉、〈ヴィダ・ヴェルデ水保全〉です。わたしは八十五歳になる誕生日に、キューバの〈持続可能農業改革〉を代表してここでお話しできることを誇りに思います。わたしたちはデンマークの〈ヴィッツォフース持続型農業〉から来ました。わたしはエクアドルの〈クラウドフォレスト森林農業〉から派遣されてきました。私はエジプトの

〈砂漠に森を造ろう〉からです。イギリスから来た我々は〈森林農業研究信託〉、〈エデン・プロジェクト〉、〈ネップ・エステート再野生化〉、〈ブリテン再野生化〉、〈河川回復〉を代表しています。

エリトリアから来た私たちは〈マナザレス・マンゴー再生〉の、エチオピアからは〈エチオピア・ライジング〉、〈メレレの奇跡〉、〈エチオピア高原の再緑化〉、〈エコシステム再生〉、そして〈流域活動〉の代表です。フランスからは〈ピュール・プロジェ森林農業〉を代表できることを喜んでいます。グアテマラから参加のわたしたちは〈マヤ生物圏保護区〉と〈森林コミュニティ協会〉です。わたしたちは〈ハイチ森林再生〉代表です。わたしたちはオランダから〈ランドライフ・カンパニー〉と〈タイニー・フォレスト〉を代表してきました。

ホンジュラスからは〈ルーツ・オブ・マイグレーション〉代表。ホピ族の国より〈ホピ・レインキャッチャー〉がここに。アイスランドより〈アイスランドに植林を〉、および〈森林再生〉代表。インドからお話しに参りましたのは〈アラウの森林農業〉、〈アラバリ管理学界〉、〈不毛の土地をかぐわしき森に〉、〈持続可能農業協同組合〉、〈ツンドラに森を造ろう〉、〈集団で植林を〉、〈農業従事科学者〉、〈スナドリネコ保護団体〉、〈食糧主権〉、〈エコロジカルセキュリティ基金〉、〈三百エーカーの森に手で植林を〉、〈スンダルバンスのマングローブ再生〉、〈奇跡の水の村〉、〈ミヤワキ植林プログラム〉、〈自然農法〉、〈ナブダーニャ生物多様性農園〉、〈一日に五〇〇〇万本の木を植えよう〉、〈十二時間で六六〇〇万本の木を植えよう〉、〈米の多様性を守ろう〉、〈バンガロールの湖をよみがえらせよう〉、〈サダナフォレスト〉、〈サイ・サンクチュアリ〉、〈シーズ・オブ・ライフ〉、〈最初のオーガニックステート・シッキム〉、〈ウォーターフィールズ〉、〈ウォーターハーベスティング〉、〈河川再生〉です。

インドネシアからは〈生物岩サンゴ礁再生〉、〈マングローブ・アクションプロジェクト〉、〈マングローブ再生〉、そして〈マンタ岩礁再生プロジェクト〉からごあいさついたします。イスラエルから参加の〈砂漠に森を育てよう〉と〈キブツ〉です。日本から参りました我々は〈津波被害を減少させるための森林造成〉についてお話しいたします。わたしはヨルダンから〈砂漠緑化〉についてお話しします。わたしたちケニアは〈東アフリカ水文学回廊〉、〈グリーンベルト活動〉、〈カイキピア持続型農業センター〉、〈北部放牧地信託〉、〈雨水貯留〉の代表として参加できることを誇りに思います。マダガスカルは〈プロジェクト・モリンガ〉および〈命を救うために木を使おう〉の実例としての〈大森林再生〉を称賛します。

　メキシコを代表するのは〈チワワ砂漠緑化〉、〈集約的林間放牧（シルボパスチャー）〉、〈隠れた川〉、〈森林再生および水資源保護グループ〉、そして〈有機農法〉です。モロッコから参加する組織は〈砂漠に花を咲かせよう〉です。ネパールから来ましたわたしたちは〈隠れ里（ベユル）プロジェクト〉および〈人新世の荒野グループ〉についてご説明します。ニュージーランドからは〈ヒネワイ保護区〉、〈マンガラーラ・エコファーム〉、〈改革者〉です。ここに集まったすべての国々と同じく、氷山のほんの一角にすぎません。

　ニジェールから〈農業従事者が管理する自然再生〉および〈ニジェール再緑化〉に代わってお話をしに来ました。ノルウェーからは〈極地の持続型農業ソリューション〉についてお話しします。オグララ族・ラコタ族の国より〈オグララ・ラコタ文化経済再活性化〉の代表です。わたしたちはパナマの〈マモニ峡谷保護区〉代表です。ペルーは〈サンマルティン生物回廊〉についてお話ししたいです。フィリピンから参加の我々は〈森林再生〉、〈全国緑化プログラム〉、〈漁場およびサンゴ礁の保全〉についてお知らせします。

　わたしたちポルトガルは〈トマト農場の持続型農業〉、〈生物多様性に配慮して播種された草原〉、〈タメラ水貯留ランドスケープ〉、そして〈野生動植物〉を称えます。わたしはカタールの〈サハラ森林プロジェクト〉から来ました。ロシアから愛を込めて、〈更新世公園〉、〈湿式炭素貯蔵〉、〈シベリア野生生物サポート〉の代表です。ルワンダの〈希望の森〉から派遣されてきました。わたしたちはスコットランドから〈ブリテン最古の森〉、〈デンドレガン森林再生〉、〈マーティン島再生〉、〈この国の極端な富について〉、〈泥炭湿原再生〉として参加しています。わたしはセネガルの〈大グリーンウォール・イニシアティブ〉、そして〈砂漠を縮小させよう〉の代表です。南アフリカから、〈エコプラネット・バンブー〉、〈ジョーズ・ガーデン〉、〈砂漠に花を咲かせよう〉、〈バビアーンスクルーフ川の再生〉についてお話しします。

　私は韓国の〈三億五千万本超の木による森林再生〉プロジェクトより参りました。わたしはスペインの〈カンプ・アルティプラーノ〉プロジェクト代表です。わたしはシリアの〈再生の技術〉プロジェクトから来ました、どうかわたしたちを助けてください。タジキスタンから〈タジキスタンの森林再生〉について話しに来ました。わたしたちはタンザニアから〈ココタ島の森林再生〉と〈ゴンベ周辺の森林再生〉についてお話しします。タスマニア代表です、〈ジャイアントケルプ再生〉プロジェクトと〈マツの植林地再生〉についてです。私はタイから、〈先住民族の知恵と林業〉、〈マングローブ栽培〉、〈持続型農業によるサハイナン農場〉について話します。わたしはウガンダ代表として〈持続型耕作地〉と〈ウガンダの新しい森林〉についてお話しします。

わたしたちはアメリカ合衆国の代表として来ました。参加するのは〈アクセラレーティング・アパラチア〉、〈アメリカのプレーリー保護〉、〈壊れた台地の持続型農業〉、〈フード・フォレスト・ファーム〉、〈バイソンの総体的管理〉、〈自家栽培レボリューション〉、〈持続型農業学会〉、〈キス・ザ・グラウンド〉、〈クラマス川盆地の回復〉、〈エリー湖権利章典〉、〈土地学会〉、〈レオポルド協会〉、〈ロサンゼルス・グリーン再生〉、〈自然管理ミラーリング〉、〈みんなの持続型農業〉、〈プラネタリー・ヒーリング〉、〈正義の種をまく農場〉、〈再生型牧場経営〉、〈コロラド川再生〉、〈セコイア再生〉、〈スネーク川再生〉、〈ロデイル協会〉、〈西部保存会〉、〈ザ・シエラ・クラブ〉、〈歌うカエル農場〉、〈土壌の健康協会〉、〈荒海のスチュワード〉、〈タブラ・ラサ農場〉、〈野生を世話しよう〉、〈地球を織ろう〉、〈ワイルド・アイディア・バッファロー・カンパニー〉、〈野生の牡蛎プロジェクト〉です。

わたしはザンビア代表として〈より良い世界の鉱山再生〉について話します。わたしはジンバブエ代表として、〈相対的管理のアフリカセンター〉および〈チカクァ生態学的土地利用コミュニティ信託〉について話します。

わたしたちがここに集まったのは、わたしたちが取り組んでいることを共有し、互いの顔を見て、自分たちのストーリーを語るためです。わたしたちはすでに、この地球上のあらゆる場所で懸命の取り組みをしています。地球を救うことは神聖な仕事であり、七つの世代に対する私たちの義務です。わたしたちのようなプロジェクトはすでに数多く存在しているので、どうぞYourLockアカウントでわたしたちを見つけて、支援したり、活動に加わったりしてみてください。あなたはそこにいるわたしたちをすぐに見つけるでしょう、そうしたらぜひ、良いことをしているすべてのプロジェクトのうち、わたしたちはほんの一パーセント程度でしかないことを理解してほしいのです。しかも、さらに多くのプロジェクトが始まるのを待っています。さあどうぞ、話しに来てください。わたしたちのストーリーを聞いてください。あなたが手伝えるところに目をむけてください。自分でプロジェクトを立ち上げてください。きっとあなたも好きになるはずです。これ以外の世界などないのですから。

86

チューリッヒにもどったメアリーは、いわば目の覚めているあいだじゅう矢面に立っているような状態で、仕事が集中した二週間をどうにか切り抜けた。そろそろ休みどきだ。フランク・メイはもう出所して、刑務所の近くにある組合式の共同住宅で暮らしている。彼はなにをしているだろう？　どうしているのだろう？　彼が出所してからは連絡もとっておらず、確認するのも気後れしていた。

「元気にやっていますよ」彼女からの電話に、彼はそう答えた。「聞いてください、明日、アルプスに行ってシャモアを見てくるつもりなんです。学名はルピカプラ。ヤギやアンテロープの仲間で、地図によるとあのへんではそこらじゅうに生息しています。一緒に行きませんか？」

「動物を見るために？」メアリーは探るように言った。「動物園に行くみたいに？」

フランクはじれったそうにかぶせ気味に口をはさんだ。

「ただし動物園じゃないですけどね」

追跡アプリを使えば動物たちがどのへんにいるのかはすぐわかるので、そこを目指せば何頭かは見られるだろう。彼は以前にもそうしたことがあって、気に入っていた。フリムスの上のほうにもそういうすばらしい場所がいくつかあった。

「そうでしょうね」メアリーは言った。

そうして彼らは午前六時の少しまえに中央駅で待ち合わせ、クールに向けて出発した。車内で朝食をとり、これまでこんなことはしたことがなかったな、と居心地悪く思いながらとなりあって静かに座っていた。出発から一時間、列車を降りたふたりはフォルダーライン川の谷あいを登っていく狭軌鉄道に乗り換えた。こちらはスピードこそ遅かったけれど乗車時間は長くなく、降りるとこんどは待っていたバスでフリムスへと向かった。そこの駅からロープウェイでさらに上、南に面した盆地へと運ばれ、二千メートルほど上がったところで降ろされた。午前八時半にはもう、彼らはアルプスに立っていた。メアリーがまえもって言っておいたとおり、ふたりが山道を歩きだすとボディガードたちはついてこなかった。いつものように、ロープウェイの上の駅のところにある小さなレストランで待機することになっていた。

ハイキングを楽しんだメアリーとフランクは、やがてライン川のいちばん奥の源流の北側側面にあたるアルプス山脈の大きなくぼみにたどりついた。最後の氷河期の終わりごろ、氷河が谷のこのあたりから流れ出していったあとに、わかっているなかでも最大級の巨大な山崩れが、南に面した山壁をすべり落ちた。フリムスの村はまるごと、この崩れた山の残骸のてっぺんが平らになったところに広がっている。その上にはごろごろと積み重なった岩の上に緑の牧場がどこまでも広がっていて、上へいくほど急角度でチンゲルヘルナーの尾根の下までつづいている。その急勾配の灰色の岩山には水平方向に割れ目が走っている。深い割れ目は尾根にすきまを作り、そこからは窓をのぞくように灰色の岩山の下に広い空が見えている。これもまた、岩の上に乗った氷が数百万年もの月日をかけて作り上げたアルプスの不思議な景観のひとつだ。

山道は緑の草原を通って岩山のふもとまでつづいていた。メアリーとフランクは西へ向かう山道のひとつをたどり、スキーリフトや農園など人間の手の入ったものから離れて、アルプスでは荒野とされる自然のままの領域へと登っていった。ハイキングしながら、人間に近づいてきた動物たちを見たフランクが、アルプスの野生動物はあまりえり好みできませんね、と言った。もしもあんな垂直に切り立った岩のところにいなかったら、人間がしょっちゅう横を通るでしょうしね。

ゆるやかな上り坂に見えているのは、その向こうにそそり立つ灰色の断崖があまりにも急峻なせいでもある。実際にはよじ登るようにじりじりとしか進めない。いちばん高いところの盆地にある、丈の低い草がうねるなかに点々と岩が散らばり、高山植物が花を咲かせている草原についたころには疲れて空腹を感じるほどになっていて、太陽も頭上高く昇っていた。ふたりは高くはないが大きな岩に腰を下ろして昼食にした。

草原にはその上の尾根から落ちてきた巨大な岩のかたまりがあちこちに転がっている。高いところからはがれて砕け、草原に転がり落ちてきた灰色の巨岩だ。それとも、氷河からずっと昔にはぐれた氷に運ばれてきて、氷が解けた場所に落ちついた迷子石か。ふたりが背の低い岩に座って駅で買ってきたサンドイッチを食べ、ボトルの水を飲んでいると、静かにしていたご褒美のように最初のアルプスの動物が姿を見せた――このときはマーモットだった。

まるまるとした灰色のマーモットはウッドチャックにも似ているし、アナグマのようでもある。メアリーはちゃんと見比べられるだけの知識を持ち合わせていなかった。

あんな毛皮の色をしていれば、上空を飛んでいるタカを含めた捕食者はきっと岩と見まちがえるにちがいない。マーモットはああやって上から見張られているせいで、じっとしていることが多いのだろう。ある場所から別の場所に移動するときをべつにすれば、乗っている岩に負けないくらい動きがない。仲間どうしでは甲高い笛のようなスタッカートでコミュニケーションしている。メアリーとフランクが耳をかたむけていると、ほかの言語と同じように、それもたしかに言語なのだとわかってきた。

「フリムスではロマンシュ語が話されていますね」フランクは指摘した。

マーモットたちはふたりが話していても気にしないようだ、とメアリーは思った。

フランクもそう思い、話をつづけた。鉄道の駅からフリムスへ向かうバスのなかでもロマンシュ語がちらほらと聞こえましたよ。イタリア語とドイツ語を混ぜたみたいだ、ということで意見が一致した。ロマンシュ語がスイスの四つの公用語のひとつになった経緯で、ヒトラーへの非難が込められていたという話題で盛り上がった。それゆえにこの国の神話のようなものなのだが、ふたりともそう信じてもいいような気分になっていた。

草原に太陽が照りつけて、きらきらと光っていた。日なたにいると暖かい。ふたりがすぐそばに座っていてもマーモットたちはくつろいだようすだった。ふたりが彼らの前哨地を占拠してしまっているのは明らかで、岩の上面の割れ目には小さく乾燥した糞が散らばっていた。それを見れば、彼らが草食動物なのがわかる。

フランクとメアリーは、巨大なマーモットのようにそこに座っていた。口数は少なかった。メアリーにはそれがやや退屈だった。すると、体の大きさと毛のつやからまだ若いと思われるマーモットが一頭、距離の近さを気にするようすもなく、ちょこちょこと近づいてきた。立ち止まって前肢をのばし、届く範囲にある草の茎を顔のまえにかき集めた。両腕でかかえこむようにして、茎の先から小さな草の実をむしゃむしゃとかじりとった。ほんの数口で食べてしまった。かき集めた草の実を食べ終えると先端のなくなった茎を手放し、先へ進む。同じことをもう一度繰り返す。そしてもう一度。

それを見たあと、草の先の高さから草原を見わたしたメアリーは、この小さなけものにとってはほぼ無限に食べ物があることを一瞬にして理解した。少なくとも、いまのように草が実をつけているあいだは。おそらく、高山性の草食動物すべてにとってそうなのだろう。

　彼女がそう言うと、フランクも同意した。マーモットは毎日、一日じゅう食べつづけて、次の冬を越せるほど肥えておくのだろう。小さなクマのように、冬は雪の下のあなぐらにもぐりこんで冬眠し、蓄えた脂肪だけで生き延びられるように代謝のペースを落とすのだ。そして春になればまた地上に出てきて、ひたすら食べる夏を過ごすのだ。

　そこで、もっと大型の動物がひと群れ、低い尾根の上に現れた。ほーら、シャモアだ！

　フランクがオンラインで居場所を見たのとは別の個体らしく、発信機つきの首輪はつけていなかった。いまどき、ほんとうにそうやって動物たちにGPSをつけているのかどうか、メアリーは知らなかった。フランクはまじまじと彼らを見つめていた。

　おかしな姿をしたけものだ。ずんぐりとした体つきに短い首、脚も短く、鼻づらも短い。角は短くてカーブしている。ヤギと同じく、瞳孔が四角い目をしている。悪魔の目だ。メアリーはフランクにこの小旅行に誘われたあとになって、この動物が〝ヤギ亜科〟なのだと知った。それがどういうものかはともかく。彼らはほかならぬ彼らであって、ヤギでもなければアンテロープでもなく、同じ科に属するほかの種のどれとも似ていない。子供たちはほっそりして角がなく、母親のそばにくっついている。もぐもぐと口を動かしてはあたりを見回し、草のある場所から場所へ、岩の上をゆったりと歩いていく。フランクとメアリーのほうを興味深げに見つめていた。人を見てもほとんど気にしていないらしいことに驚いた。スイス人ハンターだっているし、少なくともメアリーはそう聞いたことはあって、このけものたちだって狩りの獲物としてもっともありふれているというのに。なぜ彼らはこんなにも人を恐れていないのだろう？

　彼女はこの疑問をフランクにぶつけてみた。

「どうして恐れる必要があるんです？」というのが彼の返事だった。

「わたしたちが撃つかもしれないでしょう」

「僕たちは銃を持っていませんよ」

「それがわかるの？」

「彼らにも目はありますから」

「でも、まえに銃を見たことがあるのかしら？　それだけでも完全に人から遠ざかっておかしくないのに？」

「ありえますね。だったら、彼らは銃を見たことがないのかも」

「それは驚きだわ」

「アルプスは自然のままですからね」

「そうじゃないって言ってたと思ったわ」

　彼はそれについて考えた。「自然のままでもあり、そうじゃなくもある。たくさんの人がここまで登ってくるのはそのとおり。だけどアルプスでは簡単に人が死ぬ。ほんとに残酷なんですよ。あなたは高い峠を越えたことがあると言っていませんでしたか?」

「言ったわ」

「それでわかったはずでしょう」

　彼女はうなずき、思い出してみた。「あれはほんとうに自然のままだった。野蛮と言ってもいいくらいだった——天気が悪くなったりしたら、それはもう。とにかく岩しかなかった」

「しかもそれは峠だった。ここには人が足を踏み入れることもないような場所がたくさんあります。そこへ行くだけでもとんでもなくたいへんだし、それでどこかへつながっているわけでもない。地図を見てみれば、そんな場所がそこら中にあるのがわかりますよ」

「つまり、ここことは違うのね」とあたりを身ぶりで示しながらメアリーは言った。彼らが座った岩の下の草原には二十種類ばかりの高山植物の花が咲き乱れていて、草のなかに隠れているものや草の上に揺れているものなど、花の種類によって高さがまちまちなので、あたりにはたくさんの色が折り重なっていた。てっぺんには黄色が揺らぎ、その下には白い層があり、その下には青の層、そして草の緑には地面近くに咲く花々が混じっている。

「ここことは違いますね」フランクはほほ笑んだ。

　それを見たメアリーははっとした。彼がほほ笑むところなど、いままで見たことがないと思っていたからだ。草原には花が咲き乱れ、野生動物が彼らをまったく気にすることなく草をはんでいて、その子供たちは文字どおり跳ね回っていた。空中に飛び上がって着地するとふらつき、ふたたび跳ねるようすを言いあらわすには、まさにその言葉がぴったりだ。高いところには灰色の壁がそびえ、そこに開いた窓がアルプスの驚異を体現している。空は青い。どこを見ても気持ちが晴れ晴れとするような景色だ。いくらかは幻覚を見ているようでさえある。潮の流れのような風になでられて、花々がその場でゆらゆらとおじぎする。若いマーモットはまだ彼らのそばにいて、あいかわらず草を口元へ掻き寄せていた。その手のなかで一束になった穂先がきらきらと太陽の光をまき散らしている。手軽な食事になる小さな扇。それより少し遠くで、悪魔の目を持つシャモアがなにを恐れることもなく穏やかに食いもどしを噛んでいる。

「こういうの、いいわね」メアリーが言った。

「動物を見ているのが?」

「そう」

ふたたびかすかなほほ笑みが見えた。「僕もです」

彼らはしばらくそうやって見ていた。

「あなたはたくさん見てきたの?」メアリーが訊いた。「野生に暮らしている動物を、ということだけど」

「それほどでも。もっと見たいですね。いまのところ、僕が見たのはほとんど全部、この盆地か、似たような盆地で見たものです。だいたいはこの子たちですね。マーモットとシャモア。アイベックスも一度だけ、たぶんそうだったと思います。それとテンかなにかもいたな。あとから調べて、たぶんテンだったようなんです。ここの小川の近くで、対岸に何本か木が生えているところでした。頭がどうかしたみたいにいったりきたり、走り回っていました。なにをしていたのかはわかりませんが。すごくすばしっこくて、でもなにかへんだった。狩りをしているとか、巣を作っているとか、なにかそういうふうには見えなかった。ただ走っていた。毛皮の黒っぽい、しなやかなやつでした。自分のやっていることに没頭していて。ポケットから携帯電話を出して写真を撮りたかったけど、怖がらせたくはなかった。僕に気づかれたくなかった。だからじっとしていたんです」

「それで、どうなったの?」

「最終のリフトの時間に合わせて帰らなくちゃいけなくて」

メアリーは笑った。「それがスイスね」

「ほんとにね」彼は足元の草を一本引っこ抜いて、つまようじがわりに使いはじめた。「あなたのほうは?」

彼女は頭をふった。「ゴールウェイもダブリンも野生動物には適さないところよ。子供のころは動物園に行くのが好きだったわ。でもそれって同じではないのよね」

「そうですね。あなたが望むとしたら、住んでいる場所の周辺に動物がいることでしょうね」

「そうかもね。カリフォルニアの人たちが取り組んでいるのもそれよ。土地は十分にあるし、彼らはもうずっと再野生化しようとしている。窓口になってくれている人はそれを〝北アメリカのセレンゲティ〟と呼んだけど、そこで言うセレンゲティはヨーロッパから人が行く以前のことよ。

彼らはそこまでもどそうとしているの」

「彼らにはいいことです。でも僕たちが住んでいるのはチューリッヒだ」

「そうね。どうなんだろう。チューリッヒベルクの小道ならよく歩くけど、あそこでは動物を見たことがないわ。ちょっとびっくりするわね、そう考えると。あんなに大きな森なのに」

フランクは頭をふった。「街に囲まれていますからね。あれじゃだめです」

「つまり生息回廊が必要だということね。それでうまくいくかしら?」

「そう思います。十分な幅があって、それなりに広いエリアをつなげられたら」

「カリフォルニアでやっているのはそれよ」

「あちこちでやっているんでしょうね。スイスでもうまくいくんじゃないかな。もしオオカミがもどってくるようなら小動物たちは嫌がるだろうけど」

「オオカミに食べられていたの?」

「ええ」

「スイス人がオオカミと仲良くやっていくところも想像できないし」

「それはわかりませんよ。氷河がなくなってきたので、山地の低いところでの森林再生を考えているという記事を読みました。露出した氷河盆地に植林を始めるのも支援するとか。そうなればオオカミの生息域も広くなるんじゃないかな。オオカミには森が必要だけど、開けた土地でも生きていけるし、それにもっと高いところでは岩だらけでなにもない一帯が露出してきて、マーモットやモグラ、リスなんかが住みつく。そういう地域はすごく高いところにあって、この国で可能なかぎり人間と距離をとれる」

メアリーは頭をふった。「チューリッヒベルクにオオカミがもどるなんて、そうそう考えられないわ」

「この子たちほどじゃありませんよ。現時点では、どの野生動物でもありそうにない。もどるのは一筋縄ではいかないでしょう」

「〈ハーフ・アース〉の人たちの思いどおりにでもならないかぎりね」

彼はうなずいた。「あの計画はいいですね」

ふたりはそこに座っていた。ここを離れる理由もない。この午後に行けそうなほかのどこよりも、ここのほうがいい。だから座っていた。フランクが草の茎を噛んだ。メアリーは動物たちを見つめながら、彼のほうをちらりと見た。体がリラックスしている。まるでネコのように座っている。この瞬間、マーモットやシャモアでさえ、彼ほどにはリラックスしていなかった。彼らは食べるのに忙しかった。実際、メアリーとフランクが岩から降りる理由といったらそれくらいだろう――空腹と、トイレに行く必要性と。

そして暗闇と。大洋が西の尾根にさしかかるとすぐ、空気が冷たく感じられた。草原に影が広がった。

フランクは尾根に、そして彼女に目をむけた。

「どうですか?」

「そろそろもどらなくちゃいけないわね。それに、ここにも最終のロープウェイの時間があるし」

「たしかに」

ふたりは立ち上がって伸びをした。シャモアが顔を上げてこちらを見てから、立ち去っていった。急ぐようすもなく、まもなく草原の向こうに歩きだした。草原のはずれにある岩のところまで行くと、彼らの姿は見えなくなった。なんだかマジックのしかけのようだ。そこにいるとわかっていて、そのつもりで見ていてさえ、メアリーには見えなかった。

マーモットたちは彼らが動きだしても気にしていないようだ。やがて一頭が笛の音のような声を上げると、彼らの近くで草を食べていた若い一頭がのしのしと歩きだして、巨岩の陰に隠れた。フランクが上を見上げて指さした。鳥が一羽、頭上の高いところを旋回している。たぶん、タカだろう。

ふたりはロープウェイの駅につづく山道に向かって歩きだした。そこでフランクがまえのめりによろめいたかと思うと、顔から転んだ。

メアリーは叫び声を上げて駆け寄り、となりにしゃがみこんだ。彼はなにごとかつぶやいたが、ぼう然としているようだ。両手を地面について体を起こそうとして座りこみ、そのまま頭に手をやった。顔やあごを触って確かめた。

「大丈夫?」メアリーが大きな声で訊いた。

彼は頭をふった。「わからない」

「いったいどうしたというの?」

「わからない。なにもないのに、ただ転んでしまった」

87

タウンミーティングには、このエリアに残っていた人々がひとり残らず――その数およそ四百人――参加した。古い高校の体育館を見わたせば、その昔おれたちが通っていた学校だけに、お互いにそれぞれを見分けられた。全員が知り合いだ。みんな、名前までよく知った仲だ。

この取引を持ちかけてきたのは国連の未来省とかいう機関で、連邦政府とモンタナ州政府が取り次いだ。ひとりひとりに提示されたのは、これから一生、生活に困らないほどの立ち退き料だ。地価の高い場所での住宅費、どこでも好きな学校を自分で選んで入学する費用、そしてもし成立すれば選べる選択肢として、おれたちのほとんどが同じ都市へ移住することもできる。たぶんボーズマンあたりに。ミネアポリスがいいという人もいた。

その計画については誰もがとっくに知っていた。まえの晩、まだ営業している唯一の映画館でスコットランド映画『ローカル・ヒーロー』が上映された。テキサスを拠点とする国際的な石油企業が、スコットランドの海岸の村をそこの住民たちから買い上げることを申し出て立ち退かせ、その村にタンカー用の港を建設しようとする、という内容だった。立ち退き料を受け取れば全員が金持ちになれるというので、村人たちは大喜びで、感傷めいたことひとつ言わずに賛成票を投じた。彼らはケイリーと呼ばれる伝統的なダンスパーティーを開いて村に別れを告げ、みんなで大金持ちになることを祝福した。やがて石油企業のオーナーがヘリコプターでやってきて、村と海岸は天体観測のために保存する必要がある、と発表した。天体観測は彼の個人的な趣味だ。オーナー役を演じたのはバート・ランカスター。ユーモラスでいたずら心をくすぐる映画だ。おれたちは無言でそれを鑑賞した。じつに身につまされた。

この町の状況もそれと大差なかった。ただひとつ、最初から町を取り壊すつもりはない計画だ、という点だけが違っていたんだ。町は、なんらかの形で利用されることになる。緊急避難所とか、地元の動物管理者の本部として。それをやるのは、おれたちの子供たちか、人のいなくなった空っぽの町がいいと思う大人でもかまわない。一年に一度は町にもどってくることもできるんだ。映画館では何日かまえの夜にミュージカル映画『ブリガドーン』が上映されたが、おそらくはこれがどれほどばかげているかを見せつけるためだったのだろう。この映画も、誰ひとり笑い飛ばしたりはしなかった。どうにか映画館の営業をつづけてきたオーナーのジェフが、この町をおしまいにしてほしくなかったのは明らかだ。この映画はおれたちに対する彼なりのムチのひとくれだった。入場するとき、スピーカーからサイモン&ガーファンクルの『早くうちへ帰りたい』が流れていたのはさすがにやりすぎだった。それでも投票の結果ははっきりしていた。

肝心なのは、どうがんばったってそうなるということだ。あるいは、もうそうなっているというべきか。そっちの面を見せつけるなら、ジェフはゾンビ映画を上映することだってできた。子供らは全員、ここを出ていってしまったのだから。子供らは高校を卒業するとき、そのために隣町までバスを使い、それから大学に行ったり仕事を見つけたりして、二度ともどってはこなかった。もちろん、全員が全員ではない。おれ自身、こうしてもどってきた。だがほとんどはもどってこなかったし、もどってきた者が少なければ、そこから出ていってもどってくる者はさらに少なくなる。ネガティブな結果をもたらす悪循環。そんなのはよくあることで、それがおれたちの時代のストーリーだ。この町の人口のピークは一九一一年の一万二二三五人だった。それ以降は十年ごとに人が減りつづけ、いまでは表向きは八三一人となっているけれど、実際はもっと少ない。哀れな覚せい剤常習者をべつにすればなおさらだ。彼らはほとんどゾンビみたいなものだから。商店が一軒、カフェが一軒、ジェフのおかげで映画館が一館あるだけ。あとは郵便局とガソリンスタンド、幼稚園から八年生までの学校。隣町には高校もあるが、生徒も先生も数は少ない。これで全部だ。

そしてもちろん、おれたちにかぎった話ではない。その事実が良いか悪いかはわからない。中西部の北のほうや西部、南部、ニューイングランド、五大湖地方全体のどこでも起きていることだ。地球上のあらゆるところがそうなのだと聞いた。スペインの村をまるごと、ほんの数千ユーロで買えてしまうという話も聞いた。スペイン中心部、ポーランド中心部、東ヨーロッパの大部分、ポルトガル東部、ロシアの大部分——いくらでもあった。もちろん、いまだに村が目のまえで都市に変わり、暴風雨のたびにダンボールハウスが溶けてしまうような国もあったが、いや、それがいいとは誰ひとり思ってなかったし、とにかくそんなのはおれたちのやり方じゃなかった。ここはモンタナで、ちっぽけなおれたちの町の人口は町として機能し人が住めるレベルをはるかに下回っていた。おれたちの町は死んだ。だから、こうしておれたちは互いの顔を見つめあっているわけさ。

　立ち退き料は気前がよかった。それに、それなりの人数が同じ町に移住することに合意すれば、仲間と一緒にいられる。近所づきあいだって、少なくとも部分的にはつづけられる。それだけあれば、生きていくには十分だろう。年に一度はこの場所を、この土地を見に帰ってこれる。しばらくすればここで暮らしていた人たちも亡くなっていくから、そうなったらもう、帰ってくる理由もなくなる。そのあとはおそらく建物が崩れ落ちるにまかせ、あるいは建築材料として持ちだされるのだろう。そして土地は地球上でも最大級の〈大イエローストーン・エコシステム〉の一部となる。バッファロー、オオカミ、グリズリーベア、エルク、シカ、クズリ、マスクラット、ビーバー。川には魚、空に鳥。動物たちも移り棲んできて、気候がこのままどんどん暑くなっていくとすれば彼らも北上するだろうが、どちらにせよここは彼らの土地であり、彼らの好きなように棲めばいい。ここに残る人たち、あるいはここを訪れる人たちというのは、パークレンジャーやフィールドサイエンティスト、もしくは野生生物たちの世話をするような人たちだったり、バッファローの世話をするカウボーイみたいなのもいるだろう。バッファローボーイとでも言おうか。そのへんは役所の連中がはっきりと語ってくれなかった。進行中の仕事だと認めざるを得なかったんだ。

　この地域の道路のほとんどをなくすことも計画された。鉄道や高速道路のいくつかは残され、動物のための巨大なオーバーパスやアンダーパスを数キロごとに設置することになる。地方道もいくつかは残すが、数は多くない。大部分は舗装をはがされ、コンクリートやアスファルトは細かく砕かれて、建築材料としてそれを必要とするどこか別の場所に運び出される。炭素の放出という意味ではコンクリート製造はよくないことだから、新しいコンクリートの価格が天文学的に跳ね上がっているうえに、ほかの代替手段のどれよりも高い税金がかけられている。用済みになった道路や解体された建物からリサイクルされるコンクリートは、金持ちになるための、少なくともそこそこ儲けるための方法のひとつになった。町を通る道路のほか、町の基礎部分やなにかの分け前もおれたちに分配された。ある種の信託基金が継承されていた。いずれ道路がなくなってしまえば、動物や植物はそれまでになくいい環境を手に入れられる。せせらぎに魚が泳ぎ、空には鳥が飛ぶ。これこそこのアメリカの〈ハーフ・アース〉計画だ。

だからおれたちは話し合った。しゃべりながら泣き崩れる者もいた。彼らは自分の両親や祖父母について語り、家系図をさかのぼれるかぎり、せめて最初にこの町にやってきた祖先までさかのぼって、彼らについて話した。みんなが一緒になって泣いた。なにげないひと言やふと思い出される顔、誰かが誰かになにかをしてやったというエピソードなどがふいに記憶によみがえる。これこそおれたちの町だ。

こういうことは世界中で起きている、としきりに言いあった。農家の暮らしを支えてきたこういうちっぽけな町が、歴史のゴミ箱に放りこまれていった。人類はなんと悲しい瞬間に立ち会っているのだろう。都会暮らしだって、どれだけご立派な話だろうと――小さな町で生活したこともないやつの御託にすぎない。まぁ、それはおれたちのなかの一部にしかあてはまらないことだ。そして、当然ながら多数派ではない。人々は足で投票するんだ。子供たちは出ていったきり、二度ともどってこない、それだけのことさ。だから、おれたちも引っ越すんだ。ボーズマンに行きたいやつが半分、ミネアポリスが半分というところか。おれたちらしいということなのだろう。小さい町なんてどこもみんなこんなふうに真っ二つになっていて、なにかにつけてだいたい半々に分かれているのかもしれない。町長、高校の校長、クォーターバック、最高のガソリンスタンド、最高のカフェ、なんでもだ。いつだって二者択一だ。だからここでも二手に分かれてやっていくのだろう。都会人になるんだ。ま、それがいつまでもつづくわけじゃない。世話人が指摘したとおり、これは成長のための縮小なんだ。世話人がほんとによくやってくれたことはちゃんと言っておきたい。彼女はおれたちに自分たちの話をするようにうながしたんだ。ここみたいな町ではみんな同じだと言っていた。これまでにもさんざんやってきたのだ。それが彼女の仕事だ。ホスピスの牧師さんみたいなものだ、と悩ましげに言っていた。みなさん泣くんです。少なくともこういう町ではね。同じことを都市の郊外にある町でやっても、誰も気にしないのだそうだ。立ち退き料がいくらになるのかを知るためでもなければ、タウンミーティングに参加することさえしない。郊外の町が取り壊されて動植物の生息場所になるのだと聞かされると、住民たちが快哉を叫ぶこともときどきあるそうだ。

おれたちは鼻で笑い飛ばしたが、自分の町をそんなふうに感じている人々を想像するのはつらかったよ。だが郊外なんてそんなものだ。おれたちは――おれたちの町だ。

でも、これはそこらじゅうで起きていることなんです、と彼女は言った。世界中のどこでも。これが終わったあと、何年も何世紀もたつうちには世界の人口はゆっくり減少していき、健全なところまで減るときがきます。そうなったら人間は都市をあとにして田舎に移動していくでしょうし、それでまた村が復活します。村はかつて、動物たちの生息域の一部でしかなかったんです、と彼女は言った。村の通りを動物が歩いていたりして。ここじゃ、もうそうなってるぞ！　と誰かが叫んだ。ええ、そしてもう一度そうなるんです、と彼女は答えた。先生たちや修理に来てくれる人、お店の店員さん、そういう人たちのことを知っていたいと思う人たち。町長さん。町に住む全員。人々が互いを知り、コミュニティとして結びつくというのは、あまりに根本的なことすぎて、なくなったりはしません。これは大きな物語のなかの一場面でしかありません。人間は長いあいだ、こうやって暮らしてきたんです。でもいまは、ちょっとした緊急事態なんです。

おれたちにはまだ、互いの存在がある。それに金持ちになる、少なくとも一生のあいだ不自由しないだけの――たしかな――年金がもらえて、子供らには信託基金もある。土曜の夜に退屈しない程度にやることだってある。だからきっと、大丈夫だ。

それなのに、しばらくすると目がひりひりしはじめた。みんな泣き崩れて、言いかけたことを最後まで言えなくなってしまった。ステージから降りるのに友人たちが手を貸してやっていた。これがおれたちの町だ。おれたちはこういう人間なのだ。

しまいにはもう、言うべきことがなにもなくなってしまった。夜中になっていて、おれたちはおとぎ話に出てくるみたいに町をしまう。あとやることといったら、家に帰ることだけだ。抜け殻になった気分で、よろよろと。自分の家のなかに入って、ぐるりと見回す。そして、荷物をまとめるだけだ。

88

我らは他の者が食わぬものを食べ、他の者にとっての食物を排泄する。やがていつか、我らは一丸となって移動を始めねばならない。我らは反時計回りに太陽を追い、一体となって移動する。我らは個の存在から形成される群れである。我らは列をつくって進む。我らが踏みしめる大地の大部分は水に覆われている。水上を歩くとき、恐怖が襲い、急いで陸に戻ろうとする。我らの中には、愚者を誘い悩ませる者もいれば、愚者を無謀な冒険へと駆り立てる者もいる。まちがったリーダーのあとを追えば、我らは死を迎える。恐怖にかられれば、我らは死を迎える。沈着を保てば、我らは命を奪われる。我らを食することもできるだろう。しかしながら、我らは他の方法であなた方に寄与するため、我らを食することは稀である。我らが去った後には、あなた方がいままで以上に必要とする大地が残される。我らはカリブーであり、トナカイであり、レイヨウであり、ゾウであり、みな地球上の偉大な群れなす動物である。あなた方もまたその中の一つだ。故に、我らを通過させたまえ。

89

次の日、メアリーは落ちつかない気分で出勤した。

「アルプスでの一日はどうでしたか?」バディムが訊いた。

「すばらしかったわ。草原に座ってマーモットやシャモアを見ていたの。それから鳥も」

バディムはまじまじと彼女を見た。「それが面白かったんですか?」

「そうなの! すごく平穏だったわ。だって、動物たちはただあそこにいて、自分たちの暮らしをしているだけなのよ。エサを食べながら歩き回っているだけ。一日じゅうそうやっているみたいなの」

「それはそうでしょうね」バディムはそうは言ったものの、そんなものを見ているだけで面白いとは納得できずにいるようだ。「楽しめたようでなによりです」

そこへボブ・ワートンとアデルが興奮もあらわに飛びこんできた。二酸化炭素濃度の最新の数値が世界的に激減したという報告があったのだ。この数値は掛け値なしの減少で、季節や経済的な貯蔵のおかげというのではなく、それらすべてを考慮したうえで、それでもまだ減少が見られたということだ。ほんの四年まえには四七五ppmにまでなったのが、いまでは四五四ppmになった。一年に五ppm、減少したことになる。重要な数値であるゆえに複数の方法で検証され確認されてきたが、どれを見てもこの数値が本物であることが示された。ついに、二酸化炭素が減りはじめたのだ。単に増え方がゆるやかになったとか、横ばいになったというのではなく――それでも七年まえにはおおいに喜ぶべき成果ではあったのだが、こんどはほんとうに減少に転じ、しかも急速に減少している。まさに炭素の回収が進んだ結果にちがいない。人間の行為の結果にほかならない。ついに人間の意志をもって成し遂げたのだ。

もちろん、これまでに起きたあれやこれやを考えれば、最終的にはそうならねばならないことではある、と彼らは口々に言った。〈超恐慌〉で生産活動が減少したのはもちろんだが、その影響だけでは横ばいになるだけだ。今回のようにしっかり減少したことの説明としては、減少させるための努力が実ったとしか言いようがない。ボブは言うには、どうやら森林を再生したのと浅い海を昆布で緑化したのが大きな要因だったようだ。「次の通過点は三五〇ppmだ!」ボブはうきうきしたようすでそう叫んだ。彼はこれにキャリアのすべて、人生のすべてを賭けてきたのだ。多くの人たちと同じように。

そのあとはおおむね祝福の時間となった。コーヒーで祝杯をあげた。ボブがここまで喜びを爆発させるところなど、誰も見たことがなかった。ふだんの彼は冷静沈着な科学者のお手本のような人間なのだ。

それなのに、みんながオフィスを出ていってみると、メアリーはまだ気分が落ちつかないことに気づいた。フランクにメールして、調子はどうだと訊いてみた。彼からの返事は、元気だよ、のひと言だけだった。まるでなにごともなかったかのように。

一日の仕事が終わると、トラムで街へ降りていってそこから歩いて彼の共同住宅へ行き、自分の目で確かめることにした。フランクはダイニングホールにいて、ピアノを背にしてベンチ型の椅子に座っていた。彼女の姿を見てもあまり驚いていないようすだった。あるいは、彼女がやってきた理由を知っているみたいに。

「なんですか?」自分を見ている彼女に気づくと、身構えるように言った。

「わかっているでしょうに。医者には診てもらったの?」

「いいえ」

彼女はフランクをじっと見すえた。どことなく、いつもよりつらそうな感じがした。「あれはよくあるような転び方じゃなかったわよ」

「わかってます。気を失ったんです」

「だったら医者に診てもらわないと。ちゃんと調べてもらいなさい」

フランクは不機嫌そうに唇を引き結んだ。医者に診せるつもりがないのがわかった。まるで子供みたいだ。

メアリーはため息をついた。「あなたがそうしないなら、わたしからここの人たちに言うわよ。実際、あの人たちにとってもあなたは危険だわ。あなたが転んで怪我でもしたり、ほかの人に怪我をさせたりしたら、みんなの保険コストが上がってしまうのよ」

彼は悲痛な表情を見せた。

「さあ、ほら。一緒に診療所に行ってあげるから。そのあとで一杯やりにいきましょう」

彼はしかめっ面をした。しばらくしてから、床に目をむけたまま肩をすくめ、立ち上がった。

診療所では例によってばかばかしいほど長時間待たされ、それが終わったところからが本番だった。あれこれ測定し、採血してからさらに問診があり、次回の予約を入れてくれた。それがすべてすんだところで、彼のほうは一杯やりにいく気分ではなかった。メアリーは彼を共同住宅まで送り届けてから、六番のトラムでキルヒェ・フルンテルンまで上っていき、元の住まいを通りすぎてチューリッヒベルクの丘の上のセーフハウスに帰った。そのあいだずっとボディガードがついてきたのは言うまでもない。彼らを見かければうなずいてみせるけれどあとは忘れている、というか、忘れようとはしている。

見慣れない家のなかで、沈んだ気分で座りこんだ。祝うべきことがあるのに、一緒に祝ってくれる相手がいない。野原にいる動物でさえ、夜をともに過ごす仲間がいるというのに。アイルランドでもそうだった。かつて、男たちはパブに繰り出し、女たちはキッチンに集まったり子供たちと一緒に過ごしたりしていた。人間という種は社交的なのだ。もちろん、ネコのように孤独を好む動物もいる。人間にもそういう人はいる。でもメアリーはそうではない。むしろマーモットやシャモアに近い。おしゃべりする仲間、せめて本を読んだりテレビを眺めるときに同じ部屋に座っているだけでもいい。そのほうが好ましい。フランクの組合式共同住宅みたいなところへ引っ越したほうがいいのだろうか、とも考えた。寝室は小さくて居心地のいい個室になっていて、それ以外は共用になっている——広いキッチン、ダイニングルーム、本やピアノが置いてある談話室。人はそんな経験を求めてそういうところに引っ越してくる。

それでもメアリーなら自分の部屋にばかりいるのかもしれない。いまはここにこうしている。おそらく、引っ越しなんてさせてはくれないだろう。それに引っ越しが好きなわけでもない。たび重なる引っ越しにも、長い年月にも、疲れきっていた。

その夜は不安なまま床についたので、翌朝になって歩いて職場に向かうとほっとした。彼女のもとで働く人たちが家族の役割を果たしていることに気づいた。それはかまわない。多くの人たちがそうやって生きているのかもしれない。しかし、そのことを考えるとちょっとおかしく思える。職場の同僚が家族として機能することは通常はない。家族とはなんだったか、そこへ行かなければならないときに、迎えいれてくれる場所、という言葉があった。でもそれは、たまたま一緒に働くことになった人たちのことではないだろう。

いや、そうじゃないのかも。なぜなら、彼女がオフィスに入っていくと、みんなが泣いたり、青ざめた険しい顔で机のまえで頭を抱えていたからだ。直前に知らせがあったばかり――タチアナが自らのアパートメントの外で死体で発見されたという。現場はチューリッヒ郊外のツークとのことだった。撃たれていた。セキュリティチームによると、ドローンで攻撃されたようだ。「ああ、いやよ！」メアリーはそう叫ぶと近くの椅子に崩れ落ちるように膝を折り、倒れるように座りこんだ。「いや」

警察はタチアナをセーフハウスにかくまい、大人数のボディガードをつけて完全な保護下に置いていたのだが、彼女はかならずしも指示に従うばかりではなかったそうだ。その夜、ボディガードたちにはベッドに入ったと思わせておいて、じつはドアの外に出ていたのだが、その理由は誰にもわからなかった。地面に落ちる物音がして駆けつけてみると、そこに倒れこんでいた。撃たれたのは三発だったが、銃声を聞いた者はいなかった。銃弾はまだ回収されておらず、彼女の体を貫通したまま見つかっていなかった。

それを聞いたメアリーは気分が悪くなり、それ以上の質問をするのをやめた。報告していた警官たちは彼女をそっと見守っていた。彼女もまた引っ越さないといけないだろう、と言われた。もっと身を隠しやすい、もっと完璧なところへ。

「いやよ！」彼女はすぐに激しく言い返した。「わたしはどこへも行かない！　チューリッヒを離れるつもりはないわ。ここで仕事をつづけたい。こんなことに降参するわけにはいかないのよ。あなたたちはあなたたちの仕事をしなさい！」

彼らは心配そうな顔でうなずいた。テレワークにしてはどうか、とひとりが提案した。当面のあいだだけでも。安全な場所から。タチアナの件がどのように行われたのか、誰がやったのかについて、もっと詳しいことがわかるまで。

もちろん、すでにいくつかの証拠は手に入れていた。タチアナが身につけていた小型のボディカメラ。メアリーはそんなものは見たくなかった。これらの人々がどれほど醜い仕事をしているか。しかし誰かがやらなければならない。建物に設置されたカメラは明らかになにも映していなかった。遠くから撃たれた。手がかりは乏しい。座りこんで彼女のことを考え、思い出に浸っているあいだに一報が入った。近くから二発の銃弾が見つかった。アメリカ製の銃弾だ。それでなにかがはっきりとするものではない。捜査はまだつづいていく。捜査以外のことも。

タチアナ。チームのなかでもタフなひとりで、闘う人だった。戦友だった。やつらは善き人を殺す、とメアリーは苦い思いを噛みしめた。リーダーを殺し、タフな人を殺しておいて、より弱い人に松明を持ちつづけることを強いる。そうできる人は少ない。殺人者がクズ。いつだってそうだった。やつらが生きている世界をよくあらわしている。殺人者たちは自分たちの思いどおりにするためなら殺しも厭わない。社会病質者で、傷つき、怒り狂い、めちゃくちゃになった邪悪な人間と、それ以外の人々、善良で勇敢な人々だけでなく、平凡で弱く、ただ生きていくことを望むヒツジたちとの闘いでは、いつだってクソ野郎が勝った。少数の人間が権力を握り、拷問人のように権力をふりかざし、多くの人々から幸福を奪い取ることに喜びを感じていた。殺人者たちにも理由はあった。いつも自分たちの人種や国や子供や価値観を守っているつもりだった。やつらは鏡を通して見て、自らの醜さを他者に投影する。だから、彼ら自身にはその醜さが見えない。いつだって悪いのはあいつらだ!

そしてもちろん、彼女がいまやっているのもそういうことだ。これもまた悪が善におよぼす影響のひとつだ。怒りをかきたてることで悪の側に引っぱりこむ。くたばれ、殺(や)りかえせ、刑務所に放りこめ、鏡に囲まれた部屋に閉じこめて、自分たちのありのままの姿を思い知らせてやるのだ。できることなら、そんな罰を与えてやりたい。鏡の部屋で暮らし、この先一生、毎日、毎時間、自分を見つめて過ごさせてやる。彼らが見たものを見るがいい。ナルシシストには鏡を見ることなどできはしない。神話はあべこべなのだ。

メアリーは涙を流しながら、彼女を助けようとする人たちに集中しようとした。スイス警察。スイスという国。この小さな都市国家が世界のなかでいかにしてやってきたかについて考えてみる。その理由のひとつは、互いの違いを受け入れあうことだった。いくつかの巧みなルールと山の峠は、どちらも世界の権力とは無関係だ。じつはただのシステムでありメソッドでしかない。本質は古い秘密と共存する方法。こうして彼女のほうを見ているどの顔も、不思議なほどの公平さ、万人のためのある種の正義を主張している。ある種の啓蒙的利己主義、全世界が安全であればスイスも安全だという考え方。なんておかしな文化だろう。そしていま、彼女はこの文化が世界を征服することを心から願っている。こんなことをするスイス人はいない。そう思うと、彼女はしばらくのあいだ、かつてないほど激しく泣いた。

そのあと、彼女はこのスイス人たちひとりひとりがくれる助言に耳をかたむけた。どうか、しばらくは隠れ場所から仕事をしてください。それでも仕事はできます。なにが起きたのかが判明し、同じことがあなたの身には起きないとわかるまで。

ウトカイの近くに住めるかしら？　泳ぎに行くことはできるの？

いい考えとは言えません。あなたがあの水泳クラブの会員であることはよく知られています。どうしても湖で泳ぎたくなったら、湖岸まで我々と一緒に行ってどこかの個人宅を訪問し、そこから湖に出ることはできるかもしれません。

メアリーはため息をついた。泳ぐことは社交的な活動だったのだとすぐに理解した。冷たい水に身を浸すことは儀式と呼べるほど苦痛をともなう行為で、ほかの人たちと苦痛を分かち合うことでしかそれを楽しいものにすることはできない。そしてそのあとのシャワーと食事、カフィ・フェアティィヒ。タチアナと一緒に、何度もそうしたように。ふたりのちょっとした儀式。彼女はほんとうに美しく、力をくれた。

メアリーの目はいま、怒りに燃えている。彼女を支えてくれているスイス人たちが彼女を囲んで立ち、不安そうにこちらを見ている。悲嘆に暮れる人のあつかいは難しい。女性警官のひとりがとなりに座り、メアリーの腕に手をかけた。彼女の目からとめどもなく涙があふれはじめた。

ようやく泣きやむと、バディムを呼びに行かせてください、と言った。

彼はオフィスの外にいる。

彼に電話して！　いますぐに。それに、彼とはいつでも相談できるようにしておかないといけない、隠れ家にひっこんでいるあいだも。

では、身を隠すことに同意してくれるのですね？

しますとも。ただし、チューリッヒ市内にかぎって。いま寝起きしているセーフハウスがいちばんいいでしょう。

彼らはおぼつかなげにうなずいた。四六時中あのなかにこもっているならば、しばらくは大丈夫だ、たぶん。

メアリーはそれに同意した。それからフランクのことを思い出した。ああ、しまった。まったくもう。

彼女は電話をかけたいと言って、彼らから手渡されるとフランクに電話した。

電話に出るとすぐ、フランクは「ご友人が殺されたこと、お気の毒でした」と言った。「ニュースで聞きました。あなたも気をつけてください」

「そうするわ。ありがとう。医者からはもう、なにか聞いた？」

「ええと……まだ調べているそうです」

「なんなの、教えて」

「まだ調べているところなんです！」

悪いところが見つかったけど、あなたが動揺しているいまは話したくない、とでも言いたげな口調。それはつまり、よくないということか。

「いますぐ教えて」つい声を荒げてそう言ってから、こうつづけた。「じゃないと、実際より悪いことを考えてしまうわ」

フランクは笑った。

「なんなの！」ぎょっとして声が出た。彼の状況にそれ以上悪いことがありうるという考えを笑ってしまったように聞こえたからだ。「いったいなんだというの！」

つかの間の沈黙。そしてようやく「僕の頭の問題ですよ」と言った。「いつものことです。ただ、こんどのやつはスキャンで目に見えるやつです。腫瘍みたいなもの。どんな腫瘍なのかはまだわからないそうです。良性かもしれないと」

「なんてこと」

「そう」彼は昼のあいだからふっと息を吐いた。「まあ、いつかはそうなると思ってました」

また沈黙したあと、彼女は「しばらく隠れていなくちゃいけないの」と言った。

「それはいい。隠れてください」

「でも、あなたには会いたい」

こんどの沈黙はさらに長くつづいた。彼は賛成していないのかもしれない、と思った。彼女がどれほど遠い存在になってしまったのかをじっくり考えさせようとしているのかも。

「こうやって話すことはできますよ」

「いつになったら詳しいことがわかるの？」

「また明日、行ってきます」

「わかった。たいしたことないように祈ってるわ。また連絡する。行けるときには会いに行くわ」

「安全なところにいてください。あなたが安全じゃないのなら、会いたくありません」

＊＊＊

「バディムはつかまえてくれた?」メアリーはボディガードに訊いた。

彼らはうなずいた。彼女が電話を渡すと、それを操作した。

バディムが電話に出た。メアリーは立ち上がってボディガードから離れ、オフィスに入ってドアを閉めた。

「いま話して大丈夫?」

「はい」

「それと、この電話は盗聴されていないでしょうね?」

「はい」

「それで——誰が彼女を殺したの?」

「わかりません」

怒りをつのらせたメアリーが言った。「こういうときに真相をつきとめられないんじゃ、ブラック・ウィングの意味がないじゃないの」

バディムは沈黙をつづけ、彼女の言うことがどれほど的外れでばかげているかを悟らせようとした。

「私も彼女のことが大好きでした。我々みんな、彼女が好きだった」

「知ってるわ」

ふたりがそれぞれの思いに沈んだ重苦しい間のあと、バディムが口を開いた。「私の考えを申し上げます。ほとんどはわかりきったことで、すでにご存じかとは思いますが。彼女はロシア人に殺されたんだと思います。ロシアのトップはほんとうに不透明ですが、最近、彼らは大胆な動きをしています。しかもそれは良い方向での動きです。表向きにしろ裏での動きにしろ、非常に重要な動きです。タチアナもそれに協力していたにちがいないと考えられます。あちらに多くの接点を残していましたから。ということは、政府があのように方向転換するとなれば、置いていかれる人たちもいるわけです。方向転換に都合の悪い側にいる人たちは震え上がり、怒りを覚えます。そちら側に取り残された人たちのなかに、タチアナが方向転換にかかわっている、むしろ指示する立場にあったと考える者がいれば、彼女を殺すことで方向転換を止められる、もしくはそのコストを要求できると思ったかもしれません」

「復讐ね」

「そうです。それだけでなく、方向転換をひっくり返そうとした可能性もあります。タチアナと一緒に動いている人たちに対する警告とかそういう意味で」

「なるほど。それなら、容疑者の心当たりは二、三というところね」

「二、三千人です」

「二、三のグループのつもりで言ったの」

「二、三十グループかと。ロシアは長いこと権力者に私物化されてきましたから。ソビエト連邦が崩壊してから金持ちになった連中の子供たちはずっと、自分たちが世界を牛耳っている気になっていました。それがいまではよそと同じく、粉々になって複雑化しています」

「トップでさえそうなの?」

「トップほどそうなっています。これはいかにロシアを運営していくかの競争なんです」

メアリーはため息をついた。「こういうことはどれひとつとっても終わりがないのね」

「そのとおりです」

彼女はしばらくそれについて考えた。「ねえ、わたしは隠れるのをやめるわ。こういうことのせいで隠れることを強いられるなんてまっぴらよ」

「現時点では危険です」

「あなたは隠れているの?」

「はい。いまはこちらのチーム全員を保護しています」

「でもこれがあなたの言うようにロシア内部の問題なら、わたしたちのことなんか気にしないでしょう」

「そうかもしれません」

「わたしは彼らと正面から向きあいたい。彼ら全員、彼らと同類の全員と。そうだ、今年のCOPはどのみちチューリッヒで開催されるわ。今回は六回目の〈グローバル・ストックテイク〉を行うから、大規模なものになるはず。それを利用できるわ。可能なかぎり規模を大きくするの。タチアナの追悼として。わたしたち全員がそこに参加する。そして現時点での状況を公式に説明するの。改めて信念をひとつにまとめる必要があるわ。いまどうなっているのか、これまでどれほどのことをやってきたのか、そしてどうすればやり遂げられるのかを人々に示さなくちゃいけない」

「セキュリティがたいへんなことになりそうです」

「それはいつだってそうよ! だからこそ、すっかりオープンにして、できるだけ大がかりにやらないと。あいつらから隠れてこそこそやるのは、もうおしまいにするのよ」

「そうかもしれません」

「まちがっていないのはわかるでしょう。そうじゃなきゃ、わたしたちはテロリズムに屈するだけよ。たとえ特定の犯人を見つけだして殺したって、またあとから別のやつらが湧いて出てくるわ。そんなことをしているあいだも、わたしたちは生きていかなきゃならない」

「承知しました」

「え？」

「承知した、と言ったんです。ボスはあなたですから。COPは三か月後です。あちこち電話して準備を進めます。スイスのセキュリティサービスも全力を投入するでしょう。タチアナの件のあとだけに、彼らは国全体を封鎖しかねないほど心配するでしょうから」

「そうね。きっと軍隊を動員するにちがいないわ。この件については規模が大きいほどいいのよ、全方面において。全世界が見守るわけだから」

「わかりました」

「それから、あなたのブラック・ウィングだけど――タチアナを殺したあのろくでなしどもを追い詰めさせて！」

「指示しておきました。見つけだししだい、やつらを殺します」

「それでいいわ。見つけられるように願ってる」

そうして彼女は歌劇場の近くに新たにセーフハウスを用意させた。二週間のあいだそこにこもりっきりになって、チームの人たちのほか、話をする必要のある人たちとは電話やオンラインで連絡をとった。彼らにはまもなく開催されるCOPを、定期的に予定されているとおりに〈グローバル・ストックテイク〉として行う準備をするのに加えて、すべての国、大陸、業界、流域から完全な進捗報告をさせる準備も手伝わせた。良い知らせの報告だけでなく、目についた問題について、目指すべきところへ到達するのに障害となるもののすべてを説明させる。世界的な状況が当事者ごとに判断されることになる。ランクづけされ、点数化され、判断される。もしもごまかしがあると判断されれば、罰が与えられる。時間はどんどん過ぎていて、もはやのんびり構えているひまはない。手元にあるあらゆる制裁措置と罰とをこねあわせて法執行機関を構成しなくてはならないだろう。雑多な知性と言うべきもの。彼らの時代の世界。総花的にうなりを上げる混乱状態のまっただ中で、状況を吟味して明確にし、行動する。バディムのブラック・ウィングにできることがあれば、彼らも行動することになる。存在を隠された法執行機関。メアリーはそれについても、また隠された刑務所についても、覚悟はできていた。もっと言うなら、ギロチンだ。闇夜の銃撃や、どこからともなくやってくるドローン。どんな手段も厭わない。負けて負けて負けて負けて負けて負けて、ちくしょう——最後には勝つ。

　しかしその一方、ＣＯＰが近づいてくるにつれて、次々と入ってくるニュースはいたって良いニュースばかりだった。多くの現場で、進展らしい進展が見られていた。主要なポイント、つまり金融部門が他のすべての関連要素を代表する指標と呼ぶであろうもの——要するに大気中の二酸化炭素の総量——は、実際に直前の四年間で激減していた。それも、かなり急激に。これは複数の情報源から確認されていた。そのまえの十年間はずっと横ばい状態で、季節ごとに上下するのはいつものことだったが、それでも測定が始まった一九六〇年代以降のどの時点よりも安定はしていた。それ自体も喜ばしいことだったが、いまでは季節ごとに周期はあるものの四五〇から四四五ｐｐｍのあいだを下降していて、一年でおよそ五ｐｐｍずつ減少する傾向にあり、その下げ幅もしだいに大きくなってきているようだ。このことは、炭素の大量燃焼をやめたというだけでなく——まったくなくしたわけではない、なぜなら一世代のうちではそんなことは不可能だから——ありとあらゆるやり方を組み合わせて大気中の炭素を大量に、測定可能なくらいに回収もしているからだ。燃焼されて大気中に放出された炭素を海洋がどれだけいまでも吸収しているのかという議論もあったが、いまや〈偉大なるInternet of Things（モノのインターネット）〉や〈Quantified World（数値化された世界）〉、〈World as Data（データとしての世界）〉の時代であり、この問題はあらゆる側面から測定されていて海洋によって吸収あるいは回収される炭素の測定値の誤差はきわめて小さくなっていた。これに携わる科学者の結論は、海洋が過去三世紀のあいだに取り込んだ炭素はすでに飽和状態にあることから、いま観測されている大気中の炭素濃度の低下は、海洋による継続的な吸収では説明しきれない、というものだった。大部分は森林再生やバイオマス炭、森林農業、昆布床などの海藻の成長、再生農業、牧場経営の縮小と改善、二酸化炭素の直接空気回収技術（DAC）などによって炭素が回収されたことによる。こうした努力のすべてに対する報酬、あるいはそこにかけた費用を上回る報奨金はカーボンコインで支払われ、そのコインは為替市場でほかのあらゆる通貨との取引にも強かった。むしろ、カーボンコインがアメリカドルをしのいで通貨の主導権を握り、最終的な価値を保証するようになるのも時間の問題とさえ思われた。もちろん、アメリカがこの補完的通貨のうしろだてになっていることが成功の要因であることは疑いもない。考えようによっては、カーボンコインは炭素を回収することで生みだされるドルであるとも言える。このことはある種のダブルスタンダードに都合がよい、というよりも、失われた金本位制に取って代わるものがついに現れたとも言える。〈カーボニ〉は——この呼び方もしだいに広まってきた——ユーロや人民元その他、新通貨を引き受けたすべての法定通貨も補完するものとなった。

重要なことは、いまやお金というものがほぼ完全にブロックチェーン化されているということだ。つまり、取引単位ごとにブロックチェーン上で記録され、中央銀行やデジタル世界のなかで一元化されている。結果として、現実の法定通貨は、まだ具体的には語られないものの、ある種のグローバルな体制のなかにある全展望監視（パノプティコン）システムのなかで移動している。このような記録されたお金は国家管理体制の一部とされていたものだ。だがもしこの新たなグローバル国家を最終的に制御するのが一般大衆であり、つねにストライキと不服従によって人々の力を行使できるならば、人々はすべてのお金がどこにあり、どこに向かっているのか見ることができる。その結果、お金がタックスヘイブンその他の方法で隠されたりすることはなくなるだろう。そういうお金はどこにあっても法律によって無効化されるからだ。ＹｏｕｒＬｏｃｋやその他のソースからのブロックチェーン記録のデジタルデータ配布により、新たな形態の「人民の銀行」あるいは「お金の直接民主制」が出現しつつある。古くなった私的な暗号通貨はもはや犯罪行為にしか使われなくなり、数万ドルだったコインが一ペニーからさらに少額で取引されている。そんな価値のないコインをいまだにかかえこんでいる多くの投資家が、資産の目減りを最小限にして切り抜けられるタイミングを待ち望んでいる。それ以外の人たちは単純に損失を切り捨て、二束三文で売り払った。さまざまな暗号コインの所有者は何兆という単位で持っていたが、何兆あろうとゼロをかければゼロにしかならず、ほとんどがその資産価値を失った。所有者の暗号コインは暗号ペニーに化けてしまったか。しかも本物のペニー通貨ならばまだ銅の価値があったのに。

劇的に減少した炭素のうちの大部分は、先の十年に起きた〈超恐慌〉がもたらしたのだと反論する人たちもまだいた。世界経済が立ち往生したせいで炭素の燃焼量が減ったからだ、と。だがそれでは炭素量が横ばいになることはともかく、減少したことまでは説明できないだろう。それに景気が後退したとは言っても、世界のGWPも、人間の経済活動を計るその他のどの数値も、年に百兆米ドル近い額を示していた。世界経済は依然として巨大であるが、一方で、もはや炭素に依存していない。このことと炭素回収の努力こそが、大気中の二酸化炭素濃度の減少を説明するものだ。

　そして、これが金融と炭素の現状であり、メアリーが考えるふたつの大きな兆候、大事なグローバル指標だ。さらに、すでに取り組みが始まっている小規模から中規模レベルの良質なプロジェクトの数はあまりにも多く、ひとつのリストにまとめようとはしてみたものの、とうていまとめられるものではなかった。再生農業、土地景観の回復、野生動物の管理、モンドラゴン式の協同組合、ガーデンシティ、普遍的ベーシックインカムおよびサービス、就業保証、難民の解放と本国への送還、気候の正義と公平アクション、人間第一のサポートなど、これらはすべて地域的、あるいは局所的なものになりがちだが、それがあらゆる場所で、かつてないほどたくさん発生している。そろそろ世界中から人を集めて全体を見せてもいいころあいだ。

　心は傷つき、悲しみに暮れていたが、メアリーは勝利宣言するつもりだ。最悪の敵の心臓にナイフを突き刺すような勝利宣言を。遺書を掲げるのと変わらないくらいの気持ちで。もしも、実際にはどういうわけか自分たちが負けていたとしても、彼女は敵にピュロス王の勝利を味わわせるつもりだった。勝利したものの実質的な敗北と同じかそれ以上に自軍にダメージを与えてしまうピュロスの勝利。その場合、敗者のほうこそ勝ったと言える。言うなれば、ピュロス王の敗北に対する勝者になるのだ。なぜなら、わたしたちはけっしてあきらめることはないからだ。歴史はこう進むのだ、敗北、敗北、敗北、敗北、敗北、勝利。そして、世界の邪悪な者たちは、彼らの呪われたピュロスの勝利の重さの下に沈むのだ。臆病な人殺しどもめ、くたばるがいい。

90

本日は、テクノロジーは歴史を動かしていくのか、というテーマで討論していきます。

違うぞ。

失礼ですが、テクノロジーは歴史を動かさないということでしょうか、それとも、このテーマについて討論したくない、と?

どっちもだ。

では、まずはひとつめのほうからいきましょうか、それであなたがなぜそのようにおっしゃるのかについて、明確な説明をいただけるかどうか、やってみましょう。

そりゃまた愚にもつかない質問だな。

そうだとしても、このテーマはたくさんの本やエッセイ、セミナー、会議などのタイトルに使われています。誰かの言葉を引用するなら、道具を使ってささやかな力をまとめないことには、私たちは哀れな二本脚の生き物にすぎません。人間は〈Ｈｏｍｏ　ｆａｂｅｒ〉（モノを作る人）であり、道具は人間が世界と折り合いをつけていくための唯一の手段です。道具とともに進化してきたとさえ言えます。最初は石を手に取って尖らせ、次に目的を持って火をおこし、そうやって道具が私たちを人間にしてきたのです。旧人類がこれらを発明し、そのあとに新人類へと進化して、いまの私たちがあるわけです。暖かさを保つ衣類。たとえば考古学的記録のなかに骨から作った針が見つかったら、それは人類がそれまでよりもさらに寒い北に緯度二十度分移動した証しです。

それがどうした?

それがどうした、ですって? なにをおっしゃるやら。聞くべきは、道具がなかったら人類はどうなっていたか、です。

なにかしようと思えばその方法を考えつくもんだ。ひとつうまくいかなけりゃ、別の方法を見つける。

でも、これが私たちが見つけてきた方法なんですよ!

いちばん抵抗の少ない通り道だ。物理法則に従っただけ。岩を手に取るのもそのひとつだ。ただの試行錯誤だよ。

いやいや、それをテクノロジーと呼ぶんでしょう! それはテクノロジーが歴史の原動力になってきたということになるんじゃありませんか?

おれたちが歴史の原動力だったんだ。おれたちがなにかをやり遂げる、それがつづいていく。

では、そういうことにしましょう。哲学はもうそのくらいにして。頭がこんがらがってきてしまったようです。

そうだな。

具体的な事例について見ていくことにしましょう。マングローブの種子を干潟に蒔くために開発されたドローンのことはお聞きになりましたか？　それができれば、人間が足を踏み入れるのが難しい地域に何十万本もの木を新たに植えられます。

じつにけっこうなことだが、そういうドローンなら、玄関から出てきたおまえさんの頭にダーツの矢をぶちこむことだってできる。おれが言いたいのはそういうことだ。そこのところを考えるつもりがあるならな。道具は人間の意図を形にしたものだから、ものごとを動かすカギになるのは、やりたいことはなんなのかという意図のほうだ。

それについては、また次に哲学にテーマを進めるときまで取っておきましょう、じきに予定を組むことになるのはまちがいなさそうですから。そのまえに、生物工学が生みだした新しいアメーバについてはどう思われますか？　燃料となるためにいままさにタンクのなかで培養されていて、それと同時に大気中から炭素を集めているわけですが？

役に立つ。一歩進んだエタノールのようなものです。

それと、これもタンクで培養中の別のアメーバがありますが、これを乾燥させるとてもおいしい粉ができて、食料確保のための広大な農地が不要になるそうですね。

それも役に立つ。

すべてのお金がどこにあるか、そこへ来るまでにどこにいたのかを把握するブロックチェーンテクノロジーについてはどうでしょう？

いいアイディアだ。通貨というのはみんなの信頼があってこそ機能する。追跡することで信頼が高まるだろう。全部をちゃんと把握できれば、通貨そのものがどうでもよくなって消え失せるかもしれない。

それはいい！　では、その分野で私たちが目にしてきたこのところのそのほかの転換のあれこれ、カーボンコインや就業保証などなどはどうですか？　ソーシャルエンジニアリングとかシステムアーキテクチャーと呼べると思いますが？

そのあたりの分野こそ大事だ！　おれたちのシステムが歴史を動かすのであって、ツールがそれをやるわけじゃない。

でも、私たちのシステムというのは、いわばただのソフトウェアですよね？　ソフトウェアはテクノロジーです。ソフトウェアがなければ、ハードウェアなんてがらくたのかたまりでしかありません。

おれが指摘したいのはまさにそこだ。その論法でいくと、設計はテクノロジーだ、法律もテクノロジー、言語もテクノロジー——思考でさえもテクノロジーだ、ということになる！　そこまでいけば証明終わり——テクノロジーが歴史を動かすと証明したわけだ。おれたちのやることなすこと全部がテクノロジーだ、と定義することで。

でも、そうかもしれないでしょう！　もしかすると、そのことを頭に入れておいて、どんなテクノロジーを開発して利用したいのかを考える必要があるのかもしれません。

まさしく。

では、私たちの社会システムでこのところ目にするようになってきた、さまざまな新しいイノベーションに話をもどしましょう。じつに、こんな時代はめったにないように思われます。こうした変化はいいものだと考えている、とおっしゃいましたね。

さよう。鉄は熱いうちに打て。危機を逆手にとれ。できるだけ大きく、できるだけ速く、変化を起こせ。

本気ですか？

もちろんだ。

一気にたくさんの変化が起きると混乱しませんか？

昔が混乱していたんだ。これは混乱を収めるものだ。

空から落ちてくる最中にパラシュートを発明するのにちょっと似ていませんかね？

それがなければ地面に叩きつけられる。

でも、そんな時間がありますか？

さっさとやるのがいちばんだ。

もう時間切れだと考える人もいます。私たちはハードランディングするしかない、いま目のまえで目撃しているのはそういうことだ、と。海水温が上昇すれば、魚に含まれる、ひいては人間が摂取できるオメガ3脂肪酸が六十パーセントも減少するという説を聞いたことはありますか？　そしてこうした脂肪酸は脳のシグナル変換には欠かせないものなので、海水温上昇による知性の低下が原因となって人類の集団的知性が急速に衰える可能性があるわけですが？

それでいろんなことが説明できる。

91

チューリッヒのコングレスホールは、このような大会に備えて可能なかぎり大きく作られている。それも湖のすぐそばに。会議期間中は毎日、近年の成果を称える登壇者や展示ブースが勢ぞろいする。すべてを詰めこむのは難しく、国家やプロジェクトごとの集約は必要だったが、それでなんとか成果の概要はきちんと伝えられる。参加する人々のリストを見ながら、メアリーはものごとにいくらか弾みがついて少しずつ前進してきたことをようやく信じられるようになってきた。

そろそろフランクのもとを訪ねるころあいだ。

彼はあの小さな部屋にいた。彼がメアリーに告げたのは、彼の脳には腫瘍ができていて、医者たちがつい先日、これが膠芽腫（グリオブラストーマ）と呼ばれる悪性腫瘍だとつきとめたということだ。

「それはよくないわね」メアリーは言った。

「ええ」彼はそう言って唇を引き結んだ。「僕は死ぬんです」

「でも、治療法があるんでしょう?」

「診断がついてからの平均的な生存期間は十八か月だそうです。でも僕のはもうかなり大きくなっているので」

「症状が出るまでどうしてそんなに時間がかかったのかしら?」

「重要な部位までにはいたっていないので」

メアリーは彼をじっと見つめた。彼はひるむことなく見返してきた。頭をふって先に目をそらしたメアリーは、そのままとなりに腰を下ろした。彼は小さなカウチの上で、なんだかうなだれているように見えた。メアリーはコーヒーテーブル越しに腕をのばし、彼の膝に手を置いた。ふたりが最初に出会ったときによく似ていた。あのときは彼に腕をつかまれ、恐ろしくて震え上がったのだった。これでお互いさまだ。

「つらいわね」と声をかけた。「なんて運が悪いのかしら。あなたって――ほんとに運が悪いのね」

「そうですね」

「原因はわかったの?」

「いえ、はっきりとは。遺伝的なものかもしれない。医者にもはっきりとはわからないんです。悪いことを考えすぎたのかも。そんなことばかり考えていますから」

「それもよくない考えね」

「もうどうでもいいんです」

「そうね。これからどうするつもり？」

「医者が助けると言ってくれるかぎりは治療を受けます。それはそうでしょう。なにかが効いてくれるかもしれないですから」

　彼がそう言うのを聞くと、勇気づけられた。それが顔に表れたのだろう、期待などするものじゃないと彼女に警告するように、彼はかすかに頭を横にふった。

「こんどの会議でどんなことを計画しているのか、聞かせてください」

　メアリーは話してやった。

　しばらくすると、彼が疲れてきたのがわかって、こう言った。「また来るわね」

　彼は頭をふった。

「きっと来るから」メアリーはきっぱりとそう言った。

　だがなかなかそうはいかなかった。時間がとれなかったわけではなく、そうしようと思えば時間は作れた。いまも暮らしているセーフハウスからは場所も比較的近い。チューリッヒの市内ならどこからどこへ行くにもすぐ近くだ。ここはコンパクトな街だから。とはいえ、トラムを使ったり通りを歩いていくのを避けて、窓に黒いフィルムを貼った車でばかり移動しているとなると、とたんに難しくなった。

　しかし、問題は移動手段ではない。あそこへ行ってなにを目にすることになるかを知っていることが問題なのだ。フランク・メイはけっして無防備な人ではない。少なくとも彼女が知るようになってからは。炎を宿した目といい、食いしばった歯といい、荒れ狂う感情が激しい雷雨のように顔をよぎっていたあの最初の夜以来、ひと目見ればその感情を読みとることができた。だがいまの彼は扉が閉まっていた。もうそこにはいなかった。ただただそのときが来るのを待っていた。そんな彼を見ているのはつらい。あんな状況に立たされれば自分だってそうなってしまうだろうが、それでもつらいものはつらい。メアリーはなにかと行けない理由を見つけだしていた。

　その一方で、行かなければならないという義務感もあった。そしてついに、あれから十日、二週間たったことに思いいたったころ、メッセージを送る。

〝ちょっと寄ってもいいかしら？〟

〝もちろん〟

　いつものように礼儀正しくて距離を置いた同居人たち

の出迎えを受けて、なかへ入って彼に会う。むくみがひどく、具合が悪そうに見える。彼女を見上げる彼は、どうです？ まだこうしてくたばりそこねてますよ、とでも言いたげな表情をしている。

彼女はいま起きていることを話して聞かせ、沈黙を避けるように話しつづけた。いろいろなことが起きているのはいつものとおりだ。大規模な会議はうまくいきそうで、もうすぐ始まる。モンドラゴン式の協働システムはヨーロッパ中に広がり、さらに外へと普及して、ほかのところとのつながりまでできそうだ。スペイン自体は普及にいちばん時間がかかっているが、それはマドリードの人たちが、バスク地方がそこまでの影響力を持つことをよく思っていないからだ。だがそれ以外の地域では火が燃え広がるように普及した。このシステムは最新のもので、そのメリットは明らかだからだ。しかも、ヨーロッパの各国には昔ながらの共有地に集まって共同作業をする伝統があった。ナポレオンやその他の権力に抑圧されて途絶えたかに見えたが、たとえ概念だけになっていたとしてもそれはちゃんと受けつがれていて、いままた息を吹き返したのだ。

「よかった」とフランクが言った。

メアリーは緊張しながらつづけた。こんどのＣＯＰでは、一九二〇年代の〈ナンセン・パスポート〉の基本的なやり方を取り入れた詳細な難民計画を提案するつもりだ、という話もした。基本的人権としてすべての人に認められる、ある種の地球市民権だ。パリ協定の全締約国、この場合は地球上のすべての国家によって、この地球市民権に法的地位が認められると同時に、責任についても平等に負担すること、ゆくゆくは炭素燃焼にかかわる各国の歴史的差異を考慮したうえで財政的および人的負荷の現状評価をすること、という合意が通知された。ある種の気候正義、気候の公平性だ。帝国による植民地支配の時代と、きちんと補償されることのないまま難民たちがいまもその状況におかれている広範囲におよぶ搾取と被害に、ついに和解が成立したのだ。

「よかった」とフランクは言った。

メアリーは彼をじっと見た。「今日はあんまり意見がないみたいね」

彼はほほ笑みに近い表情を見せた。「そうですね」そう言ってからそのことについて考え、「自分の意見というものがなくなってきたというか」と答えた。「どうやら、どこかへ消えていってしまったようだ」

「ああ」彼女はなんと返事をすればいいのかわからなかっ

た。

「なにから消えていくかを見ていると面白いですね」まだ自分の心の底をのぞきこんでいるような言い方だった。

「あまり重要でないものから先にいくんだと思います」

「そうみたいね」

メアリーはなにを言えばいいのか、どう答えればいいのか、さっぱりわからなかった。まぬけな役立たずになった気分だった。彼の思考がどこへ彼を連れていこうとも、ずっと彼に寄りそっていたかった。しかしいざそんな場面に立ってみると、どうすればそうできるのか、難しくてわからなかった。質問をしてみる？　推測する？　居心地の悪い思いをしたまま、黙って座っている？

「気分はどう？」と訊いてみた。

「よくないです」彼が答えた。「力が入らない。くたくたです」

「でも、まだ自分を自分らしく感じている？」

「ええ。僕が判断できるかぎりでは」そこで頭をふった。「ただ、以前の自分がどんなふうに感じていたか思い出せないんです。いまならどんなテストを受けても高得点はとれそうにない」それについて考え直した。「どうだろう。まだ考えることはできる。でもなぜそうすべきかが考えられない」

メアリーはそこを理解することを避けた。あるいは避けようとして、できなかった。あまりにも明白だった。胃のなかの黒々としたおもりが彼女を引きずり下ろしだした。ため息を飲みこんで、ここから出ていきたかった。なんとも気の滅入ることだ。

しかしそれは当然ではないか。ここへ来たのは元気をもらうためではなく、少しでも元気づけるためだ。難しいのは承知の上だ。だから来るのを避けていたのではないか。だがもうここへ来たからには、それは果たすべき義務だ。でも、なにを言えばいいのか？

言うべきことなどなかった。彼のほうも、彼女からなにか答えがもらえるとも、なんであれ励ましの言葉などを期待しているようには見えない。彼の表情は穏やかだ。寂しそうで、少し眠そうだ。彼女がしばらく静かにしていれば、いまにも寝てしまいそうだ。そうなってから、そっと抜け出せばいい。

フランクが身じろぎした。「そうだ。ここに住んでいるある人にあなたを紹介しようと思ったんです。彼がいまいるか、訊いてみよう」携帯電話をタップしてから、耳に当てた。

「やあ、アート。ちょっと僕の部屋に来てくれるかな? 友達を紹介したいんだ。わかった。ありがとう」

　彼は電話を切った。「ここにはめったに来ない人なんですが、この共同住宅の初期メンバーのひとりで、彼の部屋はずっと用意されているんです。彼とはほんのしばらくまえに知り合ったんですが、すっかり気に入ってしまって。彼は飛行船（エアシップ）で世界中をめぐって、野生動物の回廊や自然保護区域の上を飛んではおもに動物たちを見ているんです。一緒に人を乗せて」

「へえ、自然観察ツアーみたいな?」

「そんな感じだと思います。ただ、乗客はほんの数人だけ。市民科学かなにかをやっている人たちです。受け取った搭乗料金は世界自然保護基金なんかの団体に送るそうです」

　メアリーはいかにも感心したふうをよそおった。

　入り口のドアが控えめにノックされた。「どうぞ!」

　ドアが開き、細身の男性が入ってきて、ふたりにおずおずとうなずいてみせた。禿げかけた頭にわし鼻のその人は、薄いブルーの目をぱちぱちさせながら、遠慮がちなまなざしでフランクとメアリーを交互に見た。

　フランクが口を開いた。「アート、こちらは僕の友人のメアリー・マーフィー、この街にある国連の未来省を仕切っている人だよ。メアリー、こちらのアートは〈ザ・クリッパー・オブ・ザ・クラウド号〉の所有者でパイロットだ。あれは大型飛行船（ブリンプ）、それとも普通の飛行船（ディリジブル）だっけ?」

「ディリジブルのほうだよ」アートは小さく笑みを浮かべて答えた。「ブリンプと呼んでもまったくかまわないけどね。そう呼ぶ人はたくさんいる。というか、エアシップというほうが一般的になってきているね、混乱を避けるために」

「それに人を乗せて、野生動物を見せているんだよね」

「そうだ」

「メアリーと僕はしばらくまえにアルプスに登って、シャモアの群れやマーモットなんかを見てきたんだ」

「いいねぇ」アートは言った。「さぞかしかわいらしかっただろうね」

「ええ、ほんとに」メアリーは話に加わろうとした。

　アートが彼女に注意をむけた。「アルプスにはよく登るんですか?」

「それほどでも」自分が登りたいようにはなかなか、とは言わずにおいた。「もっと行きたいんですけどね」暗殺者から身を隠すためじゃなければね、とも言わなかった。

この人は、言葉に出さなかったところまで聞き取ったというか、微妙な間があったことに気づいたのだろう。頭を横にかしげてから、フランクとちょっとしたやりとりをかわし、フランクのヘルパーたちのその週の当番表を引っぱりだして、自分の名前を書き入れた。そしてメアリーに軽く会釈し、ドアからするりと出ていった。

フランクとメアリーはその場に無言で座っていた。

「彼のことが好きなんです。いい人ですよ。ヘルパーもしてくれているし、いつもここの手伝いをしてくれます」

「はにかみ屋さんのようね」

「ええ、僕もそう思います」

また沈黙が落ちた。

口を開いたのはメアリーだった。「さあ、わたしもそろそろいかなくちゃ。また来るわね。次に来るときは、例のチョコレートに浸したオレンジスライスを持ってくるのを忘れないようにしなくちゃ」

「それはうれしいな」

92

　ある朝、わたしたちが解放されるといううわさが流れた。宿舎に駆けこんできた誰かが、みんな聞いた？　と口火を切った。あたしたちを自由にしてくれるんだって！

　ニュースはすぐにみんなに伝わったけれど、ほとんどの人はほんとうかどうか疑った。キャンプによくあるうわさのひとつにすぎないだろう、って。そういうものはいつだってあっという間に広まるもので、一時間もあればキャンプのすみずみまで行きわたる。しかも、いつも疑われるのまで同じ。結局のところ嘘だったうわさなんていくらでもある。むしろほとんど全部そうだった。たまにはただのニュースだということもあるけど、それだけのこと。でも今回、ミーティングがあることは朝食のあとすぐに発表があった。正確には複数のミーティングだ。だって、ここに収容されている全員がいっぺんに集まれる場所なんか、キャンプのどこにもないから。それで、ブロックごとにそれぞれの食堂でミーティングをすることになった。小さい子たちは宿舎に残してくるように言われたのは、そうすれば大人はほぼ全員がいっぺんに集まれるからだ。

　もちろん、こんなふうになるわよね。まえもって知らされることはなく、その場で決まっていきなり始まるのは、これまでだってずっとそうだった。彼らはわたしたちを小突き回すの。わたしたちを閉じこめたり解放したり——すべては行き当たりばったり。それが歴史ってものよ。

　わたしたちは集合した。キャンプの管理者たちのチームがやってきた。二、三人は見覚えのある顔で、知らない顔はそれより少し多い。みんなスイス人っぽい。なにはともあれ、ミーティングは本物だった。

　ミーティングは十一時に始まると言っていた。わたしたちはみんな、予定とか時間に関してスイス人の言うことは文字どおりの意味だということを、いやというほどわかっていた。壁にかけられた大きなデジタル時計の表示が十時五十九分五十九秒から十一時ちょうどになった瞬間、常勤の管理者のひとりがマイクのところへ行って、まず英語で〝みなさん、こんにちは〟といい、つづけてドイツ語で〝おはよう（グーテン・モルゲン）〟、それからアラビア語でも〝おはよう（サバ・アルクハイル）〟と言ったわ。

　彼女が英語で話をつづけたのを、わたしはなんだかへんだと思った。このキャンプにいる人たちの七十から八十パーセントくらいはアラビア語を話すし、そのうちの三十パーセントくらいは英語を話せない。少なくともわたしの印象ではそう。でもその後、わたしは彼女の言ってることに夢中になった。

彼らはほんとうにわたしたちを解放するのだ。わたしたちには世界市民権が与えられるって、つまりどこにでも住める権利がある。ただし多くの国では移民の割り当て人数が決まっていて、国によっては待機者リストに載せられることになるかもしれないと警告された。わたしたちはそれでもかまわなかったし、全部の国の割り当て人数を合計すると難民キャンプに二年以上収容されていた人数の二百パーセントになるって。それがこの世界市民権の基準なの。市民権は個人名で、譲渡不能で、グローバルパスポートつき。家族は一緒に待機者リストに名前を載せてもらえる。居住申請は世界全体で調整されることになっていて、キャンプにいた期間が長い人から順に希望する居住地を選べる。その人たちは自分の直系の親族を一緒に連れていける。移住プロセスは来月の頭から始まることになっている。世界全体を対象とした就業保証の取り決めや、移送と定住への補助金制度と合わせると、全員にとっていい結果になるはずだって。

スイスは、いま現在スイス国内にある難民キャンプに収容されている人数の二倍の難民を受け入れることを約束したらしい。新しく市民になる人たちの住居はもう建てられているか、もうすぐできあがるところ。住居がある場所は国中に散らばっていて、すべての州でそれぞれの事情に応じた人数を受け入れる。住居となるのはアパートメントで、スイスの通常の建築基準と住宅法規に準拠したもの。需要に合わせた雇用も用意され、最終的には州が雇用主になるの。やるべき仕事があるのよ。協同組合式のレストラン施設もすでにあって、転入者からの要望があればすぐにもオープンできるようになっているって。新住民にしてみれば、食事の場所は彼らが集まれる場所であると同時に、彼らを受け入れてくれる共同体との接点にもなるそう。過去にはそんなことがよくあったらしい。

彼らが言うには、こうした取り決めは検問所のない国境とまったく同じというわけではない。各国にはいまでもパスポートがあるし、移民の枠もある。多くの人が故国に帰りたがるのが望ましい。世論調査でもそう思っている難民は多く、安全に帰れるのであれば、故国に帰るだろう。もっとも多くの難民を生んだ政情不安定な国々には、できるかぎり早く安定を取り戻せるように支援が行われると。

もちろん、収容者たちには訊きたいことがたくさんあった。その段階になると大部分はアラビア語に切り替えられ、ステージ上のほかの人たちが順番に答えたり、それぞれの専門分野にあてはまる質問にはその人が答えたりした。

それが終わるまえにわたしはその場を離れ、いろんな相反する考えで頭をいっぱいにしながらキャンプの北のはずれまで行った。どこへでも行ける! それってどういうことだろう? どこを選べばいいんだろう?

ほとんどの人は家族と話し合うことになるのだろう。故郷に帰る人もいるだろう。そこに惹かれるのもわかる。故郷が安全だというのなら、そうしない理由はない。だけど、わたしには安全だとは思えなかった。そんなものは信用していなかった。きっとなにか落とし穴があるにちがいない。だって、もしそんなことが可能なら、とっくの昔にやっていたはずだもの。

でも、そう考える理由は? ものごとは変わるのよ。

ものごとは変わるのよ、と自分に言い聞かせようとした。そんなに簡単じゃなかった。ほんとに変わるの? 同じ毎日を三三五二日も過ごしてきたのよ。それって、ものごとが変わらないという証拠のように思えたわ。

だけどもちろん、それはまちがっていた。ずっと同じものなどひとつもなくて、キャンプでの暮らしだってそうだ。わたしたちは学習グループやクラス、スポーツクラブ、活動グループなんかを作ってきた。友達を作ってきた。子供たちに教育もした。人は生まれてきては死んでいった。結婚して離婚した。ここでも人生はつづいていた。変化が起きなかったのではなく、時間がぴたりと止まっていたのだ。

でも、変化はある、変化はする。昼近くなってぼんやりかすみはじめた山並みをフェンス越しに見ているうちに、恐れが胸の奥に刺さるのを感じた。自分の人生はほんとうに、根底から変わってしまうのではないか。大きな変化。新しい人たち。知らない人たち。新しい街で始まる新しい生活。そんなに大きく変化したあとでも、わたしはわたしでいられるのだろうか? もちろん、思い出すのはあの詩だ。自分自身からはいかに逃げられないものか、どんな場所も同じなのは、そこへ行くのが自分にほかならないからだ、という詩。たしかにそのとおり。心理療法のときに聞いた古くからの考えのことも思い出した。人が変化を恐れるのは、それが悪いほうへの変化にちがいないからで、そこで自分が別人になってしまえばもう自分ではなくなってしまうからだ。だから、変化とは死そのものだ。

だが死ぬのはわたしではなく、習慣だ。わたしは自分にそう言い聞かせた。あの詩を思い出して。自分が自分であることはやめるわけにいかない。地球上のどこへ行こうと、どれだけ遠くへ逃げようと、自分を引きずっていくしかない。そうしたいと思ったところで、自分からは逃れられない。自分を失うことを恐れているのなら、安心して。

いいえ、わたしが感じている恐れは、たとえものごとが変わっても、自分はあいかわらず不幸なままだろう、という恐れだ。そうですとも、これこそ本物の恐れだ。

とはいえ、わたしはいつだって怖がっていたじゃないの。だからこれもたいして違わない。

この場所が恋しくなるだろうか？　美しい山々、大好きな顔、顔……。

いいえ。恋しくなんかならない。これは自分への約束だ。それに、この約束なら守れそうだ。ひょっとすると、それこそわたしの幸せの形なのかもしれない。

93

〈スローダウン〉プロジェクトは十年間稼働し、どれも南極かグリーンランドにある地上最大級の三十の氷河には、それぞれの重要地点への調査遠征が行われてきた。各地点では氷に穴が開けられ、その下にたまった水を汲み上げてその場で氷河の表面に散布することでふたたび氷にもどされたので、汲み上げる井戸は近いほど便利だった。私たちのチームがかかわったのはウェッデル海域での現場だったが、ここはとくに複雑で、いくつもの氷河と氷流がフィルヒナー氷棚やロンネ氷棚に流れ込んでいた。それは対処するのが難しい状況だった。氷の下の地面の形状は半分に切ったボウルに似た形をしていて、氷河の流れ込むスピードがもっとも速い上流の場所が簡単に見つけられるほど急な斜面ではなかった。それでも私たちはできる範囲で最善を尽くし、五年のあいだに三一七か所も井戸を掘った。重要地点とおぼしき場所を見つけては、最高の場所であることを期待しながらそこに集中した。

アメリカとロシア、イギリスの海軍の助けがなければ不可能だっただろう。彼らがウェッデル海の氷に停泊して越冬させた航空母艦でちょっとした村を作り、そこを拠点にして私たちは一年を通して作業することができたし、ロンネとフィルヒナーの氷の上に設置した基地に物資を供給することもできた。基地のキャンプへの物資輸送はヘリコプター部隊が担い、掘削地点から別の掘削地点へキャンプを移動させるのも手伝ってくれた。こうした取り組みには、私たちがかかわった一帯だけでも百億ドル程度は投入された。大盤振る舞いだ、とピート・グリフェンはよく言っていた。私たちの多くは彼と一緒に働いたことがあり、みんなよく彼を思い出していた。

すべてが順調だった。グリフェン自身を含めて亡くなったのは四人だけで、みな事故だったし、そのうちの三件はグリフェン自身の場合を含めて、愚かな決断の結果として起きたものだった。もう一件は天候によるものだった。上出来だ。南極では簡単に人が死ぬ。それに、亡くなった四人はうちのチームの人ではなかった。もちろん、けっしてそんなことを口に出したりはしない。それでもグリフェンの身に起きたことを思えば、助かったという気持ちになる。私のグループの誰も、自分たちにあんなことが起きてほしいとは思っていない。

さて。南極で十年過ごし、良い仕事をして、これ以上助成金を申請することもない。論文が書かれ、科学は進んだが、しかし大部分は掘削とポンプによる汲み上げ、そして散布のためのエンジニアリングだった。その部分に関連する論文もあった。それが私たちがそこへ行った目的とは少し違うものだったとしても。実際、氷河学者はかつてないほどのデータを、とりわけ氷の構造と流れの歴史、そしてなにより底面の研究についてのデータを集めることができた。氷河の氷と氷床との相互作用に関して、これまで誰も手にしたことがないほどの情報を私たちは手に入れたのだ！　単に研究目的のためだけだったら、これだけの学びを得るには何世紀もかかったにちがいない。しかし私たちには別の目的があった。そんなものより優先すべき理由が。

というわけで、そのシーズンの終わりに私たちは〈リカバリー氷河〉の真ん中に降り立った。五年まえに二列に並べて井戸を掘ったところだ。そのうちの一方ではすべてのポンプが停止したと報告があった。

ヘリコプターで乗りこんだのはものすごく印象的なキャンプサイトで、上流と下流の氷瀑にはさまれた氷河のフラットになった部分にあり、北側には氷河側壁の上半分を占めるシャックルトン山脈が威容を誇っている。氷河の端の水平にせん断された部分には青緑色の氷塔が折り重なるように崩れていて、その高さとかけらの荒々しさのせいで、崩壊したガラスの高層建築のように見えた。ヘリコプターで南極上空を飛ぶことには、けっして慣れることはない。ヘリコプターのパイロットでさえ、絶対に慣れないものだ。

フラットな氷の上を、停止したと報告のあった井戸の列に向かった。どの井戸も掘ったのはずいぶんまえ、プロジェクトの初期のころで、それぞれ点検するのは慣れたものだ。表面的にはすべて正常に見えたし、監視システムの問題でもなかった。自動監視システムが検出した問題を手早く確かめていった。ひとつひとつのポンプのパイプの出口をのぞきこんで、なにもないのを確認する。氷河の中心に近い場所にある穴ほど、汲み上げていた水は少なかった。ほとんどはまったく汲み上げていなかった。

私たちはスキーで移動するのに、互いの体をロープでつないでおいた。井戸と井戸のあいだのクレバスのないルートに、最後に誰かが足を踏み入れてからの数年で万が一、ひび割れが生じていた場合に備えてのことだ。幸い、新しいクレバスはできていなかったので、新しいルートにフラグを立て、それからスノーモービルに乗り換えて新ルートの安全を確認した。私たちのチームに手抜きはさせない。

井戸は通常どおりのラインに沿って氷河を横切って並んでいた。中継装置と気象観測ボックスをくっつけた背の高いポールのてっぺんに、ぼろぼろになった赤い旗がぶらさがっている。その下には、井戸を覆う小屋ぐらいの、太陽光パネルで暖房されたオレンジ色の断熱材製の四角い箱。明るいライムグリーンのパイプラインには灰色の霜がこびりついていた。ここで汲み上げた水は、南のほう、氷河の南側のかたまりの向こうの丘の上に送られ、そこで太いパイプラインに接続して、この一帯にあるすべてのパイプラインから送られてくる水と合流する。

私たちは井戸の覆いになっている小屋のドアを開けてなかに入った。なかは暖かくて快適だ。外のまぶしさのあとでは、照明をつけていても薄暗く感じる。小屋のすぐそばでは風がうなりを上げている。快適で心地よいのは、凍らない温度に設定されてあったからだ。計測機器をチェックした。水は上がってきていない。井戸のふたに取りつけてあるハッチを開けて、穴のなかにスネークカメラを差し込んだ。カメラの長いコードを巻きつけたリールがあまりに大きいので、スノーモービルに独自のそりを付けて引いてこなければならなかった。二キロメートル分が巨大な一巻きになっている。

カメラが下りていった。私たちは画面を見つめていた。ものすごく単純な大腸を内視鏡でのぞいているようなものだった。あるいは、配管工が下水管のチェックをするときに使うカメラに近いかもしれない。二百メートル進んでも、穴のなかに水はなかった。これはなにかがおかしい兆候だ。本来、穴が氷河の底からてっぺんまでつながっていれば、氷の重さによって穴のなかに底の水が押し上げられているはずだ。しかし、深くのぞいても水は見えなかった。

穴が詰まっているんだろう、と誰かが言った。

そうだとして、どこで?

とうとう穴の底までカメラが届いた。途中のどこにも水は見当たらなかった。

おい、わかるか? この氷河の下にはもう水がないんだ。もう汲み上げる水がないってことだよ!

では、ついに氷の速度が遅くなるわけだ。

こんどこそ確かだ。

いつになればわかるだろう?
二、三年かな。いますぐにでもわかるはずではあるけれど。しかし、ほんとうにそうだと確かめられるまでには、数年は必要だろう。

わお。ついにやったじゃん。

だね。

もちろん、メンテナンスとしての掘削はすることになるだろう。それに、氷河はそれ自体の重さでこれからももとのゆっくりしたペースで海へ向かって流れていくだろうから、十年かそこらの間隔でいまある穴より上流に穴を掘り直さないといけない。近い将来まではおおぜいの人がここで働くことになる――数十年、あるいは永遠にだ。私たちはみな、その展望をかなり壮観なものだと認めた。冷えた体を温めてから、巨大なそりの上に立っている食堂がわりの小屋に入った。小屋の南側の小さな窓からはシャックルトン山脈が見えるが、イギリスの南極探検隊のシャックルトン隊長自身はここに近づいたこともないことを思えばおかしな命名ではある。彼が提案した南極横断ルートに近かったからかもしれない。彼の〈エンデュアランス〉号が流氷に閉じこめられて破壊されたときに計画はすべて廃止され、探検隊はとにかく生き延びるという切羽詰まった計画に切り替えたのだ。その日、私たちは彼のために乾杯し、彼の霊魂に彼と同じようにすることを誓った。なにもかもダメになったときにはプランAを放棄し、プランBを発動する、つまり生き残る！　それがなんであれ、その場その場で即興的にやらなければならないことをやり、できるかぎり生き残る。私たちは南の空に黒い崖となって低くそびえる山脈に乾杯した。私たちは海抜六百五十メートルのこの場所にいても、そこで食事をして祝杯をあげている。これもまた南極の偉大なる一日だ。世界を救う一日だった。

94

パリ協定締約国によるCOP58では、あらかじめ決められたとおり六回目の〈グローバル・ストックテイク〉も行われることになっていたのに加えて、追加で二日間かけて過去十年、実際には協定が結ばれてからの全期間をふりかえる総括を行って締めくくられた。人間と地球そのものの歴史にとって、この期間はなにか新しいことの始まりにあたる分岐点のようになっていた。パリ協定がどれほど重要であったかということは、いくら強調しても足りないくらいだ。はじめのうちこそ頼りないものではあったが、おそらくはこれが潮目が変わるきっかけだった。認知されているかどうかも怪しいところから、ついには止めることのできない勢いにまでなった。人類史上最大のターニングポイントであり、地球マインドの最初の大発火と呼ばれたりもした。良き〈人新世〉の誕生である。

今会議の最後の二日間のうち一日目は、協定が結ばれて以降に現れた好ましい変化をさまざまな角度から要約し、一覧にしてその功績を祝った。二日目には、まだこれから解決すべき未解決の問題点のいくつかについて、一日目に取り上げた項目に内在、あるいは期待される前進をたしかなものにリストアップし説明するのに費やされた。非常に充実した二日間だった。

順調な変化を祝った一日目、メアリーは驚き、そして驚嘆の念を抱きながら、発表ポスターの並ぶホールを見て回った。巨大な横断幕には、二酸化炭素濃度をグラフ化したキーリング曲線が題字のように幕の幅いっぱいに描かれている。グラフは起点からどんどん上昇をつづけ、やがて平らになったあと、最近になって下降していた。その横断幕の下ではメアリーが聞いたこともないようなたくさんのことが進行中だった。ここでもまた、手近な事例で安直に判断したがるという、利用可能性ヒューリスティックと呼ばれる認知エラーの力を感じた。ここではひとりの人間が知りうるよりもはるかに多くのことが起きている。あまりに大きなものに触れると、人は本能的に自分の心を守ろうと、カタツムリの触角のように自分のなかにひっこんでしまう。認知エラーはこのためだ。

とはいえ、大いなる現実にこのように触れることで実害があるわけでもない。メアリーはそれを感じとろうとした。触角を伸ばしてすべてを吸収した。どの発表会場もよくある化学系の学会とそっくりで、うしろにプロジェクトの説明をするポスターが果てしなく並んでいた。今回の会議では、どのポスターも、さまざまな組織のテーブルでも、パネルディスカッションや本会議でもすべて、実行してきた良い行いについて論じられていた。しかしこれは、過去のどの学会にもあてはまることだった。学会とは夢想家たちの集まりであり、希望の詰まった空間なのだ。この会議にかぎって違うところといえば、どのポスターも、ほんの十年まえでさえ、誰ひとりとしてそんなことが可能になるとは信じられなかったであろうグローバルな状況が書き込まれていることだ。四十年まえであればさらに不可能に思えたことだろう。

まずは、文字どおりすべての動力となるもの、すなわちクリーンなエネルギーが大量に作り出されているというニュース。何年もまえ、まだこの仕事にとりかかったばかりのころにボブ・ワートンがこの効果について言っていたことをメアリーは思い起こした。もうほとんど思い出せないくらい若かったころの自分が立っていた、仰ぎ見ることもできないアルプスの尾根。いまとなっては、あの大きな山脈の向こう側かと思えるほど遠い昔のことだ。もしもクリーンエネルギーを十分に作り出すことができるのなら、そのほかのたくさんの良いことも可能になる、とボブは言ったのだ。いま、彼らがやっているのはまさにそれだ。

もうひとつ重要なことは、かつてないほど大量のエネルギーを作り出してはいるけれど、燃やされて大気中に放出される二酸化炭素の量はぐんと減っていて、一年あたりの量で見れば一八八七年以来のどの年よりも少なくなった。ジェボンズのパラドックスもついに出し抜かれたようだ。エネルギーが作られれば作られるほど使用量も増えていくという、そのパラドックスの中心部分ではないけれど。作られているエネルギーがクリーンで、人口が減り始めエネルギーを使う人数も少ないので、エネルギーの使用量はもはや問題ではない。ほとんどの時間、エネルギーが供給されるほとんどの場所で余剰が出ていて、しかもそれがクリーンに作られているおかげで、ジェボンズのパラドックスを軽々と飛び越えてしまったのだ。そして効果的に貯めておく完全なメソッドがないというだけの理由で余剰エネルギーが失われてしまっていることから、それを無駄にしないように、人々はより多くの使いみちを考え出していた。海水の塩分を除去したり、もっと直接的に空気中の炭素を捕捉したり、あるいはどこかの干上がった盆地まで陸路で海水を汲み上げるなど、多岐にわたった。

そうした努力は際限なくつづけられた。そうやって、とりわけ重要な挑戦だったクリーンエネルギーは満たされていた、または満たされつつあった。

さらにまた、もうひとつの優れたポスターがあった。〈グローバル・フットプリント・ネットワーク〉による、地球上の生物生産物と廃棄物の摂取および処理に関して、世界全体がバランス状態になったという報告だ。世界文明は、自然にまかせてもとにもどっていく以上に生物圏の再生可能資源を使い果たすことはなくなった。これまで長いあいだ、キューバとコスタリカでしか実現されていなかったことが、世界のどこでも実現したのだ。これを達成できたのは、〈ハーフ・アース〉プロジェクトによるところが大きい。まだ文字どおりに達成された現実とは言えないが。なにしろ、いまでも地球のゆうに半分以上は人間が占拠し、利用しているわけだから。それでも、各大陸のかなりの部分が荒野にもどされてきていて、その大部分から人間と人間による破壊的建造物が撤退し、動植物に明け渡されている。地球上には、少なくとも過去二世紀のどの時点と比べても、より多くの野生動物が生息していて、人間の食料にするために飼われている家畜は少なく、そのために占められている土地もずっと少ない。その結果、どの大陸のエコシステムも新しいタイプの健康な状態にもどってきている。ただ太陽のもとで生きて死んでいくという、地球全体で生態系があるべきように機能した結果だ。生物群系が多様性を維持し、変化と適応を通じて生き延びている。

そしてまた、今日この日に直接それに言及しているポスターやパネルがひとつもないとはいえ、現在、世界の出生率は女性一人につき一・八人と推定される。世界の人口を一定に保つための人口置換水準は、二・一五人であることから、地球上の総人口はゆっくりとだが確実に減ってきている。今後もまだ人口急増が待ち構えているという概念はどこかへ行ってしまった。人口統計学者はもうそんな予測はしていない。経済理論学者のなかには、そのような人口減少には対応できない、と心配するものもいたが、たいがいはこの変化に好意的だった。しかしこうしたことすべては新しいことで議論が絶えないため、この会議では話題にされることはなかった。それはまた別の機会にとっておけばいい。環境活動家の動きがヒューマニズムに反するとみなす従来の攻撃もまだ十分な力を持ってはいたので、科学者の多くは慎重にこの話題を避けていた。うっかり手を出せばやけどしかねないからだ。しかし、この場合は良いニュースだった。だからそれはかなり頻繁に言及され、口コミで広がっているもののひとつだった。

〈超恐慌〉とそれによる社会および経済の崩壊が、炭素の燃焼と生態系の健全化にとってはいかに良いことであったかに関する近頃の議論にも同じことが言える。何百万人もの人々を苦しませることになった出来事が地球の寿命に対してはよかったのかもしれないという説が、ふたたび反ヒューマニズムではないかとみなされるようになっている。全般的な状況のこうした側面を、全力を尽くした災害管理と考え、転んでもただでは起きないという構造にするのがいちばんだ、などなど。そして情報の洪水のなかで、一部のことは明らかに口コミにまかされていた。とくに、推論や推測はそうだった。

これら全体を通して、横断幕が示す空気そのもの——文字どおりその意味で、大気中の二酸化炭素濃度が〈ビッグ・インデックス〉とか〈ビッグ・ナンバー〉と呼ばれて、情報の巨大な潮流をじつによくまとめていた。この五年間では二七ppmも下がって、いまや四五一ppmになった。数字だけ見れば二〇三一年と同レベルだが、あのころとは逆に下降線をたどっていて、そのうち三五〇ppmになるのも夢ではないかもしれず、産業革命以前の過去百万年間にわたって、地球の公転軌道の形によって上下しつつも二八〇〜三五〇ppmのあいだで正弦波を描いていたころの最高値に近づくものだ。本気になれば、二酸化炭素濃度三五〇ppmを達成できる！　いま議論されているのは、この数字をどこまで下げたいのか、という点だ。それはこの四十年間に世界が注目してきたものとはまた別の種類の議論だ。

この同じ期間に、世界全体の格差を示すジニ係数はずいぶんと低くなり、どこの大陸でも改善が見られた。報酬の公正さや妥当な賃金比率を求める動き、中央銀行の推奨する課税計画、それに加えて就業保証や累進課税を支持する各地での政治的な動きはどこでも強い影響力を持った。これらの運動がたびたび〝金満政治家による泥棒政治を終わらせる〟というお題目を掲げていたことは、ポスターのひとつにも盛り込まれている。万人にあてはまる最低必要収入の定義にたっぷりとゆとりを持たせること、誰にでも就業を保証すること、そして個人の年収の上限を最低額の十倍までとすることが、多くの国で取り入れられたこともあって、ジニ係数を一気に押し下げることになった。まずはEUが先行し、アメリカと中国がそれにつづくと、それ以外の各地からはこうしたジニ係数の低い国に若い世代が頭脳流出しはじめ、高度人材を失った各国もそうした制度を取り入れていった。就業保証はもちろんだが、普遍的な基本サービスや社会的再生産、それと並行してインフラや住宅建設プロジェクトも進められたことで、ついに世界でも所得の少ないほうの国や地域でも、貧困からの脱却が成し遂げられた。個人の収入と財産に上限を設けたことで、所得格差の上位層も頭打ちとなった。当然ながら、多くの富裕層は財産を持って安全な隠れ家に逃げ込もうとしたが、通貨コントロールに加えて、いまではすべての通貨がブロックチェーン化されて追跡されているので、古くからの避難先やシェルターは一掃されてあとかたもなかった。いまや通貨は世界の銀行システムで使われるただの数字でしかない。仮に資産を不動産に変えたとしても、その不動産はリストに載せられ、資産価値が定められて、それに従って課税されるので、結局は急激に上昇した財産税を回避するために売りに出されることが多かった。新しい税制のもとでも土地所有者がやっていけるようにするために放棄される土地もあり、そうやって公有地がだんだんと増えてくると、そういうものだということになって、共有地として利用された。無数のビッグデータや『レッド・プレンティ』アルゴリズムを利用する国有企業も以前と比べて快調に動きだしていた。昔ながらの良くない非効率性を退け、回復力や公平性にとっては重要な、良い非効率性は維持されていた。

このような目新しい進展を説明し分析するためのまったく新しい経済学が登場した。そして新しい経済学には必然的に新しい計測システムが含まれていた。経済学というのは数値化した倫理観と計測に基づく政治権力のうえに成り立つものだからだ。いま現在人々が使っているのは、〈包括的繁栄指標〉や〈真の進捗指標〉、国連の〈不平等調整済み人間開発指数〉、そして〈グローバル・フットプリント指標〉といった、古くからあるツールだ。さらに新しい指標も数多く考え出されている。経済の健全性を計るそうした新しい指標はやがてひとつに合体し、指標の総合指標が編み出された。それが〈生物圏および文明の健康度の高次指標：Biosphere and Civilization Health Meta-Index〉、すなわちBCHMIだ。

これらすべてにおいて、カーボンコインがかかわっていた。当初からしばらくのあいだ、カーボンコインの創出は金持ちをさらに金持ちにするだけのものに思われた。というのも、大手の化石炭素企業が自社の所有する炭素を回収する意向を宣言したうえでそれにともなう支払いをカーボンコインで受け取り、そのコインの大部分を米ドルやその他の通貨と交換し、別の資本資産、おもに不動産に投資したことで、さらに大儲けしたからだ。まるで彼らの未来の利益がすべて一度に支払われるかのように。彼らの所有する資源がいまや生物圏にとって有害で、したがって人間にとっても有害であるにもかかわらず。

だが中央銀行はこの事態に対処するスキームを作り出した。化石燃料企業にコインが支払われることは支払われる。それも、回収された炭素一トンにつき一カーボンコインという意味では、額面どおりに。そこはほかのどんな団体でも一トン回収すれば一コイン支払われるのと同じだ。しかし、一定の額を超える支払いについては分割して順次支払われるが、利息はつかない。利率はゼロだがマイナスではない。しかも保証がついているとなれば、それはある種の債券のようなものだ。その後、企業は手に入れたカーボンコインの最初の使いみちとして、法的に、そして国際条約によって、二酸化炭素収支がマイナスになるような活動をすることを求められる。カーボンコインを受け取るにふさわしい存在でありつづけるためだ。もしも生物圏を破壊するような生産、とりわけ炭素を燃焼する生産活動に投資しようものなら、より大きな視点から見れば、まったく炭素を回収したことにはならないからだ。こうした政策の実施を決定した結果、石油企業や産油国がそれぞれの凍結された資産に見合った支払いを受けることになったが、それも長期的には、パリ協定の基準に沿って認定チームが定義し計測するとおりに炭素収支をマイナスにする活動をしていればの話だ。中央銀行の若手職員たちはこうした取り決めを非常に誇らしく思っている。このしくみはカーボンコインの効力を保とうと長い時間をかけて練り上げてきたもので、上司たちがこれを承認し、ついに実行に移されるのを祝った。彼ら職員たちの懇親会はおおいに盛り上がり、堅苦しく古いチューリッヒ人の眉をひそめさせることになった。

カーボンコインが成功したということは、いまでは土地景観の復元や再生農業、再植林、木炭利用、海藻の森、二酸化炭素の直接吸気回収（DAC）と貯蔵などなど、会場のあちこちで説明されているありとあらゆる努力のために莫大な資金が使われているということだ。部屋のひとつに掲げられた横断幕にはこのように書いてある。

〝革命は起こる。予想されたものではなく、別のもの、つねに別のものだ〟

その横断幕の下でメアリーは、それを掲げた人たちから教えられた。このフレーズはイタリアの英文学研究者マリオ・プラーツの言葉で、ジョン・P・ファレルが引用し、それがまたクリストファー・パルマーによって引用されたものです、と。そのスイス人職員たちは、いたくこれを気に入っていた。

振り返りの二日目、最終日である〝未解決の問題点〟に捧げられた日は、いまもまだ変化の真っ最中にあるという厳しい現実を思い出させるものだった。前日に明らかにされたことや祝ったことをふまえれば、こうした問題点が全体的なムーブメントや歴史そのものに対する阻害要因であり、だからこそ圧倒されもするし、部分的にでも解決できればよく、回避したり解決をいったん先送りして対処する勢いがつくときを待つ必要がある、という印象が会場には漂っていた。

会場入り口の上に掲げられたこの日の横断幕ではこのように宣言していた。

〝困難を乗り越えるためには、それを増やせ〟

職員たちは、これはドイツの哲学者、ヴァルター・ベンヤミンの言葉で、彼がこれを書いたとき〝古い弁証法の格言〟だとつけ加えたのはたしかだが、その格言の引用元となる文献は見つけられなかった、と説明した。彼がでっちあげておいて古い格言だと偽の出所を与えたのかもしれない。ただ、熱心な歴史家で文献収集の専門家（アーキビスト）のベンヤミンがそんなことをするとは彼らしくないという意見もあって、インターネットでほんとうの出典を探し出そうとしましたが、こと過去の資料追跡となると、インターネットは広大ではあるが包括的というにはほど遠いことがこれまた立証されただけで終わりました。まさにバケツのなかの一滴にすぎませんでした、と。

ともかく、この格言のほんとうの引用元を見つけだすことよりよほど差し迫った問題があるとメアリーは感じていた。前日と同じように、今日も会議場のなかを歩き回った。困難を乗り越えるために増やす。簡単なことだ！

未解決の問題点については今日、議論され、評価されて、緊急度の順位をつけられていた。そうして原子力科学者協会の世界終末時計のような、なんらかの指標に落とし込まれる。ちなみにその終末時計はいまも玄関ホールに置かれていて、深夜まであとおよそ二十分を指している。もう何十年もその時間で止まっていて、まだなにがしかの妥当性があるのか、あるいはなんらかの重みを持っているのか、とメアリーはいぶかしんだ。止まった時計は、はなはだしく深刻な危険をあらわすイメージとして最善とは言えない。彼女が直面しているもっとも緊急性の高い危険の数々を思えば、時計はつねに時を刻んでいるように感じられた。しかし、そのことをバディムに言ってみたら、彼は頭を横にふった。この時計はただ、核の危険はけっしてなくならない、と言っているにすぎませんよ。私たちはもう危険などなくなったかのようにふるまってはいますが、そんなことはありません。だからこの時計は、人間は実在する危険を無視するのが上手だということを表現する手段なんです。それについてはほんとうになんとかしたほうがいいでしょうね。根本的な解決を考えるべきです。ああした武器のすべてを五年以内に取り上げることは可能です。エネルギー燃料に使われる材料を分解して燃やしつくし、燃えかすは埋めてしまえばいい。愚かですよね。

そのあとメアリーは、自分はじつは危険度を評価しようとするのにむいていないのではないかと思いながら会場をぶらついた。北極圏の産油国はいまでも気候変動をありがたがるのを隠そうともしていないけど、これは危険な問題？　しかし、最近では北極の海氷を厚くしっかりしたものにしておくのがロシアの方針のように見える。だからメアリーはそれほど心配していない。彼らが持つ艦隊は北極海の解放水面を黄色に染め、太陽光が水のなかに射し込んで氷を解かしてしまうのを防いでいる。長く暗い冬の夜に海氷の表面に凍った霧を撒いて氷を厚くするために送りだされるアイシングドローンと同じで、望ましくない解放水面などを封じ込めようとしているのだ。だから危険な問題ではない。もし北極の状況が未解決の問題点なのだとしても、手に負えないほどではない。ロシアは自分の役目を果たしてくれるだろう、と判断した。

会場を歩きながら、核兵器と核廃棄物のほうへ考えを引きもどした。気にかけているのはバディムばかりではない。一定数のパネルディスカッションがそれを議題としている。これらの問題のある材料はなんとかして核による電力に変えられるのだろうか？　燃やされて凝縮され安全に保管されるのか、あるいは宇宙空間に投棄されるのだろうか？　これについては誰も説得力のある主張をすることができていなかった。メアリーは判断した。それはたしかに未解決の問題だ。

それから、最貧の三十か国の問題。バッド・サーティ、サッド・サーティ、ウィーク・サーティ――そんなふうに呼ばれるのを聞いたことがある。この三十か国にはいわゆる失敗国家が少なくとも十か国は含まれ、そのうちのいくつかはもう何十年もその状態がつづいて国民を困窮させている。専門用語で言うところの〈ウィキッド・プロブレム〉（やっかいな問題）は、解決できないだけでなく、複雑で多面的で一筋縄ではいかない問題だった。つまり、それらは感染するように他の問題を悪化させる。そういう〈ウィキッド・プロブレム〉に悩む国々に必要なのは隣国からの、つまりは世界全体からの介入だ。つまるところ、地域的または国際的な管財人の管理下におかれる。しかし、一国の主権がないがしろにされるということは、政治的な風向きしだいではどの国家の主権もないがしろにされる恐れがあることになる。ゆえに、どの国家も主権に干渉することは好まない。植民地独立後のさまざまな失敗例はふたたび従属的な立場にもどすべきだ、といちばん強気に主張するのはたいてい裕福な帝国権力だが、そのような主張は、意図が善意であっても、けっして良い印象を与えなかった。アメリカ帝国などといってもおもに経済面でのことで、真正面から宣言したわけでもなく、アメリカ人自身でさえ帝国であると理解してもいなければ認めてもいない。それにもかかわらず、彼らは世界中に八百もの軍事基地を持ち、その軍事予算は地球上のほかの国々の合計よりも大きかった。だから、ワシントン合意のようなものを生むことができ、世界銀行と国際通貨基金、そして世界貿易機関までもがアメリカという覇権国家のツールとして利用され、小さな貧しい国々を新たな形の植民地、名ばかりの独立国として世界に参加させるか、さもなくばさらに悪い運命を味わうことを強制された。帝国主義的な自己愛を慈善活動のふりをして実現するアメリカ人に比べれば、〈一帯一路〉を使ってアジア地域に影響力を持とうとする中国人はまだ正直なくらいだ。二十世紀末の世界銀行と国際通貨基金が行った構造調整政策では、各国の地元経済は破壊され、アメリカ市場向けの現金作物輸出に依存する国に変えてしまった。メアリーはアメリカの愚かさと尊大さ、世界に冠たる超大国を自認する厚かましさも、未解決の問題点のひとつに数えるつもりだ。だがそんな考えを取り上げたパネルディスカッションやポスターなどひとつもない。なくて当然だ。これも口コミで広めるしかない問題だ。世界中が束になって足並みをそろえなくてはこの問題を切り崩すことはできないだろうが、もちろんほかの国々はそれをうまくやれるところまで彼らだけで合意に達することなどできやしない。彼らのほとんどがアメリカの世話になっていて、何から何まで受け入れているとあってはなおさらだ。

また、二酸化炭素の問題が収まってくるにつれ、公害、農薬、プラスチック、その他の文明が吐きだす廃棄物や残留物によって生物圏の汚染がつづいていることに対する人々の認識が高まってきた。生物圏がびくともしないのはたしかにそのとおり。だがどんな生物でも、取り込んだ毒を処理するには限度というものがあって、それ以上になれば毒に侵され、困ったことになるのだ。

次にメアリーが訪れた会議室では、女性への虐待について議論していた。個々の女性、そして集団としての女性への虐待は、人々の幸福（ウェルビーイング）や政治における有権者の権利や機能といったほかの分野でも順位の低い国々に多く見られる。それが偶然などではないことはもちろんだ。女性の立場は単なる指標というだけでなく、文化が栄えるかどうかの土台となるものだ。しかし古い形の家父長制度の多くは生き残っていて、未解決の問題点の悪質なもののなかでも最悪なのが家父長制度と女性差別（ミソジニー）だ。その会議室をのぞきこんだメアリーはため息をもらした。室内に女性が多いのはもちろんのことだが、ほかのどの会議室よりも男性の割合が少ないのだ。数えてみると、百人収容の部屋のなかに、白人男性が五人、非白人男性が二十人。残っている問題のなかでもこれが最悪のものだと明らかになったとしても、進んでそんな見方をする男性はごくわずかだ。この問題を解決するのは男性ではなく女性だろう。法律を作るのも、それを強行通過させるのも、きっと女性だ。それだけに未解決の問題点にちがいなく、それも悪質な問題だ。そんなふうに汚染物質や核兵器、統治の失敗などと並ぶ問題に分類されているのもやはり腹立たしいが、それがこの問題そのもののもうひとつの側面でもある。他者としての女性——いつになったら終わるのだろう？　女性は何百万もの種の過半数を占めているというのに？

メアリーの思いはもうひとつのやっかいな問題に移った。資源の問題だ。資源としての女性、と考えて、メアリーはすぐにその思いをふりはらった。水だ。しかしクリーンエネルギーがふんだんにあれば、塩分を除去することができる。土壌も。これについては再生農業、すなわち生物そのものが頼みの綱だ。生物圏全般はどうだろう。生息環境、安全な生息回廊、野生動物の数の喪失。絶滅。侵略的生物の問題。流域の健全性。ミツバチを含む昆虫の喪失。大気中から回収した二酸化炭素をどこに貯蔵するか。少しずつ解決に向かっているとはいえ、これらも重大な問題であることに変わりはない。

海洋の健全性。海洋の酸性化についても、前世紀の炭素燃焼に起因する海水温の上昇についても、酸素不足についても、できることはなにもない。だから生物の大量死が起こっており、おそらくは人間が気づきもしないところでも絶滅が起きていて、それが壊滅的な連載反応を起こす可能性があった。海洋の健全性はこの先何世紀ものあいだ未解決のままだろうが、人間にできることはほとんどなく、海洋の大部分かせめて半分だけでも手をつけずに放っておくことで、海の生物たちが適応していってくれるのを待つしかない。サンゴ礁やビーチ、沿岸湿地も海洋の大きな一部であり、これもまた人間が手を貸してやれることはほとんどない。ただ身を引いて距離を置き、近づかずにいるしかない。手つかずの広い領域では、あるいは漁業水域でも、魚ではなくプラスチックを漁ることくらいはできるかもしれない。サンゴ礁の新たな土台を用意するとか、そういうことならできるだろう。これらは彼らの一生にわたって難しい問題となるだろう。

そう、こうしてつづいていくのだ。朝から晩まで、コングレスホールを全部使って。こうした問題の多くが比較できないもので、女性の福祉をサンゴ礁の福祉や核備蓄と同じテーブルで論じてもなんの役にも立たない。未解決の問題点の寄せ集めなんかクソくらえ！　こんなリストなんて役立たずともいえる、メアリーにはそう思えた。ひょっとすると会議を一日早く終わらせ、これまでにやり遂げた、そしていまも取り組んでいる進捗を祝うにとどめたほうがよかったのではないか。あれは気分がよかったのに、こっちはいやな気分だ。もしかしたら今日この日にかきたてられた怒りをなにかに利用できるかもしれないけれど、メアリーは確信が持てなかった。おおぜいの若者が、とくに若い女性が、ショックを受けたりがっかりしたようすでコングレスホールをうろついていた。なにごとか話し合っているらしくグループになっていた何人かを呼び止めて、これまでそうしてきたように闘いつづけるよう、全力を尽くすよう、励まそうとしてみた。うなずいてくれる人もいれば、そうでない人もいた。

要するに、ごちゃ混ぜな一日だった。そのとき、フランクが支援を受けている診療所から電話がかかってきた。彼が倒れて、容態はよくないという。

フランクは一人部屋に運びこまれていた。病院のベッドのほかにはモニタリング装置や生命維持装置、そして椅子が三脚、それだけでいっぱいになるほど小さな部屋だった。ベッドの背が起こされて寄りかかれるようにしてあった。病院のガウンを着て手の甲には点滴用のポートをつけられ、スタンドにかけた点滴の袋にチューブが伸びていた。モニターに表示されている心拍数のグラフはずいぶんと速く脈打っているように思われた。青白い顔はむくんで、目の下には隈ができていた。髪は短く刈り込まれていた。メアリーはその生え際が後退していることに気づいた。

彼は眠っているのか、目を閉じていた。メアリーは椅子に座って、いま彼を起こすのではなく、目覚めるのを待つことにした。

いかにも具合が悪そうだ。装置が静かなうなりを立てていて、彼の頭上では脈拍を示す波形が上下を繰り返しながらスクロールしていた。洗濯のりと汗、せっけんのにおいがかすかにしていた。ああ、そうだった。こういう世界のことはよく知っている。

彼女はため息をもらして、椅子に背中を預けた。要するに、ホスピスだ。まだ彼を救おうとしたり、時間の猶予を持たせようとがんばっているとはいえ、ホスピスであることに変わりはない。こういう場所のことなら知っている。この世界とどこでもない世界とのあいだにある休息所。

静かで希薄な場所。多くのものがすでに失われている。残されているのは水とわずかな食べ物、燃料としての食物だった。それすら拒絶され、その過程が加速されるのを見てきた。痛み止めや排泄物の始末も。シーツの下からカテーテルの管が伸びて、ベッドフレームにぶらさげてあるプラスチックの袋につながれている。彼女はときどき、これらの場所に音楽を持ちこんだことがあった。それは失われることのない唯一のもので、衰えゆく心が認識し、楽しむか、少なくともそれによって気をまぎらわせることができるものだった。こんな状況と切り離すことのできない退屈さは、死にかけている本人と同じくらい、見舞いに来た者にとっても耐えがたいものだ。いや、もっとつらいかもしれない。けっしてやわらぐことのない不眠症に悩まされる夜に似て、考えごとをしているだけで時が過ぎていく。眠りが訪れてくれないかぎり。薬はそれを助けてくれるし、単に疲れきって眠れるのでもいい。脳の機能不全。空っぽの空間を埋めてくれる眠りは、人生によくある恵みではある。たとえ目覚めがすっきりしなくて気持ちがざわついていても、その時間の分だけはなにも気づかず、痛みを感じなくてすむ。『マクベス』の「心労のもつれをほぐす眠り」というフレーズは、彼女自身が苦労してときほぐした不眠の経験とは少し違ってはいても、美しいフレーズであることにかわりない。母音の揺らぎはゆりかごそのもののようだ。シェイクスピアならではのフレーズの贈り物。まことの詩人。すばらしい詩人であることはまちがいないが、その芝居はメアリーにはいつも奇抜なものに思われた。のるかそるかの当てずっぽう。緊張感みなぎる対立が詰めこまれた意味不明の大混乱。いつぞやダブリンにある国立劇場アベイ座に行ったときのことを思い出した。フォルスタッフとハル王子が対決するシーンはたしか一時間ばかりもあって、フェンシングの剣を交えながら、どちらがより気の利いたことを言えるかを競いあって楽しんでいた。しかし、それには危険なものも賭けられていた。なにか深いもの、彼らの友情、それぞれが置かれた状況の違いのせいでいかにも不確かなものだった。メアリーとフランクの関係もそれに似たところがあったかもしれない。ともに過ごした時間はいつまでもメアリーのなかにとどまるだろう。

これもそう。ええ、ここはホスピスだ。考える時間はいやというほどある。心のおもむくままに過ごせばいい。携帯電話を取り出してなにか読んだり、メールをチェックしたりもできる。イヤホンをして音楽を聴いてもいいし、彼が一緒に聴きたいと言えば小ぶりなポータブルスピーカーを持ってきたっていい。しかしまた、ただそこに座っていることもできる。休息する。考える。終わったばかりの会議についてやその他のあれこれについて、頭のなかでふりかえってみることも。ふたりでアルプスにハイキングに行ったときのことも、自分たちの命を生きている野生動物たちのことも。あの動物たちだって、きっと痛みを感じながら死ぬのだし、兄弟や子供たちがまわりを囲んで旅立ちを見守るのだろう。それともひとりぼっちで死ぬのだろうか。タチアナ。マーティンが亡くなったホスピス。こうした状況は千差万別になりがちなものだとメアリーは気づいていた。まるで崖の端に座って、世界の端まで見わたすように。アイルランドのモハーの断崖のようだが、それ以上に高い。深淵の上の歩道、とヴァージニア・ウルフは表現した。その歩道の端に座ってなにもない空間に足をぶらぶらさせ、深淵を見おろしたり、遠くの水平線に目をやったり、あるいはとても重要に思われたのに、いまやおぼつかない、空気を透かすと薄い帯のように頼りなく見える、歩いてきた歩道を見返してみたり。いいえ、人生は――いったいなんなの？　それはそれは深くて大切で、感情にあふれていてとてもすばらしいものなのに、カゲロウのようにはかない瞬間はまばたきひとつのうちにぱっと消えてしまう。より大いなる意図のなかではなにほどのものでもない。そして、大いなる意図などというものもないのだ。あるのは不確かな止まり木、ホスピスのベッドわきにある椅子だ。

これがいつの日か彼女自身にも起こるのだと理解するのを避けて通るわけにはいかない。ふだんならそんな考えをよけておくこともできる。身近なことではないから、考えずにいることもできる。いったん受け止めて、少しずつ慣れていってからまた忘れてしまうこともできる。いつだってそんなものだというふりをして生きていくのだ。けれど、この病室のような部屋にいると、目のまえの状況が次元を超えてはみだしてくるかのようだ。だからスケール感がおかしくなって、めまいがするのだ。小さな部屋の大きな勘定書きにほかならない。このフレーズはシェイクスピアが先人クリストファー・マーロウの死に際して言及したものとされていて、一般的にはパブの請求書に関して酔ったあげくのけんかがもとになったと理解されている。ホスピスの日常がありふれた日常に突然飛びこんできたわけだ。

会議が終わってすぐに来たときには、彼は目を覚まさなかった。それにほっとしたことにかすかな罪悪感を覚えながら立ち去った。彼と気安く話をするのは難しいであろうことはよくわかっていた。彼は言葉を慎重に選んだり心地よい言葉でその場をとりつくろったりするような人ではなかった。彼女が訪ねていっても気が楽になることなどなかった。まるで彼を罰しているようなものだったが、それでも訪ねていった。

その次に訪ねていったときには、元パートナーとその子供が先に来ていた。娘はいまや若い女性で、見るからに不機嫌だった。若さは、こういう部屋に身を置くことから守ってはくれない。むしろ若いほど、初めての経験だったり、少なくとも珍しい経験である分、衝撃は大きいかもしれない。固いたこができるほど経験を積んでいないので、死という現実は衝撃的で、それをやわらげるものもない。

元パートナーもあまり幸せそうではなかった。親子とも姿勢よく椅子に座って手を握りあい、彼から目をそらしている。フランクがふたりを見つめる表情には、後悔と愛情たっぷりの思いやりがこもっているようにメアリーには思えた。そのようすを見ていると心臓に針が刺さったような気分になった。彼はもう感情など超越し、彼女たちのことには気持ちの整理をつけてしまっていたかと思っていた。もちろん、そんなことはなかった。哺乳類が痛みを忘れることなどありえない。そして彼らはみな、哺乳類だ。しかも彼女たちはここにいる。ふたりは彼のことを恐れているように見えた。死を恐れるだけでなく、彼のことを。彼がそのことをどう思っているのかはわからない。彼にはそれがわかっていて、それでも来てくれる彼女たちを愛しているのかもしれない。娘のほうはこの先一生、このことを覚えているだろう。これを含めた彼女のあらゆる怒りを。最後に勝つのはいちばん長く生きた者だ。だがその勝利の重み、勝ち残ってしまったという恐怖も抱えていかなくてはならない。喜んで味わいたいようなものではなかろう。

出直してくるわ、とメアリーは言った。

わたしたち、もう帰るところなんです、と母親が言った。娘もほっとしたようにうなずく。ちょうど帰るところでした。彼も疲れたでしょうから。

フランクの小さな笑みがそれを否定しているように思えた。来てくれてありがとう、と彼は言った。感謝してるよ。わざわざ来てくれてすまなかったね。いろんなことですまなかった。

ううん、ぜんぜん、と言った母親の頬を、突然涙がすべり落ちた。わたしたち、また来るわね。遠くもないんだし。

ありがとう、とフランクが言った。彼が伸ばした手を彼女が握った。娘のほうが急にまえに出て母親の手に自分の手を重ねた。しばらくそうして手をつないでいた。やがて娘が部屋を飛び出していき、母親も涙ながらにそのあとを追った。

悪かったわね、とメアリーはフランクに言った。おじゃまするつもりはなかったのよ。

いいんですよ。彼女たちも帰りたがっていたから。

そんなことないわ。

いいんです。しばらくいたんですから。

また出直してきてもいいのに。

そんな必要はありません。よかったらゆっくりしていってください。ナースコールのボタンを押してもらえませんか。ジュースでも持ってきてほしいので。

いいわよ。

彼らは無言で座っていた。しばらくすると看護師がリンゴジュースを持ってきた。ぴったりふたをした小さなカップにストローが挿してある。病院に用意してある、障害のある人にできるかぎり合わせた仕様のものだ。彼はひと息でそれを飲みほした。

冷水器が見つかればくんできてあげるわよ、とメアリーが言った。

お願いします。

廊下を進んでいくと、トイレのそばにある冷水器を見つけた。ぴったりくっついたふたは取りにくかったけれど、なんとかはずせた。あまりにも小さなカップだ。患者がむせたり水分をとりすぎたりしないようにするため？わけがわからなかった。

メアリーは病室にもどるのがつらかったが、避けることはできなかった。

また椅子に腰を下ろした。彼はわたしから目をそらしているみたい、と思った。ちゃんとやりきるには、かなりがんばらないと。

いい会議だったわ、とメアリーは言った。

そうですか？　ぜひ聞かせてください。

彼女は話して聞かせた。イベント全体を彼にわかりやすいように要約しようとするのは面白かった。達成したことを祝った日のこと、未解決の問題点のこと。このふたつを調整することの難しさ。そのプロセスに対する影響力を手放すことの難しさ、ましてやコントロールすることまで手放すことのさらなる難しさ。トラの背に乗っていれば、そこから降りるのは至難の業だ。中国人はずっとまえからこんな気持ちを知っていたわけだ。

フランクは興味を惹かれたのか、中国はどんな調子ですか、と訊いた。こういうこと全部に参加しているんですか？

ええ、そうだと思うわ。彼らは自分たちがストーリーのど真ん中にいる、あるいは中心になって動いていると確信しているみたい。彼らにしてみれば、もはやアメリカだけじゃないんだぞ、というところね。ロシアやインドにも対抗意識を持っているけど、同時に共同作業でもあるの。

彼らはあらゆるところに人脈があるわ。自分たちが重要な存在だということがわかっているのね。党は植民地時代の「百年の屈辱」を使って人々を鼓舞するのはもうやめた――まあ、それほど多くはないと思う。そんな過去は、いま生きている中国人にとっては意味がないのよ。党上層部も含めて。だから、彼らは自信を持って、真剣に受け取られるという感覚にリラックスしているように見えるわ。もう誰も、アメリカでさえ、彼らをいじめることなんてできない。やってみるだけばからしいもの。それに、みんなが彼らと同じようなやり方をするようになったのは見ればわかるわ。国有企業のことよ。誰もが通貨やエネルギー、土地までも引き継いで、それらは全部、公益信託とみなされているし、中国はずっとそういうやり方をしてきたわけだから。つまり、市場や金融の抑制についても、中国は世界をリードしてきたんだとか、やり方の実例を見せてやったと思っているにちがいないわね。

それなら、おもな問題はアメリカだということですね、とフランクは言った。

メアリーはため息をついた。そうかもしれない。あなたたちアメリカ人にすべての責任を負わせるのは簡単よ。あなたたちはあごを突き出し世界をリードしているから。でも、残りのわたしたちはそれに対していい気持ちはしていない。でも、アメリカには悪いことだけでなくたくさんの良いこともあるわ。多様な文化、人種、宗教、思想を持つ人々が集まった国の集合体のような国――それがアメリカよ。

イギリスが世界を牛耳っていたころにもそんなふうに言われていたんじゃなかったかな。

私は知らない。アイルランドでは違っただろうね。

あら、そのとおりよ! メアリーは笑いだした。そう言われるのはしかたないとしても、イギリスとその帝国にもいいところはあったし、アイルランドにだってあったわ。でもあなたがその時代にいたとすれば、そんなことは言わなかったでしょうね。

ええ、言わなかったわね。

フランクが急に顔をゆがめた。ひたいには汗が噴き出してきた。

大丈夫? メアリーは声をかけた。

返事はなかった。ナースコールのボタンを押したのが返事がわりだった。看護師がやってくると、痛み止めを頼んだ。メアリーは胃がよじれるのを感じた。それはそうだわ。痛み。汗が噴き出すくらいの痛み、顔が蒼白になるほどの痛み。突発性疼痛といわれるものだ。以前にも見たことはあるけれど、ずいぶんと昔のことだった。

あとでまた来るわ、とメアリーは言った。

わかった、と彼が言った。

95

私は存在。生きていても死んでいても、意識があってもなくても、感じることができてもできなくても。多様でありながらひとつ。何十億の一兆倍もの民から成る共同体。

神でありながら神ではないものを渦巻かせ、私自身も神ではない。母ではないが、多くの母である。そなたを生かし、いつかはそなたを殺すかもしれない。あるいは私が殺さずとも他の何かがそうするだろう。そして、どちらにせよ、私はそなたを受け入れる。その日は近い。

そなたは私が何であるかを知っている。さあ、私を見つけだしてみなさい。

96

　それからの数週間のうちに、メアリーは自分用の端末を持ってフランクが介助されている診療所に通うようになった。手術や治療の期間が終わり、緩和ケアの日々が始まっていた。ベッドから出ることもできるようになり、人の手を借りてゆっくりと歩いて診療所の中庭に出ることもできた。壁に囲まれた快適な空間には大きなシナノキが影を落としている。彼はそこに座って木の葉やその向こうの空を見上げたりしていた。手入れの行き届いた花壇もあったが、そっちに目をむけることはないようだ。メアリーの知るかぎり、元パートナーとその娘はその後訪れていない。そのことを彼に訊いてみたら、彼は眉をひそめて、一回か二回は来たはずだが、それがいつのことだったのかはよくわからない、と答えた。看護師のひとりにも尋ねてみたけれど、そういった情報を教えることはできないから彼に直接訊いてみるように、と言われてしまった。

　まあ、それはいい。彼がごく短期間だけ住んでいた共同住宅の知り合いや、刑務所でできた友人たちは訪ねてきてくれた、とフランクは言っていた。しかし、メアリーが訪ねていったときにはいつも彼ひとりでいたし、いつ行っても一日じゅうそうしていたようにみえた。単に彼がますます引きこもりがちになっているだけかもしれないが、メアリーは彼のところを訪れる人はめったにいないという自分の印象はまちがっていないと思いはじめていた。体調が悪くなるにつれて、しだいに部屋どころかベッドからも出なくなり、鎮痛剤やなにかの点滴につながれたままになってくると、彼女がそこで過ごす時間もだんだんと長くなっていった。彼女は、自分がなにかを信じるとすれば、人が死にゆくとき、ひとりでベッドに閉じこめられ、看護師や医者がときおりしか見舞わない状態であるべきではない、ということだと気づいた。そんなのは正しくない。そんなのは人間じゃない。そんなことは二度と起きてはならない。

　というわけで、メアリーは彼の病室を自分のオフィスがわりにしはじめた。ポータブルスピーカーを持ちこんだ。診療所から貸してもらえる小さな椅子を見つけて足台として使った。自分が座る椅子にもクッションを足してしっかり腰を支えられるようにした。

　それからは毎朝、セーフハウスで簡単な朝食をすませるとサーモボトルにコーヒーを詰めてまずオフィスに出勤し、その足でフランクの病室に向かった。そこで端末を手にして椅子に座り、ポータブルスピーカーでマイルス・デイビスの『カインド・オブ・ブルー』を鳴らして到着を知らせてから、端末を使って仕事にとりかかる。電話をしなければならないときは、廊下に出てできるだけ手短に話をすませた。ボディガードの選抜チームはたいていいつもトーマスとシビラで、彼らも診療所の受付のあたりで思い思いに過ごしていた。あんな仕事は退屈にちがいないと思ったけれど、彼らが不満をもらすことはなかった。メアリーがそう言ってみても、肩をすくめるばかりだった。こういうのがいいんですよ。そのほうがいいし、そうであってほしいです、と。

このころになると、フランクはほとんど眠ってばかりいた。お互いにとってありがたいことだった。目を覚ますと彼はもぞもぞと動いてうめき声をもらし、まばたきして目をこすり、まっ赤な目であたりを見回しては混乱していた。顔はむくんでいた。メアリーに目を留めると「ああ」と言った。それだけだったり、ほんの数分のこともあった。そうでなければ、彼女の調子はどうだとかなにがあったのかとか訊くこともあって、そんなときは最新のニュース、とくに難民たちの状況について、簡単に説明してあげることにしていた。とりわけスイスでの状況について話すときは、端末から記事を読み上げるようにしていて、できるだけ多くの情報を得られるようにしてやった。そうしないときは自分の印象を話した。

ほとんどの時間、彼は寝て過ごしていたが、落ちつかないようすで、とぎれとぎれの眠りだった。薬に助けてもらっていた。たまにじっと寝ていることもあるが、もっと楽な姿勢になろうとしてもぞもぞと体を動かしていることが多かった。

たまには急にしっかりと目を覚ますこともあるようだが、それでもずっと遠くのほうから彼女を見ている感じだった。いつだったかそういう状態のときに、突然「こんどはあなたが僕を誘拐したんですね」と言いだした。

それにはさすがに閉口してうなってしまった。あまり深刻にならないようにしようと「無理やり話を聞かされる聴衆が満足することなんてないものね」という返事にしておいた。

「逃げるのを手伝ってくれてもいいのに」

「そうしているところよ」

「あまり上手じゃありませんね」

「だって、あなたはここで最大のセキュリティに守られているんだもの」

「それじゃ、まだ刑務所に訪問しに来ているんですね」

「そのようね」

また別のときには、目を覚まして彼女を見つめ、誰なのかわかって、どこにいるのかも理解した。そして静かにこう言った。「このあとなにが起きるのかを見られないのは残念です。いろいろと面白いことになってきているようなのに」

「わたしもそう思うわ。そうは言ってもね。最後まで見届けられる人なんて誰もいないわ」

「もっと問題が起きるのかな?」

「きっとね」メアリーは受信ボックスに目をむけた。いちばん下の行までスクロールするには数分はかかるだろう。

「これだけ大がかりなことには長い年月がかかるものよ」

「何世紀もね」

「そのとおり」

フランクはそれについて考えた。「だとしても、です。いつだったかこれを〝難所〟と呼んでいましたね。難所は難所です。いずれは終わりが見えてくるはずです」

メアリーは彼を見つめながらうなずいた。彼が自分の死について話すと、ついついしり込みしてしまう。恐れをかかえこんでいることは認識していた——なんらかの障壁が崩れて、ふたりそろって耐えがたい空間に転げ落ちてしまうという恐怖を。しかし、口をつぐんでいることや、彼が向かう先に行かせてやることを学んでいた。相手が行きたいところへついていってやるつもりがないのなら、一緒にいてあげる意味がない。

今回の彼は、次になにを言おうか考えているうちに眠ってしまった。別のときには、彼女が来たときにはもう目を覚ましていて、体を起こしてなにやら興奮していた。そして彼女の顔を見るなりパッと手をのばしてきたので、ベッドから落ちるのではないかと思ったほどだった。

「ちょうどいま、飛び上がって天井をぶち抜いたんですよ」目をぎょろつかせながら彼は叫んだ。「目が覚めたらこのベッドの上に立ち上がっていて、飛び上がったら天井を突き抜けたんですよ、ちょうどあそこに!」といって指さした。「それなのに、まだ脱出できないんです。やってみたけど、できなかった。それから落っこちてきて、気がついたらまたここにいたんです。でも、飛び上がって天井を突き破ったんですよ!」

「うわあ」メアリーは言った。

「これはどういう意味です?」そう叫んだ彼はするどい視線で彼女をにらみつけ、とまどいと驚きで顔を輝かせていた。「これって、どういう意味なんでしょう?」

「わたしにもわからないわ」彼女はすぐにそう言った。手をのばして彼の手をとり、指と指を絡ませて、彼をベッドの真ん中に向かって移動させた。「ビジョンを見たようね。あなたはここを出ていこうとしていたのよ」

「僕はここを出ていこうとしていた」彼もそれを認めた。

メアリーは彼の手を放してやってから、自分の椅子に座った。「まだそのときじゃないわ」思い切ってそう言ってみた。

「ちくしょう」

「あなたはとても強い人よ」

「だったら、できるはずだ」フランクは言い返した。

メアリーはためらった。「そうね。でもそれって諸刃の剣じゃないかしら。あなたにとってはまだそのときじゃないのよ」

彼はまだ完全に混乱したまま、メアリーを見つめた。もちろん、本物のビジョンを見ること、幻覚を見ること、この世界から飛び出そうとすること、それは当然、動揺することだろう。

メアリーはなんと言っていいかわからなかった。彼は涙を流していた。彼女の顔を見つめたまま、涙が頬を伝い落ちた。それを見ていた彼女も目頭が熱くなって涙があふれてくるのを感じた。顔と顔のあいだをなにかが飛び越えてきた。テレパシーのような、言語よりも古い霊長類の言語。誰かがあくびをするのを見たときに、こちらまであくびがうつるのに似ていた。それをなんと言えばいいのだろう?

メアリーはポータブルスピーカーにタッチして『カインド・オブ・ブルー』を流した。このアルバムはもうすっかりふたりのテーマミュージックになっていて、音楽それ自体が知的な会話のように流れていた。彼女は椅子に腰を下ろし、聞きなれたリフがふたりの上を流れていくにまかせた。差しのべた手を握りあってしばらくそうしていた。彼はときおり彼女の手をぎゅっと握った。しばらくして緊張がほどけた彼は眠りに落ちた。その日はそのままこんこんと眠りつづけた。

また別の日には、ベッドの上で意識がないまま身をよじり、むしろ苦悶していたかと思うと突然、息継ぎのためにに浮上してきたかのように目を覚まし、彼女がそこにいるのを見て、心なしか痛みを覚えたように顔を背けた。

鎮痛剤の影響で混乱し、半分も意識がなかった。そんな状態のなかでメアリーの耳に彼のつぶやきが聞こえてきた。

「こんなのはただの運命だ。ただの運命なんだ」

思わず彼をじっと見つめた。顔には汗が浮かび、むくんでいるのにやつれてもいた。呼吸のしかたもぎこちなかった。必死に胸を膨らませて息を吸い込むようすは、必要な空気を十分に吸えていないかのようだ。彼の意識が完全になくなったと思えてから、メアリーはこう言った。

「友よ、運命なんてものは存在しないわ」

ある日、メアリーが病室に入っていくと、ホスピスの女性看護師がふたり、彼の世話をしていた――いや、違う。その場の片づけをしていた。

ひとりが顔を上げ、メアリーを見て言った。「お気の毒ですが、彼は亡くなりました」

「嘘よ!」メアリーは口走った。

声をかけた看護師はうなずき、もうひとりのほうは首を横にふった。

ひとり目のほうがまた口を開いた。「誰も見ていないときにそっと旅立たれることも多いんですよ。そういう逝き方を望む人もいらっしゃるようです。それもプライバシーのうち、といいますか」

メアリーが見たかぎりでは、看護師が動揺しているようすはない。驚いてさえいない。これが彼女の仕事なのだ。人生のそういう段階に来た人々の手助けをし、痛みや苦悩を最小限にして最期のときを迎えられるようにすることが。またひとり、そんな患者が亡くなっただけのこと。

メアリーはフランクの動かない顔を見つめながら、上の空でうなずいた。いつもの寝顔とひとつも変わらないように見えた。二か月のあいだここに通っていたのだ。いまの彼はまったく動かない。彼女は大きく息を吸って、自分が息をしているのを感じた。心臓が脈打つのを感じた。

メアリーは混乱していた。きっと最期の瞬間には消えかかった命にすがりついてひどく苦しむのだろうと思い込んでいた。いつだってそうなるものだと思っていた。なにか少しでも知ったつもりになっていた。このまえ、死を目のまえにしてから、ずいぶんと長い時間が過ぎていた。そんなに多くもなかったのに。

「あとはこちらでお世話いたします」

メアリーはうなずいた。「少しだけ一緒にいさせてください」

「もちろん、どうぞ」

ふたりは出ていった。メアリーは丸まって固まった彼の両手を胸に乗せてやった。手は冷たくなっていた。胸はまだ温かかった。かがみこんで彼のひたいにごく軽くキスをした。それから自分用の端末を手に取って、ほかの私物と一緒にバッグに入れ、彼のもとをあとにした。そのまま外まで歩いていって、バーンホフ通りまで歩き、そこから湖へ向かった。

メアリーは美しくもにぎわうチューリッヒの通りを、なにも目に入らないのと同時に、何年も気づかずにいたことに目を留めながら、歩いていた。心はあちこちに飛んで、空っぽな感じがした。たとえばバーンホフ通りに面して建つビルを形成する重い石材に刻み目がついたようす。石材は驚くほど端正な幾何学的な形に切り取られているのに完璧ではなく、ぽつぽつと穴があいていたりして表面の質感に変化を持たせてあるが、それも規則的にきっちりと配置されているので、そのように仕上げるまでの過程を想像するのは難しい。結局、それを成し遂げたのは人人間の目であり、心なのだ。スイス人の精密さだ。建設作業の大部分を石工が手仕事でやっていた時代の建物だ。狂信的ともいえるほど細かいところまで目を光らせるアーティストたち。立方体にとことんこだわった偏執狂。うっそりと無感動に、いつまでもそこにある。こうした建物の多くは一四〇〇年からずっとここにある。石細工の部分は十九世紀か二十世紀に修復されたかもしれないし、されなかったかもしれない。もしかしたら永久に石に刻まれたままかもしれない。

人の命とは似ても似つかない。まるでカゲロウのようで、煙のようで。いまここにいたのに、もういない。フランク・メイは死んでしまった。ならばもう、夜中に目覚めてみたら彼に殺されていた、なんてことにはならないはずだ。そんな考えに驚いて、ふりはらった。いちばん長生きした者が勝つ。違う。そうじゃない。もう二度と彼のするどい叱責を受けることもない。アルプスで過ごした日の喜びも、あの貴重な平和なひとときも、気の滅入るようなどす黒い怒りも、果てしなくつづく役立たずの後悔も。彼はついにそうしたものから解放されたのだ。三十年も背負ってきたあの重荷は、彼が警戒をゆるめるたびに顔をのぞかせた。

PTSD患者。そうとらえるのがあたりまえみたいに。だけど、人はみな、トラウマの状態なのではないの? それはただ人間であることによる人生の苦悩を病理化するだけではないの？　マーティンもフランクと同じように、彼女の目のまえで亡くなった――ホスピスのベッドで、鎮痛剤漬けになって、身体機能がついに停止していく苦痛にさいなまれながら、人生の終わりを、二十八歳で、結婚してたったの五年しかたっていなかったのに。あれはトラウマではなかったと？　あれこそトラウマだったのに！　まだ昨日のことのようになにもかも思い出すことができるし、フランクのそばに付き添っていたことで、もう何年も感じていなかった感じ方ですっかり思い起こすことになった。それなら彼女もまたPTSDなのではないの？

　そうよ。でもPTSD患者というのは、その人のトラウマが残酷なものだった場合を指すものなの？　だけど、死とはたいがい残酷なものだ。暴力的かどうか？　それだって同じこと。ショッキングな死、残忍な死、早すぎる死、邪悪な死？　残虐で異常ななにか、だからこそそれを生き延びた人は頭のなかから追い払うことができなくて、その経験をありありと思い出せるフラッシュバックが襲ってきて、まるで際限なく繰り返される悪夢みたいなもの？　そうだ。

　それも程度の問題かもしれない。誰もがトラウマのあとであって、それがあたりまえ、それが人間であるということ、そこから逃れることなどできない。人によって程度がひどかったりするけれど、結果的にそうだというだけのこと。人はトラウマにつきまとわれ、襲いかかられ、傷つく。ときにはそれから逃れるために自ら命を絶つほどひどいこともある。まったく珍しいことではない。

　なんということだろう。死と記憶。マーティンは若かったし、彼は死にあらがって激しく抵抗した、こんなのは不当だ、と。最後の最後まで和解することはなかった。意識を失ってずいぶんたってから、彼の体は最後の闘いを挑み、小脳に収まった爬虫類脳が脳細胞の最後の痙攣をひとつ残らず目的地に集結させた。呼吸を求めて必死にあえいでいた最後のあの数時間、死前喘鳴（しぜんぜいめい）というそうだが、あれがメアリーの頭から離れたことはなかった。あまりに長くつづいていた。あれを思い出すことは少なくなり、ほとんどの時間、忘れていることを学んだ。これがキーポイントかもしれない。忘れるという能力が。それでもときどきは夢に出てきて、息を切らして目を覚ましたところで思い出すのがいつものことだ。人は忘れるのではなく、抑え込んでいるというほうが正しい。箱詰めしておくというか、区画化してしまうというか。脳や心のなかでそれがどんな意味を持つのか、彼女にはさっぱりわからない。いつの日か、特定のものごとを考えないように手なずけるものなのだ。ひょっとして、PTSDとはそれのことなのではないだろうか――忘却する、もしくは思い出さない能力の欠如。

それがわかったところで、いまのメアリーにはなんの役にも立たなかった。脳内のトリガーが引かれ、彼女は打ち抜かれてしまった。かわいそうなマーティン。閉じこめていた記憶があふれだすにまかせ、それで気が楽になりはしないかと期待しながら、彼女が愛してやまない端正な石造りの街を歩き回った。マーティンを思い出しながら。自分にそれを許してしまえば、難しくはなかった。むしろ、簡単なことだった。どれほど彼を愛していたか。ああ、チューリッヒ、チューリッヒ、我が街、我が街。ドイツ語の授業で習った古い詩だ。ここは彼女の街だった。マーティンと住んでいたのはロンドン、ダブリン、パリ、そしてベルリンだった。チューリッヒはもちろん、スイスのどこにも住んだことはなかった。だからこそよかった。実際、この街が大好きだ。愛しているとさえ言えた。いかにもスイス人らしい部分で笑わせてくれるところ。彼らの禁欲的なところや、熱意と哀愁の強い気持ちで満たされた秩序へのこだわり。あのなんとも名づけようのない独特の組み合わせは国民的情緒であり、国民的スタイルだ。それが彼女に合っていた。彼女にも少しはスイス人らしいところがあるのかもしれない。いまは古い痛みがうずき、四十四年もまえに亡くなった人を失った悲嘆に暮れている。

中世からある狭い通りをたどり、聖ペーター教会とレストラン〈ツォイクハウスケラー〉を回りこむ。そこにはフランクがチョコレートに浸したオレンジを買いによく行っていたお菓子屋がある。彼はそのお菓子がどれほどすばらしいものか、いかにスイスの究極の芸術の一例であるかを自慢していた。

それから湖のほうへ。小さな埠頭の上にある公園を目指した。お目当てはガニュメデスとワシの像だ。ガニュメデスはおそらくゼウスにオリンパスへの乗り物を頼んでいたのだろう。そこに着いたら良いことはなにもないだろうが、彼はそのことを知らなかった。神々は人間離れしているのだから、人間が彼らに混ざってうまくいくわけがない。だがガニュメデスは神々の中で生きることを見つけだしたかった。人が人生を乗り越えられるようにと頼む瞬間だ。

心が消えてしまうことを想像するのは至難の業だ。

けっして誰にも話さないような思考のすべて、夢のすべて、ヒトの内面宇宙のすべてがなくなってしまうなんて。ほかのどんな個性とも似ていない個性、意識。それがすべて失われることなど、ありえないように思えた。人々が魂の存在を信じたがる理由がわかった。魂は存在の内と外を自在に出ては入り、出ては入りする。それはそうに決まっている。なんだって真実でありうる。すべてのものは神の中にとどまる。どこかの聖人が、そしてイェイツが詩にして、さらにメアリーにとっていちばんなじみのある、ヴァン・モリソンが歌ったもの。すべてのものは神の中にとどまる。たとえ神などいなくても。すべてのものは何かにとどまる。時の流れの外にある永遠。

小さな埠頭の上にたたずむ彼女の耳に大きな叫び声が届き、目には湖の上を左手に流れていく煙が映った。ああ、そうだった。四月の第三月曜日、〈ゼクセロイテン〉の祭りの日だ。すっかり忘れていた。スイスドイツ語風に言うなら〈ゼクセリューテ〉。かつてはあちこちのギルドがパレードで練り歩き、いまでは〈ゼクセロイテン〉広場に立てられた高い塔の足元に火が放たれる。塔のてっぺんにはスイスドイツ語でおばけを意味する〈ベーグ〉と呼ばれる布製の雪だるま人形が乗っていて、火がだんだん上に燃え上がると、その頭の部分に詰めこまれた花火が打ちあがるというわけだ。それまでにかかる時間によって、この夏は晴れが多いか雨が多いかを占う。時間が短いほど天気は良くなると言われている。

メアリーは急いで〈クワイ橋〉を渡って〈ビュルクリ〉広場まで行き、キーキーとやかましい音をたてるトラムの横を通りすぎた。ベーグがさっさと燃えてしまっては、間に合うようにたどりつけない。ベーグの頭から花火が飛び出すところを見たければ、雨の多い夏を望むしかない。

思ったよりも早く着いた。広場はいつものように人でごった返していた。火のついた薪の山のまわりに丸くあけられた空間は、よその人たちならもっと広かったはずだ。スイス人はおかしなほど花火には無頓着だ。八月の独立記念日など、まるで戦場だ。花火には、お行儀の悪いお楽しみのようなところがある。この祭りでは花火は頭上のずっと高いところから打ち上げられるのに対して、八月一日のそれは人混みから人混みに向かって打ち上げられる。

〈ゼクセロイテン〉広場の中央に建てられた塔の高さはおよそ二十メートルあり、燃えやすい木と紙を積み重ねたものだ。てっぺんには頭の大きい人間をかたどったベーグ人形が、点火されるのを待っている。混雑ぐあいはもう向こうを見通せないほどになっていて、それでもメアリーは近づけるだけ近づいた。

そして、ベーグが燃え上がった。冬の怪物の頭から飛び出した色とりどりの火花の、いたって控えめな爆発だった。いくつかは大きな音をとどろかせたが、遅い午後の光のなかでは花火の色も薄く、そのあとには白い煙がたちこめた。群衆からは大歓声が上がった。

煙は東に向かって流れていった。メアリーは湖畔まで歩いていった。いつもの市民プールからほんの数ブロックのところだ。もう日没が近い。南には三つの尾根が連なっているのが見える。いちばん手前が湖をふちどる低い緑の丘、その次が丘とツークとのあいだの深い緑の尾根、そしてさらに遠く、ずっと南に世界よりも高くそびえ、雪をまぶした巨大な三角形をしたアルプス特有の山頂が、午後遅い光に黄色く輝いている。アルペングローだ。この瞬間。これがチューリッヒだ。

97

地球上にはおよそ六百億羽の鳥がいる。彼らは再野生化した土地に誰よりも早く棲みつき、繁殖した。彼らが獣脚類の子孫であることを思い出そう。彼らは我々とともに現在を生きる恐竜なのだ。六百億という数字はじつにたいした数、健全な数だ。

広大な北のツンドラは解けはじめてはいたが、カリブーの群れが毎年の大移動で帰ってくるのを足止めするにはいたらなかった。アラスカに作られた国立北極圏野生動物保護区に避難していた動物たちも、そこを出てふたたび世界のてっぺんに棲みはじめた。シベリアには更新世公園が創設され、遺伝子から復活させられたケナガマンモスがもとの生息地に帰ってきた。このプロジェクトには異論も多かったが、それとは別にトナカイをはじめとして、ジャコウウシやエルク、クマ、オオカミ、さらにはシベリアタイガーまで、あらゆるシベリア固有の生き物たちがもどってきていた。

ツンドラやタイガの南にある北方林では、カナディアンロッキーから下りてきたオオカミやグリズリーがうろつくようになった。ここは地球上でもっとも広大な森林で、北緯六十度台をぐるりととりまいている。その全体がいまや健康な状態にもどってきている。

赤道の近くでも、そして赤道を越えた南半球の行き止まりにいたる地域でも同じことが起きている。そこらじゅうにある居住不能な地域には、もとから人間はほとんど住んでいなかった。いまではそういう地域どうしが生息回廊でつながれ、そこに棲む動物たちは必要に応じて保護されたり養われたりしている。つまり、多くの場合、ほったらかしということだ。いまでは動物たちの多くにタグがつけられ、その数はつねに増えつづけている。内実はともあれ〈動物のインターネット（インターネット・オブ・アニマルズ）〉とでも呼ぶべき状況になりつつある。もはや動物たちも地球の市民だというほうがよいのかもしれない。彼らもまた市民権を持ち、それゆえに全数調査の対象にもなる。都市の上流に位置する流域も都市住民が見守ることになり、同胞たちを遠くから観察したり、ときには近くまで訪れることもある。野生動物たちの生死も人間が記録していた。彼らにはなんらかの存在意義があり、その意義の一部なのだ。旧石器時代より以降、人間にとって動物がこれほどの意味を持ったことはなかったし、我々が彼らのいとことしてこれほど近しく親しみを持って接したこともなかった。こうした動物たちを支える土地が、ネットワークどうしをつなぐさらに大きなネットワークとなって、我々の農地や都市をも支えてくれているのだ。

良いものとは、土地にとって良いもののことである。

人間は以前よりも少なくなった。人口がピークを迎えたのは過去のこととなり、我々はかつての我々よりもいくらか少数になって、それがつづいていく軌道に乗っている。人々がいま話題にしているのは人間の最適数についてだ。二十億だという人もいれば、四十億という人もいる。正解は誰にもわからない。結果を待つほかないだろう。我々全員がバランスを保ちながら、我々は人である、つまり生き物として、この惑星というたったひとつの生態系で生きている。人間が少なくなれば、野生動物が多くなる。いま現在は、ちょうど病気からの回復期のような感じだ。癒され、健康を取り戻そうとしている。これは、我々が生きる時代の感情の構図だ。人口動態はつねに影響力を持ちつづけている、それらがまるで一種の超生命体、生物圏全体がひとつにまとまった存在を形成しているかのようだ。しかし、たしかにそうだと語れるのは誰だろうか。

高地にある草地には野生のオオツノヒツジがいる。仔ヒツジたちが跳ね回る。そのようすを自分の目で見てみれば、それまで知らずにいたなにかを知ることになるだろう。なにを知ることになるのか？　言葉にするのは難しいが、おおよそこんなところだ——命というものがなにかを意味するにせよ、しないにせよ、喜びは本物だ。命は生きるもの、命とは生きること。

98

メアリー最後のミーティングの記録、今回もバディムのため。全員出席、ただしチリにいるエステバンをのぞく。あともちろん、タチアナも。彼女の椅子は誰かが片づけてしまった。

メアリーが遅れて入ってくると、全員起立。メアリーは頭をふる。みなさん、お願い。座って。さっそく仕事にとりかかりましょう、やることがあるんですから。

みんなが彼女に笑顔をむける。まずはお楽しみ、それから仕事。コーヒーテーブルには引退記念のケーキやなにかが用意してある。ちょっとしたパーティーは短時間で控えめなものだが、メアリーは明らかにお気に召さないようす。みんながコーヒーで乾杯するうちに、そういうやり方に彼女も調子を合わせる。政権交代ね、と彼女が言う。冬将軍、春の責任者へバトンタッチ。その他あれこれ。乾杯。気まずい雰囲気。

全員がテーブルのいつもの場所に。メアリーがほっとしたようすでミーティングの開催を告げる。

M：さて、先ほどはありがとう。ええ、わたしは引退する。名誉退職になります。バディムがあとを引き継いでくれることになって、とてもうれしい。国連事務総長とそれにかかわるすべての部署も賛成してくれて、彼を事務局長代理に指名した。それが恒久任用となるよう、見守っていくつもり。それがみんなのためになるはず。

バディムがお礼を言う。彼女を見る目はいつもどおり。コブラを見つめるマングース。彼女は、解決すべき問題だと彼から思われるのが気に入っている。だとしても。

M：かかわりは持ちつづけていたいが、ひっかきまわしたくはない。特使とか、特命全権大使とか、なんでも使えるなら使って。

ヤヌス・アテナ：事務局長として残るつもり？

全員、笑う。JAはちょっとだけバディムに笑顔をむけて冗談だと伝えるが、何人かはうなずいている。バディムもそのひとり。少なくとも、サンフランシスコの会議には行ってほしい、と彼が言う。あれはあなたがやるべきだ。

M：わたしならもう用済み。こんどはあなたの番。誰もが自分にできることをしかるべきときにやる。そして次の人に譲るときがくる。あなたたち全員が、いずれはそういう立場になる。いつまでもしがみついていて良かったためしはない。わたしもとっくにそうしているべきだったのかも。でもあなたたちは若い。わたしは、もういい。必要なときには近くにいる。チューリッヒにはとどまるつもり。ETHで教授を務めるとか。

バディム：あなたならいつでも歓迎する。実際、私たちにはあなたが必要だ。

メアリーがほほ笑む。それはどうかしら。まあ、それでもいいわ。もう潮どきよ。

99

本日のテーマは、いま我々の目のまえにある問題に対するいわゆる総括的ソリューションと呼ばれるものたちは、どれかひとつでも使い物になるのかどうか、です。

ノーだ。

えーと、確認しておきますが、そのノーは問いに対する答えなんでしょうか、それともテーマ自体に対して？

問いに対するノーだ。この役目にふさわしいたったひとつのソリューションなど存在しない。

では、どんな結果になるのでしょうか？

失敗だ。

でも成功するとしたら、あくまでも議論のための仮定ですが、それはどんな形のものでしょう？

失敗の形だ。

もうちょっと話を広げてもらえませんか？　失敗からなる成功ということですか？

そうだ。満足というには遠くおよばないパーツの寄せ集めだ。液体と固体を練り混ぜたスラリーとか、そのへんにあるもので間に合わせるブリコラージュとか。どうしようもないがらくた。

それ自体が問題になったりするでしょうか？

もちろんだ。

たとえば？

たとえば、同じ問題を解決しようとする人たちが、考え方が似たり寄ったりであるために方法論をめぐっていつまでも内輪争いにあけくれたあげく、成功のチャンスをぶち壊したりする、とかだ。

どうしてそのようになるのだとお考えですか？

小さな違いのナルシシズムだ。

聞きなれないネーミングですね。

そう名づけたのはフロイトだ。仲間や目のまえの問題よりも自分を大事にする、という意味だ。

なるほど、でもその違いがけっして小さくはないこともありますよね？

入り口は広いからな。

ですが、市場というものをどうとらえるか、といったことにはかなりの違いがあるとは思いませんか？

市場なんてものはない。

そうなんですか！　あなたからそんな言葉を聞くとは驚きですが、いったいどういう意味なんですか？

おれたちがいま市場と呼んでいるものの裏に本物の市場なんてものが存在しないのは、通貨と呼んでいるものの裏にもはや金（きん）が存在していないのと同じことだ。古くなった言葉が新しい状況を見えなくしているんだ。

そういうことはよく起きると思いますか？

ああ。

もうひとつ例をあげてください。

革命と言ったときに、悲しいかな、もはやギロチンは含まれていない。

革命は見えにくくなっていると思いますか？

そのとおり。目に見えない革命、技術的革命、法的革命。革命を経験することなく革命の恩恵を享受することは十分ありうる。

ですが、既存の権力は革命的な変化に抵抗するんじゃありませんか？

そりゃそうだが、やつらはしくじる。いったい誰が権力を持っているというんだ？　もう誰にもわかりはしない。政治的権力なんて、その言葉自体が化石化していて、ひっくり返してみたってなんにもありはしない。

少数独裁政治なら権力のありかはかなり明確だと思いますけど。

少数独裁権力とはありきたりな答えだが、そもそもそんなものがあるとしたら、あまりに集中しすぎているせいで逆に弱いものだ。

それはどうして？　正直に言って、当惑しています。

もろい。はかない。首をはねられたらおしまい。首をはねるというのはギロチンみたいなことではなくて、システム上のこと、権力から少数のエリートが排除されることを指す。やつらの立場はすごく不安定かつ危ういものだ。法的に、あるいは超司法的にやつらから資本をもぎとることは十分にありうる。

資本だけですか？

資本に依存するあらゆるものをだ！　ばかなことを言うもんじゃない。資本を持っているのは誰か、どうすればそれを阻害できるか。いつだってそれがおれたちの問題なんだ。

では、どうすれば阻害できるんでしょうか？

資本がどのように配分されるのかは人々が法律によって決定する。したがって、法律を変えることによって変化を起こせる、とずっと以前からおれは言っている。あるいは、口座番号を変えるだけでも可能だ、スイスでやったみたいに。

ああ、そうでした。銀行ですね。それで気の利いた話を思い出しましたよ。銀行強盗のウィリー・サットンが、どうしてそんなことをしたのかとリポーターに訊かれたときに、なんと言ったか覚えていますか?

覚えているとも！　それを聞いてくれるとはうれしい。あのリポーターもよくやった。

あのリポーターは、どうして銀行強盗をするのか、と訊きました。

そう、そしてサットンはこう答えた、だって金があるのは銀行だろ、と。

100

モンペリエまでの夜行列車ではぐっすりと眠れた。船が出航するのは夕方なので、それまでの日中は街の中心にある大きな広場や、広場から港まで連なる真新しいドリス式円柱のあいだを歩き回って過ごした。そうして彼女が乗りこんだのは流線形が美しい七本マストのクリッパー船で、スクーナー船に横たわったロケット船を足して二で割ったような形をしている。乗船したらまた眠りにつく。

目を覚ましたときには海の上だった。この船の表面はどこをとっても光電変換または圧電変換素材のどちらか、あるいは両方でできていた。波をかきわけて進んでも、ただ太陽の光を浴びてそこにあるだけでも電力が作られ、マストに送られる。大きな帆と船首につないで頭上高くに揚ったカイトにたっぷりと風をはらめば、水中翼を使ってまさに飛ぶように速く進むことができる。時速百キロメートルはとても速いと感じられた。

翌朝、船はジブラルタル海峡の〈ヘラクレスの柱〉を抜けて大西洋に出た。詩人テニスンの代表作である抒情詩『ユリシーズ』のうっすらとした記憶がよみがえってくる、いかにもヴィクトリア朝のホメロス風の引退への頌歌――生きて、闘って、努力して、なにかして、そしてくじけない。イギリス人の愛してやまない英雄的な死。軽騎兵旅団の突撃、南極探検のスコット隊、第一次世界大戦。アイルランド人とは遠くかけ離れたセンチメンタリズム。アイルランド人にもそれなりに感傷的なところがあるのは神様がお見通しだけれど。陸地の景観をあとにして、広々とした海に出た。

青く平らな大海。海と空、そして雲。ピンク色の夜明けと、オレンジ色の夕暮れ。風が太陽を、波を、押したり引いたりする。その壮麗な動きはなめらかで、波頭から波の底、底から波頭へと、大洋の真ん中に長々とした大波が連なる。いったいどうしてこれを忘れてなどいられたのだろう？　ロンドンからサンフランシスコまでの最後のフライトを思い出した。グリーンランド上空を横切ったのは日中で、飛行機の下には雲ひとつなく、眼下には木星の月カリストや土星の月タイタンもかくやというほど異質に思われる氷のかたまりが広がっているというのに、機内の誰もが映画を見るために窓のシェードを下ろしていた。彼女は窓の外を眺め、それから、この人たちももうおしまいね、という思いで同乗する客たちを見わたした。

この人たちは愚かすぎて生きる価値もない。〈ダーウィン賞〉の大賞受賞者。ほこりまみれの死へとつづく道。

　彼女はいまここで、七本マストのスクーナー船の船尾の手すりにもたれて立っている。この船はおそらく単独で、もしくは船のAIによって航行できる。ほかのどんなものでもそうだがAIが設計を補助することで船はどんどん進化をつづけていて、そのソリューションはときとしてとんでもなく直感に逆らうもの（カイト？　前方にカーブしたマスト？）ではあるけれど、人間の直感なんてしょっちゅうまちがってばかりではないか。自らの認知エラーの裏をかくのは、現代科学にそんなことができるとして、最大の偉業のひとつではないだろうか。なんでもそうだが、この狭いすきまを突破することができれば、その向こうにはきっとすばらしく広い世界が待っていることだろう。

　端正な海辺の街、ハバナに寄港した。共産主義の理念への美しき記念碑。それからパナマへ、運河を通って光あふれる太平洋岸のサンフランシスコまで。ゴールデン・ゲート・ブリッジの下をくぐったのは雲の多い寒い日で、海面に近い空気の温度が下がるマリンレイヤーのおかげで霧が濃く、オレンジ色の橋がほとんど見えなかったのが、まるで橋のない時代に逆戻りしたみたいだった。そこから指定された埠頭に接岸し、ふたたび上陸してからも、足元がふわふわと揺れている感じがした。丘の連なるサンフランシスコを歩いていると、ここは世界でいちばん美しい街だと思う。仕事の最後のひとかけらを仕上げる時間だ。

　バディムからの要請で、最後にもう一度〈中央銀行気候連合〉の会合に代表として出席することには同意していた。今回もまたビッグタワーのてっぺんに集合し、今回もまたメアリーは眼下の街やタマルパイス山、西の水平線に黒く飛び出しているファラロン諸島の景色に目を奪われた。

　集まったメンバーはほぼ同じ顔ぶれで、中国の財政部長もそのひとりだった。あいかわらず快活で雄弁な人だ。中国でもっとも力のある人物のひとり。顔を合わせたあと彼女は、〈大転換〉のクランクを回すためにできることがもっと見つかるといいわね、と言った。そして笑顔で、この世界のための王位継承策にしないとね、とも。

　ジェーン・ヤブロンスキが、なにか考えがあるんですか、と訊いた。

　チャンが持ちだしたのは公平性のことだ。中国でも世界でもだんだん改善されてきてはいるが、まだ達成されたとは言いがたい。収入の下限と上限、土地税、生息回廊についても言及した。共有地であり、ひとつの生態圏、ひとつの惑星、人間もその一部である命あるものとしての世界について。彼女の言葉に耳をかたむける中央銀行の人たちを見ていたメアリーは、ここでも気がついた。この人たちほど世界の統治者というものに近い存在はいないわね。彼らがいま、生物圏を保護し、公平性を高めるためにその力を使っているのだとすれば、世界は望ましいコースに乗って新たな方向に向かっていけるだろう。これぞ銀行家ね！　それだけでメアリーは大笑いするか、大泣きするかしそうだった。彼らはきりきりと絞りこんだ彼らの基準に沿って、必要なことを実行している。彼らはいまも、自分たちがやっているのは通貨の価値を保証することだ、と思っている。歴史の流れのなかにあって、世界を救うためにいまはそれが必要だから。

　メアリーはつい笑ってしまった。くそったれな銀行家たちに救われるなんて。もちろん、世界が彼らにそうさせているのだ。そしてこんどは別の新しいアイディアについて話し合っている。メアリーが思い描くようなことなどはるかに飛び越える斬新な企画について。チャン財政部長は優しげなのにちょっとずるそうにほほ笑んでいた。それは彼女がメアリーが笑みをこぼすのを見たからだと思われた。ふたりは楽しみを分かち合っていた。ふたりとも、チャンその人がここで主導権を握って新たな方向に踏みだしていくのを面白がっているのだ。マダム・チャンが提案するこうした改革のための新しいアイディアの数々を、メアリーと未来省はどう思うだろうかと誰かが訊いたその瞬間は、じつに見ものだった。メアリーは立ち上がって若き中国人女性のほうへ手を差しのべると、笑顔でこう言ったのだ。わたしは発言権を譲り、松明を渡すことにしたし、こうしたアイディアすべてをいいと思います。思いっきり大胆にやっていただくようお願いします！

我々が北京に何を教えたかって？　警察国家は機能しないということを教えたんだ！　彼らはそれが可能だと思い込んで、五十年ものあいだ、あらゆる手段を使って香港を支配下に置こうと試みた――人々を買収し、監視カメラや顔認識技術を駆使し、プロパガンダを流し、警察や軍隊を総動員し、ドローンで監視し、ドローンで攻撃を行った――だが、それで逆に香港の人々は、我々のものを守ろうと固く決意することになったんだ。

――何でそんなことを言う！　もちろん我々が持っていたものは現実だった、なぜなら覇権は現実だからだ。感情も現実であり、感情は文化が教えてくれるものだ。我々香港人にはとても特異な文化と感情がある。我々はイギリスの下僕として生きてきて、覇権勢力の下層にいるのがどういうことかを熟知している。それは数世代にわたる一時的なものだったが、その経験は人々の心に特別な感情を植えつけた――二度とあの状況に戻りたくないと。

だから、イギリスが我々を北京に返還したとき――それはまあいい。我々は中国人だ、北京も中国だ。だが、我々は同時に香港人でもある。それは一種の二重の忠誠心を生みだす。その一例として、我々は広東語を話す。北京は普通話、つまり一部の西洋人が指すマンダリンを話す。実際には、マンダリンは普通話のエリート版、あるいは書き言葉だが、まあそれはともかく、我々は違う。我々は広東語を話す香港人なんだ。

――もちろん、北京と完全にひとつになることを支持する香港の人々もいたさ！　そういう人々はたいてい北京からお金を受け取っていたわけだが、なかには本心からそう思っている人もいただろう。だが、我々の多くは一国二制度を支持していた、まさにその言葉が示すとおりに。我々の制度は、多くの人が法の支配と呼んでいるものだ。香港の法律は立法府によって作成、制定され、警察によって施行され、裁判所によって判断される。だからこそ世界は我々を信頼し、資金を託してくれた！　北京にはその法の支配がなかった。彼らにはただ党があるだけだ。その常務委員会の閉ざされたドアの向こうで決まったことが、法に相当するものになる。しかし、それはただの支配。法無き支配で、それに異議を唱えることはできなかった。党の思いのままだ。我々に対抗して上海を金融センターに仕立て上げようとしてうまくいかなかったのも、そのせいだ。世界は香港を信頼するのと同じようには上海を信頼していなかった。だから我々香港人は闘った、法の支配のために闘ったんだ。一九九七年から二〇四七年のあいだ、我々は戦いつづけた。

——なぜ二〇四七年なのかって? 合意は、二〇四七年七月一日に香港が完全に中華人民共和国に吸収される、というものだった。それはイギリスが問題を先延ばしにした結果だ。イギリスはけっして最悪の帝国ではなかったが、帝国であることは間違いなく、すべての帝国は悪と決まっている。だから彼らは北京と取引をして、五十年間、一国二制度が維持されることになった。そしてその五十年間、我々香港人は自分たちの権利を守るために闘うことに慣れていった。街に出てデモを行うのもその一部だ。そうしているうちに、何が効果的なのかがわかってきて、手法を洗練していった。暴力は効果がなかった。ものを言ったのは数だった。帝国の権力に抵抗するときの秘訣を知りたいというのなら、我々がずっとやってきたこのやり方こそ、その秘訣と言える。非暴力的抵抗を、全員で、あるいはできるだけ多くの人数で。効くのはそれだ。

——もちろん、北京は我々を潰すこともできただろう! 香港に住むすべての人々を殺し、中国本土から何も知らない人々を連れてきて、この都市を再び人でいっぱいにすることができる。このすばらしいインフラを引き継げるなら、喜んでやって来るだろう。だからといって、都市のあつかい方を知っているとは思えないが! それでも、西洋の知人が言った「政府が人民を解雇し新たな人民を選ぶ」という冗談は、我々にとっては冗談ではない。なぜなら、北京はそれを実行できたからだ。チベットに対して行ったことと同じだ。

しかし、北京にも制約があった。台湾を引っぱりこもうとしていたのもその一例だ。その働きかけの一部は、台湾にこう呼びかけることだった——一緒になれば大丈夫ですよ、香港と同じようにあつかってあげますからね! 一国二制度、そして君たちがこちらに戻ってきたら、三つの制度になる! 百花繚乱! だがそんなうまいことを言ったところで、実際に香港をまともにあつかっていなければうまくいくはずがない。

——もちろん、台湾がそんなプロパガンダに納得できないのは当然だが、説得力のある理由は他にもあった。原因がつねに複数あるのはいつものことだ。このケースで問題になるのは、いつも六月四日だった。一九八九年、天安門広場。五月三十五日、または四月六十六日という隠語が使われるようになり、いまでは年間を通じて日数をずらしたありえない日付がたくさんあって、それが言い換えの定番になっている。増えすぎて計算するのも難しくなってきているうえに、どの日付も中国本土のインターネットではブロックされている。なぜなら、北京はその日を歴史から消し去るつもりだからだ。ほんとうにそんなことにはなりそうもないが、きみが思っている以上に簡単なことではあるんだ。少なくとも中国本土では。世界はそれを覚えているが、北京はあのような事件が二十一世紀に再び起こることを断じて望んでいなかった。一部始終が携帯電話によって記録され、世界中に配信されるからだ。香港の市民を殺すことは選択肢にはなかっただろう。

——もちろん、十億人北京占拠が我々に味方したのは間違いない！　あれは大きな出来事だったし、あれが起こった理由の一部は、香港で我々がどのように行動したかを見た中国本土の非合法内部移民が、自分たちもやってみようと決めたからだ、それも北京で。党が震えあがったのは当然だ、そうならないはずがないだろう？　中国ではまともな戸籍も、住んでいる場所の居住証明書もない人々が、すべての汚れ仕事を引き受けていた。占拠が起こったとき、そんな人々は約四億人もいた。自分は有権者だとか、どこかに属しているという自覚のない人が、それほどたくさんいたんだ。だから、そう、党はそれに対処せざるを得なかった、さもなければすべてを失うところだった。その闘争のなかで、香港はより小さな問題となり、おかげで多少の自由な行動ができるようになったと言える。我々はそれをうまく利用した。独立するかどうかの問題ではなかったことを理解してほしい。それはただ、一国二制度のためだった。二〇四七年を過ぎても、我々が持っていた法の支配をつづけていくためだ。

——そう、北京には他にも大きな問題があった。そしてさきほど言ったように、彼らはただ我々を殺すことはできなかった。そうなると残されたのは話し合いだけだ。議論の戦い。そして幸運なことに、我々香港人はこれを認識し、団結した。どんな感情も連帯感にはおよばない。人々は連帯について話し、その言葉を使い、それについて書き、それを呼び起こそうとする。それは自然なことだ。しかし、本当にそれを感じるためには？　人は歴史の波の一部になるしかない。ただそれを欲しがるだけでは得られないし、求めたからといって向こうから来てくれるわけでもない。人が選ぶことはできない――人は選ばれるんだ！　それは押し寄せる波にさらわれるようなものだ！　その感じをいったいどう表現すればいいんだろう？　街の住人すべてがひとつの家族になるような感じ、それまで一度も顔を見たことがなく、また二度と見ることのない人たちでも、家族だと思える感じ。大衆運動にはちがいないが、その大衆が突如として家族になり、全員が同じ側に立って大事なことをしているという感じだ。

――それが現実でどういう結果を生んだのか、だって？　見てなかったのか？　忘れたのか？　我々は三十年間毎週、土曜日にデモをしていたんだよ！

――もちろん、運動は激しいときもあれば、そうでもないこともあった。若者にまかせることも多かった。若者の理想主義はこういうことを訴えつづけるのに向いているし、なにより若者は信じる何かを欲しがっているからね！　誰でもそうだが、若者はまだ望んでも得られないという経験に慣れていないから、挫折しないでいられる。そして彼らは若いので活動の身体的なストレスに折り合いをつけるのもうまい。しかし、状況が悪化したときには、我々年配者も応援に駆けつけた。七月一日が近づくにつれて、我々もまた通りに出ていくようになり、香港の全住民が集まるような土曜日も何度かあった。あれは驚くべきイベントだったよ。

――もちろん、他にもやらなければならないことはあった。当然だ。そこまでエキサイティングではなく、むしろ退屈なことも多かったが、必要なことだった。最終的には必要なことの多くは退屈だと思い知らされることになる。だが同時に、退屈でありながらも面白いこともけっこうあるんだよ。だから我々は会議を行い、地域の評議会に参加し、香港の議会に行って、市民としてなすべきあらゆることを行った。デモをやるのはその一部ではあるが、すべてではない。やるべき仕事はいろいろあり、我々はそれをやった。長い道のりを歩むためには、自分のペースでやるしかないんだ。

――いいや、彼らが与えてくれたわけではない！　そんなふうに言わないでくれ。きみの質問は少々攻撃的だな、気づいてるかどうかわからないけど、まあいい、私は丁寧に答えるよ、だって私は与えられることと勝ちとることの違いを理解してるからね。それで結局なにが起きたのかというと、我々の粘り勝ちだったのだと思う。彼らは我々を攻め落とすことができなかった。そこまでの覇権がなかったんだ。むしろ、我々のほうが彼らを落としたと言う人たちもいる。そんなことを言うのは〈しっぽが犬をふる〉（ティル・ワグス・ドッグ）というくらい本末転倒な話だが、彼らは我々の輝かしい成功例が最終的には中国本土をまるごとひっくり返してひとつの巨大な香港にするだろうと考えている。

——いや、私自身はそうなるとは思わない。それは行き過ぎだ。中国はあまりに巨大だし、党のエリートたちは自分たちが絶対に正しいと確信している。私はむしろ〈しっぽが犬の尻をふる〉（ティル・ワグズ・ドッグズ・バット）派だ。このほうが現実的だし、イメージ自体にもあてはまる。犬がしっぽをふるとき、どんなに興奮していても、しっぽと一緒に揺れるのは尻だけで、犬の全身が揺れるわけではない。それでは筋が通らないだろう、物理的に。どの犬でも、うれしくて狂喜乱舞していてさえ一目瞭然、しっぽと一緒に揺れるのは尻だけだ。頭と胸は動かない。中国も同じだ。広東語を話すのは中国の南部だ。中国南部に位置する広東省は広大で豊かだ。中心となる都市は広州で、英語ではCantonと表記され、広東語を話す人口は一億人もいる。普通話（マンダリン）よりも古くからある方言だ。そして中国の外の世界各地に住んでいる中国人の大半は広東語を話すし、我々香港人も広東語を話す。そして北京が香港の世界的成功にあやかろうとした深圳経済特区でもそうだ。そう、長年にわたって広東語を無きものにしようとしてきた北京は、大きなまちがいをしでかした。つまり、広東人は誰も北京を信じてなどいなかったんだ。彼らは北京よりも香港に親近感を持っていたんだ、それをあからさまにすることはなかったけれど。だが言語は家族だ。言語こそが本当の家族なんだ。

——結局どうなったのかって? まだ途中ではあるが、せっかく丁寧に尋ねてくれたから答えよう。七月一日以降も香港では一国二制度を維持することに同意したことで、北京も広東省に対してますます多くの権利を認めなければならなくなった。そして、広東語にはけっして手出しをしないことになった! もちろん、このような政策転換をしたのは中国南部を全体的に国家として統合するためだと北京は言っていたが、実際には敗北を勝利だと言いくるめるため、少なくともそれを利用するためだったんだ。こういうことは、北京が得意とするところだ。彼らは川を渡るのに川底の石を探りながら行く。だとしても今回のことは、盛大にしっぽをふったおかげで犬の尻もおおいに振り回された、と言わざるを得ない。どう

すればそんなことになるのかは、外へ走りに行くぞ、って
きみの犬に言ってやれば、その目で見られるんじゃない
かな！

サンフランシスコでの会議を終え、これで完全に引退することになったメアリーは、どうやってチューリッヒへ帰るのがいちばんいいだろうかと考えた。急ぐ理由はひとつもない。オンラインで調べるうち、フランクがあの組合式共同住宅で紹介してくれたことのある飛行船のパイロット、アーサー・ノーランが、世界をめぐる旅の途中で翌週サンフランシスコにくるとわかった。彼が主催するツアーは北極へ向かっているところで、そのあとはヨーロッパからアフリカの東側を南下して南極へ向かうことになっていた。

メアリーは彼に連絡し、旅行に参加することはできるか尋ねた。彼からは、もちろんだ、君が参加してくれてうれしい、と返事が来た。

飛行船内では、彼はアート船長と呼ばれていた。彼がメアリーを出迎えたのはタマルパイス山の斜面にある発着場で、飛行船はマストにつながれていた。案内された搭乗ブリッジを上って飛行船の展望室へと入った。展望室があるのは、船体の下側にそれとほぼ同じ長さで竜骨のように伸びている客室の先頭部分だった。客室はゴンドラと呼ばれていた。乗客たちの小さな集団はすでにこの壁も床も透明な部屋に集まっていて、前菜をつまみながらおしゃべりしていた。ネイチャー・クルーズというわけね。メアリーはそこには先入観を持たないようにしながら、紹介される人々の名前を覚えようと努めた。十人あまりのほとんどが北欧の人たちだった。

ひととおり紹介がすんだところでアート船長が、次に停泊するのはとある山地にある草原だと告げた。そこで目撃されたクズリを見るのが目的で、彼にとっては特別な動物であるらしい。それを聞いて、みな喜んでいた。

しばらくすると飛行船が発進した。湾の上空へ浮上しながらも風によって上下に少し弾むのが、飛行機ともヘリコプターとも違って不思議な感覚だった。不思議ではあるが、面白い。揚力も利用しており、ガス袋の側面に取りつけた電気モーターの力で、風向きにもよるが時速二百キロメートルくらいのスピードが出る。

東には湾と街の一部が見える。それから三角州。それでメアリーは、ずっと昔に見せられたカリフォルニア北部の模型を思い出した。だが今回は本物で、広大だ。眼下にはどこまでもチュール葦の茂る沼地に覆われた三角州があり、古い島々や海峡の名残りである塩に強い木々の列で区切られている。先端が金色に染まった緑の芝生、列をなす木々、水面の開けた運河、泳ぎ渡る一組の動物のうしろにつづくV字型の波——あれはビーバーだね、とアートが教えてくれた。展望室には自然観察用単眼鏡（スポッティングスコープ）が据えられていて、それをのぞきこめば三角州には野生動物があふれているのが見てとれる。いまではほとんど人が立ち入ることはありません、と説明された。〈ハーフ・アース〉プロジェクトに対するカリフォルニアの貢献の一部だ。その向こう、南西の方角にそびえるディアブロ山のおかげで三角州の大きさが実感できる。ものすごく広い。ファラロン諸島が西の水平線に連なっているのがここからも見える。北にはシャスタ山の黒くこんもりした姿がある。南に目をむければ、右手のセントラルバレーを囲む海岸山脈と、左手にはシエラネバダ山脈が見える。広大な土地の広がり。カリフォルニアは〈ハーフ・アース〉の目標をやすやすと達成できそうに思えた。

　セントラルバレーを見わたす。生息回廊がちょうど幅広の生け垣のように、巨大な四角い畑や果樹園を切り分けている。緑と黄色の市松模様。はるか東には果樹園のあちこちに丘が隆起している。シエラ山脈の最初の高台がいま、暗い壁となって前方に見えている。飛行船は地面に沿って上昇し、天然のオークの森の上をゆるやかに進み、森がやがて針葉樹林になるあたりでは急斜面の渓谷が丘に深い刻み目をつけている。いちばん高い山頂は雪をかぶっていた。

　アートが飛行船を下ろしたのはトゥオルミ・メドウズだった。雪と木々に覆われ、ところどころに花こう岩がむき出しになったドームが点在している。ドームまでの道はまだ閉鎖されているとはいえ、まるで貸し切り状態だ。ほかにはクズリの一家がいるばかり。

　飛行船はランバート・ドームの近くの雪から突き出しているマストにつながれた。クルーのうちのふたりが飛行船を操作して船をアンカーボラードにしっかりと固定した。乗客たちはゴンドラの側面のドアから伸びだしたランプを伝ってきりりと冷えた空気のなかに歩みだし、固くしまった雪の上に降り立った。いくえにも重なる雪や切り立った花こう岩の表面を眺めていた乗客が、彼らは冬のあいだ、なにを食べているの？　とアートに訊いた。マツの木を食べられるというのでなければ、それらしい食べ物は見当たらない。彼らは冬眠するのかな？

冬眠はしない。彼らは冬でも大丈夫なんだ、とアートがみんなに教えた。みっしり生えた毛皮と、かんじきに似た足があるから。冬のあいだは雪の下から掘り出した小型の哺乳動物を食べたりもするけれど、おもにもう少し大型の動物の死骸を食べている。屍肉食動物という。冬には死んだ動物を見つけるのもそれほど珍しくはない。

乗客たちはアートのあとにつづいて固い雪の上を歩いていった。アートは歩きながら携帯電話を見ていて、もう一方の手で先端に単眼鏡を付けた単脚（モノポッド）を肩にかついでいた。そしてふと足を止めると、携帯電話であるところを指し示した。全員がその場に静止した。木々がもつれあったところから、三匹の黒い生き物が姿を現してのしのしと雪の上を歩きだした。すごく脚の短い犬に似ているように見える。母親と二匹の子供らしい。背中は広く、毛皮は赤味がかった黒だ。胴体の横にはもう少し明るい色の毛皮が帯のように走っている。母親のほうはひたいのところもはちまきをしたように色が薄くなっている。

母クズリが立ち止まったかと思うと、猛然と雪を掘りはじめた。彼らの向こうのそう遠くないところでは温泉の蒸気があたりの地面の雪を解かし、ぬかるんだり砕けたりして茶色くなった氷がふちどっていた。冬のあいだの水場ということなのだろう。母クズリが自分で掘った穴に頭をつっこみ、なにかを引っぱりだしはじめた。ああ。死んだシカを泉の近くの雪に埋めてあったのだ。母クズリはさらにひっかいたり、ぐいぐいと引っぱったりしながら、辛抱強く雪のなかから取り出した。あんな小さな体なのにたいした力持ちだ。そうして屍体を食いちぎりはじめると、子供たちも同じようにしようとして母親のまわりをどたばたと動きまわった。

その昔クズリは、と見ているみんなにアートが静かに語りだした。クズリは大喰らい（グルットン）とも呼ばれていたんだ。彼らが食べるときはそれはもう無我夢中だったらしくて、かたっぱしから、それこそ骨まで細かく引き裂いて食べつくしたんだね。歯や上あごのつくりが獲物の肉を噛みとるのに適していて、おまけにあごも強いからどんな骨でも噛み砕くことができた。ラテン語では〝グロ・グロ〟と言うんだけど、これは大食漢を意味するグルットニーから来ている。

「ここで見られて僕らは運がいいね」アートが静かに言った。

「クズリはこのあたりでもまだ珍しいんだ。シエラ山脈では一九四〇年ごろから二〇〇〇年代の初めまで、まったくいなくなっていた。その後、タホ湖の近くの夜間監視カメラで姿を見かけるようになったんだけど、彼らは定住しないうえに、繁殖しているペアがいるようにも見えなかった。いまでは尾根の上から下までどこででも見られるようになってきている。それを後押しするような同種の個体の再導入も行われたりした。それでこうして彼らがもどってきたようなんだ」

「ここにはシカも多いんでしょうね?」とメアリーは聞いた。

「そうなんだ。どこでもそうであるようにね。少なくともここにはシカにとっての天敵がいる。マウンテンライオンとか、コヨーテとか」

彼らはそこで腰を落ちつけて、単眼鏡を交代でのぞきこんだ。クズリの親子が食べるようすを観察した。それは、少々グロテスクな光景だった。子供たちはいかにも子供らしく遊びまわった。この子たちはまだ生まれて一年目だね、とアートが言った。次の年になると母親は子供たちを追い払おうとするよ。背も低くてがっちりした体形は優美とは言えなかった。メアリーは動物園で見たことのあるカワウソを思い出した。地上での動き方が似ている。でもカワウソはいったん水に入ればとても優美だった。クズリのほうは見てのとおりだ。ぜんぜん優美ではない。もちろん、そんなのは人間の勝手な見方だ。彼らは見るからに有能で、自信たっぷりで、雪の上で幸せそうにしている。恐れなど知らずに。縄張りにいる野生動物、彼らは縄張りに帰ってきたのだ、一世紀のときを超えて。世界が編み上げられていく。

メアリーはその場を離れて立って見ていた。ほんのいっとき心がさまよい出て、フランクのこと、シャモアやマーモットのことを考えていた。意識を引きもどしたのは目のまえの動物たちだった。子供たちが母親にちょっかいを出し、いかにも子供らしく遊んでいた。若いうちによく遊ぶのは哺乳類の深いところに備わっていることだ。サンショウウオの赤ちゃんは遊んだりするのかしら? メアリーは遊んだことがあるのかどうか思い出せなかった。子供時代はもうあまりにも遠い昔だ——いいえ、そんなはずはないわ、と思い出した。庭でボールを蹴ったりしていたじゃないの。そうよ。

それに母親の鷹揚な寛大さ。子供たちが背中によじ登ってきても、二匹でとっくみあっていても、互いの上に倒れこんだりしても、知らん顔をしている。子供たちがお腹のあたりのにおいを嗅いだり気にするようすを見せても、前肢をひと振りして追い払った。クズリの足はほんとうに大きくて、爪のある肉球はかんじきみたいに幅も長さもたっぷりあった。冬の支配者といったところ。この高度には彼らを傷つけるものはなにもなく、恐れるほどのものもなかった。彼らがクマやマウンテンライオン、オオカミなんかを追いかけているのが目撃されている、とアートは言っていた。調査されたなかでも選り抜きの勝者だ。

彼らをじっと見つめるアート船長が、メアリーには好ましく思えた。すっかり夢中になっている。急ぎの用があるでもなく、ここがいまいるべき場所だ。またしてもフリムスの上の草原に行ったときのフランクのことを思い出したが、いまはもう平気だった。彼にあそこへ連れていってもらったことにも感謝したいし、この男性を紹介してくれたことにもだ。しだいに寒くなってきて、そろそろお腹も空いてきそうだし、トイレにも行きたい。とはいえ目のまえには、クズリがいる。ありがたいことではないか。

太陽が木々のてっぺんにさしかかったころになって、ようやくアートは我に返って一行を飛行船まで先導した。そのころにはすっかり寒くなっていて、ゴンドラに帰って暖まるのはある種のパーティーみたいだった。彼らは風に乗って東へ飛びながら、眼下の一面に広がるピンク色のアルペングローを楽しんだ。

＊＊＊

荒野の上空を北へ、東へ、ロッキー山脈を越え、大草原のプレーリーを越えて、やがてツンドラ地帯へ。広大な北方林とツンドラとの境目はギザギザして奇妙だった。このあたりの永久凍土はかなり解けてしまっていて、木々があっちこっちにかたむく酔っ払い森林と呼ばれる状態になってきている、とアートが言った。やがてそこらじゅうに湖が見えてきて、もう地面よりも湖のほうが多くなってきた。どこまでもびしょびしょした場所の上を飛んでいると、〈ハーフ・アース〉の目標なんてすぐにも達成できそう、あるいはとっくに達成できているような気がしてくる。そんなことはないのに、人はどうしても目のまえにあるものを見て判断してしまう。実際には、人間はこの惑星にイナゴみたいに群がっている。いや、それも正しくない。都市部ではそのように見えるが、ここでは違う。これだけの大きさがある惑星には、数えきれないほどの現実があるのだ。

北極海に新しくできたマッケンジー・プライムと呼ばれる港町は、古い工業用地に似ている。長さ六キロメートルにおよぶひとつきりの波止場にはコンテナ船の荷物を上げ下ろしするクレーンがいくつも並んでいる。北極海が船舶で通れるようになったことで、〈人新世〉の新奇な領域のひとつが形成されていた。輸送のほとんどはいまや、太陽光発電のエネルギーで動き、自動操縦できる貨物船に改造されたコンテナ船が担っている。スピードは出ないが着実だ。大圏航路をたどるカーボン・ニュートラルな輸送には文句をつける余地もほとんどない。少なくとも地元レベルでは、文句を言う人も少なかった。北極海沿岸の総人口は百万人にも満たないままだ。イヌイット、サーミ、アサパスカン、イヌピアット、ヤクート。ロシアとアメリカ、カナダ、スカンジナビアに住む人々。

　彼らがやってきて大きな衝撃を受けたのは、北の水平線まで氷のなくなった海の色が黄色かったことだ。この光景にびっくりするのは、なにか有害物質が大量に流出したのと同じくらい当然のことだ。だがその実態はジオエンジニアリングの結果であり、そのなかでもまちがいなくもっとも目ざわりに見えるジオエンジニアリングであり、それゆえに酷評された。しかし北極海を覆っていた氷がなくなり、太陽熱を反射できず海水温が上昇すれば、それだけでも世界をジャングル化してしまいかねない。すべてのモデルがこれについては同じ結果を出していて、そのような結果を未然に防止しようという決定がパリ協定プロトコルに基づいてなされ、黄色い染料が放出されたのだ。黄色い海水は太陽光を通さず、さらに一部を宇宙に反射する。比較的少量の染料で広い海の大部分を染めることができる。ここで使われた人工染料と天然染料は一季節で分解し、翌年に再度補充するかどうかを決めることができた。石油ベースの染料は安く製造でき、わずかに発がん性があった。オークやマルベリーの樹皮から作られる天然染料は石油ベースではないが、少しだけ毒性がある。これらふたつは、特性についての理解が深まるにつれて交互に使用することができた。太陽光の反射割合を示すアルベド値からみても——開放水面では〇・〇六（完全反射が一で、完全吸収が〇）だったのが、黄色い海水では〇・四七——莫大なエネルギーと熱の節約になる。宇宙空間へ跳ね返されたエネルギーの総量は途方もなく、費用便益比はけた違いだ。

　ジオエンジニアリングだって？　そうとも。みっともないって？　まったくもってそのとおり。危険性は？　可能性はある。

　必要なのか？　そうだ。あるいはこうも言える――国際社会が、国際条約という制度を通してそうすることを決めたのだ。これもまた地球というシステムを管理するうえでの、そしてガイアをなだめすかす形でのひとつの介入であり、実験ではある。ジオベギング（地球への請願）とでも言おうか。

　メアリーは飛行船のゴンドラから圧倒的な眺めを見おろして、ため息が出た。なんともおかしな世界だ。「わたしたちをここまで連れてきたのはどうして？」とアートに訊いた。「これを見せるため？」

　彼はそんな指摘に軽くショックを受けたように首を横にふって「動物たちのためだよ」と答えた。「いつだってそうさ」

　それから数時間後、飛行船は地平線から地平線までのツンドラを埋めつくすカリブーの群れの上を飛んでいた。アートは、そのように見える効果を狙ってちょうどいい高度まであえて飛行船を下ろしてきたことを認めた。地表からおよそ百五十メートル上空だ。この高さからだと、無数の動物たちが世界をまるごと埋めつくしているように見える。群れは西へ移動しているところで、横断幕かリボンのようにゆるやかな列をなしていて、流れを渡るところではひとかたまりになっていた。じつに壮観だ。

　グリーンランドを越えて南へ。

　飛行中はほかの飛行船をたくさん見かけた。巨大なロボット輸送船、リング状に並べたバルーンにぶらさがった円形スカイビレッジ、帆を広げたりカイトに引かせたりしているまさに雲を切り裂（クリッパー）くクリッパー船、虹色の布をつなぎ合わせたおなじみの熱気球。形も大きさもとりどりで、いまだ秩序らしいものはない。アートに言わせると、飛行船のデザインに関しては、いまはまだカンブリア爆発の真っ最中なのだ。たくさんの人々が大空へと進出していて、路線や高度などがだんだんと決められてきているのは、かつての飛行機時代と変わらない。空域は人間の活動範囲となり、それにともなって官僚化も進んできた。そしてカーボンニュートラルも。

　飛行中、メアリーは乗客たちに話しかけるアートの声に耳をかたむける時間がどんどん増えていった。彼は、人生のほとんどの時間をこの飛行船で過ごしてきた、と言っていた。アートは六十歳くらいだろうと思われたので、〝人生のほとんど〟というのは少しばかり早すぎる気がした。それは過去の経歴というよりも意図の表明にすぎないのかもしれない。メアリーは彼に好感を持った。やせ形で、ほっそりした顔にかぎ鼻、頭は禿げかけている。はっとするほど色の薄い瞳に威厳のあるまなざし、愛嬌のあるはにかんだ笑顔。昔、父が書棚に飾っていたジョイス・ケアリーの写真にどこか似ている。父はその写真を、ケアリーの小説をずらりと並べた横に置いていた。飛行船の船長にしてチーフ・ナチュラリストという肩書きに似合わず、アートは内気な男性であるようにメアリーには思えた。彼の話はほとんどが動物や地形に関するものだった。こうしていることを思えば理にかなったものではあったが、何日たっても彼については憶測以上のことを知ることはできなかった。アイルランド人なのはわかった——結局のところ聞き出すしかなかったのだが、ベルファストの出身で父親はプロテスタント、母親はカトリックだということはわかった。

彼を見ていて思ったのは、彼が空を目指したのにはなにかしらの理由があったのだろう、ということだ。なにかから逃れてきたのかもしれない。避難場所として。孤独への逃避。そうやって何年もたってから、ひとりでいるのが寂しくなって、このようなツアークルーズのビジネスを始めたのかも。メアリーの推論ではそんなところだ。いまの彼はこうして空の上で暮らす喜びを共有することを楽しんでいて、こうして交流もできて会話もできている。それに、鳥の生態についてのさまざまな楽しみや魅力について、人に教えることのできる専門的な知識まである。彼自身がキョクアジサシのように、北極と南極を行ったり来たりしている。数年まえにはロンドンでイベントコーディネーターを雇い、ツアーの予約の受付や、あちこちの寄港先での手配を手伝ってもらっている。

それだ。ネイチャー・クルーズ。メアリーはまだかなり半信半疑だった。彼女が好んでするようなタイプのことではない。もう一回やるかと言えば、それは怪しい。それでもいまのところ、ほかの乗客たちも気持ちのいい人たちだ。ノルウェー人が数人、中国人が二、三人、スリランカ人の家族が一組。彼らはみな、空から世界を見ること、とりわけ世界中の動物たちに興味津々だ。

地球は大きい。この高さをこのスピードで飛んでいると、ますますその大きさがはっきりしてくる。もちろん、尺度なんて変わりやすいものだ。薄い青の点も、日射しに舞うほこりも、十分本物だ。けれど、この見晴らしのよい場所から見ると、巨大どころではない。一生歩きつづけてもほんの一部分しか見ることはできないだろう。ここからなら、ワシのように高い目線が得られるというものだ。

「わたしたちはなんて愚かなのかしらね」ある晩、彼女はアートにそう言った。

彼は驚いて彼女のほうを見た。もう遅い時間で、ほかの乗客たちはベッドに入り、展望室にいるのはふたりきりだった。こういう状況になったことはすでに一、二回あった。そろそろこの秘密のちょっとしたおしゃべりの時間が習慣のようになってきていた。

「そうは思わないな」と彼が言った。

「思っているに決まってるわ。そうでなきゃ、あなたはどうして空にいるの?」

彼はまたしても驚いた。ほかの乗客たちはこんなふうに話しかけてきたことがないのね、とメアリーは思った。

「空に押し上げた理由がなにかあったんじゃないの?」彼女はもうひと押しした。

「ああ。それについて話すのはよそう」

メアリーは勇み足で壁にぶち当たったように感じて、そこまでにした。「あなたは美しいものが好きなのね。わかるわ。それに実際、美しいしね」

「そうなんだ」彼はすぐに同意した。「絶対にかなわないよ」

メアリーはにっこりした。「あなたって運がいいわね」「とくに、今夜は」

「そのとおりさ」彼はさらにこうつけたした。

メアリーは思わず笑った。

彼は顔を赤らめるくらいには若さを残していた。ああいう色白の肌についてはよく知っている。祖母が、九十代になってもぱっと顔を赤らめる人だった。

そんな会話をしてから、この習慣はいつものことになった。ほかの乗客たちがそれぞれの部屋にひきとったあと、展望室に残って寝るまえの一杯を一緒に飲んだ。ここならすべての視界が足元に収められる。彼が展望室の明かりを暗くすると、下界がよく見えるようになる。月が出ていればなおさらだ。そうなると地面も海もきらきらして暗く、形がはっきりして不気味になる。

飛行船にはその巨体の上側にも太陽光パネルのすきまに小さな展望ルームがついていたので、月のないときにはアートは乗客たちと一緒に星を見上げることもできた。新月のあと、細く輝く三日月の入りが過ぎると、乗客を連れて船体のなかを通って上側の展望ルームへ行き、星空を観察する。ある新月の夜、ほかの乗客が部屋にひきとってから、彼はメアリーを連れてそこへ行った。西の低い空には天の川、東の地平線からはオリオン座が上がってくるところで、都市部から遠く離れた千五百メートルの上空から夜空を見上げると、目に入る星の数の多さにただただ唖然としてしまう。メアリーが知っているのとはまったく違う、原始的で生き生きとした空だった。アートは星座にも詳しく、いくつかはそれにまつわるストーリーも知っていた。展望ルームには天体望遠鏡も用意してあり、追跡用のモーターもついているので、これと決めた星の方角に向けておくこともできたが、この夜は放っておいた。彼はメアリーに、北の空のカシオペアに近い、肉眼で見える銀河の見方を教えた。

だがふたりの時間のほとんどは、彼がアンダースタディと呼ぶ場所から眼下の地球を眺めて過ごした。大西洋を南下するあいだ、アイスランド上空からヘブリディーズ諸島、そしてアイルランド——これは彼女のためでもあり、たぶん彼のためでもあった——の上空を通ってビスケー湾へと下りながら、乗客たちにおやすみと言ったあと、メアリーは自分の客室にもどってトイレをすませ、着替えをしたりしてから、彼に教えてもらってそこにあるのを知った隠し階段にこれも教えてもらった番号を打ちこんでこっそりと入りこみ、階段を下りて船首にある展望室まで行った。鍵のかかった展望室にはもうふたりしかいない。

ある夜、ジブラルタル海峡をふちどる〈ヘラクレスの柱〉を、そのそばをゆったりと航行しながら見ていた。でこぼこしたジブラルタルの岩や対岸のジェベル・ムーサ（ムーサ山）は、まるで黒い水面に向かって立つ歩哨のようだった。アートは地中海の洪水にまつわる話を聞かせた。地中海はその昔、ヨーロッパとアフリカのあいだにある乾燥した平らな低地だったのが、氷河期が終わって海水が上がってくると、この海峡から大西洋の水が流れ込んできたのだという。ものの二年のうちに、アマゾン川の千倍の水が秒速四十メートルで流れ込み、三百メートルの深さまで海峡を削って地中海が満たされ、内外の水面は同じ高さになったそうだ。

「それはいつのこと？」

「およそ五百万年まえのことだと言われている。完全な合意があるわけではないけどね」

「いつもそうよね」

メアリーは彼の顔をしげしげと見つめた。洪水は突然やってくるブレークスルーだ。いま彼が話しているのは一万五千年まえの最後の氷河期の終わりについてのことで、そのときは巨大な氷の板の上にできた融水の湖が氷のダムを破り、けたはずれの大洪水となってどっと海に流れ込んだせいで地球全体の気候が変化した。その後、地中海の海水面が上昇するとボスポラス海峡の丘を乗り越えて洪水が起こり、人間が暮らしていた黒海のあたりの土地をわずか数年で水没させたことが、〈ノアの大洪水〉の伝説として語り継がれることになった。

アートはしゃべりつづけていた。いくらかは神経を尖らせていたのかもしれない。彼自身が乾燥した平地なのかしら、とメアリーは思った。ぽっかり空いた場所が洪水で満たされるのを待っている？　わたしが大西洋で、彼が地中海なの？　わたしのほうはどうなの？　わたしは高まってきている？　彼のなかに流れ込んで、彼を満たしてあげられる？

そんなものは知りようがないし、急いで決めることでもない。彼らは南極に向かっているというのに、まだ赤道にも届いていないのだから。時間ならたっぷりある。心と体でそんな考えをじっくりと煮詰めて楽しむのもいいじゃない。夜も更けて自分の部屋にもどろうと立ち上がるとき、メアリーは身をかがめて彼の頭のてっぺんに軽くキスをした。

アトラス山脈を越えて、東のサヘル地域へ。このあたりには、大西洋や地中海から汲み上げられた水で新しく塩湖や沼地がいくつもできつつあった。乾いた盆地に塩の湖をつくるというのは面白い試みだ。これでまちがいなく事情が変わってくる。サハラ砂漠の南側に位置するサヘル地域では、砂漠化した盆地の砂を大西洋まで吹き飛ばしていた砂嵐がめっきり少なくなり、ある種の海のプランクトンは腹を空かせている。そんなことになるとは意図していなかった――いや、その時点で予見しきれなかった結果というべきか。いまでは予告することはできなくとも、予想はできるようになったからだ。

いまのところ、眼下の砂漠には細長い湖が点々と連なっている。緑、茶色、空色、濃い青。ネコの肉球のように、小さな町が湖の岸辺に沿って、あるいは近くのむき出しになった岩層の上に、点々と並んでいる。地上に丸い形を描くかんがい農場が、緑と黄色の円をはぎ合わせたパッチワークキルトのようだ。地方文化が盛んになってきているそうだよ、とアートが言った。世論調査によると、多くの住民、とくに若い世代が、新しくできた湖をおおいに気に入っているらしい。湖がなかったらどこかよそへ行っていただろう、と。土地が死にかけていた。世界がこの地を殺したんだ。でも、どうやら生き延びそうだ。

赤く染まった夜明けを際立たせるのは、飛行船よりも高くそびえるふたつの黒いかたまりだ。左手にはエチオピア高原、右手にはケニア山とキリマンジャロ。この広大な峡谷を飛行するとき、アートはジュール・ヴェルヌが初めて大当たりさせた小説『気球に乗って五週間』について話題にした。そのほかにも、『神秘の島』と『征服者ロビュール』を紹介した。どちらも『八十日間世界一周』の大部分がそうであるように、気球や飛行船での旅を描いた作品だ。アートはヴェルヌの『海の侵入』についても話した。こちらはこの数日見てきたばかりの光景にそっくりな、汲み上げた海水をサハラ砂漠に流しこんで湖をつくるというストーリーだ。ヴェルヌの作品は若いころの自分を夢中にさせてくれた、とアートは言った。いかに生きるか、ということを考えさせてくれた。原語で読むためにフランス語を勉強することまでしたし、当初のお粗末な翻訳から判断するかぎり、ヴェルヌの文体は人々が思っているよりもはるかにすばらしい。

「そして私たちはいまここにいるわけだ」乗客のひとりが言った。「われらがネモ艦長と一緒にね！」

「だね」アートは気安く返事をした。「ただし、彼ほど悩むつもりはないんだ。少なくともそう願っているよ」そう言うと同時にメアリーのほうにすばやくめくばせした。「僕としては召使いのパスパルトゥーのほうがいいな。ほら、たいへんなことは最小限にして、どこでもするりと通りぬけられる彼」

南には緑と灰色の混ざりあうケニア山とキリマンジャロの雄姿が視界いっぱいに広がっていた。片方の頂上はとても平らで、もう片方のそれはやや平らだ。どちらにも氷河はなく、雪があるようすもない。キリマンジャロの雪など望むべくもない。遠い未来にいつか見られることを期待するしかないものだ。

しかし、東アフリカの大平原地帯にはまだ動物たちが暮らしている。そう、彼らはいま、空からサファリ旅行しているわけだ。ゾウ、キリン、アンテロープ、それらの大きな群れが、川から川へと移り住んできている。川を流れる水の一部はパイプで運ばれてきているんだ、とアートが静かに言った。海岸で塩分を取り除いてからパイプで源流に運ばれ、流れがとぎれないように注ぎ込まれ、それで群れが生きているんだ。このあたりは十二年連続で大干ばつに見舞われている。

やがてマダガスカルへ。この大きな島での再森林化はひと世代どころではない期間つづいていて、起伏の激しい丘の中腹がすでにうっそうとした深い森に覆われていることからも生命の繁殖力を見てとれる。僕が空にいるあいだに変わっていった、とアートは言った。いまではマダガスカルの人々もキューバやその他の島国国家と一緒になって、世界中で同じような再森林化の取り組みを応援している。インドネシア、ブラジル、西アフリカなどがチームメイトだ。アートはこれを〈再野生化〉と呼んだ。この下では再野生化が進んでいる。

その夜、メアリーがアンダースタディでアートに会ったとき、マダガスカルはすでに遠くなっていたが、空気にはまだスパイシーな香りが残っているようだった。アートは座って、もしゃもしゃの毛を逆立ててうずくまる海のけもののようにこんもりした島影のほうをふりかえっていた。なんだか満足そうだ。ふたりはしばらく、なんの気がねもない静けさのなかでウィスキーを味わった。それから、それぞれがこれまでに経験してきた旅について語り合った。彼はメアリーが徒歩でアルプスを越えた逃亡について訊いた。どうやらあの話は彼女の職業にまつわる有名なエピソードになっているらしいが、メアリーは手短にまとめて、エッシネン湖のことやトーマスとシビラのこと、フリュンデンヨッホのことを話した。あなたは〈クリッパー号〉でアルプスの上を飛んだことはあるの？ と訊いてみた。

一回か二回だけね、とアートは答えた。あれはちょっとやりすぎだった。高すぎたよ。それに、天候も変わりやすくて。

わたしはアルプスが好きよ。すっかり愛着が湧いたわ。

彼は小さくほほ笑みながら彼女を見つめた。はにかみ屋のアイルランド男。そういうタイプのことならよく知っていたし、好感を持っていた。内にこもりがちで、横目でちらちらとしかみてこないような男性がずっと好きだった。たぶん彼の過去には、こんなふうに人を遠ざけるようにしてしまった出来事か状況があったのだろう。だが、彼が自分のために築きあげた小さく閉じられた世界のことを、彼女も好きになってきた。というか、彼がそんな世界を好きな理由がわかるのだ。彼のほうが年下だけれど、だいたい同時代と感じられる時空間にいると言えるくらいには年をとっていた。

そんなことを考えたのは、ほんのいっときのことだった。

だいたいはただ海を眺めたり、少しずつ遠くなっていく黒々とした大きな島を見ていただけだ。とはいえ、こうした考えはある方向に向かっていた。メアリーはそんな考えを、臆病な動物かなにかのように追いかけてみた。うずうずする願望は、追跡者の好奇心のようなものかもしれない。狩りに出ているみたいな。相手に触れたいという望み。彼女がそんなことをつらつらと考えていると、なんだか疲れたな、と言って彼が立ち上がった。そろそろ寝る時間だ。彼はメアリーをともなって上階のメインギャラリーにあがり、おやすみと言って自分の船室に向かった。

人の心が読めるわけではなさそうね、と思った。若いころには、テレパシーで気持ちを伝えることができるような気がしていたのを思い出した。それともあれは見かけの問題か、フェロモンのおかげだったのかも。発情期の動物。この年齢ではありえない。急ぐ必要もない。

その後の旅のあいだも、それ以上の進展はなかった。ときどき夜に展望室で会っておしゃべりはしていたけれど、マダガスカルは遠くなった。もっとはるか南に来ていた。どこまでもつづく海を、偏西風に逆らって西に航路を曲げる。風に押しもどされて〈クリッパー号〉はこれまでの航行で経験したことのないほどぐらぐら、がたがたと揺れた。ある朝、メアリーが目を覚まして展望室へ行くと、南に南極大陸が横たわっていた。乗客全員が前方の窓のまえに立ってそれを見ていた。海の色は明らかにまえよりも濃くなっていて、ほとんど黒く見えること自体が異様なことで、かすかに不気味でもあった。南に低い壁のように立ちはだかる真っ白い陸地には、異様に黒い海よりももっと黒い点がぽつぽつと飛び散っていた。この氷と岩の断崖が、東から西まで見わたすかぎり広がっていた。

南極大陸。いまは秋の初めで、飛行中にはあちこちに氷山があるのを見てきたとはいえ、海氷がもっとも少ない時期だ。パターンもなにもなく、白いかたまりが黒い水面に浮かんでいる。ときおり、ヒスイのように淡い緑色やターコイスの青緑色をした不格好な氷山も見かける。鳥の群れというよりは魚の群れのように見える小柄なペンギンたちが集まっている氷山もある。そして一度は、なめらかな背中がかえって不気味なシャチの群れの上空を通りすぎた。板状の氷山に乗っているウェッデルアザラシもたまに見かけた。氷の上に寝そべるナメクジのようにも見えるが、そばには小ぶりなナメクジがヒルのように吸いついていたりした。母親と子供。氷の世界で繁栄する、人間のいとこたち。繁栄しているのだとよいけれど。

そして白く不吉な南極大陸。氷の惑星。

氷の荒野に巨大な空母六隻がまるでひたいを寄せ合う都市国家のようにおおよそ六角形に並んでいるのは、なんともシュールな光景だった。その周囲をもっと小さい船――砕氷船、タグボート、陸揚げ船――が取り囲んでいるが、小さい船がなんなのかは小さすぎてよくわからない。

原子力で電力をまかない、普通の砕氷船の千倍以上もある重量級の空母が極地の基地として優れていることは明らかだ。海氷などあっという間に切り裂く巨大な存在であり、いわば神の砕氷船だ。そうしたいときにいつでもここを出ていける。でも、そうはしなかった。南極の海岸に錨を下ろして海上に浮かぶ小さな都市を形成し、そこから空輸された各種の物資で陸上野営地をサポートしている。

飛行船は空母都市の上を通りすぎて、雪の積もった大陸の表面に着陸した。〈クリッパー号〉を降りて平らな雪に降り立つ。とてもまぶしくて、とても寒いけれど、風の強い冬の日のチューリッヒよりは寒くなかった。

あたりには布張りの小屋や、青いガラスで囲んだ箱型の小屋が並んでいる。キャンプの管理人はメアリーたちに会えたことを喜んだが、彼女のことを支援者だと思い込んでいたようで、メアリーは思わず笑いだした。そしてもちろん、頻繁に訪ねてくるアート船長とはすっかり顔なじみだった。

氷河の遅速化作戦は大成功だった。おかげで氷原も進みが遅くなっていた。海軍の協力がなければ、こうしたことすべては不可能だっただろう。空母は移動可能な街だ。こういう形で配備したことは、それを建造するのに投じられた巨額の資金を活用するのにうってつけだった。剣を鋤（すき）に変えるような平和利用だ。

「スイスと同じね」メアリーは気づいた。「汲み上げをしているところは見られるの?」

もちろんだ。もうそのように予定されていた。とうてい見逃すわけにはいかない。

アートの乗客全員が乗りこんでも、巨大なヘリコプター一機のほんの片隅を占領しただけだった。ヘルメットをかぶり、小さな窓から外を見ながら横向きに座ると、

〈クリッパー号〉とは違って、まっすぐ上に向かって上昇していった。そのあとは、パイロットとクルーがメアリーの知らない言語でなにやら話し合うのを聞きながら、果てしなくつづく雪の上を飛んだ。背にした真っ黒な海は視界から遠ざかっていった。

「どうしてこっちの海は黒いの?」メアリーはヘルメットについているマイクに向かって訊いた。

「誰にもわからないんですよ」

「このあたりは海水がものすごくきれいなのと、すぐそこの沖合からとても深くなっているせいで太陽光が届かないからだ、と誰かが言っているのを聞いたことがある。つまり、ものすごく透明な水を通して海底の暗闇を見ているんだ」

「ほんとにそんなことがあるのかしら?」

「このあたりのプランクトンの色が黒いから水が黒く見える、というのも聞いたことがある」

「日によってよそと同じように青く見えるんじゃないかな」

「まさか!」

そしてヘリコプターは高度を下げていった。見わたすかぎり雪か氷しか見えない。そのなかに点々と黒いかたまりが見える。かたまりの周囲には、破れた蜘蛛の巣のように黒いひもが張り渡されている。この点とひもが、最果ての地に文明をつなぎとめているのだ。

「ここみたいな拠点はいくつあるの?」メアリーが訊いた。

「五、六百かな」

「そこにいる人間を合わせると何人くらい?」

「拠点はほとんど自動化されてる。メンテナンスと修理をするクルーは必要なときだけ飛んでくる。そのなかに管理人もいる。だけど、いざというときに出動するのはおもに建設クルーだ。どうだろう、二千人くらい? そのときによる。数年まえにはもっとおおぜいいた」

ヘリコプターはずしんという衝撃とともに着陸した。乗客たちはシートベルトをはずしてぎこちなく立ち上がると、座席と壁のあいだの狭い通路を一列に並んで進み、金属のステップを降りて氷の上に立った。

寒い。まぶしい。風が強い。寒い。

サングラスの縁のまわりから光が飛びこんできて目がくらんだ。目から吹き飛ばされた涙がサングラスにくっついて氷のしみになった。それを透かして見ようとした。激しくまばたきしながらほかの人たちのあとにつづき、この拠点の中心になっている小屋を目指した。青い壁に脚の生えたトレーラーハウスのように見える。

「待って、まだなかには入りたくないわ」メアリーは不満をぶつけた。「もっと見たいのよ」

案内人のうちのふたりが彼女に付き添って外に残り、暖房してあるそれ専用の小さな小屋のなかに立っているポンプのところに連れていった。暖房といっても足元は氷のままで、そこにパイプの黒いハウジングがじかに突き立てられている。目のまえにあるのは、まさに文明を救う装置だった。なんとも地味な配管の一部が。

小屋の外に出ると、こんどはパイプラインのひとつをたどってゆるい傾斜を登った。メアリーは足を止めてあたりを見回した。まるで湖面の小さな波が砕ける最中に瞬間冷却されたみたいな雪が、光に照らされてきらきらと輝いている。ガイド役がいろいろと説明してくれた。その熱心なようすが好ましかった。彼らは世界を救っているからではなく、南極大陸にいるから幸せなのだ。彼女に訊かれると、ここが好きな人間は、ものすごく好きなんですよ、とひとりが答えた。体にしみこんで、どこだろうとよそでは物足りなくなるんです。

青いドームの下に広がる真っ白な平原。真上にある巻雲が、手で触(さわ)れそうなほど近かった。

「まるでよその惑星にいるみたいね」メアリーが言った。

そうなんです、と彼らが言った。でもほんとはただの地球ですけど。

「どうもありがとう」彼女はお礼を言った。「もうもどってもよさそうだわ。ここを見られてほんとによかった、すごいものを見せてもらったわ。案内してくれてありがとう。さあ、もどりましょうか」

だって、わたしにはわたしの愛する場所があるから。

飛行船の一行は大西洋を北上して、アフリカ大陸の西にあるセントヘレナ島とアセンション島を見にいった。リスボンから列車で帰るつもりのメアリーは、そこで下船するまえにこれが最後と思ってアンダースタディにいるアートのところへ行った。それぞれのいつもの場所に座ってグラスをかたむけながら、メアリーはこう訊いてみた。「また会えるかしら?」

彼は決めかねているようだった。「会えるといいな!」彼をじっと見つめた。内向的な人だ。動物にも引っ込み思案なタイプはいる。

「どうしてこういうことをしてるの?」

「好きだからね」

「地上にいるときはなにをしてるの?」

「補給してる」

「歩き回ってみたい場所とかはないの?」

　じっくりと考えるようす。「ベネチアは好きだな。それとロンドンも。ニューヨークとか。あんまり暑くなければ香港もいい」

　メアリーはしばらく彼を見つめていた。彼はいかにも気まずそうに目線を下げた。そして最後にこう言った。「たいていはここにいるのが好きなんだ。空の人たちが好きなんだね。スカイビレッジに行くのはとても楽しい。その外観が好きでね。それにそこで暮らす人たちも。誰もが旅の途中なんだ。『二十一の気球』を読んだことはあるかい? 古い児童書だけど、スカイビレッジのお話なんだ」

「あなたのお気に入りのジュール・ヴェルヌみたいなのね」

「そう、ただし子供向けの」

　ヴェルヌだって子供向けよ、とは言わなかった。

「とにかく、僕がそれを読んだのは五歳くらいのときだった。というか、母に読み聞かせてもらった」

「お母さまはご存命なの?」

「いや。五年まえに亡くなった」

「それは残念ね」

「君のお母さんは?」

「いいえ。うちの両親は若くして亡くなったの」

　ふたりはしばらく座っていた。メアリーには彼が動揺しているのがわかった。流行りの診断法なんかわきに押しのけ、おそらく彼が好意を持ってくれていることを知りつつ、よく考えてみた。そう、彼は物静かな人だ。たぶん、恥ずかしがり屋なのだろう。人々に対して演技をしているのか、あるいはアート船長としての役割を果たしているのか。

　メアリーは物静かでもなければ恥ずかしがり屋でもない。学生時代、強気で前向きな女の子、と先生に言われたこともある。じつにそのとおりだった。だから彼のことは推測するしかない。しかし、それはすべての人々に対していつものことだった。それでなんとかなってきた。彼の沈黙は気持ちを落ちつかせてくれる。彼は満足しているみたいだ。彼女のほうは満足などしていないし、満足している人に出会ったことがあるかどうかも怪しいから、見分けるのは難しい。彼女がまちがっているのかもしれない。誰も満足なんかしていない。彼の沈黙になにかを投影していた。でもなにから? なにを? ああ、まったくなんてごちゃごちゃした、当てずっぽうと感情の泥沼なんだろう。

「あなたが好きよ」とメアリーは言った。「あなたも私のことが好きよね」

「そうだ」彼はきっぱりと言ってから、それを押しのけるように手をふった。「でしゃばるつもりはないよ」

「やめてちょうだい。わたしはもう下船するところなのよ」

「そうだね」

「それで?」

「それで、なんだい?」

メアリーはため息をもらした。ここは自分からひと押しすることになりそうだ。「それで——また会ってもいいかな、と思って」

「ぜひそうしたい」

彼にそのつもりがあるなら話のつづきを聞こうとしてメアリーが彼をしばらく見つめていると、彼がこう言った。

「また一緒に来てもいいんじゃないかな。著名人ガイドとして。すばらしい土地の回復がなされているところや、ジオエンジニアリングプロジェクトの現場なんかをツアーしてまわることだってできる」

「勘弁してちょうだい」

彼が笑った。「なんでも君の好きなことでいいよ。君のお気に入りの都市をめぐるとか。ゲストキュレーターでもなんでも名乗ったらいい」

「ただの、あなたのガールフレンドでいるほうがいいわ」

彼の眉毛が持ち上がった。まったく考えたこともなかったとでもいうように。

メアリーはため息をついた。「考えておくわ。わたしにはネイチャー・クルーズは一回で十分かもしれないし。でも、なにか思いつくかもしれないでしょ」

彼は深々と吸い込んだ息をいったん止めてから、ゆっくりと吐きだした。こんどこそ、心から満足そうに見える。彼女のほうをちらりと見て目を合わせると、もう目をそらさなかった。にっこりとほほ笑んだ。

「僕はいつでもチューリッヒに帰る。自分の部屋があるからね」

メアリーはうなずいて、そのことについて考えた。この人をよく知るには何年もかかるとして、ほかにしなければならないことなんてあるかしら? 「あなたにはいままでよりももっと、話をしてほしいわ」と釘を刺した。「あなたのことを、もっとよく知りたくなるから」

「やってみるよ。話したいことが出てくるかもしれないし」

彼女は思わず笑いだしてしまい、手にしたショットグラスのウィスキーを飲みほした。すっかり夜も更けていた。

「よかった」メアリーは立ち上がって、彼がびくっとするのもかまわず、頭のてっぺんにキスをした。「チューリッヒに来たときに教えてくれたら、会えるんじゃないかしら。冬の終わりにはファスナハトがあるわ、わたしがいちばん好きなお祭りよ。ファスナハトに街へ出かけましょうよ」

　彼は渋い顔をした。「その月はまた別の旅に出ているはずだ。それまでにもどってこられるか、わからないな」

　メアリーはため息を飲みこみ、きつい言葉を飲みこんだ。どうやら急な展開どころか普通の展開も望めそうにない。「なんとかなるわよ。さて、そろそろ寝るとするわ」

103

誰がそれを企画したのかは、誰にもわからないだろうと思う。誰であろうと、自ら表に出るのではなく、まるで自己組織化をしているかのように見せたかったんだろう。時代精神から湧き出てきたものとして。実際そうなのかもしれないと思うのは、つまるところ僕らみんなでやったからだ。それはすでに誰もが共有する感覚になっていた。三十億人がそれぞれに自分の携帯電話をタップして参加表明したようなものだと思う。

　大みそかみたいなものだけど、これは地球全体でいっせいに、という合意があった。北半球では春分の日に近く、ペルシャの春祭りノウルーズやイースターの祭りの季節と重なる。時差なくまったく同じタイミングでというのがふさわしく、大事なのは全員があらゆるものとのつながりをなんらかの共振として感じられることだ。ハワイ語で調和を意味する〝クリケ〟。あるいは調和のとれた日を意味する〝ラ・オルオル〟でもいい。全員がいっせいにそれについて考えることで〈意識圏（ノウアスフィア）〉を召喚し、存在せしめる――だから時間にずれがあってはならず、同時的なものでなければならない。それで、僕らハワイの住民が時間という面で貧乏くじを引かされたわけだ。その日時は既定のものとして知らされた、ということは、企画としてどこかの誰かが動いているにちがいない。ともかく、東アジアでは深夜、そこから西へ進んでタイムゾーンをまたいでいった先の西ヨーロッパでは正午、さらに大西洋を渡って南北アメリカ大陸ではどんどん早い時間になって西海岸では夜明けの波乗りのころあい、なのでここハワイでは午前三時、ということだったと思う。それはまあ、どうでもいいことで、ひと晩じゅう起きてパーティーをする口実になったし、ここは真夜中でもいいぐあいに暖かい。そんなわけで、僕らはダイヤモンドヘッドまで行って海を見ながらパーティーをすることにした。その夜は満月でもあって、これはけっして偶然なんかじゃないはずだ。おあつらえむきだよね。足元のコンサート会場では夜通しバンドが演奏していて、僕らは尾根に座りこんで、月明かりのなかで飲んだりしゃべったり、海を眺めたりしたし、それに南からの大きなうねりもいい感じだったから、みんなで日の出とともにポイント・パニックへ行って波をつかまえよう、なんて話もしていた。僕らみんなの生命が始まった母なる海に帰るっていうのは、このイベントにふさわしいすばらしい締めくくりじゃないか。凪もわずかに沖に向かうオフショアだしね。

やがてその時間になると、僕らは携帯から流れる声に耳をかたむけた。僕らはこの惑星の子供たちだ、声を合わせて地球を称える歌を歌おう、みんなでいっせいに、いまこそ僕らの愛を表現しよう、この地球の世話係でいることについてくる責任を引き受けよう、この聖域の熱烈な支持者として、ひとつの惑星、ひとつの地球——そんな調子でどこまでもつづいた。もともとはなにか別の言語で書かれたことは明らかで、僕らが聴いていたのは英語への翻訳だったことが伝わってきた。実際、あちこちを探せばほかの言語で話されているのが聞こえてきた。グプタは絶対サンスクリット語で聞くと言ってきかなかった。彼はサンスクリット語を聞いても意味はわからないけど読めばわかる、と言っていた。それでもこうして聞こえてくる言葉はもとはサンスクリット語で書かれた、あるいは着想したものにちがいない、それもたぶん何千年もまえに、だって。たしかにサンスクリット語バージョンはすごく原始的な響きがあって、興味が出てきてあれこれ調べてみたらインド・ヨーロッパ祖語バージョンが見つかった。そりゃそうだよね。スペイン語っぽい感じに聞こえた。よく言語の生きる化石と言われるバスク語バージョンにしてみたら、これもやっぱりスペイン語っぽく聞こえた。実際にはどっちもスペイン語とはだいぶ違っていて、スペイン語より古い、もっとなじみのない荒々しく原始的な音声に聞こえた。けど、オランダ語やハワイ語以外のどの言語に切り替えても、やっぱりそんなふうに聞こえるんだよ。そしてどの言語でも同じ単語、〝マンマ・ガイア(母なる大地)〟というのが繰り返されていた。〝マンマ〟はたぶん、人類最古の単語、もしかしたら最初の単語なんだろうね。なんとかおしゃべりしようとがんばるけど口の使い方に限界がある赤ちゃんたちが、それでも同じ意味のことを言おうとして、そして視界いっぱいに見える女神さまにお願いしたり称えたりしようとして、何度も何度も発明してきた言葉。ありとあらゆる食べ物、暖かさ、触れ合い、愛情、アイコンタクトの泉にして源——ママ！　あの夜、尾根にいた僕はその理由を、あらゆるものの理由を初めて知って、大声で叫んだ。もちろん、惑星のジェンダーを雑にふりわけるなんて僕のほうの分類エラーなんだけど、でもあの夜は世界的な愛を語るイベントで僕らもハイになっていたのと、ほかのみんなが歌ったり歓声を上げたり、大きな波に乗ったあとのように大はしゃぎしてたんだ。僕はもう、ひたすらマンマ・ミーア！　マンマ・ミーア！　って叫びつづけてた。そりゃあだって、人間が口にするもうひとつの初めての言葉ってのは、当然、「私が」、「私のもの」「私、私、私」なんだ。神がイタリア人や、その他のロマンス言語の人々を祝福してくれるように、その最初のフレーズ、すべての言語でも共通するフレーズをしっかりと守り抜いてくれてさ。インド・ヨーロッパ祖語を確認してみたら、思ったとおり、そっちでも一緒だった。マンマ・ミーア！　マンマ・ミーア！　言葉ってほんとうにすごいよね！

　そうさ、僕はちょっとばかり酔ってるし、ハイになってる。ちょっとめまいもしてる。つまりさ、考えてごらんよ、世界中で時を同じくして、このプロジェクトを知ってる意識のある存在が全員そろって、僕らが立ってるこの惑星を称える歌を一緒に歌い、とんでもなく巨大で複雑な生物圏が作り出す意識圏（ノウアスフィア）を表出させて、岩石圏（リソスフィア）に立って水圏（ハイドロスフィア）について熟考し、体のなかで大気圏（アトモスフィア）を循環させて息をしている――これってすごいことで、でもちょっと観念的でもある、よね？　どう感じればいいかなんてわからないよ。その瞬間になったら、やってみるしかないよね？　僕は言語学者として、かかわりあいになった言葉についついつい考えてしまうんだけど、でもそれだけじゃないから、それ以外のことも全部やってみた。お酒を飲んで、尾根にいるほかの人たちの顔を見ていくと、彼らもみんなそうしようとしていた。犬を連れてきている人たちもおおぜいいて、犬たちもがんばってた。理解しようとして、いつもと違うなにかが起きようとしてるのをひしひしと感じていて、それでなかには吠えたり遠吠えしたりする犬もいて、オオカミみたいに月に向かって吠えたりしていた。なんてすばらしい言語だろう！　おまけに、僕ら自身がオオカミみたいだった！　僕らはオオカミを犬化して、彼らは僕らを人間化した――僕らは以前、オランウータンみたいに、協力することを知らずに単独行動していた。そんな僕らに協力することを教えてくれたのがオオカミで、友情や協調という概念を教わった。僕らは月に吠え、近くにいる人がハグするタイプならハグしあって、犬にもハグした。僕が見た顔という顔はどれも生き生きとして本物で、そうして僕はまた「マンマ・ミーア」と何度も繰り返した。畏怖に打たれた人がそうするように。とりわけグレイシーとはたくさんハグしたけど、それはいつもどおり。そんなふうでいられる僕たちはラッキーだ。

　歌はだいたい十五分くらいつづいた。そのあとはしんと静かになった。そろそろ下のすり鉢状のコンサート会場に下りていって、夜の残りの時間は音楽に合わせて踊ることにしよう。僕らはちゃんとできただろうか？　地球上のすべての意識ある存在と一緒になって、なにもかもを変えてくれる新たな地球的宗教を出現させることはできたんだろうか？　僕らはみんな、そうあるべきだと言われつづけてきたように、兄弟姉妹になれたんだろうか？　なんとも言えない。ただひとときの気まぐれ（ラーク）ような気もする。でもヒバリ（ラーク）も美しい。こうやって人の気分や行動に鳥や動物の名前を使うのは、もちろんそれがぴったりだからにほかならない。新宗教の教えどおり、僕らはみんな家族で、地球上のすべての生命はDNAのうち九三八組の決定的な塩基を共有しているんだから、そのとおりなんだと思う。まあだから、僕らは下に下りてひと晩じゅうすごくハイな気分で踊り明かした。やがて空が明るくなってきて夜明けが近づくころ、新しい一日を始めるためにみんな家に帰り、その日やるつもりでいたことをやりはじめる。会場のスピーカーからは〈ブラダー・イズ〉ことイズラエル・カマカヴィヴォ・オレの歌う感傷的なハワイアン・カバーの『虹のかなたに』と『この素晴らしき世界』が、みんなが出ていくあいだじゅうメドレーで流れてきた。それを口ずさみながら会場をあとにした僕らは、その日ずっとこの曲をハミングしていた。あとになって、世界中の誰もが同じあの称賛と祈りの歌を歌ったひとときをありありと感じた、といろんな人が言っていたという記事を読んだ。体じゅうに電気的パルスが脈打つような、そんな感じだったとも言われていた。実を言うと、あの瞬間には僕自身はそういうものはなにひとつ感じなかったのだけど、それは僕が飲みすぎたせいか、グレイシーの手が僕のお尻に触れているのを意識しすぎていたせいかもしれない。でもあの朝はポイント・パニックで自分史上最長のレフトの波をつかまえたし、そのあいだもずっとブラダー・イズのあの二曲が頭のなかで鳴っていて、ほんとに世界はなんてすばらしいんだと思えた。閉じる直前の波から飛び出し、沖合のしぶきを浴びて無重力状態で空中に浮いた瞬間——虹なんて見られなかった。だって、その虹のなかに僕はいたんだから。そう、僕があれを感じたのは、まさにあのときだった。もちろん、それは命令やスケジュールに従うものじゃない、神の恩寵とはそんなもんじゃない。予期せぬ瞬間にふと降りてくるもので、事故と似たようなものなんだけど、それを受け止めるには心をオープンにしておかなきゃいけない。だから僕にとってはあの瞬間がそれで、神聖なセレモニーからはちょっと遅れてやってきたけど、それはやっぱりあの波のおかげなのかもしれない——とにかく、僕は空中に浮かんだあの一瞬にそれを感じて、それから白く泡立つ波に背中から落っこちて、やっと水面に頭を出したときには大笑いしたんだ。うん、うまくいった。マンマ・ミーア！

104

メアリーはチューリッヒにもどってから、セーフハウスから出るつもりでいることをスイス側に伝えた。引退したことでセキュリティ状況が変化したこともあってセーフハウスに居座る理由もなくなったし、ここを必要とするほかの人もいるだろう。とくに反対もされなかった。

以前住んでいたホーホ通りのアパートメントにもどることには難色を示されたが、彼女もべつにもどりたくはなかった。あのくすんだ青色のアパートメントのあるブロックはもう過去のものであって、取り戻すことはない。いまはまえに進むときだ。それに、ちょっと考えていることもあった。組合式共同住宅はチューリッヒのどこにでもある。フランクが入居していた部屋に引っ越したいと思わなかったのは、あれもまた過去のものだからだ。だいいち、あそこにはアートの部屋もあるし、ほかにもいろいろな理由があって、あそこに住むのがよいとは思えなかった。チューリッヒの組合式共同住宅はあそこにかぎらず、しかもたくさんあるとわかったので、時間をかけていくつか見にいってみた。

そうして市内のあちこちを訪ねるうちに、この近隣一帯のことが大好きなのをしみじみと感じた。チューリッヒベルクの斜面の低いほうにあるフルンテルンと呼ばれるあたり。ここが大好きだ。ここが自分の地元なのだ。そして同じほど強くは感じていないが、ウトカイの屋外プールの裏手のあたりも好きな場所だ。そんなわけで絞りこんだのが、この二か所とそのあいだにはさまれた地域だった。ふたつの地区はそんなに離れてもいない。街全体がコンパクトなのだ。

いくつかはよさそうな組合式共同住宅もあったが大半は条件が合わず、そもそもほとんどどこの組合も順番待ちで、メアリーの番が来るのはかなり先のことになりそうだった。見れば見るほど、以前住んでいた場所をどれほど気に入っていたかがわかってきた。だが、いま必要なのは変化だ。

ようやく場所が見つかったのは、彼女が部屋を探していることをバディムが知ったからだ。彼のもとで働いていた未来省の誰かが父親の世話をするためにティチーノ州に帰ることになり、その彼女がメアリーの部屋探しのことをバディムから聞いて、メアリーに入居してもらいたいと思ったのだ。ただし、この場合はまた貸しのようなことになってしまい、正式な手続きではないかもしれないとのことだった。この計画に対する彼女の熱心なアピールを聞いた組合の委員会は、メアリー・マーフィーを仲間に迎えるという考えが気に入って、この件を承諾した。以前の住居からはほんの数ブロックのところで、いつも利用していたトラムのキルヒェ・フルンテルン停車場の南向こうにあり、ベルク通り沿いの珍しく三差路になっている角の一画を組合の住宅が占めている。二十世帯が入れるこぢんまりしたアパートメントは四階建てで、手入れが行き届いているのはチューリッヒのどの建物とも同じだ。ただひとつの例外がキルヒェ・フルンテルンの停車場の反対側にあるあの古い建物で、あそこはある意味で特別な存在だった。

部屋をまた貸ししてくれることになった女性が玄関で出迎えてくれた。彼女は、トゥルーディ・マッジョーレと名乗った。

「わたしはメアリーよ」握手しながら言った。「あなたのことはオフィスでも見かけていたわ」

相手もうなずいた。「わたしが働いていたのはひとつおいたおとなりの建物でしたけど、ほとんどの会議のときにバディムのために記録をとっていました。ほかのアシスタントたちと一緒に壁際に座って。そうだ、インドに出張なさったときにもご一緒しました」

「あら、そうよ、いま思い出したわ」

トゥルーディは幅の広い階段にメアリーを案内した。最上階に着くと、部屋の鍵をあけた。「ここはもともと屋根裏部屋でした」と彼女がドアを開けながら説明した。「それが気にならなければいいんですけど。すぐに慣れると思いますよ」

その部屋がとても小さな屋根裏部屋であることは、ひと目で見てとれた。ワンルームになっていて、屋根の大きな梁の下に押し込んだようにして作られているので、その梁の真下くらいでしかまっすぐ立つこともできない。天井は梁から左右に傾斜していて、左右の壁の高さは六十センチくらいしかない。部屋の左側には内壁がでっぱっていて、そのドアを開けたところがバスルームになっている。この天井も壁に向かってかたむいている。スイスではどこのバスルームもそうであるように、ここもすみずみまで清潔なのは言うまでもないが、この部屋全体と同じくスペースの半分くらいは天井の高さが頭よりも低い。洗面台の奥のほうにトイレがある。そういう意味では女性向きのアパートメントだ。トイレに座ってしまえば天井が低くても気にならないが、立って用を足すつもりなら背中を丸めることになるだろう。

「気に入ったわ」メアリーはそう言った。「面白いじゃないの」

　トゥルーディはうれしそうにした。「わたしも気に入ってます。ここを出ていかなくちゃならないのは残念です。でも、あなたが入居してくれるのはうれしいわ。あなたがなさったことには敬服しています」

「ありがとう」

　メアリーは部屋の中心線に沿って行ったり来たりした。バスルームを通りすぎれば部屋はまた左側に広くなっていて、床の上にじかにベッドが置いてある。そこに横たわるには、まずそばに置いてある低い椅子に座ってからごろっと転がるのがいちばん簡単だ。いったん横になってしまえば天井が低くてもなんの問題もない。夢を見ていて急に立ち上がったりさえしなければ。

　キッチンは入り口を入ってすぐの壁を背にしている。カウンターにシンクがついているだけの簡素なもので、その左にコンロと背の低い冷蔵庫がある。すべてが機能的だ。

「もちろん、ここをお借りするわ。ほんとに感謝してる」

「こちらこそ」トゥルーディが言った。

　そのあと、ふたりでとなりにあるベーカリーにコーヒーを飲みに行って、お互いのちょっとした身の上話をした。トゥルーディは熱心に耳をかたむけ、オフィスで知っていた事務局長としての彼女と目のまえの人物を結びつけようとしているようだった。メアリーは自分のことをしゃべりたいという衝動に逆らった。


　これで居場所ができた。スイスのセキュリティチームが引っ越しを手伝ってくれて、ついでに部屋のチェックもしてくれた。プリスカとシビラはとくになんの感想もなかったが、トーマスとユルグは面白い部屋だと言った。

　一段落すると、メアリーは毎日のリズムを作ろうとした。もう出勤することもない。じゃまものにはなりたくなかった。彼らが自分の資質なりなんなりに助けを求めてくれるといいな、とは思ったけれど、サンフランシスコでの会議でことの成り行きを見届けてきたいまとなっては、自分に手伝えることなんてほとんどないであろうと理解できた。彼女が発揮した力の大部分は、その立場に付随する権威によるものだったのだ。そう思うとちょっとがっかりだけど、ほんとうのことだ。ただの一市民となったいま、彼らを、あるいは誰かを助けるためになにができるかは未知数だ。

まあ、習慣ならいつでも取り戻せる。朝起きて、トラムでウトカイの屋外プールまで歩き、更衣室の自分のロッカーで水着に着替え、とても美しいタチアナの亡霊にキスをして、彼女の死に胸を痛め、またそれにふたをして、痛みを冷ますために金属の階段を下りて水に浸かる――ブルルル！――そして湖で泳ぐ。亡くなった人を思うことで、彼女たちはほんの少しだけ長く生きているのかもしれない。チューリッヒ湖は青く穏やかで、冷たくてなめらかだ。フリースタイルで沖へ出て、ふりかえれば岸辺をちゃんと見られるところまで行く。それから平泳ぎで円を描きながら、低く遠く見える街全体を見わたす。大きな湖だ。体力に自信があれば、夏の終わりの湖横断水泳大会に出場して、どんな感じがするものか経験してみたい。外に出るのは気持ちのいいものだ。もちろん、習慣にしていることのなかでもこれは五月か六月から十月くらいまでの期間限定だ。それ以外の時期は水も空気も冷たすぎる。それでも夏にかぎって言えば、一日の始め方としては申し分ない。

そのあとは部屋にもどり、共同ランチ会に参加して、彼らがそうしたいと言ってくれたらみんなとおしゃべりする。そうはいっても、彼らに英語で話すことを無理強いしないのが重要だ。まわりの人たちはたいていのどにかかって歌うような調子のスイスドイツ語で話しているから、自分から話のきっかけをつくることはあまりない。みんなの会話に加わらずに、ただ聞いているだけなのが好きで、そのほうが落ちつく。泳いできた体がだんだんリラックスしていくのを感じながらネコのようにだらしなく座っていれば、たあいのないおしゃべりの中身なんかわからずとも、人の輪に加わっているだけで満足だ。

その年の後半になると、国連の難民機関のひとつ、難民高等弁務官事務所（UNHCR）を訪れた。本部があるのはジュネーブだが、チューリッヒにも小規模なオフィスがある。難民に国連のパスポートを発行したり、キャンプを閉鎖したり、逆に開設したり、空っぽにしたり、いろんな仕事のために設置された。あたりまえだがスイスはその仕事を断固としてやり遂げるつもりなので、チューリッヒのオフィスに顔を出したメアリーに大喜びで仕事をくれた。むしろ、彼女の名声を利用してもっと多くのボランティアを集めたいというので、基本的な仕事もやらせてもらうという条件で引き受けた。地元で働くというのも、彼女が燃やす炭素を低く抑えることになる。このプロジェクトも推進したいものだったから。

共同住宅の人たちの大半は〈二〇〇〇ワット社会〉の会員だったから、炭素燃焼量を抑えておくのもそれほど難しくはなかった。みんなで食べる食事は大部分がベジタリアンメニューで、彼らのやることなすことすべてにおいて計算されていたので、メアリー個人の分を数えるのも簡単だったうえに質問すれば答えてくれる人がつねに近くにいた。チューリッヒにとどまっていようと、スイスやヨーロッパ、なんなら世界中を旅行しようと——彼らはこうしたもの全部のエネルギーコストと炭素燃焼量を計算していた。炭素のほうはどんどん少なくなっていった。スイス国内にいて公共交通機関を利用していればなおさらだ。組合住宅の居住者たちは共同で電気自動車を所有していて、利用したい人が日時を書き込むシートもあるのだが、いつもというわけではないにしてもほとんど空欄のままだった。組合の住宅に住んでいる人たちの多くはかなりの頻度でヨーロッパ中を旅行していたけれど、それを加算しても一年間に彼らが使った電力は〈二〇〇〇ワット社会〉が提唱する合計キロワット時よりずっと少なかった。国全体が使用料目標の達成に近づいていた。そうなればお手本として世界があとにつづいてくれるだろう。同居人たちは他国もやがて彼らに追いつくことを確信していた。

メアリーはそこまで確信してはいなかったが、あえて反論もしなかった。ただ人生を歩んでいた。習慣はすぐに収まるべきところに収まって、くる日もくる日も繰り返された。自分はこれを気に入っているだろうかと感じとろうとしたり、UNHCRでの仕事をもっと増やす方法などを考え出そうとしたりして一週間を過ごした。くる日もくる日も、今週も次の週も。こんなにスイス人らしさにどっぷり浸かったのは初めてだ。いまではすっかり、生まれが外国だというだけの、チューリッヒに住むチューリッヒ市民だった。

そんな変化を自覚してからは、日々のルーティンにドイツ語教室も加えた。夕方に組み込むのがいちばん簡単だった。市が無料の教室を開講していて、世界中から来た人が参加していた。メアリーは近所で月曜の夜にやっているクラスに入った。言葉は難解だったけれど、先生は優しかった。オスカー・フェニンガーという白髪の男性で、日本や韓国にも住んでいたことがあってそれ以外に英語も話せたのに、生徒たちとの会話では、少なくとも授業中はいっさいそうした言葉は使わなかった。授業中はドイツ語だけだった。だから授業時間中の生徒たちはそろってもたもたしていたが、授業が終わればみんなでピザを食べに出かけた。そこでの会話は英語だった。数か月もすると、生徒たちはおずおずと、でも笑いを交えながら、互いにドイツ語で会話しようとしはじめた。結局のところ、彼ら全員がスイスにもっとなじめることを目指して授業を受けに来ていたのだ。

日が短くなり、空気も冷え込んできた。黄色くなった菩提樹の葉を西風が吹き散らした。ＥＴＨへとつづく車線に並んだファイアメープルもまっ赤に紅葉している。木々の枝がむき出しになり、気温も下がって空気が澄んでくるにつれて、チューリッヒベルクの上からはより遠くの景色まで見えるようになった。日が暮れるころに散歩に出かけて丘をのんびり登り、小道をぶらついてから、気分にまかせてゆっくりと、あるいは軽やかに下りてくる。緑色の水まき用のホースを輪にして持ちあげているコンクリート製の裸婦像は、いつ見ても無表情で天気の心配をしている。メアリーは彼女がきっちりと姿勢を保っている姿が好きだった。その横を通りすぎながら、わたしもコンクリート製になるわ、と思った。

年が明けた。メアリーはクリスマスも新年もアイルランドには行かずに過ごしたが、それについてとくに思うところもなかった。未来省のチームが祝日を祝うパーティーに招待してくれるたびに出かけていった。

そうしたパーティーのどれかで、彼女はバディムと一緒にバルコニーに出たことがあった。夜の街に灯る明かりを、手すりにひじをかけてふたりで見おろした。

そっちはどう？　と彼女が訊いた。

彼はしばし考えた。たいへんうまくいっている、と思います。

〈ガイアの日〉は楽しかったわ。

彼は笑った。あれは私たちではありませんよ。でも、私もやりました。あなたはどこであれを？

湖にいたわ、水泳クラブの友人たち数人と泳いでいたの。輪になって、手をつないで。

彼はほほ笑んだ。あの瞬間を感じましたか？

いいえ、寒すぎたわ。

私もです。でも、人々は気に入ってくれたようです。サポートした甲斐はあったと思います。いまでも、私たちには宗教が必要だと思っています。ほかの人たちもそう感じているなら、きっと広まりますよ。

あれはよかったと思うわ。それに、あなたたちならきっと、その後を見守っているんでしょう。

そうしています。でもそれは内側から出てくるものでなければいけません。

メアリーは彼の顔をしげしげと見つめた。いまだに彼について知っていることはとても少ない。ネパール出身の側近。最近になって耳に入ってきたこと、ただし面と向かってではなくネット上でささやかれるうわさに、総勢数千人を擁する未来省が炭素独裁制に残酷な戦いをしかけ、数百人を殺害して歴史のバランスを新たな方向にかたむけてきた、というのがあった。くだらないうわさにはちがいないが、人はそんなうわさ話が大好きなものだ。真っ昼間にそんなことが行われたと考えるとあまりにも恐ろしく、歴史とはどうにも手に負えないものだった——目撃者のいない領域での陰謀があったと考えるほうがまだましだ。ただし、このうわさにかぎっては、完全に信じていないわけではない。彼女の側近は血も凍るような目つきをしていたし、彼の部署ではなんの説明もなしに大金が消えてしまっていたのだ。

わたしにはあなたがいたけど、あなたにも同じような人がいるの？　ふと興味が湧いて、メアリーは訊いてみた。

彼はバルコニーの横手のほうに目をむけた。その下には葉を落とした菩提樹が枝を広げていた。それは、汚れ仕事をする人物、ということですか？

ええ。

バディムは笑った。いいえ。あなたが私を信用してくれたように信用できる人物なんていません。どうしてあなたにはそれができたのか、私にはわかりませんね。

わたしもよ。むしろ、あなたがそうさせたんじゃないの。違うかしら？　わたしにほかの選択肢があった？

私をクビにすることもできたでしょう。

そうね。でも、そんなことは考えたこともない。そこまでバカじゃないわ。

彼はまた笑った。あるいは、すっかり騙されたんでしょう。

そうは思わないわ。でも、いまのあなたには——それは問題よね。あなたには信用できる誰かが必要よ。

彼はうなずいた。わかります。それが私の問題なんです。どうなんでしょうね。いまはそこまでの必要性はないかもしれません。それとも、私は両方をやっているのに、左手がやっていることを右手に知らせないようにしているのかもしれないですよね？

メアリーは首を横にふった。そんなことができるとは思えないわ。

ええ。無理でしょうね。

チームのほうはどう？　その、ブラック・ウィングのこと。あなたがやっていたようなことをできる人はいるでしょう。

おそらく。それは考えてみないといけません。どうだろうな。いま考えているのは、あなたがやっていたことは、私が思っていたよりはるかにたいへんだったということです。

どういうこと？

あなたは私を信用してくれた。

彼女はバディムを見つめた。ほんとうにそうだったかしら。そうかもしれない。

そうしなきゃならないときもあるのよ、とやっと口に出した。そこに身を投じるだけよ。崖から身を投げ出してから、パラシュートを作りはじめるの。

あるいは飛ぶかですね、と彼も言った。

メアリーは半信半疑でうなずいた。彼らに飛べるとは思えなかった。

わたしに手伝えることがあったらそう言ってね。

そうします。そう言いながらも、彼はかすかに首を横にふっていた。これに関して彼を手伝える人などいない。これ以外のたくさんのことについても。

ふたりはパーティーにもどっていった。バルコニーから室内に入る敷居のところで、彼がメアリーの腕にそっと触れた。

ありがとう、メアリー。

105

パスポートを支給されたあと、あたしらはいくつかのリストに名前を書き込み、さらに待つことになった。このときの日々ほど長く感じられたことはなかった。ようやく運がめぐってきた。スイスのある州のリストで順番が回ってきた——ベルン州だ。あたしらがずっといたところ。カンデルシュテークに招待されて引っ越すことになった。オーバーラントまで登ったところにある村だ。列車の路線でいうと、バレー州に向かって山の下を通りぬけるトンネルの入り口のすぐ手前。静かなところだそうだ。田舎も田舎。ホステルの部屋が用意され、いまアパートメントを建設中。あたしらはイエス、と答えた。あたしの娘とその夫、そしてそのふたりの小さな孫たちと一緒に。

到着するとまずはホステルに腰を落ちつけ、まもなく完成するというアパートメントの順番待ちリストに載せられた。カンデルシュテークというのはいかにもスイスらしい村で、ありきたりな映画に出てくるセットみたいだったけど、かまいやしない、あたしらはもうここに来たんだから。シリアからやってきた一家。村にはほかにも五組の難民家族が住んでいて、それぞれヨルダン、イラン、リビア、ソマリア、モーリタニアから来ていた。あたしらは用心しながら彼らにあいさつをした。

当然ながら、あたしらはみんなスイス国民党（SVP）のことは知っている。山間部の州では多数派で、移民が入ってくるのを嫌っている。出入国管理局と移民事務局（SEM）の人たちがしてくれることには限界があることも多くて、それさえも不親切だったりするけど、SVPは敵意を隠しもしない。なるべく目立たないようにしているのがいちばんだ。そのためにはほかの難民たちと寄り集まったりもしないほうがいい。一緒にいればそこだけ黒っぽくて異様に見える。不気味（ウンハイムリッヒ）というわけだ。あたしらはみんな、よく知っている。会うとしたら、最初に会うときは、ないしょにしがちだった。

そんなある日、あたしは自分が泊まっているホステルの玄関口の外に立っていた。あたり一帯は緑の草原、その向こうでは灰色の山々が空を突き上げていた。屋根のない巨大な部屋の底、あるいはむしろ、井戸の底で暮らしているみたいだった。それでも、村の真ん中を突っ切るように作られた排水溝ではちょろちょろ流れる水が気持ちのいい音をたてていた。空気はひんやりとして澄みわたり、高いところの岩に当たる日射しは濃い黄色だった。とても本物とは思えないけど、本物の場所だ。そしてあたしらは、ここにいる。トルコの難民キャンプで十二年、ドイツに行こうとして移動をつづけた二年の果てにたどりついた。あの年月はぐちゃぐちゃで、とんでもなくたいへんだった。それからさらに十四年をベルンの北にあるスイスのキャンプで過ごした。ようやくこうして安住の地を得られた。

それにしても、気づけばあたしももう七十一歳だ。あたしの人生は過ぎ去った。それが無駄だったとは言わない、それはまちがってる。あたしらは互いの面倒を見て、子供たちに教育もしてやった。キャンプではちゃんとした教育を受けられた。手元にあるものを使って、自分たちにできることをやった。それがあたしらのせいいっぱいの人生だった。

そうやって、いまはここにいる。SEMからはキャンプにいた期間に応じて気持ちばかりの一時金が出て、あたしらはかなり長いことキャンプにいたから、一時金もそこそこの額になった。その一時金と、ヨルダンからカンデルシュテークに来たばかりの家族の貯金とを合わせて、列車の駅とロープウェイの終着駅のあいだにある大通り沿いのビルの空きスペースを一緒に借りた。そこは以前はベーカリーだったから、小さなレストランに改装するのはそれほど難しくもなければお金のかかることでもなかった。中東料理、そう呼べばいいんだと。ケバブとファラフェル、人々がすでに知っている料理、それで一度店に来てくれたら、もっと面白い料理も試してもらえる。テーブル六つで満員になる。これならやっていけそうだし、挑戦するのもいいものだ。まあ、正直に言うと——試すのがとても楽しかったんだよ。

そりゃ、あたしゃもう年寄りで、あとは死ぬだけだからね。だけど、あたしには今日という日、これからの日々がある。過去にあった出来事なんか、ほかの誰かの身に起きたことのように思える。前世の記憶みたいなものだ。とくに、故郷については。ダマスカスを出発したとき、景色を目に焼きつけながら、いつかかならずもどってくると自分に約束したのを覚えている。ダマスカスはよそのどこの都市とも違って古い街で、地球上に残っている首都としてはいちばん古いってことは、あそこへ行ってみればそれだけでわかる。街の通りからも、夜の雰囲気からもそれが感じとれる。キャンプから解放されたとき、故郷にもどるチャンスはあった。飛行機のチケットまで買った。とにかくもどってこの目で見てやろうと思って、クローテンの空港までは行った。家族は行きたがらなかったけど、あたしは行きたかった。ところがクローテンで、なんと言うか——壊れてしまった、んだと思う。帰ろうとしているこのあたしは誰で、どうしてそうしようとしているんだろう？　人生のすべてのピースをひとつにまとめようとしてみたけど、できなかった。帰ろうと思った人物はあたしじゃない、あたしはもうその人じゃなくなったんだ、と思うことにした。キャンプで過ごした年月が、一日一日、同じ毎日を繰り返すうちに、あたしという人間を別人にしてしまった。それで、最後の最後になって自分にノーと言って、クローテンの地下駅に引きかえし、キャンプに帰った。家族は不思議そうな顔であたしを見たけど、この変化には気づいていなかった。帰ってきたのが別人だということに。大丈夫か、と訊かれて、ええ、なんともない、と答えた。もう行きたくなくなっただけ。自分でもよくわかっていないのだから、説明のしようがない。ほんとうの自分の謎を解ける人なんていないのだろうか？

　そう、けっこうなことよ、新しくなったあたし。古ぼけてるけど新品よ。いま手元にあるもののことを考えてるわ、彼女の人生の新人さんとして、あたしの人生じゃないみたいだけど、なんとか理解しようとしてる。あたしらは一日じゅう、料理をしてる。しっかりした夕食が食べたい人向けの定食で、予約も受けつける。予約は入ったり入らなかったりだけど、八時か九時になるころにはだいたい満席になる。テーブル六つなら苦でもない。自宅でディナーパーティーをするのに似ていて、違うのは来客が友人ではなく赤の他人だというところだけ。ただの知り合いと呼んでもいい。初めてのお客さんが多いけど、まえにも来たことがあってまた来てくれる人もいる。そういう人たちは笑顔でお迎えするし、彼らはたいてい自分たちだけで会話する。スイスドイツ語ってのは面白い言葉だから、思わず笑顔になることもある。中世の暮らしの音色みたいに聞こえるせいかも。薪を割ったりカウベルを鳴らしたり、アルペンホルンを鳴らすみたいな鼻にかかった感じの音、それにあのものすごい山の側面から岩が崩れ落ちてくる音。それに比べたら、アラビア語は小鳥のさえずりみたいに流れるようだ。同じ空間で両方がいっぺんに聞こえてきたら面白そうだけど、あたしらは彼らのいるところでアラビア語を話すことはめったになくて、高地ドイツ語（ホーホドイチュ）で話しかけると彼らもそれでゆっくり、はっきり返事をしてくれる。あれはすごいスイスなまりだと聞いたけどよくはわからない、そういう高地ドイツ語しか知らないから。そうと教えてくれたのはベルリンから来た観光客で、彼が言うには、ベルリンに行ったらスイス人女性だと思われてもおかしくない、そのくらいあたしのドイツ語は流ちょうで、ただしスイスなまりがある、って。もちろん、肌の色をべつにすれば、ってことだけど。あたしはにっこり笑って、そうですよねぇ、と言った。

いまあたしらが持っているものはなにかと言えば、お金でもなければ（ぜんぜん足りない）自由でもない（いまだに「外国人」として登録されてる）。持っているのは尊厳。すべての人に必要なのはこれだ、とあたしは思う。食べるものと住む場所、それは動物と同じく必要な基本的なことだけど、そのすぐ次に必要なもの、それこそが尊厳なのよ。それは人間として、誰もが必要とし、誰もが保証されるべきものだ。だけどさ、この世界、たいがいは尊厳がないがしろにされてる。だからあたしらはもがいてる。あたしの言うこと、わかるでしょう？　そうなの、尊厳っていうのは、他人からもらうものなの。それは他人の目に映る自分、尊敬の念だからね。もしそれがなかったら、怒りがこみあげてくる。それはあたしの身にしっかりと刻み込まれている自覚だよ。その怒りが、あんたを殺すことだってあるんだ。なにかを爆破しようとする若者たちは、尊厳がないから怒ってるんだよ。だって尊厳って、他人からもらうものだからやっかいだ。つまり、それにふさわしくなくちゃいけないけど、結局は他人から与えられるものなんだ。だから、もっとも怒れる若者たちは尊厳が与えられないからといってあれこれ爆破したりするけど、それでこの世界のなかでの自分たちの可能性まで吹っ飛ばしてしまってる。

中国人を見てごらん。うちの店に来た中国人観光客がこんなことを言ったんだ、もちろん英語でね、一世紀ものあいだ、彼らはヨーロッパの国々から虐げられてきた、自尊心を傷つけられてきたんだ、って。彼らは地球のどこに行っても、故郷にいてさえも、尊厳なんてなかった。でもいまはもう、そんなことは想像もできない。中国人がすごく力を持つようになったから、もう誰も彼らを批判できない。そして、そうなったのは彼らが自ら立ち上がってそうさせたからだ。むやみやたらと他人を殺すなんて方法を使わずにやり遂げた。そんなやり方はまちがいすぎてて、どう言えばいいかわからないくらいだ。だから、どうせやるなら、中国人のやり方を見習うべきなんだ。アラビアだって、新体制のもとでなら変われるかもしれないし、そうしたら戦争も終わって、苦しんでるほかの国々も、よその国からあたしらにふさわしい敬意を払ってもらえるように、変われるかもしれないじゃないか。みんなでいっせいに変わらなきゃ。若い人たちがそれをやらなきゃ。

それまでのあいだ、あたしらはうちの店を毎晩毎晩、客でいっぱいにするんだ。あたしらはスイスの合法的永住者なんだ。ここでの年月は、キャンプにいたときより速く過ぎていくように感じるわな。キャンプでは退屈のせいで時間のたつのが遅くて、そのおかげでずいぶんと長生きさせてもらったにちがいないけど、それが楽しいと思えなかったのは皮肉だね。あれこそさっさと過ぎてくれたほうがよかったのに。それはたしかだよ。

この国で生き抜いていくために、あたしは別人になった、それも一度や二度じゃなく。だけど、いまここにいる新しいあたしはそう捨てたもんじゃない。それに、スイス人にも称賛すべきところはいくつもある。まずなんたって時間に正確（プンクトリッヒ）だ——最初はおかしなもんだと思ったけど、これこそ他者への敬意にほかならないだろう？　あなたの時間はわたしの時間と同じくらい価値のあるものだから、遅刻なんかしてあなたの時間を無駄にはしませんよ、と相手に伝えることだもの。誰でもみんな平等に大切な人だから、お互いへの敬意として時間を守りましょう、ってことでいいじゃないか。いつぞや、レストランを貸し切りで予約したいというお客さんがいて、いつもは定休日の月曜にしてもらうことにした。そうすれば常連さんに不便をかけることもないからね。そうしてひたすら料理してた、定食をね、なんでもないことだけどちゃんとやらなくちゃいけない。それで、ふとドアの外を見た娘が笑いだした。ちょっと見てよ、と言ってね。八時の予約ってことだったけど、早く来てしまったからって外で待ってるのよ。ほら、時計を見ててよ、あたしの言うとおりってわかるわよ。八時になるとドアがノックされた。あたしらは満面の笑顔で迎えたけど、ちょっと酔ってると思われたにちがいないよ。あとは駅でもおんなじ、あれを見るのが楽しみなんだけど、プラットフォームの上にかけてある時計で時間がわかるようになってて、列車の出発時刻がいつだろうと、その直前に窓からのぞいてみれば、車掌さんもやっぱり窓から頭を突き出して時計を見てるのがわかる。時計が出発時刻になったとたんに列車は動きだす。それがスイス人だ。

あたしらがおおぜいじゃなければ、この人たちもあたしらを受け入れてくれる。もし多くなりすぎたらピリピリしだすのは目に見えてる。ハンガリーとかそのほかのヨーロッパの小国でも事情は同じだろう。そこらへんは繁栄している、それはたしかだ。でもそれぞれの国の人口は数百万人しかいない。スイス人は七百万人だったと思うけど、外国人は三百万人もいる。かなりの数だ。それは国民感情だけじゃなくて言葉だとあたしは思うんだ。これが問題の核心なのさ。あんたの言語を話す人間が地球上に五百万人しかいないとしよう。それよりはるかに人口の多い都市なんていくらでもある。そこへさらに五百万人の人がやってきて一緒に暮らすことになって、みんなが英語で話すことになったらどうなるか。子供たちはあっという間に英語を話すようになり、すぐに全員が英語で話すようになって、あんたの言語は消滅する。それって大きな損失、壊滅的な損失だよ。だから人は守りに入る。いちばん重要なのは、言葉を学ぶことだと思う。英語だけじゃなくて、地元の言葉、母国語を。母語というやつ。文化はそこまでのことじゃないが、言葉は重要だ。言葉こそ偉大なる絆なんだ、って思い知ったよ。相手の言葉を話していれば、それがめちゃくちゃだったとしても、彼らは合点のいった顔になって手を貸したいと思ってくれる。彼らには相手が人間だとわかるし、自分たちの言葉が難しくて妙な言葉だというのもわかってる。それなのに、あんたはその言葉を話そうとしたから。その点、スイス人はすごくいい人たちだ。会話教室は無料だし、そうじゃなくても彼らには四つも言語があって、年がら年中苦労してる。列車で山のなかのトンネルをくぐって向こうの町へ出ればもう、ここととは違う言葉を話してるくらいだからね！　なまったドイツ語の町からなまったフランス語の町へ一足飛びさ。ここからたったの二十キロメートルのところに住んでるスイス人より、あたしらのほうが上手にドイツ語を話せるのさ。おかげで彼らはよりいっそう我慢強いのかもね。そのことでしょっちゅう冗談を言いあってるよ。

みんながスイス人みたいに互いに冗談を言いあって、世界中の誰もが尊厳を手に入れられたら、もう大丈夫。それまであたしはここにいる。もうばあさんだし、人生のほとんどは難民キャンプで暮らしてきたけど、うちのちっぽけなレストランのまえの通りに出てみれば、いつものようにはやばやと日がかたむいて、午後三時には影に入る。ここは穴の底の日陰の町、穏やかでのんびりした町だ。過去になにがあったにせよ、これからなにがあるにせよ、今日は今日だ。もう少ししたら、家のなかに入るとしようかね。

106

　ファスナハトの前日、メアリーはアーサー・ノーランからメッセージを受け取った。祭りに間に合うようにチューリッヒに帰ってくるけど、一緒に行けるだろうか？

ええ、とメッセージを返した。そのあとは一日じゅう彼のことを考えて過ごし、帰ってくるとはどういうことだろう、とあれこれ想像した。彼がいてくれるのはうれしい。ツアーを早めに切り上げたのかしら？

　メアリーはデューベンドルフに新設された飛行船用空港に寄港した〈ザ・クリッパー・オブ・ザ・クラウド号〉を迎えに出かけた。短い搭乗ブリッジから姿をあらわしたアートは、彼女を見つけると笑顔を見せた。すらりとした男性だ。

　共同住宅にもどる彼についていったメアリーは、彼がわずかな荷物を片づけるようすを興味深そうに見つめた。フランクが最後に過ごした場所だ。いまでも覚えている人はいるのだろうか？　もうメアリーくらいしか残っていないのかもしれない。彼の両親が生きている可能性はある。そうだとしたら、さぞ悲しんでいることだろう。心の病が痛みをまき散らし、人を切り刻むのはなんとも恐ろしい。フランクにはできるかぎりのことをしてあげた。いずれにしても彼は友人だったのだし、彼女なりに愛情を持っていた。やり残したことはない。

　トラムで彼女の家まで行くと、部屋を見た彼が笑いだした。君は、僕のような細身の男にぴったりなサイズの部屋を選んだんだね、と。そして奥へ奥へと歩いて、彼女が行ったこともないほど左側まで入りこんだ。

　ふたりは近くのトラットリアで食事した。アートはいちばん最近の旅行で行った場所の話をした。中央アジアが多く、あちこちの山岳地帯の低い斜面をめぐってきた。動物たちがとても元気にしていた。コーカサス地方からパミール高原、カラコルム山脈、アルタイ山脈、ヒンドゥークシ山脈、ヒマラヤ山脈。パミール高原にはレーニン山という山があったし、タジキスタンは不完全ではあるがほぼ全域が自然保護区域になっていた。ユキヒョウやカオグロラングール、ほかにもいろんな生き物を見かけた。人々はこれらの山脈に何千年もまえから暮らしていて、その地形の性質からスイスに似ているが、それ以上に未開な部分が多く、利用しがたい土地だった。友人のトビアスとジェシーは〈人新世の野生地〉と呼ぶものを作るのに手を貸している。〈ハーフ・アース〉運動と野性的な人間生活をごちゃ混ぜにしたみたいなもので、そこにある政府の多くは、地元の先住民族を公園管理者や単なる地元住民として支え、広大な統合公園と生息回廊のシステムを作り出していた。彼らはその土地の一部であり、自分たちのやり方で生活していた。

それはすごいわね、とメアリーは言った。そういうところなら行ってみたいわ。

そうかい？　じつはもう一回行ってみるつもりなんだ。もし行くとしたら、もっと地上で時間を過ごしたいの、と打ち明けた。しばらく同じ場所に滞在して、なにが起きるか見守るの。

君を降ろして、あとから迎えにいけばいい。

それ、いいわね。

食事を終えると、彼はもう一度メアリーをハグしてからトラムに向かった。

翌日はチューリッヒのファスナハトの日だった。告解の火曜日にあたり、今年はちょうど二月十四日だった。アートは彼女のところまで迎えにきてくれた。玄関を開けたメアリーが目にしたのは、シルバーのラメが入ったジャンプスーツに赤いプラスチックの帽子をかぶった彼だった。そんな格好じゃ凍えちゃうわよ、と言ってやった。彼女のほうは黒くて長いケープをはおり、ベネチア風のドミノマスクはつけたいときにつけられるように手に持っていた。きれいなネコ顔のデザインで、視界がとても狭くなってしまうのでずっとつけているにはむかないけれど、すてきに見える。つけて見せると、わあ、ネコは大好きだよ、とアートが言った。

ええ、知ってるわ。コートを貸しましょうか？

いや、大丈夫だ。

ふたりは夕闇のなかに出ていった。たいがいそうだが、ファスナハトの夜は寒くなりそうだ。今宵もことのほか空気が冷え込んでいて、すでに氷点下にまで下がっている。それが祭りに独特の効果をもたらしていた。チューリッヒっ子の多くはアートと同じようにこの寒さには適切とは言いがたいコスチュームで来ていたからだ。だがスイス人は低い気温には慣れっこになっていて、アートもそのひとりのようだ。腕を組んでレーミ通りを歩いていると、腰みのに半そでのアロハシャツ、ビキニみたいなのを着た人たちから、毛皮のコートやバンドのユニフォーム、いろいろな国の民族衣装、そしてあらゆる種類の飾りがついた州特有の衣装を着た人たちを見かけた。そしてそぞろ歩く人々はほぼひとり残らず、楽器を携えていた。チューリッヒのファスナハトは音楽の夕べでもあるのだ。通りのどの角にも演奏しているグループがひとつかふたつはいて、それを取り囲むように観客が集まっていた。メアリーとアートは、金属的な爆音をとどろかせてトリニダードのにぎやかな旋律を奏でているスチールドラムのバンドの演奏をしばし楽しんだ。バンドのすぐうしろでは噴水が盛大に水を噴き上げていて、音楽に合わせて降りそそいでいる。球根の形になった氷が噴水の水受けの周囲を白くふちどっていた。

　レーミ通りを下っていったあたりでは、ふたりは高級店のウィンドウディスプレイをのぞきながらゆったりとした足どりで歩いた。アルプスの珍品を売る店のまえでは足を止めてじっくりと見入った。表面をぴかぴかに磨いた石、晶洞石（ジオード）、バールウッドやウッドキューブ、アルプスに棲む動物のはく製。左右の壁には広げた毛皮が芸術作品のように飾られている。もっとよく見ようとしてアートが鼻先をガラスにくっつけた。

　あれはなにかしら？　メアリーが訊いた。

　なんだろうね。はく製はすぐわかるね、あれがキツネ、それからイタチだ。毛皮のやつはよくわからないな。

　ちょっと悲しくない？

　そうかな。死んでしまったのならはく製にするのも悪くないと思う。毛皮をとっておくのもね。いつだったか、まったく傷のないフクロウの死骸を見つけたことがあって、すごく大きいやつだったんだけど、はく製師のところへ持っていってはく製にしてもらったよ。とても美しくて、何年も持っていたよ。

　それはどうなったの？

　わからない、僕は十歳くらいだったから。

　通りを次の角まで行くと、セラーペ柄のショールをまとったバンドがパンパイプとギターでアンデス音楽を演奏していた。少なくとも彼らはこの寒さにふさわしい服装をしていた。見事なハーモニーで歌っていたが、スペイン語ではない——ケチュア語だろうか。プロのバンドか、ストリートミュージシャンとしてはプロらしい感じで、メアリーとアートはかなりの時間、足を止めて聴き入った——長居しすぎて寒くなってきたメアリーは、アートを引っぱってニーダードルフまで行った。

　そこでふたりはチューリッヒがこの夜のために持ちだしてきたライオン像に気づいた。アートはその小さな群れの横を通りすぎるたびに楽しげな歓声を上げた。メアリーはこのライオンたちについて先週の新聞で読んだばかりの知識を披露した。グラスファイバーでできた実物大の像は十とおりあまりのポーズをとっていて、それぞれ別のグループが別々の色を塗って、当地発祥二千年記念として市内各所に展示されたの。一九八七年のことよ。トゥリクムだね、ローマ時代の街だった、とアートが口をはさんだ。メアリーも同意した。まる一年かけて二千年を祝ったあと、とメアリーはつづけた。ライオン像のほとんどはオークションにかけられてしまったのだけど、百体か二百体はいつかまた展示できるように、市がどこかのバスの車庫に保管してあったの。それで、なんだかんだと理由をつけて今年のファスナハトは特別だということになったのね。ふたりはさまざまな色に塗り分けられたライオンたちの横を通りすぎた。アルプス高原の色、炎の色、チューリッヒ州の旗と同じ青と白。トラムの切符の色やシマウマ、ウミヘビ、イギリス国旗（これにはふたりでブーイングした）。アールデコのランプ風、花こう岩風、レンガ風。そして像のさまざまな姿勢について、横を通るたびにアートが教えてくれた。あれはクーシャント（うずくまる）、あっちはランパント（後ろ肢で立つ）、あいつはアサルタント（跳びかかる）。あっちのはゲイズ（じっと見る）、あれはアコレー（襟付き）。あの頭だけのはカボッシュ（正面首だけ）、信じがたいけど。

あなたって子供のころに紋章が好きだったでしょう、とメアリーが言い当てた。

そうなんだよ！　紋章の知識はどれも全部、動物に関して学んでいるように思っていたんだ。

ジェラルド・ダレルの本は読んだ？

ジェラルド・ダレルは大好きだったよ。あれはパッサント（歩き姿）、そのとなりのはトゥリパント（軽快な足どり）、こっちのはセイリャント（飛び跳ねる）。

メアリーはアートを〈カーサ・バー〉に引っぱっていった。店に近づいていくと、入り口の外に置かれたライオンたちを見てアートが大笑いした。〈サージェント・ペパーズ〉を思わせるサイケデリックなユニフォームを着せたように彩色されていたからだ。フーリエは知ってるかい？　シャルル・フーリエというフランスのユートピア社会主義者だけど、とアートが言った。

メアリーはいいえ、と答えた。教えてちょうだい。

彼はユートピア社会主義者で、フランスにもアメリカにも支持者がいた。彼らはフーリエのアイディアをもとにしたコミューンを作ったんだけど、彼の本ではあらゆることに関してものすごく細かく描写されていたんだ。ヴェルヌも著作を愛読していて、それがひそかにヴェルヌに影響を与えていたとも言える。そして彼にとっては動物がとても重要だった——動物たちも我々の一員となって、文明にとって大きな存在になる、とね。あるとき彼は、手紙はライオンが届けてくれるようになる、とまで言ったんだ。

ライオンが！　メアリーは思わず大きな声を出した。

そうなんだ。手紙はライオンが届けてくれるようになる！

彼女も一緒になって笑った。げらげらと笑いながら、狭い路地をよろよろと進んでいった。ぜひ見てみたいものだわ、とメアリーが言った。そんなものが見られるのを楽しみにしてるわ。

笑いが収まらないまま、〈カーサ・バー〉に突入した。飲み物はカンガルーが持ってきてくれるわね、とメアリーは予言した。店内ではいつもどおりのハウスバンドがスタンダードジャズを演奏していた。このバンドの中心にいるのはクラリネット奏者で、長いフレーズをひと息でなめらかに吹いていた。音楽を聴きながらアイリッシュコーヒーを飲み、メアリーにせっつかれてアートは動物大好き少年だったころの話をした。ふたりがじつは百五十キロほどしか離れていない場所で育ったことがわかったが、アートのほうは夏のあいだは田舎で過ごしていて、ダウン県育ちだった。アイルランド奥地のそのあたりではかなりの数の小型野生動物がまだ生息していて、アート少年にしつこく追いかけ回されていたようだ。

ふたりは残りのコーヒーを飲みほすと、また夜のなかへ足を踏みだした。暗い路地を人混みを縫うように歩いていると、大聖堂で誰かがオルガンを演奏しているような音が聞こえてきた。しかし、その音をたどっていくと、西の川沿いの歩道に設置されたコンクリートとガラスのボックスのなかで、黄金色のライオンに座って演奏していたのは、たったひとりのアコーディオン奏者だった。バッハの『トッカータとフーガ・ニ短調』が、黒い箱のような楽器を閉じたり開いたりしながらすばやく指を動かすことで奏でられていた。完璧なペーシング、アーティキュレーション、ボリューム。メアリーがこれまでに聴いたどんなオーケストラの演奏よりも見事な仕上がりだった。演奏のあと、アートはほかの数人の聴衆と一緒にこの天才奏者が誰なのかを確かめに行った。メアリーはボックスの外でたくさんの音楽のごった煮（カコフォニー）を聞いていた。もどってきたアートが、ロシア人だよ、と教えた。明日の夜はトーンハレの新ホールで演奏するそうだ。今夜はリハーサルとも呼べないただのひまつぶしで、パーティーに参加してるだけなんだって。若いころはモスクワの地下鉄駅でも演奏していて、いまでもそうするのが好きだって。彼がそう言ってたよ。

あんなアコーディオンひとつであれほど美しい音楽ができるなんてすごいわ！　メアリーは驚嘆した。

ファスナハトではどんなことでもありうるのさ、とアートは言った。グッゲンムジークをやってるところを探しに行こう。ああいうバンドが大好きなんだ。

グッゲンムジークって？

ぼら、ブラスバンドだよ。たいていは学校でやってたバンドが再結成していて、やたらと大音量で調子っぱずれに演奏するんだ。

わざと？

そう。それもスイス人らしさ、なんじゃないかな。祭りの夜は羽目をはずすものと決まってるから、バンドの人たちにとっては、それはフレンチホルンの音程をはずすことなんだ！

またふたりして大笑いした。リマト川にかかるミュンスター橋を渡り、川とバーンホフ通りのあいだにある古くて狭い小路に入った。ファスナハトのためにお菓子屋が店を開けていて、メアリーはアートにダークチョコレートに半分浸したドライオレンジをふるまった。街角のあちこちでバンドが演奏していた。サックスばかりのクインテットが一組、西アフリカのポップスをやっているのが数組、ピアソラの曲を激しく奏でるタンゴ・アンサンブルも一組いた。ようやくグッゲンムジークのパレードを見つけた。いくつものブラスバンドがそれぞれに大音量で調子はずれな演奏をしていて、しかも違う曲をいっせいに吹いていた。すべてがごちゃ混ぜで騒がしく、コスチューム姿のチューリッヒっ子たちも冷たい空気のせいで顔をまっ赤にしている。聖歌隊のアルペンホルン奏者たちはいろいろな長さのアルペンホルンを使っていて、それでさらに音色に幅が出ているおかげで、コープランドの『市民のためのファンファーレ』がとてもすてきに聞こえた。いっぽうでベートーベンの『熱情』ソナタ最終楽章ときたら、アルペンホルンでやるにはやや無理があるとわかった。すべてのアルペンホルンがいっせいにばらばらと発する爆音が、まさにグッゲンムジークになっている。聴衆は拍手喝采のあと散り散りになり、メアリーとアートもその場をあとにした。ほかのグループの演奏を聴くために何度か足を止めたあと、寒さから逃げるように〈ツォイクハウスケラー〉に飛びこんで、クレームブリュレとカフィ・フェアティヒを注文した。

わたしね、カフェインとアルコールの組み合わせが好きなの、とメアリーが打ち明けた。

アートはうなずいた。僕は温かいのが好きだ。

アメリカのチアリーダーの格好をした男性グループが広いホールにどやどやと入ってきたかと思うと、テーブルの上に飛び乗った。一緒についてきたのはスイスの伝統的なバンドで、チアリーダーがテーブルに乗っているのもおかまいなしにアメリカの行進曲を鳴らしはじめた。ジョン・フィリップ・スーザでまちがいない。スイスの楽器とはうまくかみ合わないうえに、女装した男たちのほうのカンカン踊りもてんでんばらばらだったにもかかわらず、客たちはおおいにはやし立てた。これもまたグッゲンムジークで、踊りのほうもグッゲンダンスといえた。口ひげを生やした銀行員がプリーツスカートとカシミアセーターといういでたちで腕を組み、足を頭の上まで危なっかしく蹴りあげて踊るようすは、あまりにばかばかしくてはやし立てずにはいられない。アートはメアリーの耳元で声を張り上げた。こういうのはシンドロームの兆候だね、スイスみたいなかっちりした文化でようやく羽を伸ばすとなったら、もっとゆるい文化でそれをやるよりももっとタガがはずれるのは避けようがない。こういうのはガス抜きだからね。アートはメアリーに聞こえるように大声で言った。狭いすきまにものすごい圧力がかかるようなものだよ。

フレンチホルンのマウスピースと同じね、とメアリーはちゃかした。

まったくもってそのとおり!

わたしもそういうのは大好きよ、とメアリーは叫んだが、どうしてなのかはわからなかった。

アートがにやりとした。僕もさ!

誰かが怪我でもするまえにここを出ましょう! とメアリーが言った。

それがいい!

ふたりは混雑する通りをぶらぶらと歩いた。開け放たれたトーンハレ・ホールの入り口からは、この街のオーケストラが演奏するブラームスの『交響曲第二番』がもれ聞こえてくる。演奏をリードしているのはトロンボーンだ。ブラームス自身の手による最高のグッゲンムジーク。そのあとにはベートーベンの五番の最後の部分をやることになっていた。この夜は繊細さを求める夜ではなかった。

真夜中には湖の上に花火が上がる。

花火が終わってから、みんなはどうやって家に帰るのかしら? メアリーはふと疑問に思った。祭りだろうとなんだろうと、トラムは深夜には止まってしまう。

僕たちは君の家まで歩いていけるだろう?

ええ、そうね。そうしたいわ。もてあましたエネルギーを消費しなくちゃ。

それに体も暖まるしね。

そうと決まったところで、ふたりは湖に向かってゆっくりと通りや小路を歩いていった。弦楽四重奏楽団がなにやらキーキーとかき鳴らしているのはリゲティか、それともシュトックハウゼンの曲か知らないが、周囲の人混みに突き刺さっている。それに合わせて歌っている、あるいは罵声を浴びせている人たちはそのかぎりではない。通りすがりのピエロがふたりにスライドホイッスルを手渡した。メアリーには短くて高い音が出るのを、アートには長くて低い音が出るものだ。アートは緑とオレンジ色のライオンのそばでメアリーを引きとめた。アートが、アシュージュ・アフロンテ(向かいあって前肢を上げて立っている)、と言った。それに、アイルランド国旗の色だし、このまえに立って僕らもバンドをやろう。そういうと手本を示すように『ラグランロード』を吹きはじめた。その曲名のゲール語は、〝日の出〟という意味だ、とアートは演奏を始めるまえに説明した。とても適切だわ、と彼女は答えた。メアリーは音楽に集中しようとした。スライドホイッスルのつくりはシンプルだが演奏するのは難しいということを、子供のころの記憶から引っぱりだした。スライド部分をほんのわずかに上下させるだけでぜんぜん違う音が出るので、ちゃんとしたメロディを奏でるのはほぼ不可能で、微調整しながらなんとなく音程を合わせていかなければならず、これもまたグッゲンムジークにはちがいなかった。トロンボーンでも同じことが言えるかもしれなくて、祭りの夜に彼らがわざと音程をはずして吹きたがる理由もそれかもしれない。練習不足で演奏が完璧ではないという必然性を祝うわけだ。それでもアートは大きいほうのホイッスルでうまく音程をとっていて、メアリーもできるだけのことをしていると、足を止めて聴いてくれる人も出てきた。そこでメアリーは突然、彼らが足を止めたわけを理解した。今夜は聴衆なしで演奏することなど誰にも許されないからなのだ。それがあまりにもうれしくてメアリーは泣きそうになり、小さなホイッスルを思い切り吹いて主旋律より高い音をピーピーと鳴らしてみたら思いのほかうまくできたし、これこそグッゲンムジークだった。むやみに感傷的なアイルランドの歌、セントパトリックデーの賛歌。〝十一月のラグランロードで、彼女をひと目見ただけでわかったよ〟という歌詞。吹き終えたところで、メアリーはアートの腕をつかんで引っぱっていきながらこう言った。さあ行くわよ、こんな楽器じゃあの人たちの鼓膜を破っちゃうわ。彼はただ笑った。

街角バンドの多くは学校の同窓会でもあって、楽器とジャケットをクローゼットから引っぱりだしてきた人々は仲間たちや懐かしい曲に浸って満足していた。スイス人は絶対に音楽を手放さないんだ、とアートが叫んだ。学校ではいまも、誰もがなにかしら演奏することを習うし、卒業してやめてしまっても、今夜みたいに機会がある。メアリーもあたりを見回しながらうなずいた。人々はみな赤い顔で、一緒に音楽を奏でる喜びに恍惚としている。演奏すること、音楽とは、大人の遊びだ。

街のこのあたりでは音の空間が重なりあっていたが、それが演奏者を混乱させるわけでもなければ、それすらも体験の一部として聴衆は受け入れていた。湖の近くでは人がどんどん集まってきて、ここではつねに少なくとも三曲以上の曲が同時に聞こえてくる。これぞカコフォニー（不協音楽）ね、とアートに向かって叫んだ。

ポリフォニー（多声音楽）だよ！　彼はにやにやしながら叫びかえした。

メアリーは笑顔でうなずきかえした。

もうすぐ真夜中になる。灰の水曜日はすぐそこで、節制と断食の日々が始まる。いまは思う存分に楽しむときだ。肥沃の火曜日（マルディ・グラ）。この日は大みそか以上に解放される。冬の終わりが見えてきて、まだ春ではないけれど、春の訪れが約束された日。春が来る。そうと知っていることこそ、本物の祭りの夜だ。

湖に到着した。チューリッヒ湖はメアリーの夏のあいだの水泳プールだ。少し先の岸辺に建つコングレスホールでの大会議を思い出した。いくつもの流れが渦を巻いてよどんだ、この世界のゴルディアスの結び目（手に負えない難問）。だがそこで思い直した。いいえ、今夜はやめておきましょう。彼女は全人生をかけてあのゴルディアスの結び目と格闘してきたけれど、ほんのひっかき傷程度にゆるめるのがせいいっぱいだった。一生分の絶え間ない努力にもかかわらず、その巨大な結び目はいまも無傷なままで残っている。そこに思いいたって寒気を感じたメアリーはアートの腕をつかむと、ガニュメデスとワシの像がある湖畔の公園に連れていった。

これを見たことはあった？

この像を？　もちろんさ。でも、ガニュメデスというのが誰なのかはよく知らないままなんだ。それに、あの鳥はどうしたんだい?

彼女は答えた。じつはちょっとした謎なのよね。一説にはガニュメデスとゼウスだとも言われていて、ゼウスがワシの姿になっているというの。だけど、彼を見てよ。彼はあの鳥になんと言っているのだと思う? それにはどんな意味があるのかしら? つまり——どういうこと?

アートは像を見ながらじっくりと考えた。ブロンズでできた裸の男性が、のばした両腕でうまくバランスをとっている。片腕は背後に高く掲げ、もう片方を前方に低くのばしている——タカ狩りのときのように鳥になにかを差しだしているとも見える。しかし、ワシは彼の腰に届きそうなほどの高さがある。

すごく大きな鳥だね、とアートが言った。それと、羽のところが少しヘンだ。

メアリーは思いつくまま、不死鳥かしら、と言った。ワシではなく不死鳥なのかもしれない。

この男性は自分の命を差しだしているわけだね、とアートが想像を補った。

メアリーは像を見つめた。わからないわ、と降参した。わたしにはわからない。

ある種の捧げものなんだよ、とアートは言い張った。あれはなにかを捧げるしぐさだ。彼は僕たちなんじゃないかな? 彼が僕たちだとして、世界を動物たちに返そうとしているんだ!

そうかもしれないわね。

彼はたしかになにかを語っている。私たちがなにかすばらしいもの、または少なくとも興味深いものになることができると。私たちは子供のころのような可能性をいまだに秘めていると。私たちの家はここ以外にはないと。私たちはどんなに愚かなことが起きても対処できると。すべてのカップルは特別なカップルだと。絶滅だけが取り返しのつかない災害だと。私たちはすばらしい場所を作ることができると。人々は自分たちの運命を自分たちの手に握ることができると。宿命なんてものは存在しないと。

湖は遠くに見える低い丘、手前の山々(フォーダーアルプス)のほうまで黒々と広がっていた。頭上には黒い空に星が散りばめられている。冬の神オリオンが、目のまえのガニュメデスを星で描いたみたいに見える。

なにか意味があるにちがいないわ、とメアリーが言った。

そうかな? アートが訊いた。

わたしはそう思うの。

西のほうに見えてるのが木星だ、と言ってアートはいちばん輝いている星を指さした。この大きな鳥がゼウスだとしたら、あそこからきたわけだろう?

そうかもしれない。

メアリーはそのことと、集まった人々のざわめき、そして重なりあう音楽や湖、空とを全部ひと飲みにしようとしてみた。それはあまりにも大きかった。彼女はそれをなんとか受け入れようとし、自分のなかで世界が膨らむのを感じてみた。胸の中の雲の海、この街、この人々、この友人、アルプス——未来——すべてが圧倒的だった。メアリーはアートの腕をぎゅっとつかんだ。わたしたちは進みつづける、彼女は頭のなかで彼に言った——彼女が知っている人やいままでに知り合った人すべてに、彼女の心に織り込まれている人たち、生きている人も死んだ人も、わたしたちは進みつづける、彼ら全員に、そしてなによりも自分自身にできるかぎりの誓いをと。わたしたちは進みつづける、わたしたちは進みつづける、なぜなら運命なんてものは存在しないから。わたしたちがほんとうに終わってしまうことは、けっしてないのだから。

謝辞

とても親身になってくれた次の人たちに感謝します。

トム・アサナシウ、ユルゲン・アッゲンドルファー、エリック・バーロウ、テリー・ビッソン、（思い出のなかの）マイケル・ブラムライン、ディック・ブライアン、フェデリカ・カルガティ、エイミー・チャン、デルトン・チェン、ジョシュア・クローバー、オイシン・フェイガン、バニング・ギャレット、ローリー・グローバー、ダン・グルーセンカンプ、ヒラリー・ゴードン、ケイシー・ハンドマー、フリッツ・ハイドーン、（思い出のなかの）ユルグ・ホイン、ティム・ホルマン、ジョー・ホルツ、アーリーン・ホプキンズ、ドルー・キーリング、キモン・ケラミダス、ジョナサン・レセム、マーガレット・リーヴァイ、ロバート・マークリー、トビアス・メネリー、アシュウィン・ジェイコブ・マシュー、クリス・マッケイ、コリン・ミルバーン、ミグエル・ノゲス、リサ・ノウエル、（思い出のなかの）オスカー・フェニンガー、カヴィタ・フィリップ、アーマンド・クィンテロ、カーター・ショルツ、マーク・シュウォルツ、アナスヤ・セングプタ、スラウェク・トゥラチク、ホセ・ルイス・デ・ビセンテ、K・Y・ウォン。

解説

「苦いユートピア」

坂村 健

SFと社会の相互作用と日本

欧米では、ジャンルを超えて話題になりその後の社会に影響を与え、時代を代表するようなSFがいくつか存在する。SFファンにとどまらず企業人や実業家、政治家、ジャーナリストなど多くの人に読まれることで、その時代の共通意識となるような未来ビジョンを形作る――それが皆の考え方の枠組みとなり、その後の社会に影響を与えるわけだ。そのような作品群に加わったのが、二〇二〇年一〇月に発表されたキム・スタンリー・ロビンスンの『The Ministry for the Future（未来省）』だ。

インターネットで検索すれば本書に対する欧米での関心の高さがよくわかる。バラク・オバマなどの政治家から官僚、ビル・ゲイツといった投資家、多くの著名なジャーナリストや書評家などが読むべき本にあげている。大学での推奨図書にもなっている。有名コラムニストのエズラ・クラインはタイムズ紙で「すべての政策立案者はこの小説を読むべきだ」とまで述べているぐらいだ。

日本でも、さまざまな人にぜひ読んでいただきたい。これを読むと欧米の指導的立場の人々が気候変動に対していかに真剣に危惧しているかがよく理解できるだろう。

ところで、この本のようにジャンルを超えて話題になり社会に影響を与えたSFというと、共産主義や全体主義による不安の時代を代表する一九三二年刊のオルダス・ハクスリー『すばらしい新世界』、一九四九年刊のジョージ・オーウェル『１９８４』あたりが古典。このあたりは、欧米だとたいていの知識人が教養として読んでいるといわれている。

私の専門とするコンピュータ時代のSFだと、日本ではあまり知られていないがジョン・ブラナーの『The Shockwave Rider』があげられる。一九七〇年刊のアルビン・トフラー『Future Shock（未来の衝撃）』にインスパイアされて書かれた一九七五年の作品で、トフラーの未来ビジョンを随所に取り入れ、いまのインターネットが普及したような未来社会をインターネット民間開放の十五年も前にリアルに描写している。

当然『The Shockwave Rider』発表当時はインターネットがなかった。そのため日本では欧米の盛り上がりはわからなかった。しかし、当時の欧米では多くの人に読まれ、議論の中で引用されることも多く、ネットワークの未来を語るなら読んでおくべき本という位置づけだったようだ。実際、その後の一九八〇年には、アルビン・トフラーが『The Third Wave（第三の波）』を発表する。題名でわかるように、トフラーが『The Shockwave Rider』を読んで、そこから逆にインスピレーションを得て書いたという。

この『The Shockwave Rider』——日本では一九八三年に『衝撃波を乗り切れ』の題名で翻訳出版されたが、ほとんど話題にならなかった。実際、日英での話題性の違いはウィキペディアで一目瞭然だ。英語版では『The Shockwave Rider』だけの項目があがっており結構な分量の記述がある。それに対し日本語版では作者の「ジョン・ブラナー」の項目の中で少し触れられているだけ。トフラーの『未来の衝撃』と『第三の波』は有名になっても、それと呼応した『衝撃波を乗り切れ』はほとんど知られなかったのが日本というわけだ。

さらに言えば、ジャンルを超えて読まれたかという点で『The Shockwave Rider』と『衝撃波を乗り切れ』には大きな違いがあった。日本でもSFを普段から読むファンの間で『衝撃波を乗り切れ』もそれなりに読まれたが、一般への影響力は皆無だった。日本のSFファンではない多くの企業人や実業家や政治家などには、教養としてSFを読むという考えがなかったからだろう。そういうあたりも日本がネット社会に出遅れたことに地味につながっているような気がするぐらいだ。

日本における『The Ministry for the Future』

さて、冒頭に書いたように、このような時代を代表するSFの系譜に連なるのが本書『The Ministry for the Future』だ。実際、検索してみれば多くの欧米の書評がヒットするし、取り上げているサイトも幅広く、分析サイトのようなものまである。欧米人の間での議論での引用も多い。

しかし、というか、やはりというか『The Ministry for the Future』は日本ではあまり話題になっていない。もちろん何より翻訳が出ていないから、ということがある。しかし、本来これだけ欧米で話題になったら、日本でも話題になって売れそうと大手の出版社がすぐに動いたはずだ。内容的にも関心が高い気象変動がテーマ、宣伝もしやすいはず。それにもかかわらず……つまりは、マーケティング的に日本では売れないと思われたということだろう。

売りにくいと思われた理由の一つは、本書が文系と理系両方の大量の教養を背景にしているからかもしれない。前出の『すばらしい新世界』や『1984』は単に未来を舞台にしているだけで、理系といわれる分野についての内容は薄い。むしろそのために日本ではSFではなく「政治的寓話」として文系文化人に受け入れられ広く読まれたのではないかとも思う。一方SFとして売るなら理系のインパクトがないと売れない。両方の要求レベルが高いというのは、日本での出版マーケティング的にはなかなか難しいものがある、という出版社の判断があったとしてもおかしくない。

実はこの「理系・文系」という分け方が、いまだに一般的に通用すること自体が日本的なマーケットの特殊性だ。日本では専門性に特化する人、一つの道に専心して何かを極める人を理想とする考えが伝統的にある。しかし、欧米ではC・P・スノーが一九五九年に書いた『The Two Cultures（二つの文化と科学革命）』で「科学も教養である」ということを示して大きな議論になった。それ以降、文化人や知識人のような人も教養としての科学くらいは身につけるのが当然、というように意識が変わってきた。その結果、欧米では「理系・文系」という分け方自体がナンセンスと言われるようになっている。実際、欧米の大学では、数学と歴史学とか、医学と文学とか、「理系・文系」の両方を専攻とするダブルメジャーを取っている学生は多い。世界や人間についての幅広い教養や根本的理解を持ち、総合的な知性を身につけるのが知識人の在り方だ、という考えが根付いているのだ。

それに対して、いまだに日本のいわゆる「文系」と言われる人たちにはアルビン・トフラーを読んで話題にするのはありだが「SF」を読んで共通の話題にするという感覚はないのだろう。それなりの人でもコンピュータの話をすると「機械の難しいことはわかりませんから」と、にこやかにスルーされたことが何度もある。

それからすると『The Two Cultures』のとおり——社会分野とともに科学分野の教養も要求する作風のSFは、日本でマーケットが小さいと思われているのではないかとも思う。実はブラナーの代表作と言われる「ローマクラブ四部作（Club of Rome Quartet）」——一九七二年のローマクラブの有名な報告書『成長の限界』にインスパイアされたという社会性の強い作品群の中で、日本で翻訳された唯一の作品が『衝撃波を乗り切れ』。それも原書の八年遅れ。パソコンがやっと話題になりはじめ、四部作の中ではまだケレン味があるストーリーということで、日本のマーケット的にも受け入れられると思われたからだろう。

私はネットで欧米の反響を見て『The Ministry for the Future』を読んだのだが、読んで感じたのはまさに「ローマクラブ四部作」の二の舞になりそう、ということだ。ケレン味のない淡々としたストーリーと、多くの教養が詰まった気軽に読めなさ加減。マーケティング的に、どの出版社も腰が引けて翻訳されないだろう。なにしろキム・スタンリー・ロビンスンは全体の著作の四分の一ぐらいしか翻訳出版されていない「ビッグなのに日本で売れない作家」として有名だ。ヒューゴー賞最優秀小説賞、ネビュラ賞最優秀小説賞、世界ファンタジー賞などを多数受賞し、欧米では現存する最も偉大なSF作家の一人と認められている、のにだ。ロビンスンの代表作の「火星三部作」でさえ、第一作の『Red Mars』は一九九二年発表で一九九八年には邦訳されたのに、一九九六年発表の完結編『Blue Mars』はヒューゴー賞、ローカス賞受賞作というダブルクラウンにもかかわらず長く邦訳されなかった。半ばあきらめていたので二十一年も経った二〇一七年に邦訳が書店に並んだときは驚いたぐらいだ。案の定この『The Ministry for the Future』も欧米で話題になったにもかかわらず、日本の大手出版社はどこも手を挙げなかったという。

しかしそれでも、この気候変動の中でぜひ日本でも多くの人に早く読んでほしいと思った。多くの人に読まれることで時代の共通意識を形作り、その後の社会に影響するようなSFが、欧米で広く読まれているのに日本では知られていないのでは、大きなギャップができてしまう。そこで定期刊行物『TRONWARE』の関係で以前から関係の深いパーソナルメディア社に企画を持ち込み、私から強くプレゼンした。そして重要性を理解していただき、やっと出版にこぎつけたのが本書『未来省』というわけだ。

邦訳が出ない理由にはロビンスンの作風の翻訳の難しさもありそうだ。本書にも内容的に「経済学から環境工学まで」どころか「シェークスピアから兵器まで」——ろくに説明もなく引用や専門用語が出てくる。訳者の瀬尾さんは、さぞ大変だったと思う。ページ数も多いが何よりも内容が多岐にわたる。お約束で翻訳できるような軽いSFの何倍も労力がかかっただろう。インターネットがなくて図書館で調べるしかない時代なら年単位かかってもおかしくない量だ。そういうわけで、翻訳にあっては、多くの部分で——特に科学・経済関係では支援の必要を感じた。そこで私の研究所の山田純に伝えたところ、彼もSFは嫌いではなかったので喜んで科学・経済関係の監修を引き受けてくれた。脚注を多用することも考えたらしいが、きりがなくてボリューム的にも難しい。流れも悪くなるということで、無理なく補えるところだけ日本版として最低限の解説的文章を加えたようである。

ただ、それでも知らない単語や引用がいくつかあるかもしれない。それは、チェックしておいて、読んだ後からどんどん検索していただきたい。いまなら生成AIに文章の含意や蘊蓄、隠喩の解説を尋ねることもできる。原著もあきらかにそれを狙った文理教養の洪水という感じで、まさにインターネット時代に適した本といえるだろう。

キム・スタンリー・ロビンスンのユートピアSF

ところで、作者のキム・スタンリー・ロビンスンは、SFの中でも「ユートピア派」の作家とよく言われる。社会規模の問題を提示するが、それを未来技術と社会工学、政治経済、生態学的アプローチで解決するという作品が多いからだ。問題はあっても、それは理性で解決できるというメッセージを常に発信している。

実は、社会に影響を与えるSFというのは『すばらしい新世界』も『1984』も、その多くはいわゆる「ディストピアもの」だ。「ディストピアもの」はSFでは確立したジャンルで、レイ・ブラッドベリの『華氏451度』から フィリップ・K・ディックの『アンドロイドは電気羊の夢を見るか?』、最近ではカズオ・イシグロの『わたしを離さないで』まで、多くの名作があげられる。基本的には「こんなふうになってほしくない未来」を描くのが「ディストピアもの」だ。

これに対して「こんなふうになってほしい未来」を描くのが「ユートピアもの」。欧米にはユートピア文学という伝統があり、ジョナサン・スウィフトの『ガリヴァー旅行記』あたりが始まりとされるが、その系譜はSFでは「ディストピアもの」へとつながっていく。どこか別の場所の明るいユートピア像を描くことで、いまここを批判するというやり方だと、現状がそれなりに暮らしやすくなった二十世紀にはうまくいかず、むしろ暗い未来像を描くことで現状の先にある何かを批判するようになったわけだ。

その意味で、キム・スタンリー・ロビンスンは正確に言うと「反ディストピア派」というところだろう。ロビンスンの作品は、本書もそうだがスタートはまさにディストピアと言ってもいい。しかしポイントは、それを人類は解決できる――その過程を描くという姿勢だ。理性でも技術でも人類の問題は解決できないという悲観主義を「ディストピア主義」とするなら、それを常に否定してきたのがロビンスンだ。

ただ、本書でも特効薬となる「銀の弾丸はない」と書かれているように、現実の問題――特に社会規模の問題は、二時間程度で地球の危機を解決できるハリウッド映画とは違う。たった一つの解決策でハッピーエンドというわけにはいかない。ロビンスンの主人公も、公人として他者とのネットワーク作りや協力、政治的なロビー活動を行い、科学に無知な政治家に働きかけて問題解決に向けて地道に奮闘する科学者やプロジェクト管理者であり、孤高の天才科学者ではない。そのあたりが「現実的で非常に文学的なＳＦ作家」などとも評される所以だろう。

本書も大熱波で二千万人が熱死するという地獄のようなシーンから始まり、当然さまざまな対策が検討され実行に移されるが、ある程度の効果はあっても「銀の弾丸」はない。しかし主人公のメアリー・マーフィーを中心とする国連の補助機関・通称「未来省」が中心となって、各国の政策調整や誘導を行い、地球工学や生態学、社会工学から経済学、ＳＮＳから仮想通貨までさまざまな手法を使って、この絡み合った地球規模の複雑系の問題を解きほぐしていく。そして地獄のスタートから、問題は山積みだが解決への道筋が見えて世界規模の祝祭になるラストまで三十年――その地道さがよくわかる。

道徳と生存のバランス

ただ、ロビンスンの作風からすると本書のユートピアへの道は「地道」という一言では語れない、だいぶビターというかダークだ。敵である既得権益側――「わるもの側」を反道徳的として描き、違法手段を平気で使う連中としても、地球温暖化を止めるべく努力する側――「いいもの側」にも、法律ギリギリを攻める不道徳どころか航空機爆破や要人誘拐を含むテロ行為を平然と行う連中がいる。一部のテロには、メアリーがあえて目をつぶる未来省の「暗部」が関与している可能性までほのめかされるから、後味は苦い。

本書の不道徳性の肯定を問題視している海外書評も

あるし、ビル・ゲイツも本書を絶賛したうえで「この小説の中で人々が問題に対処するために行うことすべてに賛成するわけではないが……」と、断りを入れている。とにかく「いいもの側」が、無辜の人々まで犠牲にする航空機爆破まで行うから「いいもの側」に感情移入して勧善懲悪を楽しみたい読者としてはつらい。

ただ、もしそうなったら読み返してもらいたいのが、本書冒頭のシーンだ。想像してみてほしい。環境が体温以上の湿球温度になり余剰体熱を捨てられなくなった人体は、自分の熱で茹ってしまう。インドでは人々が少しでも体温を下げるべく水場に向かうが、水もタンパク質凝固温度以上で逃げ場はない——まさに釜ゆで地獄で二千万人が亡くなる。その後、インドは国際協調も合意も、気候への副作用の警告もすべて無視して、大気中への大量の微細な二酸化硫黄粒子散布を強行する。それを世界から非難されたインドの担当者が叫ぶ「誰だってみんなわかっている、だけど誰も行動に移さないじゃないの。だから自分たちでなんとかするの」。

悲劇の連鎖を止めるためにいくらかの不法行為が必要だとしたら。過激な対策の合法化には時間的余裕がないと確信した人々がいたら……今後も続きうる無辜の数千万人の悲劇を止めるために、無辜の数千人の死が必要なら——サスペンスSFに出てくる善意に基づく傲慢な悪役の典型的な動機だが——もし本当に道徳と人類の生存を天秤にかけざるをえなくなったときどうするか。しかも、その現実には少年漫画やハリウッドSFのように「どちらも根性で守る」とか「冴えたアイディアでどちらも解決」というような安易なハッピーエンドは存在しないのだ。

インドはこの悲劇をきっかけに大規模な政変がおこり、長年の宿痾であったカースト制とも決別できる。多くの生態学的実験を行い、後半は地球温暖化対策のお手本として世界に対し道徳的に優位に立つ。世界の考え方のターニングポイントとなりスティグマとなるのもまさにこの犠牲なのだ。

そういうコンセンサスが作中での世に理解されているというのも、本書を読むうえでの大前提だ。だから「いいもの側」と「わるもの側」の境目も単純ではない。先の見える賢い悪人はむしろ気候変動対策利権を目当てに「いいもの側」に付き、善人でも十分に情報を手に入れられなかったり、合理的判断のできない人は「わるもの側」にいたりする。

ここで重要なのは、これらの問題が科学技術と理性だけでは解決できないということだ。だから正当な手段では動かない人々を動かすために、まさに手段としての「テロリズム」が本書では行われる。手段としてのテロとのリアルなバランスで、人々の理性と——その元となる教養が問われることになるのだ。

現実的な解決策と理想的なユートピア、そして現実

そしてビル・ゲイツが、先のエクスキューズに続けて「この小説には興味をそそられるアイディアがたくさんある。」と書いているように、本書は気候変動対策として多くの興味深い地球工学、生態学、技術だけでなく経済や政策まで大量の教養とソリューションを提示している。海外では本書の気候変動対策をまとめたカタログサイトもあるぐらいだ。いま考えられる対策のすべてを網羅的に知るには、ノンフィクションも含めた中で最適の本かもしれない。

しかも、単に技術的可能性だけではなくそれを実現するための経済的変革を組み合わせているところが現実的だ。たとえば、南極の氷河の減少を防ぐ地球工学的プロセスでは石油掘削企業の仕事を作り「いいもの側」に取り込む。既得権益側のバランスシートをひっくり返すために、炭素非排出・吸収・固定という「行為」により価値創造して発行する通貨としてブロックチェーンを利用した「カーボンコイン」を提供する。簡単には行えない「行為」だから希少価値があり、それを保証とすることで無制限な通貨発行にはならないというのは、ある意味「金本位制」と同じだ。そして、そのこと自体で価値創造が行われるので未来省の懐は痛まないし、信用創造はブロックチェーン技術が行ってくれるので力を持った国という後ろ盾も必要としないというのが巧みだ。むしろ各国の法定通貨が国の永続性という保証を失って軒並み価値を失う中で、未来省はカーボンコインを実質的な世界通貨となるように誘導する。現金をなくし、すべての取引を追跡可能な電子マネーが世界通貨になれば、国際難民にも生体認証で給付金を渡せるし、それをカツアゲする悪徳手配師も存在できなくなる。

実は、この法定通貨の追跡可能な電子マネー化は経済学者の「見果てぬ夢」でもある。現在は抜け道があって実現不能な多くの革新的経済アイディアが、一気に現実的になるからだ。完全に公平な税制が可能になり、タンス預金にも課税できる。実現不能な革新的経済アイディア

の古典——マルクス主義経済だって、法定電子マネーなら成り立つかもしれない。その意味で『未来省』の先にロビンスンが夢想するユートピアは「マルクス主義のDX」——最新のITを前提とした、関係者の共同組合方式により中央の「指導者」を必要としない理想のマルクス主義という印象が強い。

実際、ロビンスンはSF作家の中では左派として知られていて、リベラル志向が強いとも言われる。ただ、理性的な判断から言って中国やロシアの現状を肯定的に書くわけにはいかない。本書でも中ロの多くの否定的エピソードが描かれる。香港に関するエピソードでは、中国の同化政策がうまくいかなくなっている状況が描かれるが、結果として世界に対するメンツから理性的な判断で「マルクス主義のDX」に協力的になるという描き方だ。本書のロシアも未来省の重要なスタッフを暗殺するなどけっこうな悪者として描かれるが、結局は理性的判断から未来省に協力する。

しかし、本書の翻訳が遅れた日本の現在の視点から見ると、現実の香港は過酷な取り締まりが功を奏して中国政府は同化政策に自信を持っているように見えるし、本書刊行後二〇二二年二月にはロシアによるウクライナ侵攻もあり、世界政治での理性の限界もあらわになった。つまり、どんなに理性的で有能な人がトップでも、人間である以上「見たいものしか見えない」ということだ。二〇二三年のいまから見ると、本書の目指すユートピアについては大きな疑問符が付かざるをえない。アイルランド女性をトップとする国連機関の指導に、中ロ二国が素直に従うとはとても思えない。DXで可能になる「理想のマルクス主義」にも、むしろその二国こそが大反発しそうだ。地球温暖化対策もまとまらず破綻する国連も機能不全——そういう未来のほうがいまやリアルに思える。

『未来省』における日本

ほかにも、本書のアンリアルとして日本人が一番感じるのは日本の存在感のなさだろう。特に物語の最初の二〇二五年のあたりでは、さすがに日本の経済大国世界第三位の座は変わっていないと思う。気候変動対策の世界の主要中央銀行会議に日銀の姿がないのは、さすがに無理がある。そして全編通しても日本が出てくるのは、格言の引用、いまだに中国から石炭を輸入している国のリストの中、世界各国環境NPO会合の百近いリストの一つ、アジア帰りのスイス人が昔住んでいた国の一つで名前だけ――など数か所で触れられるだけだ。良くも悪くも触れられていないことには、さすがに何でと言いたくなる。

現実の日本は持続可能な社会を目指しエネルギー効率化やリサイクル社会の実現に取り組んでいる国であり、実は一人あたりの環境負荷と生活水準のバランスで見れば世界屈指の優等生だ。一人あたりのエネルギー消費もゴミなどの環境負荷も、米国などと比べると極端に低く、先進国の中の優等生であるドイツより低い。小説中に理想の賃金格差として米海軍の水兵と提督の一対八という例が出てくるが、これも前世紀の日本のジョークで「理想の社会主義国家、日本」と言うときによく出てきた日本の大企業とほぼ同じ数字。本書の中で、理想の実業組織の枠組みとして出てくる公共事業区（PUD：Public Utility District）なども、前世紀の日本に多くあった「公社」「公団」の地方自治体版という感じだ。

さらに将来を見越して地球環境との折り合いをつけるため、本書では地球規模での計画的人口削減まで触れられるが、そのための理想の女性一人あたり出生率が一・八人――これも日本がまさに実現している。スイス人の時間を守るなどの習慣が、他者を尊重するというユートピアに求められるメンタリティとして称揚されているが、これだってまさに日本的。さらに、終盤に将来の政治形態構想としてSNSをベースにしたメンバーシップ型の行政機構が出てくるが、欧米型のリーダーシップよりメンバーシップ型がいいというのもまさに日本的だ。実は環境負荷の少なさと、庶民の生活水準のバランスでは、江戸後期の日本は、同時代の世界の中で断トツだったともいわれる。そういう意味で、連綿と続く「もったいない」という言葉に代表される日本的メンタリティは、ロビンスンのユートピアには不可欠なもののはずだ。

というわけで、ここまでくるとロビンスンが本書で日本を外しているのは、意図的と考えるしかないだろう。アジアにも詳しい彼が、日本を知らないとは思えないからだ。あけすけにいうとロビンスンのユートピアは、まさに「前世紀の日本をDXして欠点をなくした社会」という一言で説明できてしまいそうだ。逆に言うと、ある意味日本は世界の特異点であって、日本を出すと本書の流れがうまくいかない。だから日本外しをしたのではないかと思ってしまうくらいだ。全編「日本に習え！」みたいになれば、欧米読者からの反発が考えられるし、それを理想像と言って納得できるきらめきは、いまの日本自体に失われている。それでは提示するユートピア像に不信感をもたれてしまうだろう。実際そういう「前世紀の日本最高」という内容だったら、日本人読者だって面食らってしまうはずだ。

とにかく、解説に書くのはどうかと思われるかもしれないが、本書には多くの欠落がある。ただ、それをあえて書くのはその欠落をどう考えるかということも重要な本書の読みどころと思うからだ。結局、世界はあまりに複雑で、それを真正面から描いて小説化するのはどうしても無理。世界の命運が「銀の弾丸」に託されるなら、ストーリーの単純化は可能だし、それをめぐるようなハラハラドキドキの「面白い」小説なら名作がいくらでもある。本書はその意味では名作とは言えないかもしれない。しかし、世界が複雑だということを――どこかを単純化しないと小説にならないくらいに世界も、その世界の危機も、その解決策も複雑だということを伝えることに、ここまで真摯に向き合った小説はほかに知らない。それが、ぜひ皆さんに読んでもらいたい理由だ。

新たな寓話としての『未来省』

また、欠落というなら原子力が徹底的に無視されているのも異様だ。原子力は二酸化炭素を排出せずに大量の電力を安定供給するできるエネルギー源であり、未来のエネルギーミックスにおいて重要な役割を果たすと言われている。すべてを自然エネルギーにすることは、総量的には可能でも安定供給と言う意味でうまくいかないからだ。しかし、本書では原子力については原子力潜水艦や原子力空母の動力源としてほんの少し触れられる程度。核廃棄物について未解決の問題があるとして、原子力自体には否定も肯定もせず流してしまう。さらに言えば、最近進展がニュースになる核融合についてはまったく触れられない。核融合発電は核廃棄物の問題も少なく電源喪失時の安全性も高い。実現すれば銀は無理でも「銅の弾丸」程度にはなるテクノロジーだ。ただロビンソンとしては核テクノロジーについて毀誉褒貶があり不確定性も強く、取り扱うと本書のテーマを語るうえでちゃぶ台返しになりかねないとして、実現しなかった世界線としたのだと思う。

さらに、ブロックチェーンの消費電力が無視されていることも疑問だ。ブロックチェーンは電力消費が大きいという批判があり、その消費電力を抑えることなく全世界規模で通貨に利用するのは、本書のテーマである「気候変動対策」と矛盾する。核融合と同様、実現するかしないかはっきりしない技術については、未来史を描くときには実現した未来か実現しなかった未来か仮定するしかない。本書では自然エネルギーで世界規模の価値流通を実現できる、高効率のブロックチェーン技術が実現したという未来なのだろう。

ことほど左様にIT関係については、コンピュータ関係者としてもの足りない部分も多い。三十年後にも皆いまと同じようなスマホを使っているとか、AIが言葉以外具体的に出てこないとか。ただ、そこは本書のメインテーマではないし、そこも変えると複雑になるから変化がない世界線にしたということだろう。二千万人の犠牲後も被害が続き世界経済がメチャメチャでIT関係の投資が減衰、一部を除き技術進歩が止まった世界というわけだ。

それに代わり、大きな技術進歩が描かれるのが、化石燃料を使わない新世代の帆船や飛行船などだ。光電変換布で作られた多数の三角帆を持つコンピュータ制御の大型高速帆船や電動飛行船による世界一周シーンは魅力的だ。それも含め「いいもの側」が使う技術は良く「わるもの側」が使う技術は悪いという割り切りも単純すぎるとも感じる。たとえば、太陽電池パネル製造にかかわる環境負荷なども気になる。

さらに、新しい制度の導入に対する人間の反発が過小評価されているという指摘もある。政治学者のフランシス・フクヤマは「この小説はおかしなほど非現実的」であり「ロビンスンはあらゆる場面で、可能な限り楽観的な政治的展開を仮定している」と批判している。とはいえこれは、フランシス・フクヤマも読んで批評に値する本ということでもある。確かに新しい制度の裏をかく連中のずるさと、しつこさを過小評価していると思う。もちろん、新制度のいくつかでは腐敗防止策なども併せて語られるが、人は常に抜け道を見出す。だから未来省の「暗部」が、それを人知れず始末しているという設定なのかもしれない。

とにかく全体が百章以上からなる細かいエピソードの積み重ねで各エピソードに明確な年号表記がない。読んでいるとメアリーがずっと未来省トップなので、十年程度の歴史のように思ってしまうが、考えてみれば大型高速帆船や飛行船が移動の主役になるなどという世界のカタチの大変化には三十年かかるのは当たり前だ。しかし、その三十年で未来省トップや主要チームの顔ぶれが変わっていないのは、いくら国連の外局とはいえありえないような気もする。ただ、あちらを立てればこちらが立たずで、反対派からの暗殺の危機が常にあり、お金持ち国からも企業からもすべての利権に嫌われる、超特大の火中の栗――未来省トップの立場に誰もなりたくなかったのかもしれない。その意味では、リーダーシップの利かない国連というメンバーシップ組織の下で一度トップになってしまったメアリーに制度的に任期がないため、引きずり落としの工作があっても常にどこかの国が反対して頓挫していたような裏話があったのかもしれない。そういう想像を広げるのも本書の読みどころだ。

「未来省」という名称も、発足時にマスコミが呼んだ通称が常態化したもので、おそらく正式名称は「UN……」などから始まるもっと国連らしいものだろう。しかし、意図的にだと思われるが、本書中にはそれが明示されることはない。日本や核融合の不自然な不在なども含め、そのことからも、ロビンスンは本書を本当のリアルさを追求するハードSFではなく一種の寓話――ユートピア小説の系譜でとらえてもらいたいのではないかと思う。

テロほど明確でなくても、気候変動対策を通じてさまざまな不具合――不公平、経済格差、暴動は生まれる。それらは将来的には解消されるにしても、巻き込まれて場合によっては命を失う個人にとってはテロと変わりない。寓話といえどもそれらが、きちんと描かれる苦いユートピア――本書が「道徳と生存のバランス」の寓話だからこその苦さだ。

物語の中でメアリー・マーフィーが直面する問題は、まさに「道徳と生存のバランス」。そのバランスをとる主体でありつづけるためにテロを目に入れないようにするメアリーは不道徳を自覚している。しかし、必然的な不具合には未来省のトップとしてどう向き合うかが常に問われる。その立場を思って読めば、本書の狙いは明白だ。まさに本書『未来省』は、現在と未来、そしてそれらをつなぐ行動についての一種の対話なのだ。欧米で、多くの議論や分析が生まれているのは、本書が、我々がこれからの地球の未来をどう描くかを問うているからだ。それは、気候変動に立ち向かう新たな試み、そしてその結果を左右する人々の理性と選択についての問いかけでもある。

表紙のマークについて

表紙のマークは未来省のロゴという想定。本家の五大陸の代わりに「声なき存在」——未来の世代と野生動物たちが描かれている。そしてそれを囲むのは、何も対策がなされない未来と未来省の努力が実った未来という二つの世界を象徴する枯れた茶色と瑞々しい緑のオリーブの枝。地球全体にとってはささいな変動でも、生物や文明にとっては生きるか死ぬかの違い。明確なメッセージは、ここ数十年が二つの未来のどちらになるかの大きな分かれ道ということだ。そこを過ぎてから元に戻そうとすれば、本書に描かれているように社会的に大きなコストを払うしかなくなる。そういう分岐点に我々はいる。

Designed by SD²

（本書の表紙は原著とは異なる日本オリジナルです）

著者

キム・スタンリー・ロビンスン (Kim Stanley Robinson)

1952年アメリカ生まれ。現代アメリカを代表するSF作家の一人。特に〈火星三部作〉で知られ、ヒューゴー賞、ネビュラ賞、ローカス賞などを複数回受賞。気候変動、環境問題をテーマにした作品に『2312』『New York 2140』がある。

本書刊行後も気候変動問題に関して積極的な発信を続け、2021年開催のCOP26(国連気候変動枠組条約第26回締約国会議)ではパネルセッションに招かれ発言している。

スイス・チューリッヒ滞在を経て、現在、アメリカ・カリフォルニア州在住。

解説

坂村 健 (さかむら けん)

電脳建築家、INIAD(東洋大学情報連携学部)学部長・教授、工学博士、同cHUB(学術実業連携機構)機構長、東京大学名誉教授。

オープンなコンピュータアーキテクチャTRONを構築。家電製品、車のエンジン制御、宇宙機の制御などに世界中で多数使われている。

IEEE Life Fellow、IEEE Golden Core Member。

2003年紫綬褒章、2006年日本学士院賞、2015年ITU150 Award、2023年IEEE Masaru Ibuka Consumer Technology Award受賞。2023年TRONリアルタイムOSがIEEE Milestone認定。

翻訳

瀬尾 具実子 (せお くみこ)

英日翻訳者。実務翻訳と並行して、ミステリやSF作品の出版翻訳も手掛ける。

ブログ「つぎはコレ読みたい〜積ん読は積ん徳なり〜」更新中。

https://kumyam.hatenablog.com

科学・経済監修

山田 純 (やまだ じゅん)

INIAD cHUB(東洋大学情報連携学部 学術実業連携機構)副機構長、INIAD客員教授。

未来省

The Ministry for the Future

2023年 9月25日 初版1刷発行
2023年12月25日 初版2刷発行

著 者 キム・スタンリー・ロビンスン
解 説 坂村 健
訳 者 瀬尾 具実子
科学・経済監修 山田 純
発行所 パーソナルメディア株式会社
〒142-0051 東京都品川区平塚2-6-13 マツモト・スバルビル
TEL:03-5749-4932
FAX:03-5749-4936
E-mail:pub@personal-media.co.jp
https://www.personal-media.co.jp/
印刷・製本 株式会社シナノ

ISBN 978-4-89362-408-6 C0097 Printed in Japan